gelesen
Juli 2015

KNAUR

Im Knaur Taschenbuch sind von der Autorin bereits erschienen:
Das Marzipanmädchen
Die Bernsteinsammlerin
Die Bernsteinheilerin
Die Braut des Pelzhändlers
Die unsichtbare Handschrift

Über die Autorin:
Lena Johannson wurde 1967 in Reinbek bei Hamburg geboren. Ihre beiden Leidenschaften Schreiben und Reisen verband sie in ihrem Beruf als Reisejournalistin miteinander. Vor einiger Zeit erfüllte sich Lena Johannson einen Traum und zog an die Ostsee.
Mehr über die Autorin erfahren Sie auf www.lena-johannson.de

LENA JOHANNSON

Die Ärztin von Rügen

ROMAN

KNAUR

Besuchen Sie uns im Internet:
www.knaur.de

FSC
www.fsc.org
MIX
Papier aus verantwortungsvollen Quellen
FSC® C083411

Originalausgabe Mai 2013
Knaur Taschenbuch

Ein Unternehmen der Droemerschen Verlagsanstalt
Th. Knaur Nachf. GmbH & Co. KG, München

Redaktion: Ilse Wagner
Umschlaggestaltung: ZERO Werbeagentur, München
Umschlagabbildung: In the Field, Knight, Laura (1877–1970)/Private Collection/The Bridgeman Art Library; FinePic®, München
Satz: Adobe InDesign im Verlag
Druck und Bindung: CPI books GmbH, Leck
Printed in Germany
ISBN 978-3-426-50910-4

4 5 3

1

Kreisbaumeister Harder hatte Schwielen am Hintern. Es wurde wahrlich allerhöchste Zeit, dass dieses vermaledeite Eiland endgültig mit einem Eisenbahnnetz überspannt wurde. Das Reisen würde um ein Vielfaches komfortabler werden! Der Wagen sprang über das katzenköpfige Pflaster, so dass die Reisenden von einer Seite auf die andere geworfen wurden. »Autsch«, schrie er auf und fluchte vor sich hin. Warum er? Warum musste immer ausgerechnet er mit diesen sturen Rügenern verhandeln? Heute auch noch mit den Fischern. Die waren als besondere Dickschädel bekannt. Wieder hüpfte das Gefährt, als hätte es, im Gegensatz zu seinem Insassen, ausnehmend gute Laune. Harder stöhnte und jammerte. War da nicht zu allem Überfluss ein Quietschen und Kratzen zu hören, das eben noch nicht da gewesen war? Bis Trent, wo er eine Abordnung des Vereins der Berufsfischer treffen sollte, war es noch ein weiter Weg. Es tat einen Schlag, und Harder streckte einen Arm zur Seite, um die Wucht des Aufpralls, mit der er erneut gegen die Seitenwand der Kutsche geschleudert wurde, abzufangen. Hatte der Kerl da vorn auf dem Bock den Verstand verloren? Gewiss, es war ihm recht, so bald wie möglich sein Ziel zu erreichen, doch hätte er es zu gerne mit heilen Knochen erreicht. Ein

weiterer Schlag, begleitet von einem entsetzlichen Geräusch, als würde Metall aufeinanderkrachen.
»He, Mann, willst du uns umbringen?« Mit einem Mal ging alles ganz schnell. Die beiden Pferde, die den Wagen zogen, wieherten und schnaubten, der Kutscher versuchte, sie zu beruhigen und zum Stehen zu bringen, und der Wagen neigte sich bedrohlich zur Seite.
»Was, zum ...?«, stieß Harder hervor, dann wurde er mit einem Ruck aus dem Sitz gerissen und fiel sofort wieder zurück, dann war Ruhe.
Als Nächstes fluchte der Mann auf dem Bock, sprang von seinem Platz herab und stellte sich breitbeinig auf die Straße. Harder sah durch das kleine Fensterchen, wie er sich bückte, um unter die Kutsche zu schauen. Was hoffte er dort wohl zu entdecken? Der Kreisbaumeister konnte sich schon denken, was geschehen war. Dafür brauchte er das Gefährt gewiss nicht von unten zu betrachten. Er öffnete die Tür, stieg ins Freie, stützte seine Hände in den Rücken und streckte sich laut ächzend.
»Das hat uns noch gefehlt«, schimpfte er. »Womöglich komme ich nun zu spät zu der Versammlung. Das werden sie mir gleich als böse Absicht auslegen.«
Der Kutscher ging nicht darauf ein. »Da muss der Dorfschmied her«, sagte er schlicht, richtete sich wieder auf und marschierte los.
»Wollen Sie mich hier einfach so stehenlassen?« Harder konnte es nicht fassen.
Der Kerl drehte sich nicht einmal um. »Gehen Sie zurück in den Wagen, dann sind Sie vor dem Wind geschützt«, rief er über die Schulter. »Oder kommen Sie mit mir. Beim Schmied gibt's gewiss ein gutes Bier.«
Es war in der Tat ziemlich windig, wie so oft auf dieser verwünschten Insel. Warum er? Warum nur immer er? Aber was

half es? Wenn sie eine Pause einlegen mussten, bis der Schaden am Wagen behoben war, konnte er ebenso gut die Zeit nutzen und ein Bier trinken. Also trottete er hinter dem Kutscher her.

Bereits nach einigen Schritten in das Dorf hinein war die Schmiede zu erkennen. Durch deren winzige Fenster fiel der Schein des Feuers, in dem Metall alltäglich zum Glühen gebracht und geformt wurde.

»He, Schmied«, rief der Kutscher schon von weitem, »kannst du wohl unseren Wagen reparieren? Sieht aus, als wäre die Achse gebrochen.« Sie betraten die Scheune, in der es angenehm warm war. Ein Mann, die Mütze schief auf dem Kopf und eine Lederschürze umgebunden, legte ein Metallstück beiseite, aus dem vielleicht einmal eine Spitzhacke entstehen sollte. Er wischte die Hände an der Schürze ab und blickte seine Besucher fragend an, ohne ein Wort zu sagen. Am Feuer hockte ein Junge, der es offenbar im Auge behalten sollte. Die Brandgefahr war hoch, und wenn ein Rohrdach erst einmal in Flammen stand, gab es keine Rettung mehr.

»Der Wagen ist hin?«, wollte der Schmied wissen.

»Na ja, das dürfte wohl eine etwas übertriebene Darstellung der Sachlage sein«, antwortete Harder.

»Es ist die Achse«, fügte der Kutscher hinzu.

»So«, sagte der Schmied, rührte sich aber nicht vom Fleck.

»Guter Mann, wir haben keine Zeit, hier lange festzusitzen«, entfuhr es Harder in einem Ton, der seine Ungeduld deutlich verriet. »Können Sie sich um den Schaden kümmern?«, fügte er freundlicher hinzu.

»Dat kann ik woll«, gab der zurück.

»Sehr schön.« Der Kutscher rieb sich die Hände. »Und sicher verkaufen Sie uns auch zwei Becher Bier, mit denen wir uns die Wartezeit ein wenig versüßen können, nicht wahr?«

Der Schmied warf dem Jungen einen Blick zu, woraufhin dieser sofort von seinem Schemel aufsprang, zwei Becher von einem Regal nahm und damit zu einem Fass in der Ecke des Raumes eilte.

»Wo steht denn der Wagen?«

»Gar nicht weit«, entgegnete der Kutscher fröhlich. »Einfach nur die Hauptstraße hinunter. Wir waren auf dem Weg nach Trent.«

»Wir sind es noch immer«, korrigierte Harder.

»Dann wollen wir uns mal auf den Weg machen, wenn der feine Herr das so eilig hat.« Der Schmied blickte den Kutscher an. »Na, wird's hüt noch?«

»Ich dachte ... Sie werden den Wagen doch wohl allein hierherholen können, oder etwa nicht?«

»Können könnt ik schon, aber wollen will ik nich. Ik kenn ja deine Gäule nich. Am Ende gehen die mir durch oder treten mir in den Mors. Nee, nee, das lass ik lieber.«

»Nun gehen Sie doch endlich. Ich trinke Ihnen das Fass schon nicht leer.« Harder war mit seiner Geduld wirklich bald am Ende.

Als die beiden unter dem niedrigen Türstock hindurchgetaucht waren und ihre Schritte leiser wurden, brachte der Junge Harder seinen Becher Bier.

»Bitte schön«, sagte er höflich und deutete eine Verbeugung an.

»Danke schön. Wie heißt du, Junge?«

»Paul, mein Herr.«

»Und wie heißt das Dorf, in dem wir uns hier befinden, Paul?«

»Wir sind hier in Dreschvitz, mein Herr.«

»Aha, in Dreschvitz also. Dann ist es noch ein gewaltiges Stück bis hinauf nach Trent, nicht wahr?«

»Ich weiß nicht, mein Herr. Dort war ich noch nie.« Der Junge hatte blondes Haar, das ihm ungestüm vom Kopf stand. In seinem Gesicht waren Rußflecken zu erkennen. Wahrscheinlich musste er dem Schmied, er mochte sein Vater sein, zur Hand gehen. Oder er hatte einfach in unbeobachteten Momenten mit der Glut und dem Feuer gespielt. Ein Junge, der auf ein Schmiedefeuer achtgeben sollte, konnte gewiss die Finger nicht davon lassen. Schon gar nicht ein aufgewecktes Kerlchen, wie Paul es dem Anschein nach war.

»Aber du weißt gewiss, wo der Breetzer Bodden ist. Du hast doch bestimmt davon gehört, dass dort bald die Eisenbahn über das Wasser fahren soll, oder nicht?«

Der Knirps legte die rußverschmierte Stirn in Falten. »Aber das geht doch gar nicht. Eine Eisenbahn braucht doch Schienen. Auf Wasser kann sie gewiss nicht fahren.«

»Natürlich nicht, da hast du recht. Wenn es aber eine Brücke gibt, dann wäre es möglich, dass du mit dem Zug über den Bodden hinwegfährst.«

»Das würde bestimmt Spaß machen.« Die Augen des Jungen leuchteten. Er schien ein umgängliches und gescheites Bürschchen zu sein. Noch. Doch in einigen Jahren, wenn er allmählich erwachsen wurde, würde er sich zu einem Sturkopf entwickeln, wie man es von den Menschen von Rügen nun einmal kannte. Schade drum, dachte Harder.

Als die beiden Männer mit dem Gefährt zurückkehrten, teilte der Kutscher ihm mit, dass sie einen Ersatzwagen beschafft hätten. Die Reparatur würde mehrere Stunden in Anspruch nehmen. Wollten sie darauf warten, bis diese erledigt war, wäre es aussichtslos, noch rechtzeitig in Trent einzutreffen.

»Nur ein rasches Bier, dann können wir mit einem vollkommen funktionsfähigen Wagen aufbrechen«, verkündete er gut gelaunt.

»Das ist gut. Wo befindet sich die Kutsche denn jetzt? Muss sie noch hergebracht werden?«

»Nee, die steht nebenan bei Bauer Tetze«, brummte der Schmied. »Ihr müsst nur die Pferde umspannen, dann kann's losgehen.«
»Also, worauf warten Sie?« Harder sah den Kutscher verständnislos an. »Keine Zeit für ein Bier. Machen Sie schon!« Zuerst sah es so aus, als ob der widersprechen wollte, allerdings besann er sich und stapfte mit düsterer Miene an Harder vorbei hinaus ins Freie.
Nicht lange, dann rief er von draußen: »Bitt' schön, Herr Kreisbaumeister, wir können fahren!« Harder bemerkte einen boshaften Ton in der Stimme des Kutschers, der ihm gar nicht behagte. Der gute Mann war ärgerlich, um den Genuss eines Bieres betrogen worden zu sein, das stand fest. Aber so war das nun einmal: Erst die Arbeit, dann das Vergnügen. Während er selbst den Abend mit aufgebrachten Fischern zubringen würde, konnte der Fuhrmann es sich in einer Schenke bequem machen. Sollte er doch zufrieden sein.
»Auf Wiedersehen. Morgen werden wir auf dem Rückweg die Kutschen wieder tauschen«, sagte er zu dem Schmied, der wortlos nickte. »Dann sehen wir uns also wieder, Paul, und ich kann dir von der Brücke über den Bodden erzählen.« Der Junge nickte eifrig, warf dem Schmied einen raschen Blick zu und hockte sich wieder ans Feuer.
Als Harder gleich darauf vor die Schmiede trat, traf ihn beinahe der Schlag. »Was soll das sein?«
»Unser Wagen!« Die Schadenfreude war dem Kerl ins Gesicht geschrieben.
»Aber das ist keine Kutsche, das ist ein Leiterwagen. Damit kann man Rüben transportieren oder meinetwegen Kohl, aber doch keinen Menschen!«
»Wollen Sie pünktlich zur Ihrer Versammlung kommen, oder wollen Sie nicht?«
»Natürlich will ich, aber …«

»Meinen Sie mal nicht, dass es für mich bequem ist auf dem Pferderücken. Der Bauer hat für Sie sogar ein Kissen hineingelegt.« Harders Laune hätte nicht übler sein können. Die Reise bis hierher über das Kopfsteinpflaster war schon in einer ordentlichen Kutsche eine Tortur gewesen. Wie sollte es erst werden, wenn er in dieser Karre hocken musste? Und sie hatten noch ein gutes Stück Weg vor sich! Verdrossen kletterte er in den einfachen hölzernen Wagen. Er hatte keine Wahl.

Als er das Gasthaus betrat, schmerzte jeder einzelne Knochen in seinem Leib, als hätte er soeben eine Begegnung mit finsteren Raufburschen überstanden. Es kostete ihn alle Kraft und Disziplin, zumindest halbwegs aufrecht zu gehen. Der Saal war bereits gut gefüllt, es mochten um die vierzig Männer sein, die sich vor einem Rednerpult versammelt hatten. Gewiss waren auch einige Bauern dabei, die Land bei Parchow, Wiek oder Altenkirchen besaßen und dessen Herausgabe für den Bau der Gleise verweigerten. Schon seit letztem Jahr verzögerte sich das Fortschreiten der Arbeiten wegen dieser Sturköpfe, die nun bestimmt hören wollten, wie der Stand der Dinge war. Der Raum war nicht eben groß, weshalb man auf Stühle verzichtet hatte. Die Männer unterhielten sich laut, debattierten und warfen ihm missmutige Blicke zu, als er eintrat. Harder erkannte die Vorsitzenden der Vereine der Berufsfischer zu Breege, zu Dranske und auch zu Wiek. Und dann entdeckte er auch Carl Utpatel, den alten Landarzt, der hier in Trent lebte. Der Anblick dieses Mannes war ein wahrer Lichtblick. Wenigstens einer, der ihm nicht mit purer Ablehnung begegnete, sondern sein Gehirn benutzte und die Sache logisch betrachtete. Harder nickte ihm zu, Utpatel hob die Hand zum Gruß und lächelte freundlich. Der Vorsitzende der Breeger Fischer, Hajo Stöwer, kam auf Harder zu. Der konnte den feisten Kerl nicht ausstehen, der sich stets in den Vordergrund drängte, sich anscheinend für den wichtigsten Menschen weit und breit hielt und auch in dieser Angelegenheit die Rolle des Anführers übernommen hatte. Wie er sich schon bewegte, den Wanst vor sich herschiebend, die Füße leicht nach außen gedreht, weil die Gelenke unter dem Gewicht bereits verformt waren, und die Ellenbogen stets leicht ausgestellt, als wolle er alles und jeden um sich herum zur Seite schieben.

»Da sind Sie ja endlich«, begrüßte Stöwer ihn gewohnt unhöflich und schlug ihm vertraulich auf die Schulter. Auch das war eine Eigenart von ihm, die Harder zur Weißglut treiben konnte. »Dann können wir wohl anfangen?«

»Guten Abend«, erwiderte Harder und sah ihn streng an. »Ein Unglück mit der Kutsche hat mich aufgehalten, aber mir ist nichts geschehen, danke der Nachfrage.« Keine Reaktion seines Gegenübers. »Gewiss können wir umgehend beginnen.«

Stöwer verschaffte sich Gehör, es kehrte Ruhe in den Saal ein. Kurz und bündig fasste er zusammen, warum vor einigen Wochen die Petition betreffend Erbauung einer festen Brücke über die Wittower Fähre eingebracht worden war. Harder hörte kaum hin. Er wusste ja, was in dieser Petition gestanden hatte. Neue Argumente waren nicht zu erwarten. So konzentrierte er sich also auf das, was er sich in den letzten Tagen zurechtgelegt und nahezu auswendig gelernt hatte.

Sobald er aufgefordert wurde, Stellung zu nehmen, begann er: »Hochverehrte Herren, zunächst danke ich Ihnen in aller Form für die Gelegenheit, hier vor Ihnen und vor allem mit Ihnen sprechen, Ihre Bedenken zur Kenntnis nehmen und Ihnen die Vorschläge und Pläne des Rügenschen Kreistages darlegen zu dürfen.«

»Unsere Bedenken kennt ihr doch, bloß interessieren sie euch nicht«, rief jemand dazwischen und erntete beifälliges Gemurmel.

»Bitte, meine Herren! Bedenken Sie eines: Wir sind keine Kontrahenten, davon bin ich zutiefst überzeugt. Wir alle haben doch ein gemeinsames Ziel, das Wohl der schönen Insel Rügen und ihre erfolgreiche Entwicklung für die Zukunft.«

»Dat hat dich in Stralsund doch noch nie nich interessiert«, brüllte ein Mann mit leuchtend roten Wangen und einer unfassbar breiten Nase.

Harder musste sich beherrschen, um dem Kerl und all den anderen feindseligen Männern nicht offen zu sagen, was er von ihnen und dieser Insel in Wahrheit hielt. Er atmete tief durch und sah, wie Utpatel dem Fischer mit dem roten Gesicht etwas zuflüsterte. Verstehen konnte er davon natürlich nichts, aber es hatte den Anschein, als sei der Mann zunächst ein wenig besänftigt. Harder nickte dem Arzt kaum merklich zu, um seine Dankbarkeit auszudrücken.

Er räusperte sich und fuhr fort: »Wie Sie wissen, hatten wir am neunten März eine Sitzung. Dort ist beschlossen worden, eine feste Brücke über die Wittower Fähre …« Weiter kam er nicht. Auf der Stelle erhoben alle Männer gleichzeitig die Stimme, protestierten, schimpften. Einer reckte gar die Faust in die Höhe. Harder war verwirrt. Mit Widerstand hatte er gerechnet, auch damit, dass dieser alles andere als gesittet vonstattengehen würde. Allerdings hatte er geglaubt, wenigstens ein paar Worte zu der Sitzung und den dort angestellten Überlegungen erklären zu können. Dass so früh der Sturm der Entrüstung über ihn hinwegfegen würde, überraschte ihn dann doch. Warum musste er hier stehen? Was hatte er sich zuschulden kommen lassen, dass es ausgerechnet ihn getroffen hatte?

»Wenn der Kreistag ernsthaft und unwiderruflich einen solchen Beschluss gefasst hat, sind ihm die wirtschaftlichen Folgen wohl nicht klar«, brüllte Stöwer und heimste Zustimmung ein.

»Genau, ihr Herren vom Kreistag habt doch keine Ahnung, was hier auf Rügen los ist«, schrie einer. Und dann gab es kein Halten mehr. Schon während des Brückenbaus würde ein solcher

Lärm entstehen, dass die Fische gründlich in ihrer Wanderung gestört wären, was zu erheblicher Minderung des Fanges führen würde, hieß es. Der Kleine Jasmunder Bodden wurde ins Feld geführt. Seine Abtrennung vom Großen Jasmunder Bodden durch den Dammbau habe doch wohl gezeigt, zu welchen Schäden und Verlusten es für die Fischerei käme. Harder fragte sich, was der Damm, der ein Gewässer durchschnitt, mit einer Brücke gemein habe, die immerhin darüber hinwegführen würde, aber er kam nicht dazu, sich selbst eine Antwort zu geben, geschweige denn, diesen Einwand laut vorzubringen. Schon ging es weiter mit den Schimpftiraden. Die Heringe würden nicht mehr in die östlich der Fähre gelegenen Gewässer einschwimmen. Ganze Schwärme wären für die Fischer verloren, die dort ihrem Tagewerk nachgingen. Schließlich meinte ein kleiner, untersetzter Mann, den Harder zwischen den anderen kaum wahrnehmen konnte, das Geräusch der Bahn auf der Brücke würde die Fische in Aufruhr versetzen, sobald der regelmäßige Verkehr begonnen habe. Der Lärm würde sie unweigerlich vertreiben und zurück in die Ostsee scheuchen, wenn sie gerade in den Bodden einschwimmen wollten. So ging es weiter. Jeder ereiferte sich mehr als der Vorredner, dabei hatte keiner ein neues Argument vorzubringen. Sie seien die Geschädigten, erklärten die Berufsfischer wie mit einer Stimme.
»Erst den Bauern das Land und dann noch den Fischern ihr Auskommen wegnehmen, das haben wir gern!« Aha, hatte er es sich doch gedacht. Nun machten die Bauern mit den Fischern auch noch gemeinsame Sache.
»Wie wollt ihr uns entschädigen für das, was ihr da anrichtet?«, brüllte einer. Ein anderer rief: »Genau, für uns hat die olle Brücke keinen Vorteil. Wir wollen entschädigt werden!«
Harder fuhr sich erschöpft durch das schüttere silberne Haar. Wie weit konnte ein Ort oder eine Insel kommen, wenn jeder

Bewohner nur nach seinem Nutzen schielte? Niemand hatte offenbar das Gemeinwohl und den Fortschritt im Sinn.

»Bitte, meine Herren!« Utpatel mischte sich ein. »Am besten, wir beruhigen uns alle wieder, sonst gibt es am Ende heute Abend noch Arbeit für mich. Das wäre mir gar nicht recht.« Er schmunzelte, wobei seine Mundwinkel die Wangen zu kleinen Kugeln zusammenschoben und die Augen sich zu Schlitzen verengten. Dem Herrn sei Dank, dass der alte Landarzt da war!

»Die gewiss berechtigten Einwände gegen das geplante Bauprojekt zu äußern, das ist das eine. Das andere ist aber, Vorschläge zu machen, welche Lösung für euch die Bessere wäre.«

»Es ist doch sowieso schon beschlossen!« – »Wen interessiert denn, was für uns besser ist?« Wieder schwollen die Stimmen an und füllten den Saal, der inzwischen geschwängert war vom Rauch der Zigarren und Pfeifen.

»Wozu sind wir dann hier?«, wollte Utpatel listig wissen. »Der Herr Kreisbaumeister kann euch keine Entschädigungen zusagen, das wisst ihr. Was also wollt ihr von ihm?« Das Gemurmel wurde leiser.

Harder ergriff seine Chance: »Wenn Sie mir die Gelegenheit geben, meine Herren, will ich Ihnen gern mitteilen, welche Pläne es für die nahe Zukunft gibt. So ein Brückenbau, gegen den Sie gewiss richtige Bedenken haben, geht nicht von heute auf morgen vonstatten. Lassen Sie uns alle gemeinsam in weiteren Sitzungen darüber nachdenken, wie der Bau und die Brücke selbst am wenigsten schädlich für die Fischerei sein können.« Von dem erneut lauter werdenden Stimmengewirr ließ er sich nicht beeindrucken.

»Zunächst wird aus der Kettenfähre, die heute bei Wittow den Bodden quert, eine Trajektverbindung. So sind die Überlegungen.«

»Eine wat?«, wollte jemand wissen.

»Eine Trajektverbindung. Die Züge werden auf Fähren verladen und auf das andere Ufer verschifft.« Er blickte in die Runde.

»Denken Sie, meine Herren, die Fische werden sich daran gewöhnen?« Er lächelte schmal. Diese kleine Spitze hatte er sich nicht verkneifen können.

Utpatel schüttelte den Kopf. Ein hitziges Gemüt hatte noch niemandem geholfen. Hier im Saal waren allzu viele Herren, die ein solches ihr Eigen nennen durften. Warum bloß versuchten sie es nicht mit Humor? Er beobachtete den Kreisbaumeister Harder und spürte mit einem Mal ein zartes Zupfen an seinem Ärmel. Seine Tochter Anne stand neben ihm und machte ihm Zeichen, sich zu ihr herabzubeugen, damit sie ihm etwas ins Ohr flüstern konnte. Der ernste Gesichtsausdruck seiner Jüngsten alarmierte ihn augenblicklich. Wie es aussah, bekam er an diesem Abend doch noch zu tun. Als er gehört hatte, was geschehen war, nickte er Harder rasch zum Abschied zu.

»Dat gifft Arbeit. Ihr müsst nu ohne mich auskommen«, teilte er Stöwer mit und schob sich auch schon zwischen den Männern hindurch, die dicht an dicht vor dem Rednerpult standen. Wenn er mit den Gedanken nicht ganz bei der Sache oder wie jetzt bereits woanders war, verfiel er meist in eine Mischung aus Platt- und Hochdeutsch. Anne wartete bereits vor der Tür auf ihn.

»Ich habe Mommsen zu Franzen geschickt. Wenn es gleich mehrere Verletzte gibt, können wir jede Hilfe gut gebrauchen«, ließ sie ihren Vater wissen.

»Hest fein mokt, Deern.«

»Schließlich will der Gräfliche Leibarzt hier nicht Urlaub machen, dachte ich mir. Kann er gleich mal sehen, womit du es hier dauernd zu tun hast.«

Carl Utpatel nickte und konnte sich ein Schmunzeln nicht verkneifen. Das Mädchen hatte einiges von ihm, und das war ihm durchaus nicht unangenehm. Im Gegenteil, Anne war sein ganzer Stolz. Einer seiner Söhne war Fischer geworden, der andere bewirtschaftete das Gut seines Schwiegervaters, kümmerte sich um Getreidefelder und Vieh. Sie waren fleißige junge Männer, verstanden es aber nicht, sich für eine Sache einzusetzen oder sich voller Leidenschaft für etwas zu interessieren. Ihr Alltag war ihnen genug und füllte sie aus, weshalb Utpatel sich manches Mal um ihre Belange kümmerte und Versammlungen wie die am heutigen Abend besuchte. Während der Jüngere eine kleine Kate bei Schaprode bewohnte, lebte der Älteste ganz im Norden bei Altenkirchen, wohin er günstig geheiratet hatte. Anne hingegen dachte noch nicht an einen Bräutigam, obwohl sie das richtige Alter hatte. Sie wusste nichts mit den jungen Kerlen anzufangen, die den Kopf voller Flausen hatten oder von einer Frau lediglich erwarteten, dass sie ihnen ordentlich den Haushalt machte, sie im Bett beglückte und ihnen Kinder schenkte. Seine Kleine liebte es viel zu sehr, ihrem Vater zur Hand zu gehen, wenn ein Verband angelegt, eine Tinktur gebraut oder eine Medizin verabreicht werden musste. Es war erstaunlich, wie genau sie sich merken konnte, welche Arznei gegen welche Beschwerden hilfreich war, wie hoch die Dosis zu sein und über welchen Zeitraum die Einnahme zu erfolgen hatte. Auch war sie äußerst geschickt darin, seinen Patienten Spritzen zu geben oder ihnen Säfte einzuflößen, die wegen ihres schauderhaften Geschmacks bei den meisten Brechreiz hervorriefen. Nicht nur ihrem Vater war Anne eine große Hilfe. Auch für ihre Brüder war sie da, wann immer sie Zeit fand. Sie half dem Fischer Gerd beim Auspuken der Heringsnetze, eine Arbeit, die so manche junge Dame ablehnte, weil der Geruch noch tagelang an den Händen klebte. Anne konnte zupacken und zierte sich nicht. Vor allem hatte sie ein feines Gespür für Menschen. Titel, wie der des kürzlich angereisten Arztes Franzen, beeindruckten sie nicht. Das Gegenteil war der Fall. Sie beäugte den Neuankömmling, der ihren Vater unterstützen sollte, wenn der Eisenbahnbau nun auch im Westen der Insel voranging, äußerst skeptisch. Gewiss, es würde die eine oder andere Verletzung und womöglich auch mal einen Unfall geben. Das war beim Bau der ersten Strecken im Herzen und im Osten der Insel auch so gewesen. Trotzdem traute sie ihrem Vater noch immer zu, dass er allein damit fertig würde. Was das anging, nahm sie auch kein Blatt vor den Mund. Sie wusste sich zu benehmen, natürlich, aber Respekt brachte sie niemandem einfach so entgegen. Man musste ihn sich bei ihr verdienen. Kurz: Anne war ganz nach Utpatels Geschmack.

Sie erreichten die einfache Kate, in der sie lebten. Als Arzt hätte Utpatel ein stattliches Haus oder gar eine Villa, wie sie heute gebaut wurden, mit verschnörkeltem Balkon und Türmchen gut zu Gesicht gestanden, nur legte er auf diese Dinge nicht sehr viel Wert. Es wäre schon nett, sich und seiner Tochter ein hübscheres Zuhause zu gönnen, aber Utpatel fehlte die Zeit, sich darum zu kümmern. Außerdem war er alt. Für ihn lohnte es seiner Ansicht nach nicht mehr. Und Anne? Auch wenn es noch nicht danach aussah, konnte es doch bald geschehen, dass sie aus dem Haus ging. Es war Aufgabe eines zukünftigen Bräutigams, ihr ein bequemes Heim zu schaffen.

Der Fährmann Mommsen traf zusammen mit Franzen im selben Augenblick an der Kate ein.

»Dann man los«, rief er, ohne große Reden zu schwingen. Er ging wohl davon aus, dass Anne ihren Vater über alles unterrichtet hatte. Und unterwegs blieb auch noch genug Zeit.

»Ich hole nur rasch deine Tasche und deine Wathose«, sagte sie und verschwand in das Haus.

»Guten Abend«, sagte Franzen. Er trug einen schwarzen Gehrock über dem weißen Hemd.

»Guten Abend, werter Kollege. Nicht zu glauben, dass wir heute noch da rausmüssen, was? Gut, dass sich der Sturm ein wenig gelegt hat.«
»Mir scheint, er bläst noch immer recht kräftig.«
»Das nennen Sie kräftig? Warten Sie mal ab, Sie werden es hier auf Rügen noch mit ganz anderem Wetter zu tun kriegen.«
Franzen ging nicht darauf ein. »Der Fährmann sagt, es hat drüben auf Hiddensee einen Unfall gegeben. Wenn dieser Postdampfer tatsächlich gekentert ist, warum kümmert sich dann nicht der Arzt von Hiddensee um die Verletzten? Es dauert doch viel zu lang, bis wir von Rügen dort eintreffen.«
»Es dauert so lange, wie es dauert«, gab Utpatel zurück. Gerade wollte er weitersprechen, doch da trat Anne mit seinen Sachen aus dem Haus.
»Ich erkläre Ihnen später den Rest. Jetzt wollen wir keine Zeit mehr verlieren.«
Sie stiegen in den Wagen, Mommsen saß vorn auf dem Bock.
»Was will sie hier?«, fragte Franzen, als auch Anne in die Kutsche kletterte.
»Sie begleitet uns.«
»Wozu?«
»Um uns zu helfen.« Utpatel begann, in die Wathose zu steigen, was im Sitzen ein wenig umständlich war.
Franzen beobachtete ihn irritiert und wandte sich endlich an Anne selbst: »Können Sie das denn?«
»Glauben Sie, mein Vater würde mich sonst mitnehmen?«
»Sie assistiert mir immer. Sie werden sehen, Herr Kollege, schon bald wollen Sie sie nicht mehr missen.« Utpatel lächelte freundlich.
Den Rest der Fahrt herrschte Schweigen in der Kutsche.

»Gut festhalten«, brüllte Mommsen gegen den Wind, als sie wenig später im Segelboot beieinanderhockten, »die See ist ordentlich kabbelig. Das wird ’ne ziemlich ungemütliche Überfahrt.«

Anne sah zu Franzen hinüber. Der klammerte sich an der Sitzbank fest, auf der er, das Gesicht verkniffen und die Haut fahl, kauerte. Sie warf ihrem Vater einen vielsagenden Blick zu und konnte ein Grinsen nicht verbergen. Typische Landratte. Was wollte der hier auf Rügen? Nicht genug, dass er einer Frau offenbar nicht zutraute, sich nützlich machen zu können, erwies er sich auch noch als nicht seetüchtig. Sie zog ihren Mantel fester um sich und beobachtete das Segel, das von einer kräftigen Böe geschüttelt wurde.

»Keine Angst, Franzen, Mommsen ist ein erfahrener Fährmann. Der bringt uns sicher rüber nach Hiddensee. Kein Grund zur Sorge.« Annes Vater lachte seinen Kollegen aufmunternd an.

»Ich habe keine Angst«, gab dieser kurz zurück. »Mir bekommt nur das Segeln in so einem kleinen Kahn nicht gut. Außerdem ist es kalt und dunkel. Und Sie hätten mir sagen können, dass eine spezielle Bekleidung empfehlenswert ist. Der Stoff meines Gehrocks ist für diese Art von Beanspruchung nicht gemacht. Normalerweise bevorzuge ich das Übersetzen mit einer anständigen Fähre.«

»Nur gibt es zwischen Rügen und Hiddensee keine«, entgegnete Anne amüsiert, obwohl sie natürlich wusste, dass ihm diese für ihn unerfreuliche Tatsache bekannt war. »Selbst wenn Sie mit dem Salondampfer anreisen würden, müssten Sie ausgebootet werden.«

»Das weiß ich wohl«, wies Franzen sie augenblicklich zurecht. »Was ich noch immer nicht verstehe: Warum müssen wir den weiten Weg machen? Sagen Sie bloß nicht, dass es auf dem gottverlassenen Eiland da drüben keinen Arzt gibt!« Er sah Carl

Utpatel erwartungsvoll an und schlug den Kragen seines Gehrocks zum wiederholten Male hoch.
»Das lohnt sich nicht«, warf Carl ein und zuckte mit den Schultern. »Wenn was ist, holen sie mich.«
»Sie nehmen mich auf den Arm! Ich hatte das eigentlich nicht ernst gemeint. Es ist vollkommen undenkbar, dass es auf Hiddensee keinen Arzt gibt.«
»Warum? Es dauert doch nicht lange, bis ich drüben bin. Weit ist der Weg ja nu wirklich nich.«
Das stimmte. Setzte man an der schmalsten Stelle von Seehof auf Rügen zur Fährinsel über, konnte man von Segeln oder einer Anreise kaum sprechen, so kurz war die Strecke. Normalerweise machte man sich am Ufer durch Rufen oder Winken bemerkbar, wenn man nach Hiddensee wollte. Der Fährmann, Mommsen oder ein anderer, legte dann mit dem Segelboot das kurze Stück zurück. Doch Anne und ihr Vater wurden meistens zu Hause abgeholt. Die Leute des kleinen Nachbareilands schickten den Fährmann, wann immer sie den alten Landarzt brauchten.
Auf der Fährinsel sprangen sie eilig aus dem Kahn. Franzen stellte sich ziemlich ungeschickt an. Beinahe wäre er gestürzt, jedenfalls dauerte es, bis er ihnen endlich die wenigen Schritte bis zur Fährbek folgte. An dem schmalen Wasserarm angekommen, raffte Anne ihren Rock. Mit der anderen Hand hielt sie eine Öllampe vor sich, so dass jeder sehen konnte, wo es entlangging.
»Was soll das jetzt werden?«, zeterte Franzen.
»Wir müssen durchs Wasser«, gab Carl schlicht zurück.
»Das hat mir keiner gesagt. Ich besitze Gummistiefel aus England. Die hätte ich anziehen können, wenn mir denn jemand mitgeteilt hätte, dass das sinnvoll ist.«
Anne seufzte. Auch der Saum ihres Rockes und Mantels würde vermutlich nass werden. Und ihre Stiefel waren keine exquisiten

Stücke aus England, sondern einfache Exemplare aus dickem Leder mit besonders hohem Schaft, mehr nicht. Wie konnte sich ein Mann nur so anstellen? Und hatte Mommsen ihm nicht mitgeteilt, dass es nach Hiddensee ging? Jeder vernünftige Mensch, der im Besitz von Gummistiefeln war, hätte sie angezogen. »Soll ich Sie tragen?«, rutschte es ihr heraus.
»Das würden Sie tun?« Zum ersten Mal war die Überheblichkeit aus Franzens Stimme purem Erstaunen gewichen.
»Das war ein Scherz«, antwortete sie. Schon war sie im Wasser. Behutsam setzte sie einen Fuß vor den anderen. Gleich hatte sie das Ufer erreicht und sah auch bald ein Licht, das nicht weit von ihnen langsam von einer Seite zur anderen geschwenkt wurde. »Dort steht der Wagen, der uns nach Vitte bringt«, erklärte sie Franzen. »Sie haben es gleich geschafft.« Ein wenig tat er ihr doch leid. Mit offenen Schuhen unter den Stoffhosen war es gewiss kein Vergnügen, durch das noch sehr kalte Wasser der Ostsee zu waten. Zwar waren ihre Stiefel auch nicht völlig dicht, doch sie schützten natürlich weit besser als die feinen Halbschuhe des Arztes Franzen.
Der Postdampfer war, wie Gutspächter Ludewig erklärte, der mit der Kutsche auf sie wartete, offenbar in der Dunkelheit auf Grund gelaufen und hatte Schlagseite bekommen. Man hatte die Verletzten nach Vitte geschafft und notdürftig versorgt, soweit es eben möglich war.
»Nur gut, dass heute gleich zwei Doktoren hier sind«, verkündete Ludewig erleichtert. »Es gibt für Sie beide genug zu tun!«
Wieder vergingen nur Minuten, bis sie den kleinen Ort Vitte mit seinen strohgedeckten Häusern erreichten. Aus der Ferne konnte man ab und zu das Flackern des Leuchtfeuers auf dem Dornbusch erkennen.
»Wo habt ihr sie untergebracht?«, wollte Carl wissen.
»Bei Lehmann.«

»Das ist gut.«
Müller- und Bäckermeister Lehmann besaß ein großzügiges Hallenhaus, das größte seiner Art im Dorf. Als sich vor rund dreißig Jahren auch die Bauern von Hiddensee endlich von ihren Grundherren befreien konnten, war er ein junger Bursche gewesen, der ebenso pfiffig wie tüchtig war. Er hatte die Gunst der Zeit genutzt und es rasch zu Ansehen und Wohlstand gebracht. Dabei hatte er niemals vergessen, wie schlecht es einem ergehen konnte, ohne dass man selbst Schuld daran trug. Darum half er, wo er konnte und es für angebracht hielt.
Bereits von weitem war der Lichtschein aus dem Fachwerkgebäude zu erkennen. Die Kutsche war noch nicht ganz zum Stehen gekommen, da sprang Anne bereits heraus, die Tasche ihres Vaters unter dem Arm. Der folgte ihr auf der Stelle. Dann stieg auch Franzen aus, der während der kurzen Fahrt auffällig still gewesen war. Seine Bewegungen waren langsam. Anne drehte sich nach ihm um und leuchtete ihn mit der Öllampe an. War sein Gesicht auf dem Boot fahl gewesen, so hatte es nun einen seltsamen Grünton angenommen. Sie ahnte, was geschehen würde.
»Hier, Vater«, rief sie und hielt ihm seine Utensilien entgegen. Er begriff sofort, nahm sie ihr ab und eilte hinter Ludewig her. Franzen stand noch immer neben der Kutsche. Er hielt sich fest, als seien sie noch auf einem schwankenden Segelboot oder in dem wackelnden und springenden Gefährt unterwegs. Plötzlich verdrehte er die Augen und gab eigenartige gluckernde Geräusche von sich. Anne stellte rasch die Lampe in den Sand, griff in letzter Sekunde die Schöße seines Gehrocks und hielt sie fest, während er sich nach vorn beugte und erbrach. Nun bedauerte sie ihn wirklich, wie er, mit nassen Beinkleidern und ebensolchen Schuhen, würgte und keuchte. Das war wahrlich kein guter Anfang für

einen ehemals Gräflichen Leibarzt. Gern hätte sie ihm etwas Tröstendes gesagt, doch ihr kam in diesem Moment nichts in den Sinn, was passend gewesen wäre. Irgendwie hatte sie das Gefühl, es war ihm ohnehin lieber, wenn sie ihren Mund hielt.

»Anne!« Das war die Stimme ihres Vaters, die sie aus der peinlichen Situation rettete.

»Ich komme!« Franzen richtete sich auf. »Geht's wieder?«, fragte Anne.

»Ja.« Er klang ein wenig heiser und sehr kühl.

»Ich muss hineingehen, meinem Vater helfen. Aber ich komme gleich zurück, wenn Sie wollen.«

»Nein!«, sagte Franzen scharf. Etwas freundlicher fügte er hinzu: »Ich komme zurecht.«

Anne war froh. »Also schön«, sagte sie ein bisschen zu fröhlich, »dann gehe ich mal.«

»Anne!« Es war das erste Mal, dass er sie bei ihrem Namen nannte. Und dann auch noch bei ihrem Vornamen. Es fiel ihm gar nicht ein, sie Fräulein Utpatel zu nennen, wie es sich gehört hätte.

»Ja?«

»Kein Wort zu irgendjemandem.«

»Bitte?«

»Sie haben schon verstanden. Wenn Sie gleich allen brühwarm erzählen müssen, dass der neue Arzt nicht seetüchtig ist, wird Ihnen das schnell leidtun. Ich bin ein umgänglicher Mensch, aber ich kann auch äußerst unangenehm werden, wenn ich will.«

Letzteres glaubte sie ihm sofort.

»Anne, wo bleibst du denn?« Das war wieder ihr Vater. Nun drängte auch der Rest von Franzens Mageninhalt mit aller Macht ins Freie. Sie nutzte die Gelegenheit und lief ins Haus.

Am Kopf der Lehmannschen Diele loderte ein Feuer. Anne war durch das Seitentor eingetreten und ging direkt darauf zu. Man hatte die fünf Verletzten vor der Feuerstelle auf Strohlager gebettet.

»Da bist du endlich. Wo hast du nur so lange gesteckt?« Ein kurzer kritischer Blick von ihrem Vater, der, über ein gebrochenes Bein gebeugt, am Boden kniete.

»Entschuldige bitte«, murmelte sie. Rasch verschaffte sie sich einen Überblick. Den hier hatte es am Bein erwischt, und er blutete am Arm. Neben ihm lag ein Mann in einer sehr eigenwilligen Haltung. Gewiss hatte er sich die Schulter ausgekugelt. Es gab Quetschungen und Schürfwunden, eine Frau hatte eine Verbrennung von einer Öllampe erlitten, und ein Metallstab hatte sich in die Hüfte eines Jungen gebohrt. Dazu war der Schreck offenbar allen derart in die Glieder gefahren, dass sie schlotterten, kreidebleich waren und über Übelkeit klagten. Sie klebte ein Arzneipflaster und war froh, dass sie vom Apotheker erst gerade neue hatte kochen lassen. Außerdem holte sie den Hoffmannsgeist hervor, ließ sich von Lehmanns Mädchen einige Becher mit Wasser bringen, gab jeweils einige Tropfen davon hinein und reichte sie dann den Patienten. Das würde deren Übelkeit bekämpfen und sie ein wenig beruhigen. In dem Moment, als sie den letzten Becher Kapitän Heinrich reichte, den sie erst jetzt erkannte – er hatte sich die Schulter verdreht –, betrat Franzen die Diele.

»Bring mir noch einen Becher, Rieke«, rief sie dem Mädchen zu, während sie ihrem Vater eine Rolle Verband reichte. »Danke.« Sie träufelte etwas von dem Hoffmannsgeist in das Wasser und hielt es Franzen entgegen. »Hier, trinken Sie!«

»Warum? Was soll das?«, zischte er Anne an und erntete dafür einen missbilligenden Blick ihres Vaters.

Anne dagegen erschrak. Hatte er sie nicht eben gebeten, niemandem zu erzählen, dass er sich übergeben hatte? Sie meinte es nur gut, doch wenn sie ihm nun Hoffmannsgeist anbot, wusste jeder, wie schlecht es ihm wirklich ging.

»Nur ein Glas Wasser«, sagte sie eilig und sah ihm in die Augen. »Das tut gut nach der unbequemen Anreise.« Sie lächelte, dann kümmerte sie sich wieder um ihre Arbeit. Wahrscheinlich hatte niemand gesehen, wie sie die Tropfen in das Wasser gegeben hatte. So konnte sie sich geschickt aus der Affäre ziehen.

»Mann, Heinrich, wie konnte das bloß passieren?« Ihr Vater wandte sich gerade an den Kapitän des Postdampfers und nahm seine Schulter, die höchst merkwürdig aussah, gründlich unter die Lupe. Sobald er den rechten Arm des Mannes, der vor vielen Jahren von Rügen nach Hiddensee gezogen war, nur berührte, zuckten dessen Mundwinkel verräterisch. Er hatte große Schmerzen, das lag auf der Hand.

»Wir sind schon viel zu spät losgekommen von Stralsund«, berichtete der Kapitän. »Und dann bin ich in der Dunkelheit wohl aus dem Fahrwasser und ein bisschen zu nah ans Ufer geraten.« Er schnaubte. »Es war einfach kein glücklicher Tag. Von Anfang an nicht.«

»Immerhin sind alle am Leben«, tröstete Anne ihn.

»Wir müssen deine Schulter wieder zurechtbiegen, Heinrich, das wird weh tun.«

»So schlimm wird's wohl nich werden«, brummte der.

»Doch, ich fürchte, das wird es«, beharrte Carl. »Also los, Anne, dann wollen wir mal«, forderte er sie auf. Anne wusste, was sie zu tun hatte, erhob sich, stellte sich mit dem Rücken zum Patienten und drückte ihre Ferse in seine Achselhöhle. Ihr Vater wechselte ebenfalls die Position und packte Heinrichs rechte Hand. »Auf drei«, gab er das Kommando.

»Halt!« Franzen, der bisher nichts getan hatte, außer das mit Hoffmannsgeist versetzte Wasser zu trinken und sich hilflos umzusehen, meldete sich zu Wort. »Sie wollen doch wohl eine ausgekugelte Schulter nicht mit dieser mittelalterlichen Technik wieder in die rechte Position bringen.«

»Warum nicht?« Carl sah seinen Kollegen neugierig an. »Gibt es inzwischen eine bessere Methode als die des guten alten Hippokrates? Dann bin ich begierig, sie zu lernen.« Anne wusste, dass er es so meinte, wie er es sagte. Ihr Vater war immer in höchstem Maße interessiert an neuen Techniken oder Arzneien. Gewiss war es ernst und ganz bestimmt nicht ironisch gemeint.
»Mit Knochen kenne ich mich aus.« Stolz schwang in Franzens Stimme, als ob das für einen Arzt etwas Ungewöhnliches sei. »Ihre Tochter brauchen Sie nicht, wenn Sie eine Stuhllehne als Widerlager nehmen. Überhaupt, was steht sie da herum, statt sich um anderes zu kümmern? Sie können doch auch Ihren eigenen Fuß als Hebel benutzen.«
»Bei allem Respekt, werter Kollege, aber dem armen Heinrich eine Stuhllehne unter die Achselhöhle zu schieben, das scheint mir nicht die beste Idee zu sein. Der Stuhl rutscht doch weg.«
»Nicht, wenn der Patient darauf sitzt«, gab Franzen in einem Ton zurück, der deutlich machte, was er von den Kenntnissen seines Kollegen hielt.
»Sie wollen den Verletzten auf einen Stuhl hieven?« Carl starrte ihn an. »Brillante Idee!« Er holte tief Luft. Entweder würde er im nächsten Moment explodieren oder die Sache mit Humor nehmen. Wie so oft entschied er sich für den Humor. »Lieber Kollege Franzen, meine Tochter und ich haben die Methode des Hippokrates raffiniert verfeinert. Statt den Patienten zu betäuben, nimmt meine Tochter die Position ein, in der sie ihm ihre Kehrseite zuwendet. Der Anblick dieses niedlichen Hinterteils lenkt ihn derart ab, dass er gar nicht merkt, wie ich am Arm ziehe.« Er feixte.
»Aber Papa!« Anne war entrüstet.
»Könnt ihr euch mal über die beste Methode einigen und die Sache erledigen?«, meldete sich Heinrich zu Wort.
»Natürlich, hast recht, entschuldige.« Carl sah Anne kurz an. »Auf drei«, sagte er dann noch einmal.

Gut zwei Stunden später war die Arbeit getan, die Verletzten waren versorgt. Der Metallstab in der Hüfte war die härteste Nuss gewesen. Zwar hatte ihr Vater sie mit einem beherzten Ruck herausgezogen, doch es war längst nicht sicher, ob sich die Wunde womöglich entzünden würde. Gottlob war der kleine Patient sehr tapfer. Er hatte ein paar Tränen vergossen, sich aber recht schnell beruhigt und dann verkündet, es sei gar nicht so schlimm. Dabei war jedem klar, dass er die größten Schmerzen auszuhalten hatte. Franzen hatte nichts Sinnvolles getan oder irgendwo Hand angelegt, aber er hatte kluge Reden geführt und wusste alles besser. Vor allem über die Art, wie Carl das Metallstück entfernt hatte, hatte er sich ereifert. Das würde der Junge nicht überleben, niemals. Viel schien ihm das jedoch nicht auszumachen, sonst hätte er doch wohl eingegriffen, dachte Anne.

»Fürs Erste sind wir fertig«, verkündete Franzen zufrieden, als alle Verbände angelegt und sämtliche Knochen gerichtet waren. Anne zog eine Augenbraue hoch. Ihr lag eine Antwort auf der Zunge, doch ihr Vater kam ihr zuvor.

»Das meine ich auch. Ich werde mein Lager hier am Feuer aufschlagen. Dann bin ich zur Stelle, falls einer etwas braucht.«

»Ich lege mich auch hierher«, stimmte Anne zu.

»Wir bleiben über Nacht hier?« Franzen war wie vom Donner gerührt. Anne war überrascht. Hätte er nicht erleichtert sein müssen, dass ihm an diesem Abend der Rückweg mit Kutschen über Kopfsteinpflaster, zu Fuß durch die Fährbek und mit dem Segelboot hinüber nach Rügen erspart blieb? Sie verstand die Welt nicht mehr. »Ja, gibt es denn hier überhaupt anständige Matratzen und gute Federbetten für uns?«

Sie rollte mit den Augen. »Für mich reicht ein Lager aus Stroh. Die Hauptsache, ich bin bei den Verletzten«, sagte sie vernehmlich.

»Nein, Kind, lege du dich nur in die Gesindekammer. Dort gibt es eine Matratze für dich. Es ist genug, wenn ich die Stellung halte.«
Anne wollte widersprechen, doch ihr Vater ließ ihre Einwände nicht gelten. Franzen, der eine der Stuben am Kopf des Hauses gleich hinter der Feuerstelle für sich allein zugewiesen bekam, ließen sie einfach stehen und kümmerten sich nicht mehr um ihn. Er trat noch eine Weile von einem Fuß auf den anderen, dann zog er sich zurück. Nicht ohne das Mädchen des Bäckermeisters Lehmann mit sich zu nehmen.
»Sie können meine nassen Kleider und Schuhe ans Feuer bringen, damit sie über Nacht trocknen. Sonst hole ich mir noch den Tod«, ordnete er an.
»Und das wäre ein Jammer«, flüsterte Anne.
»Versündige dich nicht, Kind«, antwortete Carl und brach gleich darauf in schallendes Gelächter aus.

2

»Gerd, du kannst dir überhaupt nicht vorstellen, wie dösig sich dieser Kerl aufgeführt hat!« Anne stand vor der Kate ihres jüngsten Bruders hinter einem langen Holztisch und half ihm beim Auspuken der Heringe. Nicht mehr lange, dann war die Saison vorüber, und die kleinen delikaten Fische waren nicht länger Gast in den Netzen. Die Sonne hatte Kraft, kaum dass sie aufgegangen war, es würde ein milder Tag werden. Annes Gemüt konnte das nicht beruhigen. Sobald sie sich an die Nacht auf Hiddensee vor drei Tagen erinnerte, geriet sie auf der Stelle wieder in Rage. »Nicht einen Handschlag hat er Vater oder mir abgenommen, aber das Maul hat er aufgerissen, als wäre er Hippokrates persönlich.«

»Du weißt, wie diese Klookschieter vom Festland sind«, versuchte Gerd sie zu besänftigen. »Das ist doch nichts Neues.«

»Das macht es nicht besser. Immerhin ist Franzen hier, um Vater zu unterstützen, wenn es mit dem Eisenbahnbau vorangeht. Wenn er sich immer so anstellt, ist er alles andere als eine Hilfe.« Sie seufzte. »Nicht, dass wir ihn brauchen würden. Wir kommen gewiss auch ohne ihn bestens zurecht. Aber einen, der ständig im Weg herumsteht, den brauchen wir schon dreimal nicht.« Es tat gut, ihrem Zorn über diesen aufgeblasenen Festland-Arzt Luft zu machen. Gleichzeitig beherrschte sie sich und verriet ihrem Bruder nicht, wie elend es Franzen nach dem nur kurzen Stück in einem Segelboot ergangen war. Gerd hätte seinen Spaß an ihren Schilderungen, das wusste sie, aber Franzen hatte ihr nun einmal das Versprechen abgenommen, zu schweigen. Als ob es etwas Schlimmes wäre, wenn es einem mal nicht gutging. So richtig verstand sie seine Aufregung nicht. Nur, versprochen war eben versprochen, und daran würde sie sich halten.

Die letzte Nacht hatte Gerd einen guten Fang beschert. Unzählige silbergraue Leiber lagen bereits in Fässern und Wannen. Noch immer zappelten weitere in den groben Maschen des Netzes. Anne beherrschte die Arbeit wie im Schlaf. Sie schloss ihre Hand behutsam um die kalten, feuchten Fische und zupfte einen nach dem anderen aus dem Geflecht.

»Ach, Gerd, wärst du bloß Arzt geworden wie unser Vater. Dann könnten wir uns zu dritt um die Patienten kümmern, und niemand käme auf die Idee, dass wir Unterstützung vom Festland brauchen.« Sie schnaubte.

»Nee, das wär nix für mich gewesen«, erwiderte Gerd lachend. »Du weißt doch, dass mein Versagen im Schönschreiben die einzige Leistung im Pädagogium war, die mich für den Arztberuf qualifiziert hätte.«

»Was ich weiß, ist, dass du sowohl in Latein und Griechisch als auch in Naturgeschichte und Mathematik glänzend abgeschnitten hast.«

»Nur hat mir die Theorie nie viel Freude gemacht, Schwesterchen. Es ist schon alles gut, wie es ist.«

Die Wahrheit war, dass Gerd seinen großen Bruder Hinnerk bewunderte und ihm stets in allem, was er tat, nacheiferte. Hinnerk wiederum würde wahrscheinlich so ziemlich alles tun, nur nicht das, was sein Vater ihm vormachte. Jedenfalls, seit er Hulda geheiratet hatte. Sie war die Tochter eines Bauern in vierter Generation, und ihr Vater konnte Studierte nicht ausstehen. Nur ein ehrlicher Beruf, wie eben der des Bauern, des Schmieds oder Tischlers oder vielleicht noch der eines Kapitäns, galt etwas in seinen Augen. Also hatte Hinnerk das Handwerk seines Schwiegervaters erlernt, woraufhin Gerd augenblicklich das Gymnasium abgebrochen hatte, auf das er nach dem Abschluss des Königlichen Pädagogiums zu Putbus gegangen war. Er hatte sich der Fischerei zugewandt und eine Kate bei Schaprode bezogen, wo er seither tätig war. Immerhin versorgte er mit diesem Beruf die Menschen mit dem, was sie zum Leben brauchten, wie sein großer Bruder auch. Schon eigenartig, welche Wege das Schicksal manchmal ging, dachte Anne.

»Wer weiß«, sagte Gerd in ihre Gedanken, »vielleicht ist er gar nicht so übel. Womöglich kannst du ihn am Ende noch gut leiden.«

»Wen?«, fragte sie gedehnt, obwohl sie natürlich wusste, von wem ihr Bruder sprach.

»Diesen Franzen.«

»Nie im Leben!«

»Das dachte ich auch, als ich Ulla kennengelernt habe. Erinnerst du dich nicht mehr?«

Natürlich erinnerte sie sich. Es war ja nicht lange her. Ulla, ein zartes Geschöpf von der Halbinsel Mönchgut im Osten Rügens, war im Winter 1895 mit ihren Eltern zu Besuch bei Tante und Onkel in Trent gewesen. Man wollte eine Tanne für das bevorstehende Weihnachtsfest schlagen, das man gemeinsam zu feiern gedachte. Ulla war dagegen. Sie hatte auf Hiddensee einmal einen Bügelbaum gesehen und sich in den Kopf gesetzt, dass es in diesem Jahr zum Fest einen solchen geben sollte.

»Wie könnte ich wohl vergessen, wie du über eure erste Begegnung gesprochen hast?« Anne lachte. »Wie hast du sie noch genannt, eine verbohrte Gans, die jedermann um den Verstand bringt?«

Auch Gerd musste lachen. »Lass sie das bloß nie hören! Auf der anderen Seite habe ich ihr oft genug gesagt, wie schrecklich sie mir damals auf die Nerven gegangen ist. Und dass sie jeden Mann um den Verstand bringen kann, unterzeichne ich noch heute.« Seine Augen glänzten. Beinahe ein halbes Jahr lag diese erste Begegnung der beiden nun zurück. Es war nicht zu übersehen, dass er seine Meinung über sie längst gründlich geändert und sich in sie verliebt hatte.

»Wenn jeder eine Tanne hat, will ich einen Bügelbaum«, ahmte Anne den Tonfall nach, dessen ihr Bruder sich zu gerne bediente, wenn er die Rolle von Ulla übernahm. Er konnte es besser als sie und klang jedes Mal wie ein störrisches Kind. »Fast den ganzen Ort hat sie gegen sich aufgebracht, weil sie überall nach eisernen Fassreifen oder Weidenruten gefragt hat.«

»Und diese kleine Schere, mit der sie sich schließlich auf den Weg machte, selbst Weidenäste zu schneiden!« Gerd schüttelte den Kopf bei der Erinnerung. »Alle haben über sie gelacht.«

»Du nicht. Du hast sie ernst genommen.«

»Es war ihr ernst, das war doch wohl nicht zu übersehen. Leiden konnte ich sie deswegen noch lange nicht.«

»Lange nicht?«, neckte Anne ihn. »Davon kann wohl kaum die Rede sein.«

»Du sagst es selbst, ich habe sie nicht ausgelacht, sondern ihr eine Säge gegeben. Das hatte nichts damit zu tun, dass ich sie schon damals leiden konnte. Ich dachte lediglich, wenn sie ihren Willen bekommt, gibt sie wenigstens Ruhe. Als ich sie fragte, ob sie mit der Säge umgehen könne, hat sie mir ordentlich die Leviten gelesen. Überzeugt hat sie mich allerdings nicht. Ich konnte mir nicht vorstellen, dass ein Weibsbild mit Werkzeug umgehen kann. Meine Schwester ausgenommen«, fügte er rasch hinzu, bevor er einen Knuff von Anne einfing.

»Aus gutem Grund hast du Vater gebeten, sich bereitzuhalten.« Auch Anne schüttelte nun den Kopf. »Was hast du dir damals nur dabei gedacht? Sie hätte sich ernsthaft verletzen können, du hättest ihr helfen müssen.«

»Habe ich doch.« Gerd lächelte sie scheinheilig an. »Mit der Schere wäre das nie etwas geworden, mit der Säge dagegen hat sie es hinbekommen.«

»Es war mehr als leichtsinnig. Und das weißt du.«

»Ich dachte doch, sie würde endlich ihr Vorhaben aufgeben, aber das hat sie nicht. Als sie mir das Werkzeug zurückbrachte, waren ihre Wangen ganz rot, und ihre Augen haben gestrahlt. Sie war so stolz, dass sie es geschafft hat«, schwärmte er. »Ich werde nie vergessen, was sie zu mir gesagt hat: Diese Zweige wird die Weide nicht vermissen, und es lässt sich gewiss ein hübscher Bügelbaum daraus machen. Warum also hätten wir eine Tanne umlegen sollen, die damit für immer verloren wäre? Es ging ihr gar nicht darum, etwas anderes zu haben als alle anderen. Sie wollte die Tanne retten. So ist meine Ulla. Selbst eine Fliege würde sie beschützen.« Anne zog den letzten Hering aus dem Netz. »Sie ist ein wundervolles Mädchen! Wenn sie nur nicht von Mönchgut wäre.« Gerd seufzte, während er den hölzernen Karren mit Fisch belud.

»Ihr Vater will also noch immer nichts von dir wissen?« Ein angenehmer leichter Wind wehte von der Udarser Wiek herüber.

»Für ihn kommt nur einer in Frage, der auf Mönchgut geboren wurde. Dieser alte Sturkopp ist eben ein Mann der Traditionen.« Er verdrehte ärgerlich die Augen.

»Unsinn, ein unverbesserlicher Griesgram ist er. Dass ein Mann enterbt wird, wenn er ein Mädchen heiratet, das nicht von Mönchgut kommt, das hat man schon gehört.« Nach einer Pause fügte sie hinzu: »In Geschichten aus längst vergangenen Zeiten. Umgekehrt ist es vorgekommen, dass ein Mädchen von der Halbinsel einen aus dem Westen genommen hat, ohne dass die Familien einen Einwand gehabt hätten. Heutzutage allemal. Will das denn noch immer nicht in seinen Schädel?«

»Immerhin droht er nicht mehr, seine Tochter zu verleugnen, wenn Ulla sich endgültig für mich entscheidet. Das ist ein Anfang.« Gerd warf einige Fische auf den Tisch zurück, einer schlitterte über die Platte und fiel am anderen Ende in das Gras.

»Nicht so stürmisch, Bruderherz.« Anne bückte sich und hob den Hering auf.

»Mehr passt nicht in die Karre. Bring den Rest nur in die Salzhütte. Ich kümmere mich darum, wenn ich aus Bergen zurück bin.«

Sie tat, worum er sie gebeten hatte. Es wäre gut, wenn er endlich eine Frau an seiner Seite hätte, ging es ihr durch den Kopf. Auch dann würde sie ihm weiterhin helfen, aber immer hatte sie natürlich keine Zeit für ihn, und er stand nicht selten ganz allein da. Dabei war die Arbeit zu viel für einen Mann. Aus gutem Grund hatten sich die Fischer, zum Beispiel oben in Sassnitz, zu kleinen Gemeinschaften zusammengetan. Sie konnten einander beim Bearbeiten und Spinnen des Flachses, beim Stricken der Netze und beim Räuchern und Einsalzen der Fische helfen. Zwei Mann zogen währenddessen mit den Fischkarren los, um fangfrisch zu verkaufen, was das Meer ihnen am frühen Morgen geschenkt hatte. Ging ein Boot entzwei, so kümmerte man sich gemeinschaftlich darum. Gerd jedoch erledigte alles allein. Die Hilfe, die er von ihr bekam, war ein Hauch inmitten eines Sturmes.

Nachdem Gerd sich auf den Weg zum Markt gemacht hatte, war es auch für sie Zeit, nach Hause zu gehen. Vielleicht konnte sie morgen zurückkehren und ihm helfen, die Heringe auszu-

nehmen und einzusalzen. Zwar war das eine Beschäftigung, die sie nicht ausstehen konnte, aber das spielte keine Rolle. In einer Familie half man sich nun einmal. Ganz gleich, was es zu tun gab.
Die Sonne schien inzwischen kräftig. Anne genoss die Wärme auf der Haut. Sie beeilte sich, denn es lagen immerhin gut sechs Kilometer zwischen der Kate ihres Bruders und der ihres Vaters. Wenn sie trödelte, bekäme sie das Mittagessen nicht rechtzeitig auf den Tisch. Trotzdem erfreute sie sich an dem morgendlichen Gesang der Vögel und an den Insekten, die um sie herumschwirrten und die Luft mit ihrem Summen erfüllten. Während sie neben der Kopfsteinstraße entlanglief, dachte sie darüber nach, wie ihr Bruder auf seine Angebetete zu sprechen gekommen war. Es war eigentlich um Franzen gegangen.
»Womöglich kannst du ihn am Ende noch gut leiden«, hatte Gerd gesagt. Und dann hatte er von der ersten Begegnung zwischen ihm und Ulla erzählt, was er sehr gerne tat. Hatte er andeuten wollen, sie könne sich in Franzen verlieben? Bei dem Gedanken entfuhr ihr ein spöttisches Lachen. Niemals. Ihr Bruder kannte ihn noch nicht, sonst hätte er so etwas gar nicht in Erwägung gezogen. Sie gab einem Stein, der auf ihrem Weg lag, einen kleinen Stoß mit der Schuhspitze und sah ihm nach, wie er über den festen Sandboden hüpfte und schließlich in ein Weizenfeld sprang. Ihr kam wieder der Glanz in Gerds Augen in den Sinn, sobald er von Ulla sprach. Wenn die beiden nur bald ein Paar werden könnten. Sie wünschte es ihnen wirklich von Herzen. Mehr, als sie sich einen Verehrer für sich selbst wünschte. Schön, es wäre gewiss nett, wenn da jemand wäre. Nur fragte sie sich, woher der wohl kommen sollte. Die Burschen aus dem Ort kamen nicht in Frage. Und es gab auch keinen, der fortgegangen war, um das Gymnasium und die Universität zu besuchen, und nun zurückkehren würde. Bei den seltenen Gelegenheiten, wenn ihr Vater

sie mit nach Putbus ins Theater nahm, erschien es ihr ebenfalls unwahrscheinlich, die Bekanntschaft mit einem gebildeten und vor allem angenehmen jungen Mann zu machen. Blieb nur noch einer, der sich vom Festland auf die Insel verirrte. Doch so einer konnte ihr gestohlen bleiben.

Schon von weitem sah sie die stattliche Spitze von St. Katharinen, die auf einer runden Turmhaube saß. Bald darauf erreichte sie die Utpatelsche Kate, deren Rohrdach im Winter ordentlich Moos angesetzt hatte. Von der Diele lief sie direkt in die offene Wohnküche. Das Herz des großzügigen Raumes war eine alte Feuerstelle, über der sie noch immer Wasser erhitzten oder im Winter auch mal einen Topf mit Suppe hängen hatten. Anne mochte das offene Feuer, weil es Wärme verströmte und auch Behaglichkeit, ihr ganzer Stolz jedoch war der gusseiserne Kohleherd, auf dem sie mehrere Töpfe oder Pfannen gleichzeitig stehen haben konnte. Bevor sie dort Wasser für einen deftigen Eintopf aufsetzen wollte, würde sie rasch den Fisch ausnehmen, den ihr Bruder ihr mitgegeben hatte. Ihr Vater liebte Bratheringe. Die würde sie vorbereiten, ging es ihr durch den Kopf, als sie die Küche betrat.

»Oh, Entschuldigung.« Sie hatte nicht damit gerechnet, dass ihr Vater zu Hause war und obendrein einen Gast hatte, so blieb sie wie angewurzelt stehen. »Ich dachte, du wärst bei Patienten.«

Der Fremde, der ihrem Vater gegenübergesessen hatte, erhob sich.

»Darf ich vorstellen? Das ist meine Tochter Anne, von der ich Ihnen ja schon einiges erzählt habe. Anne, das ist Bernd Vogel, ein Kollege aus Binz.«

»Bernd Vogel«, sagte dieser und deutete eine Verbeugung an. »Ich bin Arzt in Binz. Es freut mich, Sie kennenzulernen. Ihr Vater hat mir schon viel von Ihnen erzählt.«

»Guten Tag«, sagte Anne und fragte sich, ob er immer alles wiederholte, was gerade jemand anderes gesagt hatte. »Sie arbeiten in Binz? Merkwürdig, ich habe noch gar nichts von Ihnen gehört.« Sie sah ihren Vater nachdenklich an. Hatte er schon von ihm gesprochen? Für gewöhnlich hatte sie die Namen aller Ärzte, die auf der Insel ansässig waren, zumindest mal gehört.

»Gar nicht merkwürdig«, widersprach Vogel. »Ich bin erst seit etwa einem Jahr als Badearzt dort. Davor war ich in Stettin und Greifswald tätig.«

»So.« Aha, einer vom Festland. Hoffentlich meinte der nicht auch, ihrem Vater ins Handwerk pfuschen zu müssen. »Ich wollte nicht stören. Ich kann mich auch später um das Essen kümmern.« Ihr fiel auf, dass sie noch immer, die in Papier gewickelten Fische in der Hand, mitten in der Küche stand.

»Du störst doch nicht, Mädchen«, sagte Carl, der damit beschäftigt war, sich eine Pfeife anzuzünden.

»Nein, Sie stören überhaupt nicht«, bekräftigte Vogel und nahm wieder Platz. Er schien wahrhaftig gern das nachzuplappern, was ein anderer bereits vor ihm gesagt hatte.

»Gut möglich, dass der Fisch stört«, wandte sie ein und legte ihr Päckchen auf dem Arbeitstisch neben dem Herd ab. »So würzig der Hering einmal schmecken wird, so würzig riecht er auch.«

»Da läuft einem doch das Wasser im Mund zusammen, was, Vogel? Apropos, leisten Sie uns zum Essen Gesellschaft, Herr Kollege?«

»Den Brathering gibt es aber erst morgen«, platzte Anne dazwischen. »Für heute habe ich nur Eintopf vorgesehen.«

»An einem Eintopf ist doch nichts Schlechtes.« Dieser Vogel sah sie freundlich an. Er hatte braune Augen und hellblondes Haar, das sich ganz leicht wellte. Ein hübscher Kerl, das muss-

te sie zugeben. »Ich bleibe gern, wenn es keine Umstände macht.«
»Was sollten das wohl für Umstände sein?« Carl schüttelte den Kopf. »Wo waren wir stehengeblieben?«
Anne schnappte sich einen Eimer und ging hinaus, um Wasser zu holen. Wo kamen nur plötzlich all die Ärzte her?, fragte sie sich. War der Bau der Eisenbahn denn so gefährlich, dass alle meinten, hier gäbe es demnächst gut zu verdienen? Wenn die Bahlbecksche es wieder mit den Hämorrhoiden zu tun oder der Hofstellersche einen Gichtanfall hatte, dann lockte das keinen der Kollegen in den Osten der Insel. Dann blieb der Herr Badearzt lieber in Binz bei den gutbetuchten Bankiers, Juristen und Industriellen, die seit einigen Jahren in wachsender Zahl in den sogenannten Badeort kamen. Ein Badeort, was sollte das überhaupt sein? Sie hatte den Eimer mit frischem Wasser gefüllt und ging zurück ins Haus, obwohl sie keinen besonderen Wert auf die Gesellschaft des Fremden legte. Lieber hätte sie sich draußen um den kleinen Garten gekümmert, in dem es immer etwas zu tun gab.
»Der letzte Abschnitt, den man in Betrieb genommen hat, war gewiss einer der schwierigsten«, sagte Vogel gerade, als Anne wieder in die Wohnküche kam. »Immerhin galt es, den Höhenzug der Granitz zu überwinden. Sie sollten sich die Strecke wirklich einmal ansehen, Herr Dr. Utpatel. Es ist faszinierend, wie diese Schmalspurbahn es schafft, die engen Kurven zu nehmen. Das wäre mit der Normalspur gar nicht möglich.«
Sie ließ den Fisch mit einem klatschenden Geräusch auf ein großes Holzbrett fallen. Aus Vogels Stimme klang die pure Begeisterung. Natürlich, vielen Leuten galt die Eisenbahn heutzutage als schick und fortschrittlich. Anne fand, es ging bisher auch ohne ganz gut. Für eine große Entfernung, wie etwa von Berlin bis nach Stralsund, ja, da war so ein Verkehrsmittel be-

stimmt eine gute Sache. Aber wer brauchte so etwas auf einem kurzen Stück, wie dem zwischen Binz und Sellin? Sie hielt ein Pferdegespann für viel praktischer, wenn man nicht ohnehin zu Fuß gehen mochte.

»Die Kleinbahn mit der geringeren Spurweite von nur siebenhundertfünfzig Millimetern ist eine perfekte Lösung. Nicht nur für die Granitz, sondern überhaupt für viele Regionen der Insel«, referierte Vogel weiter. »Bedenken Sie, dass sie damit nur halb so breit ist wie die uns bisher vertraute Schiene.« Er sah die beiden erwartungsvoll an. Obwohl sie sich nicht unbedingt beeindruckt zeigten, fuhr er fort: »Die Firma, die den Zuschlag für die Bauarbeiten bekommen hat, ist diesbezüglich äußerst erfahren. Das ist gut, denn so sind auch schon Lokomotiven für ebendiese Spurweite vorhanden, die rasch nach Rügen gebracht werden können. In vier Tagen wird der Abschnitt bis nach Sellin Ost in Betrieb genommen. Sie sollten sich das nicht entgehen lassen. Ich werde es jedenfalls nicht und habe mir bereits mein Billett reserviert.«

»Gratulation«, entfuhr es Anne. Sie schlug einem Hering den Kopf ab.

»Danke schön«, entgegnete er fröhlich. »Soll ich Ihnen beiden auch Plätze besorgen? Das mache ich gern.«

»Für mich ist das nichts, glaube ich.« Carl winkte ab.

»Denken Sie nur an die erste Fahrt von Putbus nach Binz. Es waren so viele Menschen gekommen, dass sogar Damen mit einem Stehplatz zufrieden sein mussten. Selbst das Rügensche Kreis- und Anzeigenblatt berichtete damals darüber. Das werde ich nie vergessen.« Vogel lachte leise.

Anne schnitt auch den anderen Fischen die Köpfe ab.

»Nein, werter Kollege, ich verzichte gern. Aber du solltest dir das wirklich einmal ansehen, Mädchen.« Carl blies eine würzig duftende Rauchwolke in die Luft.

Anne stach dem ersten Fisch das Messer in den Bauch. »Ich wüsste nicht, warum, Vater. Ich habe nichts in Sellin zu schaffen, und wenn ich von einem Ende des Ortes zum anderen gelangen wollte, dann würde ich laufen.« Ihr war bewusst, dass sie sehr schroff klang. Recht so, dann würde diesem Bade-Schnösel bald die Lust daran vergehen, hier herumzusitzen und tüchtige Menschen zu unsinnigen Ausflügen einzuladen.

»Es geht ja nicht darum, von einem Ort zum anderen zu gelangen«, wandte Vogel ein.

»Worum geht es dann, wenn ich mit der Eisenbahn fahre? Soll sie nicht im nächsten Jahr schon den Kohl, die Rüben und auch den Weizen von den Feldern um Wiek oder Mattchow bis auf das Festland schaffen? Mein Bruder, der dort oben Land bewirtschaftet, erwartet es jedenfalls so. Oder fahren Gemüse und Getreide gar zum Vergnügen durch die Gegend?«

»Im Gegensatz zu einer Rübe haben Sie Augen und Ohren und gewiss eine Seele, die sich begeistern lässt, nehme ich doch an.«

»Oh, ja, die hat sie«, bestätigte Carl und nickte bedächtig.

»Überlegen Sie es sich. Es wird ein großes Fest werden. Vielleicht wird es auch ein großer Reinfall, denn meines Wissens ist die Strecke noch nicht fertiggestellt. Ob sie es in vier Tagen sein wird, ist fraglich. Gut möglich, dass wir Zeugen eines kleinen Skandals werden. Wollen Sie das etwa versäumen?«

»Ich bin nicht interessiert an Skandalen«, gab sie kühl zurück, während sie den Heringen die Eingeweide herausriss.

»Trotzdem kann es nicht schaden, wenn Sie das kennenlernen, was Sie schon bald in Atem halten wird. Der Bau der Strecke hinauf nach Altenkirchen steht unmittelbar bevor. Man will sie noch in diesem Jahr in Betrieb nehmen, nachdem man wegen des ungeklärten Landerwerbs so viele Monate verloren hat. Das ist nicht viel Zeit. Gewiss werden die Arbeiter in drei oder vier Kolonnen an mehreren Stellen gleichzeitig arbeiten.« Er machte eine Pause.

Anne setzte mit Essig, Zucker, Salz, Zwiebeln und Nelken den Sud für den Brathering an. Ein beißender Geruch stieg auf und konkurrierte mit dem von Carls Pfeife. Dann legte sie einen Ofenring über ein Loch der Herdplatte und stellte eine Pfanne darauf, in die sie reichlich Fett gab. Während sie die gewohnten Handgriffe ausführte, drehte sie sich um und sah den jungen Badearzt kurz an.
»Bei solcher Eile wird es zu Unfällen kommen«, sagte der, als hätte er darauf gewartet, dass sie ihm mehr Aufmerksamkeit schenkte. »Hoffen wir, dass es bei kleinen Blessuren bleibt.«
Sie wollte schon fragen, was ihn das angehe, schluckte den Einwand jedoch hinunter. Schließlich war es die Sache ihres Vaters, sein Revier zu verteidigen oder es kampflos einem Kollegen zu überlassen, dachte sie.

Während Anne den Eintopf bereitet hatte, waren die Männer hinausgegangen, um zu sehen, wo genau die Gleise verlegt werden sollten. Die Strecke von Bergen über den Bodden bis rauf nach Altenkirchen würde auch den Ort Trent passieren. Es war im Gespräch, die Gleise hier über die Chaussee laufen zu lassen, wofür allerdings eine große Menge Bäume gefällt werden mussten.
»Die Fischer sind noch immer sehr aufgebracht über den Gedanken, dass eine Brücke über den Bodden gebaut werden soll«, hörte sie ihren Vater sagen, als die beiden wieder ins Haus kamen. »Kreisbaumeister Harder war heilfroh, die Insel am Tag nach der Versammlung wieder verlassen zu können. Ich habe ihn gerade noch angetroffen, als ich von einem Einsatz auf Hiddensee zurückkam. Er würde keine Entscheidung treffen, hat er immer wieder betont, das läge in der Verantwortung des Rügenschen Kreistages. Auch auf die Herren von der Regierung in Stralsund hat er mehrfach verwiesen, bevor er in einem höchst eigenartigen Leiterwagen davongerumpelt ist.«

Die Männer wuschen sich in der Schüssel, die auf einem Tisch nicht weit vom Kohleherd stand, die Hände und nahmen dann Platz.

»Bei dem Duft läuft einem das Wasser im Mund zusammen«, sagte Vogel und lächelte sie an.

Er hatte hübsche Augen, das war unbestreitbar. Gewiss kein Nachteil, wenn man es mit wohlhabenden weiblichen Badegästen zu tun hatte.

»Es ist nur Eintopf«, sagte Anne kurz.

»Ich ziehe einen gut gemachten Eintopf einem Wildragout vor«, entgegnete er.

»Will ich meinen«, stimmte Carl zu. »Guten Appetit, lassen Sie es sich schmecken.«

»Danke.« Er sah Anne an, die seinen Teller füllte. »Ich danke Ihnen.«

»Danken Sie lieber Gott, unserem Herrn, wie es sich gehört.« Ihr Vater zog überrascht die Augenbrauen hoch. So fromm kannte er sie nicht. Eigentlich wäre es seine Aufgabe, ein Tischgebet zu sprechen, doch seit dem Tod seiner Frau verzichtete er darauf, und Anne hatte es bisher auch nicht für nötig gehalten, das für ihn zu übernehmen. Sie senkte verlegen den Blick. Am besten, sie war erst einmal still. Ihr Vater schien sich mit diesem Festland-Doktor gut zu verstehen. Bitte schön, da wollte sie auch nicht allzu unfreundlich sein, auch wenn es ihr im Grunde gründlich gleichgültig war, was er von ihr dachte. Während des Essens wurde nicht gesprochen. Als Anne das Geschirr abräumte, unterhielten sich die Männer über Vogels Zeit in Stettin.

»Fehlt Ihnen die große Stadt nicht?«, wollte Carl wissen und zündete sich wieder seine Pfeife an.

»Überhaupt nicht! Zwar gibt es einen Hafen, trotzdem war mir die Ostsee viel zu weit weg. Ich brauche das Meer direkt vor meiner Nase. Außerdem bin ich kein Freund großer Städte. Stettin ist für meinen Geschmack schrecklich unübersichtlich geworden, seit immer mehr Wohngebiete entstanden sind und kleine Ortschaften eingemeindet wurden.« Vogel griff in die Tasche seines Gehrocks und holte ein kleines Metalldöschen hervor. »Möchte jemand?«, fragte er und öffnete den Deckel, woraufhin ein intensiver Duft durch die Wohnküche strömte, der so kräftig war, dass er den Geruch der Gemüsemahlzeit und selbst den der Utpatelschen Pfeife zu überdecken in der Lage war. Anne trat neugierig näher. Sie pflanzte im Garten einige Kräuter an, um Speisen damit zu würzen, und natürlich auch, um sie für Tinkturen oder Tees zu verwenden. Diese grünen Blätter kamen ihr jedoch nicht bekannt vor.

»Basilici herba«, sagte Vogel. »Basilikum oder auch Königskraut. Ich baue es in meinem kleinen Treibhaus an. Es verscheucht Völlegefühl und beugt Blähungen vor. Verzeihung.« Er hüstelte kurz, dann streckte er Anne das Döschen entgegen. »Probieren Sie. Ich habe mir den Verzehr zur Angewohnheit gemacht.«

Sie zögerte, konnte dann aber doch nicht widerstehen. Kaum hatte sie das Blatt auf ihre Zunge gelegt, entfaltete es ein reiches Aroma, das dem Duft nicht nachstand. Es hatte gar eine leichte Schärfe, die sie nicht erwartet hatte. Auch ihr Vater kaute neugierig auf dem Königskraut herum.

»Das wäre etwas für unseren Garten, was? Es ist köstlich.«

»Ich fürchte, im Freien gedeiht es nur in wärmeren Gefilden. Sie müssten sich wohl eines dieser praktischen Gewächshäuser anschaffen, die jetzt in Mode sind. Oder ich bringe Ihnen bei meinem nächsten Besuch ein paar Zweige mit. Die Blätter verlieren nicht sehr, wenn Sie sie trocknen«, erklärte Vogel und ließ die metallene Dose wieder in die Innentasche seines Gehrocks gleiten, der über der Stuhllehne hing. »Was mir wahrhaftig fehlt, ist das Krankenhaus von Stettin«, sagte er und nahm damit den

Faden wieder auf. »Ich kenne keines, das so viel Platz und vor allem eine solche Ausstattung hat. Das ist wirklich auf der Höhe der Zeit.« Wenn er Rügen für so wenig zeitgemäß hielt, was wollte er dann hier? Anne meinte, die Frage leicht beantworten zu können. »Für einen Arzt bietet die Stadt ein großes Betätigungsfeld mit seiner Blinden- und der Taubstummenanstalt. Es gibt unendlich viel zu lernen.« Erneut fragte sie sich, warum er es vorzog, reiche Urlauberinnen zu versorgen, wenn er in Stettin so viel mehr Möglichkeiten hatte. Nur um ganz nah an der Ostsee zu sein? Das bezweifelte sie doch sehr. Er war unehrlich wie alle diese Festland-Besserwisser, dessen war sie sicher. Im Grunde zog er die Bequemlichkeit der leichten Arbeit hier den Herausforderungen, von denen er zu schwärmen vorgab, vor.

Sie hatte ihre Aufgaben in der Küche erledigt. Am besten zog sie sich zurück.

»Apropos lernen, es gibt auch eine Hebammenlehranstalt mit zugehöriger Frauenklinik. Wäre das nicht etwas für Sie, Fräulein Utpatel? Nach allem, was Ihr Vater mir über Sie erzählt hat …«

»Was hat er denn erzählt? Etwa, dass ich ihm keine Hilfe bin, weil ich mich so ungeschickt anstelle?«

»Im Gegenteil.«

»Und warum meinen Sie dann, dass eine Lehranstalt das Richtige für mich ist?«

»Nur so ein Gedanke«, erwiderte Vogel kurz.

»Gibt es in Stettin nicht auch ein Mädchenrettungshaus, lieber Herr Kollege?« Carl warf seiner Tochter einen warnenden Blick zu. »Vielleicht wäre das richtiger für dich, Anne. Dort werden schwierige junge Damen erzogen, wenn ich mich nicht täusche.«

»Die Lehranstalt genießt einen ausgezeichneten Ruf«, erzählte Vogel unbekümmert weiter und ersparte es ihr damit, auf die Spitze ihres Vaters eingehen zu müssen. »In unserem Beruf hört das Lernen nie auf, denke ich. Das mag vermessen sein, da ich noch am Anfang meiner beruflichen Laufbahn stehe. Doch so stelle ich es mir vor, weil es einfach so viele Bereiche gibt, von den Heilkräutern über das Richten von Knochen bis hin zu Operationen. Wie soll man sich in einem einzigen Leben nur mit alldem auskennen?«

Carl nickte. »Diese Frage habe ich mir schon oft gestellt. Und damit ist es ja noch nicht einmal getan. Auch die Erkrankungen des Geistes kommen hinzu, bei denen man uns um Rat fragt. Ich stimme Ihnen zu: Das Lernen hört nie auf.« An Anne gewandt, fügte Carl hinzu: »Dir würde sich in dieser Lehranstalt eine ganz neue Welt eröffnen, mein Kind, dessen bin ich sicher. Nur kann ich dich hier nicht entbehren.«

»Was ich wissen muss, lerne ich von dir, Papa. Ich helfe ja auch nur hier und da und bin kein Arzt.«

»In Leipzig könnten Sie auch als Frau Medizin studieren. Dafür müssten Sie allerdings erst Lateinisch lernen«, überlegte Vogel laut.

»Ich dachte, Frauen hätten ein zu kleines Hirn, um studieren zu können. Noch dazu Frauen einer hinterwäldlerischen Insel.«

»Anne!« Ihr Vater verlor augenscheinlich die Geduld mit ihr. Zu Recht, wie sie sich eingestehen musste. Ihr Benehmen war nicht gerade vorzeigbar. Sie hätte nicht sagen können, was es war, aber irgendetwas an diesem Vogel reizte sie ohne fassbaren Grund zu ständigem Widerspruch.

»Glücklicherweise sehen das längst nicht mehr alle Professoren so.« Vogel ging nicht auf den Missklang am Tisch ein. »Seit über zwanzig Jahren sind Frauen in Leipzig grundsätzlich zugelassen. Ich hoffe, dass bald viele Universitäten nachziehen.«

»Sie scheinen mir Ihren Beruf sehr zu lieben. Warum verlässt einer, der mit so viel Leidenschaft Arzt ist, die Stadt Stettin mit ihren Möglichkeiten und kommt hierher zu uns aufs Land?«, wollte Carl wissen.

»Nun, Herr Vogel ist gewiss ein kluger Mann«, warf Anne ein, bevor der selbst antworten konnte. »Sicher ist es angenehmer, sich um die Wehwehchen vornehmer Damen zu kümmern, als zum Beispiel in der einfachen Hütte eines Schusters ein Kind auf die Welt zu holen oder in einem Krankenhaus von Patient zu Patient zu eilen.«

Carl schlug mit der flachen Hand auf den Tisch. »Nun ist es aber genug!«

»Nein, schon gut.« Wieder dieses harmlose Lächeln, dem man besser nicht trauen sollte, dachte Anne. »Wie Sie denken viele Leute. Doch so ganz trifft Ihre Beschreibung nicht auf das zu, was ich tue. Oder sagen wir, es ist längst nicht alles, was ich zu tun habe. Zum einen kümmere ich mich nämlich auch um Beschwerden der vornehmen Herren.« Er grinste. »Zum anderen würde ich es begrüßen, mal wieder zu einer Geburt gerufen zu werden oder einen Menschen zu heilen, der ernst erkrankt ist.« Seine braunen Augen hatten einen so warmen Glanz, dass man ihm beinahe glauben mochte. »Das war immer der Antrieb, weshalb ich diesen Beruf ergriffen habe. Ich wollte Leben bewahren und Leben schenken. Gibt es einen schöneren Lohn als den, einen Totgeglaubten zurückzuholen, oder das Schreien eines Neugeborenen, das unter schweren Bedingungen auf die Welt gekommen ist?«

»Nee, den gibt es nicht«, antwortete Carl.

»Warum ich hierhergekommen bin, hat einen anderen Grund.«

»Sie sind meiner Tochter keine Rechenschaft schuldig. Sie ist heute unausstehlich. Ich kann mich nur für sie entschuldigen. Wahrscheinlich ist es die viele Arbeit«, erklärte Carl. »Wenn sie nicht mit mir bei den Patienten ist und sich im Haus um alles kümmert, dann hilft sie noch ihren beiden Brüdern, die Fischer und Bauer sind.«

»Nein, nein, schon gut. Sie haben gefragt, warum ich Stettin verlassen habe. Und gerade hier im Westen denken doch viele

Menschen wie Ihre Tochter, dass es ein bequemes Auskommen für jeden ist, der mit den Fremden sein Geld verdient, die seit geraumer Zeit vor allem in den Osten der Insel kommen. Sie sollen beide wissen, was mich antreibt, denn immerhin werden wir in den nächsten Wochen häufig miteinander zu tun haben.« Also doch, sie hatte es ja befürchtet. »Für mich ist die Tätigkeit in Binz eine gute Gelegenheit, auf Rügen meinen Unterhalt zu verdienen. Gleichzeitig bleibt mir genug Zeit, die förderlichen Auswirkungen des Seeklimas sowie die Heilkraft von Kreide und Dünendorn zu untersuchen. Die von Bernstein ist bereits hinlänglich bekannt. Mir geht es nun darum, das Zusammenspiel dieser wunderbaren Gaben der Natur zu prüfen.«

»Bernstein gehört zu den ganz alten Heilmitteln. Und auch den Dünendorn setze ich gerne ein, solange ich denken kann. Er wächst ja direkt vor der Türe und bringt Kranke meist rasch wieder auf die Beine.«

»Sie sagen es, Herr Dr. Utpatel, Sie sagen es. Rügen hat all diese Schätze zu bieten. Ich bin überzeugt davon, dass dies die Zukunft der Insel ist!«

Was redete er da von der Zukunft der Insel? Was wusste schon einer, der vom Festland kam, davon? Die Art, wie er darüber sprach, konnte einen jedoch mitreißen.

»Wie das?« Auch Carl stand offenbar ganz im Bann des jungen Kollegen. Über den Tisch gebeugt, sah er ihn erwartungsvoll an.

»Die Zahl der Sommergäste nimmt von Jahr zu Jahr zu. Nicht nur hier, auch auf anderen Inseln und an der Küste. Ich bin zutiefst davon überzeugt, dass bald immer mehr Einwohner durch ebendiese Gäste ihr Auskommen finden. Doch denken wir einmal weiter. Wenn die Badeorte wie die Pilze aus dem Boden wachsen, verteilt sich die Zahl der Gäste. Dann muss ein Ort

schon etwas Besonderes bieten können, um als Ziel gewählt zu werden. Binz hat etwas Besonderes, ja, die ganze Insel kann sich zunutze machen, was die Natur ihr so reich schenkt.«
Reden konnte dieser Vogel, daran gab es keinen Zweifel.

Als Anne vier Tage später schon am frühen Morgen mit einem Pferdegespann unterwegs nach Binz war, klopfte ihr Herz mehr, als es ihr lieb war. Sie war hin- und hergerissen. Einerseits fragte sie sich, warum sie am Ende doch noch die Einladung von Bernd Vogel angenommen hatte, an der Fahrt in dem Eröffnungszug nach Sellin Ost teilzunehmen. War das nicht reine Zeitverschwendung? Viel schwerer wog, dass sie sich ihm gegenüber ziemlich abweisend verhalten hatte. Ihr Vater hatte ihr dafür gründlich den Kopf gewaschen, nachdem der Gast sich verabschiedet hatte. Und nun würde sie mit ihm einige Stunden verbringen müssen. Keine erfreuliche Aussicht. Andererseits war es mal eine Abwechslung von ihrem Alltag. Es würde ein Fest geben, vornehme, gutgekleidete Herrschaften waren in Scharen zu erwarten. Zwar machte sich Anne nicht sonderlich viel aus der feinen Gesellschaft, doch sie hatte durchaus etwas für schöne Kleider, ein wenig Musik und Zerstreuung übrig. Es würde ein Augenschmaus werden, da war sie sicher. Auf jeden Fall war es eine der seltenen Gelegenheiten, selbst ein Sonntagskleid zu tragen. Sie hatte sich für das rote entschieden, das eng am Oberkörper anlag und einen weiten Rock hatte. Immerhin musste sie den Zug besteigen, da konnte es nicht schaden, die Beine frei bewegen zu können. Dazu trug sie einen dunklen Hut, unter dem die langen braunen Haare, die sie sorgfältig geflochten hatte, hervorlugten. Bei dem Gedanken an die Eisenbahn wurde ihr mulmig. Noch nie war sie damit gefahren. Kein Grund, sich aufzuregen, schalt sie sich. Sehr viel anders als die Fahrt in einer Kutsche würde es wohl nicht sein. Ein wenig schneller vielleicht und natürlich ohne Pferde, aber was sollte daran schlimm sein? Alles Zureden half nichts, das Kribbeln in ihrem Bauch ließ sich einfach nicht abstellen.

Der Kutscher hielt ein gutes Stück vom Bahnhof Binz entfernt. Direkt davor war kein Herankommen mehr, so viele schlichte Gespanne und edle Wagen drängten sich dort. Anne bezahlte den Fuhrmann und ging mit gerafftem Rock auf das Gebäude zu, das sie bisher nur von außen kannte. Die Pferde schnaubten und traten nervös von einem Bein auf das andere. Aus einer Kutsche stieg gerade ein Mann im Frack. Er strich die auffällige Jacke, die man sonst nur bei Abendgesellschaften zu Gesicht bekam, und die Hose glatt. Dann half er einer Dame aus dem Wagen, die ein über und über mit Spitze besetztes Kleid und einen riesigen Hut trug. Dazu hatte sie ein Schirmchen in der Hand, ebenfalls reich mit Spitze verziert. Himmel, schoss es Anne durch den Kopf, wenn alle sich derartig herausgeputzt hatten, würde sie auffallen wie das hässliche Entlein. Glücklicherweise stellte sie fest, dass die meisten Herren einen schwarzen Anzug und die Damen einfachere Kleider trugen. Ihr fiel ein Stein vom Herzen.

»Guten Tag, Fräulein Utpatel. Schön, dass Sie gekommen sind.« Bernd Vogel war von der Seite an sie herangetreten und nahm ihre Hand. Er deutete eine leichte Verbeugung an.

»Guten Tag.« Anne war verlegen. Was sagte man nur in einer solchen Situation? Sie war nicht gerade geübt darin. »Es war beinahe kein Durchkommen. Ich hätte nicht geglaubt, dass so viele Menschen auf den Beinen sein würden.«

»Das hatte ich doch prophezeit. Niemand will sich dieses Ereignis entgehen lassen. Schade, dass Sie Ihren Vater nicht überreden konnten. Kommen Sie!« Er nahm ihren Arm und führte sie zwischen den Damen und Herren hindurch zu einem kleinen Sandweg, der um das Bahnhofsgebäude herumführte. Obwohl es noch etwa eine halbe Stunde dauerte, bis es losging, waren die zahlreichen Tische und Stühle, die man unweit der Gleise aufgestellt hatte, längst besetzt.

»Es kann nicht mehr lange dauern, bis die Herren der Regierung da sind. Sie treffen mit dem Zug aus Putbus ein«, erklärte Vogel ihr und schirmte mit der Hand die Augen gegen die Sonne ab. »Kommen Sie, sehen wir uns ein wenig um.« Er ergriff wieder wie selbstverständlich ihren Arm. Anne rechnete es ihm hoch an, dass er so freundlich zu ihr war und sie keinesfalls spüren ließ, wie unpassend ihr Verhalten ihm gegenüber gewesen war. Immerhin gab es für ihre Ablehnung keinen vernünftigen Grund, außer dass er vom Festland kam. Es war möglich, dass er nicht so übel war. Ausnahmen bestätigen die Regel, sagte man. Vielleicht war etwas daran. Andererseits hatte ihre Menschenkenntnis sie bisher noch nie im Stich gelassen. Und die sagte ihr, dass er auch nicht besser war als die anderen Schnösel, die glaubten, den dummen Inselbewohnern erklären zu müssen, wie das Leben funktioniert.

Die Kurkapelle eröffnete ihr Spiel mit einem Tusch. Anne begann, die ganze Sache zu genießen. Sie betrachtete die schönen Kleider der Damen und die Uniformen der Bahnbediensteten. Viele trugen Jacken mit zwei Knopfreihen, und auf dem Kopf hatte jeder von ihnen eine Mütze. Laubgewinde schmückten das Bahnhofsgebäude mit seinen hölzernen, mit Schnitzereien verzierten Rundbögen. Vor einem dieser Bögen hatte man eine Markise gespannt, so dass die Besucher im Schatten sitzen konnten.

»Guten Tag, Herr Dr. Vogel«, rief ein Herr im Gehrock und winkte ihrem Begleiter zu. Wenig später kam eine ältere Dame auf ihn zu und begrüßte ihn überschwenglich.

»Mein lieber Herr Doktor«, sagte sie und strahlte über das ganze Gesicht. »Es ist kaum zu glauben, wie gut mir Ihre Behandlung hilft. Hören Sie nur, es pfeift nicht mehr, wenn ich atme. Und auch beim Sprechen rasselt nichts. Sie sind ein Genie, Monsieur!«

»Sie übertreiben, verehrte Frau Kaluppke. Der Erfolg ist nicht mir anzurechnen, sondern dem heilsamen Meeresklima, dessen bin ich sicher. Auf jeden Fall freut es mich sehr, dass es Ihnen bessergeht.«

»Viel besser, mein Gutester, viel besser. Ach, wie unaufmerksam von mir. Sie sind in Begleitung da, und ich olle Schachtel störe Sie.« Die olle Schachtel Kaluppke strahlte nun Anne an, dass ihre Pausbäckchen nur so hervortraten. Es war nicht zu übersehen, dass sie zu gerne wissen wollte, wer denn wohl die junge Dame an der Seite des Badearztes war. Vogel stellte sie formvollendet als die Tochter des hochgeschätzten Kollegen Utpatel aus Trent vor. Dann entschuldigte Vogel sich und Anne ebenso gekonnt, und sie waren die neugierige alte Berlinerin – ihr Dialekt hatte sie auf der Stelle als solche entlarvt – los.

»Nun haben Sie mal eine der vornehmen Damen kennengelernt, um deren Wehwehchen ich mich tagtäglich kümmere«, sagte Vogel, wobei er vertraulich den Kopf neigte und sein Mund ihrem Ohr sehr nahe kam. »Ich könnte wetten, die haben Sie sich anders vorgestellt.« Er griente verschmitzt.

»Nun ja, kann schon sein«, gab Anne halbherzig zu. Während sie noch überlegte, was sie noch sagen konnte, hatte er den Zug entdeckt.

»Da, sehen Sie!«, rief er begeistert gegen die Kapelle an, die ihre Darbietung von einem zarten Piano zu einem kräftigen Forte steigerte. »Dort kommt schon die geschmückte Lok! Typ m, wenn ich nicht irre. Zwölfeinhalb Tonnen Gewicht und sechs Tonnen Achsdruck.« So, wie er es sagte, schien das gewaltig zu sein, doch sie konnte nichts damit anfangen. Er nahm ihre Hand und zog sie mit sich. Nicht nur die Lokomotive war dekoriert, auch an den Wagen wehten bunte Fähnchen und Girlanden. Diese Verzierungen konnten nicht darüber hinwegtäuschen, dass sich darunter ein Koloss aus Stahl befand. Der kam etwa auf Höhe des Bahnhofsgebäudes zum Stehen. Es zischte, dann tutete es zweimal, einmal kurz und einmal lang. Beifall brandete auf.

»Ist sie nicht wunderschön?« Vogel drückte Annes Hand und sah hinauf zu dem Lokführer, der ganz in Schwarz gekleidet war. Hinter ihm erkannte sie einen weiteren Mann, der sich nur ab und zu aufrichtete, dann aber jedes Mal gleich wieder verschwand. »Der Heizer«, erklärte Vogel, als hätte er ihre Gedanken gelesen. Sie konnte einen weiteren Blick auf ihn erhaschen und stellte fest, dass sein Gesicht unter der weit in den Nacken geschobenen Mütze vor Schweiß glänzte und schwarz war von der Kohle, mit der er ständig hantieren musste.

»Es geht los, wir dürfen einsteigen«, sagte Vogel, sobald er sah, wie Arbeiter Holzkisten vor die eisernen Stufen stellten, die auf kleine Plattformen führten, über die man in die Wagen gelangte. Er freute sich wie ein Kind. Ein wenig Geduld musste er allerdings noch haben, denn zuerst wurde die Abordnung der Regierung an Bord gebeten. Die Herren in ihren Gehröcken mit Zylindern auf dem Kopf machten sehr feierliche Gesichter und nickten einander anerkennend zu. Sie genossen augenscheinlich ihre Stellung und das Privileg, den Eröffnungszug als Erste besteigen zu dürfen.

Anne dagegen hatte weiche Knie. Das grüne Monstrum fauchte und stieß grauen Qualm aus. Wie das stank! Vogel schien der Geruch nichts auszumachen, er schnupperte geradezu genüsslich, als könne er ihn gar leiden. Schließlich waren auch sie an der Reihe. Vogel zeigte die beiden Billetts vor, dann kletterten sie in den Zug. Ungefähr zwanzig Sitzplätze mochten es in dem Wagen sein. Die Fenster waren geschlossen. Ob man sie überhaupt öffnen konnte? Ihr war schrecklich warm. Verstohlen

tupfte sie sich den Schweiß von Nase und Oberlippe. Hoffentlich bemerkte er nicht, dass sie Angst hatte.
»Sie werden sehen, es ist herrlich.« Sie saßen einander gegenüber, ihre Knie berührten sich beinahe. Anne suchte die Wand und die Bank, auf der sie saß, nach einem Griff oder Gurt ab. Woran sollte sie sich nur festhalten? Es würde doch bestimmt einen ordentlichen Ruck geben, wenn sich das Ungetüm in Bewegung setzte.
»Und schon fahren wir«, verkündete Vogel fröhlich.
Sie dachte, er mache einen Scherz, und blickte aus dem Fenster. Tatsächlich, der Bahnhof von Binz und die winkenden Menschen zogen langsam an ihnen vorbei.
»Aber das ist nicht möglich. Es hätte doch wackeln und rucken müssen.«
»Erstaunlich, nicht wahr? In so einer Lokomotive steckt so viel Kraft, und doch setzt sie sich ganz sanft in Bewegung. Ich wusste, dass es Ihnen gefällt.«
Wahrhaftig, Anne war ein wenig erleichtert. Davon, dass es ihr gefiele, konnte jedoch keine Rede sein. Der Zug nahm mehr und mehr Fahrt auf, und ihr wurde immer flauer. Schweiß trat auf ihre Stirn und rann die Schläfen hinab. Ihr Herz klopfte. Das Rumpeln war nicht schlimmer als das in einem Pferdegespann, aber das laute Grollen und Dröhnen waren ihr so unheimlich, als handele es sich wahrhaftig um ein Untier. Außerdem hätte sie gerne frische Luft gehabt. Nur nicht nach draußen sehen, wo die Landschaft schneller vorüberzog, als es ihr gut erschien. Annes Augen suchten nach einem Punkt, der sie vor Schwindel und Übelkeit bewahren konnte. Sie blickte in Bernd Vogels braune Augen und ärgerte sich, denn es war nicht zu übersehen, wie sehr ihr Zustand ihn amüsierte.
»Ihnen macht das wohl gar nichts aus, was?«, fragte sie keuchend. Für eine spitze Bemerkung fehlte ihr der Elan.

»Nein, im Gegenteil. Sie werden sich auch noch daran gewöhnen, glauben Sie mir.«

»Schon möglich«, murmelte sie. Natürlich glaubte sie nicht an das, was die Leute in vergangenen Zeiten, als die Eisenbahn gerade erst erfunden worden war, gedacht hatten. Damals hieß es, die Geschwindigkeit sei zu viel für den Menschen, er könne sie nicht aushalten. Das war natürlich Unfug, doch sie meinte, dass ein solches Tempo mit einer Kutsche nur im ständigen Galopp zu erreichen wäre. Und das war alles andere als üblich oder gar angenehm.

»Versuchen Sie es!«

Sie hatte keine Ahnung, was er meinte. »Bitte?«

»Versuchen Sie hinauszuschauen. Sie verpassen sonst den Granitz-Wald, und das wäre ein Jammer.« Er nickte ihr aufmunternd zu und sah dann selbst wieder aus dem Fenster. »Wenn Sie den Blick in die Ferne schweifen lassen, kommt es Ihnen nicht gar so schnell vor.«

Sie probierte es. Erst fiel es ihr schwer, und ihre Aufmerksamkeit blieb an Bäumen oder gewaltigen Steinblöcken haften, die den Gleisen sehr nah waren. Doch ganz allmählich gelang es ihr, tiefer in den Wald hineinzuschauen, ohne sich auf Einzelheiten zu konzentrieren. Sie kannte die Gegend nicht sehr gut, war nur einige Male als Kind hier gewesen, als ihre Mutter noch gelebt hatte. Aber Vogel hatte recht, der Wald war wunderschön, und es war ein Vergnügen, ihn vorbeiziehen zu sehen.

»Der Bau dieses Streckenabschnitts war höchst kompliziert«, berichtete er, während der Zug an der Steigung langsamer wurde. »Sehen Sie die Felsblöcke, die hier überall liegen? Davon gab es einige Exemplare, die den Gleisen im Weg waren. Es war eine unmenschliche Arbeit, diese beiseitezuräumen. Außerdem waren Aufschüttungen von bis zu fast acht Metern nötig. Bedenken Sie nur, was die Arbeiter und Konstrukteure hier geleistet haben.«

Er nannte die Arbeiter zuerst, fiel ihr auf. Nicht gerade typisch für einen bornierten Festland-Doktor. Neben der Strecke entdeckte sie schwarze Furchen.

»Was sind das für Gräben?«, fragte Anne.

»Man hat sie geschaufelt und ausgebrannt«, antwortete Vogel auf der Stelle. »Wenn der Aschekasten nicht richtig geschlossen ist oder die Kohle keine gute Qualität hat, dann kommt es zu einer besonders starken Funkenbildung, wissen Sie? Und das ist natürlich gefährlich. Der Wald ist recht trocken, es würde nicht lange dauern, bis es hier lichterloh brennt. Gerade hier in der Granitz, wo die Maschine wegen der Steigung mehr leisten muss, ist die Gefahr groß.«

»Warum?«

»Nun, je mehr Kraftaufwand, desto höher der Sog und dadurch auch der Funkenflug. Genauer kann ich Ihnen das leider nicht erklären. Ich bin ja nur ein Laie.« Er lächelte bescheiden.

»Sie sind ein Tiefstapler«, widersprach sie. Er war Arzt, und doch schien er sich mit dem Thema Eisenbahn bestens auszukennen. Ziemlich faszinierend, fand sie. Oder war er nur ein Blender? Ja, das würde zu einem passen, der die wohlhabenden Badegäste mit Salben und Pflastern versorgte und sich dafür Doktor nannte. Noch immer vertraute sie, was diesen Mann betraf, ihrer guten Menschenkenntnis. Die hatte sie noch nie getäuscht.

Einige Male hielten sie an verschiedenen Feldmarken an. Die Menschen um sie herum plapperten und lachten. Anne hörte sie kaum. Viel zu sehr war sie von den neuen Eindrücken gefangen genommen. Schon erreichten sie die Selliner Heide.

»Auch hier gab es Probleme«, erzählte Vogel. »Die hohen Böschungen bestehen aus weichem Sand, der immer wieder unter dem Gewicht der Gleisanlagen weggerutscht ist.«

»Ich habe mir nie Gedanken darüber gemacht, welche Schwierigkeiten dem Bau einer Bahn entgegenstehen«, sagte Anne nachdenklich. »Ist es denn trotz allem sinnvoll, daran festzuhalten?«

»Dessen bin ich sicher. Ich will Sie nicht mit Zahlen langweilen, aber ich kann Ihnen sagen, dass die Züge stets gut besetzt sind. Sehr gut sogar. Wenn Sie mich fragen, ist die Bahn die Zukunft.« Vogel schien sich recht viele Gedanken über die Zukunft zu machen.

»Andere sagen, das Automobil wird Pferd und Wagen ablösen und uns in den kommenden Jahren von einem Ort zum anderen bringen. Geht auf diesem Gebiet die Entwicklung nicht auch gerade in großen Schritten voran?«

»Das ist richtig. Aber halten Sie es für klug, wenn unzählige kleine Wagen mit nur zwei oder vielleicht vier Personen über die Straßen rollen? In einen Zug passen hundert Passagiere und mehr. Meinen Sie nicht, das ist die klügere Wahl?« Sie hatte keine Antwort darauf.

»Und sehen Sie nur, wie schnell wir sind. Ich möchte mir nicht ausmalen, wenn eines dieser Automobile so schnell wäre, ohne auf Schienen geführt zu werden.« Dieser Gedanke war nicht von der Hand zu weisen, dachte sie. Tatsächlich hatten sie bereits Sellin erreicht.

»Keine dreißig Minuten«, sagte ein Herr, der einen Blick auf seine Taschenuhr geworfen hatte. Das wäre mit einem Pferdewagen auch zu machen, überlegte Anne. Allerdings hatte man mit dem Zug mehrmals angehalten, sonst hätte die Fahrt wohl nur zwanzig Minuten gedauert, einige Minuten weniger, als eine Kutsche benötigte. Lohnte sich der ganze Aufwand wirklich für ein paar Minuten? Andererseits lagen Binz und Sellin dicht beieinander. Wenn man schon auf dieser Strecke einige Minuten sparte, würde man bei einer langen Reise gewiss eine Stunde und mehr gutmachen. Kein übler Gedanke für einen, der viel auf Reisen war. Sie passierten langsam das Fachwerkgebäude desSelliner Westbahnhofs.

»Jetzt bin ich gespannt«, sagte Vogel leise und wirkte mit einem Mal sehr ernst.
»Warum, was ist los?« Anne war beunruhigt.
»Ich hatte Ihnen doch erzählt, dass der letzte Streckenabschnitt vor vier Tagen noch nicht fertiggestellt war. Gestern habe ich mit einem Arbeiter gesprochen, dem ich, als ich gerade nach Binz gekommen war, einen Finger gerettet habe. Er sagte mir, das Gleis sei noch immer nicht gründlich unterstopft. Es wäre gewiss besser, noch nicht mit einem besetzten Zug darüberzufahren.«
»Und das sagen Sie mir jetzt?« Sie starrte ihn entsetzt an. »Können wir den Zug nicht anhalten?«
»Ich verlasse mich darauf, dass der Bauleiter weiß, was er tut. Eigentlich nahm ich an, die Fahrt würde hier enden, doch danach sieht es nicht aus. Man wird wohl die ganze Nacht hindurch geschuftet haben, um sich vor den Herren der Regierung keine Blöße zu geben.«
Anne spürte ihr Herz bis zum Hals schlagen. Wie konnte er nur so gelassen sein? Er schien wahrlich Gottvertrauen zu haben. Sie dagegen wäre am liebsten aufgesprungen, nach draußen auf die Plattform geeilt und hätte sich von diesem schauderhaften Zug herab ins Gras geworfen.
Vogel legte seine Hand auf ihre. »Keine Sorge, es ist schließlich ein Arzt an Bord!« Mit Mühe unterdrückte er das Lachen. Sie fand das überhaupt nicht lustig, doch sein Gesichtsausdruck, die zuckenden Mundwinkel und die Augen, die sich mit Tränen füllten, hatten durchaus etwas Komisches an sich. Ob sie wollte oder nicht, sie musste schmunzeln.
»Na, sehen Sie, so ist es schon besser.« Seine Hand lag noch immer auf der ihren, und jetzt lachte er sie ungeniert an.
Nach weiteren drei Minuten rollte der Zug ganz langsam zum Haltepunkt Sellin Ost. Schaulustige kamen allmählich ins Blickfeld, die sich auch hier in großer Zahl eingefunden hatten.

Als der Zug zum Stehen kam, ertönte Musik. Ein Knabenchor sang zu den Klängen eines Streichquartetts. Anne war so erleichtert, dass ein wahres Hochgefühl sie ergriff. Sie hatten ihr Ziel unversehrt erreicht. Gott sei es gedankt! Vogel sprang auf und reichte ihr den Arm. Sie erhob sich, raffte ihren Rock, verließ den Wagen und stieg endlich von der Plattform hinab, zurück auf festen Boden. Wie gut die frische Luft tat und wie herrlich der Sonnenschein war.

»Gestatten Sie mir, noch ein wenig zuzusehen, wie die Lok umgesetzt wird?«

»Natürlich, lassen Sie sich Zeit.«

»Danach lade ich Sie zu Gebäck und Kaffee ein, wenn Sie mögen.«

»Gern, danke.«

Ein Mann mit dreckigen Händen, der an seiner schwarzen Uniform und der ebenfalls schwarzen Mütze als Eisenbahnarbeiter zu erkennen war, sprang herbei und löste die schwere Kupplung hinter der Lokomotive. Gleich darauf stieg er hinauf in die Maschine, die sich ohne die Wagen in Bewegung setzte.

»Der Zug fährt später zurück nach Binz, vielleicht auch weiter. Dafür muss die Lok umgesetzt werden«, erklärte Vogel.

»Was bedeutet das?«

»Sie fährt dort hinten auf ein anderes Gleis, dann an den Wagen vorbei und wieder zurück auf dieses Gleis. Dort werden die Wagen wieder angehängt, und sie zieht sie brav zurück zum Startbahnhof.«

Gebannt sah Anne zu, wie die Kuppelstangen an den Rädern sich auf und nieder bewegten, immer schneller, im gleichen Rhythmus, in dem grauer Rauch zischend aufstieg. Ein gutes Stück von ihnen entfernt fuhr die Lok einen Bogen. Man konnte erkennen, dass ein Mann heraussprang und sich an der Weiche zu schaffen machte.

»Kommen Sie, Sie haben sich eine Stärkung verdient«, verkündete Vogel und hakte Anne unter.
»Sie hatten recht, es war wahrhaftig ein Erlebnis. Danke, dass Sie mich mitgenommen haben.« Zu ihrer Überraschung stellte sie fest, dass sie sich kaum von dem Anblick losreißen konnte. Am liebsten hätte sie noch ewig dagestanden und geschaut. Sie drehte sich noch einmal um und sah, wie der Weichensteller dem Lokomotivführer, der sich aus dem kleinen Fenster beugte, ein Zeichen gab. »Das war gewiss nicht meine letzte Eisenbahnfahrt. An den Geruch werde ich mich trotzdem nicht gewöhnen, aber ich habe es mir lauter vorgestellt. Wären das Zischen und Fauchen nicht, man würde einen ankommenden Zug kaum bemerken.«
»Faszinierend, nicht wahr? Vor allem, wenn Sie den Lärm eines Automobils oder gar eines Autobusses dagegenhalten.«
»Wo wir gerade von Lärm sprechen«, begann Anne, als sie an dem kleinen Empfangsgebäude vorbeispazierten, das noch nicht ganz fertiggestellt war. »Ich hörte, in Sellin wird eine prächtige Allee gebaut. Auch neue Häuser soll es geben, sagte mein Vater. Eine Menge Unruhe für die Sommergäste.«
»Ja, das stimmt. Der Ort wird sein Gesicht in den nächsten Jahren ebenso verändern wie Binz das seine.« Er wollte noch etwas sagen, doch da hörten sie hinter sich den spitzen Schrei einer Frau. Dann brüllte ein Mann: »Tut doch etwas!« Und in der nächsten Sekunde hallte ein dumpfer Knall über das Bahnhofsgelände. Sie wirbelten herum. Anne konnte nicht begreifen, was sie sah. Vogel dagegen reagierte sofort und rannte los.
»Kommen Sie mit«, rief er. »Kann sein, dass ich Sie brauche.«
Sie packte ihren Rock mit beiden Händen und stürzte hinter ihm her. Nur gut, dass sie sich nicht für das enge blaue Kleid entschieden hatte. Schon die Schuhe mit den ungewohnten, höheren Absätzen waren ihr in diesem Moment lästig. Auch andere Männer beeilten sich, zu der Stelle zu laufen, an der der Wei-

chensteller gerade eben noch dem Lokführer gewunken hatte. An ebendieser Stelle lag die geschmückte Lokomotive nun auf der Seite. Gütiger Himmel, dachte Anne, wie konnte ein so schweres Gefährt einfach umkippen? Wenn es den Arbeiter nur nicht unter sich begraben hatte! Dann wäre er tot, daran konnte niemand, der klar bei Verstand war, zweifeln. Und einen hässlichen Anblick gäbe es auch. Sie hatte große Angst, dass es den Mann wirklich erwischt hatte, doch sie zögerte nicht einen Wimpernschlag, Vogel zur Unfallstelle zu folgen.

»Der Henke, die Maschine hat den Henke zerquetscht«, schrie ein Mann. Seine Stimme klang unheimlich, so als gehöre sie nicht zu einem Menschen, ein Heulen, das ihr einen Schauer über den Rücken jagte.

»Lassen Sie mich durch! Gehen Sie schon aus dem Weg, ich bin Arzt!« Vogel stieß die gaffenden Männer in ihren teuren Anzügen einfach beiseite.

»Na hören Sie mal!«, protestierte einer, wurde aber augenblicklich von den anderen zur Ruhe gebracht.

»Ich bin auch Arzt!« Anne zuckte zusammen. Sie kannte die Stimme. Franzen trat aus der Menge. »Sieht nicht gut aus«, konstatierte er. »Ich fürchte, da ist nicht mehr viel zu machen.« Einige der Herren schüttelten betroffen den Kopf, andere wandten sich ab und zogen die Hüte von den Köpfen. Vogel achtete nicht auf sie oder auf das Geschwätz von Franzen. Er ließ sich direkt neben der schräg am Boden liegenden Lokomotive auf die Knie fallen.

»Henke, hören Sie mich? Können Sie sprechen?« Die Antwort war ein ersticktes Keuchen.

»Er lebt«, sagte einer der Umstehenden überrascht und warf Franzen einen fragenden Blick zu.

»Stehen Sie nicht herum, holen Sie Gerätschaften, damit die Lok angehoben werden kann. Schnell!«, kommandierte Vogel in einem Ton, der keinen Widerspruch zuließ. Das war zumindest Annes Eindruck, doch einen gab es natürlich, der sich widersetzen musste.

»Die Lok anheben? Welch ein absurder Vorschlag!«

»Haben Sie einen besseren?« Vogel sah sich kurz um und erkannte, dass die Männer keinen Schimmer hatten, was zu tun sei oder auf wen sie hören sollten. In einer Sekunde war er auf den Füßen. »Reden Sie mit Henke, Anne. Er braucht Zuspruch.«

»Ja.« Sie hockte sich mit gerafftem Rock an die Stelle, die er soeben verlassen hatte. Eine unschickliche Haltung, doch das spielte keine Rolle. »Hören Sie mich, Herr Henke? Dr. Vogel holt Hilfe. Haben Sie mich verstanden? Es wird sehr bald Hilfe kommen.«

»Das Fräulein Utpatel«, stellte Franzen gedehnt fest. Anscheinend hatte er sie bisher noch gar nicht wahrgenommen. »Was bilden Sie sich eigentlich ein? Meinen Sie, Sie könnten Tote erwecken?«

Einer lachte, schlug sich aber im nächsten Augenblick eine Hand vor den Mund.

»Und Sie? Meinen Sie, Tote würden noch stöhnen? Also mir ist das bisher noch nicht untergekommen, und ich habe mit meinem Vater bereits einige Tote gesehen.«

»Das glaube ich gern. Wenn ich nur daran denke, wie dieser zeitfremde Landarzt eine Schulter einrenkt, dann würde ich es auch vorziehen, zu sterben, bevor ich mich von ihm behandeln ließe.«

»Ach ja? Wenigstens behandelt er und hält nicht nur Maulaffen feil«, fauchte Anne. Ihren Vater anzugreifen, das war das Allerletzte. Wenn es ihm auf Hiddensee unwohl gewesen war, so dass er nicht helfen konnte, schön. Aber nun den Mann zu beleidigen, der sich allein um alle Patienten gekümmert hatte, das brachte das Fass zum Überlaufen.

»Das höre sich einer an! Ein Frauenzimmer, das sich erdreistet, sich ein Urteil über medizinische Angelegenheiten zu erlauben. Dabei merkt sie nicht einmal, dass die Methoden ihres Vaters längst passé sind.«
Sie überlegte, von Leipzig zu erzählen, wo die Frauen seit zwanzig Jahren Medizin studieren durften, wie sie von Vogel wusste. Doch dann beschloss sie, ihm einfach nicht mehr zuzuhören. Sollte er doch reden, dieser Fatzke! Sie würde etwas Sinnvolles tun. Sie bückte sich, um besser unter das Stahlmonstrum sehen zu können. Es war auf einen der Felsblöcke gefallen, die es in der Gegend gab, so dass ein Hohlraum zwischen dem Metallkoloss und dem Boden entstanden war, der dem Weichensteller das Leben gerettet hatte. Sein Bein war eingeklemmt, das konnte sie erkennen. Es war nach ihrer Einschätzung womöglich oberhalb des Knies abgetrennt. Der arme Kerl! Einem Impuls folgend, streckte sie die Hand aus und berührte mit den Fingerspitzen sanft Henkes Schulter. Sie hörte, wie einige der Herren erschrocken die Luft einsogen. Was hatten sie nur? Unter dieser Maschine lag schließlich kein Ungeheuer, sondern ein Mensch, noch dazu ein schwerverletzter Mensch.
»Ich bin bei Ihnen, Herr Henke«, sagte sie ruhig. »Dr. Vogel holt Hilfe, und ich gehe nicht weg, ehe Sie versorgt sind.« Ein Stöhnen, heiser und kraftlos. Dann konnte sie doch ein paar Wörter verstehen.
»Nicht anfassen! Gehen Sie weg! Nicht so nah«, faselte er. Sie brauchte ein paar Sekunden, bis sie begriff, und zog die Hand zurück, als hätte sie sich verbrannt. Wie töricht sie gewesen war. Dieser tonnenschwere Metallberg war womöglich nicht stabil. Was hatte Bernd noch gesagt? Weicher Sand rutschte unter der Last, die auf die Gleise drückte, weg. Und hatte er nicht angedeutet, dass hier in Sellin Ost die Gleise noch nicht ordentlich unterstopft waren? Ja, so hatte er sich ausgedrückt. Zudem hatte

er von über zwölf Tonnen Gewicht gesprochen, ein Detail, das ihr ausgerechnet jetzt wieder in den Sinn kommen musste. Es war also leicht möglich, dass es den Hohlraum, der jetzt noch Henkes Rettung war, im nächsten Moment nicht mehr gab.

»Zu einer Heldin taugen Sie anscheinend nicht«, ätzte Franzen. Einige der Schaulustigen hatten inzwischen das Interesse verloren und sich zurückgezogen. Vermutlich hatten sie Tische in Lübky's Hotel reserviert und wollten sich an diesem besonderen Tag den Festschmaus nicht entgehen lassen. Die Sonne brannte auf sie herab. In kurzer Zeit war es wahrhaftig Sommer geworden. Wenigstens lag Henke im Schatten, dachte sie bitter. Endlich hörte sie Schritte. Sie sah auf und entdeckte Bernd Vogel mit vier Männern. Sie hatten Stangen und Stemmeisen bei sich. Damit wollten sie dieses Ungetüm wieder auf seine Räder stellen? Das erschien ihr absurd, auch wenn sie Franzen nur höchst ungern recht gab.

»Hören Sie, Herr Henke, es kommt Hilfe«, sagte Anne und legte alle Zuversicht in ihre Stimme, die sie irgendwie aufbringen konnte.

»Wie geht es ihm?«

»Ich weiß nicht. Er lebt. Und er hat gesprochen, wenn auch wenig.« Sie stand auf und machte den Arbeitern Platz.

»Keine Sorge, ich kümmere mich um ihn«, war mit einem Mal Franzens Stimme zu hören. »Ich bin nämlich ein richtiger Arzt.«

Bernd sah ihn kurz verständnislos an und war dann gleich wieder bei Henke. Anne fragte sich, ob dieser *richtige* Arzt nun wohl endlich einmal etwas Sinnvolles tun würde, doch er hatte gar nicht den Weichensteller gemeint. Einer der Herren, ein Mann mit weißem Haar und silberweißer Schifferkrause, hatte vermutlich zu viel Sonne abbekommen und zu wenig Wasser getrunken. Das Gesicht unter dem hellen Bart war puterrot.

Hätten zwei andere Herren ihn nicht aufgefangen, wäre er wohl zu Boden gegangen. Franzen nahm sich seiner wortreich an. Anne verdrehte die Augen und suchte sich einen Platz, an dem sie nicht im Weg war und dennoch mit Henke sprechen konnte.
»Ach, Herr Kollege, haben Sie zufällig ein wenig Riechsalz bei sich?«
Bernd fuhr herum. »Nein, so etwas trage ich seit etwa hundert Jahren nicht mehr bei mir«, scherzte er, ohne sich selbst darüber zu amüsieren. »Der Patient muss schleunigst an einen kühlen Ort gebracht werden, und er braucht Wasser, am besten mit einer Prise Salz darin. Dann ist er gleich wieder auf den Beinen. Oder sehen Sie das anders, Herr …? Verzeihung, Herr Kollege, Sie hatten sich gewiss vorgestellt, als ich nicht zugegen war. Wie war noch der Name?«
»Dr. Julius Franzen«, sagte er mit einer Arroganz, die ihm förmlich von den Lippen tropfte. Anne hätte sich schütteln können. Da hielt er gerade noch Vorträge über zeitfremde Methoden, die längst passé waren, und verlangte im nächsten Augenblick nach Riechsalz! Sie war fassungslos.
»Ach, das sind Sie!« Bernds Miene veränderte sich. »Ich habe schon viel von Ihnen gehört«, fügte er in einem Ton hinzu, der deutlich verriet, dass es nichts Gutes war, was man ihm zugetragen hatte.
»Was soll das …?«, zischte Franzen. Sein Gesicht wurde dunkelrot vor Zorn und stellte das des Herrn mit der Hitzeerschöpfung bei weitem in den Schatten. Er suchte nach Worten und starrte schließlich Anne an. »Das wird Ihnen noch leidtun«, fauchte er leise, zu ihr vorgebeugt. Anne hatte den Eindruck, den Geruch von Branntwein wahrzunehmen.
»Mir? Aber ich …« Weiter kam sie nicht, denn er machte kehrt, packte den Arm des bärtigen Mannes – viel zu grob, wie sie fand – und führte ihn davon. Sie blieb verwirrt zurück. Sie hat-

te ihm doch nichts getan. Im Gegenteil, er war es, der ständig ihren Vater beleidigt und sie angegriffen hatte. Und sie hatte auch Wort gehalten und nichts von seinem jämmerlichen Auftritt auf Hiddensee verraten. Er hatte also keinen Grund, ihr Vorwürfe zu machen. Doch ihr blieb keine Zeit, darüber nachzudenken, denn sie musste aus dem Weg gehen, damit die Arbeiter sich ans Werk machen konnten. Mit den herbeigeschleppten Brechstangen und Stemmeisen war nichts auszurichten. Natürlich nicht.

»Ich hatte gehofft, das Trumm ließe sich wenigstens ein winziges Stück anheben, damit wir den Verletzten bergen können, aber das war wohl ein sehr törichter Wunsch.« Bernd sah niedergeschlagen aus, trotzdem dachte er offenbar keinesfalls daran, aufzugeben. »Nun ja, wirklich damit gerechnet habe ich nicht. Aber irgendetwas müssen wir doch tun, bis Hilfe kommt.«

»Aber wer kann denn nur helfen?«

»Der Bauleiter schickt einen Zug mit einer Winde. Es wird allerdings noch eine Weile dauern, bis der hier ist.«

Sie flüsterte: »Vielleicht sehen Sie sich den Weichensteller einmal genauer an. Mir scheint es, als sei ein Bein durchtrennt. Wenn das so ist, wird der Blutverlust ihn töten, bevor die Winde eintrifft.« Und noch leiser fügte sie hinzu: »Denke ich.«

»Sollte das Bein abgetrennt sein, muss ich die Blutung stoppen, da haben Sie völlig recht.« Er legte ihr für eine Sekunde die Hand auf die Schulter. »Ich sehe mir das mal an.«

»Dort habe ich gehockt. Von da aus hat man einen guten Blick.«

Er nickte und kniete sich an die Stelle, auf die sie deutete. Für ihren Geschmack beugte er sich viel zu weit unter die Lokomotive. Sie betete stumm, dass der Koloss stabil wäre. Je länger er dort lag, desto größer war wohl die Chance, dass er sich nicht mehr bewegte, redete sie sich ein. Dennoch fiel ihr ein Stein vom Herzen, als Bernd unversehrt wieder auftauchte. Er nickte erneut.

»Henke reagiert nicht. Es wird höchste Zeit, sich um die Verletzung zu kümmern.«

»Aber der Zug mit der Winde ist noch nicht in Sicht.«

»Das dauert auch noch. Der muss ja aus Putbus kommen«, sagte einer der Bahnbediensteten, die hilflos an der Unfallstelle ausharrten.

»Um Himmels willen!«

»Dann hilft es nichts. Wenn wir den Henke nicht aus seiner Lage befreien können, muss ich eben zu ihm gelangen, um das Bein zu versorgen.«

»Sind Sie lebensmüde? Was ist, wenn die Lokomotive nicht stabil liegt und nachrutscht?« Sie starrte ihn an. Zwei Verletzte oder gar Schlimmeres konnten sie nicht gebrauchen.

»Die rutscht nicht mehr«, meinte einer der Arbeiter.

»Nee, nie und nimmer.«

Bernd atmete tief durch. »Also dann, worauf warten wir noch? Anne, schaffen Sie Verbandszeug her.«

»Kommen Sie, ich weiß, wo welches ist.« Einer von Henkes Kollegen machte ihr ein Zeichen, ihm zu folgen. Ihr war ganz und gar nicht wohl bei dieser Sache, aber was sollte sie tun? Umzustimmen war Bernd nicht, und wenn er es nicht versuchte, würde der Mann unter der Lok sterben. So viel stand fest. Also eilte sie dem Eisenbahnarbeiter hinterher.

»Und Sie zeigen mir die Stelle, an der es am leichtesten möglich ist«, hörte sie Bernd sagen.

In Windeseile war Anne zurück. Sie hatte eine gute Menge sauberer Verbandsrollen, eine Kompresse und einen Riemen gefunden, mit dem Bernd die Adern würde abschnüren können. Außerdem hatte sie eine kleine Kiste mitgebracht.

»Wenn Sie die zu dem Verletzten schaffen, können Sie das Bein darauf ablegen«, schlug Anne vor.
»Sehr gut!« Bernd schob die Kiste als Erstes neben dem Felsblock unter die Lok. Dann stopfte er sich Verbandszeug und Riemen unter seine Weste, legte sich auf den Bauch und kroch zwischen Boden, Stein und der auf der Seite hängenden Maschine in den engen Hohlraum.
»Seien Sie vorsichtig!«, rief Anne. Schon war er völlig in dem Schlund verschwunden. Was konnte sie nur tun? Einerseits mochte sie nicht hinsehen, andererseits musste sie wissen, was vor sich ging. Sie hockte sich hin und spähte unter das metallene Monstrum. Bernd sprach leise auf Henke ein und machte sich ans Werk. Das war alles andere als einfach, denn er konnte sich in der Enge kaum rühren. Was er dem Verletzten sagte, konnte sie nicht verstehen, denn die Arbeiter um sie herum redeten sich immer mehr in Rage.
»Ich hab's gewusst, dass das nicht gut ausgeht. Aber die mussten die Herren der Regierung ja unbedingt bis nach Sellin Ost karren!«
»Klar, bloß nicht zugeben, dass der Haltepunkt noch gar nicht fertiggestellt ist.«
»Die sitzen jetzt irgendwo und lassen sich's schmecken«, schimpfte einer. »Die kriegen doch nich mal mit, wie der Henke um sein Leben kämpft.«
»Stimmt! Wäre der Vogel nicht zufällig hier, dann würde der Henke sich bald die Radieschen von unten angucken. Ne Sauerei is das!«
Die Männer hatten recht. Anne spürte Wut in sich aufsteigen. Immerhin war es bekannt gewesen, dass Sellin Ost noch nicht befahrbar war. Wie konnten die Verantwortlichen trotzdem eine vollbesetzte Bahn bis hierher schicken? Am liebsten wäre sie zu Lübky's Hotel marschiert, oder wo immer die feinen Her-

ren auch speisten, und hätte ihnen erzählt, was sich gerade am Bahnhof abspielte. Neben Wut fühlte sie Verwunderung und Scham in sich. Bernd Vogel, von dem sie vom ersten Augenblick an überhaupt nichts gehalten hatte, war der Einzige, der etwas tat. Noch dazu das Richtige, wie ihr schien. Sollte ihr erster Eindruck von ihm falsch gewesen sein?

Der Abend brach über dem Seebad mit einem Sonnenuntergang herein, der sich in den schönsten Rosa- und Orangetönen präsentierte, als wolle er der Eröffnung des neuen Streckenabschnitts einen krönenden Abschluss bescheren. Anne hatte kaum einen Blick dafür. Noch immer steckte ihr das Erlebte in den Gliedern. Es hatte Stunden gedauert, bis der Zug mit der Winde endlich eingetroffen, die verunglückte Lokomotive befestigt und schließlich wieder auf die Räder gestellt worden war. Henke lebte und wurde augenblicklich in das Krankenhaus nach Bergen gebracht. Sein Bein war nicht, wie zunächst befürchtet, abgetrennt, sondern nur sehr stark gequetscht worden. Er hatte bei allem Unglück noch einmal Glück gehabt. Ob ihm das Bein aber erhalten bliebe und ob er nicht doch noch den Folgen des schweren Unfalls zum Opfer fiele, das ließ sich zu diesem Zeitpunkt nicht sagen. Was Anne besonders beschäftigte, war die Tatsache, dass sich keiner der hohen Herren um den Mann gekümmert hatte. Sie wollten ihren Triumph feiern, zweifellos war der Tag in ihren Augen ein Triumph gewesen, alles andere scherte sie offenbar nicht. Und noch etwas machte ihr Sorgen. Wenn es beim Bau der Bahn ähnlich gefährlich zuginge, stand Vater und ihr einiges bevor, dachte sie beklommen. Sie war erschöpft und niedergeschlagen, als Bernd eine Kutsche besorgte, mit der sie nach Trent fuhren. Er ließ es sich nicht nehmen, sie nach dem für ihn gewiss noch wesentlich anstrengenderen Tag nach Hause zu begleiten.

Als er nach der Fahrt, während deren sie beide fast durchgehend geschwiegen hatten, aus dem Wagen stieg, um sie zu verabschieden, sagte er: »Nun ist aus meiner Einladung zu Gebäck und Kaffee nichts geworden. Erlauben Sie mir, dass ich diese erneut ausspreche und wir uns zu diesem Anlass wiedersehen?« Es klang ein wenig, als hätte er die ganze Zeit auf den rechten Moment gewartet, sie anzusprechen. Eigentlich wirkte er nicht schüchtern, doch schien es ihr jetzt, als sei er erleichtert, die Einladung endlich, gewissermaßen in letzter Sekunde, ausgesprochen zu haben.

»Sehr gern«, antwortete Anne und lächelte ihn an.

3

In den Tagen nach dem Unfall gab es kein anderes Thema mehr, ganz gleich, wohin man hörte. Allein in der Rügenschen Bade- und Hotelzeitung war kein Wort zu finden. Natürlich nicht. Schlechte Nachrichten passten nicht zu dem wachsenden Ferienbetrieb. Hulda und Hinnerk kamen ein Wochenende später zu Besuch. Das war eine Überraschung, sie hatten sich schon eine geraume Weile nicht blicken lassen. Ob es die Neugier war, die sie mal wieder nach Trent verschlug? Anne sprach diese Vermutung lieber nicht laut aus. Sie freute sich einfach, ihren ältesten Bruder zu sehen.

»Und dieser Vogel ist wirklich ganz unter die Lokomotive gekrochen?« Hulda riss die Augen auf.

»Dr. Vogel«, warf Anne ein.

Ihre Schwägerin kümmerte es nicht. »Mon Dieu, wie muss der ausgesehen haben! Seine Kleider waren gewiss ruiniert!« Sie liebte es, einige französische Wörter in ihre Rede einfließen zu lassen. Solange Anne sie kannte, war Hulda schon immer darum bemüht, ihre einfache Herkunft als Tochter eines Bauern zu verschleiern. Sie hüllte sich in teure Stoffe und gab sich nobel, wie es nach ihrer Ansicht zu einer feinen Dame passte – sehr zum Missfallen ihres Vaters. Bis auf diese manchmal komische, manches Mal aber auch lästige Angewohnheit war sie recht umgänglich und im Grunde ihres Herzens ein lieber Mensch.

»Viel beachtlicher finde ich, dass er dieses Risiko eingegangen ist. Stand denn fest, dass dieses Ungetüm nicht doch noch ins Rutschen geraten konnte?« Hinnerk pustete den Rauch, der aus der Pfeife seines Vaters quoll und sich in der guten Stube ausbreitete, ungeduldig zur Seite. Er warf Carl einen missbilligenden Blick zu, doch gleich waren seine Augen wieder gespannt auf seine Schwester gerichtet. Hulda stieß einen spitzen Schrei aus und schlug sich geziert die Hand vor den Mund. Vor lauter Sorge um die Kleider des Arztes war ihr anscheinend nicht der Gedanke gekommen, dass auch seine Knochen in Gefahr gewesen waren.

»Die Arbeiter meinten, da könne nichts passieren, aber glaube mir, ich habe Blut und Wasser geschwitzt.« Anne keuchte bei der Erinnerung.

Ihr Vater schmunzelte und zog an seiner Pfeife. »Ist mir schon öfter aufgefallen, dass du dir ziemliche Sorgen um Dr. Vogel gemacht hast. Kannst ihn wohl gut leiden, was?«

Hulda lachte auf. »Anne Vogel, wie hübsch!«

»Also wirklich, Hulda, bist du nicht ein wenig voreilig?«, fragte Hinnerk, während Anne sich ihren Vater vorknöpfte: »Bitte, Papa, wieso erzählst du denn solchen Unfug? Siehst ja, was dabei rauskommt. Womöglich schnackt Hulda das weiter, und schon glaubt alle Welt, zwischen Dr. Vogel und mir sei etwas vorgefallen.«

»Wahrscheinlich ist bei unserem alten Herrn der Wunsch Vater des Gedankens, was? Wenn die eigenen Söhne schon nicht Arzt geworden sind, gäbe es wenigstens einen Schwiegersohn, der diese Profession ausübt. Das würde dir gefallen, habe ich recht?«

Carl lehnte sich in seinem Sessel zurück und richtete sich gleich wieder auf. Er fühlte sich hier in der Stube einfach nicht so wohl wie in seiner Wohnküche.

»Weißt du, Hinnerk, ein jeder nach seiner Nase. Du musst auf dem Acker und bei deinem Vieh glücklich sein. Ik bün es mit der Medizin und bei meinen Patienten.« Genüsslich pustete er den Rauch in Richtung seines Sohnes. Lachfältchen rahmten seine Augen ein. »Das gilt auch für deine Schwester. Sie soll mal mit einem Mann glücklich sein, also soll sie ihn sich auch fein aussuchen. In wen se sik verkiekt, da hab ik nix mit to kreegen.«

»So'n Snötersnack! Das ist ja nicht mit anzuhören.« Anne sprang auf. »Ich hole noch Kuchen.«

»Nein, warte, da gibt es etwas zu verkünden, das du unbedingt mitbekommen solltest. Etwas, das wir uns überlegt haben.« Hulda blickte zufrieden in die Runde, denn nun gehörte alle Aufmerksamkeit ihr.

»Das hat doch Zeit, Liebes«, versuchte Hinnerk sie aufzuhalten, aber da war nichts mehr zu machen.

»Bald ist Schluss mit Acker und Vieh. Wir eröffnen ein Hotel! Mit komfortablen Logierzimmern und mit Hausdienern am Hafen und am Bahnhof, die unsere illustren Gäste empfangen.« Sie strahlte und setzte eine so vornehme Miene auf, als wäre sie bereits jetzt die Direktorin des renommiertesten Hauses am Platze. Anne blieb wie angewurzelt im Türrahmen stehen. Ihr Bruder sah nicht so aus, als wäre er sehr von diesem Plan überzeugt. Er wirkte reichlich zerknirscht, fand sie.

»Ein Hotel?« Carl hielt die Pfeife ein Stück von seinen Lippen entfernt, als wäre sein Arm in genau dieser Haltung eingerastet. »Aber davon versteht ihr doch beide nix. Und was sagt dein Vater dazu?« Jetzt ließ Carl die Hand langsam sinken.

Hinnerk ließ seine Frau nicht zu Wort kommen. »Von wegen jeder nach seiner Nase! Jedenfalls für mich gilt das dann wohl doch nicht, Vater. Wenn ich etwas ganz Neues anpacken will, wenn ich mit der Zeit gehe, anstatt mich mit Rindviechern herumzuärgern, die Wurfschaufel mit dem Dreschgut zu schwingen oder mit meinem Herrn Schwiegervater über die Anschaffung eines Trommel-Rübenschneiders zu disputieren, dann traust du mir das natürlich auch wieder nicht zu.«

»Beruhige dich doch, Chéri.« Hulda griff nach seiner Hand, die er ihr jedoch entzog.

»Ich habe nicht gesagt, dass ich es dir nicht zutraue. Ich habe mich nur laut gewundert. Mit Hotels und Gästen habt ihr schließlich keine Erfahrung, wenn ich nicht irre.«

»Außerdem, was soll das denn heißen, dass Vater dir das auch wieder nicht zutraut? Ich wüsste nicht, dass er schon je an deinen Fähigkeiten gezweifelt hätte«, warf Anne ein. Sie verstand nicht, was hier auf einmal los war.

»Du hast doch keine Ahnung!« Hinnerk war aufgebracht. So hatte sie ihn selten erlebt. »Und Erfahrungen, Vater, kann man machen.«

»In Crampas werden es immer mehr Feriengäste. Und dort ist ein Haus zu verkaufen, das geradezu dafür geschaffen ist, um pittoreske Logierzimmer darin einzurichten.« Hulda strahlte.

»Es ist ein Fischerhaus, das aufgestockt wurde«, fügte Hinnerk etwas ruhiger hinzu. »Pro Jahr sind es beinahe tausend Feriengäste mehr als im Jahr zuvor, die den Ort besuchen. Im Westen der Insel wird man die Entwicklung mal wieder verschlafen, doch im Norden und Osten hat man längst erkannt, dass es sich von Fremden recht gut leben lässt.«

»Aber lässt es sich denn nicht auch von der Landwirtschaft gut leben?«, wollte Anne wissen. »Ich mag nicht sehr viel davon verstehen, aber mir scheint, das ist ein Beruf, der immer gut angesehen sein wird und immer ein hübsches Einkommen sichert.

Essen muss jeder, auch die Fremden. Da ist der gut dran, der sie mit Fleisch und Gemüse versorgt. Oder nicht?«

»Du sprichst wie mein Vater. Dabei bedenkst du nicht, wie viel angenehmer der Umgang mit Feriengästen ist als der mit Rindern.«

»Auf jeden Fall riechen sie besser«, warf Carl schmunzelnd ein. Dann griff er sich verstohlen an die Brust. »Ihr werdet es schon richtig machen«, verkündete er und stand auf. »Ich lege mich mal ein wenig aufs Ohr. Es ist schließlich Sonntag. Da darf man sich doch wohl ausruhen.«

Am nächsten Tag machte Anne sich auf den Weg zu Gerd, nachdem sie Unkraut gezupft und die Pflanzen im Garten gewässert hatte. Wenn es nur bald regnen würde. Dieser Sommer begann so trocken, dass man meinen konnte, der Himmel habe Rügen vergessen. In einer alten Brottasche, die aus Baumrinde gemacht war, trug sie eine Schüssel mit feingeschnittenem Kohl, Buchweizengrütze und etwas gesalzenem Fleisch für ihren Bruder, der sich immer über eine Mahlzeit freute, die er nicht selbst zubereiten musste. Sie würde ihm bei seiner Wäsche zur Hand gehen. Während sie den vertrauten Weg entlanglief, musste sie wieder an den Streit zwischen Hinnerk und ihrem Vater denken. Nein, im Grunde hatten die beiden nicht gestritten. Doch Hinnerk war furchtbar aufgebracht gewesen. Warum nur? Sie hatte lange nicht mehr daran gedacht, aber nun kam ihr wieder in den Sinn, dass zwischen den beiden vor vielen Jahren schon einmal etwas vorgefallen war, was sie nicht verstanden hatte. Damals hatte noch alle Welt gemeint, Hinnerk würde Arzt werden wie sein Vater. Was geschehen war, hatte ihr niemand gesagt, doch danach war plötzlich die Rede davon gewesen, dass Hinnerk seine Jugendliebe Hulda heiraten und in die Fußstapfen ihres Vaters treten würde. Anne wollte ihren alten Herrn bei Gelegenheit darauf ansprechen. Am Tag zuvor hatte sie es vermieden, ihn womöglich aufzuregen. Auch wenn er äußerlich ruhig erschien, hatte sie gemerkt, dass ihn die Szene sehr berührt hatte. Sie hatte ihn am Abend, als sie wieder allein waren, gefragt, ob ihm nicht gut sei. Sein Griff an die Brust hatte ihr Sorge bereitet, doch er hatte abgewiegelt und gemeint, er sei bei bester Gesundheit und bester Laune. Sie solle sich bloß keine Gedanken machen.

Gerd pumpte gerade Wasser in einen Eimer, als sie seine Kate erreichte.

»Schon fleißig? Das ist gut, dann muss ich nicht alles allein machen«, rief Anne von weitem und lachte fröhlich.

Augenblicklich stellte er den Eimer ab und drehte sich zu ihr um. Sie erschrak. Über seinem linken Auge prangte eine dicke Beule. In der Mitte war die Haut aufgeplatzt.

»Lieber Himmel«, rief sie, »wer hat dir denn eins über den Schädel gezogen?«

»Das ist die Handschrift eines Aaldiebes. Wenn du nur sehen könntest, wie ich ihn zugerichtet habe. Dagegen ist das hier nichts.« Er machte eine wegwerfende Handbewegung und grinste schief. Es ging ihm nicht gut, das war nicht zu übersehen.

»Du machst Scherze!«

»Nein, Schwesterherz, kein Scherz. Leider. Ich habe ihn erwischt, als er mit seinem Aaleisen gerade zu Werke gehen wollte.«

»Ein Aaleisen? Jetzt verschaukelst du mich wirklich. Die sind doch längst verboten. Lass mal sehen.« Sie schob sein braunes Haar, das dringend eine Schere nötig hatte, behutsam zur Seite und betrachtete die Beule mit der Wunde.

»Natürlich ist es verboten. Dieser Kerl besaß ohnehin keine Erlaubnis zum Fischen. Und dann tauchte er auch noch mit dieser Forke auf, die einen das Fürchten lehren konnte.«

»Und du, gänzlich unbewaffnet, hast nichts Besseres zu tun, als dich mit ihm anzulegen.« Sie fragte sich, ob nur ihre Brüder ständig Unfug im Sinn hatten und in Streitigkeiten gerieten oder ob das auf Männer im Allgemeinen zutraf.
»Was hätte ich denn tun sollen? Ihn einfach gewähren lassen? Diese Dinger sind nicht ohne Grund verboten, Anne. Wenn einer damit Aale fängt, erwischt er Fische aller Größen und jeden Alters. Der spießt, ohne mit der Wimper zu zucken, auch Jungtiere auf, die noch geschützt werden müssen.«
»Das weiß ich doch.«
»Also. Hätte ich das zulassen sollen?«
»Natürlich nicht. Hast du Schnaps im Haus, etwas Hochprozentiges?«
»Klar. Ich habe auch gleich einen kräftigen Schluck genommen, als ich nach Hause kam.« Er grinste sie an. »War das richtig, Schwester?«
»Du hättest das Zeug besser mit Wasser verdünnt und auf die Stelle aufgetragen«, sagte sie ernst.
»Ich habe es mit Zwiebel versucht, aber das hat fürchterlich gebrannt.«
»Geschieht dir recht.« Sie schüttelte den Kopf. »Gegen die Beule war das zwar eine gute Wahl, allerdings nicht, solange die Wunde noch offen ist. Das solltest du eigentlich wissen.«
»Ja, habe ich gemerkt. Aber der Schnaps hätte wohl nicht weniger gebrannt. Das habe ich in der Kehle lieber als auf'm Kopp.«
Sie musste lachen. »Dann werde ich morgen eben noch einmal kommen und dir einen Sud aus Arnika, Ringelblumen und Johanniskraut mitbringen. Damit sollte deine Stirn bald wieder gut aussehen.«
»Danke, du bist die Beste!« Gerd küsste Anne auf die Wange. Einen Moment meinte sie, er wolle noch etwas sagen, aber er bückte sich, nahm den Eimer und ging voran ins Haus. Dort war es

zwar recht dunkel, da nur wenig Tageslicht durch die kleinen Fenster nach innen gelangte, dafür aber auch angenehm kühl. Anne schrubbte ein Hemd nach dem anderen und einige Hosen in dem hölzernen Zuber, Gerd wrang die Kleidungsstücke aus, schlug sie draußen vor der Kate mehrmals aus, dass es nur so knallte, und hängte sie auf die Leine. Er war ungewöhnlich still, dachte Anne.

»Hast du große Schmerzen?«, fragte sie ihn, als er wieder hereinkam.

»Nein, geht schon.«

»Du bist doch sonst nicht stumm wie deine Heringe. Bedrückt dich etwas?«

Gerd zögerte einen Moment zu lange. Und Anne kannte ihn zu gut, um ihn nicht zu durchschauen.

»Es ist nichts.«

»Das war gelogen.«

»Stimmt.« Er sah zu Boden. »Dieser Aalräuber, den ich mir geschnappt habe, hat etwas gesagt. Das will mir nicht mehr aus dem Schädel.«

Anne hörte auf, den Strumpf, den sie gerade in der Hand hatte, über das Waschbrett zu scheuern. Sie sah ihn aufmerksam an. »Was hat er denn gesagt?«

»Er wohnt nicht weit von Trent. Darum kennt er Vater und auch uns, weißt du?« Es fiel ihm sichtlich schwer, wiederzugeben, was er von dem Dieb zu hören bekommen hatte. »Ich habe ihm gesagt, dass das Fischen ohne Erlaubnisschein glatter Diebstahl ist. Vor allem habe ich ihm erklärt, wie schlimm es ist, ein Aaleisen zu verwenden. Ich wollte, dass er begreift, ich meine, dass er wirklich versteht und es in Zukunft von selbst lassen wird, mit diesem Ding auf Fischjagd zu gehen.«

»Und er? Was hat er denn nun so Schreckliches gesagt?«

Draußen war das Klappern von Hufen und das Rollen von Holzrädern auf dem Kopfsteinpflaster zu hören.

»Er sagte, ich habe es nötig, den Moralischen zu spielen. Solange ich es zuließe, dass meine Schwester auf wehrlose Menschen losgelassen würde, sei ich keinen Deut besser als er.«
Sie starrte Gerd an. »Was meinte er damit?«
»Na ja, du bist eben keine Ärztin, nicht einmal eine Hebamme. Du weißt, was die Leute manchmal reden.«
Ein Klopfen, schon ging die Tür auf, und Carl trat ein. Er war in Eile und wirkte hier in der düsteren Kate ein wenig blass.
»Moin, Gerd. Tut mir leid, aber ich muss deine Schwester mitnehmen. Die alte Möller, die Frau vom Kapitän, kriegt ihr Kind. Da brauche ich dich, Anne.«
»Moin, Vater.« Gerd nahm Anne die Socke aus der Hand, die sie noch immer festhielt. »Denn man los! Danke, Schwesterherz, hast mir wieder mal sehr geholfen. Kommst du morgen mit dem Sud für meine Beule?«
»Versprochen.« Sie küsste ihn auf die Wange, wischte sich die Hände an ihrem Rock trocken und eilte hinter ihrem Vater ins Freie, wo die Sonne ihr in die Augen stach.

Anne gingen die Worte ihres Bruders nicht aus dem Kopf. Sie dachte darüber nach, während die Spinne, wie der ungewöhnliche Wagen ihres Vaters genannt wurde, nach Schaprode rumpelte. Das Gefährt war einmal ein Jagdwagen gewesen. Für einen Landarzt, der rasch von einem Ort zum anderen gelangen und seinen Koffer mit Arzneien und Verbandszeug mit sich führen musste, war dieser Wagen ideal geeignet. Hinter der Bank, die zwei Personen bequem Platz bot, befand sich ein Gepäckträger. Dank der hohen Räder war der Einspänner noch dazu ausgesprochen schnell unterwegs. Zu schnell, fand Anne an diesem Tag, denn sie hätte gern noch ein wenig nachgedacht. Andererseits, was nützte es, sich das Gehirn zu zermartern? Sie würde Gerd am nächsten Tag darauf ansprechen. Vielleicht hatte dieser Aaldieb noch mehr gesagt. Sie musste sich eben gedulden. Außerdem wollte ihr Vater natürlich wissen, woher sein Sohn die prachtvolle Beule hatte, und schließlich musste sie sich auf die bevorstehende Geburt konzentrieren. Hoffentlich kamen sie nicht schon zu spät. Eine Frau, die das dreißigste Lebensjahr bereits eine Weile hinter sich gelassen hatte, sollte besser nicht allein niederkommen.

Carl lenkte den braunen Hengst kurz hinter der Johanniskirche auf den Sandweg, der zum Haus des Kapitäns Möller führte. Es war ein prachtvolles Haus mit einem Strohdach, das lediglich nach vorn bis tief herunter über das erste Stockwerk gezogen war. Nach hinten neigte es sich nur wenig, so dass zwei Etagen darunter Platz hatten. Für Annes Geschmack wirkte das Ganze etwas schief, doch sie bewunderte jedes Mal, wenn sie hierherkam, wie großzügig das Haus innen war. Malte Möller war der letzte Seeschiffer des Ortes. Er hatte ein Vermögen gemacht, indem er eine Brigg glücklich nach Frankreich hatte verkaufen können. Außerdem hatte er mit seinem stattlichen Rahschoner Küstenfahrten vor Brasilien unternommen, solange sich das gelohnt hatte. Viel Zeit hat er nicht auf seiner Heimatinsel Rügen verbracht. Hinter vorgehaltener Hand wurde nicht selten über die große Kinderschar des Kapitäns geredet. Wie konnte er sie alle gezeugt haben, da er doch monatelang auf See war? Zudem glich keines dem anderen, geschweige denn dem vermeintlichen Vater. Niemand würde es wagen, lautstark über diesen Umstand zu spekulieren. Möller selbst hatte jedenfalls keine Zweifel. Oder er äußerte sie nicht im Beisein anderer. Und nun bekam seine Frau Gesche also schon wieder einen Jungen oder ein Mädchen. Gut, in diesem Fall war Malte bereits eine Weile nicht mehr auf See gewesen. Nur noch selten übernahm er kurze Fahrten nach Danzig oder bis hinauf nach Memel und manchmal auch in die Nordsee. Er war viel zu Hause, aber er war auch schon ein alter Mann, wohl zwanzig Jahre älter als sein Weib. Anne dachte sich ihren Teil, ohne sich an den Tratschereien zu beteiligen. Ihr Vater hatte ihr schon früh beigebracht, dass ein Arzt eine Vertrauensperson ist, die über die Belange der Patienten zu schweigen hat. Wenn sie ihm half, galt das auch für sie. Insgeheim fragte sie sich dennoch, wie viele der Kinder wohl wahrhaftig Kapitänskinder waren. Und sie malte sich aus, wie es sein mochte, einem so alten Mann beizuschlafen. Schnell schob sie diese Vorstellung von sich und folgte Carl, der die Tasche über der Schulter trug, durch die kleine, weißgestrichene Pforte zum Haus. Er griff nach dem Türklopfer, einer hässlichen Fratze, die einen gewaltigen Ring in der Nase trug, ein Souvenir aus Brasilien, wie Möller einmal erklärt hatte. Gleich darauf wurde geöffnet. Der Hausherr selbst stand mit ernstem Gesicht vor ihnen. Sein dichter Haarkranz war silbern mit einzelnen schwarzen Flecken, die ihm von der Jugend noch geblieben waren. Die Augen unter den buschigen Brauen waren grau wie das Meer, auf dem er sein Leben zugebracht hatte, seine Nase war dick und knollenartig wie eine Kartoffel.

»Schnell, Utpatel, du musst ihr helfen. Allein schafft sie es nicht.«

»Dafür sind wir hier.«

»Nein, sie nicht. Sie wartet draußen«, ordnete der Kapitän mit einem Seitenblick auf Anne an. Sein Ton ließ keinen Zweifel daran, dass er seine Meinung nicht ändern würde.

Anne war sprachlos. Schon oft war sie in diesem Haus gewesen und hatte ihrem Vater assistiert, wenn er Gesche oder auch Malte behandelte.

»Wat?« Auch Carl verstand die Welt nicht mehr. »Kannst mi dat mol verklorn?«, verlangte er.

»Nee! Wozu? Ich kann wohl noch entscheiden, wer mein Haus betritt und wer nicht.«

Ein Stöhnen zum Erbarmen drang aus der Stube zu ihnen herunter.

»Rühr dich nicht von der Stelle. Ich sehe mir die Sache mal an. Wenn ich nicht ohne dich zurechtkomme, dann betrittst du dieses Haus. Dafür sorge ich.«

Sie nickte beklommen und blieb fassungslos vor der Tür stehen.

»Das letzte Wort ist noch nicht gesprochen«, hörte sie ihren Vater sagen, bevor die Tür vor ihrer Nase ins Schloss fiel.

Was war denn mit einem Mal los? Sie starrte auf die Spitzen ihrer schwarzen Lederstiefel, mit denen sie Kringel in den Sand malte. Ein Aalräuber, der über sie schimpfte, und nun der Kapitän, der sie nicht im Haus haben wollte. Das ging doch nicht mit rechten Dingen zu. Gewiss, sie wusste, dass es nicht wenige gab, die dagegen waren, dass Frauen Ärztinnen wurden. Viele meinten, eine Frau brauche keinen Beruf. Sie sei dafür geschaffen, Kinder zu bekommen, diese großzuziehen und den Haushalt zu führen. Für sich selbst oder für andere. Bestimmt genauso viele dachten anders darüber, waren der Ansicht, gerade im Bereich der Pflege könnten Frauen gute Dienste leisten. Mit ihrer sanften Art seien sie angenehmer als manch ruppiger Mann. Krankenschwestern und Hebammen gab es schon immer, niemand störte sich daran. Warum auch? Auf Rügen hatte es deswegen schon gar keine Debatten gegeben. Hier zählte viel mehr, dass man sich kannte, dass man einander vertraute. Utpatel wurde nicht nur von den Leuten aus Schaprode, Neuenkirchen oder Gingst geholt. Selbst in Bergen ließ sich so mancher lieber von ihm behandeln, als in das Krankenhaus zu gehen. Das Ansehen, das er genoss, übertrug sich auf seine Tochter Anne. Jedenfalls bis zu diesem Tage war es so gewesen. Was konnte geschehen sein, dass ihr nun Ablehnung entgegenschlug? Sosehr sie auch darüber nachdachte, sie fand keine Erklärung dafür.

Die Tür flog auf, der Nasenring in der hässlichen Fratze des Türklopfers schlug leise gegen das Metall und riss Anne aus ihren Gedanken. Carl wischte sich den Schweiß von der Stirn.
»Ich habe ihm gesagt, dass ich dich brauche«, stieß er atemlos hervor. »Seine Frau stirbt, wenn ich nicht alle Unterstützung habe, die ich kriegen kann.« Schon drehte er sich wieder um und verschwand in das Haus. Sie zögerte nicht, obgleich ihr nicht wohl dabei war, und folgte ihm die geschwungene Treppe hinauf und in das großzügige Schlafzimmer. Der Kapitän war nicht zu sehen, nur das Hausmädchen, eine kernige Person, die zupacken konnte, war im Raum. Im Bett lag Gesche Möller mit dunkelrotem Gesicht. Die Haare hatte sie sich klitschnass geschwitzt. Sie klebten ihr auf der Stirn und an den Schläfen.
»Neue Tücher und frisches Wasser«, kommandierte Carl. Das Mädchen verließ auf der Stelle die Kammer. Sie war blass. Das hier war offenbar selbst für sie zu viel. Anne erkannte sehr viel Flüssigkeit in den dicken Lagen von Baumwolle, die man ins Bett gelegt hatte. Der Geburtsvorgang hatte also bereits begonnen.
»Es will mit dem Gesicht voran heraus«, setzte ihr Vater sie in Kenntnis. »Ich muss den Pfannenstielschnitt machen, sonst verlieren wir womöglich beide.«
Die Gesichtslage war höchst selten. Zwar hatte Anne schon davon gehört, hätte aber nicht zu sagen gewusst, was in einem solchen Fall zu tun ist. Ihr Vater hatte sich für den quer ausgeführten Kaiserschnitt entschieden. Leicht fiel ihm dieser Schritt gewiss nicht, denn er hatte keine Routine darin. Außerdem war bekannt, dass die meisten Frauen, bei denen man das Kind auf diese Weise holte, den Eingriff nicht überlebten. In erster Linie war die Operation angezeigt, wenn die Mutter bereits verstorben war, man aber noch hoffte, das Kind retten zu können. Sie warf ihm einen kurzen Seitenblick zu. Seine Wangenknochen traten leicht hervor, ein sicheres Zeichen für die große Anspan-

nung, unter der er stand. Das Mädchen kehrte mit einer großen Schüssel Wasser und einem Stapel sauberer Tücher zurück. Anne holte die Schimmelbusch-Maske und das Fläschchen mit dem Ether aus Carls Tasche. Außerdem schickte sie das Mädchen gleich wieder fort, mit dem Auftrag, das Skalpell rasch zwei Minuten in kochendes Wasser zu legen und dann sofort zurückzubringen, ohne die Klinge zu berühren.

»Große Güte, Sie schneiden sie auf?«

»Gehen Sie schon, mein Vater braucht das Messer so schnell wie möglich.«

Noch mehr Farbe verschwand aus dem Gesicht der Bediensteten, die nun eilig die Kammer verließ. Kaum hatte Anne die Tücher im Bett durch frische ersetzt und der Kapitänsfrau die glühende Stirn abgetupft, war das Mädchen auch schon mit dem Skalpell zurück, das sie behutsam in sauberem Leinen trug.

»Brauchen Sie mich noch?«, fragte sie leise.

»Nein, geh nur. Du kannst hier nichts tun. Aber bleib in der Nähe, damit wir nach dir rufen können, falls wir etwas benötigen«, entgegnete Carl. Sie nickte und war so schnell aus dem Zimmer, als sei jemand hinter ihr her.

»Bist du bereit?«

Anne nickte. Sie spannte einige Lagen Mull über das Drahtgeflecht der Maske und legte sie der Patientin über Mund und Nase, Carl träufelte einige Tropfen Ether darauf. Es gehörte viel Fingerspitzengefühl und noch mehr Erfahrung dazu, die richtige Dosis zu wählen, die der Frau die Schmerzen nehmen würde, ohne ihr Leben zu gefährden. Annes Aufgabe war es, den Bauch der Möllerschen bis hin zum Ansatz der Schambehaarung gründlich mit Alkohol abzureiben. Ein beißender Geruch hing in der Kammer, ein Gemisch aus Ether, Alkohol und Schweiß. Die beiden tauschten einen letzten Blick und atmeten noch einmal tief durch. Dann setzte Carl die Klinge an.

Als Anne eine Stunde später in der Waschküche des Hauses, die sich im Keller zwischen Vorratskammer und Plättstube befand, die Instrumente ihres Vaters reinigte, fühlte sie sich benommen und traurig. Alles war reibungslos verlaufen, sie hatten einander wie immer ohne Worte verstanden und Hand in Hand gearbeitet, als müssten sie jeden Tag eine so schwere Operation meistern. Das Leben des Kindes hatten sie dennoch nicht retten können. Es war mit einer schweren Fehlbildung zur Welt gekommen. Seine Schädeldecke war nicht geschlossen. Auch das Gehirn war nicht vollständig ausgeprägt gewesen.

»Gott ist ihm gnädig«, hatte ihr Vater gesagt. »Es ist schon tot und muss sich nicht noch Tage herumquälen.« Dann hatte er den winzigen blutigen Körper in Stoff gehüllt. Es war nicht das erste Kind, das er tot auf die Welt holte. Gewöhnen konnte er sich daran dennoch nicht. Seine Augen glänzten, und er musste schlucken, als er das schlappe Bündel in den Arm der Mutter legte. Die hatte viel Blut verloren. Anne betrachtete die Wäscheberge, um die das Hausmädchen sich zu kümmern hatte. Ob die Kapitänsfrau es schaffen würde, war ungewiss. Sie seufzte, trocknete als Letztes die Drahtmaske ab und verstaute alles wieder in der Tasche.

Auf der Treppe, die nach oben in die Diele führte, hörte sie ihren Vater sagen: »Das tut mir bannig leid, Malte. Dem Kleinen war nicht zu helfen. Guck's dir man besser nich an.« Und nach einer kurzen Pause sagte er: »Du kannst jetzt nur für deine Frau beten. Willst du das tun?«

Sie stieg die letzten Stufen hinauf. Möller hob den Kopf, als sie die Diele betrat. »Daran bist du schuld!«, schrie er. Seine Augen glänzten fiebrig, als sei er dabei, den Verstand zu verlieren. »Ich wollte dich nicht im Haus haben. Du hast meine Frau verhext, damit sie eine Missgeburt kriegt.«

»Kein Wort mehr!«, schnauzte Carl zurück. »Kein Wort, das dir nachher nur leidtut«, fügte er etwas ruhiger hinzu.

»Nix tut mir leid, gar nix. Außer, dass ich dieses verfluchte Weib hereingelassen habe. Das wirst du bereuen, Carl Utpatel, dass du mir die gegen meinen Willen reingeschleppt hast.«
»Schluss jetzt!« Er wandte sich ihr zu. »Bring meine Tasche in den Wagen und warte dort auf mich.«
Sie nickte und flüchtete aus dem Unglückshaus. Was war, um Himmels willen, los? Sie verstand es einfach nicht. Anne verstaute die Tasche auf dem Gepäckträger und kauerte sich auf den Wagen. Bis auf die Straße hörte sie das Geschrei der beiden Männer. Einmal flog die Tür auf, und die Mamsell rannte mit gesenktem Kopf heraus, an dem Wagen vorbei und in Richtung Pfarrhaus. Nach einer Weile, es war inzwischen still geworden, öffnete sich die Tür erneut. Carl eilte mit langen Schritten zum Wagen. Seine Wangen glühten vor Zorn, dennoch wirkte seine Haut seltsam grau.
»Ich habe ihm den Unsinn ausgetrieben. Wenn er wieder bei Sinnen ist, knöpfe ich ihn mir aber noch mal vor«, sagte er, als er sich neben Anne auf die Bank fallen ließ. Er schnalzte und zupfte am Zügel, woraufhin der Gaul sich in Bewegung setzte. »Ich sehe mir seine Frau heute Abend an. Der kann froh sein, wenn sie es schafft. Wat is dem blots in den Kopp gekommen?«
Anne hätte darauf auch gerne eine Antwort gehabt.

Am nächsten Tag versorgte Anne Gerds Beule wie versprochen. Sie erzählte ihm von dem Vorfall und wollte wissen, ob der Aaldieb irgendetwas gesagt habe, das Licht ins Dunkel bringen konnte. Sie hatte sich nichts zuschulden kommen lassen, es war nichts geschehen, was die plötzliche Feindschaft ihr gegenüber rechtfertigte oder auch nur erklärte. Also musste es sich um eine Intrige handeln. Irgendjemand sorgte dafür, dass ein jeder dachte, Anne Utpatel habe einen Fehler gemacht, habe jemandem geschadet. Eine andere Erklärung wollte ihr einfach nicht ein-

fallen. Aber wer sollte so etwas tun? Und was sie noch viel mehr umtrieb, war die Frage, warum jemand ihr das antat.
Ihr Bruder konnte ihr nicht weiterhelfen. »Du weißt doch, wie die Leute sind«, sagte Gerd.
»Nein, Gerd, so sind sie eben nicht. Oder sollte ich besser sagen, so waren sie bisher nicht? Es war jedem bekannt, dass ich Vater zur Hand gehe, und niemand hat etwas dagegen einzuwenden gehabt. Bis zum gestrigen Tag. Es war furchtbar! Als ob ich verantwortlich für den Tod dieses bedauernswerten Wurmes sei. Das musst du dir einmal vorstellen.«
Er schüttelte den Kopf und legte ihr eine Hand auf den Arm. Dann veränderte sich sein Gesichtsausdruck. »Jetzt fällt mir doch noch etwas ein«, murmelte er nachdenklich. »Dieser Gauner, den ich mit dem Aaleisen erwischt habe, der hat doch was gesagt.«
»Was?«
»Er hat was geschnackt von einem Jungen, der beim Schiffsunglück vor Hiddensee nur knapp überlebt hat. Dem sollst du das Bein kaputt gemacht haben.«
Sie starrte ihn mit offenem Mund an. Natürlich wusste sie, von wem die Rede war. Er konnte nur den Jungen meinen, dem sich eine Eisenstange in die Hüfte gebohrt hatte. Ihr Vater hatte sie entfernt. Sie hatte nichts weiter getan, als die Wunde zu reinigen, dem Verletzten Hoffmannstropfen zu geben und ihm den Schweiß von der Stirn zu tupfen. Was sollte schlecht daran sein?
Zurück in der Kate, wollte Anne von Carl wissen, ob er etwas von dem Jungen auf Hiddensee erfahren hatte.
»Hab gehört, der läuft schon wieder herum wie ein junges Kälbchen. Genauso staksig, aber auch so munter. Einen Stock braucht er natürlich noch. Warum fragst du?«
»Nur so. Ich musste heute an ihn denken.« Nach einem Augenblick fragte sie: »War Kapitän Möller wieder bei Verstand, als du gestern noch einmal nach seiner Frau gesehen hast?«

»Er war wieder 'n büschen klarer. Aber was er plötzlich mit dir hatte, habe ich nich aus ihm rausgekriegt. Wenn er so'n dummes Zeug herumschnackt, dann kriegt er es mit mir zu tun, das hab ich ihm eingeschärft, das kannst du glauben.«
Zwei Patienten ließen sich am Nachmittag sehen. Die beleibte Frau Prahn, die sonst unaufhörlich von ihrem Bruder und ihrer Schwägerin in Lübeck plapperte, war seltsam still und beäugte Anne ständig von der Seite. Oder bildete sie sich das nur ein? Als Opa Jacobsen, ein gemütlicher kleiner Mann, der sich alle naselang beim Schnitzen verletzte, es aber trotzdem nicht sein lassen wollte, gerade gegangen war, tauchte Franzen auf. Auch das noch, der hatte Anne gerade noch gefehlt. Er trug seinen schwarzen Gehrock, den sie schon bei ihrer ersten Begegnung vollkommen unpassend gefunden hatte.
»Guten Tag, werter Herr Kollege. Fräulein Utpatel.« Er deutete eine Verbeugung an. Und war da etwa ein Lächeln auf seinem Gesicht? »Ich störe gewiss nicht lang. Doch allmählich kommen die Gleisbauarbeiten für den Abschnitt von Bergen bis hinauf nach Altenkirchen in Gang. Nun ja, zumindest kommt wieder Schwung in die Sache, nachdem der Unternehmer sich mit seinen Maschinen und den galizischen Arbeitern im letzten Jahr davongemacht hat, wie ich hörte. Inzwischen beziehen die Tagelöhner wieder ihre Erdhütten auch hier bei Trent, wie Sie gewiss gesehen haben. Damit fallen diese Männer in Ihren Zuständigkeitsbereich. Nun, ich bin auf der Insel, um Sie tatkräftig zu unterstützen.« Er lachte kurz. »Ich schlage vor, wir richten ein Zelt zwischen Trent und der Wittower Fähre ein. Ein Lazarett, meine ich«, verbesserte er sich rasch. »Einer von uns könnte immer dort vor Ort sein, solange die Arbeiter es ebenfalls sind. Später sollten wir das Lager weiter nach Norden verlegen. Aber dafür bleibt noch genug Zeit. Wer weiß, ob es nicht wieder Unterbrechungen gibt und der Unternehmer mit

seinem Tross zu anderen Bahnbauarbeiten in Hinterpommern zieht.«

»Wollen Sie nicht ablegen und sich setzen?« Carl sah müde aus. Trotzdem wollte er sich die Zeit nehmen, die Angelegenheit in Ruhe zu regeln.

Franzen zögerte und warf Anne einen Blick zu. »Es dauert ja nicht lang, aber … nun gut. Es ist doch bequemer.« Wieder ein kurzes Lachen. Sie nahm ihm den Gehrock ab und legte ihn über einen der Stühle. »Danke. Ja, also, wo war ich?« Er rückte nah an den Tisch heran und faltete die Hände auf der Platte, als wolle er ein Gebet sprechen. Auch Anne nahm Platz.

»Sie schlugen ein Lazarett vor.«

»Richtig.«

»Bei allem Respekt, werter Kollege, wir befinden uns nicht im Krieg. Hier soll nur eine Eisenbahnlinie gebaut werden.«

Anne musste schmunzeln.

»Wohl wahr, eine Eisenbahnlinie, richtig. Sie werden sehen, wesentlich weniger gefährlich als der Krieg ist das auch nicht.«

»Die Kollegen in Bergen, Binz oder Altefähr haben nichts dergleichen erwähnt. Gut, ein paar Blessuren bleiben nicht aus.« Carl stand auf, nahm eine Pfeife von dem eigens für seine diversen Exemplare angefertigten Brett und zündete sie an. »Aber so arg wird es doch wohl kaum werden.«

»Nun, wenn man sich nicht über die Höhe der Entschädigungen für enteignetes Land einig wird, dann steht uns vielleicht noch einiges bevor. Die Leute werden vor nichts zurückschrecken, um ihr Eigentum zu verteidigen, fürchte ich.« Er schob den Kopf seltsam nach vorn, hob die rechte Hand und drehte sie, die Finger aufwärts gerichtet, den Daumen weit abgespreizt, mehrmals hin und her. »Wer weiß? Doch Sie haben ja recht, gemeinsam bewältigen wir das schon.« Und zu Annes maßloser Überraschung ergänzte er: »Wir drei. Ja, mein liebes Fräulein

Utpatel, Sie haben mich längst von Ihrem Können überzeugt. Ihr Vater hat es bereits vorhergesagt, am Ende werde ich Sie nicht mehr missen wollen. Nicht wahr, das sagten Sie doch einmal zu mir?« Er sah Carl fragend an.

»Natürlich, das sagte ich.« Carl pustete Rauch in die Wohnküche. Seine Augen blitzten.

»Was ich meine, ist ein Zeltlager, in dem wir das Nötigste bereithalten und umschichtig Dienst tun können«, erklärte Franzen und kam damit auf sein ursprüngliches Thema zurück. »Eine Pritsche, ein Koffer mit Verbandsrollen und Arznei, mehr braucht es nicht, um Quetschungen, Schnittverletzungen und was uns sonst noch erwarten mag, zu behandeln. Oder?« Er kicherte.

Anne wusste nicht, was sie von alldem halten sollte. Das war nicht der Franzen, den sie bisher kennengelernt hatte. Er schien seine Arroganz und seine üble Laune zu Hause gelassen und stattdessen eine gehörige Prise Humor und Anstand mitgebracht zu haben. Könnte er nur immer so sein! Sie war so verblüfft, dass sie ihn nicht einmal fragte, woher sein plötzlicher Meinungsumschwung kam. Lange war es schließlich noch nicht her, dass er sie vor versammelter Menge heruntergeputzt und auch ihren Vater schlechtgemacht hatte.

»Vielleicht ist das keine so dumme Idee«, überlegte Carl laut. »Wenn wir dieses Zelt oben bei der Fähre aufbauen, fahren wir zweimal täglich die gesamte Strecke ab, auf der die Arbeiter beschäftigt sind. Dann können wir nach dem Rechten sehen und helfen, wenn man uns braucht. Einer von uns wäre stets in Trent, der andere dort erreichbar. Falls also etwas Schlimmeres passiert, hat der Bauleiter es nie weit, um einen von uns zu benachrichtigen.« Er nickte, während er sich das Ganze auszumalen schien. »Aber meine Tochter wird immer da sein, wo ich bin, dass das klar ist.« Wieder waberte eine dicke graue Qualmwolke zwischen Carls Lippen hervor und verteilte sich im Raum.

»Das versteht sich von selbst. Wenn ich es auch noch so sehr bedaure.«
Carls Augen wanderten von ihm zu seiner Tochter, die noch immer nichts mit der seltsamen Verwandlung des Dr. Franzen anzufangen wusste und den Kopf senkte.
»Woher sollen wir so ein Zelt bekommen, Herr Kollege?«
»Mit dem größten Vergnügen kümmere ich mich darum. Ich habe da noch beste Verbindungen.« Er stockte kurz, nickte aber sogleich übertrieben. Herrje, was war nur in diesen sonst so steifen Gesellen gefahren? »Wie Sie wissen, war ich einst Gräflicher Leibarzt. Schon mein Vater pflegte Kontakte nach Rügen. Er war ein Freund des Anstaltsarztes Benedix zu Putbus, der Ihnen gewiss ein Begriff sein dürfte. Zu seinen Freunden zählte man nicht nur meinen Vater, sondern auch den hochgeschätzten Alexander von Humboldt.« Carl zog die Augenbrauen zusammen. Er konnte mit dem Redeschwall offenkundig ebenso wenig anfangen wie seine Tochter. »Der Tradition verpflichtet, unterhalte ich selbstredend ebenfalls beste Kontakte zum Fürstenhaus von Putbus. Wilhelm Malte II. ist mir persönlich bekannt.« Wieder dieses gänzlich unpassende Kichern. »Wussten Sie, dass der kein echter von Putbus ist? Sei's drum, immerhin trägt er den Titel. Darauf kommt es an. Sein Großvater war es, dem diese Insel alles verdankt. Er sorgte dafür, dass Putbus wurde, was es ist.« Er war in seinem Vortrag nicht mehr zu bremsen. »Bald fünfzig Gebäude entstanden allein in der ersten Hälfte unseres Jahrhunderts, das ehemalige Seewasser-Warmbad, in dem jetzt Buchbinder Bussert seiner Kunst nachgeht, das prachtvolle Palais Lottum, all die stattlichen Handwerkerhäuser und nicht zu vergessen das Brau- und Brennhaus mit dem Felsenkeller. Haben Sie das Bier dort je gekostet? Es ist einfach köstlich, ganz besonders bei einer Hitze, wie wir sie derzeit ertragen müssen«, schwärmte er.

»Das Bier ist nicht übel«, stimmte Carl zu. »Nur verstehe ich nicht recht, was Bier und Palais, was Wilhelm Malte II. und Ihre Verbindungen zum Fürstenhaus mit der Beschaffung eines Zelts zu tun haben.«
»Ach richtig, davon war die Rede. Verzeihen Sie mir, wenn ich nun doch etwas ausschweifend geplaudert habe. Ich wollte auf Folgendes hinaus: Die Herrschaften von Putbus haben schon vor Jahren Leinwandzelte am Neuendorfer Strand aufgestellt, damit badewütige Herren sich in deren Schutz im kühlen Nass tummeln konnten.« Er fächelte sich Luft zu. »Ein herrlicher Gedanke. Vielleicht sollte ich auch noch ein Bad nehmen. Es ist aber auch wahrlich heiß. Wo ist denn der berühmte Rügener Wind, der doch angeblich ständig blasen soll?«
»Im Sommer haben wir auch mal Ruhe vor ihm«, erklärte Carl. »Aber setzen Sie mal über nach Wittow, dann wissen Sie bald, warum man den Streifen Windland nennt. Eine Brise weht da immer.«
Als habe er kein Wort gehört, sprach Franzen weiter: »Ja, solch ein Leinwandzelt werde ich beschaffen. Das wird uns Schatten spenden und vor Regen schützen, wenn es hier jemals regnen sollte.« Er schnaufte. Dann sprang er mit einem Mal vom Stuhl auf, griff nach seinem Gehrock und verneigte sich. »Nun wird es aber die allerhöchste Zeit. Meine Dame, verehrter Kollege, ich empfehle mich.«
Anne sprang ebenfalls auf. »Ich bringe Sie zur Tür.«
»Wenn Sie so freundlich sein wollen.«
Sie warf ihrem Vater einen Blick zu, der ihm sagen sollte, dass sie Franzen lieber nicht aus den Augen lassen wollte, solange er sich in ihrem Haus befand. An der offenen Haustür verneigte sich Franzen erneut, geriet für eine Sekunde ins Schwanken, packte aber sofort den Türrahmen.
»Ich danke Ihnen für Ihre Freundlichkeit«, sagte er und sah ihr zum ersten Mal an diesem Abend in die Augen. Dann ergriff

er ihre Hand und hauchte ihr einen Kuss auf die Fingerspitzen. »Gleichgültig, was über Sie geredet wird, Sie sind eine beeindruckende Frau, Fräulein Utpatel. Und ganz zauberhaft sind Sie obendrein, wenn ich mir diese Bemerkung erlauben darf.«

»Was meinen Sie damit?« Franzen hatte also auch Gerede über sie gehört.

»Nun, ich meine einfach alles, Ihre ganze Erscheinung, der Glanz Ihres braunen Haares, das süße Näschen, Ihr zauberhaftes Auftreten.«

»Danke, das ist sehr schmeichelhaft, aber davon spreche ich nicht.«

»Aber ich.« Er lachte.

»Ich möchte wissen, was Sie über mich gehört haben, und vor allem, von wem!«

»Sie sollten sich darüber keine Gedanken machen, meine Liebe. Kummer verdirbt Ihnen nur Ihren makellosen Teint.«

»Aber ich mache mir …« Weiter kam Anne nicht. Franzen drehte auf dem Absatz um und schlenderte in einem höchst eigenartigen Gang – den Gehrock über dem Arm – den Weg zwischen den Kräuterbeeten hindurch bis zur kleinen Pforte. Seine Bewegungen erinnerten sie an eine Marionette, als hinge er tatsächlich an unsichtbaren Fäden, die Arme und Beine zwar festhielten, aber immer ein wenig herumwackeln ließen. »Au revoir, Fräulein Utpatel. Wir sehen uns wieder«, rief er.

»Ik glöv, de ole Klookschieter is nu bregenklöderig worn«, sagte Anne, als sie wieder zurück in der Wohnküche war. Carl warf den Kopf in den Nacken und lachte. Im nächsten Augenblick bekam er einen Hustenanfall und klopfte sich ein paarmal auf die Brust, ehe er sich wieder beruhigen konnte.

»Man ik glöv, he hett een schnasselt«, brachte er noch immer keuchend hervor.

»Du meinst, er hat getrunken?« Ihr war mit einem Mal so, als hätte sie schon einmal den Verdacht gehabt, doch ihr wollte nicht mehr einfallen, wann oder wo das gewesen sein sollte.

»Es ist wirklich eine unerträgliche Hitze. Hoffentlich gewittert's heute Nacht. Dann kann man morgen wieder atmen.« Er stand auf. »Ich leg mich hin, Anne. Und du solltest dich auch mal ausschlafen. Waren anstrengende Tage, und es wird viel Arbeit geben in der nächsten Zeit.«

»Hast recht, Vater«, antwortete sie, obwohl sie noch nicht müde war. Aber es würde ihr guttun, mit ihren Gedanken ein wenig allein zu sein.

»Übrigens will ich dich erst mal nicht mehr im Behandlungszimmer sehen«, sagte Carl beim Hinausgehen. Es lag auf der Hand, dass er den Anschein erwecken wollte, diese beiläufige Bemerkung habe keine große Bedeutung. »Ich komm schon allein klar. Sorge du man lieber dafür, dass Haus und Garten tadellos in Schuss sind. Kann sein, dass du nicht mehr dazu kommst, wenn es mit den Gleisarbeitern erst richtig losgeht.«

Sie wünschte ihm eine gute Nacht und zog sich betrübt in ihre Kammer zurück. Schlafen konnte sie lange nicht. Es war nicht schwer, ihren Vater zu durchschauen. Er wollte sie nicht im Behandlungszimmer sehen, bis sich das Gerede beruhigt hatte. Die Blicke der alten Prahn waren ihm nicht entgangen, und er fürchtete ganz offenkundig, seine Patienten zu vergraulen, wenn er Anne weiterhin auf sie losließ.

Das Gewitter kam in der Nacht mit einer Heftigkeit, die die Erde beben ließ. Anne war gerade endlich eingeschlafen, als ein Krachen sie gleich wieder aus ihren Träumen riss. Blitz und Donner wechselten einander in so schneller Folge ab, dass man den Eindruck haben konnte, alles geschehe gleichzeitig. Der Lärm war ohrenbetäubend, die kleine Kammer taghell, wenn das gleißende Leuchten durch das winzige Fenster hereinfiel. Sie hörte ihren Vater durchs Haus schleichen. Er sah vermutlich aus allen Räumen nach draußen, ob der Blitz womöglich irgendwo eingeschlagen hatte, ob jemand Hilfe brauchte. Obwohl sie lange nicht wieder einschlafen konnte und wusste, dass es Carl ebenso ging, stand sie nicht auf. Sie wollte nicht mit ihm reden. Sie wollte nur allein sein.

Als sie am Morgen nach wenigen Stunden Schlaf aus dem Bett stieg, fühlte sich ihr Körper bleischwer an. Es war ihr schon zu viel, ihr Haar zu einem Zopf zu binden. »Der Glanz Ihres braunen Haars ist zauberhaft«, hatte Franzen behauptet. Er hatte von ihrem Näschen gesprochen, von ihrem süßen Näschen, um genau zu sein. Sie schüttelte den Kopf. Das bevorstehende Gewitter hatte ihm wohl schon den Grips vernebelt. Sie holte einen Eimer aus der Küche und trat ins Freie. Der Rasen und der Sandweg, der auf die Straße führte, waren nass. Es hatte geregnet, endlich! Anne nahm einen tiefen Atemzug. Es fühlte sich an, als habe jemand die Luft über Nacht gewaschen. Sie war noch immer feucht und kühl wie ein Wäschestück, das noch nicht ganz getrocknet war. Die Erfrischung weckte ihre Lebensgeister. Sie holte Wasser und ging wieder hinein, um das Frühstück zuzubereiten. Wenn ihr Vater sie nicht an seiner Seite haben wollte, würde sie eben im Garten arbeiten. Ihr sollte es recht sein. Sie würde die Zeit im Freien genießen. Und vielleicht war es wirklich besser so. Irgendwann würden sich schon alle wieder beruhigen.

Nach dem Mittagessen stellte sie die Stühle verkehrt herum auf den großen Tisch, der mitten in der Küche stand. Für die groben Putzarbeiten kam zwar üblicherweise eine Magd ins Haus, doch an diesem Tag hatte Anne große Lust, den Boden selbst zu schrubben. Es würde ihr guttun, sich daran auszutoben. Mit Schwung kippte sie einen Eimer mit Seifenwasser auf die Steine. Da ging die Tür auf.

»Düwel noch mol!« Carl machte einen Satz zur Seite. »Was wird das denn, wenn's fertig ist?«

»Hast du nicht gesagt, das Haus soll tadellos in Schuss gebracht werden?« Anne war gereizt, das war nicht zu überhören. Recht so, sollte er ruhig merken, dass sie seine Flunkerei durchschaut hatte.

»Das hab ich. Aber ich meinte nicht, dass du hier alles unter Wasser setzt.« Er schüttelte seinen Fuß, mit dem er in der Pfütze gelandet war.

»Was hast du denn hier verloren? Ich denke, du wolltest nach der Möllerschen sehen.«

»Will ich auch. Aber draußen habe ich Dr. Vogel getroffen. Kommen Sie ruhig näher, Herr Kollege, sie ist nicht mehr bewaffnet«, rief Carl in die Diele. Gleich darauf steckte Bernd den Kopf durch die Tür.

»Guten Tag, Anne.«

»Guten Tag.« Ihr Herz hüpfte, der Ärger verflog im Nu. Im nächsten Moment wurde ihr bewusst, wie sie aussah in dem alten schlichten Leinenkleid, das sie längst hätte aussortieren sollen, und mit den klobigen Holzschuhen an den Füßen.

»Eigentlich wollte ich mein Versprechen einlösen und Sie zu Kaffee und Gebäck einladen. Aber ich komme wohl unpassend, wie?« Bernd stand da wie ein kleiner Junge, der seine Enttäuschung nicht verbergen konnte und nicht wusste, was er als Nächstes tun sollte. Wo war der Mann geblieben, der in einer brenzligen Situation als Einziger gehandelt, der blitzschnell reagiert und genau das Richtige getan hatte?

»Ach was! Das bisschen Wasser ist schnell aufgewischt. Und dann können Sie los«, verkündete Carl fröhlich.

»Ich dachte, ich soll klar Schiff machen, weil in den nächsten Tagen keine Zeit dafür ist.« Anne klang schärfer, als sie beabsichtigt hatte. Warum bestimmte er auch über ihren Kopf hinweg? Was, wenn sie keine Lust hatte, mit Bernd auszugehen?

»Ach, das schaffst du schon noch. Musst dich eben ’n büschen beeilen.«

»Und umziehen muss ich mich auch noch. So kann ich wohl kaum ein Kaffeehaus betreten.«

»Ich helfe Ihnen, wenn Sie wollen, dann geht es schneller.« Bernd lächelte sie an. Als Carl hinter vorgehaltener Hand prustete, bemerkte er, was er da soeben gesagt hatte. »Beim Aufwischen meine ich natürlich. Ich helfe Ihnen beim Aufwischen. Das Wetter ist doch viel zu schön, um hier im Dunkeln zu sein. Begleiten Sie mich. Ich wette, wir haben heute eine herrlich klare Sicht.«

»Ich muss dann«, verabschiedete sich Carl. »Amüsier dich gut, mein Kind. Und Sie bringen sie mir heil zurück!«

»Versprochen!« Damit war es beschlossene Sache.

Kurz darauf saßen Anne und Bernd in einer offenen Kutsche und schaukelten in Richtung Bergen. Anne trug eine weiße Bluse und einen schmalen blauen Rock. Es würde hoffentlich nicht wieder ein Unglück geschehen, bei dem sie Bernd assistieren musste. Ihr Haar hatte sie zu einem Kranz gesteckt, so dass ihr Nacken frei war und die kühle Luft über ihre Haut streifen konnte.

»Wie Sie wissen, endet die Bahn in Sellin«, sagte Bernd. »Da ich mit Ihnen aber bis nach Göhren fahren möchte, habe ich mich für den Wagen entschieden. Es wäre zu kompliziert, mehrmals zu wechseln, denke ich.« Danach schwieg er, betrachtete versonnen die Landschaft, die an ihnen vorbeizog, oder lächelte sie an.

Anne war nicht geübt darin, mit einem fremden Mann, den sie auch noch recht attraktiv fand, allein zu sein. Das Schweigen war ihr unangenehm, also fragte sie: »Nach Göhren? So weit?«

Er nickte nur. Dann schwiegen sie wieder. Sie überlegte fieberhaft, was sie sagen könnte, nur lag es ihr bedauerlicherweise überhaupt nicht, belanglos daherzuplappern. Nach einiger Zeit wies er sie auf ein paar Rehe hin, die am Rand eines Waldstücks standen und aufmerksam die Ohren spitzten, dann wieder deutete er auf ein weites Rapsfeld, das noch in voller Blüte stand. Anne fühlte sich noch immer etwas unbehaglich. Wenn sie bei Kaffee und Gebäck auch nicht wussten, worüber sie miteinander reden sollten, könnte es ein langer Nachmittag werden. Dann fiel ihr ein, wie sie ein Gespräch in Gang bringen konnte, und fragte schließlich nach Weichensteller Henke.

»Hat er den schrecklichen Unfall überlebt?«

»Ja, das hat er. Er liegt inzwischen in Stralsund im Krankenhaus und befindet sich auf dem Weg der Besserung.« Bernds Gesicht drückte tiefste Zufriedenheit aus.

»Und sein Bein, konnte es gerettet werden?«

»Es wird steif bleiben, aber er hat es nicht verloren. Das ist das Wichtigste.«

»Gewiss.« Sie dachte nach. »Wird er aber mit steifem Bein weiter seiner Arbeit nachgehen können? Die Stufen auf so eine Lokomotive hinauf sind recht hoch. Denken Sie, er schafft das?«

»Ein wenig Übung wird nötig sein, aber ich bin zuversichtlich, dass die Stufen ihn nicht von seiner Arbeit abhalten werden.«

»Das ist gut.« Sie überlegte einen Moment, ihn zu fragen, ob er etwas gehört habe. Womöglich sprach man auch in Zusammenhang mit dem Bahnunfall über sie und behauptete, sie habe dem Henke das Bein ruiniert. Doch dann überlegte sie es sich anders.

Als sie in Göhren eintrafen, schien die Sonne noch immer kräftig und wärmte ihnen die Haut. Gleichzeitig ging ein sanfter Wind, der das richtige Maß an Kühlung brachte. Kurzum, es war ein perfekter Sommertag mit einem blauen Himmel, wie man ihn schöner nicht hätte malen können. Annes Laune hob sich. Bernd reichte ihr den Arm und führte sie zunächst zur Nordstrandbrücke. Draußen ging gerade ein Dampfer vor Anker, auf dem drei Flaggen wehten.

»Sehen Sie das? Drei Flaggen, drei Boote.«

»Wie? Ich verstehe nicht.« Sie schirmte ihre Augen gegen die helle Sonne ab und blickte hinaus auf die Ostsee, wo das Schiff sich in gleichmäßigem Takt auf und nieder bewegte. Es roch nach Algen und Salz, Möwen flogen kreischend über den ankommenden Sommergästen und verlangten nach Brotkrumen.

»Man hat drei Flaggen gehisst, das bedeutet, drei Boote werden benötigt, um die Gäste vom Dampfer zu holen und an Land zu bringen.«

»Wie praktisch!« Und tatsächlich, drei der Fischer, die eben noch auf Hockern rund um eine alte Holzkiste am Strand gesessen hatten, standen auf und gingen zu ihren Kähnen.

»Mancher fährt kaum noch zum Fischen raus«, erzählte Bernd. »Es ist viel bequemer, Schapskopp zu spielen und zu warten, bis betuchte Feriengäste ausbooten wollen. Ihr Bruder ist auch Fischer, nicht wahr?«

»Einer meiner beiden Brüder, ja.«

»Wie ich Sie kenne, gefällt es Ihnen nicht, dass die Fischer hier an der Ostküste Ihr Auskommen auf diese Weise verdienen. Habe ich recht?«

»Wie kommen Sie darauf?«

»Nun, wenn ein Arzt die Fremden behandelt und mit ihnen sein Geld verdient, passt Ihnen das ganz und gar nicht. Das haben Sie mir bei unserer ersten Begegnung unmissverständlich klargemacht.«

»Das ist nicht das Gleiche.« Großartig, hatte er sie eingeladen, um ihr nun doch noch ihr ungebührliches Verhalten vor Augen zu führen? Sie hatte es ihm hoch angerechnet, dass er bisher

darauf verzichtet hatte. Dabei hätte sie wissen müssen, dass so einer ihre Vorwürfe nicht einfach auf sich sitzenlassen konnte.
»Warum eigentlich nicht?« Er sah sie an, das spürte sie. Stur blickte sie hinaus aufs Meer und beobachtete, wie Herren in weißen Anzügen und Frauen mit großen Hüten über eine wackelige Treppe von dem Dampfer in die kleinen Ruderboote kletterten. »Verzeihen Sie, ich will Sie nicht verärgern. Ich verstehe es nur nicht. Sie sind eine junge, kluge Frau. Was haben Sie gegen die Feriengäste? Oder haben Sie nur etwas gegen diejenigen, die mit ihnen Geschäfte machen?« Nun sah sie ihn doch an und blickte geradewegs in diese braunen Augen, die ihr so gut gefielen. Es sah wahrhaftig nicht danach aus, als wolle er sie wütend machen oder auf den Arm nehmen. Er wartete wirklich auf eine Antwort. Nur hatte sie im Grunde keine.
»Ich habe ja gar nichts gegen sie. Also gegen die Gäste, meine ich.«
»Schade, ich dachte schon, Sie meinten, Sie hätten nichts gegen mich.«
Sie spürte, wie sie errötete. »Das meine ich außerdem«, sagte sie leise. »Ich habe nichts gegen Sie.«
»Den Eindruck hatte ich bei unserem ersten Zusammentreffen aber nicht. Sie waren so freundlich wie ein Seeigel. Stachelig und giftig.«
»Sie sind eben nicht der Erste, der vom Festland hierherkommt und uns erzählen will, wie wir mit unseren Patienten umzugehen haben. Komisch, dass niemand kam, als die Fremden noch nicht da waren. Da muss man doch auf den Gedanken kommen, dass mit denen leichter Geld zu machen ist. Und wenn das alles ist, was einen Doktor antreibt, gefällt mir das in der Tat nicht.«
Auch auf die Gefahr hin, dass die Atmosphäre zwischen ihnen noch angespannter wurde, sollte er ruhig wissen, wie sie dachte. Wenn ihm das nicht behagte, war es sein Pech.

Er nickte bedächtig. »Das kann ich verstehen. Also schön, zwar hatte ich Ihnen schon ein wenig von dem erzählt, womit ich mich beschäftige, aber das reicht Ihnen offenbar nicht. Ich werde es Ihnen eben beweisen müssen, dass mich weit mehr antreibt als Geld oder Ansehen. Ich glaube, das schaffe ich.« Er strahlte.

»So ein Unsinn. Sie müssen mir gar nichts beweisen.« Seine Offenheit und Fröhlichkeit beschämten sie dann doch.

»Ich muss nicht, aber ich will. Sonst haben Sie ein schlechtes Bild von mir, und das wäre mir nicht recht.« Er nahm wieder ihren Arm. »Kommen Sie, Anne, ich zeige Ihnen etwas, das Ihnen gefallen wird.«

Sie schlenderten vorbei am Damenbad, das natürlich längst geschlossen hatte, da es nur am Vormittag geöffnet war. Jetzt waren die Badefrauen, eine von ihnen in Mönchguter Tracht – einem dunklen Kleid mit heller, gestreifter Schürze und hellem Kragen und einer runden, engen Haube –, damit beschäftigt, zahllose Handtücher kräftig auszuwringen und zum Trocknen in den Wind zu hängen. In der Dorfstraße deutete Bernd auf eine Villa, die eben fertiggestellt worden war. Vor dem zweistöckigen Pappdachhaus mit einfachen Veranden stand ein runder hübscher Kiosk. Sein Dach erinnerte Anne an eine mehrstöckige Torte.

»Der alte Koop und seine Frau haben ihr Bauernhaus und den Altenteilkaten abgerissen und dafür diese Villa für Feriengäste gebaut«, ließ Bernd sie wissen. »Es sind nicht die Leute vom Festland, die Ihnen Angst machen müssen. Jedenfalls nicht nur. Koop ist auf Rügen geboren, soviel ich weiß. Er hat keinen Augenblick gezögert, seinen Bauernalltag gegen das hier zu tauschen.« Er schob die Unterlippe vor und zog die Augenbrauen hoch, ein deutlicher Ausdruck von Missbilligung. »Einige der Villen mit ihren Türmchen und verzierten Balkonen und Veranden gefallen mir gut. Aber die hier? Da mochte ich die reetgedeckten Katen, die vorher an diesem Platz standen, lieber leiden.«

»Mein Bruder hat das Gleiche vor. Mein Bruder Hinnerk ist auch Bauer und will plötzlich ein Hotel führen. Allerdings reißt er dafür kein Gebäude ab. Das würde sein Schwiegervater niemals zulassen.« Sie lachte. »Das ist ein typischer Rügener Sturkopp, wissen Sie?«

»Oje!« Bernd machte ein zerknirschtes Gesicht. »Ihr armer Bruder!« Dann sagte er: »Nein, nein, lassen Sie mal, die Leute hier auf Rügen sind in Ordnung. Sie haben einen eigenen Kopf, das ist wahr. Mir ist das lieber, als wenn einer nicht weiß, was er will.«

»Sie kennen die Insel schon länger? Ich dachte, Sie seien erst vor kurzer Zeit nach Binz gezogen. Aber Sie wissen, welche Häuser vor der großen Bautätigkeit in Göhren gestanden haben, Sie kennen die Menschen.«

»Das stimmt, ich war früher schon öfter hier, um meine Untersuchungen voranzutreiben.«

»Sie untersuchen die Heilwirkung von Sanddorn, Kreide und dem Meeresklima?«

»Genauer gesagt, untersuche ich das Zusammenspiel dieser Komponenten, ja.« Sie sah ihn verstohlen von der Seite an. Er hatte in den letzten Tagen Farbe bekommen. Seine Haut schimmerte wie die Kruste eines Brotlaibes. Es stand ihm gut, dachte sie.

Sie gingen die sandige Straße hinauf, die schrecklich staubig gewesen wäre, hätte es in der Nacht keinen Regen gegeben.

»Sie wollten mir etwas zeigen, das mir gefällt. Sie haben nicht gesagt, dass ich dafür Berge erklimmen muss.«

»Wir sind gleich da. Sie werden sehen, die kleine Anstrengung lohnt sich.« Von einer kleinen Anstrengung zu reden erschien ihr deutlich tiefgestapelt. Ihr Atem ging immer schneller, und sie begann unangenehm zu schwitzen. Wenn es nur keine Spuren auf ihrer Bluse gäbe! Bernd schien der Anstieg dagegen nichts auszumachen. Geradezu leichtfüßig ging er neben ihr her. Endlich hatten sie das Ziel erreicht.

»Voilà, Hôtel Nordpeerd«, verkündete er und blieb mit ausgebreiteten Armen vor einem prachtvollen Bauwerk stehen, dessen Turm die ganze Aufmerksamkeit jedes Spaziergängers auf sich zog. »Ein paar Stufen müssen Sie noch bewältigen. Dafür werden Sie mit einem Blick über Ihre Insel belohnt, der seinesgleichen sucht.«

Er hatte nicht übertrieben. Als Anne oben an einem der großen Fenster stand, war die Strapaze des Aufstiegs vergessen. Sie konnte ganz Göhren mit seinen alten Rohrdachhäusern, den neuen Villen und zahlreichen Baustellen sehen. Und mehr noch, die Buchenwälder am Hochufer boten von hier oben ein unvergessliches Bild, ebenso wie der lange Strand, der in der Sonne erstrahlte, und die nicht endende Ostsee.

»Es ist unglaublich«, stieß sie noch immer atemlos hervor. »Man könnte meinen, von hier ganz Mönchgut sehen zu können.«

»So ist es auch beinahe. Wollen wir uns setzen?« Er rückte ihr einen Stuhl zurecht, an einem Tisch mit weißer Decke und direkt am Fenster.

»Ich würde mich gern erst ein wenig frisch machen, wenn es Ihnen recht ist.«

»Natürlich.« Bernd zeigte ihr den Weg.

Anne ging über dicke Teppiche, die den Klang ihrer Schritte verschluckten, einen Gang entlang und durch eine weiße, mit Goldornamenten verzierte Tür. Hinter dieser traf sie gleich zweimal schier der Schlag. Das erste Mal, als sie einen Blick in den riesigen Spiegel warf, der in seinem geschwungenen goldenen Rahmen fast die gesamte Wand zur Rechten einnahm. Sie sah entsetzlich aus, ihre Haut war gerötet, aus den Haaren tropfte der Schweiß, die Bluse klebte ihr am Leib. Die zweite Überraschung war deutlich erfreulicher. Es gab fließendes Wasser! Augenblicklich benetzte sie ihr Gesicht mit dem kühlen Nass und tupfte sich, so gut es ging, trocken. Dann öffnete sie den Haarkranz und band ihn neu, so dass die Strähnen, die sich daraus gelöst hatten, wieder ordentlich an ihrem Platz waren. Besonders angetan war sie von ihrem Anblick noch immer nicht, aber es musste nun einmal so gehen. Verstohlen betrachtete sie auf ihrem Rückweg die feinen Damen, die an den anderen Tischen saßen. Wahrscheinlich waren sie mit dem Wagen vorgefahren, anstatt wie eine Bergziege selbst den Hügel zu erklimmen.

Bernd schien ihren leicht desolaten Zustand nicht zu bemerken. »Was darf ich für Sie bestellen? Ich empfehle Ihnen gefüllte Thorner Honigkuchen oder die Marzipantorte, die hier ganz hervorragend ist.«

Beides hörte sich gut an. Kuchen oder anderes Gebäck gab es zu Hause nur an Festtagen oder wenn Besuch kam. Auf jeden Fall musste sie es stets selbst backen. Oder sie war bei einer Tante oder ihrer Schwägerin zu Gast, die dann das Backen übernahmen oder von ihren Mädchen erledigen ließen. An einem ganz normalen Tag in einem Café zu sitzen, das war schon etwas Besonderes.

»Was nehmen Sie?«, fragte Anne unsicher.

»Beides hintereinander!« Bernd lachte und klopfte sich auf den Bauch. »Nein, besser nicht. Sonst sehe ich bald aus wie der Beese.«

»Niemals!« Jeder kannte den Binzer Hoteldirektor Beese, der so dick war, dass seine Beine unter dem Gewicht schon ganz krumm geworden waren und er wie eine Ente watschelte.

»Ich werde die Marzipantorte nehmen«, entschied er.

Anne schloss sich ihm an und bereute es nicht. Sie genoss jeden Bissen. Das Marzipan war weich und ein wenig sandig und passte bestens zu der Sahne, dem i-Tüpfelchen auf den verschiedenen Schichten. Der Kaffee war stärker, als sie ihn üblicherweise trank, ohne dabei bitter zu schmecken. Dazu der Blick und die Gesellschaft eines gutaussehenden Mannes. Anne fühlte sich so wohl wie lange nicht mehr.

»Ich hörte, die Fischer beschweren sich über die geplante Brücke bei der Wittower Fähre. Wissen Sie etwas darüber?«

»Allerdings. Mein Vater war kürzlich bei einer Versammlung. Die Breeger Fischer meinen, schon während des Brückenbaus würde ein solcher Lärm entstehen, dass die Fische in ihrer Wanderung gestört wären.«

»Das wäre denkbar, ja.«

»Nun, ich kenne mich damit nicht aus, aber wenn es zutrifft, ist wohl mit erheblichen Ausfällen des Fanges zu rechnen. Die Heringe würden nicht mehr in die östlich der Fähre gelegenen Gewässer schwimmen, sagen einige. Ganze Schwärme könnten für die Fischer verloren sein. Und dann noch der Krach der Bahn auf der Brücke. Es heißt, die Tiere würden dadurch dermaßen in Aufregung versetzt, dass sie kehrtmachen und in die Ostsee verschwinden würden. Im Bodden würden sie sich nicht mehr blicken lassen.«

»Ist es denn für die Fischer so kompliziert, draußen auf der Ostsee ihre Netze auszulegen anstatt im Bodden?«

»Ich weiß es nicht. Ich habe meinen Bruder nicht gefragt. Vielleicht braucht man draußen andere Boote. Meinen Sie nicht?« Sie schob sich das letzte Stück Torte in den Mund.

»Kann schon sein.« Etwas ging ihm durch den Kopf. »Sie sagten eben, Ihr Vater sei bei der Versammlung gewesen. Ist Ihr Bruder nicht dort gewesen?«

»Nein.«

»Macht er sich denn keine Gedanken?«

»Nein, ich glaube, das tut er tatsächlich nicht. Er hat ein beneidenswertes Gemüt, wissen Sie? Komme, was wolle, er glaubt fest daran, dass immer alles gut wird. Ich wünschte, ich könnte das auch.« Sie seufzte. In den letzten Stunden hatte sie ihren Kummer vergessen können, doch nun musste sie auf einmal wieder daran denken.

»Glauben Sie nicht, dass alles gut wird? Ich meine, ist denn nicht alles gut? Haben Sie Sorgen?«

»Nicht so direkt, das heißt, ja, ich meine, das ist so merkwürdig.« Sie wusste nicht, wie sie anfangen sollte. Konnte sie ihn überhaupt damit belästigen? Sie kannten sich doch kaum.

»Was ist merkwürdig?« Er sah sie aufmerksam an, als erwarte er etwas Bestimmtes. Vielleicht hatte er schon von dem Gerede mitbekommen. Dann könnte er ihr unter Umständen sogar auf die richtige Fährte helfen. Was sollte es schon schaden, ihm gegenüber offen zu sein? »Mögen Sie?« Er hatte wieder sein Metalldöschen mit dem Königskraut hervorgeholt.

»Nein danke. Es passt nicht zum Kaffee, denke ich.« Sie zögerte noch einen Moment, dann begann sie: »Es hat damit angefangen, dass mein Bruder Gerd, der Fischer, einen Aalräuber erwischt hat.« Sie erzählte ihm alles, was sie wusste. »Ich habe den Jungen auf Hiddensee doch gar nicht behandelt, das hat mein Vater getan. Ich helfe ja immer nur. Wie soll ich also Schuld daran haben, wenn er nicht mehr laufen kann? Außerdem kann er das ja, er braucht nur einen Stock. Vorerst.« Sie redete sich in Rage. »Das Schlimmste aber war das Erlebnis bei Kapitän Möller aus Schaprode.«

»Ich kenne ihn. Seine Frau erwartet ihr sechstes Kind.«

»Vater hat es auf die Welt geholt.«

»So früh schon? Ich dachte, es wäre noch Zeit.«

»Das dachten alle. Aber dann musste es schnell gehen.« Anne nahm einen Schluck Kaffee, doch der schmeckte ihr plötzlich nicht mehr. »Der Schädelknochen des Kleinen war nicht vollständig ausgebildet«, berichtete sie. »Es hatte keine Chance.«

»Tut mir leid, das zu hören. Und Gesche? Ist sie …?«

»Sie lebt. Hätte Vater sich nicht für den riskanten Eingriff entschieden, wären wahrscheinlich Mutter und Kind tot.«

Bernd nickte bedächtig. »Ich verstehe nicht ganz, was Ihnen so zu schaffen macht. Zum einen ist es Ihr Vater, der die Entscheidung getroffen und die Operation durchgeführt hat, zum anderen lebt Gesche. Malte war Ihnen beiden gewiss sehr dankbar.«

»Davon kann nicht die Rede sein.« Sie schnaubte ärgerlich. »Er wollte mich von Anfang an nicht im Haus haben. Dabei war ich schon oft dort und habe Vater geholfen. Jedenfalls habe ich zuerst draußen gewartet.«

»Möller hat Sie vor der Tür stehenlassen?« Bernd wirkte ehrlich betroffen.

»Ja, so war es. Als Vater aber gesehen hat, wie ernst die Lage ist, hat er mich dazugeholt. Möller hat ihn dafür auf übelste Weise beschimpft. Er hätte mich nie gegen seinen Willen ins Haus holen dürfen. Ich allein hätte dafür gesorgt, dass seine Frau eine Missgeburt entbindet. So hat er sich ausgedrückt«, sagte sie leise und sah sich um, ob auch niemand an den anderen Tischen zugehört hatte. »Können Sie mir erklären, wie ich wohl dafür hätte sorgen können? Glaubt er denn wahrhaftig, ich sei eine Hexe und könnte zaubern?«

»Die Seeleute glauben an allerhand Spöök. Sagt man das nicht so?«

Sie musste lächeln. »Ja, das sagt man. De Lüüd sünd averglöövsch. Das sagt man auch, und es stimmt wohl.« Er zog fragend die Augenbrauen zusammen. »Die Leute sind abergläubisch.«

»Ach so.«

»Trotzdem, ich verstehe das nicht. Der Aberglaube hat sich doch nicht verändert, und ich bin früher auch bei Möller ein und aus gegangen. Warum wollen die mich mit einem Mal nicht mehr?«

Bernd ließ sich Zeit mit einer Antwort. »Es ist nur zu verständlich, dass Sie enttäuscht sind und verwirrt, Anne. Ich verstehe die Leute auch nicht immer. Wer weiß, vielleicht hat jemand etwas über eine Ärztin gelesen, die einen Fehler gemacht hat. So etwas spricht sich herum. Von einer Sekunde auf die andere will keiner mehr etwas mit einer Frau zu tun haben. Jedenfalls nicht, wenn es um medizinische Dinge geht.«

»Nein, das erscheint mir nicht sehr überzeugend. Die Menschen hier sind nicht so. Die denken eher, das ist eine Ärztin vom Festland gewesen. Also lass dich nicht mit einem Doktor vom Festland ein. Bleib mal schön bei dem Utpatel und seiner Tochter. Die sind auf Rügen geboren, die machen das schon richtig.«

Sie seufzte.

»Erinnern Sie sich, was ich Ihnen von Stettin erzählt habe? Es gibt dort eine Hebammenlehranstalt.«

»Ja, ich erinnere mich.«

»Ich habe nicht davon gesprochen, weil ich meinte, Sie hätten dringend eine Ausbildung nötig. Sie sagten, Sie würden alles, was Sie wissen und können müssen, von Ihrem Vater lernen. Und bestimmt ist das auch so. Nur sehen Sie, Anne, die Menschen hören und lesen immer mehr. Sie erfahren, was in der Welt vor sich geht und was möglich ist. Und sie begreifen auch, dass Wissen und Kenntnisse von Bedeutung sind. Kann schon sein, dass es für einen Arzt bisher vor allem wichtig war, dass er auf Rügen geboren wurde. Aber das ändert sich. Die Leute sind Quacksalbern gegenüber misstrauisch geworden.« Sie schnappte nach Luft. Wie konnte er es wagen? Bernd legte seine Hand auf ihre. »Damit meine ich weder Sie noch Ihren Vater«, beruhigte er sie. »Was ich meine, ist, die Leute werden kritischer. Und das finde ich gut. Dass Sie das nun ausgerechnet zu spüren bekommen, ist natürlich nicht schön. Aber vielleicht können Sie die Menschen ein klein wenig verstehen.«

Nein, das konnte sie nicht, überhaupt nicht. Trotzdem murmelte Anne: »Na ja, ein bisschen schon. Kann sein, dass Sie recht haben.«

»Bestimmt habe ich recht. Und jetzt machen Sie sich keine Sorgen mehr. Was von allein gekommen ist, verschwindet auch von allein.« Bernd lächelte sie aufmunternd an. »Was für eine Erkältung gilt, kann auch für das ganze Leben zutreffen. Machen Sie's wie Ihr Bruder, glauben Sie, dass alles wieder ins Lot kommt.«

»Ich versuch's.«

»Sehen Sie, schon besser.«

»Was ist mit Ihnen? Haben Sie schon etwas über das Zusammenspiel von Kreide und Klima herausgefunden?« Sie wollte das unerfreuliche Thema beiseiteschieben, und er freute sich offensichtlich über ihr Interesse.

»Allerdings. Es steht außer Zweifel, dass die Wirkung von Dünendorn, Kreide und den Mineralien in der Luft und im Wasser sich verstärkt, wenn diese Zutaten kombiniert werden. Wissen Sie, Anne, schon vor hundert Jahren kamen Menschen vom Festland nach Rügen, weil sie Linderung ihrer Leiden suchten. Sicher kennen Sie den Bach von Sagard, dessen Eisen- und Kohlensäuregehalt ihn zu einem echten Heilwasser macht.«

»Ich habe davon gehört, ja.«

»Dieser Pastor, der die Quelle damals nutzbar machen ließ, war schlau. Er wusste, dass die Menschen sich nicht nur kurieren, sondern auch amüsieren wollen. Also ließ er einen Park anlegen, ließ Schaukeln, ein Karussell und Wippen bauen. Zwar wünschte ich, die Patienten wären mehr auf Schonung bedacht, aber ich sehe ein, dass auch die Vergnügung nicht zu kurz kommen darf. Vor allem sehe ich eines: Wenn dies alles nicht geboten wird, gehen die Feriengäste an andere Orte. Was bleibt also anderes übrig, als ihnen hier das zu bieten, wonach sie verlangen, und ihnen gleichzeitig etwas zu geben, was sie nur hier bekommen können?«

»Und das sind Kreide, Dünendorn, Bernstein und Meer?«

»So ist es. Wissen Sie, was ich beobachtet habe?« Sie schüttelte den Kopf. »Dass die Rügener Kreide hilfreich bei verschiedensten Hautbeschwerden ist, weiß jeder. Ich habe sie bei Patienten verwendet, die Entzündungen hatten. Siehe da, der Heilungsprozess verlief schneller, als es zu vermuten war. Das gilt auch für Wunden. Ist das nicht fabelhaft?«

»Das ist es. Erstaunlich.«

»Nicht wahr? Eine weitere Eigenschaft der Kreide ist, dass sie den gesamten Körper wärmt. Diese Eigenschaft konnte ich auch beim Bernstein feststellen. Oder sagen wir besser, verwendet man eine Salbe aus Kreide, die mit Bernsteinpulver vermischt wird, wird die Erwärmung als erheblich stärker empfunden. Das habe ich selbst ausprobiert.«

Bernd erzählte Anne noch einiges über die stärkende Wirkung des Dünendorns, die einen schwachen Patienten zusammen mit der Kreide so rasch wieder aus dem Krankenbett aufstehen lasse, dass es ihn selbst überrascht habe. Wie immer drang seine Begeisterung förmlich aus jeder seiner Poren und steckte sie augenblicklich an. Anne vergaß darüber ihren Kummer und auch die Zeit. Schon färbte sich der Himmel rot über der Ostsee.

»Du meine Güte, jetzt habe ich Sie sicher gelangweilt«, meinte Bernd plötzlich, zog seine Taschenuhr hervor und riss die Augen auf. »Hoffentlich legt Ihr Vater mich nicht über das Knie. Es wird spät sein, wenn ich Sie zu Hause abliefere.«

»Keine Sorge!« Sie lachte. »Um über das Knie gelegt zu werden, sind Sie etwas zu groß. Selbst für Carl Utpatel.« Anne warf einen letzten Blick über Mönchgut, den Strand und das Meer. Dann verließen sie das Café, das Hotel und spazierten zurück zum Wagen. »Sie haben mich keineswegs gelangweilt«, sagte sie, als die Kutsche sich in Richtung Bergen auf den Weg machte. »Im Gegenteil. Es war ein wunderschöner Nachmittag, und ich danke Ihnen ganz herzlich dafür.«

»Ich danke Ihnen für die Gesellschaft.«

Sie zögerte kurz, dann fügte sie hinzu: »Ich muss mich bei Ihnen entschuldigen, Herr Dr. Vogel.«

»Um Himmels willen, nennen Sie mich bitte Bernd. Den Vogel habe ich mir nicht ausgesucht, und er ist immer ein bisschen peinlich, finden Sie nicht?«

Anne musste kichern. »Finden Sie Utpatel etwa schöner?«, fragte sie rasch, damit er nicht dachte, sie würde ihn auslachen.

Er legte die Stirn in Falten und gab vor, zu überlegen. »Nein!«, antwortete er dann sehr entschieden. Damit hatte sie nicht gerechnet, was man ihr offenbar ansah. Bernd lachte sein ansteckendes Lachen, und sie stimmte gerne ein. Dann wurde sie wieder ernst.

»Name hin oder her, ich muss mich trotzdem bei Ihnen entschuldigen, Bernd.«

»Wofür?«

»Ich habe mich schrecklich aufgeführt bei unserer ersten Begegnung.«

»Das ist wahr.« Wieder blitzten seine Augen und verrieten, dass er im nächsten Augenblick schon wieder schallend lachen würde. Sie mochte das.

»Ich möchte Ihnen gern erklären, warum ich so kratzbürstig war.«

»Das haben Sie vorhin doch schon getan. Sie können Leute vom Festland nun einmal nicht ausstehen. Mein Pech.«

»So habe ich das nicht gesagt«, protestierte sie. »Es ist nur so, dass ich schon häufiger schlechte Erfahrungen mit Leuten vom

Festland gemacht habe. Klookschieter nennen wir die.« Sie schmunzelte. »Weil sie uns Dummbüdel von der Insel immer erzählen wollen, wie alles geht, also, wie es richtig geht. Als ob wir das nicht selbst wüssten.« Er machte Anstalten, sie zu unterbrechen, doch sie ließ es nicht zu. »Dieser Dr. Franzen ist so einer. Sie haben ihn doch selbst erlebt in Sellin bei dem Unglück mit der Lokomotive. Der tauchte auch plötzlich auf und meinte, mein Vater und ich würden nicht mit den Verletzungen fertig werden, die beim Gleisbau passieren. Der hat sich aufgespielt, als wären wir ohne ihn verloren.«

»Wovon nicht im Entferntesten die Rede sein kann. Ihr Vater hat mir erzählt, wie sich dieser Franzen auf Hiddensee angestellt hat.«

»Er hat mit Ihnen über Franzen gesprochen?«

»Ja, natürlich. Ihm ging es genau wie Ihnen. Als ich ihn aufgesucht habe, um meine Hilfe anzubieten, hat er zuerst abgewinkt. Er brauche nicht noch einen, der im Weg herumsteht und Maulaffen feilhält. Das hat er gesagt.«

»Sehen Sie, genau das habe ich auch gedacht. Aber ich habe Ihnen unrecht getan. Sie sind ganz anders.«

»Da bin ich aber beruhigt. Und wie bin ich?«

Sie fühlte, wie ihre Wangen glühten. Was sollte sie bloß sagen? Sie entschied sich für den geraden Weg. »Sie sind sehr nett und lustig. Und Sie sind sehr anständig und ein guter Arzt.«

»Es freut mich, dass Sie das sagen. Ich finde Sie übrigens auch sehr nett.« Bernd nahm ihre Hände. »Ich halte Sie für eine sehr kluge Frau und gute Krankenschwester, obwohl Sie keine Ausbildung genossen haben.«

»Danke«, flüsterte sie. Ihr Herz schlug heftig, und für einen Moment hatte sie das Gefühl, er würde sie womöglich küssen. Doch das tat er nicht. Natürlich nicht, dazu war er viel zu anständig. Das hatte sie ja gerade selbst gesagt. Trotzdem war sie ein wenig enttäuscht.

»Dieser Franzen scheint in der Tat ein komischer Kauz zu sein. In Sellin hat er sich nicht gerade mit Ruhm bekleckert. Wenn es nach ihm gegangen wäre, hätte sich niemand um den armen Henke gekümmert.«

»Gott sei Dank waren Sie da.«

»Ja, Gott sei Dank. Und Sie haben mir geholfen.« Er sah ihr in die Augen. Meine Güte, was für ein Blick! Sie fühlte sich ganz benommen. »Ich möchte Sie gern wiedersehen, Anne. Darf ich?«

»Natürlich, gern.«

Als sie vor der Kate in Trent ankamen, war es bereits dunkel. Bernd küsste sie zum Abschied auf die Wange. Dann stieg er in die Kutsche und fuhr davon. Erst als der Wagen nicht mehr zu sehen war, fiel ihr ein, wie weit er es noch bis Binz hatte. Er würde erst spät in der Nacht dort eintreffen. Wie dumm von ihr, sie hätte ihm die Kammer neben dem Behandlungszimmer anbieten sollen. Das wäre angenehm für ihn gewesen, und sie hätten am nächsten Tag noch etwas Zeit miteinander gehabt.

»Ist spät geworden gestern.« Carl löffelte seinen Frühstücksbrei.

»Ja, ist es. Entschuldige bitte.«

»Du brauchst dich nicht zu entschuldigen, du bist eine erwachsene Frau.«

»Schon, aber du hast dir bestimmt Sorgen gemacht.«

Er ging nicht darauf ein. »War's denn schön?«

»Ja, das war es. Denk dir, wir waren in Göhren im Hotel Nordpeerd.«

Er pfiff anerkennend durch die Zähne. Das Haus genoss einen hervorragenden Ruf weit über Rügen hinaus.

»Es gab Marzipantorte und einen köstlichen Kaffee. Aber das Beste war der Blick von dort oben. Das Café ist in einem Turm untergebracht, musst du wissen, ganz hoch oben. Beinahe schon in den Wolken.«

»Du meine Güte!«
»Als wir die Stufen hinaufgestiegen sind, dachte ich, es würde mir ein wenig unheimlich sein, aus dieser Höhe hinabzusehen. Aber das war es nicht, es war einfach herrlich. Ich konnte noch nie so weit gucken.«
»Und der Vogel hat sich gut benommen?«
»Aber Papa, was denkst du denn? Natürlich hat er das. Bernd ist ein sehr anständiger Mensch.«
»Bernd? Soso …« Carl schmunzelte. »Na, hoffentlich ist er nicht zu anständig, sonst kommt ihr nie zu Potte.«
»Papa!«
»Ik meen man blots. Dann wollen wir mal. Wird Zeit, dass wir bei den Gleisarbeitern nach dem Rechten sehen.«
»Soll ich dich begleiten?«
»Natürlich, was denkst du denn?«
»Jetzt meinte ich man bloß.«
»Nicht meinen, mitkommen.« Damit war für Carl die Sache erledigt.
Viel zu tun hatten sie an diesem Tag nicht. Auf dem Abschnitt zwischen Trent und Wittower Fähre waren polnische, russische, galizische und auch einige Rügener Tagelöhner dabei, die dicken Chausseebäume abzusägen. Der Vorarbeiter stellte Carl und Anne vor und erklärte den Männern, die beiden würden sich um sie kümmern, wenn es zu Verletzungen kommen sollte. Anne war nicht nur betrübt, dass großgewachsene, gesunde Kastanien und Buchen weichen mussten, sie war vor allem entsetzt über die Erdhütten, in denen einige der Arbeiter hausten. Die Rügener hatten es gut, sie konnten nach Hause gehen, wenn ihr Tagewerk geschafft war, oder hatten Bekannte in der Nähe, bei denen sie unterkamen. Auch sie lebten vermutlich in einfachen Hütten und ärmlichen Verhältnissen, doch das war sicher sehr viel besser als die Behausungen der Fremden.

Sie hatten sich Löcher gegraben oder bereits bestehende Kuhlen gesucht und mit armdicken Ästen, einigen Bahnen Leinen und Laub so etwas wie ein Zelt darüber errichtet. Das war alles.
Carl zuckte nur mit den Schultern und meinte: »Es ist feucht da drinnen. Wenn erst der Winter kommt, werden wir mehr mit Lungenentzündungen zu schaffen haben als mit Unfällen.«
»Warum kommen die Männer hierher und bauen uns eine Eisenbahn, wenn sie unter so unwürdigen Bedingungen leben müssen?«, wollte Anne wissen.
»Da, wo sie herkommen, würde es ihnen noch schlechter ergehen. Obwohl in Sibirien auch gerade eine Eisenbahnlinie gebaut wird, finden die Russen dort kaum Arbeit.«
»Wie das?«
»Die Chinesen und Japaner sind billiger zu haben.« Carl rieb sich gedankenverloren die Brust.
»Ist dir nicht gut?«
»Was? Ach das, nein, Mädchen, das hat nichts zu bedeuten. Dumme Angewohnheit.«
»Eine ziemlich neue Angewohnheit, scheint mir.«
»So? Jedenfalls las ich kürzlich in einer Fachzeitung, die Russen fänden nur selten Arbeit beim Bau der Transsibirischen Bahn, weil die Asiaten für erheblich weniger Lohn zu schuften bereit seien.«
»Das stand in deiner Fachzeitung?«
»Ja, weil die Chinesen und Japaner nämlich Krankheiten einschleppen, die woanders längst ausgerottet sind. Ganze Bautrupps fallen denen zum Opfer, hieß es in dem Bericht.« Er schüttelte sich. »Und eisig ist es dort, dass die Arbeiter wie erstarrt von Brücken und Hügeln stürzen. Da würde ich auch lieber in einem Erdloch hausen.«

In den nächsten Tagen stellte sich eine wohltuende Routine ein. Anne machte mit ihrem Vater ihre Runde, wie sie es bald nannten. Sie besuchten die Männer, brachten ihnen mal ein Stück Seife mit, mal verteilten sie Zahnsalz, ohne jedoch allzu große Hoffnung zu haben, dass sie sich an das Zähneputzen gewöhnen würden. Nicht einmal unter den Rügenern war das eine Selbstverständlichkeit. Wie konnten sie es da von den Fremden erwarten? Jeden Morgen hoffte Anne, Bernd würde sie besuchen oder ihr wenigstens eine Nachricht schicken, doch das geschah nicht. Inzwischen war der Juni zur Hälfte verstrichen. Die Bauleitung hatte entschieden, die Gleise doch nicht auf der Chaussee zu verlegen. Man konnte schließlich nicht auf sie verzichten, sondern würde sie früher oder später sogar ausbauen müssen, um den Zuckerrübentransport möglicherweise doch per Wagen zu erledigen. Die Bahn, so hieß es, sollte längst fertig sein, aber man könne sich nicht darauf verlassen, dass sie je fertig werden würde. Also musste man zur Sicherheit das Straßennetz ausbauen und besseres Kopfsteinpflaster verlegen. Die Änderung des Plans führte dazu, dass neben der Chaussee nun doch ein separater Bahndamm angelegt wurde. Der Fortschritt verzögerte sich weiter. Ebenfalls verzögert hatte sich Franzens kühner Plan von einem Lazarett, wie er es genannt hatte. Er hatte sich zwischenzeitlich nur einmal sehen lassen und Erklärungen gefaselt, warum er das Zelt noch nicht hatte beschaffen können. Doch er würde sich nun schleunigst darum kümmern und sie auf dem Laufenden halten. Der Besuch dauerte nur wenige Minuten, dann war er auch schon wieder verschwunden.

An einem heißen Tag im Juni, als Anne und Carl ihre Runde machten, trafen sie Franzen. Sie hatten eben einem Holzarbeiter die gequetschte Hand mit einem Öl aus Kräutern und Ringelblume eingerieben und verbunden, als er die Sägemühle betrat.

»Großer Gott, es hat sich doch hoffentlich niemand den Arm abgetrennt«, rief er schon von weitem. »Ich habe Ihren absonderlichen Wagen gesehen, werter Utpatel, und sogleich das Schlimmste befürchtet.« Seinen Gehrock hatte Franzen zu Hause gelassen und trug nur eine dunkle Weste über dem weißen Hemd. »Fräulein Utpatel.« Er verneigte sich formvollendet und schenkte ihr ein freundliches Lächeln.

»Guten Tag, Dr. Franzen.« Zwar konnte Anne noch nicht vergessen, wie er sich in Sellin benommen und wie er sich über ihren Vater geäußert hatte, doch es war schließlich eine geraume Weile her, dass er sich so aufgeführt hatte. Solange er einen Waffenstillstand einhielt, wollte sie dazu auch bereit sein. »Es ist nichts. Der junge Mann hier war nur etwas zu stürmisch und ist mit den Fingern zwischen Holz und Walze geraten«, informierte Anne ihn.

»Gottlob ist er nicht zwischen Holz und Sägeblatt geraten«, stellte Franzen fest und wirkte so erleichtert, als ginge es um seine eigenen Gliedmaßen. »Ich komme gerade von der Wittower Fähre zurück, wo endlich unser hübsches Zelt steht. Wollen wir hinfahren und es uns gemeinsam ansehen?«

»Ich will noch rüber zum Gutshof Patzig. Der Gutsherr soll die Bahnarbeiter mit Steinen in die Flucht geschlagen haben, weil über sein Land auf keinen Fall dieses ächzende Stahlross schnaufen soll. Das soll er gesagt haben.« Carl lachte. »Ich kenne den Rittmeister recht gut. Wollte mal sehen, ob sich mit ihm nicht doch reden lässt.«

»Schön, schön, dann treffen wir uns dort? Sagen wir, in einer Stunde.«

»Einverstanden.«

»Kommen Sie doch mit mir, Fräulein Utpatel. Es ist sicher besser, wenn Ihr Vater mit dem Rittmeister allein ist. Bei einem Gespräch unter Männern würden Sie sich sowieso nur langweilen. Was meinen Sie?«

Anne wusste nicht, was sie sagen sollte. Franzen und Carl sahen sie erwartungsvoll an. Die Aussicht auf eine Stunde oder mehr mit diesem eigenartigen Kauz behagte ihr ganz und gar nicht, nur fiel ihr dummerweise nicht ein, was dagegensprāche. »In dem muffigen Gutshaus hocken Sie doch nur im Düsteren und warten. Das Zelt dagegen liegt unmittelbar am Bodden. Dort gibt es Licht und eine frische Brise. Wäre ich an Ihrer Stelle, ich wüsste, wofür ich mich entscheiden würde.« Er strahlte Anne an. Sie saß in der Falle.

»Warum nicht?«, entgegnete sie wenig überzeugt. Carl zog fragend die Augenbrauen hoch, sagte jedoch nichts.

Sie verließen zu dritt die Mühle. Draußen schlug ihnen der beißende Geruch des Teeröls entgegen, mit dem das Holz an Ort und Stelle getränkt wurde. Carl machte sich augenblicklich auf den Weg. Sie sah ihm nach und hätte ihn am liebsten aufgehalten. So ein Unsinn, dachte sie, Franzen war ja kein Halunke, vor dem man sich fürchten musste. Sie würde mit ihm eine Weile in seinem offenen Wagen sitzen und dann am Wasser auf ihren Vater warten. Das war doch wohl zu überstehen. Während der Fahrt sprachen sie kaum. Anne musste an die Fahrt mit Bernd nach Göhren denken. Wie mochte es ihm gehen? Er fehlte ihr, daran gab es keinen Zweifel. Sie seufzte.

»Alles in Ordnung?«

»Ja, danke, mir geht es gut. Es ist nur sehr warm.« Sie konnte ihm schlecht sagen, dass sie gerade sehnsüchtig an einen Mann gedacht hatte. Noch dazu an Bernd Vogel, der ihn bei ihrer Begegnung in Sellin abgekanzelt hatte.

»Sehen Sie, es war bestimmt die richtige Entscheidung, nicht Ihren Vater zu begleiten, sondern mich.«

»Ja, bestimmt.« Sie lächelte schmal.

Er brachte den Schimmel neben dem Leinwandzelt zum Stehen, das er hier als Krankenstation hatte errichten lassen.

»Da wären wir«, sagte Franzen, stieg ab, lief um den Wagen herum und reichte ihr die Hand. Sie kam ihm sehr nahe, als sie von der Kutsche stieg. War das nicht der Geruch von Wein, der ihr in die Nase wehte? Sie sah ihm ins Gesicht. Er war kein hässlicher Kerl. Gut, die Lippen waren etwas sehr voll geraten für einen Mann. Überhaupt schien alles an ihm ein wenig zu rund und schwammig zu sein. Seine grauen Augen fixierten sie. Es lag Traurigkeit darin, wenn sie sich nicht täuschte. »Kommen Sie, ich zeige Ihnen alles«, sagte er in diese merkwürdige Situation hinein. Seine Stimme klang rauh.

Es gab nicht viel, was er ihr präsentieren konnte: das Zelt, das sie an die Zelte erinnerte, die man von einer Kirmes kannte, eine Pritsche, eine Holztruhe mit Verbandszeug. Es war genug, um hier jemanden zu behandeln, der sich nicht wohl fühlte, sich den Fuß verknackst oder sich eine andere leichte Verletzung zugezogen hatte. Als Krankenstation, in der ein Patient auch mal eine Nacht bleiben konnte, taugte das Zelt kaum. Sie hoffte inständig, ihr Vater habe den Gutsherrn nicht angetroffen oder ihn nur kurz sprechen können. Nur nicht lange mit Franzen allein sein. Er hatte etwas getrunken, dessen war sie inzwischen sicher. Ein Mann, der am hellen Tag Wein trank, war ihr nicht geheuer, zumal es den Anschein hatte, dass dies eine Angewohnheit von ihm war.

»Möchten Sie ein wenig spazieren gehen?«

»Wir sollten uns nicht zu weit entfernen, sonst findet mein Vater uns am Ende nicht.« Sie rang sich ein kurzes Lachen ab.

»Es wird noch dauern, bis er eintrifft. Kommen Sie, gehen wir ein wenig ans Wasser.« Sie zögerte. »Es ist ja nicht weit.«

»Also schön.«

Sie spazierten einen kleinen Weg entlang und an zwei Fischerhäusern vorbei. Schilf raschelte im Wind, eine Entenfamilie flüchtete vom Ufer ins Wasser. Sie standen eine Weile da und

sahen zu, wie die Küken ihren Eltern folgten und ein Stückchen weiter im hohen Bewuchs verschwanden.
»Fräulein Utpatel?«
»Ja?«
»Ich bin sehr froh, dass wir endlich einmal allein sind.« Lieber Himmel! Ihr Herz schlug schneller. Was wollte er von ihr? »Ich würde gerne mit Ihnen reden.«
»Nur zu«, forderte sie ihn auf, obwohl sie sich wünschte, er möge lieber den Mund halten.
»Die Sache ist diese … Es fällt mir nicht leicht, mich Ihnen anzuvertrauen, nur meine ich, dass ich das tun muss. Mir bleibt keine andere Wahl, wenn ich auf Ihr Verständnis hoffen will. Denn wie sollten Sie Verständnis für etwas aufbringen, das ich Ihnen nicht erklärt habe?«
Worauf wollte er nur hinaus? »Um ehrlich zu sein, verstehe ich noch gar nichts.«
»Ja, das kann ich mir denken.« Franzen räusperte sich ausgiebig. »Fräulein Utpatel, ich bitte Sie inständig um Verzeihung«, setzte er an. »Ich war Ihnen und Ihrem Vater auf Hiddensee keine große Hilfe, gelinde gesagt. Im Gegenteil, Sie mussten mich auch noch mit Hoffmannstropfen versorgen. Ich bin untröstlich deswegen.«
»Ich bitte Sie, das kann jedem passieren.« Anne dachte kurz daran, ihm zu sagen, worüber sie sich viel mehr geärgert hatte. Doch dazu kam sie nicht.
»Ja, nur passiert es mir bedauerlicherweise ständig.«
»Wie meinen Sie das?«
»Es nützt nichts, ich habe mich entschieden, mich Ihnen zu offenbaren, dann werde ich das auch tun. Jetzt gibt es kein Zurück«, stammelte er leise. »Es war vor acht Jahren. Ich hatte gerade mein Studium abgeschlossen und meine Tätigkeit als Arzt aufgenommen. Ich wurde zu einem schweren Unfall

gerufen. Ein Kind war beim Spielen von einem Balkon gestürzt.«

»Du meine Güte!«

»Sie ahnen nicht, wie furchtbar es war. Es war ein kleiner Junge. Er war in die Tiefe gefallen und wurde von der eisernen Spitze eines Zaunes aufgespießt.«

»Großer Gott, das ist wahrlich grausam. Konnten Sie noch etwas für ihn tun?«

»Nein. Das heißt, ich habe einfach nichts getan. Der Anblick von so viel Blut hat mich geradezu betäubt. Verstehen Sie das? Ich stand da, mir wurde übel, und ich starrte vor mich hin. Weil ich nicht wusste, was ich sonst tun sollte, sagte ich den völlig verängstigten Eltern, ihr Kind sei tot.« Sie musste schlucken. Also war er damals schon mehr mit sich selbst beschäftigt gewesen. Und er hatte, genau wie bei Weichensteller Henke, einfach behauptet, das Kind sei tot, anstatt alles zu tun, was vielleicht noch möglich gewesen wäre. »Hätte ich mich um das Kind gekümmert, könnte es noch leben. Ich weiß, was Sie jetzt sagen wollen. Einen Sturz auf einen Eisenspeer überlebt niemand. Es hätte nichts gegeben, was ich hätte tun können.«

»Das wollte ich nicht sagen.« Franzen sah sie mit großen Augen an. Die Verzweiflung stand ihm ins Gesicht geschrieben. »Ich meine, Sie haben schon recht, einen solch unglücklichen Sturz zu überleben, das würde an ein Wunder grenzen. Dennoch hätten Sie etwas tun müssen. Den Eltern zu sagen, dass ihr Kind tot ist, obwohl es noch lebte, das ist …« Anne suchte nach Worten. »Das ist unentschuldbar.«

Er ließ den Kopf hängen. »Ich weiß. Ja, das ist es.« Ein Zittern lief durch seinen Körper, als er tief seufzte. Sie glaubte schon, er würde in Tränen ausbrechen. »In dem Durcheinander hat niemand bemerkt, dass ich den Jungen gar nicht untersucht habe. Die Mutter weinte, der Vater hat geschrien. Gott, ich werde dieses Schreien nie vergessen. In meinem ganzen Leben nicht.« Franzen atmete schwer. »Ich rannte nach Hause und trank ein ganzes Glas reinen Alkohol, den ich mit Wasser verdünnt hatte. Sie müssen wissen, dass ich zuvor nicht einmal Bier oder Wein angerührt habe.« Er blieb stehen. Anne war entsetzt. Wie konnte jemand nur so ein Feigling sein? Auf der anderen Seite tat er ihr schrecklich leid. Er schien sich selbst für sein Versagen und für seine Angst zu hassen. Und es war immerhin sehr mutig, sich ihr so vorbehaltlos zu offenbaren. Behutsam legte sie eine Hand auf seinen Arm. Er sah sie fast ein wenig erschrocken an, als wäre er weit weg gewesen – bei dem Eisenzaun, dem toten Jungen und den klagenden Eltern.

»Seit diesem Tag trinke ich regelmäßig. Natürlich keinen reinen Alkohol mehr, sondern eher Branntwein, Schnaps, was ich gerade bekommen kann.« Er lachte bitter. »Damit ist es mir gelungen, mich zu verstecken. Ich schicke andere vor und gebe ihre Leistung als meine aus. Gut, nicht? Das nenne ich auch ein Talent, sich so glänzend mit fremden Federn zu schmücken, dass man es zum Gräflichen Leibarzt bringt.« Wieder das traurige Lachen. »Um ehrlich zu sein, dazu gehörte nicht viel. Der Graf und seine Frau litten meist nur unter Verstopfung oder Hühneraugen. Das zu behandeln war ein Leichtes. Ich bin gegangen, als ich befürchten musste, es mit ernsteren Erkrankungen zu tun zu bekommen.« Langsam setzte er sich wieder in Bewegung. »So, nun wissen Sie, was für einen Versager Sie vor sich haben.«

»Warum erzählen Sie mir das alles?«

»Weil ich Sie … sehr mag. Und ich habe Ihnen unrecht getan. Ich habe in meiner Not, weil ich bei dem Unfall in Sellin wieder einmal nicht wusste, was zu tun war, und es anderen überließ, zu handeln, und mich dabei scheußlich fühlte, Ihren Vater und auch Sie beschimpft. Wissen Sie, Fräulein Anne … erlauben Sie mir, dass ich Sie beim Vornamen nenne?«

»Bitte.«
»Wissen Sie, Fräulein Anne, ich habe die Erfahrung gemacht, dass man nicht angegriffen wird, wenn man zuerst angreift. Wenn Sie Angst haben, dass Ihnen jemand einen Vorwurf machen will, führen Sie den ersten Schlag aus. Sie werden sehen, er verteidigt sich nur noch und verliert Sie als Ziel aus den Augen.« Ein freudloses Lächeln huschte über seine wulstigen Lippen und war sofort wieder verschwunden. »Ich hatte große Angst, dass Sie allen erzählen, wie schändlich ich auf Hiddensee und später in Sellin versagt habe. Ich hatte Angst, dass ich alles kaputt gemacht habe. Dabei bin ich nach Rügen gekommen, um neu anzufangen. Ich dachte, hier könnte ich an der Seite eines erfahrenen Mannes arbeiten. Wenn es brenzlig wird, würde Ihr Vater die Sache in die Hand nehmen, habe ich gehofft. Und dann habe ich Sie kennengelernt. Ich war vom ersten Augenblick bezaubert von Ihnen. Doch ich habe mich auch gefürchtet, weil Sie in meiner Nähe sein würden, wenn ich meine Arbeit machen muss. Was, wenn ich wieder versage, fragte ich mich, wenn ich in Ihrer Gegenwart versage.« Er verstummte.
»Sie müssen mit dem Trinken aufhören, Herr Dr. Franzen.« Anne wollte nicht näher auf seine Gefühle für sie eingehen. »Sie richten sich noch zugrunde. Und Sie machen erst recht Fehler, wenn Ihr Geist benebelt ist.«
»Ich weiß. Und ich werde aufhören, glauben Sie mir! Sehen Sie, Fräulein Anne, deshalb habe ich Ihnen alles erzählt, damit Sie mich verstehen und mir helfen, ganz von vorn anzufangen. Wollen Sie das tun?« Wieder blieb er stehen und ergriff ihre Hände, die er fest in seine nahm. Sie erschrak.
»Ich weiß nicht, ob ich das kann«, stammelte sie.
»Sie können es, ich weiß es. Bitte verzeihen Sie mir, dass ich Ihnen gegenüber so hässlich war. Ich akzeptiere jetzt, dass Sie

Dr. Vogel gegenüber schlecht über mich gesprochen haben. Was hätten Sie auch anderes tun sollen?«

»Aber ich habe nicht …« Sie wollte ihm ihre Hände entziehen, doch er hielt sie fest.

»Nein, bitte, Sie müssen nichts sagen. Sie waren ihm gegenüber nur ehrlich. Das ist vollkommen in Ordnung. Im Gegensatz zu ihm sind Sie eine ehrliche Person.«

»Was wollen Sie damit sagen?« Ihr wurde flau, ihre Wangen glühten.

Er sah sie erstaunt an. »Sagen Sie nicht, Sie haben nichts mitbekommen von seinem Gerede. Er läuft doch überall herum und erzählt, dass Frauen ohne jegliche Ausbildung nichts bei Patienten zu suchen hätten. Soweit ich weiß, war er kurz vor der Niederkunft von Gesche Möller im Haus des Kapitäns und hat dort ebenfalls seine höchst merkwürdigen Ansichten verbreitet.«

Anne fühlte sich, als hätte ihr jemand in den Magen geschlagen. Der Sandweg unter ihren Schuhen schien mit einem Mal zu schwanken wie ein Schiff auf dem Meer. Konnte es wirklich sein, dass es Bernd war, der die Menschen gegen sie beeinflusst hatte? Nein, das war völlig unmöglich. Er hätte ihr doch etwas gesagt, als sie ihm ihr Herz ausgeschüttet hatte. Zumindest hätte sie doch merken müssen, wenn er sich verstellt hätte.

»Fräulein Anne, ist alles in Ordnung?« Franzens Stimme war sanft. Sie sah in seine grauen Augen und fragte sich, ob sie überhaupt ein Fünkchen Menschenkenntnis besaß, wie sie bis jetzt fest geglaubt hatte.

»Nein, nichts ist in Ordnung.«

»Es tut mir so leid, Sie wussten es tatsächlich nicht, oder? Vogel ist bekannt dafür, dass er etwas gegen Frauen hat. In der Medizin, meine ich. Sonst hat er gewiss nichts gegen sie.« Er lachte verächtlich. »Ich habe ein paar Monate in Greifswald gearbeitet. Dort hatte er seinen Ruf weg.« Sie versuchte, ihre maßlose Enttäuschung hinunterzuschlucken. Vielleicht war es um ihre Menschenkenntnis gar nicht so schlecht bestellt. Hatte sie nicht gleich geahnt, dass man sich vor diesen schönen braunen Augen in Acht nehmen musste? Sie hatte recht gehabt, ihn vortrefflich eingeschätzt, diesen Festland-Fatzke. Doch das tröstete sie nicht. Es tat weh. Es tat schrecklich weh.

»Machen Sie sich nichts daraus. Vergessen Sie diesen Angeber mit seinen veralteten Ansichten. Vergessen Sie auch, was ich zu Ihnen gesagt habe, wenn Sie können. Fangen wir noch einmal von vorn an, ja?«

»Ja, in Ordnung, aber Sie müssen das mit dem Alkohol in den Griff kriegen, hören Sie?« Nur nicht mehr an Bernd denken, redete sie sich ein. Langsam befreite sie ihre Hände aus den seinen.

»Versprochen. Mit Ihrer Hilfe.« Er senkte den Blick. »Das überrascht Sie jetzt vielleicht, aber ich brauche auch Zuwendung. Seelische Zuwendung, wenn Sie verstehen.« Er zwinkerte nervös. »Das merkt man mir nicht an, weil ich immer diese Rolle gespielt habe. Aber Sie wissen ja jetzt Bescheid und …«

»Hinnerk!« Was machte ihr Bruder denn hier? Wie aus dem Nichts tauchte er am Ende des Weges auf und kam ihnen entgegen. Wahrscheinlich schickte ihn der Himmel.

»Anne, das ist eine Überraschung!« Hinnerk war nicht allein, sondern in Begleitung eines Herrn in dunklem Anzug.

Der tippte sich zur Begrüßung kurz an den Hut, entschuldigte sich sogleich, weil er weiter müsse, und ging davon. Anne machte ihren Bruder und Franzen miteinander bekannt.

»Ist Vater auch hier?«

»Noch nicht, aber wir erwarten ihn jeden Augenblick. Herr Dr. Franzen hat hier ein Zeltlager errichten lassen, in dem wir uns um die Bahnarbeiter kümmern können. Möchtest du es sehen?«

Hinnerk war ernst und angespannt. »Soso, ein Krankenlager. Kann ich dich einen Moment sprechen?«
Sie war verwirrt. Etwas stimmte nicht mit ihm. »Natürlich. Herr Dr. Franzen, wären Sie so gut und gingen zum Zelt zurück? Dann können Sie meinen Vater in Empfang nehmen, wenn er eintrifft. Wir kommen gleich nach.«
»Selbstverständlich.« Franzen nahm ihre Hand und deutete einen Kuss an. Dabei sah er ihr unentwegt in die Augen. »Herr Utpatel.« Er beugte vor Hinnerk den Kopf, machte auf dem Absatz kehrt und verschwand in Richtung des Zeltes.
Anne meinte, jeder könne sehen, dass es zwischen ihnen beiden soeben zu einer peinlichen und ziemlich ungewöhnlichen Situation gekommen war. Sie wollte sich rechtfertigen, ihrem Bruder alles erzählen, doch der hatte anscheinend nichts bemerkt.
»Es tut mir leid, dass es bei unserem letzten Besuch zu Reibereien mit Vater gekommen ist. Hat er sich wieder beruhigt?«
»Daher weht der Wind.« Sie lächelte ihn an. »Du machst dir Sorgen, dass er dir noch böse ist.«
»Na ja …«
»Das brauchst du nicht. Du kennst ihn doch, er regt sich nicht lange über etwas auf. Mir scheint, in diesem Fall warst ohnehin du derjenige, der sich ereifert hat. Vater ist doch kaum darauf eingegangen. Was war denn eigentlich los?«
»Das hast du doch selbst gehört. Er traut es mir nicht zu, in meinem Leben etwas Neues anzufangen. Er traut mir nicht zu, ein Hotel zu führen.«
»Aber das stimmt doch nicht. Er hat doch nur gesagt …«
»Ich weiß, was er gesagt hat«, unterbrach Hinnerk sie scharf. »Entschuldige, Schwesterchen, es hat mich nun einmal verstimmt. Doch darüber will ich nicht mit dir sprechen.«
»Worüber dann?«
»Diese Sache mit dem Hotel ist nicht ganz einfach.«

»Das glaube ich gern.«
»Nicht, was du meinst. Es geht um Geld. Ehrlich gesagt, hatte ich gehofft, dass du uns einmal besuchen kommst, aber du warst lange nicht mehr da.«
»Es war so viel zu tun.« Das war nicht die volle Wahrheit. Natürlich gab es immer etwas zu erledigen. Doch in erster Linie hatte sie zu Hause sein wollen, falls Bernd sich meldete. Da war er wieder, da hatte er sich schon wieder in ihre Gedanken geschlichen. Sie seufzte.
»Ich weiß, du bist sehr tüchtig. Vater kann froh sein, dass er dich hat.« Er zupfte die Spitze eines Schilfhalmes ab und ließ ihn abwesend durch seine Finger gleiten. Hin und wieder gluckste das Wasser, wenn es von einer Welle ans Ufer getragen wurde, es raschelte, Insekten summten, Vögel sangen. Es hätte ein sommerleichter Tag sein können, doch ein jeder schien eine Last mit sich herumzuschleppen, die eher zu einem trüben Herbstnachmittag passte.
»Dieses Haus in Crampas, von dem wir erzählt haben, kostet eine ziemliche Summe. Hulda hat mir gesagt, ihr Vater würde uns die Hälfte geben. Die andere Hälfte hätte ich schon zusammenbekommen.« Er schwieg.
»Aber?«
»Huldas Vater gibt uns keinen Pfennig.«
»Warum hat er es sich anders überlegt?«
Er lachte auf. »Das hat er gar nicht. Hulda hatte ihn nur nicht gefragt. Du kennst sie doch, sie hat es sich so sehr gewünscht, dass sie überhaupt nicht auf den Gedanken gekommen ist, ihr Vater könne ihr die Erfüllung dieses Traums abschlagen. Bloß hat der bedauerlicherweise andere Pläne.«
Sie dachte nach. »Darf ich dich etwas fragen?«
Er warf den Halm ins Schilf und drehte sich zu ihr um. »Natürlich, du darfst mich alles fragen, Schwesterherz.« Seine Augen lächelten zum ersten Mal an diesem Tag.

»Als ihr bei uns wart und Hulda von eurer Idee mit den Logierzimmern berichtet hat, da hatte ich nicht das Gefühl, dass du sonderlich erfreut über diese Idee bist. Stimmt das?«
Er überlegte, bevor er antwortete. »Nun ja, ich liebe die Landwirtschaft nicht gerade. Oder sollte ich besser sagen, ich liebe es nicht, mit meinem Schwiegervater zusammenzuarbeiten. Im Grunde habe ich Vergnügen am Säen und Ernten und auch an dem Vieh gefunden. Wie du sagtest: Die Menschen brauchen immer zu essen, und es ist keine üble Aufgabe, sich darum zu kümmern. Ein Hotel wäre natürlich etwas ganz anderes, in mancherlei Hinsicht einfacher. Dummerweise hat Vater recht, wir haben keinerlei Erfahrungen oder Kenntnisse. Ich kriege durchaus weiche Knie, wenn ich an das Wagnis denke.« Hinnerk lachte wieder und sah aus wie damals, als er sein erstes Fahrrad mit Kettenantrieb bekommen hatte.
»Aber du willst es wagen.«
»Hulda wünscht es sich so sehr, und es reizt mich auch, ja. Vor allem, weil es etwas Eigenes ist, verstehst du? Bei einem solchen Betrieb würde Schwiegervater mir nicht dreinreden.«
Sie nickte. »Aber er gibt euch kein Geld. Du sagtest, du hast gehofft, dass ich euch mal wieder besuchen komme. Was habe ich damit zu tun? So gerne ich es auch tun würde, aber in diesem Fall kann ich euch wohl kaum helfen.«
»Ich dachte, wenn ich dir die Lage schildere, dann würdest du vielleicht mit Vater sprechen. Er hat doch gewiss etwas auf der hohen Kante. Ich will es ja nicht geschenkt haben, sondern nur geliehen.«
Sie schüttelte energisch den Kopf. »Darüber solltest du besser selbst mit ihm reden. Er wird es nicht besonders schätzen, wenn du mich vorschickst.«
»Wenn ich ihn frage, geraten wir uns doch nur wieder in die Haare.«

»Du hast gesagt, ich darf dich alles fragen. Was war wirklich los? Warum warst du so zornig? Du sagtest, Vater traue dir mal wieder nichts zu. Was genau hast du damit gemeint?«

»Hör zu, Anne, Vater kann jeden Moment hier sein. Ist es nicht so?« Sie nickte. »Also musst du zu diesem Dr. Franzen gehen und ihn dort erwarten. Das heißt, wir haben keine Zeit mehr. Nur so viel: Ich habe den Kaufvertrag für das Haus bereits unterschrieben.«

»Du hast – was?« Sie konnte es nicht fassen. Er hatte seine Unterschrift für eine gewiss riesige Summe geleistet, die er nicht besaß. Wie konnte er so leichtsinnig sein?

»Ich dachte, Hulda hätte die Sache mit ihrem Vater geklärt. Aber der ist diesem Konsortium zum Bau der Schmalspurbahn beigetreten. Er ist jetzt Aktionär!« Hinnerk schnaubte verächtlich. »Und damit nicht genug. Er plant eine Feldbahn, die er auf eigene Kosten bauen lassen will, damit seine Rüben und der Kohl auf schnellstem Weg zu den Güterwaggons gelangen können.«

»Kein dummer Gedanke. Bei Jabelitz gibt es bereits eine solche Feldbahn, und wie ich hörte, ist eine weitere geplant. Was hast du dagegen?«

»Nichts. Im Grunde habe ich gar nichts dagegen, Anne. Es kommt nur so plötzlich. Um jede Neuerung habe ich mit ihm kämpfen müssen. Weißt du noch, als ich den Eisenpflug angeschafft habe? Nobel geht die Welt zugrunde, sagte er und sprach danach tagelang nicht mehr mit mir. Aber jetzt, wo ich sein Geld brauche, da wird er plötzlich Aktionär!« Er versetzte einem Stein einen Tritt, Staub wirbelte auf. »Anne, ich sitze in der Patsche. Es gibt da ein Geschäft, in das ich einsteigen kann, um mir ein hübsches Sümmchen zu verdienen, aber es wäre mir lieber, wenn Vater uns unterstützen könnte.«

»Was ist das für ein Geschäft?« Wenn Hinnerk lieber Geld von Carl wollte, war an diesem Geschäft, von dem er sprach, etwas faul.

»Das erkläre ich dir später einmal. Willst du Vater für mich bitten?«

»Natürlich, obwohl ich glaube, dass ich seine Antwort bereits kenne.«

»Du meinst, er gibt uns nichts?«

»Nein, ich meine, er wird verlangen, dass du selbst zu ihm kommst und mit ihm sprichst.«

»Versuch es trotzdem!« Er gab ihr einen Kuss auf die Stirn. »Danke, Schwesterchen. Auf bald!«

Anne blieb noch eine Weile stehen und hing ihren Gedanken nach. Hinnerk hatte sich eine Verpflichtung aufgeladen, der er allein niemals nachkommen konnte. Was ihr noch größere Sorgen bereitete, war das Geschäft, von dem er gesprochen hatte. Warum war es ihm offenbar so wenig geheuer, dass er nicht gern einschlug, obwohl es ihm ein ordentliches Sümmchen versprach? Warum hatte er ihr nicht einmal andeutungsweise verraten, worum es dabei ging? Vater würde nicht begeistert sein, wenn sie ihm die Lage schilderte. Trotzdem würde sie natürlich versuchen, ihrem Bruder zu helfen. Langsam machte sie sich auf den Rückweg zu Franzen. Franzen! Schlagartig fiel ihr sein Geständnis wieder ein. Und auch er hatte sie um Hilfe gebeten. Was wollten nur alle von ihr? Wie konnten sich gestandene erwachsene Männer bloß in Situationen manövrieren, aus denen sie ohne den Beistand einer Frau anscheinend nicht mehr herauskamen? Bernd fehlte ihr. Er war anders. Er könnte sie trösten. Nein, sie musste der Wahrheit ins Gesicht sehen. Sie war einem Blender aufgesessen, der ihr nach dem Mund redete, um sie zu beeindrucken. Wahrscheinlich war er nichts weiter als ein Frauenheld. Etwas in ihr weigerte sich, das zu glauben. Sie musste ihn zur Rede stellen, so viel stand fest. Eine andere Stimme in ihr lachte sie aus. Warum wohl hatte er sich nicht mehr bei ihr gemeldet? Hätte er ein ernsthaftes Interesse an ihr, hätte er längst eine Nachricht geschickt. Was hatte Franzen gesagt? In Greifswald hatte Bernd seinen Ruf weg. So wie er es gesagt hatte, klang es, als sei er dort hinter jedem Rock her gewesen. Das passte zu einem, der sich um betuchte Feriengäste kümmerte. Natürlich kamen auch alte Damen und Männer mit ihren Wehwehchen zu ihm, doch es waren sicher auch nicht wenige junge, attraktive Frauen. Sie konnte sich lebhaft vorstellen, wie intensiv er die behandelte. Ein hübscher Kerl wie er hatte es bestimmt leicht bei denen. Je länger sie darüber nachdachte, desto mehr schmerzte es und desto wütender wurde sie gleichzeitig. Nein, sie würde ihm nicht auf den Leim gehen. Auf keinen Fall.

Franzen zeigte Carl gerade die Kiste mit dem Verbandszeug, als Anne das Zelt erreichte.

»Sie sehen bedrückt aus. Geht es Ihnen gut?« Franzen war sofort bei ihr, ergriff ihre Hände und sah ihr aufmerksam in die Augen.

»Ja, alles bestens, danke.« Weil er noch nicht überzeugt schien, fügte sie hinzu: »Brüder! Haben Sie welche?«

»Nein.«

»Dann wissen Sie nicht, was Ihnen erspart bleibt.« Anne zwang sich zu einem Lachen und entzog ihm dabei die Hände. »Sie machen nur Unfug.«

»Du hast Hinnerk nicht mitgebracht?« Carl legte die Stirn in Falten. »Was hatte er überhaupt hier in der Gegend zu tun?«

»Das ist eine längere Geschichte. Ich erzähl's dir zu Hause. Ein hübsches Zelt, nicht? Und sehr stabil.«

»Allerdings. Das hält auch einem kräftigen Wind stand, will ich meinen. Wenn der Bau voranschreitet und nördlich der Fähre in Wittow fortgesetzt wird, können wir es hier ab- und dort irgendwo aufbauen. So eine Anlaufstelle für die Arbeiter hat etwas für sich.«

Sie wechselten noch ein paar Worte, dann verabschiedeten sie sich voneinander. Franzen gab Anne einen Handkuss. »Auf Wiedersehen, Fräulein Anne. Ich danke Ihnen für die angenehme Gesellschaft und den schönen Nachmittag, und ich freue mich sehr auf unsere Zusammenarbeit.« Er lächelte schüchtern. Sie war froh, dass er ihr gegenüber ehrlich gewesen und die Stimmung zwischen ihnen nun geklärt war.

»Auf Wiedersehen, Herr Dr. Franzen.«

»Nennen Sie mich doch Julius, bitte.«

»Also schön. Auf Wiedersehen, Julius. Ich habe Ihnen zu danken«, sagte Anne aufrichtig. Er würde ihr nicht mehr das Leben schwermachen. Ein Hoffnungsschimmer an diesem verwirrenden Tag.

»Du scheinst dich mit Franzen gut verstanden zu haben.« Carl sah seine Tochter prüfend von der Seite an. Der Hengst lief im gleichmäßigen Trab über das Kopfsteinpflaster. »Dabei hätte ich schwören können, du kannst ihn nicht ausstehen. Wenn ich bedenke, wie er sich bisher aufgeführt hat, kann ich deinen Sinneswandel nicht recht nachvollziehen, Mädchen.«

»Er ist nett. Er hatte seine Gründe, sich so sonderbar zu verhalten. Wir sollten ihm eine zweite Chance geben.« Mehr wusste sie für den Augenblick nicht dazu zu sagen. Carl gab sich damit zufrieden. Er kannte sie gut genug, um zu wissen, dass er zunächst nicht mehr aus ihr herausbringen würde und sie in Ruhe lassen sollte.

Noch am selben Abend hatte Anne ihrem Vater Hinnerks Bitte vorgetragen. Zwar hätte sie sich lieber zurückgezogen, ihr Kopf pochte unangenehm, und sie war müde, doch es war nicht ihre Art, etwas aufzuschieben. Carls Reaktion fiel beinahe so aus, wie sie es erwartet hatte. Immerhin versprach er, Hinnerks Schwiegervater aufzusuchen, um mit ihm über eine Lösung zu sprechen. Erst dann wollte er entscheiden, was zu tun sei. Und auch das nur, wenn sein Sohn den Mumm hatte, sich ihm selbst anzuvertrauen, ohne den Umweg über seine Schwester zu wählen, versteht sich. Am nächsten Tag kam eine Nachricht von Bernd, die allerdings nicht an sie, sondern an Carl gerichtet war. Er habe eine Mixtur aus Dünendorn, Arnika und Kreide bereitet, die er mit dem Wasser der Ostsee versetzt habe. Seiner Überzeugung nach würden sich die Arbeiter sehr viel besser fühlen, wenn sie sich nach der Plackerei am Bahndamm oder an den Gleisen damit einreiben würden. Wenn es Carl recht sei, so schrieb er, würde er einmal wöchentlich nach Trent kommen, um mit ihm gemeinsam die Runde zu machen und die Männer zu versorgen. Von Anne, die schließlich üblicherweise ihren Vater begleitete, kein Wort. Sie war maßlos enttäuscht, hatte sie doch so sehr gehofft, es würde sich herausstellen, dass er kein übler Kerl war. Dann eben nicht. Sie stürzte sich in die Arbeit, pflückte Kräuter und hängte sie zum Trocknen auf, noch ehe Carl an diesem Morgen den Wagen bereitmachte. Mit nachdenklicher Miene hockte sie während der Fahrt neben ihm. Er fragte nur ein einziges Mal, was sie auf dem Herzen habe. Vermutlich glaubte er ihr nicht, dass sie einfach nur ein wenig müde war, matt von der Hitze und der drückenden Luft. Er klopfte ihr auf das Knie und sagte: »Mach dir man keine Sorgen um deinen Bruder. Da findet sich schon eine Lösung.« Dann überließ er sie ihren Gedanken.

Sie fuhren nicht in Richtung Fähre, sondern in das Moorgebiet um Rappin. Anne fragte sich, warum sie das Zelt am Bodden aufgestellt hatten, wenn sich der größere, noch im Bau befindliche Streckenabschnitt zwischen der Stadt Bergen und dem Fähranleger befand. Obwohl sie es nicht verstand, sollte es ihr recht sein, denn der Platz, den man für das provisorische Krankenlager gewählt hatte, war schön. Und sie genoss es, stets ein wenig unterwegs zu sein. Sie mochte den Landstrich von Trent nach Osten entlang des Großen Jasmunder Boddens. In Ralswiek war sie lange nicht gewesen. Die Leute sagten, ein Fabrikant mit schottischen Wurzeln habe das Gut und den ganzen Ort gekauft und lasse sich dort ein Schloss bauen, wie man es aus Frankreich kannte. Anne hatte keine Vorstellung, wie das aussehen könnte, malte es sich jedoch ebenso romantisch wie prächtig aus. Ein alter Park um das Anwesen herum sei bereits erweitert und mit den absonderlichsten Bäumen bepflanzt worden, hieß es, und auch das Schloss sei wohl schon bald bereit für den Einzug des Mannes, von dem man sich erzählte, er sei auch Politiker und Schriftsteller. Obwohl er einer vom Festland war, machte sie das, was man von ihm hörte, neugierig. Vielleicht ergab sich einmal die Gelegenheit, einen Blick auf das Schloss zu werfen, dachte sie. An diesem Tag bekam sie allerdings ein Gebäude zu sehen, das alles andere als ein Schloss oder herrschaftlich war. Es handelte sich um die Erdhütte von Ernst, einem galizischen Arbeiter. Der Bauleiter hatte sie gebeten, nach ihm zu sehen, da er seit einer guten Weile ständig über Bauchschmerzen und Übelkeit klage. Diese Hütte war das Eigenartigste, was Anne je zu Gesicht bekommen hatte. Sie hatte ein richtiges Dach, das mit Moos und Erde bedeckt war. Auch eine Tür gab es. Durch diese stieg man hinab in eine Grube, die beinahe so tief war wie Anne groß. Carl und sie fanden sich in einer winzigen Küche wieder, in der sie zu zweit gerade so Platz hatten zwischen der einfachen Feuerstelle und einer Holzkonstruktion, die als Regal diente.

»Jemand zu Hause?«, rief Carl.

»Hier hinten«, kam es aus einem zweiten Raum zurück. Anne hätte diesen erst gar nicht als solchen erkannt. An der Wand, so schien es, hing ein einfacher Teppich. Doch dahinter befand sich ein Durchschlupf, die Tür zum Schlafraum, der nicht bis zum Dach reichte, sondern in die Erde gegraben war. An eine aufrechte Haltung war nicht zu denken. Es war finster und feucht hier unten. Ernst lag auf einem aus dem lehmigen Boden geformten Podest, das mit einer dicken Strohschicht belegt war. Anne sah ihn freundlich an und nickte ihm aufmunternd zu. Er hatte dunkle Augen und einen schwarzen Vollbart.

»Guten Tag, Herr Doktor. Danke, dass Sie nach mir sehen. Und eine hübsche Frau haben Sie auch gleich mitgebracht. So ein Anblick bringt jeden wieder auf die Beine.« Er zwinkerte ihr fröhlich zu. Allzu schlecht schien es nicht um ihn zu stehen. Sie war überrascht, dass er ihre Sprache so gut beherrschte, hatte man ihnen doch gesagt, dass er aus Galizien stamme.

Carl untersuchte ihn, drückte hier und horchte da. Als er sich an der rechten Bauchseite zu schaffen machte und wiederum zwei Finger in den Leib drückte, schrie Ernst auf.

»Au, verflucht! Ich dachte, Sie wollen mir helfen, nicht mich umbringen.«

»Das hatte ich auch nicht vor.«

»Der Blinddarm?«, vermutete Anne.

»Sieht ganz danach aus.«

»Sie verstehen etwas von Krankheiten?« Die Frage klang nicht ablehnend oder sonderlich misstrauisch, sondern neugierig und überrascht.

»Ich helfe meinem Vater, wo ich kann.«

»Sie stellt ihr Licht gern unter den Scheffel. In Wahrheit versteht sie eine Menge davon.«

Ernst nickte anerkennend.

»Der Blinddarm also«, erklärte Carl ihm. »Das bedeutet, Sie bleiben in Ihrem Bett liegen und halten absolute Ruhe ein.«

»Kann er nicht woanders unterkommen?«, platzte Anne dazwischen. »Hier in diesem Loch wird man erst richtig krank.«

»Ich muss doch sehr bitten, junge Frau. Immerhin habe ich dieses Loch, wie Sie es nennen, mit meinen eigenen Händen gebaut.«

»Nicht böse sein, aber Sie müssen zugeben, dass die Luft nicht die allerbeste ist. Zwar ist es erstaunlich kühl hier unten, aber man kann kaum atmen. Und was ist mit dem Essen? Gibt es jemanden, der Sie versorgt?«

»Aber ja doch, die Baufirma sorgt ganz ordentlich für uns. Die lassen immer was Gutes kochen, meist Eintopf, manchmal aber auch Fleisch. Das wird dahin geschafft, wo die Männer gerade zugange sind. Und ich kriege schon meinen Teil davon ab.«

»Nur dürfen Sie in der nächsten Zeit weder Eintopf noch Fleisch zu sich nehmen, mein Lieber«, klärte Carl ihn auf. »Für Sie gibt's erst mal nur noch Haferschleim und 'n büschen Brühe vielleicht.«

»Sie wollen mich doch umbringen. Verhungern lassen wollen Sie mich«, klagte Ernst und hörte sich wahrlich verzweifelt an. Anne musste schmunzeln.

»Du hast wohl recht, Deern, das hier ist nicht der beste Ort, um gesund zu werden. Wir nehmen ihn am besten mit und quartieren ihn für eine Weile bei uns ein. Wir haben eine kleine Kammer für solche Fälle«, erklärte Carl ihm. »Da kannst du ihn betüdeln, und ich sehe, wie sich die Entzündung entwickelt. Wenn's nich besser wird, müssen Sie ins Krankenhaus.«

»Bloß nicht! Womöglich schnippeln die an mir rum, was? Davon hört man immer öfter.«

»Wohl wahr, weil man's auch immer besser kann. Durch die Schnippelei ist schon so manches Leben gerettet worden, das können Sie mir glauben.«

»Och, da ist mir das Betüdeln aber doch lieber.«

Carl lachte. »Dann kommen Sie also mit?«

»Muss ich doch, wenn's mir ärztlich verordnet wird.« Er strahlte. Dann wurde er ernst. »Wenn sich nur keiner in meiner Hütte einnistet. Das ist die Beste weit und breit. Da sind einige scharf drauf.«
»Ich werde den Vorarbeiter bitten, ein Auge darauf zu haben. Dann mal los!« Carl half dem Mann, auf die Beine zu kommen. Anne überließ ihm ihren Platz im Wagen neben ihrem Vater und hockte sich auf den Gepäckträger, die Tasche mit den Utensilien auf ihrem Schoß. Bequem war das zwar nicht, für den Patienten aber war schon die Fahrt auf der gepolsterten Bank eine Tortur, da es über Stock und Stein ging. Der würde hier hinten Höllenschmerzen erleiden. Die Frage, ob ihm das zuzumuten sei, stellte sich für Anne nicht. Sie quartierten Ernst in einer Kammer neben dem Behandlungszimmer ein, in der hin und wieder Patienten zur Beobachtung über Nacht blieben. Kammer und Behandlungsraum hatten einen eigenen Zugang und waren vom Rest des Hauses getrennt, so dass sie es auch riskieren konnten, einen Fremden, der sich in der Gegend verletzt hatte oder hier krank geworden war, aufzunehmen, ohne Angst haben zu müssen, ihre Kate am nächsten Morgen leergeräumt zu finden.

In der Nacht nach Ernsts Ankunft in der Utpatelschen Kate begann es zu regnen und sollte die nächsten drei Tage nicht mehr damit aufhören. Anne war es gleichgültig, sie hatte alle Hände voll zu tun. Am frühen Morgen schon bereitete sie den Frühstücksbrei für sich und ihren Vater und einen Haferschleim für Ernst. Einmal erbrach er sich, so dass sie ihm das Bett neu richten und Wäsche waschen musste. Dann bekam er leichtes Fieber, weshalb sie Carl nicht auf seiner Runde begleitete, sondern bei Ernst blieb, ihm Kamillentee brachte und die Stirn abtupfte. Er war ein äußerst liebenswerter Zeitgenosse mit guten Umgangsformen und einer gehörigen Portion Humor.

»Warum sprechen Sie eigentlich so gut Deutsch?«, fragte Anne ihn, als sie ihm eine Schale Brühe brachte. »Darüber mache ich mir schon die ganze Zeit Gedanken.«

»Ich spreche Deutsch, Russisch und Polnisch. Darum bin ich so wertvoll für die Baufirma. Sie holen mich immer, wenn sie mit den anderen Schwierigkeiten haben.«

»Drei Sprachen?« Sie war beeindruckt. »Wie kommt das?«

»Ich bin in Westgalizien aufgewachsen, zwischen Österreich-Ungarn, Deutschland und nicht sehr weit von Polen entfernt. Da ist es günstig, wenn man mehrere Sprachen versteht.« Ernst lachte fröhlich. »Der eigentliche Grund ist, dass meine Familie vom Rhein stammt. Meine Vorväter hatten Land in der Pfalz. Mei Muddersprooch ist zwar auch Deitsch, nur ganz anders als hier auf Rügen.« Anne riss erstaunt die Augen auf. Wieder lachte er, hielt sich aber gleich darauf die Seite. »Diese Krankheit könnte mir glatt die Laune verderben. Nicht einmal lachen darf man.«

»Ihre Laune scheint mir trotzdem immer die beste zu sein.«

»Bei so einer netten Gesellschaft, wen wundert's?«

»Sie sind ein Schmeichler. Wenn Sie erst wieder ganz gesund sind, müssen sich die Damen vor Ihnen in Acht nehmen, habe ich recht?«

»I wo, ich bin ganz harmlos.«

»Aus der Pfalz kommt Ihre Familie also. Wie kam sie nach Galizien? Der Liebe wegen?«

Er schüttelte energisch den Kopf, dass sein voller Bart nur so wippte. »Nein, so romantisch war's leider nicht. Mein Ururgroßvater … ich weiß gar nicht so genau, wie viele Ur das waren. Mein Vorfahr jedenfalls verstand sich prächtig auf die Landwirtschaft und aufs Handwerk. Nun brauchen Sie aber nicht denken, dass er so tüchtig war. Nee, der musste einfach mehr können als nur eine Sache, sonst wäre er nicht über die Runden gekommen. So jemanden hat man gebraucht in Galizien. Mein Vorvater hat seine Fertigkeiten mitgebracht und dafür ein großes Stück Land, Stallungen, ein Wohnhaus und sogar Gerätschaften und Vieh bekommen. Wären Sie an seiner Stelle etwa nicht gegangen?«

»Ich weiß nicht.« Sie hatte sich noch nie überlegt, ob sie woanders leben wollte als auf ihrer Insel. Warum auch? Hier war sie zu Hause. Sie konnte sich bisher keinen Grund vorstellen, die Heimat zu verlassen. Ernsts Vorfahren dagegen hatten genau das getan und er selbst nun auch wieder.

»Lassen Sie sich gesagt sein, junge Frau, wenn es zu Hause auch noch so schön ist, gibt es da draußen trotzdem eine Welt, die auf Sie wartet. Sehen Sie sich ruhig einmal um. Glauben Sie mir, es gibt immer etwas, für das es sich lohnt. Selbst wenn Sie im Erdloch hausen müssen.« Da war wieder sein schelmisches Schmunzeln, das ihr längst so vertraut war.

»Ich wollte Sie nicht kränken. Ihre Hütte ist auf jeden Fall die erstaunlichste Behausung, die ich je zu Gesicht bekommen habe. Und ich bewundere Ihr handwerkliches Geschick. Das haben Sie bestimmt von Ihrem Vorfahr geerbt, so wie die Sprachfertigkeiten.« Anne stutzte. »Es war nicht Ihr Vater, nicht einmal Ihr Großvater, der aus der Pfalz fortgegangen ist, richtig?«

»Nee, das ist bald hundert Jahre her, dass sich da jemand auf den Weg gemacht hat. Oder sogar noch länger, so genau weiß ich das nicht.«

»Trotzdem sprechen Sie noch seine Sprache.«

»Sprache ist Heimat. Das hat mir mein Vater immer eingetrichtert. Und seiner ihm.« Ernst machte eine kurze Pause. »Außerdem gab es da, wo ich aufgewachsen bin, so viele unterschiedliche Menschen, die alle ihre Kultur und ihre Sprache hatten. Das hat mich schon immer fasziniert. Und ich konnte es überhaupt

nicht leiden, wenn ich jemanden nicht verstanden habe. Also …«
Er zuckte die Schultern, als sei es der einzige mögliche Schritt, einfach die fremden Sprachen zu lernen. Anne dachte später, als sie in ihrem Bett lag, viel über das nach, was Ernst gesagt hatte. Vor allem musste sie sich eingestehen, dass sie ihn unterschätzt hatte. Wie sehr man sich doch von der Umgebung, in der man einen Menschen kennenlernt, beeinflussen lässt, kam es ihr in den Sinn. Nur weil er in dieser Höhle gehaust und als Arbeiter weit weg von seiner Heimat angeheuert hatte, glaubte sie, er könne keine gute Bildung genossen haben. Doch das war nicht der Fall, er war ein kluger Mann. Genau wie sie hatte er wohl keine klassische Ausbildung durchlaufen, sondern das, was er konnte und wusste, auf der Straße und bei seiner Familie gelernt. Sie nahm sich vor, in Zukunft vorsichtiger mit ihrem Urteil zu sein.
Auch am nächsten Tag ließ Anne ihren Vater allein seine Runde machen. Er hatte ihr versichert, er würde sich mit Franzen treffen, der ihn unterstützen konnte. Die Vorstellung, ihm zu begegnen, behagte ihr gar nicht. Sie hätte nicht sagen können, warum es so war, und versteckte sich hinter der Ausrede, dass sie ein frisches Huhn von Nachbar Diedrichsen bekommen habe, das sie ausnehmen wolle. Außerdem war es gewiss gut, Ernst noch nicht allein zu lassen. Es konnte immerhin sein, dass das Fieber zurückkehrte oder er stärkere Schmerzen bekam. Nachdem sie ihn im Behandlungszimmer versorgt und er ihr wieder eine gute Weile von seiner Heimat und seinen Erfahrungen in verschiedensten Ländern erzählt hatte, ging sie endlich in die Küche, um sich um das Hühnchen zu kümmern. Sie würde schlecht dastehen, wenn ihr Vater zurückkäme und sie noch nichts erledigt hätte. Gerade schob sie einen mit Wasser gefüllten Topf auf das größte Loch in der Herdplatte, als es an der Haustür klopfte. Wahrscheinlich jemand, der eine Tinktur oder

ein Arzneipflaster brauchte, dachte sie. Wie immer seit dem Vorfall im Haus des Kapitäns Möller in Schaprode spürte sie leichtes Unbehagen. Sie hatte Angst vor Ablehnung. Rasch wusch sie sich die Hände und wollte nachsehen. Da hörte sie, wie sich die Tür öffnete und jemand in die Diele trat. Das war nicht ungewöhnlich. Im Gegenteil, es war gang und gäbe, dass die Leute klopften und eintraten.

»Ist jemand zu Hause?« Sie erstarrte. Es war Bernd. Instinktiv schob sie eine Strähne hinter das Ohr, die ihr beim Flechten ihres Zopfes entwischt war. Sie strich ihr schlichtes blaues Leinenkleid und die weiße Schürze glatt, atmete tief durch und ging zu ihm.

»Anne! Wie schön, Sie zu sehen«, begrüßte Bernd sie. Seine braunen Augen strahlten, seine Haut schimmerte in einem verführerischen Bronzeton, und in seinem blonden Haar glitzerten ein paar Regentropfen, die ihn trotz des Schirms erwischt hatten, den er soeben ausschüttelte und in den Ständer stellte. Alles nur Äußerlichkeiten, ermahnte Anne sich.

»Guten Tag«, entgegnete sie kühl. »Es ist eine Weile her …« Was sollte sie bloß sagen? Sie konnte ihn schlecht einfach beschimpfen. Immerhin wusste sie nicht, ob Franzen die Wahrheit gesagt hatte. »Mein Vater ist bereits unterwegs.« Ihr Ton war abweisend, und sie machte keine Anstalten, ihn in die Wohnküche zu bitten.

»Das hatte ich befürchtet. Ich wollte mich auch viel früher auf den Weg machen, doch es kam mir ein kleiner Patient dazwischen. Das Barfußlaufen am Strand wird jetzt überall propagiert. Ich selbst halte es übrigens auch für eine gute Sache. Nur ist der Knirps dummerweise in eine Muschel getreten. Ein tiefer Schnitt. Der wird ihn noch eine gute Weile piesacken.« Er verzog voller Mitgefühl das Gesicht. »Wie ist es Ihnen in der Zwischenzeit ergangen?« Er warf ihr einen prüfenden Blick zu. »Sie haben recht, es ist einige Zeit her, dass wir uns gesehen haben. Ich hatte schrecklich viel zu tun.« Sie hätte wetten können, dass er das sagen würde. »Sie sind mir doch wohl nicht böse, dass ich mich nicht gemeldet habe?«

»Nun ja, ich hatte schon gedacht …« Mit dieser Frage hatte Anne nicht gerechnet. Was sollte sie darauf erwidern? Wenn sie ihm gestehen würde, wie sehr sie auf eine Nachricht von ihm gewartet hatte, wusste er, dass sie auf ihn hereingefallen war. Das wollte sie um keinen Preis.

Bernd fuhr fort: »Warum haben Sie nichts von sich hören lassen? Denken Sie nicht, Sie hätten sich erkundigen können, wie ich an dem Abend nach Hause gekommen bin?« Das war ja wohl die Höhe. Er schob den schwarzen Peter einfach ihr zu.

»Sie sind ein erwachsener Mann, Sie werden es wohl von Trent nach Binz schaffen, ohne sich zu verfahren«, gab Anne ein wenig zu patzig zurück. »Hätte es einen Unfall gegeben, hätte ich davon erfahren«, fügte sie trotzig hinzu.

»Das hätten Sie vermutlich.« Er schmunzelte, schien aber enttäuscht zu sein, wenn sie sich nicht irrte. »Was ist los, Anne?«, fragte er, nachdem sie einander in der Diele einige Sekunden schweigend gegenübergestanden hatten. »Während unserer gemeinsamen Zugfahrt und auch bei unserem Ausflug nach Göhren waren Sie die bezauberndste Begleitung, die ich mir nur wünschen konnte. Warum kehren Sie jetzt wieder den giftigen Seeigel hervor?« Er wählte den direkten Weg. Also schön, ihr sollte es recht sein. Ihr fielen Franzens Worte ein. Wenn man Angst hat, angegriffen zu werden, solle man den ersten Schlag ausführen. Eine gute Idee, das würde Bernd entwaffnen.

»Das will ich Ihnen erklären. Das heißt, nein, im Grunde möchte ich Sie etwas fragen. Eine einzige Frage nur.«

»Bitte, fragen Sie!«
»Haben Sie mit Kapitän Möller aus Schaprode über mich gesprochen?«
Bernd stutzte. »Ja, das habe ich.«
»Also hat Dr. Franzen die Wahrheit gesagt.« Anne war maßlos enttäuscht.
»Ich verstehe nicht ganz. Was hat der damit zu tun?«
»Er hat mir die Augen geöffnet, dass Sie es waren, der mich schlechtgemacht hat. Und ich schütte Ihnen auch noch mein Herz aus!«
»Moment, Moment, Sie glauben …? Jetzt bringen Sie aber wirklich einiges durcheinander.«
»So? Ich wüsste nicht, was es da durcheinanderzubringen gibt.« Jetzt war sie wirklich wütend. Er war durchschaut. Hatte er nicht wenigstens so viel Rückgrat, seine Niederlage einzugestehen? Es gab doch genug Frauen, die er mit seinem Charme verzaubern konnte. Sollte er es bei denen probieren und sie einfach in Ruhe lassen.
»Eine ganze Menge offenbar.«
»Ich habe Ihnen erzählt, dass Möller mich vor der Tür hat stehenlassen. Und was sagten Sie dazu? Sie haben davon geredet, dass vielleicht jemand etwas über eine Ärztin gelesen hat, die einen Fehler gemacht haben könnte.« Sie lachte bitter. »Und von Aberglauben haben Sie gesprochen. Dabei waren Sie es, der Möller vor mir gewarnt hat, weil Sie Frauen nicht akzeptieren. Zumindest nicht in der Medizin. Ist es nicht so?« Anne funkelte ihn böse an.
»Nein, so ist es nicht. Ich dachte, ich hätte Ihnen meine Ansichten diesbezüglich dargelegt. Wieso denken Sie auf einmal so verquer?«
»Ich denke verquer? Das ist ja ein starkes Stück! Sie hören sich meine Sorgen an, sitzen da mit Ihrem scheinheiligen Gesicht

und wissen längst, warum Kapitän Möller mich mit einem Mal ablehnt. Weil Sie ihm das eingetrichtert haben!«
Bernd senkte den Kopf und schwieg. Natürlich, was hätte er auch sagen können?
»Ich war bei Gesche Möller und habe ihrem Mann geraten, sie für die Niederkunft in ein Spital zu bringen. Ja, ich habe den beiden gesagt, dass ich es nicht für klug halte, wenn Dr. Utpatel und seine Tochter ins Haus kommen, weil die Anzeichen sehr ernst waren. Es war zu befürchten, dass mit dem Kind etwas nicht in Ordnung ist, dass es vor seiner Zeit zur Welt kommen will. Es ging nicht gegen Sie, verstehen Sie, es ging darum, Gesche an einen Ort zu bringen, an dem ihr am besten geholfen werden kann. Das ist alles.«
Das hatte er sich ja fein ausgedacht. »Als ich Ihnen sagte, dass die Möller bereits niedergekommen ist, waren Sie überrascht. Wie das? Wenn Sie es doch schon befürchtet haben, dass mit der Geburt nicht alles zum Besten steht, wieso konnten Sie dann überrascht sein?« Sie war lauter geworden, als sie es beabsichtigt hatte. Liebend gern hätte sie gelassener gewirkt, doch sie war alles andere als gelassen. Wenn sie ganz ehrlich war, hätte sie ihn am liebsten geschüttelt, damit er irgendetwas sagen würde, das sie überzeugte. Ja, sie wünschte sich von ganzem Herzen, dass er sie doch noch überzeugen könnte und sie sich wieder vertragen würden.
»Ich war überrascht, dass die Geburt so früh stattgefunden hat, sogar früher, als ich es erwartet hätte. Aber so etwas kommt vor. Wenn Sie die Hebammenlehranstalt besucht hätten, dann wüssten Sie, dass Ungeborene nicht berechenbar sind. Sie verraten einem nicht vorher, wann sie das Licht der Welt zu erblicken gedenken.« Bernd klang so traurig, dass es schmerzte. Doch sie hörte darüber weg, denn das Wort Hebammenlehranstalt dröhnte in ihrem Kopf. Schon möglich, dass er seine

Ansichten ein wenig geändert hatte und Frauen in der Medizin nicht mehr grundsätzlich verurteilte, doch er lehnte solche Frauen strikt ab, die Handlangerarbeiten und vielleicht auch mehr ausführten, ohne eine Schule besucht zu haben. Und mit dieser Meinung hielt er nicht hinter dem Berg. Diese Tatsache allein hätte sie noch nicht einmal gestört. Sie hätte seine Einstellung respektieren können, wenn er nur ehrlich zu ihr gewesen wäre.

»Geben Sie sich keine Mühe«, sagte Anne leise. »In Greifswald hat sich herumgesprochen, wie Sie zu Frauen stehen. In jeder Hinsicht. Dr. Franzen war nach Ihnen in Greifswald tätig. Er hat mir davon berichtet.« Bernd sog hörbar die Luft ein und griff nach seinem Schirm.

»Ich erinnere mich an das, was mir Ihr Vater von Hiddensee berichtet hat, und denke an das Unglück in Sellin. Wie hatten Sie ihn noch genannt, einen Klookschieter? Interessant, wie rasch Sie Ihre Meinung über ihn geändert haben.« Er sah ihr in die Augen. »Es muss ja wohl etwas vorgefallen sein, da Sie anscheinend plötzlich so große Stücke auf ihn halten.« Ein kurzes Zögern, als läge ihm noch etwas auf der Zunge, dann sagte er nur: »Richten Sie Ihrem Vater die besten Grüße aus.« Er reichte ihr ein Päckchen, das er neben dem Schirmständer abgestellt hatte. »Hier ist die Mixtur, von der ich ihm geschrieben habe. Er soll sie verteilen oder selbst anwenden, und ich würde mich freuen, von ihm zu hören, wie die Ergebnisse sind. Wenn er mich an seiner Seite sehen will, soll er mir eine Nachricht senden. Von allein dränge ich mich nicht auf. Wie es aussieht, hat er bereits einen Kollegen, der ihn unterstützt und der vielleicht bald zur Familie gehört. Da möchte ich nicht im Weg sein.« Wieder dieses Zögern, doch dann ging er ohne ein weiteres Wort. Annes Wangen brannten. Es muss etwas vorgefallen sein, das ihre Meinung über Franzen geändert hat. Das war es in der Tat, nur ganz anders, als er es sich offenkundig ausmalte. Ein

Kollege, der vielleicht bald zur Familie gehört. Wie konnte er das nur denken? Sie schämte sich schrecklich. Am liebsten wäre sie ihm nachgelaufen, um richtigzustellen, was sich zwischen ihr und Franzen abgespielt hatte. Bernd durfte doch nicht denken, sie habe eine Romanze mit ihm. Da rief Ernst nach ihr. Für einen Augenblick war sie hin- und hergerissen. Dann entschied sie sich, nach dem Patienten zu sehen. Tat es auch noch so sehr weh, war es gewiss besser so. Dieser Vogel wartete wahrscheinlich nur darauf, dass sie ihm nachrannte. Sollte er ihr doch gestohlen bleiben!

4

Schnell, Herr Dr. Utpatel, Sie müssen kommen. Der Damm ist im Moor versunken!« Vorarbeiter Petersen war, ohne anzuklopfen, in die Diele und direkt weiter in die Wohnküche gestürmt. Er musste sich an einer Stuhllehne festhalten, weil er durch den Schwung beinahe ausgerutscht wäre. Anne fürchtete schon, er würde das Möbelstück umreißen.

»Ist denn jemand verletzt worden?« Carls fragender Gesichtsausdruck sprach Bände. Wenn das Moor den neuen Bahndamm verschluckt hatte, was einige längst prophezeit hatten, wie sollte dabei jemand zu Schaden kommen?

»Einige von den Hütten sind auch abgesoffen«, erklärte Petersen atemlos.

Ernst sprang auf und starrte den Vorarbeiter an, einen muskelbepackten Kerl, der höchstens einen Meter sechzig groß war und dadurch seltsam unförmig aussah.

»Wo?«, wollte er wissen.

»Oben bei Rappin.«

»Das kann nicht sein.«

»Wenn ich es doch sage. Ich hab's mit meinen eigenen Augen gesehen!«

»Denn man los.« Carl erhob sich etwas schwerfällig.

»Ich komme mit«, erklärte Ernst.

»Ich weiß nicht recht. Eigentlich würde ich dich heute gern noch einmal untersuchen.«

»Es geht mir gut. Morgen oder übermorgen hätte ich Sie sowieso verlassen. So war es ausgemacht. Auf einen Tag wird's schon nicht ankommen.«

Carl nickte und brummte etwas, das wohl Zustimmung bedeuten sollte.

»Dann reite ich am besten mit Ihnen«, schlug Anne vor. Drei Personen auf der Spinne, da würden sie nicht so schnell vorankommen, wie es mit dem Einspänner zu zweit möglich war. »Sie sind doch gewiss mit dem Pferd hier, oder?«

»Ja, natürlich.«

Anne nickte und lief hinaus, um Carls Tasche zu holen. Am klügsten wäre es, er würde mit Petersen vorausreiten. Allerdings ging es ihrem Vater an diesem Morgen nicht gut. Sie hoffte von ganzem Herzen, dass es nur das schreckliche Wetter war, das seit Tagen alle quälte. So trocken der Sommer begonnen hatte, so regnerisch war er inzwischen geworden. Ganze Landstriche waren bereits aufgeweicht, dazu herrschte eine lähmende Hitze. Man fühlte sich ständig so, als stünde man in einer Waschküche, in der aus allen Wannen und Zubern heißer Dampf aufstieg. Carl machte es offenbar schwer zu schaffen, dass man nicht frei durchatmen konnte. Immer wieder verzog er das Gesicht oder griff sich an die Brust. Sie hatte ihn mehrfach gefragt, was mit ihm sei, ob er Schmerzen habe oder ob sie etwas für ihn tun könne, doch die Antwort war immer die gleiche. Es sei alles in bester Ordnung, ihm fehle rein gar nichts.

Im wilden Galopp jagten Petersen und sie zum Unglücksort. Weit war der Weg nicht, so dass sie recht schnell zur Stelle waren. Die Hütte von Ernst schien nichts abbekommen zu haben. Auf dem Dach funkelten Tautropfen im Moos, die Tür war geschlossen. Durch das Laub der Bäume, die um die Behausung standen, fielen einzelne Sonnenstrahlen. Alles wirkte friedlich, geradezu idyllisch.

»Der hat Glück gehabt«, brummte Petersen, als er das Pferd an einem Pflock in der Erde festband. »Andere hat es dagegen böse erwischt.« Er stapfte vorweg über einen Pfad, der sich durch das Waldstück schlängelte. Anne war erleichtert, dass Ernst seine Hütte unbeschädigt vorfinden würde. Vielleicht war alles halb so schlimm. Nach wenigen Schritten drangen Stimmen an ihr Ohr.

»Vorsichtig!«, schrie jemand.

»Ihr müsst schneller graben«, rief ein anderer.

Sie erreichten die erste verschüttete Behausung oder besser das, was davon noch übrig war. Nur mit Mühe konnte man erahnen, wo hier einmal Menschen gewohnt hatten, denn es gab nur noch armdicke Äste und Baumstämme, die kreuz und quer durcheinanderlagen. Dazu überall Schlamm und Steine.

»Du meine Güte, wie konnte so etwas geschehen?«

Die Männer, die in ordentlichen Katen in den umliegenden Dörfern wohnten, gruben, so schnell sie konnten, und schafften die Stämme beiseite, die einmal das Dach der Behausungen gebildet hatten. Einige schaufelten gar mit bloßen Händen die nasse Erde zur Seite. Für Anne gab es noch nichts zu tun, denn keiner der Verschütteten war bisher geborgen worden. Sie mochte sich nicht ausmalen, wie ein Mensch aussah, der unter nasser Erde begraben worden war. Gab es überhaupt Hoffnung für die Männer?

»Eine Hand! Hierher, helft mir, ihn herauszuziehen«, schrie plötzlich einer. Sofort waren zwei andere bei ihm und befreiten den Mann behutsam von Zweigen, Blättern und Steinen. »Das ist Jerzy«, hörte Anne jemanden sagen. Sofort ließ sie sich neben dem leblosen Mann auf die Knie fallen. Sie hatte lediglich ein

Fläschchen mit Alkohol zum Desinfizieren, etwas Wundsalbe, einige Arzneipflaster und drei Rollen Verbandszeug in eine Tasche gepackt, die sie sich rasch umgehängt hatte. Was sollte sie damit anfangen?

»Frisches Wasser!«, rief Anne den Arbeitern zu. Sie wischte die Lippen des Mannes sauber, so gut sie konnte, öffnete seinen Mund und holte Sand und kleine Steinchen heraus. Jemand stellte ihr eine Schale Wasser hin. Sofort begann sie damit, Jerzy, wie man ihn genannt hatte, gründlich Mund und Nase zu reinigen, damit er atmen konnte, wenn er dazu je wieder in der Lage sein sollte. Wahrscheinlich hatte er den Mund im Schlaf offen gehabt, als das Dach seiner Behausung über ihm zusammengestürzt war, vermutete sie. Oder hatte er mitbekommen, wie ihm geschah, und in Todesangst geschrien? Wo blieb nur ihr Vater? Falls dieser Mann eine Chance haben sollte, zu überleben, musste ihm rasch geholfen werden. Und zwar von einem Arzt. In diesem Augenblick wünschte Anne sich, sie hätte wahrhaftig eine Lehranstalt besucht. Dort hätte sie gewiss gelernt, Entscheidungen zu treffen und Vertrauen zu dem eigenen Können zu haben. Was sie wusste und konnte, hatte sie von ihrem Vater. Um ihr Wissen anzuwenden, brauchte sie seine Anwesenheit, wie sie jetzt erkannte.

»Der Wagen meines Vaters ist noch nicht eingetroffen?«, fragte Anne ängstlich.

»Nein. Petersen wartet auf ihn. Sobald der Wagen da ist, führt er Ihren Vater hierher.«

Sie konnte nicht einfach nichts tun und auf das baldige Eintreffen hoffen. Jerzy atmete nicht. Wahrscheinlich bekam er durch den verstopften Mund keine Luft, vermutete sie. Sie blickte ihm tief in den Rachen. Nein, da war nichts mehr zu sehen, das ihn erstickte. Normalerweise war es Carl, der die Atemspende gab. Ihre Aufgabe war es, die Arme des Patienten zu bewegen, um den Vorgang zu unterstützen. Dieses Mal musste sie selbst das Beatmen übernehmen. Also schön.

»He, du!« Anne winkte einen jungen Kerl heran, der ihr bereits aufgefallen war. Er schaffte hier loses Holz beiseite und wischte an anderer Stelle morastige Erde weg. Zwar half er mit, schien aber ziemlich durcheinander und von dem Anblick des leblosen Körpers gefesselt zu sein. Er starrte sie an und blickte sich dann um, wohl um herauszufinden, ob sie tatsächlich ihn meinte. »Ja, du! Komm mal her, ich brauche deine Hilfe.« Sie winkte ihn eilig heran. Augenblicklich war er bei ihr. »Du musst seine Arme weit öffnen, wenn ich ihm die Atemspende gebe. Wenn ich den Kopf hebe, dann faltest du seine Arme auf der Brust und drückst ein wenig. In Ordnung?«

Der Junge, er konnte höchstens sechzehn Jahre alt sein, sah sie mit großen Augen an.

»Der versteht Sie nicht. Er kommt aus Polen.«

»Dann helfen Sie mir oder zeigen ihm, wie es geht.«

Der junge Pole trat zwei Schritte zurück, als sein Kollege, ein Mann von Rügen, sich neben Jerzy hockte.

»Luft rein, Arme auseinander, Luft raus, Arme zusammen, richtig?«

»Ja, das ist richtig. Fangen wir an.« Sie schluckte. Es gab kein Zurück. Zum ersten Mal legte sie ihre Lippen auf die eines Mannes. Sie spürte von allen Seiten die Blicke der Männer. Wenn das nur gutging. Bloß nicht nervös machen lassen. Für einen kurzen Moment nahm sie wahr, was um sie herum geschah. Auch dachte sie noch darüber nach, wie wohl über sie geredet wurde, wenn Jerzy es nicht schaffte. Doch dann konzentrierte sie sich auf den Mann, auf seine körperlichen Reaktionen und auf ihren Atem, wie Carl es ihr schon oft vorgemacht hatte. Sie sah und hörte nichts anderes mehr, bis sie plötzlich wie durch einen Schleier die Stimme ihres Vaters erkannte.

»Gehen Sie beiseite.« Carl tastete nach dem Puls des Mannes, setzte dann das trichterförmige Ende seines Stethoskops auf dessen Brust und drückte sein Ohr auf die dafür vorgesehene Platte. »Nichts.« Er legte das Hörrohr beiseite und schüttelte langsam den Kopf. »Armer Kerl. Wir können nichts mehr für ihn tun.«

Nein, bitte nicht, lass ihn nicht tot sein, dachte Anne. Sie schöpfte immer wieder tief Luft und presste ihre Lippen auf die des Arbeiters. Er musste zurückkommen, er musste einfach. Er durfte nicht tot sein!

»Ist schon gut, ist gut, mein Mädchen.« Carl war aufgestanden und packte Anne an den Schultern. »Kannst aufhören. Hast alles richtig gemacht, es ist nicht deine Schuld.«

Tränen liefen ihr über die Wangen, sie bebte am ganzen Körper. Sie hatte es nicht geschafft, sie hatte ihn verloren. Das durfte nicht sein. Verschwommen sah sie, wie der Junge sich neben Jerzy hockte. Einer der Männer redete auf ihn ein und strich ihm in einer hilflosen Geste über das Haar.

»Es ist sein Sohn«, erklärte er ihr leise und zog sich rasch zurück.

Anne schluchzte auf. Sie krümmte sich zusammen. Er hätte ihren Trost gebraucht, doch sie hatte selbst dringend Trost nötig. Wie konnte sie ihm nur erklären, dass sie versagt hatte?

»Gehen Sie ruhig, Sie werden woanders gebraucht. Ich kümmere mich um sie«, hörte sie Ernst sagen. Dann spürte sie seinen Bart an ihrer Stirn. Er nahm sie wortlos in seine Arme und drückte sie fest an sich. Anne klammerte sich an ihn wie eine Ertrinkende. Sie war verzweifelt und wollte nur weg von hier. Eine ganze Weile saßen sie so da auf dem nassen Boden. Dann hörte sie ihn plötzlich in einer fremden Sprache sprechen. Er unterhielt sich mit dem Jungen.

»Sein Name ist Janusz. Er möchte Ihnen etwas sagen, Anne.« Langsam hob sie den Kopf. Es fiel ihr schwer, ihm in die Augen zu sehen. Janusz hatte rötliches Haar und Sommersprossen. Er weinte nicht. Er machte den Eindruck, als hätte er schon Schlimmeres überstanden. Seine Stimme war weich und leise. Er klang betrübt, aber deutlich weniger verloren, als sie sich fühlte. Ernst hörte ihm aufmerksam zu. Noch immer lag sein Arm schützend um Annes Schulter.

»Er möchte Ihnen danken«, sagte er, als Janusz eine Pause machte.

»Danken? Wofür? Dafür, dass ich seinen Vater habe sterben lassen?«, rief sie.

»Nein, dafür, dass Sie sich um ihn gekümmert und alles versucht haben, was in Ihrer Macht stand.«

Janusz sprach weiter, leise und ruhig.

»Er sagt, er habe ohnehin keine Zukunft gehabt. Was vor ihm liege, sei ebenso schwarz und hoffnungslos wie seine Vergangenheit. Sein Vater hat ihn gezwungen, hier am Bahndamm zu schuften, dabei wollte er Musiker werden.« Ernst unterbrach seine Übersetzung. »Musiker? Himmel, das sind Flausen! Die hätte ich ihm als Vater auch ausgetrieben.« Janusz sah ihn irritiert an und Ernst sagte kopfschüttelnd ein paar Worte. Dann forderte er ihn offenbar auf weiterzusprechen. Er hörte ihm zu und schluckte.

»Was hat er gesagt?« Anne sah Ernsts Augen schimmern.

Er räusperte sich. »Er sagt, wenn er keine Musik machen darf, ist sein Leben für ihn bedeutungslos. Sie sollen sich keine Vorwürfe machen. Sie sind ein Lichtblick in seinem Dunkel. Es tut ihm schon gut, sagt er, wenn er ab und zu einen Engel trifft wie Sie, der für ihn weint.«

Carl hatte nach ihr gerufen, weil er sie brauchte. Irgendjemand hatte Janusz weggebracht. Anne hätte gern gewusst, wohin, doch sie konnte sich nicht darum kümmern. Wie betäubt führte sie die vertrauten Handgriffe aus, klebte Pflaster und strich Bernds Mixtur auf Arme und Beine, bei denen die Haut abgeschürft war. Ernst war als Übersetzer Gold wert. Außerdem stellte er sich ziemlich geschickt an, wenn es darum ging, einen schweren Kerl unter einem Baumstamm hervorzuziehen und ihn mit der Hilfe eines anderen sanft auf ein Stück Rasen zu legen. Kaum einer der zwanzig Männer, die an diesem Abschnitt beschäftigt gewesen waren, hatte keine Blessuren. Zwar lebten längst nicht alle in Erdhütten, doch viele hatten sich beim Graben und dem Abtransport größerer Steine verletzt. Drei ihrer Kollegen waren umgekommen. Sieben Meter hoch und vierundzwanzig Meter breit war der Bahndamm, der auf fast vierzig Metern Länge beinahe zur Hälfte im Moor versunken war. Das würde den Baufortschritt erheblich verzögern. Vor allem wurden neue Arbeiter gebraucht. Anne hoffte, dass man ihnen nun wenigstens Baracken zum Schlafen zur Verfügung stellen würde. Man musste es einfach tun, dachte sie, als sie am Abend in der Wohnküche saß. Carl zündete sich eine Pfeife an, Ernst lief hin und her. Er war schrecklich aufgebracht. Über der Feuerstelle hing ein Topf mit Hühnersuppe. Anne hätte nicht mehr sagen können, wie es ihr gelungen war, die Suppe aus Resten zuzubereiten. Hin und wieder stand sie auf und rührte um. Zu mehr fühlte sie sich nicht in der Lage.

»Nu sett di op dien Moors, Ernst. Deine Rennerei is ja nich zum Aushalten!«

»Das war kein Unfall. Ich bin mir ganz sicher, dass das kein Unfall war«, sagte Ernst aufgeregt und blieb endlich hinter seinem Stuhl stehen, die Hände auf die Lehne gestützt.

»Was meinst du damit?« Carl blies Rauch in die Luft. »Was soll das wohl sonst gewesen sein?«

»Da stecken diese Agenten dahinter, die die Arbeiter anheuern. Die haben mehr davon, wenn die ständig wechseln, als wenn sie lange für den Unternehmer schuften. Ich bin ganz sicher, die wollten das Geschäft ein bisschen ankurbeln«, sagte Ernst wütend.

Anne stand auf und füllte Suppe in die Teller. Sie wusste nichts von irgendwelchen Agenten und hörte kaum zu. Ernst war außer sich, das konnte sie verstehen. Nun suchte er eben nach Schuldigen, weil er nicht wahrhaben wollte, wie riskant es war, sich in die Erde einzugraben.

»Wir bauen unsere Hütten doch nicht im Moor«, platzte er heraus, als habe er ihre Gedanken gelesen. »Was meinen Sie, Herr Doktor, warum wir einen so langen Weg zur Baustelle in Kauf genommen haben?« Er wartete die Antwort nicht ab. »Wir haben da gebaut, wo der Boden lehmig ist. Nur ahnungslose Trottel bauen am Moor.«

»Das lass den Bauleiter mal nicht hören. Der Bahndamm führt schließlich auch durch das Moor.«

»Und? Abgesackt ist er! Das war eine Heidenarbeit, und nun fangen wir wieder von vorn an.«

»Na na, ein Teil der Strecke steht doch noch.«

»Fragt sich nur, wie lange.«

Carl löffelte seine Suppe. »Hast du fein gekocht, Mädchen.« Er lächelte Anne aufmunternd zu. Sie nickte nur. »Was sind das für Agenten, von denen du gesprochen hast?« Carl war bereits am zweiten Tag, den Ernst im Hause verbracht hatte, zum Duzen übergegangen, während Ernst ihn beharrlich weiter siezte.

»Diese Leute haben Helfer in Polen, Russland und auch in meiner Heimat. Manche von ihnen kommen auch selbst ins Land und sehen sich nach kräftigen arbeitswilligen Männern um. Sie versprechen ihnen guten Lohn, eine Unterkunft, drei Mahlzeiten täglich, was auch immer. Bevor aber jemand eine Arbeitsstelle bekommt, halten die die Hand auf.«

»Das verstehe ich nicht. Diese Agenten, wie du sie nennst, wollen Geld? Wofür?«

»Na, für die Vermittlung einer Arbeit.«
»So blöd ist doch keiner, dass er erst bezahlt, damit er arbeiten und dafür kassieren kann!«
»Dafür braucht man nicht blöd zu sein. Dafür muss man nur in einer Gegend leben, in der es keine oder nur schlechtbezahlte Arbeit gibt.«
»Das hast du mir doch selbst erklärt«, mischte Anne sich ein. »Da, wo die Männer herkommen, ist es ihnen noch schlechter ergangen. Habe ich recht?«
»Genauso ist es.«
»Sie wollen es ein bisschen besser haben und bezahlen das mit ihrem Leben«, flüsterte Anne.
»Hör auf, dir Gedanken zu machen«, sagte Carl sanft. »Du hast genau richtig gehandelt. Er war wahrscheinlich längst hinüber, als sie ihn aus dem Loch gezogen haben.«
»Schon möglich«, stimmte sie kaum hörbar zu.
»Auf jeden Fall ist eine gute Arbeit verlockend genug, um dafür eine Mark hinzulegen. Zumal die meisten von denen nicht Deutsch sprechen. Sie brauchen also jemanden, der für sie mit dem Bauunternehmer verhandelt«, erklärte Ernst weiter.
»Verstehe. Eigentlich nicht schlecht, oder?«
»Nee, eigentlich nicht. Nur sind das leider Schlitzohren. Oder zumindest einige von ihnen. Es fängt schon damit an, dass sie doppelt die Hand aufhalten. Sie nehmen eine Gebühr von den Arbeitern und eine saftige von denen, die Arbeiter suchen.«
»Das nenne ich raffiniert.« Carl lachte und schob seinen Teller von sich.
»Und wie nennen Sie es, Herr Doktor, wenn es sogenannte Vermittler gibt, die auf die Baustellen gehen und die Leute dort aufhetzen und zum Kontraktbruch überreden wollen?«
»Wat? Dat gifft dat doch nich.«

»Und wie es das gibt. Natürlich versprechen die Herren woanders noch bessere Bedingungen und noch mehr Lohn. Und dann wollen die natürlich wieder Geld dafür haben.«
»Das wäre glatter Betrug!«
»So ist es. Ich habe es selbst erlebt, Herr Doktor. Mehr als einmal kam so ein windiger Herr zu meiner Kolonne. Aber wir haben es gut, bekommen anständig bezahlt und gutes Essen. Genau, wie man es uns zugesagt hat. Mit uns war also kein Geschäft zu machen.« Ernst machte eine Pause und sah von einem zum anderen. »Wenn an uns aber nix zu verdienen ist, dann eben an unseren Arbeitsstellen.«
Carl schüttelte energisch den Kopf. »Nee, ich kann mir beim besten Willen nicht vorstellen, dass jemand ein paar Leute umbringt, um die hinterher gegen Bezahlung zu ersetzen. So 'ne Sauerei gibt's auf Rügen nicht.«
»Fragen Sie unseren Bauleiter, wer ihm die Neuen vermittelt und wie viel er dafür hinblättert. Ich gehe jede Wette ein, dass Sie Ihr blaues Wunder erleben.«
»Wenn das wahr ist …« Carl ließ den Satz in der Luft hängen.
»Und ich gehe morgen wieder zurück in meine Hütte und höre mich um. Ich wette nämlich außerdem, dass da jemand herumgeschlichen ist. Überlegen Sie doch mal, Herr Doktor, der Bahndamm ist ein gutes Stück entfernt. Und er ist versunken. Über Nacht. Die Hütten dagegen sind einfach eingestürzt. Da hat doch jemand nachgeholfen! Der Boden war sowieso schon weich, so dass dann auch noch Schlamm in die Löcher gelaufen ist, ja. Aber wir sind nicht im Gebirge, wo schon mal ein Hang ins Rutschen kommt. Nee, da hat jemand an den Dächern herumgefummelt. Mit dem Versinken des Damms hat das rein gar nichts zu tun.«
»Da ist was dran.« Carl fiel etwas ein. »Weißt du, ob die Arbeiter für Feldbahnen auch von Agenten vermittelt werden?«

»Davon können Sie ausgehen.« Er lachte. »Überall, wo sich Geld machen lässt, haben die ihre Finger drin.«

»Also gut, dann hörst du dich morgen an der Baustelle um, und wir fahren rauf nach Wittow und sprechen mit einem Bauern, der sich gerade eine Feldbahn anlegen lässt. Was hältst du von dem Plan deines alten Herrn, Anne?«

Anne sah in seine besorgten Augen. »Tut mir leid, Vater, aber ich fühle mich nicht wohl. Hab mir wohl eine Erkältung aufgesackt. Ich gehe jetzt ins Bett. Und du fährst morgen besser allein, sonst stecke ich noch jemanden an.« Sie räumte nicht einmal die Teller ab, sondern beeilte sich, aus der Wohnküche zu kommen.

»Das hat sie mächtig mitgenommen, was?«, hörte sie Ernst sagen.

Und ihr Vater entgegnete: »Ja, das liegt ihr auf dem Magen. Es wird nicht einfach, sie auf andere Gedanken zu bringen.«

Am nächsten Morgen stand Anne einfach nicht auf. Sie hatte in der Nacht von Leichen geträumt, die mit Schlamm und Steinen bedeckt waren und plötzlich die Augen aufgerissen und nach ihr gegriffen hatten. Sie hatte flüchten wollen, doch sosehr sie sich auch anstrengte, sie kam keinen Zentimeter vom Fleck. War Bernd nicht auch dort gewesen? Sie erinnerte sich, dass jemand ihr geholfen und sie fortgezogen hatte von all den schrecklichen, bedauernswerten Gestalten, aber sie hätte nicht sagen können, ob es Bernd oder Franzen gewesen war. Einer von beiden hatte sie gerettet, der andere hatte nur danebengestanden und sie ausgelacht. Es klopfte an ihrer Tür.

»Anne? Kann ich reinkommen?«

»Natürlich, Vater.« Sie hustete. Carl trat zu ihr ans Bett und legte ihr eine Hand auf die Stirn.

»Na, mein Mädchen, war alles 'n büschen viel gestern, was?«

Wieder hustete sie. »Ich habe mich nur erkältet, das ist alles. Ein Tag mit viel Schlaf wird mir guttun.«
»Du hast kein Fieber.«
»Nein? Ich fühle mich aber so. Und meine Glieder tun mir weh. Außerdem habe ich schlecht geschlafen, ich bin erschöpft, als hätte ich kein Auge zugetan.« Wenigstens das stimmte. Er setzte sich zu ihr auf die Bettkante.
»Hm, wenn du meinst, dass du nicht aufstehen kannst, musst du wohl wirklich hierbleiben. Schade. Ich fahre heute zu deinem Bruder Hinnerk. Ich dachte, du würdest mich gern begleiten.«
»Du fährst zu Hinnerk, heute?«
»Sein Schwiegervater will doch diese Feldbahn bauen, hast du mir erzählt. Wer weiß, vielleicht kriege ich durch ihn einen dieser Agenten zu fassen.« Er strich gedankenverloren mit den Fingerspitzen über ihre Bettdecke. »Bei der Gelegenheit könnte ich gleich mit ihm und deinem Bruder über das Geld schnacken. Darum hattest du mich doch gebeten.« Carl setzte eine arglose Miene auf, dabei wusste Anne genau, was er im Schilde führte. Er kannte sie gut genug, um sicher zu sein, dass sie dabei sein wollte, wenn er mit Hinnerk über Geld sprach. Es bestand immerhin die Gefahr, dass es wieder zum Streit käme. Da könnte es nicht schaden, in der Nähe zu sein. Anne hatte ihren Vater durchschaut, und wenn sie es recht bedachte, war die Aussicht auf einen ganzen Tag allein in dieser Kammer wenig erfreulich. Sie würde nur grübeln und sich schlimme Vorwürfe machen. Vielleicht war es wirklich besser, sich ein wenig abzulenken und etwas Sinnvolles mit der Zeit anzufangen.
»Also schön, wenn du meinst, ich habe kein Fieber, dann werde ich wohl aufstehen dürfen.«
»Ja, ich denke, das kannst du riskieren.« Er erhob sich und lächelte verschmitzt.

»Dann werde ich dich mal begleiten. Ich würde gern mit Hinnerk sprechen und brenne darauf, mir Huldas neue Kleider vorführen zu lassen.« Carl hob fragend die Augenbrauen. »Denkst du nicht, Madame Hoteldirektorin hat sich bereits ein paar noble Roben gekauft? Mais bien sûr hat sie das«, sagte Anne und schlüpfte aus dem Bett.
»Ah oui, bien sûr«, wiederholte Carl mit einer piepsigen Stimme und drehte sich trippelnd um die eigene Achse, als führe er ein prächtiges Gewand vor. Seine gezierte Haltung und das vornehm verzogene Gesicht wollten so wenig zu seinen derben Hausschuhen und dem vorgestreckten Bäuchlein passen wie die französische Sprache zu den Menschen auf Rügen. Anne konnte sich ein Lächeln nicht verkneifen.
Sie nahmen die größere Kutsche, in der sie zu dritt bequem Platz hatten, und brachten zunächst Ernst zurück zu seiner Erdhütte. Dann fuhren sie in Richtung Ralswiek und Kleiner Jasmunder Bodden weiter. Zwar war es ein Umweg, doch von Ernsts Behausung den Weg zurück zur Wittower Fähre zu nehmen erschien ihnen nicht sinnvoll. Schließlich hatten sie beinahe schon die halbe Strecke hinter sich, wenn sie die Route über Jasmund einschlugen.
»Das Schloss in Ralswiek soll fertig sein. Hast du etwas davon gehört?«, fragte Anne.
»Ich denke, der Herr Graf wird inzwischen eingezogen sein.«
»Ein Graf? Mir war, als sei er ein Fabrikant oder Politiker.«
»Der schon vor geraumer Zeit in den Grafenstand erhoben wurde, mein Kind. Das passiert einem ollen Landarzt nicht.« Er lachte. »Wollen wir uns das Schloss ansehen?«
»Wenn du die Zeit übrig hast.«
»Aber gewiss! Wenn ich meinem Mädchen damit eine Freude machen kann, habe ich alle Zeit der Welt.« Carl beugte sich zu ihr hinüber und flüsterte: »Und so 'n büschen neugierig bin ich man auch.«

Sie fuhren an Fachwerk-Bauernkaten mit Strohdächern vorbei und erreichten schließlich den Park, der sich zwischen Feldern und dem Wald erstreckte. Ein Weg führte seitlich daran entlang, auf den Carl das Pferd lenkte. Mit einem Mal hielt er es an.
»Siehst du, da ist es. Nicht übel, was?«
Sie hatten eine Stelle erreicht, an der die Bäume nicht so dicht standen, so dass man einen Blick auf das Schloss erhaschen konnte. Es war wunderschön. Zwei strahlend weiße Türmchen flankierten das Hauptgebäude. Über dem dunklen Dach mit den kleinen Erkern lugte eine Spitze hervor, die einen weiteren Turm verriet. Eine Mauer, an deren Enden jeweils ein kleiner Pavillon stand, grenzte das Gebäude von einem saftig grünen Rasen ab. Anne war fasziniert. Das weiße Schloss schien vor dem blauen Himmel zu leuchten. Gleichzeitig bedrückte es sie, dass es Menschen gab, die sich solchen Prunk leisten konnten, während andere in Erdlöchern weit entfernt von ihrer Heimat hausten. Sie wusste nichts von dem Erbauer dieses Gebäudes. Gut möglich, dass er ein fleißiger und gerechter Mann war. Ihr selbst ging es gut, auch wenn sie nicht in einer großzügigen Villa lebte. Ein wenig Wohlstand machte einen noch nicht zu einem schlechten Menschen, das war ihr bewusst. Doch machte Armut einen ebenso wenig zu einem schlechten Menschen, dachte sie. Dennoch wurde man rasch so behandelt. Üble Geschäftemacher nutzten die Situation armer Leute zu ihrem Vorteil, und das war nicht richtig.
»Du bist so still. Hat es dir die Sprache verschlagen?«
»Nein, nein, ich habe nur nachgedacht. Es ist hübsch.«
»Hübsch. Ja, so kann man es auch sagen.«
»Lass uns fahren.«
Carl zupfte an den Zügeln, schnalzte mit der Zunge, und der Hengst setzte sich umgehend in Bewegung. Sie fuhren über den Jasmunder Damm nach Lietzow.

»Dieser Damm ist gar nicht so lange vor deiner Geburt gebaut worden.«
»Ich weiß, Vater.«
»Stell dir mal vor, würde es den nicht geben, hätten wir über Bergen und Karow und den ganzen Bogen über die Schmale Heide fahren müssen. Wir hätten natürlich auch den anderen Weg nehmen und nach dem Bootsmann rufen können, aber dann hätten wir erst einen Wagen beschaffen müssen, um bis zum Gut deines Bruders zu gelangen. Ziemlich umständlich. Nee, dieser Damm ist 'ne feine Sache.«
»Das sehen die Fischer ein bisschen anders«, gab Anne zu bedenken.
»Ach was, die sollen sich man nich anstellen. Die meisten haben doch ohnehin am Großen Bodden gefischt. Oder sie sind gleich raus auf die Ostsee gefahren. Die können einfach nicht mit Veränderungen umgehen, das ist alles.«
»Was hältst du von den Veränderungen, die Hinnerk plant? Ganz ehrlich.«
»Ganz ehrlich, Mädchen? Ich weiß nicht recht. Ich glaube, Hinnerk hätte ein guter Arzt werden können. In der Landwirtschaft macht er sich ganz ordentlich, aber ich meine, er hat sich mehr vom Leben erhofft. Nur ob er das in einem Hotel findet? Dr. Vogel hat schon recht, wenn er sagt, die Gäste sind die Zukunft unserer Insel. Da beißt die Maus keinen Faden ab. Das heißt aber noch lange nicht, dass es für jeden das Richtige ist, ihnen die Betten zu machen oder den Kaffee zu servieren.«
»Nein, gewiss nicht.« Dass er Bernds Namen erwähnt hatte, versetzte ihr einen Stich. Sie wollte nicht an ihn denken. »Ich habe nie so richtig verstanden, warum Hinnerk nicht Arzt geworden ist wie du. Er war so klug und hat sich auf der Universität doch gut gemacht, oder nicht?«

»Ja, das hat er.« Carl zögerte. »Ich wollte es dir nie sagen«, fuhr er fort, »weil ich es für richtiger halte, dass dein Bruder es dir selbst erzählt, wenn er will. Aber nach dem, was gestern geschehen ist, habe ich Angst, dass du denselben Fehler machst wie er.« Anne spürte, wie ihr das Atmen vor Aufregung schwer wurde. Was sollte das bedeuten? Hatte Hinnerk etwa auch versagt und einen Patienten verloren? »Kannst du dich erinnern, wann Hinnerk sich entschieden hat, Hulda zu heiraten und den Betrieb ihres Vaters zu übernehmen?«

»Natürlich, es war gleich nach Mutters Tod.«

»Ja, so ist es«, sagte er nachdrücklich.

Anne erschrak. »Willst du damit sagen, Hinnerk hat Mutter sterben lassen, so wie ich gestern Jerzy sterben lassen habe?« Ihre Stimme überschlug sich. Zum einen war es unvorstellbar, dass Hinnerk womöglich mit dieser Last leben musste, zum anderen fiel es ihr noch immer schwer, in Worte zu fassen, was am Tag zuvor geschehen war.

»Du hast niemanden sterben lassen, Kind« entgegnete Carl energisch. »Er war mausetot, bevor du ihn überhaupt in die Finger bekommen hast.«

»Woher willst du das wissen? Du bist erst dazugekommen, als ich ihn bereits beatmet habe.«

»So viel Erfahrung darfst du mir ruhig zutrauen, dass ich sehen kann, ob einer schon länger tot oder gerade erst gestorben ist. Du hattest keine Chance, die hattest du von Anfang an nicht. Niemand hätte ihm helfen können, ich auch nicht.«

»Danke, Vater, es ist lieb von dir, dass du das sagst.«

»Es ist nicht lieb, es ist wahr, Anne. Es ist wichtig, dass du das begreifst.« Sie wünschte sich sehnlichst, dass er recht hatte. Vielleicht konnte sie irgendwann daran glauben.

»Dann verstehe ich aber nicht, was du meinst. Warum hast du Angst, ich könnte denselben Fehler machen wie er? Von welchem Fehler sprichst du?«

»Ich spreche davon, dass du aufgeben könntest, weil du glaubst, versagt zu haben. Das hat dein Bruder getan. Er hat eine falsche Diagnose gestellt und einen Vorschlag für die Behandlung einer Patientin gemacht. Es ging nicht um irgendeine Patientin, sondern um eure Mutter.«

»Aber er lag falsch?«

»So ist es.« Carl seufzte. »Weißt du, Anne, auch Ärzte machen Fehler. Das ist wohl die wichtigste Lektion, die du in diesem Beruf lernen musst. Wenn du damit nicht zurechtkommst, hängst du ihn vielleicht wirklich besser an den Nagel.«

»Dann ist Hinnerk schuld am Tod von Mutter?«

»Aber nein, Kind. Ich hielt seine Diagnose nicht für zutreffend und seinen Ansatz für eine Behandlung ebenso wenig. Ich konnte ihm sogar beweisen, dass es sich um eine andere Erkrankung gehandelt hat. Das lag nach kurzer Zeit ganz eindeutig auf der Hand.«

»Aber dann ist doch nichts geschehen. Obwohl … sie ist gestorben.«

»Ja, sie ist gestorben. Für das, was sie hatte, gab es keine Heilung, nur Linderung. Hinnerk war furchtbar erschrocken. Er redete sich ein, dass er seine eigene Mutter durch die falsche Therapie getötet hätte. Einmal hat er mir das gesagt. Danach gab er vor, er wolle nicht mehr Arzt werden, weil ich es ihm nicht zutraute.« Carl lächelte traurig. »Ich hatte seine Diagnose überprüft, so konnte er sich diese Ausrede fein zurechtlegen.« Anne hörte eine Weile dem Wind zu, der leise sein Lied pfiff, und beobachtete die Möwen, die vom Bodden her über das Land segelten. Es duftete nach Salzwasser und nach Rosen, die unweit in einem Garten wuchsen. »Ich wünschte, er hätte sich anders entschieden, weil ich gern zusammen mit meinem Sohn und meiner Tochter gearbeitet hätte. Mit all meinen Kindern hätte ich mich gern um die Leute hier im Norden gekümmert. Aber es sollte nicht sein, und ich muss das akzeptieren. Vielleicht ist es sogar besser so. Wie ich schon sagte: Du musst als Arzt mit deinen Fehleinschätzungen umgehen lernen, sonst gehst du kaputt. Trotzdem tut es mir leid um ihn, weil ich glaube, er wäre glücklicher, als er es jetzt ist.« Anne war froh, dass sie nun die Wahrheit kannte. Und sie war froh, dass ihr Vater ihr diese gerade jetzt erzählt hatte, so konnte sie die Geschehnisse des Vortages mit anderen Augen sehen.

Sie hatten Sagard und Spyker hinter sich gelassen und waren schließlich über die Schaabe gefahren, jene Nehrung, die wie ein Faden die beiden Halbinseln Jasmund und Wittow miteinander verband. Dann erreichten sie endlich Altenkirchen, passierten die greise Pfarrkirche aus rotem, verwittertem Backstein, die seit bald siebenhundert Jahren an diesem Fleck stand. Was mochte sie schon alles gesehen haben? Kurz darauf erreichten sie das Gut von Bauer Presenske. Hulda hatte sich angewöhnt, ihren Familiennamen Présenské auszusprechen, doch sie war die Einzige, die das tat. Dass sie von den meisten dafür belächelt oder gar ausgelacht wurde, ertrug sie gelassen. Gerade fuhr ein roter Einspänner vom Hof, der von einem wunderschönen braunen Pferd gezogen wurde. Anne meinte, an den Zügeln den Herrn zu erkennen, in dessen Begleitung Hinnerk gewesen war, als er sie und Franzen am Bodden angetroffen hatte. Er trug einen hellen Anzug und tippte kurz zum Gruß an den Hut. Ob er sie ebenfalls wiedererkannt hatte? Er war ihr nicht geheuer. Wie ein Schlachter, der einen Handel mit dem Bauern abschließen wollte, sah er nicht gerade aus. Womöglich hatte er etwas mit den Geschäften zu tun, von denen Hinnerk gesprochen hatte. Was, wenn er ihren Bruder in dunkle Machenschaften verwickelte? Du siehst Gespenster, schalt Anne sich. Wahrscheinlich war er nur ein harmloser Kaufmann von der Zuckerfabrik in Stralsund, der eine gute Menge Rüben bestellen wollte.

Das Gutshaus war ein langgezogenes, schlichtes Gebäude mit Strohdach. Links davon befanden sich die Scheunen. Der Stallbursche begrüßte sie und klopfte dem Hengst freundlich auf die Flanken.

»Guten Tag, Sören, wo finde ich denn Bauer Presenske?«

»Der Herr ist draußen auf dem Feld, Herr Doktor.« Er knickste wie ein Mädchen und errötete. »Guten Tag, Fräulein Utpatel.«

»Guten Tag, Sören. Und wo ist mein Bruder?«

»Zuletzt sah ich ihn in der Scheune. Eines der Kälber ist krank, und er kümmert sich darum.«

»Also ist der Arzt nicht ganz an ihm verlorengegangen«, murmelte Carl. »Gib dem Gaul Wasser, ja? Ist heiß heute.«

»Es ist schon die ganzen Tage heiß. Schrecklich!« Sören schnaufte und zog die Nase kraus.

»Ich gehe mit dir, sonst denkt Hinnerk noch, ich will ihn nicht sehen. Der alte Presenske läuft mir wohl nicht weg.«

Sie gingen zum Stall, der sich hinter den Scheunen befand. Vier Männer nutzten das trockene Wetter aus, um das Dach neu zu decken. Sie banden frisches Rohr auf, stopften es unter die Latten und schlugen es mit ihren Klopfbrettern in die Bindung. Ihre Arme und Gesichter glänzten vor Schweiß. Hinnerk war im hinteren Teil der großzügigen Stallungen beschäftigt. Es roch so streng nach Kuhmist und Ammoniak, dass man kaum Luft holen mochte. Anne schlug nach grün schillernden Fliegen, die zu Hunderten umherschwirrten. Als Hinnerk Schritte hinter sich hörte, drehte er sich um.

»Das ist eine Überraschung!« Er kam auf sie zu und gab Carl förmlich die Hand, der ihm mit der anderen Hand auf die Schulter klopfte. Seine Schwester nahm Hinnerk in den Arm und drückte sie an sich.

»Ich höre, du hast ein krankes Kalb zu versorgen.« Carl sah sich neugierig um.

»Ja, das Tier hat Probleme mit den Gelenken. Ich vermute eine Infektion.«

»Kannst du ihm helfen?«

»Ich bin kein Arzt, aber ich tue, was ich kann.« Die Spitze war nicht zu überhören. Carl ging jedoch nicht darauf ein. »Mein Schwiegervater ist dafür, das Kalb zu töten. Das wäre billiger, meint er.«

»Das kann er doch nicht tun.« Anne trat an das Jungtier heran, das im Stroh lag. Als sie ihm ihre Hand an die Schnauze hielt, begann es augenblicklich, an den Fingern zu saugen. »He, die brauche ich noch.«

»Meinst du, wir können Anne und deine Patientin kurz allein lassen? Ich glaub, du willst was mit mir beschnacken. Hab ich recht?«

»Ach das, ja, wenn du einen Moment Zeit hast.«

»Ich bin deinetwegen gekommen, mein Sohn.« Hinnerk nickte.

»Kommst du zurecht?«

»Sofern nicht Mutter Kuh nach ihrem Jungen sieht und mich niedertrampelt, werde ich wohl zurechtkommen.«

»Keine Sorge, die anderen Tiere sind draußen auf der Weide.«

Die beiden verließen die Scheune. Wie unterschiedlich sie waren. Nicht nur von der Statur her, auch was ihr Gemüt betraf, hatten Vater und Sohn nicht viel gemeinsam. Anne blieb allein zurück. Eine Weile streichelte sie das weiche Fell des Kälbchens und ließ das Junge an ihren Fingern nuckeln. Zuerst war es vorsichtig, doch wenn sie ihre Hand zurückzog, saugte es kräftig und reckte den schwarz-weiß gefleckten Hals so weit vor, wie es nur konnte. Die rauhe Zunge kitzelte an ihrer Haut. Aufstehen mochte es nicht. Wenn es einen Versuch unternahm, ließ es sich gleich darauf wieder auf sein Lager aus Stroh fallen. Es schien Schmerzen zu haben. Sie betrachtete seine wunderschönen großen Augen.

»Du weißt nichts vom Kummer dieser Welt«, flüsterte sie. »Trotzdem hast du deine eigenen Nöte.« Sie kraulte dem Tier zum Abschied das Ohr, spülte sich ihre Hände in der Tränke notdürftig ab und ging. Das Protestblöken des Kalbes rührte sie, aber es war im Stall nicht länger auszuhalten. Hitze und Gestank waren einfach zu arg. Zwar stach draußen die Sonne, doch Anne konnte endlich wieder durchatmen. Sie suchte unter den großen Buchen Schutz. Wie konnten es die Männer auf dem Dach, das keinerlei Schatten bot, nur aushalten und überdies auch noch körperlich arbeiten? Sie sah zu ihnen hinauf. Einer der Männer schaute herunter, stieß einen anderen an und sagte etwas zu ihm. Daraufhin sahen beide mit ernsten Gesichtern zu ihr herunter. Anne zwang sich zu lächeln und grüßte. Sie wandten sich ab und kümmerten sich wieder um die Rohrbündel. Es hatte sich also schon herumgesprochen, dass einer der Bahnarbeiter unter ihren Händen gestorben war. »Ich habe ihn nicht umgebracht«, hätte sie am liebsten geschrien. Und das Kind von Kapitän Möller habe ich auch nicht verhext, dachte sie betrübt. Sie fühlte sich mit einem Mal schrecklich einsam und hielt Ausschau nach Hinnerk und ihrem Vater. Die kamen gerade den Weg herauf, der zum Hauptgebäude führte. Ihr fiel ein Stein vom Herzen, und sie ging ihnen entgegen.

»Na, mien Deern, bist 'n büschen blass«, begrüßte Carl sie.

»Dafür sind deine Wangen ordentlich gerötet«, entgegnete Anne, ohne näher auf seine Bemerkung einzugehen. »Hast etwas zu viel Sonne abbekommen, was?«

»Gehen wir ins Haus. Karoline macht uns eine Erfrischung zurecht.«

»Später, mein Junge. Erst will ich noch deinen Schwiegervater sprechen. Er ist draußen auf dem Feld?«

»Ja, er ist bei seinen geliebten Zuckerrüben. Der viele Regen war gut für sie. Ich nehme an, er sieht ihnen jetzt beim Wachsen zu.«

Hinnerk lachte. Er wirkte fröhlich und gelöst. Das Gespräch mit Vater schien also gut verlaufen zu sein.
»Dann werde ich ihm dabei mal Gesellschaft leisten.« Damit ließ er die beiden zurück und stapfte in Richtung der Rübenfelder davon.
»Ich mache mir Sorgen um Vater«, sagte Anne. »Er ist in letzter Zeit oft sehr müde und greift sich verstohlen an die Brust. Er denkt, ich sehe es nicht, aber ich glaube, er hat Schmerzen.«
»Das Herz?« Hinnerk legte die Stirn in Falten.
»Schon möglich. Das Atmen fällt ihm manchmal schwer, und meistens steht ihm dann der Schweiß auf der Stirn und der Oberlippe. Das könnte dafür sprechen, dass er Herzbeschwerden hat, denkst du nicht?«
»Hört sich beinahe so an.« Hinnerk nickte. »Hast du ihn mal danach gefragt?«
»Was glaubst du? Natürlich habe ich das.«
»Aber er sagte, es gehe ihm gut, stimmt's? Hätte ich mir denken können«, fuhr er fort, ohne eine Antwort abzuwarten. »Du musst auf ihn aufpassen, hörst du?«
»Das ist leicht gesagt. Aber was soll ich denn tun?«
»Mir scheint, er hält einiges von diesem Kollegen. Wie heißt er gleich? Dr. Vogel?«
Anne atmete tief ein. »So heißt er, ja.«
»Vielleicht sprichst du einmal mit ihm. Er hat bei dem Unfall in Sellin glänzende Arbeit geleistet. Du warst doch dabei. Es schadet sicher nicht, wenn er sich Vater einmal ansieht.«
»Ich weiß nicht, wie ich das anstellen soll. Ich sehe ihn nicht so oft.«
»Du warst mit ihm aus. Da wirst du doch wissen, wo du ihn erreichen kannst.«
Anne fühlte sich in die Enge gedrängt. Natürlich wusste sie das, und sie könnte ihm eine Nachricht zukommen lassen. Nur wür-

de er dann womöglich denken, das sei ein Trick, um ihn wiederzusehen. Das wollte sie auf keinen Fall. Es handelte sich hier schließlich nicht um einen Notfall, also konnte sie ebenso gut Franzen fragen, sagte sie sich.

»Ich kümmere mich darum. Und? Gibt Vater dir das nötige Geld für euer Hotel?« Sie spazierten langsam durch den Garten, in dem Rosen, blaue und weiße Glockenblumen und Lupinen blühten. Der Bauernjasmin verströmte seinen intensiven Duft.

»Du kennst ihn doch, er hat weder ja noch nein gesagt.«

»Tatsächlich? Ich hatte den Eindruck, ihr seid euch einig geworden.«

»Er lässt mich nicht im Stich.« Hinnerk lachte. »So viel immerhin konnte ich ihm entlocken. Du kannst dir bestimmt vorstellen, wie ich dafür betteln musste. Um ein Haar wäre ich auf die Knie gefallen.«

»Du übertreibst. Wahrscheinlich musstest du ihn nur selbst fragen, habe ich recht?«

»Stimmt.« Er grinste breit, und sie knuffte ihm in die Seite.

»Aua!«

»Das ist die Strafe, wenn du unseren alten Herrn so schlechtmachst.«

»Habe ich das? Im Ernst, Schwesterchen, mir ist schon viel wohler ums Herz. Selbst wenn Schwiegervater stur bleibt, bin ich wohl aus dem Schneider. Ich brauche also kein krummes Ding zu drehen.« Er zwinkerte ihr zu und sah wahrhaft erleichtert aus.

»Und dieses Geschäft, von dem du gesprochen hast? Das brauchst du auch nicht zu machen?«

Seine Miene verfinsterte sich. »Welches Geschäft meinst du?«

»Du hast gesagt, man hätte dir etwas angeboten, womit du ein hübsches Sümmchen verdienen könntest.« Weiter kam sie nicht.

»Da hast du etwas falsch verstanden. Komm, lass uns hineingehen. Hulda wird sich freuen, dich zu sehen.«

So war es. Hulda nahm fröhlich Annes Hand und zog ihre Schwägerin mit sich in ihre Kammer. Sie wollte ihr neue Kleider zeigen, die sie sich schon jetzt hatte nähen lassen. Genau, wie Anne es vermutet hatte.

»Es ist important, vom ersten Moment an als Direktorin aufzutreten, n'est-ce pas?«

»Wenn du meinst.«

»Mais bien sûr!«, rief Hulda aus. Anne musste sich das Lachen verkneifen, denn sie hatte auf der Stelle Carl vor Augen, wie er sich am Morgen gedreht hatte wie eine plumpe Ballerina und dabei Huldas Tonfall imitierte. »Du solltest auch ein bisschen mehr auf deine Garderobe achten. Dieser Dr. Vogel kennt sich ganz bestimmt mit der Mode aus und legt sicher auch Wert darauf. Wenn du ihn dir angeln willst, musst du mehr Augenmerk auf solche Dinge legen.« Sie hielt eine weitere Robe vor sich und sah zugegebenermaßen wunderschön aus. Anne war das Lachen vergangen.

»Ich glaube erstens nicht, dass er Wert auf Kleider legt. Zweitens will ich ihn mir gar nicht angeln«, sagte sie schnippisch.

»Warum denn nicht? Pourquoi pas?«

Was sollte sie darauf antworten? »Ich nehme es zurück«, entgegnete Anne nach kurzer Überlegung. »Gerade weil er so schrecklich viel Wert auf Äußerlichkeiten legt, habe ich kein Interesse an ihm. Er ist ein aufgeblasener Schönling. Da ist mir jemand, der auch Fehler hat und dazu steht, wie Dr. Franzen, wirklich lieber.« Das war zwar geschwindelt, trotzdem war ein Fünkchen Wahrheit daran, redete sie sich ein.

»Soso.« Hulda zog eine vielsagende Miene und führte zum guten Schluss noch zwei Paar Schuhe vor: Schnürstiefel, die vorn so spitz zuliefen, dass Anne sich fragte, wie man auch nur einen einzigen Schritt darin machen konnte, und ein Paar schwarze Seidenschuhe, die über und über mit Perlen besetzt waren. Sie mussten ein Vermögen gekostet haben.

»Die sind wirklich hübsch.«
»Hübsch? Ma Chère, sie sind merveilleuses, magnifiques.«
»Und kostspielig, nehme ich an.«
»Ich weiß nicht, darum kümmere ich mich nicht.« Sie machte sich anscheinend keine Gedanken darüber. Sprach Hinnerk nicht mit ihr darüber, dass er fest mit dem Geld ihres Vaters gerechnet, das sie immerhin in Aussicht gestellt hatte? Er musste sie doch wissen lassen, wie knapp ihre finanziellen Mittel waren.
»Hörst du, die Männer sind zurück. Lass uns zu ihnen hinuntergehen, ihr müsst meine Desserts kosten.« Wieder zog sie Anne einfach mit sich. Wie unbekümmert sie war. Man konnte sie wahrhaft beneiden.

Zwei Stunden später saßen Anne und Carl wieder auf dem Bock der Kutsche. Sie hatten sich unter Huldas strengem Blick durch Crème brûlée, eine Tarte au citron und zum Schluss durch gefüllte Crêpes gelöffelt.
Bauer Presenske hatte sich weder begeistert noch beeindruckt gezeigt. »Rode Grütt is mir lieber«, brummte er. Hinnerk dagegen lobte seine Frau in höchsten Tönen. Zu Recht, wie Anne fand. Selten hatte sie solche Köstlichkeiten aufgetischt bekommen, von der Marzipantorte im Nordpeerd einmal abgesehen. Hulda, die sich bisher stets damit begnügt hatte, sich in edle Stoffe zu hüllen und die Haare nach der neuesten Mode aufstecken zu lassen, hatte sich doch tatsächlich in den Kopf gesetzt, für ihre französischen Desserts berühmt zu werden. Kein dummer Einfall. Es war sehr wohl von Bedeutung, sich durch irgendeine Spezialität von all den anderen Hotels abzusetzen, die derzeit aus dem Boden schossen. Anne hätte ihr nie zugetraut, das zu erkennen und eine Strategie zu entwickeln. Aber vielleicht hatte sie das auch gar nicht getan. Gut möglich, dass es mehr Zufall als Strategie war. Fest stand, dass Hulda etwas ge-

funden hatte, wofür sie sich mit Leidenschaft einsetzte, ein Umstand, der ihr hoch anzurechnen war.

»Was hältst du von ihrem Talent als Zuckerbäckerin?«, wollte Anne von ihrem Vater wissen, als die Kutsche Altenkirchen hinter sich ließ.

»Nicht übel. Sie wird mit ihrem Süßkram den Gästen das Maul zupappen. Hat sie wenigstens Ruhe und muss sich keine Beschwerden anhören.«

Anne lachte auf. »Dafür, dass dir der Süßkram zu klebrig war, hast du aber ordentlich reingehauen.«

»Ich wollte höflich sein«, log Carl spaßhaft. »Nee, nee, war schon gut, was sie da zusammengerührt hat. Trotzdem wär's mir lieber, sie würde mir ein paar Enkel machen als Cremes und Kuchen.«

»Aber Papa!«

»Was denn? Die beiden sind lange genug verheiratet, meinst du nicht? Bei dir oder Gerd ist mit Nachwuchs nicht zu rechnen, da werde ich doch meine Hoffnung auf Hinnerk und Hulda setzen dürfen.«

»Hast ja recht.« Nach einer Weile fragte Anne: »Hättest gern Enkelkinder, was?«

»Klar, so kleine Schietbüdel sind doch wat Feines.« Wieder herrschte für eine Weile Schweigen. Nur das Klappern der Hufe auf dem Kopfsteinpflaster, das Rollen und Knirschen der Räder und das raschelnde Laub waren zu hören. Mit einem Mal sagte Carl in die Stille hinein: »Noch lieber als Enkelchen hätte ich jetzt 'ne schöne saure Gurke.« Sie sah ihn überrascht an, dann mussten beide laut lachen.

»Was hat eigentlich der alte Presenske gesagt?«, fragte Anne, als sie sich wieder beruhigt hatten.

»Der hält überhaupt nix von den Flausen der beiden. Er meint, die Ferien am Meer zu verbringen sei eine Mode, die ebenso schnell verschwindet, wie sie gekommen ist.«

»Dabei dauert die schon einige Jahre an und wird immer beliebter. Ist ihm das nicht aufgefallen?« Anne war nicht überrascht über die Ansichten von Hinnerks Schwiegervater. Nicht, dass sie etwas gegen ihn gehabt hätte, aber sie schätzte ihn nicht gerade als weltoffenen Mann ein. Im Grunde konnte sie gar nicht viel über ihn sagen, denn er sprach ja kaum.

»Wenn du mich fragst: Er will nix davon wissen. Seine Rüben, sein Kohl und sein Vieh, das ist etwas Handfestes, damit kann er was anfangen. Ich versteh das.«

»Schon, aber man muss trotzdem die Zeichen der Zeit erkennen. Ist es nicht so?«

»Ach, weißt du, mit denen ist es kompliziert. Sie tauchen auf, leuchten verführerisch, und plötzlich verlöschen sie, und keiner weiß, warum. Ist nicht dumm, sich an Altbewährtes zu halten. Die Landwirtschaft ist immer in Mode, genau wie die Medizin.«

»Heißt das, er unterstützt Hinnerk und Hulda nicht?«

»Er würde wohl wollen, aber so locker sitzt das Geld bei ihm momentan nicht. Weißt du, Anne, er kann Hinnerk gut leiden. Das habe ich gemerkt. Er schätzt den Fleiß von meinem Jungen und dass er sich um die Tiere kümmern kann, wenn denen was fehlt. Ich brauchte ihn nicht auf diese Geschichte mit den Agenten anzusprechen. Er hat ganz von allein erzählt, dass Hinnerk ihm die Arbeiter für seine Feldbahn besorgt. Is 'n vielseitiger Jung, hat er gesagt.« Er unterstrich seine Worte mit einem Nicken. Der Vaterstolz war nicht zu überhören. »Außerdem hat er mir erklärt, warum er nu Aktionär geworden is, obwohl er gar nich so viel von der Eisenbahn hält. Die hat zwischen Altefähr und Bergen schon einige Rindviecher totgefahren, sagt er. Aber seit die Zuckerfabrik in Stralsund aufgemacht hat, ist die Nachfrage nach Zuckerrüben so gestiegen, dass man die gar nicht alle über die Straßen abtransportieren kann. Da gibt es nur zwei Möglichkeiten, die Chausseen gründlich verbreitern und erneuern oder eben die Bahn.«

»Oder die Bauern auf dem Festland machen allein den Reibach.«

»So ist es. So 'n Bahndamm, die Gleise und das ganze Zeug kosten 'ne ordentliche Menge Geld. Das haben die Aktionäre auf den Tisch geblättert. Dafür haben sie durchgesetzt, dass die Strecke nicht schnurgerade über Wittow verläuft, sondern so, dass möglichst viele Güter eine eigene Ladestation bekommen oder es zumindest nicht weit zu der nächsten haben. Das hat schon alles Hand und Fuß.«

»Nur bleibt für das Hotel nichts übrig.«

»Wenn die Ernte so gut ausfällt, wie das den Anschein hat, dann wird er den beiden wohl was geben. So lange helfe ich eben aus.«

»Das hast du Hinnerk gesagt?« Anne sah ihren Vater prüfend an.

»Nee, der darf ruhig alles essen, aber nicht alles wissen. Hab ihn 'n büschen zappeln lassen.«

»Vater, du bist ein Schlitzohr.« Sie lächelte ihn liebevoll an.

»Nur 'n büschen. Er weiß, dass ich ihn nicht in der Patsche hocken lasse. Das reicht doch, oder? Ein bisschen Strafe musste sein«, verteidigte er sich. »Wie kann man bloß so rammdösig sein, für eine Summe zu unterschreiben, die man nicht hat?« Darauf hatte sie keine Antwort.

Als sie zu Hause eintrafen, war Wind aufgekommen. Der Himmel hatte sich rot gefärbt. Bald würde der Abend hereinbrechen. Ein Mann stand vor der Utpatelschen Kate. Anne fuhr der Schreck in die Glieder. War Bernd gekommen? Nein, es war Franzen, der sich herumdrehte, kaum dass Anne von der Kutsche gestiegen war, und auf sie zustürmte.

»Ich habe gehört, was geschehen ist. Wie geht es Ihnen, Anne? Ich bin gekommen, um Ihnen meinen Beistand anzubieten.«

»Was soll denn geschehen sein, dass sie Beistand bräuchte?«, brummte Carl. Er konnte nicht verbergen, wie wenig begeistert er von dem späten, unangekündigten Besuch war.
»Ich hörte, einer der Bahnarbeiter ist gestorben, obgleich Sie alles für ihn getan haben, Anne. Das ist es, was die Leute sagen.«
»Und genauso ist es auch. Sie hat alles richtig gemacht, nur war dem armen Teufel längst nicht mehr zu helfen.«
»Das muss schwer für Sie sein.« Seine grauen Augen blickten sie voller Mitleid an. Ich weiß, wie Sie sich fühlen, schienen sie zu sagen. »Kann ich etwas für Sie tun?«
»Danke, das ist sehr freundlich von Ihnen, aber es geht mir gut.« Es ginge mir noch besser, wenn Sie mich nicht wieder an die Sache erinnert hätten, dachte Anne. Dennoch fand sie es sehr anständig von ihm, sich nach ihr zu erkundigen, wenn sie auch keine Vorstellung davon hatte, was er wohl für sie tun könnte, um ihr den Druck zu nehmen, der seither auf ihr lastete.
»Wie ich hörte, wird der Mann hier auf Rügen bestattet. Was aus seinem Sohn wird, weiß noch niemand. Es ist eine Tragödie.«
Carl bat ihn nicht herein, wie es sich gehört hätte. »Anne braucht jetzt ihren Schlaf, denke ich«, sagte er. »Wenn Sie uns entschuldigen wollen.«
»Selbstverständlich. Anne, wenn Sie etwas benötigen, scheuen Sie sich nicht, mich zu bitten. Ich möchte, dass Sie das wissen.« Franzen sprach leise und ernst. Er meint es ehrlich, dachte Anne.
»Er wird hier beerdigt?« Das war ungewöhnlich. Außerdem hatte sie das Gefühl, sie müsse Franzen noch ein wenig Zeit widmen. Womöglich hatte er schon lange vor der Tür gestanden und auf sie gewartet, da wollte sie ihn nicht gleich wieder fortschicken.
»Ja, man gibt ihm einen Platz auf dem Friedhof der Namenlosen. Das ist es, was ich gehört habe.« Sie wechselten ein paar

Worte, dann verabschiedete er sich. Anne trank mit Carl noch eine Tasse Tee und zog sich bald darauf zurück. Auf dem Friedhof der Namenlosen wurden üblicherweise die Leichen Ertrunkener begraben. Es handelte sich um solche, die angespült und von der Ostsee und dem, was darin lebte, bereits so zugerichtet worden waren, dass niemand sie wiedererkennen konnte. Jerzy dagegen hatte einen Namen und eine Herkunft, ja, er hatte sogar einen Sohn, der auf der Insel war. Noch mehr als diese ungewöhnliche Tatsache beschäftigte Anne der Umstand, dass sie nun wusste, wo und wann er beerdigt wurde. Sie wollte zu der Beerdigung gehen, dieser Entschluss stand augenblicklich fest.

Die nächsten beiden Tage verstrichen zäh. Nach dem Frühstück fuhr sie einmal mit ihrem Vater zu Ernst. Dem ging es körperlich gut, doch er war noch immer zutiefst davon überzeugt, zwielichtige Halunken hätten die Erdhütten zum Einsturz gebracht. Allein, es fehlte ihm an Beweisen oder auch nur an einem Fingerzeig, der ihn auf die richtige Spur gebracht hätte. Die Baumstämme hatte man fortgeschafft, so dass sich nicht mehr sagen ließ, ob jemand sie mit der Säge oder einer Axt bearbeitet hatte. Als sie bei ihm eintrafen, wollte er sich gerade auf den Weg machen, um mit jemandem zu sprechen, der ganz sicher etwas wusste, wie er behauptete. Ernst ließ Carls Untersuchung ungeduldig über sich ergehen und verließ die beiden kurz darauf ohne ein weiteres Wort. Als sie wieder zu Hause waren, blieb noch eine gute Stunde, bis es Zeit für das Mittagessen war. Auch danach wollten die Minuten einfach nicht verstreichen. Und so war es auch am Tag darauf, an dem Anne ihren Vater allein fahren ließ und auf den Markt ging, um ein paar Eier, frisches Gemüse, Fleisch und Brot zu kaufen. Wolken zogen rasch über den Himmel und boten Schutz vor der Sonne. Der Wind tat ein Übriges, so dass es herrlich kühl war. Genießen konnte Anne es allerdings nicht, denn ihre Gedanken kreisten wieder und wieder um die bevorstehende Beerdigung. Wie würden die Männer auf ihre Anwesenheit reagieren? Ihrem Vater hatte sie nichts gesagt, sie befürchtete, er würde sie von ihrem Vorhaben abbringen oder sie begleiten wollen. Beides wäre ihr nicht recht. So hatte sie also angekündigt, zu Gerd zu gehen. Diese kleine Lüge sorgte nicht gerade dafür, dass sie sich besser fühlte. Doch es war ja möglich, redete Anne sich ein, auf dem Heimweg nicht direkt nach Hause zu gehen, sondern weiter nach Schaprode zu laufen. Das jedenfalls nahm sie sich vor.

In der Nacht vor der Bestattung träumte sie, dass sie an einem offenen Grab stand. Jerzys Leichnam lag nackt darin. Es gab keinen Sarg, nicht einmal ein Leichentuch. Stattdessen war sein Körper über und über mit Schlamm bedeckt. Und da waren auch Steine, kleine Steine, die immer mehr zu werden schienen. Sie fragte sich, wie das sein konnte. Dann sah sie auf und bemerkte die Kollegen des Toten, die die Fäuste ballten und sie beschimpften. Sie habe ihn umgebracht, schrien sie. Der Teufel solle sie holen. Einer nach dem anderen bückte sich, hob Kieselsteine auf, in denen sie knietief standen, und schleuderte sie ihr entgegen. Die Männer wollten Anne fortjagen, wollten sie treffen, doch die Steine erreichten sie nicht, sondern fielen in das Grab. Janusz war der Einzige, der sich nicht bückte, der sie nicht anbrüllte oder die Faust reckte. Er stand einfach da, stumm und lächelnd. In seinem Blick lag diese Melancholie, die sie schon an ihm bemerkte, als Carl den Tod seines Vaters festgestellt hatte. In das Prasseln der Kiesel, die auf dem Leichnam landeten, mischte sich mit einem Mal der Klang eines Klaviers. Es war eine einfache Melodie, die sich leicht abgewandelt immer wiederholte. So einfach sie auch war, so schön war sie doch. Es war, als würde die Musik Janusz' melancholischen Ausdruck in Töne gießen. Anne spürte eine Rührung, wie sie sie noch nicht erlebt hatte. Tränen liefen ihr über die Wangen. Sie schluchzte noch immer, als sie erwachte. Das Prasseln war noch da. Es rührte nicht von Steinen her, die geworfen wurden, sondern von dem Regen, der auf das Reetdach trommelte und glucksend in die Pfützen floss, die sich um das Haus gebildet hatten. Das hatte ihr gerade noch gefehlt. Sie würde nass bis auf die Knochen sein, ehe sie am Friedhof ankam. Mit einem tiefen Seufzer wischte sie ihre Wangen trocken und schlüpfte aus dem Bett. Sie zog das schwarze Kleid an und band ihre Haare mit einem schwarzen Samtband zusammen. Als Carl die Küche betrat, war das Frühstück wic üblich bereits angerichtet. Bei ihrem Anblick runzelte er die Stirn.

»Ist das Kleid nicht ein bisschen zu warm?«

»Ich denke nicht. Es scheint kühl geworden zu sein, und der Wind bläst recht kräftig.«

»Wenn du dreiundzwanzig Grad kühl nennen willst …« Carl löffelte schweigsam seinen Brei und trank seinen Tee. Als er fertig war, erhob er sich. »Ich kann dich hinfahren, wenn du willst«, bot er ihr an.

»Danke, aber das ist nicht nötig. Es ist ja nicht weit zu Gerd.«

»Nein, zu ihm wäre es nicht weit«, gab er zurück und sah sie eindringlich an.

»Danke, Vater«, flüsterte Anne leise. Sie schämte sich schrecklich, ihn angelogen zu haben. »Ich würde lieber laufen. Allein.« Er nickte und strich ihr über das Haar.

Das Kleid hatte lange Ärmel und einen Stehkragen, das Oberteil lag eng an, doch der Rock war weit und luftig. Dennoch schwitzte sie bereits nach wenigen Schritten. Der schwarze Schirm bewahrte sie zwar davor, von den Regentropfen durchweicht zu werden, aber die würden ihr vielleicht ein bisschen Kühlung verschaffen. Sie dachte schon darüber nach, den Schirm nur noch als Spazierstock zu verwenden, trug ihn dann aber doch weiterhin aufgespannt über dem Kopf. Sie wollte nicht aussehen, als habe man sie eben aus dem Bodden gefischt. Über zwei Stunden musste sie laufen und malte sich die ganze Zeit aus, ob es so werden würde wie in ihrem Traum. Gab es jemanden, der sie beschimpfen oder, schlimmer noch, mit Steinen bewerfen und davonjagen würde? Sie konnte es sich nicht vorstellen. Und doch ... ihre Angst wuchs mit jedem Meter, den sie zurücklegte. Kurz bevor sie ihr Ziel erreichte, war sie so weit, umkehren zu wollen. Nein, sie musste sehen, wie es Janusz erging. Sie beschloss, abseits stehen zu bleiben und den Schirm als Schutz vor den Blicken zu benutzen. Es war noch weit vor der Zeit, niemand außer ihr war zugegen. Der Regen fiel nicht mehr prasselnd wie am Morgen, sondern ruhig und gleichmäßig, beinahe wie Schnüre, die sich zwischen Himmel und Erde spannten. Die Waschküchenluft, die diesen Sommer bestimmte, legte einen öligen Film auf ihre Stirn, die Nase, die Oberlippe. Ihr Kleid klebte ihr am Rücken. Hin und wieder kullerte ein Schweißtropfen zwischen ihren Schulterblättern hinab und verlor sich über ihrem Steißbein. Sie stand unter einer hohen Birke und wartete mit gesenktem Kopf nahezu eine Stunde. Hätte jemand sie gefragt, sie hätte nicht sagen können, wie viele Minuten oder Stunden verstrichen waren. Ihr war jedes Zeitgefühl abhandengekommen. Als die Bahnarbeiter in dunklen Hosen und Jacken, den grobgezimmerten Sarg auf ihren Schultern, erschienen, hatte sie das Gefühl, als käme sie erst jetzt hier an. Janusz ging hinter dem Sarg, an seiner Seite Vorarbeiter Petersen und der Bauleiter. Und dahinter ging Bernd. Mit ihm hatte sie nicht gerechnet. Sie schnappte nach Luft, neigte den Schirm ein wenig, damit man sie nicht erkannte. Ihr wurde schwindelig. Es rauschte in ihren Ohren, und das war nicht der Regen. Sollte sie gehen, sich davonschleichen, bevor jemand auf sie aufmerksam wurde? Wahrscheinlich wäre das das Beste, nur gehorchten ihre Beine ihr leider nicht. Sie war wie gelähmt. Die Trauernden hatten sich an dem Grab versammelt. Der Pastor sprach ein paar Worte, nachdem man den Sarg in die Tiefe gelassen hatte. Janusz hatte den Kopf gesenkt. Soweit sie das aus der Ferne erkennen konnte, weinte er nicht. Die Zeremonie dauerte nicht lange. Schon glaubte sie, die Männer würden wieder gehen, da trat Janusz einen Schritt vor und begann zu singen. Seine Stimme war klar wie Glas und berührte etwas in Anne, was sie zuvor noch nie gefühlt hatte. Es war, als läge ihr Vater dort in dem Grab, in das der Regen fiel wie die Steine aus ihrem Traum. Dieser junge Kerl klang beinahe wie ein Mädchen und strahlte eine ernste Ruhe aus, als wolle er alle um sich herum trösten. Es war ein bittersüßes Lied, so traurig, dass es nicht nötig war, die Worte zu verstehen. Als Janusz zu singen aufhörte, wandte er sich ab, doch seine Stimme klang noch nach.

»Es tut mir leid«, flüsterte Anne. »Es tut mir so leid.« Mehr brachte sie nicht heraus. Petersen wischte sich verstohlen über die Wange. Es war nicht der Verlust des Kollegen Jerzy, es war das Lied, das ihn zum Weinen brachte, dessen war sie sicher. Er legte Janusz einen Arm um die Schultern. Sie machten sich auf den Heimweg, oder vielleicht gingen sie zu Petersen nach Hause, wo seine Frau Tee und – mit Rücksicht auf die polnische Tradition – Borschtsch gemacht hatte, beides zu heiß für dieses Wetter. Von Anne nahm niemand Notiz. Gut so. Vorsichtig machte sie zwei Schritte, spürte bedrohliche Schwärze in sich aufsteigen. Sie hätte längst etwas trinken müssen, ging ihr noch durch den Kopf, dann umarmte die Dunkelheit sie.

Zwei Augenpaare blickten sie erwartungsvoll an, als sie wieder zu sich kam. Janusz lächelte, als sie ihn ansah, Bernd dagegen blieb ernst. Er wirkte besorgt.

»Sie haben eine schöne Stimme«, sagte Anne leise. »Ich habe nie etwas gehört, das mich mehr berührt hätte.« Sie schluckte. »Ich hätte Ihrem Vater so gerne geholfen, aber ich konnte nicht. Niemand hätte etwas für ihn tun können, sagen alle. Ich wünschte, ich könnte es glauben.« Wieder schluckte sie.

»Er versteht sie nicht.« Bernd sagte ein paar Worte auf Polnisch. Es klang ziemlich holperig, trotzdem nickte Janusz und legte ihr eine Hand auf den Arm. »Besser, Sie stehen auf, wenn Sie können. Wollen wir es versuchen?«

Erst jetzt wurde Anne bewusst, dass sie auf dem nassen, sandigen Boden eines Friedhofs lag. Sie blickte nach oben zu ihrem Schirm, den Petersen über ihren Kopf hielt, und erkannte eine Birke und grauen Himmel. Natürlich, sie musste aufstehen. Sie richtete sich auf und griff nach Bernds Hand. Er half ihr auf die Beine.

»Danke.« Schon wurde ihr wieder schwindelig, und auch die Schwärze kehrte zurück. Sie spürte Bernds Hände, die kräftig zupackten, an ihren Oberarmen.

»Anne! Bleiben Sie bei uns, nicht wieder ohnmächtig werden.« Bernds Gesicht tauchte wieder vor ihr auf.

»Es geht schon«, murmelte sie. »Ich werde jetzt nach Hause gehen.«

»Nein, das werden Sie ganz bestimmt nicht.« Regen tropfte aus seinen blonden Locken. Seine braunen Augen blickten sie sehr ernst an. Anne hatte keine Ahnung, was in ihm vorging. Es war ihr auch egal. Sie wollte einfach nur so stehen bleiben und seinen Körper ganz nah bei sich spüren. Dieses Gefühl gab ihr Halt und Sicherheit.

»Ich bringe sie zu meinem Wagen«, sagte er zu Petersen. »Gehen Sie mit Janusz.« Dann sagte er noch ein paar Worte zu dem jungen Polen. Der nickte, wandte sich Anne zu und ergriff ihre rechte Hand, drückte sie fest, ließ los, drehte sich um und folgte Petersen den Pfad an den Gräbern vorbei.

Anne ließ sich von Bernd zu dem Platz vor dem Friedhof führen. Dort wartete eine Kutsche, in die sie kletterte.

»Es war nett von Ihnen, zu kommen«, bemerkte Bernd, während er sich die nassen Haare aus dem Gesicht strich und mit einem Taschentuch seine Wangen und die Stirn trockentupfte. »Janusz hat sich sehr darüber gefreut.« Sie hätte ihn gern gefragt, ob er sich auch freute, sie wiederzusehen, doch das war natürlich Unsinn.

»Woher sprechen Sie so gut Polnisch?«, fragte sie ihn stattdessen.

»Ich spreche nicht gut, beileibe nicht. Die Grammatik habe ich nie verstanden. Es gibt sieben Fälle, wissen Sic?«, erwiderte er eifrig. »Jedenfalls hatte ich in Stettin Kollegen aus Polen, die mir ein paar Brocken beigebracht haben«, erklärte er dann knapp. Es entstand ein langes und unangenehmes Schweigen zwischen ihnen, das bald die gesamte Kutsche ausfüllte. Sie überlegte fieberhaft, was sie sagen könnte, um es zu verscheuchen, doch ihr wollte nichts Kluges oder Unverfängliches einfallen. Immer wieder musste sie daran denken, dass er Kapitän Möller und Gott weiß wen noch gegen sie aufgebracht hatte und dass er nur ein Frauenheld war, dem sie nichts bedeutete. Das durfte sie nie vergessen.

»Was wird nun aus Janusz?« Bernd kannte den Jungen, da war es möglich, von ihm etwas über dessen Schicksal zu erfahren.

»Er hat einen Vertrag, den wird er erfüllen müssen.«

»Das bedeutet, er bleibt hier und arbeitet weiter für die Eisenbahn?«

»Ja.«

»Aber er ist unglücklich, er möchte Musiker werden.«

»Man bekommt nicht immer das, was man möchte.« Bernd bedachte Anne mit einem Blick, den sie nicht zu deuten vermochte. »Glauben Sie, dass er als Musiker seinen Lebensunterhalt bestreiten könnte?«

»Ich weiß es nicht, ich kenne mich damit nicht aus«, gab Anne zu. »Auf jeden Fall halte ich ihn für begabt.«

Wieder schwiegen sie. Bernd sah zum Fenster hinaus, es hatte den Anschein, als wolle er nicht länger mit ihr reden. Ihr sollte es recht sein, trotzdem arbeitete es in ihrem Kopf. Sie musste an ihren Streit und an seine Formulierung denken, dass wohl etwas vorgefallen sei, weil sie plötzlich so große Stücke auf Dr. Franzen halte. Ganz gleich, ob Bernd in ihrem Leben keine Rolle spielen würde, Anne wollte dieses Missverständnis richtigstellen. So etwas sprach sich viel zu schnell herum, und sie wollte keinesfalls falschen Gerüchten den Boden bereiten.

»Es gibt da etwas, das ich Ihnen sagen möchte«, begann Anne unsicher. Er sah sie an. Keine Regung verriet, ob er neugierig war oder gleichgültig. »Es geht um mich und Dr. Franzen.« Herrje, das war nicht eben glücklich ausgedrückt. Gerade wollte sie sich korrigieren, da sagte Bernd bereits:

»Bitte, Anne, verschonen Sie mich. Ich will gewiss keine Einzelheiten über Sie und diesen Quacksalber hören.«

»Sie verstehen das falsch, ich …«

»Nein, ich verstehe das gar nicht. Aber das ist auch nicht nötig. Er wird schon seine Qualitäten haben, die sich Ihnen anscheinend erschließen – mir nicht.« Bernd lachte freudlos. »Das liegt wohl in der Natur der Sache.«

Sie begriff, dass sie es noch schlimmer gemacht hatte. Jetzt dachte er erst recht, sie habe eine Romanze mit Franzen. Dabei war das doch völlig absurd! Andererseits schien es ihn zu ärgern. Vermutlich war er es nicht gewohnt, dass ein anderer Erfolg bei einer Frau hatte. Sollte er sich ruhig ein wenig grämen und an seiner männlichen Ausstrahlung zweifeln.

»Sie sagen es, er hat Qualitäten, die er eben nicht eitel zu Markte trägt. Darum erschließen sie sich einem nur, wenn man sich die Mühe macht, ihn besser kennenzulernen. Sie sollten nicht vorschnell über ihn urteilen.« Seine Antwort war beharrliches Schweigen.

5

Nach ihrem Zusammenbruch auf dem Friedhof blieb Anne vier Tage im Bett. Carl bestand darauf. Bernd hatte es sich nicht nehmen lassen, ihm jedes Detail zu schildern. Doch auch wenn er nicht verraten hätte, wie lange sie auf der nassen Erde gelegen hatte und wie schwach ihr Kreislauf gewesen war, konnte man unmöglich übersehen, welche Nachwirkungen das Erlebnis für sie hatte. Sie hustete erbärmlich, und das Thermometer zeigte erhöhte Temperatur. Franzen kam beinahe jeden Tag, um sich nach ihrem Befinden zu erkundigen oder sie kurz zu besuchen, sofern Carl das zuließ. Er wies sein Hausmädchen an, eine Hühnersuppe zu kochen, die er mitbrachte. Ein andermal schickte er einen gewaltigen Strauß Blumen. Auf der Karte, die darin steckte, stand, er wolle nicht aufdringlich wirken. Nur deshalb komme er an diesem Tag nicht selbst. Als Anne das Bett verließ, hatte sie den Beschluss gefasst, sich weniger Gedanken zu machen. Sie wollte ihren Aufgaben nachgehen, so viel lernen, wie sie irgend konnte, und sich nicht mehr um das scheren, was die Leute redeten.
Die Wochen gingen dahin und mit ihnen der Sommer. Inzwischen waren für den Eisenbahnbau so viele Schwellen aus dem Holz der Insel in den Sägemühlen zugeschnitten worden, dass

die Vorräte zur Neige gingen. Um den Abschnitt auf Wittow verlegen zu können, wurden fertige Schwellen aus Königsberg herangeschafft. Zehn stolze Segelschiffe fuhren nach und nach in den Wieker Bodden ein. Sechzig Arbeiter waren allein dafür nötig, die Holzplanken, die einmal die Schienen tragen würden, zu entladen. Hier und da kam es zu Verletzungen. So rutschte einem russischen Arbeiter eine Schwelle aus den Händen und landete auf seinem Fuß. Ein anderer stolperte so ungeschickt, dass sich die Zinken einer Schottergabel in sein Hinterteil bohrten. Der Mann konnte von Glück sagen, eine enggewebte Baumwollhose und darunter wegen der nassen Kälte, die der frühe Herbst brachte, eine lange Unterhose getragen zu haben. Mal schlug einer im Schotterbett hin und schürfte sich die Hände auf, dann splitterte der Span eines Schienennagels unter den kräftigen Schlägen eines Hammers ab und landete in der Nase eines Mannes, der, als ihm bewusst wurde, dass es um ein Haar sein Auge erwischt hätte, in Ohnmacht fiel. Wenn auch keine wirklich schweren Unfälle geschahen, so hatten Carl, Franzen und Anne doch reichlich zu tun. Bernd Vogel kam eines Abends, um sich mit Carl über die Erfolge der von ihm gemischten Salbe und seine weiteren Untersuchungen auszutauschen. Anne richtete ihnen ein paar Brote her und zog sich dann zurück. Sie musste sich eingestehen, dass seine Anwesenheit sie noch immer in Spannung versetzte. Am liebsten hätte sie an der Tür gelauscht, nur damit ihr nicht entginge, falls er irgendetwas über sie sagte, oder auch nur, um seine Stimme zu hören. Wäre sie ihm nur nie begegnet. In ihm hatte sie zum ersten Mal einen Mann gesehen, mit dem sie etwas anfangen konnte. Er zog sie an, sie wollte mit ihm Zeit verbringen, und er fehlte ihr, wann immer irgendetwas sie an ihn erinnerte. Es nagte an ihr, sich das eingestehen zu müssen. Um sich abzulenken, las sie in den Fachzeitschriften ihres Vaters. Sie hatte einen Artikel über eine Ärztin aus Galizien entdeckt, von der Ernst ihr erzählt hatte. Diese beschäftigte sich vornehmlich mit der körperlichen und seelischen Gesundheit von Frauen, was so manchem männlichen Mediziner überhaupt nicht gefiel. Und sie befasste sich mit der Naturheilkunde, jenem alten Wissen, das schon von jeher von Frauen angewendet und weitergegeben wurde. Anne stieß auf den Namen Hildegard von Bingen und erinnerte sich daran, im Regal ihres Vaters ein Werk dieser Dame gesehen zu haben. Nach der Staubschicht auf der Schnittkante zu urteilen, hatte lange niemand mehr einen Blick in das Buch geworfen. Es war eine in zeitgemäßer Sprache wiedergegebene Ausgabe ihres Naturkunde-Werkes. Anne blätterte darin herum, las einige Zeilen, doch es gelang ihr kaum, sich zu konzentrieren. Sie musste einsehen, dass sie ihre Gedanken nicht beisammenhatte. Also widmete sie sich dem Regal, das von dem einmal wöchentlich zum Putzen erscheinenden Mädchen augenscheinlich sträflich vernachlässigt worden war. Sie nahm sich vor, sie darauf hinzuweisen, dass die Bücher hin und wieder herausgenommen und abgestaubt werden mussten.

Franzen war ein häufiger Gast in der Utpatelschen Kate. Zunächst hatte Carl so seine Schwierigkeiten, sich auf ihn einzulassen. Immerhin war der Beginn der Zusammenarbeit nicht eben glücklich verlaufen. Doch nachdem Bernd ihm mitgeteilt hatte, dass er die Insel verlassen würde, sobald auch die meisten Feriengäste abgereist waren, musste er wohl oder übel mit Franzen vorliebnehmen. Er fand sich anscheinend damit ab, dass seine Tochter überraschend gut mit ihm zurechtkam. Dennoch konnte er sich nicht verkneifen, sie von Bernds Plänen wissen zu lassen.
»Der Vogel hat in Greifswald zu tun, sagte er mir. Er hilft dort wohl aus, weil einer der Ärzte einfach tot umgefallen und ein

anderer gestolpert und auf die eigene Hand gestürzt ist. Scheinen rechte Dummbüdel zu sein.« Obwohl sie tat, als interessiere sie das alles nicht, fügte er rasch hinzu: »Aber er kommt zurückgeflattert, der Vogel. Er will in Sassnitz einige Zeit im Kreidebruch anpacken. Will wohl einen Weg finden, wie die Kreide besonders gründlich von den Feuersteinen und all dem anderen Zeug gereinigt werden kann.«

Franzen – Anne konnte sich nur schwer daran gewöhnen, ihn Julius zu nennen – gab sich alle Mühe, bei der Versorgung der Patienten eine Hilfe zu sein. Noch immer geriet er in eine Art panischer Erstarrung, wenn jemand nach einem Arzt schrie oder wenn einer stark blutete. Doch mit Annes Zuspruch und Unterstützung gelang es ihm immer besser, sich zusammenzureißen. Er konnte zeigen, über welche eindrucksvollen fachlichen Kenntnisse er tatsächlich verfügte. Einmal behandelte er einem Mann das Auge, ein anderes Mal schiente er mit geübten Handgriffen eine Wade. Mit jedem Fall, bei dem er nicht im Weg stand, sondern besonnen handelte, soweit man sein meist etwas hektisches Eingreifen so nennen konnte, wuchs sein Selbstvertrauen und damit auch sein Charme. Es war, als befreie er sich ganz allmählich aus einem Panzer, der ihn lange Jahre eingeengt hatte. Zum Vorschein kam ein zurückhaltender, umgänglicher Mann, der sogar manches Mal Humor an den Tag legte. Ob er tatsächlich die Finger von Wein und Korn- oder Obstbränden lassen konnte, bezweifelte Anne. Aber sie mochte ihn darauf nicht ansprechen und hielt das auch nicht für nötig, solange sein Verhalten keinen Anlass dafür bot.

Auch Ernst war an manchem Abend in der Wohnküche anzutreffen. Es war ihm nicht gelungen, jemandem den »sogenannten Unfall«, wie er sich ausdrückte, nachzuweisen. Außer ihm schien niemand zu glauben, dass die Erdhütten der Arbeiter absichtlich zum Einsturz gebracht worden waren. Wie sollte das auch jemand angestellt haben? Die Frage, warum mehrere Dächer gleichzeitig in sich zusammengefallen waren, blieb allerdings ebenso ungeklärt. Dass der Regen derartig viel Schlamm von einem sanften Hügel in der Nähe hinabgespült habe, wie einige sagten, dass dies die Dächer zerstört und die Gruben nahezu verschüttet habe, ergab bei näherer Betrachtung keinen Sinn. Wollte man Ernst glauben, steckten die Agenten dahinter, von denen man wahrhaftig immer öfter hörte, selten jedoch Gutes. Zwar stand im Anzeiger für die Stadt Bergen und die Insel Rügen, dass die für den Ausbau des Eisenbahnnetzes verantwortliche Firma sehr eng und sehr gut mit seriösen Vermittlern zusammenarbeite. Ohne die seien die benötigten Arbeitskräfte nicht in der gebotenen Zeit zu beschaffen, hieß es. Doch häufiger war von Handel mit Menschenfleisch die Rede. Die Agenten wurden auch schon mal als unerträglicher Krebsschaden bezeichnet, da sie die Männer um einen Teil ihres Lohnes betrogen und gleichermaßen die Baukosten in die Höhe trieben. Die Summen, die sie von der Baufirma verlangten, addierte sich diese natürlich zu ihren Berechnungen hinzu. Erheblich schwerer wog, dass es unter den Vermittlern einige geben sollte, die junge Burschen und sogar Mädchen anwarben und auf Märkten feilboten. Taugten sie nicht für den Gleisbau, für das Aufschütten von Dämmen und Schotterbetten, so hatte vielleicht ein Landwirt Interesse an ihnen. Wollte sie niemand haben, soll es vorgekommen sein, dass man sie einfach stehenließ, wo sie waren. Fern von der Heimat, nicht selten ohne jegliche Sprachkenntnisse, die ihnen weitergeholfen hätten. Man erzählte sich, den Fremden würden die Pässe abgenommen. Anne bekam einige dieser Leute zu sehen, die unter den unmenschlichsten Bedingungen hausten und anscheinend keinen Pfennig zur Verfügung hatten. Der Lohn wurde einbehalten, hieß es, damit sie nicht kontraktbrüchig wurden und einfach davonliefen. Carl hatte einmal nachgefragt, doch in diesem Fall behaupteten die Kollegen, es sei alles in bester Ordnung. Nein, natürlich bekomme jeder seinen Lohn ausbezahlt, nur könne eben längst nicht jeder mit Geld umgehen. Recht glaubhaft klang das nicht. Anne hatte eher das Gefühl, die Männer hatten Angst vor Nachteilen oder gar Strafen. Wann immer sie versuchte, etwas aus ihnen herauszukriegen, traf sie auf eine Mauer des Schweigens und Leugnens. Nur Ernst berichtete, was er hörte. Die Wut der Männer auf die Agenten, die sich an ihnen eine goldene Nase verdienten und sie zum Dank schlechter behandelten als Vieh, wachse von einem Tag auf den anderen. Er würde sich nicht wundern, wenn das Pulverfass in nicht mehr ferner Zukunft explodierte. Anne mochte sich nicht vorstellen, was das bedeutete. Und die sorgenvoll in Falten gelegte Stirn ihres Vaters führte auch nicht gerade dazu, dass sie sich behaglicher fühlte. Glücklicherweise war Ernst darum bemüht, in ihrer Gegenwart nicht über das zu sprechen, was ihn beschäftigte. Stattdessen erzählte er liebend gern in aller Ausführlichkeit die Sagen und Märchen seiner Heimat. Er war ein wundervoller Erzähler, dachte Anne. Schon wie er dasaß mit seinem zauseligen schwarzen Bart, der seit ihrer ersten Begegnung noch gewachsen war, mit den dunklen Haaren, die ihm bis auf die Schultern fielen, und den blitzenden Augen. An diesem Abend saßen sie zu viert in der Wohnküche, Carl und Anne, Ernst und Franzen. Anne hatte einen großen Topf Grünkohl mit Rosinen und dazu Tüften gekocht. Draußen tobte der erste Herbststurm des Jahres und rüttelte am Dach und an den Fensterläden. Im Ofen flackerte ein Feuerchen. Nach der deftigen Mahlzeit schenkte Carl jedem einen Korn ein, dann zündete er sich eine Pfeife an.

»Ernst, willst du uns nicht mit einer deiner Geschichten unterhalten? Dat käm mir jetzt gut zupass.«

»Aber gern.« Ernst verschränkte die Arme vor der Brust. »Welche wollt ihr hören? Oh, ich glaube, ich habe euch noch nicht erzählt, wie das Volk der Masuren entstanden ist.« Er lachte voller Vorfreude. »Es ist eine böse Geschichte, die aufs beste zu einem Herbstabend wie diesem passt.« Nach dieser vielversprechenden Ankündigung machte es sich jeder auf seinem Stuhl bequem und schenkte Ernst seine volle Aufmerksamkeit. »Es war nämlich eine wilde, sturmdurchbrauste Nacht wie die heutige«, begann der. Dabei riss er die schwarzen Augen auf. »Donnergrollen zog in der Ferne auf und rollte über die Heidelandschaft Galiziens hinweg.« Er blickte jeden nacheinander eindringlich an und vollführte Gesten, als sei er der Gewittergott persönlich. »Blitze zuckten grell über den nachtschwarzen Himmel.« Eine kurze Pause, dann sprach er so laut weiter, dass die drei Zuhörer zusammenzuckten. »Plötzlich stieß eine Eule aus einer der finsteren Wolken hinab auf die Erde. Diese Eule war so hässlich, wie man es sich kaum vorstellen kann. Sie ließ sich in einer unwirtlichen Gegend auf dem kargen Boden nieder. Und nachdem sie dort eine Weile gehockt hatte, flog sie ebenso unerwartet zurück und verschwand in einer Gewitterwolke.« Anne blickte zum Fenster. Es hätte sie nicht verwundert, wenn in den tosenden Sturm hinein mit einem Mal Blitze gezuckt hätten. Auch der Anblick eines Nachtvogels hätte sie kaum überraschen können. »Daraufhin verzog sich das Unwetter. An der Stelle aber, an der das Tier gesessen hatte, lag ein Ei. Ein Schwein kam den Pfad entlang, setzte sich auf das Ei und brütete.«

Carl lachte auf. »Ein Schwein, das ein Ei ausbrütet. Das ist drollig.«

»Es kommt noch besser. Nachdem das Schwein nämlich seines Weges gezogen war, kam ein Ochse, der ebenfalls für eine Weile brütete. Danach kam ein Wolf und schließlich …« Er sah erwartungsvoll in die Runde.

»Wieder ein Vogel?«, wagte Franzen eine Vermutung.
»Nein.«
»Ein Fuchs«, versuchte Anne ihr Glück.
»Nein, wenn derjenige, der nun mit Brüten an der Reihe war, auch gewiss mindestens ebenso für seine List bekannt war wie ein Fuchs.«
Carl nahm nicht an dem Ratespiel teil. »Nun sag schon, wer war es?«
»Es war der Teufel höchstpersönlich!«, flüsterte Ernst und hielt sich die gekrümmten Zeigefinger an die Stirn wie zwei Hörner. Die Zuhörer zogen erschrocken die Luft ein. »O ja, kein Geringerer. Er hockte eine Weile auf dem Ei und ging, als er wusste, dass die Zeit gekommen war. Tatsächlich brach die Schale gleich darauf entzwei, und es erhob sich ein menschengleiches Wesen.« Wieder machte Ernst eine kurze Pause und sah von einem zum anderen. Dann kratzte er sich am Kinn. »Bedauerlicherweise war es kein normaler Mensch, sondern der erste Masur war geboren.« Zufrieden mit seiner Geschichte, blickte er in die Runde. Was er sah, waren leere Gesichter. »Ihr müsst wissen«, erklärte Ernst prustend, »die Masuren haben bei mir zu Hause nicht den besten Ruf. Die Bewohner meiner Heimat meinen, sie gehörten nicht dorthin, seien verschlagen und man habe am besten nichts mit ihnen zu schaffen.« Noch immer stellte sich nicht gerade Begeisterung für seine Erzählung ein. »Nun ja, man sagt, Masuren seien hässlich wie Eulen, unsauber wie Schweine, grob und träge wie ein Ochse, gefräßig wie der Wolf und wild und böse wie der Teufel. Natürlich ist das nur unfreundliches Gerede. Ich kenne ein paar von ihnen, das sind anständige Leute.« Er nickte übertrieben, damit man nicht glaubte, er habe womöglich Vorurteile. Dann huschte wieder ein verschmitztes Lächeln über seine Züge. »Trotzdem kann ich die Erklärung, warum sie so sind, wie sie sind, gut leiden.«

»Dann wollen wir das mal mit einem Klaren begießen«, schlug Carl vor, griff zur Flasche, die noch auf dem Tisch stand, und goss jedem einen weiteren Korn ein. Anne stellte besorgt fest, dass Franzen nicht ablehnte. Nun ja, ein zweites Gläschen würde ihm schon nicht schaden, hoffte sie. Zudem wurde er gewiss nicht mehr zu einem Patienten gerufen, sondern würde sich in einer Stunde oder etwas später auf den Heimweg machen.

»Nun haben Sie uns einmal mehr mit einer Ihrer Geschichten unterhalten«, verkündete Franzen fröhlich, nachdem er sein Glas geleert hatte. »Ist es nicht an der Zeit, dass auch wir mal eine zum Besten geben?«

»Ich für meinen Teil überlasse das gerne Ihnen, Herr Kollege Franzen. Als Zuhörer mag ich was taugen, aber bestimmt nicht als Erzähler.« Carl stopfte frischen Tabak in den Pfeifenkopf.

»Also schön. Wie wäre es mit der Sage um die Entstehung dieser zauberhaften Insel hier? Wissen Sie, wie Rügen entstanden ist?« Er blickte Ernst fragend an. »Natürlich nur der Sage nach«, ergänzte er noch, als ob das nötig wäre.

»Nein, aber ich brenne darauf, die Geschichte zu hören.« Ernst streckte die Beine weit unter den Tisch und rutschte auf seinem Stuhl nach unten, so dass er die Hände über der Wölbung seines Bauches falten konnte.

»Das war so: Als unser Herrgott die Welt erschuf, da brach nach einem arbeitsreichen Tag allmählich der Abend herein.« Wie zuvor Ernst es getan hatte, sah auch Franzen abwechselnd seine Zuhörer an. Im Gegensatz zu ihm erzählte er jedoch ruhig und ohne zu gestikulieren. Man ahnte, dass diese Geschichte keinerlei Schrecken bereithielt, sondern eher mit leisen Tönen aufwartete. »Es war ein schöner Abend mit einem herrlichen Sonnenuntergang, nicht so ein grauer, wilder mit einem solchen Sturm.

Jedenfalls stand unser Herrgott gerade auf Bornholm und blickte an die Pommersche Küste. Er war erschöpft, denn er hatte Stunde um Stunde Neues erschaffen. Nun lag die Maurerkelle neben ihm, und in einem Eimer befand sich noch ein kleiner Rest Mörtel. Und wie er so dasteht, kommt ihm die Küste ein wenig nackt und kahl vor, und er meint, ein bisschen müsse er daran noch ändern. Also nimmt er den Mörtel und wirft ihn gegen das Land. Allerdings gelingt ihm das aus der Ferne nicht, und der Mörtel fällt in das Wasser. So war der Hauptteil der Insel Rügen erschaffen.« Wieder ein Blick in die Runde, unsicher, ob seine Erzählung ihnen wohl gefiel. »Natürlich hat unser Herrgott zur Kelle gegriffen und die Kanten schön geglättet, bis alles hübsch aussah. So war eine Insel entstanden, wie es schon unzählige andere gab. Weil die Sonne mittlerweile aber beinahe untergegangen war, wollte der Herrgott Feierabend machen. Er sieht, dass noch etwas Mörtel auf dem Boden und an den Rändern des Eimers klebt. Also greift er ein letztes Mal zur Maurerkelle, kratzt alles gründlich aus und will es an die neue Insel ansetzen. Nur leider hat er wieder nicht genug Schwung, und die Masse teilt sich im Flug in zwei Brocken.« Wittow und Jasmund, dachte Anne und sah zu ihrem Vater hinüber, der diese Sage ebenso gut kannte wie sie. Als sie Kinder waren, hatte er sie ihnen manches Mal erzählt. Doch sie schwieg. Es wäre nicht anständig, Franzen die Pointe zu stehlen. Tatsächlich strahlte dieser wie ein kleiner Junge, als er die Katze aus dem Sack ließ: »Diese kleinen Bröckchen nennt man heute Jasmund und Wittow.« Franzen freute sich so darüber, dass Anne das Herz aufging. Ernst klatschte.

»Eine sehr hübsche Geschichte«, sagte er. Carl nickte. Anne betrachtete Franzen von der Seite. Wie vertraut ihr dieses Gesicht mit den wulstigen Lippen unter einer leicht nach oben deutenden, kurzen Nase inzwischen war. Als sich ihre Blicke begegneten, lächelte sie ihm zu und sah dann rasch auf das leere Glas, das vor ihr stand. Sie hatte es nicht so gemeint, doch er nahm das zum Anlass, einen weiteren Korn einzufordern.

»Nun, ist meine Geschichte keinen Klaren wert?«

»Doch, das ist sie.« Carl ließ sich an diesem Abend nicht lange bitten. Ihm stand offenbar der Sinn nach einem Gläschen. Im Grunde hatte Anne dagegen nichts einzuwenden, nur ging es ihm in der letzten Zeit nicht so gut, und sie fürchtete noch immer, es könnte das Herz sein. Und für Franzen war es ohnehin nicht gut, wenn er trank.

»Für mich nicht mehr«, sagte sie und hielt ihre Hand über das Glas, als ihr Vater ihr einschenken wollte.

»Hast recht, für dich ist es genug. Ihr Frauenzimmer vertragt nicht so viel wie wir Mannsbilder.« Carl lachte. Die beiden anderen Männer lehnten nicht ab.

»Ich bin nicht sicher, dass es nur für mich genug ist«, bemerkte Anne spitz. »Zu viel Alkohol schadet gewiss auch so manchem gestandenen Kerl, oder nicht?«

Bevor jemand eine Antwort darauf geben konnte, sagte Ernst: »Das Wort Alkohol kommt aus dem Arabischen. Wussten Sie das?« Er blickte in die Runde. »Man sagt dort Al-kul oder auch Al-kuhul. Das steht für ›das Feinste‹ oder auch ›das Gute‹.« Wie schon so oft bewunderte Anne die Bildung dieses Mannes, der sein Geld damit verdiente, Schotter zu schaufeln, Schienennägel einzuschlagen oder Dämme aufzuschütten. »Es bedeutet aber auch so viel wie ›das Wesen einer Sache‹. Interessant, nicht wahr? Ich habe schon oft erlebt, dass das Wesen einer Sache herausgekommen ist, wenn einer im Suff darüber geredet hat.« Er lachte laut. In solchen Momenten wusste sie nicht, ob er nur Spaß machte und sich alles, vom arabischen Wort bis zu dessen Übersetzung, nur ausgedacht hatte.

»In vino veritas. Im Wein liegt die Wahrheit. Das ist eine alte Weisheit«, stimmte Franzen zu.

Carl meinte: »Auf den Wein folgt die wahre Rede. Das hab ich mal gehört. Und erlebt hab ich das auch.« Die Männer feixten und prosteten einander zu.
Anne erhob sich. Sofort sprang auch Franzen auf. »Es ist spät geworden. Ich werde mich zurückziehen.«
»Da schließe ich mich am besten gleich an«, verkündete Franzen, setzte sich erstaunlicherweise jedoch wieder hin. Anne verabschiedete sich und wünschte eine gute Nacht. Als sie die Tür hinter sich schloss, hörte sie ihren Vater sagen, ein Letzter für den Weg gehe wohl noch, woraufhin die beiden anderen fröhlich zustimmten. Sie stieg die Treppe hinauf und stellte fest, dass der Kohlduft noch schwer im oberen Stockwerk hing. Wohl nicht mehr lange, dann würde der Sturm, der wütend am Rohrdach und an den Fernstern riss, ihn aus allen Poren des Hauses vertrieben haben. Wie sehr man die Macht der Natur in solchen Nächten doch spürte, dachte Anne und fühlte sich ein wenig beklommen. Für Ende September zeigte sich der Herbst bereits ungewöhnlich rauh und unerbittlich. Häufig genug fand sie keinen Schlaf, wenn das Wetter derartig toste, doch an diesem Abend würde das anders sein, dessen war sie sicher. Sie war sehr müde, und die beiden Klaren machten sich in ihrem Kopf allzu deutlich bemerkbar. Das Feinste und Gute, dachte sie und musste lächeln. Es gab fürwahr Besseres. Gerade wollte sie ihr Kleid abstreifen, da hörte sie die Tür der Wohnküche klappen. Ob es Ernst war, der nach Hause ging? Nein, sein Weg war zu weit. Gewiss würde er sich, wie er es meistens tat, auf der Pritsche im Behandlungszimmer oder in der Kammer daneben schlafen legen. Also musste es Franzen sein. Würden sich beide gemeinsam auf den Weg machen, dann würden ihre Stimmen und ihr Gelächter aus der Diele zu ihr heraufdringen, dessen war sie gewiss. Sie öffnete die Knöpfe und Bänder, da klopfte es an ihrer Tür. Anne fuhr zusammen. Sie hatte das Knarren der Treppe gar nicht gehört.

»Wer ist da?« Statt eine Antwort zu erhalten, sah sie, wie die Klinke langsam heruntergedrückt wurde. Einen Augenblick später steckte Franzen den Kopf zur Tür herein.

»Verzeihen Sie, wenn ich Sie störe, Anne.« Er strengte sich sehr an, dennoch klang seine Stimme ein wenig schleppend. Der Alkohol hatte seine Zunge schwer werden lassen. »Sie sind mir etwas blass vorgekommen. Da wollte ich lieber noch einmal nach Ihnen sehen.«

»Mir geht es gut«, sagte sie schnell. »Ich bin nur ein wenig müde, das ist alles.« Wie scheu er da vor ihr stand. Er wollte mit ihr allein sein, das wurde ihr mit einem Mal klar. Diese Vorstellung machte sie schrecklich nervös. Was sollte sie mit ihm anfangen? Sie fühlte sich nicht zu ihm hingezogen. Was sie fühlte, war Mitleid. Ja, er tat ihr leid, so verloren, wie er in ihrer Kammer stand. Dieses Mitleid löste auch eine gewisse Rührung aus.

»Kann ich nicht noch irgendetwas für Sie tun?«, brachte Franzen hervor und sah sie aus leicht glasigen Augen an. Was sollte das wohl sein?, fragte Anne sich.

»Wohl kaum«, entfuhr es ihr, deutlich schroffer als beabsichtigt. Er starrte sie an, als habe sie ihm ins Gesicht geschlagen. Da war so viel Enttäuschung und Schmerz, dass es ihr augenblicklich leidtat. »Sie sind sehr freundlich, Julius, aber Sie machen sich zu viele Sorgen, glauben Sie mir.« Ihr sanftes Lächeln verfehlte seine Wirkung nicht. Sofort setzte auch er wieder eine glückliche Miene auf. Bedauerlicherweise fühlte er sich anscheinend ermuntert, nun vollends über seinen Schatten zu springen.

»Sie sind so schön, Anne«, flüsterte er. »Ich könnte Sie stundenlang nur ansehen.« Sie spürte die Röte in ihre Wangen steigen. Es war ein zauberhaftes Kompliment, das sie erfreute, doch wie reagierte man am besten darauf?

»Ich danke Ihnen, aber ich denke doch, Sie haben Besseres zu tun.«

»Ich wüsste nicht, was das sein sollte.«

»Nur wäre es jetzt denkbar ungünstig, denn wie ich Ihnen sagte, bin ich schrecklich müde.« Sie versuchte es mit Humor. Bestimmt würde er gehen, wenn sie ihn daran erinnerte, dass sie schlafen wollte.

»Anne, ich muss Ihnen ein Geständnis machen: Ich habe geschwindelt. Es gibt doch etwas Besseres, das ich mir vorstellen kann, etwas Besseres, als Sie nur anzusehen.« Er trat einen Schritt auf sie zu. Ihr wurde auf der Stelle bewusst, dass ihr Kleid bereits geöffnet war. Sie verschränkte die Arme vor der Brust. »Ich möchte Sie berühren, Anne.« Schon streckte er die Hand aus und legte sie auf ihre Wange. »Ihre Haut ist so weich und glatt. Herrlich.« Sie erstarrte. Welch eine absurde Situation. Sie stand mit offenem Kleid vor ihm in ihrer Kammer. Unten waren Vater und Ernst hin und wieder zu hören, draußen tobte der Sturm.

»Ich weiß nicht, was ich sagen soll«, gestand Anne leise.

»Sie brauchen nichts sagen.« Seine Hand glitt zu ihrem Hals hinab, sein Atem roch nach Schnaps. »Und auch ich muss gar nichts mehr sagen, denn Sie wissen längst, was ich für Sie empfinde, nicht wahr?« Sie schluckte. Seine Hand fuhr sanft über ihre Schulter und schob den Stoff ihres Kleides zur Seite. Herrje, was sollte er nur denken, wenn er bemerkte, dass sie bereits halb ausgezogen war? Er trat noch einen Schritt näher, so dass seine Nase fast die ihre berührte. Würde er sie etwa küssen? Sie war hin- und hergerissen. Genoss sie einerseits, dass ein erwachsener Mann sie begehrte, hatte sie andererseits Angst vor dem nächsten Schritt. So neugierig sie auch darauf war, endlich erste Erfahrungen zu machen, so enttäuscht war sie doch, dass es sich ganz anders anfühlte, als sie es sich ausgemalt hatte. Er legte ihr einen Finger unter das Kinn und hob ihren Kopf an. Seine Hand auf ihrer nackten Schulter, die Nähe zwischen ihnen –

dennoch spürte sie nichts von dem, was sie erwartet hätte. Da war kein wohliges Kribbeln, da war auch kein Sog, dem sie sich hingeben wollte, der sie dazu trieb, weiterzugehen. Kurz bevor sich seine gespitzten Lippen auf ihren Mund legten, fiel ihr der Moment auf dem Friedhof ein, als Bernd sie gehalten hatte. Seine körperliche Nähe hatte sie viel stärker wahrgenommen als die von Franzen jetzt. An Bernd hätte sie sich gern gepresst und sich an seiner Schulter vergraben. In diesem Moment hatte sie eher das Bedürfnis, Abstand zwischen sich und Franzen zu bringen. Warum war das so? Warum nur war sie den oberflächlichen Reizen von Bernd mehr zugetan als der tief empfundenen Zuneigung, die Franzen ihr entgegenbrachte? Sie ärgerte sich über sich selbst.

Mit gesenktem Kopf murmelte sie: »Ich kann das nicht. Bitte, Julius, seien Sie mir nicht böse, aber ich kann das noch nicht.«

Er schien enttäuscht zu sein, was sie erwartet hatte.

»Ich bitte Sie, Anne, das macht doch nichts. Wir haben Zeit, wir haben so viel Zeit, wie Sie wollen.« Natürlich, so wie sie sich ausgedrückt hatte, musste er ja denken, dass sie nicht grundsätzlich abgeneigt war. War sie das denn? Er war doch weiß Gott ein anständiger Kerl, wenn sie das am Anfang auch nicht vermutet hätte. Man sollte eben nie vorschnell urteilen. Wenn sie sich noch besser kennenlernten, würden sich vielleicht auch mehr Gefühl und vielleicht sogar das geheimnisvolle Prickeln einstellen, von dem sie in Büchern gelesen hatte und von dem alle Welt im Verborgenen redete.

»Wissen Sie, ich gehöre nicht zu den Männern, die sich übereilt mit Frauen einlassen«, erklärte Franzen in ihre Gedanken hinein. »Aber Sie habe ich als aufrichtige, kluge Person erlebt. Ich empfinde viel für Sie, und ich werde nicht gleich einer anderen nachjagen, nur weil Sie noch nicht für Zärtlichkeiten bereit sind. Ich habe Geduld. Sagen Sie mir nur, dass Sie mich auch ein wenig mögen.« Das tat Anne, kein Zweifel. Trotzdem fiel es ihr erstaunlich schwer, das auszusprechen. Sie hatte eben keine Übung darin.

»Es war am Anfang nicht ganz einfach mit uns beiden«, sagte sie ausweichend und lachte unsicher. »Aber dann haben Sie mir die Wahrheit über sich erzählt. Das war kein leichter Schritt für Sie, und ich habe großen Respekt, dass Sie den Mut dazu hatten.« Konnte er sich damit nicht zufriedengeben? »Ich schätze Sie wirklich, Julius.« Und kaum hörbar ergänzte sie: »Ja, ich mag Sie.«

Er strahlte über das ganze Gesicht, als hätte sie ihm soeben ein kostbares Geschenk gemacht. »Dann will ich damit zufrieden sein. Vorerst.« Er zwinkerte schelmisch, ließ sie los und trat einen Schritt zurück, wobei er gefährlich ins Wanken geriet. »Da sehen Sie, welche Wirkung Sie auf mich haben.« Er lachte albern.

»Nun, ich vermute, das war eher der Korn meines Vaters.« Es war eine Erleichterung, wieder ein wenig unverfänglicher plaudern zu können.

»Auf keinen Fall«, meinte Franzen mit gespielt ernster Miene. Dann verneigte er sich formvollendet. »Ich wünsche Ihnen eine gute Nacht und wundervolle Träume, Anne.«

»Auch Ihnen eine gute Nacht.« Endlich war sie wieder allein, doch an Schlaf war nicht mehr zu denken.

Trotz des anhaltend schlechten Wetters schafften die Männer, die die Gleise auf Wittow verlegten, Tag für Tag ein großes Stück, so dass bald Arbeitszüge zwischen Wiek und Altenkirchen verkehren konnten. Zur Freude der Bauern, die ihre Zuckerrüben damit in den Wieker Hafen transportieren wollten. Je später die Ernte, desto höher der Zuckergehalt – also auch die Güte. Das verleitete so manchen, das Risiko einzugehen, dass schwere Regenfälle am Ende alles zunichtemachten. Auch Presenske beteiligte sich an diesem Wagnis. Carl und Anne waren oft in seinem Haus, da sie ohnehin in der Region nach den Arbeitern sahen.

»Der Emmer ist gesät, nu müssen noch die Rüben eingebracht werden, dann bin ik den Hinnerk wohl los«, sagte Presenske einmal. So einen langen Satz hatte Anne noch nie von ihm gehört. Tatsächlich wurden Huldas und Hinnerks Pläne, was das Hotel betraf, immer konkreter. »Fehlt bloß noch, dass ihr euch auch so 'n Aalkasten anschafft«, fügte Presenske brummend hinzu und bewies damit nur zu deutlich, wie wenig er sich mit den modernen Errungenschaften der sich immer mehr entwickelnden Badekultur auskannte. Schon seit Jahren machte niemand mehr von den Schaluppen, die bösartig Aalkästen genannt wurden, Gebrauch. Zu viele Gäste, die es einfach nicht gewöhnt waren, sich auf dem kabbeligen Meer aufzuhalten, waren auf ihnen seekrank geworden. Außerdem war es gänzlich unpraktisch, erst mit einem Boot hinauszufahren, nur um sich in einem hölzernen Käfig ins Wasser hinabzulassen. Wie viel einfacher war es, direkt vom Strand in die Fluten zu steigen.

»Mais, Papa«, erhob Hulda auch gleich Einspruch, »wo denkst du hin? Wir werden einen Badekarren haben!« Ihr Vater rollte mit den Augen und schüttelte den Kopf. Noch immer hatte er nichts für die Idee der beiden übrig. Hulda dagegen sah bereits alles ganz klar vor sich. Eine eigene Badewärterin brauchten sie noch, auch kam es für sie überhaupt nicht in Frage, dass die Gäste ihres Hauses womöglich in mit Ostseewasser gefüllten Wannen badeten. Das war aus der Mode! Wer bei ihnen logierte, würde natürlich die ganze Wonne und auch die Kraft des Meeres spüren.

Hinnerk hatte sich bereits um einen Vorarbeiter gekümmert, der ihn im neuen Jahr auf dem Hof ersetzen würde. Er kam Anne ausgesprochen aufgeräumt vor, wann immer sie ihn sah. Anscheinend hatte die Aussicht auf Vaters Hilfe ihn derartig beruhigt und beflügelt, dass er sich nun mit größtem Elan in die Vorbereitungen stürzte. Ihm kam gar nicht in den Sinn, seine Frau zu zügeln, die ständig von weiteren Anschaffungen und Investitionen träumte. Im Gegenteil, auch er hatte sehr genaue Vorstellungen und wollte, dass alles vom Allerfeinsten sein sollte.

»Eigene Badekarren mit Badewärtern, wat für 'n Tüünkroom!«, brummte Carl, als er mit Anne wieder zu Hause war. »Das Warmbad von Sassnitz tut's doch wohl auch, oder nich?«

»Du hast Hinnerk doch gehört. Die Seebäder schießen wie Pilze aus dem Boden. Sassnitz und Crampas müssen sich immer wieder neu behaupten. Nicht nur gegen Sellin und Binz, die von Jahr zu Jahr mehr Feriengäste anlocken, auch die Ortschaften auf Usedom könnten ihnen Gäste abspenstig machen.«

»Wenn nächstes Jahr die Postdampferlinie von Sassnitz nach Trelleborg in Betrieb geht, bringt das mehr Gäste, als die je unterbringen können. Die kommen von ganz allein.«

»Aber auch neue Logierhäuser kommen von allein«, wandte Anne ein. »Da hilft es nur, alles vom Allerfeinsten anzubieten«, wiederholte sie die Worte ihres Bruders. »Oder es muss etwas ganz Besonderes her«, ergänzte sie.

»Aber bezahlen muss er das Allerfeinste auch können, dein lieber Bruder. Der soll bloß nicht glauben, er kann seinen alten Vater melken wie 'ne Kuh!«

»Ich glaube, ich weiß etwas Besonderes für das Hotel, etwas, das kein anderer zu bieten hat.« Ihr plötzlicher Einfall erschien Anne so glänzend, dass sie nicht weiter darüber nachgedacht, sondern ihn sofort ausgesprochen hatte. »Vater, ich muss noch mal weg.«

»Um diese Zeit?« Er hob die Augenbrauen und sah sie prüfend an. »Dat wird bald düster. Wo willst du denn noch hin?«

»Mir ist gerade etwas eingefallen, womit ich zwei Fliegen mit einer Klappe schlagen kann.«
»Geht's auch etwas deutlicher?«
»Es geht. Aber nicht jetzt, sonst wird's nämlich wirklich dunkel. Ich nehme das Pferd, damit bin ich am schnellsten. Und wenn ich zurückkomme, erkläre ich dir, was los ist.« Ein Hochgefühl trieb sie an. Sie fand ihre Idee so perfekt, als gäbe es gar keine bessere Möglichkeit, ihrem Bruder unter die Arme zu greifen und gleichzeitig einem Menschen zu helfen, der das längst bitter nötig hatte.
Carl schüttelte erschöpft den Kopf. »Wenn du nur nich auch so Flausen in den Kopp kriegst wie dein Bruder«, sagte er und seufzte. »Pass auf dich auf!«
Sie schnappte sich ihren dicken Wollmantel. Schon war sie zur Tür hinaus, um die Kate herumgeeilt und in den Stall getreten. Sie sattelte den Hengst, der üblicherweise die Spinne zog, und befestigte mit geübten Griffen das Zaumzeug. Wenn sie noch vor Einbruch der Dunkelheit zurück sein wollte, musste sie sich tatsächlich sputen. Dabei hatte sie noch nicht einmal eine genaue Vorstellung davon, wie sie vorgehen sollte. Egal, es würde sich schon finden. Eisiger Wind schlug ihr entgegen, als sie auf dem Rücken des Tieres an St. Katharinen vorbeipreschte. Die Blätter der Buchen und Kastanien leuchteten gelb, orange und rot und wurden vom Sturm zerzaust. Doch ihr raschelnder Protest half ihnen nicht, so segelten einige resigniert zu Boden. Immer wieder musste Anne sich bücken und den Kopf einziehen, um nicht von einem der kräftigen Äste getroffen zu werden, die zum Teil weit über die Chaussee ragten. Sie spürte die Kraft des Tieres unter sich, und trotz der geringen Temperaturen wurde ihr bald warm von dem schnellen Ritt vorbei an Ralswiek und über den Damm zwischen Großem und Kleinem Jasmunder Bodden. Ohne Pause trieb sie den Hengst an, über die Schaabe

hinweg und schließlich in die Nähe von Altenkirchen, wo Ernsts Kolonne inzwischen im Einsatz war. Erdhöhlen gab es hier nicht, sondern einfache Baracken, in denen die Männer zu acht oder zehnt wohnten. Für Ernst war das eine schwierige Umstellung gewesen, denn er war lieber für sich allein, doch er hatte ein beneidenswertes Talent, sich jeder gegebenen Situation anzupassen. Immer sah er etwas Gutes darin und war neugierig auf das Unbekannte. Zu ihm wollte sie zuerst gehen. Sie sprang vom Pferd, band es an einem Baum neben der Hütte an und klopfte.

»Ernst?« Sie wollte nicht eintreten. Immerhin konnte es sein, dass einer der Männer unbekleidet war, weil er sich nach getaner Arbeit an der Wasserschüssel wusch. Sie hörte Stimmen. Die Arbeiter genossen ihren Feierabend. Wahrscheinlich hatten sie die frühe Schicht gehabt und waren bereits im Morgengrauen ans Werk gegangen, vermutete Anne. Jetzt neigte sich der Nachmittag dem Ende zu. Sie klopfte erneut.

»Ernst, ich bin es, Anne.« Schritte, dann erschien sein bärtiges, von dunklem langem Haar umgebenes Gesicht in der Tür.

»Anne! Ist etwas mit Dr. Utpatel?«, fragte Ernst besorgt.

»Nein, alles in Ordnung. Ich komme, weil ich dich als Übersetzer brauche. Ich möchte mit Janusz reden.«

»Mit Janusz? Hat Ihr Vater ihn neulich nicht behandelt, weil er einen Schwächeanfall hatte? Sollen Sie ihm eine Arznei bringen?«

»Nein, ich möchte einfach nur nach ihm sehen.«

»Allein? Um diese Zeit?« Hinter ihm erschienen nacheinander Arbeiter, die so taten, als würden sie die Baracke zufällig durchqueren. Doch ihre großen Augen und die gereckten Hälse verrieten ihre Neugier.

Anne kam sich plötzlich töricht vor. So perfekt ihr ihre Idee auch erschien, als sie ihr in den Kopf geschossen war, so merkwürdig fühlte sie sich mit einem Mal an. Was würde Ernst davon halten? Ob er sie auslachen, ihr gar seine Hilfe verweigern würde?

»Ich habe da einen Gedanken, womit man Janusz vielleicht besser kurieren kann als mit Arznei.«

»Ist er dafür nicht ein bisschen jung?«, platzte Ernst heraus und grinste. »Entschuldigung.«

Anne spürte, wie ihre Wangen glühten, und ging nicht auf seine anzügliche Bemerkung ein. »Er will doch Musiker werden. Und mein Bruder wird ein Hotel eröffnen, für das er besondere Attraktionen braucht. Es muss etwas sein, das die Leute so sehr begeistert, dass niemand mehr von etwas anderem spricht. Janusz' Stimme ist etwas Besonderes, davon konnten wir uns alle schon überzeugen.«

Ernst sah sie lange an, ohne ein Wort von sich zu geben. Dann begann er zu nicken. Etwas schien in seinem Kopf zu arbeiten. Schließlich verkündete er: »Ein glänzender Einfall, Fräulein Anne. Worauf warten wir noch?« Ohne sich eine Jacke zu holen, zog er einfach die Tür hinter sich zu und ging voran zu der Baracke, in der der junge Pole seine Pritsche hatte. Er brauchte kein zweites Mal zu klopfen, Ernst war schon beim ersten Mal nicht zu überhören. Seine Faust krachte derartig gegen die Holztür, dass Anne schon fürchtete, sie würde nachgeben und bersten.

Ein kräftiger Kerl öffnete. Er sprach kein Wort, sondern sah nur finster von einem zum anderen. Ernst sagte etwas, versuchte es dann in einer anderen Sprache. Mit Erfolg. Der Mann antwortete mit einer tiefen, dröhnenden Stimme. Er zeigte auf Anne und schüttelte den Kopf. Geht das schon wieder los?, fragte sie sich ängstlich. In den letzten Wochen hatte es keine Situation mehr gegeben, in der ein Patient sie abgelehnt oder jemand schlecht über sie geredet hatte. Jedenfalls war ihr nichts zu Ohren gekommen.

»Wir müssen noch warten, bis die Männer alle angezogen sind«, erklärte Ernst ihr. »Allein hätten sie mich schon eingelassen, aber vor einer Frau haben sie Hemmungen.« Er schmunzelte. Ihr fiel ein Stein vom Herzen. Also hatte es doch nichts mit ihr zu tun, zumindest nicht so, wie sie befürchtet hatte.
Nach einer Weile durften sie eintreten. Die Arbeiter saßen auf ihren Pritschen, einige auch um einen Tisch herum, der in der Mitte des Raumes stand. Es war wie schon in der ersten Baracke. Jeder nickte ihr kurz zu und tat dann so, als sei er mit sich selbst beschäftigt. Trotzdem war nicht zu übersehen, wie ihr wieder und wieder Blicke zugeworfen wurden. Vor allem, als Ernst ihr einen Stuhl neben Janusz' Pritsche stellte und sich selbst zu ihm auf die Bettkante setzte. Die beiden begrüßten einander. Der Junge lag unter einer dicken Decke. Er hatte sich augenscheinlich noch nicht vollständig von seinem Schwächeanfall erholt. Er war blass und noch dünner, als sie ihn in Erinnerung hatte. Er schob die Hand unter der Bettdecke hervor und reichte sie ihr. Sein Händedruck war kraftlos, seine Haut fühlte sich kalt an.
»Er ist sehr erfreut, Sie wiederzusehen«, übersetzte Ernst. »Und er möchte wissen, ob es Ihnen bessergeht.«
Anne nickte. »Ja, es geht mir gut. Es ist alles in Ordnung.« Sie konnte nicht fassen, dass er sich um sie sorgte. Dabei war er doch derjenige, der erst vor wenigen Monaten seinen Vater verloren hatte und schon seit Jahren, ja, wahrscheinlich schon immer ein schweres und wenig glückliches Leben führte. Sie ließ Ernst nach dem Befinden des Jungen fragen, ob er genug aß und trank, wie er mit der schweren Arbeit zurechtkam. Dann endlich sprach sie ihn auf die Beerdigung an.
»Du hast eine wunderbare Stimme«, sagte sie. »Noch nie zuvor habe ich etwas Vergleichbares gehört. Du hast gesagt, du wärst gerne Musiker geworden, also habe ich mir überlegt, ob es dir Freude machen würde, regelmäßig vor Feriengästen zu singen.«

Ernst wiederholte ihre Worte in polnischer Sprache. Der Glanz in Janusz' Augen verriet, dass er verstanden hatte.
»Ein Traum würde für ihn in Erfüllung gehen. Einer, an den er nie geglaubt hat, der ihm aber immer über seine dunkelsten Stunden hinweggeholfen hat«, sagte Ernst. Seine Stimme klang verräterisch rauh. Dieser Junge rührte ihn ebenso an wie Anne. Janusz fragte etwas, ganz leise, als ob er Angst bekommen hätte. Ernst legte die Stirn in Falten. Die beiden begannen miteinander zu debattieren, als sei Anne nicht mehr da.
»Was ist denn los?«, fragte sie vorsichtig. »Macht er sich Sorgen, dass er nicht gut genug ist?« Sie lächelte Janusz aufmunternd an. »Das ist er ganz sicher. Und es ist auch noch viel Zeit zum Üben, denn jetzt kommt der Winter. Erst im nächsten Frühjahr wird das Hotel eröffnet und die ersten Gäste werden erwartet.«
»Das ist es nicht«, gab Ernst kurz zurück und redete dann weiter auf den Jungen ein. Sie fühlte sich unbehaglich. Etwas war nicht in Ordnung. Im Gegensatz zu ihr verstanden einige der Arbeiter, was hier besprochen wurde, wenn sich Ernst auch bemühte, seine Stimme zu senken. Sie spitzten die Ohren und tauschten vielsagende Blicke, als habe ihr Angebot einen Haken wie eine Angel.
»Wann soll er bei Ihrem Bruder sein?«, wollte Ernst plötzlich wissen, als sei alles in Ordnung. »Er wird sich doch vorstellen und auch einmal zur Probe trällern müssen, nehme ich an, oder?«
»Ja, das sollte er tun. Ich weiß nicht, am besten gleich morgen?« Ernst übersetzte, und Janusz nickte, erst zögerlich, dann jedoch immer heftiger. In seinem Gesicht ging wieder die Sonne auf. Auf die anderen Männer in der Baracke traf das nicht zu. Es hatte wohl den Anschein, als freuten sie sich für ihn, aber ihre Skepsis war noch nicht verflogen. Einige tuschelten miteinander. Aber vielleicht deutete sie die Situation auch nur falsch. Ja-

nusz war einverstanden, und er war glücklich. Das war die Hauptsache. Sie machten eine Zeit aus und verabschiedeten sich voneinander.

»Er dankt Ihnen von ganzem Herzen. Sie sind sein Engel, sagt er.«

»Davon bin ich so weit entfernt wie er von seiner Heimat. Aber er hat die Stimme eines Engels, und es wäre ein Jammer, wenn die kaum jemand zu hören bekäme.« Als sie draußen waren, wollte Anne wissen, worum es bei dem Disput gegangen sei.

»Disput? Was meinen Sie, Anne?«

»Nun, ihr habt eine gute Weile miteinander gesprochen, ohne mich einzubeziehen. Es klang nicht so, als sei mein Vorschlag mit reiner Begeisterung aufgenommen worden.«

»Ach was, Fräulein Anne, das hörte sich nur so an. Das liegt an der Sprache, wissen Sie? Polnisch dauert einfach länger und klingt manchmal ein bisschen nach Krawall, auch wenn es um etwas Schönes geht.« Ernst lachte.

Anne verabschiedete sich und stieg sofort wieder in den Sattel. Sie konnte es kaum erwarten, Hinnerk und Hulda von der Überraschung zu berichten.

»Schwesterchen, du bist unbezahlbar.« Hinnerk strahlte. Sie kannte ihren Bruder gut genug, um schon vorher zu wissen, dass ihm ihre Idee gefallen würde. Doch dass er sich derartig darüber freute, hatte sie nicht erwartet. Auch Hulda war aufgeregt. »Ich sehe schon die Schlagzeilen in allen Zeitungen der Insel: Ein Engel erfreut die Gäste des Maison Hulda mit seinem Gesang.« Sie sprach ihren Namen französisch – wie Ulda – aus. Anne konnte sich ein Schmunzeln nicht verkneifen.

»Haus Hulda soll euer Hotel also heißen?«

»Maison, ma chérie, Maison Hulda naturellement. Auch die Zeitungen auf dem Festland werden berichten. Ein singender

Engel und dazu meine Desserts. Wir werden berühmt. Wie können wir dir nur danken?«
»Indem ihr nett zu dem Jungen seid und ihn gut entlohnt.«
»Mais bien sûr, das ist doch selbstverständlich!«
»Und woher genau kennst du ihn?«, wollte Hinnerk wissen. Anne hatte es zwar schon erzählt, aber wahrscheinlich hatte sie in ihrer Begeisterung die Hälfte ausgelassen, oder er hatte es schon wieder vergessen.
»Er arbeitet in der Kolonne, in der auch Ernst ist.«
»Sein Vater hat dort gearbeitet. Der Mann, der bei dem Unglück ums Leben kam?«, fragte Hinnerk nach.
»Der auch, ja. Aber auch Janusz selbst ist dort tätig, muss Schotter schaufeln, Gleisnägel einschlagen, Schwellen schleppen.« Hinnerks Miene verfinsterte sich. »Es ist gewiss keine schlechte Arbeit für starke Kerle, die zupacken können und mehr in den Muskeln haben als im Kopf. Sie verdienen ordentliches Geld, werden versorgt und sind zufrieden. Aber Janusz ist ganz anders. Er ist ein Träumer.« Sie lächelte. »Er liebt die Musik. Ohne sie ist sein Leben bedeutungslos, hat er einmal gesagt.«
»Wie romantisch«, sagte Hulda und seufzte.
»Sein Leben ist leider alles andere als das. Aber wenn er bei euch eine Gesindekammer und Lohn bekommen und wenn er vor allem singen kann, dann ist das der Himmel für ihn, denke ich. Gewiss kann er sich auch sonst nützlich machen, vielleicht in der Waschküche helfen oder Gläser und Besteck polieren.«
»Das wird sich alles finden«, warf Hinnerk ein, der noch immer nachdenklich wirkte. Seine anfängliche Begeisterung hatte jedenfalls einen Dämpfer bekommen, genau wie es bei Janusz selbst der Fall gewesen zu sein schien. Bevor sie ihn darauf ansprechen konnte, meinte er: »Hören wir ihn uns erst einmal an. Wenn er uns so gut gefällt wie dir, woran ich nicht zweifle, dann müssen wir sehen, wie es weitergeht. Er sollte dann natürlich

zur Eröffnung singen. Das heißt, er müsste schon bald regelmäßig üben.«

»Das wird er sicher gern tun. Zur Freude der anderen Männer, nehme ich an.«

»Ich kenne seinen Vertrag nicht. Gut möglich, dass er für keinen anderen arbeiten darf als für die Eisenbahnbaugesellschaft«, gab Hinnerk zu bedenken. »Und offen gestanden wäre es mir auch nicht recht, wenn er dort weiter schuftet. Sagtest du nicht, er hätte bereits einen Schwächeanfall erlitten?« Anne nickte.

»Mon dieu, nein, er muss sich ab sofort schonen! Immerhin muss er doch auch aussehen wie ein Engel, wenn er in unserem Hause singt.« Hulda war empört, dann fiel ihr etwas ein. »Wie sieht er überhaupt aus? Ist es ein hübscher Kerl?«, fragte sie gespannt.

Anne ließ sich Zeit mit ihrer Antwort. »Er sieht so besonders aus, wie er singt. Er hat rötliches Haar und eine feine Haut wie aus Porzellan.« Hulda kiekste und klatschte in die Hände. »Was aber am meisten an ihm auffällt, ist sein melancholischer Gesichtsausdruck. Seine Augen wirken immer so unendlich traurig, selbst wenn er lächelt.«

»Wunderbar, die Gäste werden ihn lieben!«

»Das werden sie ganz gewiss.« Anne sah zum Fenster. Draußen war es bereits dunkel. Vater würde sich Sorgen machen und ihr die Leviten lesen, wenn sie nach Hause kam. »Ich muss mich auf den Weg machen. Morgen lernt ihr Janusz kennen.« Hinnerk half ihr in den Mantel. »Danke, dass ihr ihm diese Gelegenheit gebt. Er hat es verdient.«

Die Standpauke ihres Vaters, auf die Anne gefasst gewesen war, fiel ganz anders aus, als sie es sich vorgestellt hatte. Er schimpfte, dass es unverantwortlich sei, Janusz eine solche Aufregung zuzumuten. Er brauche Ruhe. Er als Janusz' Arzt müsse Anne darum am nächsten Tag begleiten, um zur Stelle zu sein, falls sein Patient wieder zusammenbrechen sollte. In der ersten Sekunde war sie erschrocken, weil sie in ihrem Überschwang keinen einzigen Gedanken daran verschwendet hatte, dass es tatsächlich zu viel für Janusz sein könnte. Im nächsten Moment begriff Anne, dass ihr Vater ihr das Vorhaben ausreden würde, wenn er es dem Jungen nicht zutraute. Sie durchschaute ihn nur zu leicht. Er war äußerst neugierig und von der Vorstellung angetan, dem jungen Polen würde endlich einmal etwas Gutes widerfahren. Ihr konnte es nur recht sein, wenn ihr Vater sie begleitete, denn wenn sie an den Heimweg dachte, wie sie durch die Nacht geritten war, das Heulen des Windes und das unheimliche Rascheln der Blätter in den Ohren, bekam sie jetzt noch eine Gänsehaut. Jeder Baum hatte plötzlich wie ein fremdes Ungetüm ausgesehen. Zu allem Überfluss war ihr die Geschichte in den Sinn gekommen, die Ernst von den Masuren erzählt hatte. Sie hatte beinahe erwartet, dass es zu blitzen und zu donnern beginnen und dass ein hässlicher Nachtvogel direkt vor ihr aus den Wolken herabstoßen würde. Natürlich war nichts dergleichen geschehen. Wie froh sie gewesen war, als sie die kleine Kate endlich erreicht hatte, die sich unter dem Sturm wegzuducken versuchte. Als sie nun neben ihrem Vater im Wagen saß, mit dem sie Ernst und Janusz abholen würden, war ihr rundum wohl ums Herz. Seit langem hatte sie zum ersten Mal das Gefühl, etwas wirklich Sinnvolles und Richtiges zu tun, denn sie hatte noch immer das Gefühl, sie stünde in Janusz' Schuld. Das mochte daran liegen, dass er ihr niemals Vorwürfe gemacht, dass er nicht geschrien oder gezetert hatte. Seine ruhige Art, sein Verständnis und der Trost, den er für alle übrighatte, nagten an ihrem Gewissen. Jetzt endlich konnte sie ihre vermeintliche Schuld begleichen. Sie erwartete keine Dankbarkeit von ihm, sie wollte ihn einfach nur endlich glücklich sehen.

Als sie Janusz und Ernst abgeholt hatten, plauderte Letzterer sofort los: »Die Männer freuen sich alle sehr für Janusz. Die Nachricht hat sich wie ein Lauffeuer herumgesprochen. Die werden alles tun, damit er das wirklich machen kann.«
Anne verstand nicht. Was hatten denn die Bahnarbeiter damit zu schaffen? Sie kam nicht dazu, nachzufragen.
»Nu wart man ab, ob der das überhaupt hinkriegt. Wenn Hinnerk und Hulda weniger von seinem Talent überzeugt sind als meine Tochter, dann wird sowieso nix draus.«
»Er kriegt das ganz sicher hin«, sagte Anne und lächelte Janusz aufmunternd zu, der bisher nur »Dobry wieczór« gesagt hatte, was »Guten Abend« hieß, so viel immerhin hatte sie in den vergangenen Wochen gelernt. Er blickte konzentriert von einem zum anderen. Carl und Ernst unterhielten sich während der Fahrt angeregt, und auch Anne beteiligte sich ab und zu an dem Gespräch. Sie war erstaunt, dass Janusz Ernst nicht ein einziges Mal aufforderte, ihm zu erklären, wovon die Rede war. Er war doch die Hauptperson, oder etwa nicht? Aber er saß einfach da, beobachtete und schien mit seinen Gedanken in seiner eigenen Welt unterwegs zu sein. Dieses absonderliche Verhalten legte er auch bei Hinnerk und Hulda nicht ab. Er ließ die Begrüßung und Huldas entzückten Redeschwall über sich ergehen, lächelte und blickte dann mit seinen traurigen Augen in die Ferne. Erst als Hinnerk ihn aufforderte, nun eine Probe seines Könnens abzugeben, erhob er sich von dem Stuhl, den man ihm zugewiesen hatte, ohne dass es einer Erklärung von Ernst bedurft hätte. Er verstand auch so, was man von ihm wollte. Er schloss für einen Moment die Augen, senkte den Kopf und begann dann, ohne tief Luft zu holen, wie es die meisten Sänger taten, mit dem ersten Lied. Es war, als entstünde die Musik in ihm und perlte wie von allein von seinen Lippen. Anne hätte nicht zu sagen vermocht, wie viele Strophen das Lied gehabt hatte. Nur einmal

hatte sie sich zwischendurch umgesehen und festgestellt, dass alle Augenpaare gebannt an Janusz' Antlitz hingen. Alle waren so fasziniert und gefesselt wie sie selbst. Es dauerte eine kleine Weile, bis sie begriff, dass er geendet hatte, denn noch immer lag ein Leuchten auf seinem Gesicht, und Anne hatte das Gefühl, als sei der Raum noch von Tönen erfüllt. Hulda kam als Erste zu sich. Sie klatschte in die Hände und wischte sich mit großer Geste eine Träne aus ihrem Augenwinkel.

»Formidable«, hauchte sie.

Auch die anderen spendeten nun Beifall, der von Herzen kam.

»Ik bünn vun de Socken«, platzte Carl heraus und strahlte, so dass seine Wangen sich zu kleinen prallen Kugeln zusammenschoben.

»Du wirst die Attraktion unseres Hauses, Janusz«, stimmte auch Hinnerk in den Lobgesang ein. Ernst kam kaum noch nach damit, dem Jungen all die Komplimente zu übersetzen. Und dann war da ja auch noch so viel zu klären. Wann und wo konnte er proben? Immerhin wollten die zukünftigen Hotelbesitzer hören, wie er sich entwickelte, und stets überprüfen können, ob die Liedauswahl gelungen war. Hulda bestand natürlich darauf, dass er französische Chansons einstudierte.

»Vielleicht gibt es etwas mit Zucker oder Schokolade«, rief sie und erntete verständnislose Blicke. »Im Text, meine ich. Mir ist so, als gäbe es ein Chanson, das sich um den Kaffee dreht.« Plötzlich lachte sie hell auf und machte eine wegwerfende Handbewegung. »Ach, gleichgültig. Meine Desserts werden auch ohne passende musique munden. Am besten singt er etwas Melancholisches über unglückliche Romanzen, über Einsamkeit oder über das Meer. La mer! Das werden die Gäste lieben.«

Sie verabredeten, dass Janusz zweimal pro Woche in das Gutshaus kommen sollte, wo er als Vorbereitung auf seine großen Auftritte Hulda vorsingen würde. Sie würde sich sein Repertoire anhören und ihm Noten besorgen, um es zu erweitern. Glücklicherweise gab es eine Orgel im Hause, die ein Vorfahr von Huldas Vater in ein Zimmerchen hatte stellen lassen, das seitdem Musikzimmer genannt wurde. Keiner der Söhne, die Haus und Gut übernommen hatten, hätte es gewagt, die Orgel fortzuschaffen, obwohl sie viel Raum einnahm und niemand darauf spielte. Doch es handelte sich schließlich um ein Instrument, auf dem bereits Dieterich Buxtehude gespielt haben soll. Nicht, dass irgendjemand in der Familie mit diesem Namen etwas anfangen konnte, doch es hieß, selbst Johann Sebastian Bach höchstpersönlich sei einmal mehr als vierhundert Kilometer zu Fuß gegangen, um Buxtehude auf der Orgel spielen zu hören. Nicht auf dieser hier, natürlich, aber der Name Bach war jedem vertraut. Und wenn Bach eine solche Strapaze auf sich nahm, musste dieser Buxtehude doch mindestens so berühmt sein wie jener Komponist und dieses Instrument von unschätzbarem Wert. Da stand es nun also seit Generationen und würde endlich wieder zu neuen Ehren kommen.

»Dann kann er auch gleich von deinem Süßkram kosten«, schlug Carl vor. »Der Bengel is so dünn, dem kannst dat Vadderunser dörch de Backen puusten.« Janusz sah ihn interessiert an und blickte dann zu Ernst.

»Das übersetzen Sie man schön allein«, erklärte der lachend.

Der Oktober brach herein und brachte goldene Tage, die nach dem unwirtlichen September eine wahre Wohltat waren. Viel Laub war bereits dem Zerren und Schütteln der Stürme zum Opfer gefallen, noch hing aber genug an Ästen und Zweigen, um wunderschöne gelbe und rote Gemälde auf die blaue Leinwand des Himmels zu malen. Anne wäre am liebsten jeden Tag zu ihrem Bruder Hinnerk gefahren oder geritten, um nur ja nicht eine einzige Gesangsstunde von Janusz zu versäumen, aber es gab reichlich anderes zu tun, und sie musste sich den Genuss aufsparen. Dennoch erfüllte sie eine tiefe Zufriedenheit. Die Kolonne arbeitete unweit des Gutes von Bauer Presenske, so dass der Junge leicht nach getaner Arbeit zu Fuß dorthin und nach seinen Übungen wieder nach Hause gehen konnte. Wenn Hulda auch den dringenden Wunsch geäußert hatte, er möge umgehend eine Kammer im Haus beziehen, um in der Nähe und weit weg von der in ihren Augen gefährlichen Arbeit zu sein, so hielt Hinnerk es für besser, wenn er noch eine Weile beides erledigte. Man könne später prüfen, ob sein Kontrakt bei der Bahngesellschaft sich lösen lasse. Anne erschien das ebenfalls sehr vernünftig, obwohl auch sie Bedenken hatte, dass es Janusz zu viel würde.

Auch um ihren Vater sorgte sich Anne immer mehr. Er hatte eine schrecklich ungesunde Gesichtsfarbe und keuchte manches Mal, dass einem angst und bange werden konnte.

»Ich bin nu mal nich mehr ganz neu«, meinte Carl leichthin, wenn sie ihn darauf ansprach. Oder er schob vor, sich verkühlt zu haben. Dass es längst nicht nur das war, wurde Anne an diesem Morgen klar.

»Ich habe mir etwas überlegt, Mädchen«, setzte Carl an, als sie beim Frühstücksbrei beieinandersaßen. Er atmete schwer. »Wie es scheint, hat sich der Franzen hier ganz ordentlich eingelebt. Hab ich nich mit gerechnet«, fuhr er fort und lachte in sich hinein. »Wenn ich dran denke, wie dösig der sich erst angestellt hat. Und dann will er ein Lazarett eröffnen.« Wieder gluckste Carl und musste husten. »Nichts für ungut, ich hab mich getäuscht. Mir scheint, ihr könnt euch gut leiden, und er wird bestimmt nicht so schnell zurück aufs Festland wollen. Was meinst du?«

Anne fühlte sich ein wenig unbehaglich. Sie wusste nicht recht, worauf er hinauswollte. »Wir kommen gut miteinander zurecht,

das ist alles«, antwortete sie unsicher. Dann fügte sie hinzu: »Ich gebe dir recht. Ich meine auch, dass er sich anständig eingelebt hat. Warum sollte er schon wieder fortgehen?«
»Eben. Und der Vogel müsste auch zurück sein, wenn ich nicht irre. Wenn der hier schon im Kreidebruch arbeitet und sowieso an Rügens Klima herumforscht, wird er ja wohl auch noch ein gutes Weilchen auf der Insel bleiben.«
Anne legte den Löffel auf den Tisch. »Du kannst gerne Brei essen, aber rede bitte nicht um ihn herum. Was hast du dir also überlegt?«
»Ik glöv, dat ward nu Tied, dass ich 'n büschen langsamer mache. Es müsste doch mit dem Teufel zugehen, wenn nicht einer der beiden mein Nachfolger werden wollte. Wie ich das sehe, würden dich beide haben wollen.«
»Also Papa!« Anne schnappte nach Luft.
»Als Hilfe bei den Patienten, meine ich.« Carl feixte. Die Vorstellung, ihr Vater würde sich zur Ruhe setzen, gefiel ihr ganz und gar nicht. Verdient hatte er es längst, aber so alt war er doch nun auch noch nicht. Sie bekam Angst. Wie sollte sie ohne ihn zurechtkommen? Nur Franzen an ihrer Seite, dieser unsichere und gänzlich unpraktische Mensch? Nein, das mochte sie sich nicht ausmalen. Und Bernd? Sie hatte ihn lange nicht gesehen. Noch immer krampfte sich etwas in ihr zusammen, wenn sie an ihn dachte, aber es wurde ganz langsam besser. Ihm zu assistieren wäre vor ein paar Monaten das Schönste gewesen, was sie sich hätte wünschen können. Aber diese Zeiten waren vorbei, und sie bezweifelte sehr, dass er daran interessiert war, sie unter seine Fittiche zu nehmen. Von der Aussicht auf eine Landarzt-Praxis, die nicht viel Ruhm, aber umso mehr schwere Arbeit bereithielt, ganz zu schweigen.
»Hat es dir die Sprache verschlagen, Deern? Etwas mehr als ›also Papa‹ wird dir doch wohl einfallen, oder?«

»Ich denke nach«, erwiderte Anne patzig.
»Du hast Angst.«
»Unsinn.« Sie sah auf und direkt in die Augen ihres Vaters. Mit einem Mal hatte sie einen Kloß im Hals. Er kannte sie so gut. Und er war immer da gewesen. Doch das würde nicht so bleiben. Sie hatte Angst, große Angst sogar. »Stimmt«, flüsterte sie und senkte den Kopf. »Hast schon recht. Ich mag nicht daran denken, dass sich alles verändern soll.« Sie wählte ihre Worte sorgsam. »Vielleicht wäre es tatsächlich gut, wenn du dir mehr Pausen gönnen würdest. Aber musst du denn gleich von einem Nachfolger sprechen?«
Er legte seine rauhe, faltige Hand auf ihre. »Weißt du, Mädchen, das ist die Krux in unserem Beruf. Die Leute werden nicht seltener krank, nur weil ihr Arzt weniger arbeiten will. Ein Weber webt nicht mehr so viel Stoff, der Fischer verkauft nur noch die Fische, die er an drei Tagen in der Woche fängt. Dat geiht alles. Bloß die Krankheiten, die kannst du nicht einfach portionieren wie Huldas Desserts.«
Sie musste lachen. »Leider. Das wäre äußerst praktisch.«
»Das wäre es.« Er schob sich den letzten Löffel Brei in den Mund. »Weißt was, Mädchen, heute bestellen wir die Krankheiten einfach alle ab. Wir machen einen Ausflug. Wenn einer unbedingt meint, sich die Hand abhacken zu müssen, dann soll ein Doktor in Bergen oder einer im Süden die wieder anflicken.«
»Was hast du denn vor?«
»Nu sind die schon seit Jahren mit ihrer Eisenbahn auf unserer Insel zugange, und ich bin noch nicht einmal damit gefahren. Kann das angehen?«
Sie schüttelte den Kopf. »Nee, Papa, das kann es nicht.«
»Na, denn man los!«
Mit dem Wagen fuhren sie zunächst nach Putbus. Im Hotel an der Lindenallee arbeitete ein Koch, der ursprünglich aus Trent

stammte. Carl hatte bereits ihm und später seinen Kindern auf die Welt geholfen. Obwohl es in Putbus ganz hervorragende Ärzte gab und auch der Weg nach Bergen in das Krankenhaus nicht allzu weit war, zog der Mann es noch immer vor, dass Carl ihn und seine Familie behandelte, wenn es sich irgendwie einrichten ließ. Dass er seine Arbeitsstelle in einem der besten Häuser am Platz gegen die in einem neu eröffneten Haus in Crampas tauschte, war nicht zu hoffen. Doch gewiss kannte er einen tüchtigen und bezahlbaren Koch, den er empfehlen konnte. Danach wollte Carl ihn fragen. Und er nutzte die Gelegenheit, seine Tochter zum Essen auszuführen.

»Es war köstlich, aber es war auch viel zu viel«, sagte Anne seufzend, als sie zu Fuß zum Bahnhof schlenderten. »Die Lokomotive wird mein Gewicht nicht ziehen können, fürchte ich.«

»Ach was, kann nix schaden, wenn du 'n büschen auf die Rippen kriegst.« Carl kniff sie in die Seite. »Zwar bist du nicht ganz so dünn wie der Janusz, aber viel mehr ist an dir auch nicht dran.«

»So ein Unsinn, Papa.«

»Jedenfalls hast du dir auch mal eine Pause verdient. War doch sehr praktisch, dass du heute nicht in der Küche stehen musstest, oder?«

»Das war es.«

Sie kauften sich Billetts und warteten in einem kleinen Gebäude auf die Ankunft des Zuges.

»Einmal Binz und zurück, wahrscheinlich habe ich danach schon die Nase voll«, brummte Carl.

»Oder du kannst nicht genug davon bekommen«, wandte Anne ein. Sie musste an ihre erste Fahrt in der Eisenbahn denken und natürlich wieder an Bernd. Wie aufgeregt und fröhlich er gewesen war. Ein erstes Pfeifen in der Ferne lenkte sie von ihren Erinnerungen ab. »Da kommt er schon!«

Wenig später kletterten sie über die metallenen Stufen in den Wagen. Es war ganz anders als beim ersten Mal. Anne spürte zwar wieder eine gewisse Aufregung, die jedoch deutlich gedämpfter war als bei der ersten Fahrt. In dem Waggon war es außerdem nicht stickig, im Gegenteil. Es war recht kühl, und sie war froh, als sie einen kleinen, runden Eisenofen entdeckte, in dem ein paar Kohlen glühten. In seiner Nähe war eine Bank frei, auf die sie sich setzten, und schon rollte der Zug los.

»Ist es nicht unglaublich, wie wenig man das Anfahren spürt?«, fragte Anne begeistert. »Kaum ein Rucken oder gar Poltern, das einen hin und her wirft wie in einer Kutsche.«

»Hm, nicht übel«, stimmte Carl zu, schien aber nicht sehr beeindruckt zu sein. Überhaupt zeigte er keine Anzeichen von Verzückung. Er sah während der gesamten Fahrt nach draußen und meinte schließlich: »Auch nicht viel anders, als in meiner guten alten Spinne zu reisen. Mehr Platz, zugegeben, aber sonst …?«

Mit einem Mal, sie waren gerade auf Höhe des Ortes Seelvitz und der Zug fuhr recht langsam, war ein dumpfer Schlag zu hören. Auch meinte Anne, einen Mann gesehen zu haben, der sich auf die Gleise zubewegt hatte. Doch der war nun verschwunden.

»Was war das denn?« Carl runzelte die Stirn.

Da tönte ein Schrei durch das Abteil: »Ein Unfall! Sofort anhalten! Es hat einen Unfall gegeben!«

Anne sprang auf. »Warte hier«, sagte sie. »Ich sehe mal nach, was passiert ist.« Damit ließ sie ihren Vater allein und eilte auf die Plattform am Ende des Wagens. Sie hielt sich an der Stange fest, die im Freien Reisende davor bewahrte, vom rollenden Zug herabzustürzen, und beugte sich zaghaft vor, um zurückblicken zu können. Tatsächlich, da lag ein Mann zwischen den beiden Gleisen. Sie überlegte, was zu tun sei. Sollte sie springen? Und dann? Sie hatte keinerlei Verbandszeug oder Ähnliches bei sich. Ihr Vater hatte zwar das Nötigste dabei, doch ihm konnte sie unmöglich zumuten, dass er einen Satz von der Plattform herunter machte. Da hörte sie die Bremsen quietschen. Und dann sah sie einen Mann aus einem der hinteren Waggons springen, noch bevor der Zug endgültig zum Stillstand gekommen war. Sie erkannte ihn sofort. Es war Bernd Vogel.

»Guten Tag, Herr Kollege. Gut, dass Sie schon zur Stelle sind«, begrüßte Carl ihn, nachdem er und Anne wenig später ebenfalls hinabgeklettert waren.

»Guten Tag, Doktor Utpatel. Fräulein Anne.« Bernd nickte ihr zu. Dann wandte er sich wieder an den Mann, der sich ein wenig aufgerichtet hatte. »Was haben Sie sich denn dabei gedacht, Mensch?«

»Nichts«, kam es kleinlaut zurück. Die Schaulustigen, die sich in einiger Entfernung um den Unglücksraben versammelt hatten, murmelten miteinander. Da es nicht viel zu sehen gab, stiegen sie nach und nach wieder ein. Es werde ja wohl hoffentlich gleich weitergehen, man wolle pünktlich sein Ziel erreichen, hieß es. Und ein Herr, der ein Lorgnon an einer Goldkette um den Hals trug, sagte: »Ich bin doch ein Pechvogel. Erst im letzten Jahr ist ein Zug, mit dem ich fuhr, an ebendieser Stelle liegengeblieben. Zehn Personen- und zwei Güterwagen sollte die Lokomotive ziehen, das war natürlich zu viel.« Anne fragte sich, wem er die Geschichte erzählte, denn er war nicht in Begleitung, doch vermutlich meinte er, alle Reisenden mit der Eisenbahn würden eine verschworene Gemeinschaft bilden. »Beinahe zwei Stunden hat es gedauert, bis die Fahrt weitergehen konnte«, berichtete er. »Zwei Stunden! Als ob man den ganzen Tag nichts zu tun hätte!«

Bernd hatte in der Zwischenzeit die Kopfwunde des Verletzten versorgt, während dieser zugegeben hatte, schon häufiger auf einen langsam fahrenden Zug aufgesprungen zu sein. Der Mann war Beamter und mit der Verlegung der Telefonleitung beschäftigt.

»Sonst hat das immer tadellos funktioniert«, behauptete er zerknirscht. »Dieses Mal war die Geschwindigkeit noch zu hoch. Ich bin abgeprallt. Und auf dem Nachbargleis stand diese andere Lok. Eine Verkettung zweier unglücklicher Umstände. Die Lokomotive war wohl härter als mein Schädel.« Er deutete auf die noch immer auf dem anderen Gleis stehende Maschine.

»Sie hatten mehr Glück als Verstand, Mann. Ist Ihnen das klar? Sie hätten tot sein können.«

»Nun übertreiben Sie aber«, gab der Beamte zurück. Der Schreck war ihm jedoch deutlich ins Gesicht geschrieben.

»Keineswegs.« Bernd half ihm auf die Beine. »Hätte die Lok dort nicht gestanden, sondern wäre wenig später in voller Fahrt hier entlanggekommen, hätte sie sie auf den Gleisen erwischen können. Dann wäre nicht mehr viel von Ihnen übrig.«

»Danke, Herr Doktor, für Ihre Hilfe.«

»Keine Ursache. Versprechen Sie mir, dass Sie nur noch stehende Züge besteigen?«

»Ja, schon gut, ich verspreche es.« Er schwor außerdem Stein und Bein, er würde ohne Umschweife nach Hause gehen. Er wohnte in Seelvitz und würde sich den Rest des Tages hinlegen. Damit gab Bernd sich zufrieden.

»Alles wieder einsteigen!«, rief der Schaffner. Die Fahrt konnte fortgesetzt werden. Natürlich gesellte Bernd sich jetzt zu ihnen.

»Wir hatten Sie vorher gar nicht gesehen«, erklärte Carl. »Sonst hätten wir Ihnen gern Gesellschaft geleistet. Da sitzen wir in einem Zug und begegnen uns nicht mal, das is 'n Ding! Das passiert in einer Kutsche nicht.«

»Da haben Sie recht.« Bernd nickte. Dann sagte er: »Wenn ich das nächste Mal sehe, wie Ihr Fräulein Tochter in einen Zug steigt, steige ich besser aus.« Anne musste schlucken. Im Grunde hatte sie damit gerechnet, dass sie ihm nach ihrer Abfuhr gleichgültig war und er sie längst vergessen hatte. Aber wie es aussah, hatte sie ihn in seiner Eitelkeit so schwer gekränkt, dass er sie seine Feindschaft aufs Neue spüren ließ. »Erst zweimal bin ich Zeuge eines Unfalls mit Personenschaden geworden«, fuhr Bernd fort, »und jedes Mal war Ihre Tochter zugegen.«

Carl lachte. »Seien Sie froh, immerhin kann sie helfen. Stellen Sie sich vor, sie würde nur bei ihrem Bruder arbeiten, dem Fischer. Dann würde sie die Unglücklichen womöglich auf der Stelle ausnehmen.«

»Außerdem, gilt das umgekehrt etwa nicht? Ich bin erst zweimal mit der Eisenbahn gefahren, jedes Mal gab es einen Unfall, und immer waren Sie in der Nähe«, gab Anne zurück und funkelte Bernd an. Ihm lag eine Entgegnung auf der Zunge, das konnte sie sehen, doch Carl war schneller.

»Jedenfalls bin ich froh, dass Sie hier sind. Ich bin nämlich heute nicht im Dienst. Wer krank sein will, soll es ruhig sein, aber ohne mich. Ich brauche auch einmal eine Pause.« Er faltete die Hände über dem Bauch und schnaufte zufrieden.

»So kenne ich Sie gar nicht, werter Kollege. Fühlen Sie sich nicht wohl?«

»Vater geht es schon seit geraumer Zeit nicht gut«, antwortete Anne an Carls Stelle. Ihr fiel ein, dass Hinnerk gesagt hatte, Bernd solle ihn sich einmal ansehen. Und ihr selbst wäre das auch eine große Beruhigung. Zumal Bernd den Eindruck machte, als sei er wirklich um Carls Gesundheit besorgt.

»Sie übertreibt«, brummelte Carl und fuhr sich mit der Hand über das Gesicht. »Ich werde eben nicht jünger und bin ein wenig müde. Das ist alles. Außerdem habe ich schon viel zu lange nicht mehr Pfeife geraucht. Etwas anderes fehlt mir nicht.«

Nach einer kurzen Pause wiederholte er: »Sie übertreibt. Sie wissen doch, wie Kinder sind.«
»Nein, das weiß ich leider nicht. Jedenfalls nicht aus eigener Erfahrung.« Bernd warf Anne einen kurzen Blick zu. So ein Heuchler, dachte sie. Wollte er ihr etwa ernsthaft weismachen, er würde gern eine Familie gründen? Das würde doch bedeuten, dass er sich für eine Frau entscheiden und auf all die anderen hübschen Damen verzichten müsste. Als ob er daran interessiert sein könnte!
»So 'n Hühnerkroom. Jeder weiß aus eigener Erfahrung, wie Kinder sind. Oder sind Sie schon erwachsen auf die Welt gekommen?«
»Nein, das bin ich sicher nicht.« Bernd lachte, und seine braunen Augen glänzten. Anne sah schnell zur Seite, sonst würde sie nur wieder feststellen, wie gut er aussah. »Das hätte meinen Eltern vermutlich einiges erleichtert.« Für einen Moment schwiegen sie, dann fiel Bernd wieder ein, wovon sie gesprochen hatten. »Wenn Anne sagt, dass es Ihnen seit geraumer Zeit nicht gutgeht, dann glaube ich ihr das. Zum einen kennt sie sich mit Krankheiten und ihren Anzeichen bestens aus.« Wollte er ihr Honig um den Bart schmieren? Damit konnte er bei ihr nicht landen. »Zum anderen habe ich sie nicht als übermäßig gefühlsduselig kennengelernt. Ich glaube kaum, dass sie Hinweise ernster nimmt als nötig. Seien Sie also vernünftig und lassen Sie sich mal untersuchen.«
»Ein sehr guter Vorschlag, Papa. Und er kommt nicht von mir!«
»Wohin fahren Sie? Nach Binz?« Anne nickte, während Carl nur vor sich hin murrte. »Sie können mit mir kommen. Dann sehe ich Sie mir mal an.«
»Ach was, so ein Unfug!«
»Wenn Sie nicht wollen, bitte schön. Zwingen kann ich Sie nicht. Vielleicht ist es Ihnen lieber, zu dem Kollegen Franzen zu

gehen. Wenn er ohnehin bald zur Familie gehört, fällt Ihnen dieser Schritt möglicherweise leichter.«

»Zur Familie? Der Franzen? Das sollte ich wohl wissen, oder?«

»Nun, ich dachte …«

»Ich dachte auch schon so einiges, lieber Herr Vogel. Allerdings ist meine Tochter eben immer wieder für Überraschungen gut. Erst ist sie begeistert von Ihnen und kann den Franzen nicht ausstehen, dann mag sie den mit einem Mal leiden, und von Ihnen ist keine Rede mehr.«

»Papa, das reicht!« Annes Wangen brannten. Wie peinlich das war!

»Aber in die Puschen kommt der auch nicht. Ich werd's wohl nicht mehr erleben, dass Anne unter die Haube kommt.«

In Binz hatten sich ihre Wege getrennt, und Carl hatte sich nicht untersuchen lassen. Annes Feiertagslaune war dahin gewesen. Wenn sie Bernd schon wiedersehen musste, hätte er wenigstens etwas für sie oder, besser gesagt, für ihren Vater tun können. Aber es wäre ihr bei weitem lieber gewesen, sie wäre ihm erst gar nicht begegnet.

Hätte, wäre, wenn … Es half nichts, dachte sie, als sie an diesem Oktobertag auf dem Weg zu Hinnerk war. Sie musste sich damit abfinden, dass Bernd Vogel ihr auch in Zukunft immer mal wieder über den Weg laufen würde. Besser, sie gewöhnte sich daran. Noch viel wichtiger war, dass sie sich auf ihre Arbeit konzentrierte. Um Carl zu entlasten, musste sie einige Aufgaben übernehmen. Husten und Schnupfen gingen um in Altenkirchen, wie vermutlich auf der gesamten Insel. Also wollte sie ihrem Bruder und dessen Leuten und natürlich auch Janusz etwas bringen, das ihre Abwehrkräfte stärken und sie vor der scheußlichen Erkältungswelle schützen konnte. Sie hatte eine große Dose Tee im Gepäck, eine Mischung aus Lindenblüten und

Holunder. Außerdem hatte sie Äpfel gepflückt und einen ordentlichen Sack voll davon mitgebracht. Die sollte Hinnerk verteilen. Eine bessere Waffe gegen Halsschmerzen, Keuchen und gegen eine laufende Nase gab es nicht. Carl hielt daheim die Stellung, so war Anne allein mit dem Einspänner unterwegs. Sie lenkte den Wagen auf den Hof, und sofort kam ihr Stallbursche Sören entgegengelaufen.

»Guten Tag, Fräulein Utpatel«, begrüßte er sie und deutete in seiner etwas linkischen Art eine Verbeugung an.

»Guten Tag, Sören. Na, noch gesund und munter?« Sie sprang von dem Wagen herab.

»Klar doch«, rief Sören und musste im nächsten Augenblick niesen.

»Gesundheit«, sagte Anne und zog fragend die Augenbrauen hoch.

»Das war nichts«, erklärte er, »nur ein dummes Kribbeln in der Nase.« Dann sah er sich um, als wäre jemand hinter ihm her, und trat einen Schritt näher auf Anne zu. »Könnte auch an der dicken Luft liegen«, meinte er leise und deutete zum Haus.

»Warum? Etwas nicht in Ordnung?«

»Etwas? Gar nichts ist in Ordnung. Der Alte hat mächtig üble Laune.« Er schlug sich erschrocken die Hand vor den Mund. »Der Herr Presenske, meine ich, der hat schrecklich schlechte Laune.«

Anne zwinkerte ihm verschwörerisch zu. »Und warum?«

»Na, wegen der Bahn, weil die doch nicht fährt und die Rüben nicht wegkommen.«

Sie zog nachdenklich die Stirn in Falten. Warum sollte die Bahn nicht fahren? Es wurde Zeit, Licht ins Dunkel zu bringen. »Dann gehe ich mal hinein. Mir wird er schon nicht den Kopf abreißen.«

»Das hoffe ich«, erwiderte Sören und strahlte sie an. »Ja, gehen Sie ruhig hinein. Aber ich habe nichts gesagt.«

»Natürlich nicht, Sören. Denn du hast dich gleich, als ich auf den Hof gefahren bin, um das Pferd gekümmert, nicht wahr?«

»Eben, eben«, bestätigte er und nickte eifrig.

Kaum dass sie das großzügige Gutshaus betreten hatte, kam Hulda ihr entgegen. Statt Anne zu begrüßen, fragte sie: »Hast du Janusz nicht mitgebracht?«

»Nein, hätte ich das denn tun sollen?« So etwas Dummes, hatten sie etwa ausgemacht, dass sie ihn abholte? Anne konnte sich nicht erinnern.

»Nein, nein, aber er ist nicht gekommen. Sonst war er immer pünktlich, doch heute ist er nicht erschienen. Ich habe ja gesagt, er soll hier eine Gesindekammer bekommen und bleiben.« Aufgeregt lief sie umher, faltete die Hände wie zum Gebet und hielt sie sich vor die Lippen.

»Nun beruhige dich erst mal.« Anne stellte ihren Sack mit den Äpfeln in der Diele ab und holte die Dose mit dem Tee hervor. »Sieh nur, ich spiele heute schon den Weihnachtsmann. Die Rute habe ich zu Hause gelassen, es gibt heute nur schöne Gaben.« Sie lachte und hoffte, Hulda ein wenig aufmuntern zu können. Da trat Hinnerk in die Diele.

»Ich höre, der Weihnachtsmann ist da?« Er umarmte seine Schwester.

»Allerdings, und er hat gesunde Äpfel in seinem Gabensack. Damit haltet ihr euch den bösen Husten vom Leib.«

»Ich hatte gehofft, du hättest Janusz in dem Sack mitgebracht.«

»Hulda sagte schon, dass er nicht gekommen ist.«

»So ist es. Ausgerechnet. Als hätten wir heute nicht schon genug Ärger.« Er rieb sich die Schläfen.

»Was ist denn los?«

»Denk dir, die Rübenernte geht mit großen Schritten voran. Einige Güterwaggons sind bereits mit der Kleinbahn zum Wieker Hafen zur Verladung für die Barther Zuckerfabrik gebracht worden.«

»Wurde die Strecke nicht dafür gebaut?« Anne verstand nicht, worüber man sich ärgern sollte.

»Wohl wahr. Es lief auch alles recht ordentlich. Aber gestern ist eine Lokomotive ausgefallen, mitten im Rübenverkehr!«

»Es gab doch bestimmt rasch Ersatz.«

»Von wegen. Eine weitere Lok sei in Reparatur, hieß es.« Hinnerk sprach leise. Vermutlich wollte er vermeiden, dass der alte Presenske ihn hörte und sich von neuem ereiferte. »Weil zwei Loks irgendwo auf der Insel für den Streckenbau benötigt werden und eine im Süden bei Altefähr im Einsatz ist, gibt es keinen Ersatz. Wenn du mich fragst, diese Eisenbahnbaugesellschaft will zu viel auf einmal. An allen Stellen buddeln die gleichzeitig. Und wenn's irgendwo klemmt, gucken sie bloß dumm aus der Wäsche.« Sie wusste nichts darauf zu sagen. Gut möglich, dass er recht hatte.

»Aber so lange kann es doch nicht dauern, bis die eine Lösung haben. Wenn die Rüben einen Tag am Feldrand liegen, werden sie schon nicht gleich von Tieren gefressen oder gammelig«, gab Anne zu bedenken.

»Nur bleibt's leider nicht bei einem Tag. Die Betriebsleitung hat einen Boten herumgeschickt, der allen Bauern mitteilte, die Beförderung sei bis zum sechzehnten Oktober eingestellt. Das sind noch ganze vier Tage. Du kannst dir nicht vorstellen, wie mein Herr Schwiegervater getobt hat.« Das konnte Anne wahrhaftig nicht. Gehörte zum Toben nicht, dass er brüllte und krakeelte? Wie sollte Presenske das anstellen, der den Mund kaum aufmachte? »Es soll wohl eine Lokomotive mit der Fähre geholt werden als Ersatz. Wir können noch von Glück sagen, dass die Eisenbahngesellschaft auch auf dem Festland einige Strecken mit der halben Spurweite baut, sonst kämen wir mit vier Tagen noch nicht einmal aus. Erfreulich ist die Verzögerung dennoch nicht.«

»Bitte, Chéri, Anne hat recht. Die Rüben laufen niemandem davon.« Hulda lachte hell auf, als sie bemerkte, dass sie einen Witz gemacht hatte, wurde aber sofort wieder ernst. »Könntest du dich bitte darum kümmern, was mit unserem Engel geschehen ist? Ich mache mir schreckliche Sorgen um ihn.«

»Vielleicht sollten wir wirklich rasch zu seiner Baracke gehen«, schlug Anne vor. »Womöglich geht es ihm nicht gut.«

»Denkst du nicht, Ernst würde uns Bescheid geben oder jemanden schicken?«

»Doch, schon.« Sie dachte nach. »Es wird eine Erklärung geben. Gehen wir hin, es ist ja nicht weit. Außerdem können wir den Männern gleich ein paar Äpfel bringen. Die können sie weiß Gott gut brauchen, wenn sie jeden Tag bei Wind und Wetter draußen schuften.«

»Also schön, warum nicht? Kann mich mein Herr Schwiegerpapa wenigstens nicht beschimpfen.« Hinnerk zwinkerte Anne zu und rief nach dem Mädchen, das ihm seinen Mantel bringen sollte.

Einen Wimpernschlag später waren sie auf dem Weg. Anne freute sich, ein paar Minuten mit ihrem Bruder allein zu sein. Viel zu selten konnten sie in Ruhe miteinander reden. Das galt auch für Gerd und sie. Wie lange hatte sie schon keine Zeit mehr für ihn gehabt? Sie nahm sich vor, bei nächster Gelegenheit nach ihm zu sehen.

»Wie macht sich Janusz?«

»Wenn er mal da ist?«

»Wie bitte? Moment, Bruderherz, Hulda sagte, er sei bisher immer zuverlässig gewesen«, verteidigte Anne ihn.

Hinnerk wurde ernst. »Ich habe nur Spaß gemacht. Ja, Janusz ist sehr zuverlässig. Er ist ein erstaunlicher Junge. Hulda hat mir erzählt, dass sie ihm Noten vorgelegt hat. Er hat ihr zu verstehen gegeben, dass er die nicht lesen kann. Wahrscheinlich kann er gar nicht lesen.« Sie liefen nebeneinander her und ließen das Gut, das am nördlichen Ende von Altenkirchen lag, hinter sich. Der Pfad führte zwischen Feldern hindurch nordostwärts. »Frag mich bitte nicht, wie die beiden sich verständigen. Ernst kann Janusz ja nicht immer begleiten. Aber irgendwie geht es auch so. Er hat Hulda begreiflich gemacht, dass er Noten von einem ganz bestimmten Stück haben will. Sie hat sie ihm besorgt und mir erzählt, dass sie für ein Lied waren, das er aus dem Gedächtnis spielen kann. Weißt du, was er getan hat?«

Sie zuckte die Schultern. »Keine Ahnung.«

»Janusz hat dieses Lied wieder und wieder gespielt, Ton für Ton. Er hat sich die Noten auf dem Papier angesehen und anscheinend entsprechend den Tasten zugeordnet. Dann hat er sich eine Art Skizze gemacht, die er sozusagen auf andere Noten übertragen konnte.«

»Erstaunlich!«

»Das kannst du laut sagen, Schwesterchen. Wenn du ihm jetzt die Noten für ein ihm unbekanntes Stück gibst, dauert es zwar eine Weile, aber dann ist er in der Lage, das Lied vom Blatt zu spielen. Ein wirklich bemerkenswerter Junge.«

Anne schlug den Kragen ihres Mantels hoch. Gottlob war es nicht mehr weit. Sie erzählte Hinnerk von der Begegnung mit Bernd und dass Carl sich nicht hatte untersuchen lassen.

»Er denkt daran, sich zur Ruhe zu setzen. Er meint, Vogel oder Franzen könnten einen guten Nachfolger abgeben.«

»Alt genug ist er. Hätte aber nicht gedacht, dass er auch vernünftig genug ist, das Ruder freiwillig aus der Hand zu geben.«

»Bloß sehe ich nicht, dass einer der beiden als sein Nachfolger in Frage kommt. Außerdem könnte unser Vater gewiss noch das eine oder andere Jährchen für seine Patienten da sein. Was sollen die denn ohne ihn machen?«

»Sich an einen anderen gewöhnen. Wer auch immer das sei. Die Frage ist wohl eher: Was willst du dann machen? Habe ich recht?«

Sie nickte. »Ich darf gar nicht dran denken.«

»Wie wäre es, wenn du dem verschlafenen Trent den Rücken kehrst, nach Crampas kommst und uns im Hotel hilfst?«

»Das fehlte mir noch«, rief Anne entsetzt aus. »Nein, dann gehe ich doch lieber in die Hebammenlehranstalt!«

»Wie? Ich verstehe nicht …«

Sie wollte es ihm erklären, doch da hörte sie Stimmen, die sie bereits wahrgenommen hatte und die jetzt anschwollen.

»Was ist denn da los?« Hinnerk sah Anne kurz an, dann liefen beide los, dem Tumult entgegen. Der Weg beschrieb eine Biegung, und als sie diese erreicht hatten, stießen sie auf eine Gruppe Männer. Anne erkannte denjenigen, den sie einmal mit Hinnerk getroffen hatte und der später mit einem roten Einspänner, gezogen von einem prächtigen braunen Hengst, bei Presenske vom Hof gefahren war. Also hatte sie sich nicht getäuscht, ein harmloser Kaufmann aus der Zuckerfabrik war das gewiss nicht. Die Arbeiter aus Ernsts Kolonne – Russen, Polen und Galizier – standen dem feinen Herrn feindselig gegenüber. Inmitten der aufgebrachten Menge entdeckte Anne Janusz. Mit verzweifelt aufgerissenen Augen stand er da und atmete hastig. Das konnte sie sehen. Doch wie so oft sprach er kein Wort.

»Nun mal mit der Ruhe, meine Herren«, rief Hinnerk schon von weitem, dann blieben Anne und er in sicherer Entfernung stehen.

»Janusz, komm her zu mir«, sagte sie.

»Das wird er sicher nicht tun«, blaffte der Mann im schwarzen Anzug. »Er hat einen Vertrag unterschrieben, den er gefälligst erfüllen wird.«

Einer der Arbeiter sagte etwas und ballte die Faust.
»Ich bitte Sie, meine Herren«, versuchte Hinnerk die Männer zu beruhigen. »Seien Sie erst einmal herzlich gegrüßt, werter Herr Piepkorn.« Die beiden gaben sich die Hand. »Also, was genau ist hier los?«
»Derr verrbietet ihm zu singen«, sagte einer, dessen Muttersprache vermutlich Russisch war. Er rollte das r und betonte hart das g, als bliebe er beim Sprechen daran hängen. »Derr glaubt, wirr gehörren ihm ale, aberr sind wirr auch Menschen und nix Vieh.« Seine Augen funkelten zornig. Anne musste schlucken. Es lag so viel Feindseligkeit und Hass in der Luft, dass man es körperlich spüren konnte.
»Sie kennen die Regeln«, sagte der Mann, den Hinnerk Piepkorn genannt hatte, eisig. »Wenn der Junge den Kontrakt vorzeitig lösen will, muss er dafür Schadenersatz zahlen. Oder der neue Arbeitgeber kauft ihn frei.«
»Freikaufen?«, entfuhr es Anne. »Ich dachte, die Leibeigenschaft sei inzwischen sogar in den abgelegensten Winkeln der Insel abgeschafft. Außerdem kann ich mir kaum vorstellen, dass er einen Vertrag unterschrieben hat. Soweit ich weiß, kann er weder lesen noch schreiben.«
»Ist schon gut«, sagte Hinnerk leise.
»Wenn ich mich nicht täusche, hat sein Vater für ihn unterschrieben. Das ist genauso viel wert.«
»Vaterr tott«, fauchte der Russe.
»Das ist mir bekannt«, entgegnete Piepkorn überheblich. »Schließlich habe ich innerhalb nur eines Tages Ersatz für ihn beschafft. Nicht übel, oder?«
Anne starrte ihn an. Sie war fassungslos. Hier stand der Sohn des Mannes, der umgekommen war, und dieser ungehobelte Kerl hatte kein Wort des Bedauerns übrig, sondern rühmte sich, die ausgefallene Arbeitskraft umgehend ersetzt zu haben. Der

feine Zwirn, den er trug, passte augenscheinlich nicht einen Deut zu seinem Charakter, den er hinter der noblen Fassade verbarg. Anne überlegte, wie sie Janusz aus dieser misslichen Lage befreien konnte. Die Männer aus seiner Kolonne standen um ihn herum wie um einen Schatz, den sie keinesfalls freiwillig herausgeben würden. Nur einen Schritt weiter standen Piepkorn und neben ihm Hinnerk. Konnte ihr Bruder nicht mit diesem Agenten – dass er einer war, stand außer Frage – eine Lösung finden, um Janusz zu helfen? Plötzlich erinnerte sie sich, was dieser soeben gesagt hatte: Der neue Arbeitgeber kann den Jungen freikaufen. Vor lauter Zorn war ihr gar nicht klargeworden, was das bedeutete. Wenn das so einfach war … Sie holte Luft, um Hinnerk aufzufordern, Piepkorn zu erklären, wer dieser neue Arbeitgeber war. Doch noch ehe sie ein Wort sagen konnte, beschimpfte einer der Männer ihren Bruder und den Agenten. Sie wünschte inständig, Ernst würde auftauchen, damit man sich wenigstens sprachlich verständigen konnte. Außerdem genoss er bei den Arbeitern aller Nationen ein hohes Ansehen. Mit etwas Glück würden sie auf ihn hören. Doch Ernst war leider weit und breit nicht zu sehen, und die Männer stachelten sich gegenseitig auf, brüllten, reckten die geballten Fäuste und kamen Hinnerk und Piepkorn, die sie anscheinend für Freunde hielten, bedrohlich nahe.

»Ihr wollt Menschen sein?«, fragte Piepkorn und blickte abschätzig in die Runde. Der traut sich was, dachte Anne voller Abscheu. »Arbeitsvieh seid ihr. Nein, nicht einmal das. Pferde und Rinder verlangen keinen freien Tag in der Woche und werden auch nicht vertragsbrüchig. Ihr schon!«

»Sie sollten vorsichtiger sein, Piepkorn«, fuhr Hinnerk ihn böse an. Zu spät. Mit einem Satz war der Russe bei Piepkorn und schlug ihm mit der Faust mitten ins Gesicht. Blut spritzte, und etwas flog durch die Luft. Ein Zahn, vermutete Anne. Dann gab

es kein Halten mehr. Ehe sie noch Luft holen konnte, entbrannte ein Handgemenge, bei dem sich nicht mehr sagen ließ, wer an wem zerrte oder wer auf wen einprügelte.
»Janusz, hier herüber!«, rief Anne und unterstrich ihre Worte mit einer Geste, die er sofort verstand. Niemand achtete mehr auf den Jungen, so konnte er geschmeidig wie ein Aal zwischen den Kampfhähnen hindurchschlüpfen.
»Wir holen Hilfe«, rief Anne ihrem Bruder zu, packte Janusz bei der Hand und rannte los.
Außer Atem war sie keine halbe Stunde später zurück. Janusz hatte sie bei Hulda im Haus gelassen. Er konnte ohnehin nichts tun und war besser erst einmal aus der Schusslinie. Dafür hatten Sören und Presenske höchstpersönlich, der sich trotz seiner behäbigen Art und des stattlichen Bauches als erstaunlich guter Läufer entpuppt hatte, sowie zwei weitere Bedienstete sie begleitet. Als sie am Ort des Geschehens eintrafen, hatten sich die Arbeiter bereits zurückgezogen. Hinnerk sah sich gerade Piepkorns Blessuren an. Den hatte es ordentlich erwischt. Hinnerk dagegen hatte nur ein paar Kratzer abbekommen. Recht so, dachte Anne. Wenn sie auch nichts für Prügeleien übrighatte, so hatte es in diesem Fall wenigstens den Richtigen getroffen.
»Das hat ein Nachspiel, Utpatel, verlassen Sie sich drauf«, sagte Piepkorn gerade, drehte sich um und ging grußlos.
»Denn sind wir wohl zu spät«, brummte Presenske und machte sich ebenfalls, kaum angekommen, wieder auf den Heimweg. Sören und die anderen beiden Männer trotteten hinter ihm her. Anne konnte sich des Eindrucks nicht erwehren, dass sie ein wenig enttäuscht waren, weil es niemanden mehr zum Versohlen gab.
»Was für ein abscheulicher Mensch!«, schimpfte Anne kopfschüttelnd, als sie mit ihrem Bruder wieder allein war. »Habe ich

das richtig gehört? Er hat dir gedroht, obwohl du ihm gegen dein eigenes Interesse zu Hilfe gekommen bist?«

»Gegen mein Interesse? Was weißt du schon?« Er sah sie traurig an und wischte sich Blut von der Lippe. Anne verstand nicht recht.

»Nun, ich weiß, dass du ein anständiger Kerl bist«, meinte sie zögernd. »Du musstest ihm helfen. Er ist zwar ein Scheusal, aber er war ganz allein. Die Männer hätten ihm womöglich Schlimmeres angetan, wenn ihm niemand beigestanden hätte. Ich weiß doch, dass du ihm nur deshalb geholfen hast.«

»Nichts weißt du!« Hinnerk funkelte Anne an. »Ich hätte Piepkorn auch beigestanden, wenn noch hundert von seiner Sorte hier gewesen wären. Wir stehen auf derselben Seite.«

»Was sagst du da? Du und dieser Halsabschneider? Was hast du mit ihm zu schaffen?« Er antwortete nicht. »Ich verstehe es nicht, Hinnerk. Er ist es, der Janusz nicht gehen lassen will. Er ist sein Gegner und damit auch deiner, denn du willst Janusz doch als Musiker haben! Überhaupt, warum hast du ihm nicht einfach das Geld geboten, das er verlangt, um Janusz gehen zu lassen? So viel wird es doch wohl nicht sein.«

»Er ist nicht mein Gegner, Anne, er ist mein Partner.«

»Was sagst du da?« Sie hatten sich bereits auf den Weg gemacht, doch jetzt blieb sie wie angewurzelt stehen. Sie konnte nicht begreifen, was sie da eben gehört hatte.

»Piepkorn hat mir zu viel Geld verholfen. Ich bin ihm was schuldig.« Hinnerk sah Anne so lange eindringlich an, bis sie verstand. War die Wahrheit auch noch so ungeheuerlich, ihr Bruder gehörte zu diesen Agenten, die mit Menschen handelten wie mit Vieh. Das war also das Geschäft, das man ihm angeboten hatte.

»Warum hast du dich darauf eingelassen? Vater hat dir doch gesagt, dass er dich nicht im Stich lässt. Du wusstest, dass du von ihm genug bekommst, um das Haus kaufen zu können. Ich verstehe dich einfach nicht.«

»Verstehst du das wirklich nicht, Anne? Ich dachte immer, du und ich – wir sind aus dem gleichen Holz geschnitzt. Ich hatte es einfach satt, immer von jemandem abhängig zu sein. Erst war es Vater, der mich zwar an die Universität gehen ließ, mir aber nichts zugetraut hat.«

»Aber das stimmt doch nicht«, widersprach sie. Doch Hinnerk hörte ihr gar nicht zu.

»Dann mein Herr Schwiegervater, mit dem sich's gut auskommen lässt, solange es nach seiner Nase geht. Ich will endlich mein eigener Herr sein und niemanden mehr bitten müssen.«

»Dein eigener Herr?«, fuhr Anne ihn an. Noch immer rührte sie sich nicht vom Fleck. »Du redest von Unabhängigkeit und machst dich zum Handlanger von einem Schurken übelster Sorte, der Menschen nur als Arbeitskraft ansieht, mit der er Handel treiben kann? Nein, Hinnerk, wir sind offenbar nicht aus dem gleichen Holz gemacht. Nicht einmal aus ein und demselben Wald, wie mir scheint. Nennst du es Unabhängigkeit, einen Mann gegen deine Überzeugung verteidigen zu müssen oder ihm etwas schuldig zu sein?« Hinnerk ließ den Kopf hängen, doch Anne hatte keinen Blick für sein Elend. »Solange du dein Geld als Agent verdienst, oder wie ihr euch nennt, damit man meint, ihr wärt ehrbare Männer, will ich nichts mehr mit dir zu tun haben«, sagte sie mit bebender Stimme und ließ ihn stehen.

Zwei Tage später brütete Anne noch immer vor sich hin. Sie war hin- und hergerissen. Zum einen hätte sie zu gerne gewusst, wie es Janusz ging, ob Hinnerk wenigstens seinen engen Kontakt zu Piepkorn nutzte, um eine Einigung in dieser Sache zu erzielen. Zum anderen war sie fest entschlossen, das Haus ihres

Bruders vorerst nicht mehr zu betreten. Der Abend brach gerade herein, als es klopfte. Carl hatte sich bereits hingelegt, er fühlte sich nicht gut. Ein Umstand, der Anne zusätzlich belastete. Sie ging in die Diele, da öffnete sich schon die Tür und Franzen trat ein.

»Guten Abend, Anne, störe ich?«

»Guten Abend, Julius. Nein, Sie stören nicht. Meinem Vater ist allerdings nicht ganz wohl. Wenn Sie also zu ihm wollten …«

Seine Miene hellte sich auf. Nicht gerade passend, dachte sie.

»Das tut mir leid. Richten Sie ihm meine Grüße aus. Und Sie, geht es Ihnen gut?« Er schob seine Unterlippe vor. Wenn er auch erfreut war, sie allein anzutreffen, wusste er offenkundig nicht, ob er bleiben konnte oder was er sagen sollte, damit sie ihn in die Wohnküche bat. Sie überlegte einen kurzen Moment, ob ihr der Sinn nach Gesellschaft stand, dann beschloss sie, dass alles besser war, als allein zu sein und zu grübeln.

»Ach, Julius«, sagte Anne und seufzte. »Ja, es geht mir im Grunde genommen gut. Leider bereitet mir nicht nur der Gesundheitszustand meines Vaters Sorgen, sondern auch mein großer Bruder.« Sie rang sich ein Lächeln ab. »Kommen Sie doch herein, wenn Sie mögen.«

»Danke, gern!« Er strahlte. Sie setzten sich an den großen Tisch, im Kamin knisterte ein Feuer. »Sie haben mir einmal gesagt, es bliebe einem einiges erspart, wenn man keine Brüder hat. Erinnern Sie sich?« Er zwinkerte schelmisch. Du meine Güte, er konnte ja richtig drollig sein, um sie aufzumuntern.

»Ja, ich erinnere mich. Als ich das sagte, habe ich allerdings nicht geahnt, wie ernst die Lage ist.« Sie atmete tief ein.

»Ist es so schlimm?« Franzen sah sie mitfühlend an. Ein warmes Gefühl durchströmte Anne, und sie hatte plötzlich das Bedürfnis, ihm zu erzählen, was vorgefallen war. Eigentlich war es ihr schrecklich unangenehm, in welche Geschäfte Hinnerk verstrickt war, und es mussten auch nicht mehr Menschen darüber Bescheid wissen als nötig. Gleichzeitig wusste sie, wie viel leichter einem ums Herz wurde, wenn man seinem Kummer Luft machen konnte. Carl hatte sie nichts erzählt. Es hätte ihn furchtbar aufgeregt. Franzen dagegen hatte sie auch schon einmal ins Vertrauen gezogen, warum also sollte sie es ihrerseits nicht tun?

»Ja, Julius, es ist schlimm.« Ein weiterer tiefer Seufzer, dann begann Anne zu erzählen. »Mein eigener Bruder!«, rief sie aus, als sie alles berichtet hatte. »Ich habe geglaubt, ich kenne ihn in- und auswendig. Ich sagte noch zu ihm, dass er ein anständiger Kerl ist. Und jetzt das!« Franzen griff über den Tisch und drückte ihre Hand, ließ sie aber gleich wieder los.

»Ich verstehe gut, dass Sie enttäuscht sind, Anne. Und aus Ihrer Sicht gibt es gewiss keine Entschuldigung für sein Handeln, aufrichtig und geradlinig, wie Sie sind. Doch versetzen Sie sich einmal in seine Lage. Er hat sein Wort gegeben, dieses Haus zu kaufen und ein Hotel zu eröffnen. Nein, er hat sogar mehr getan, er hat bereits seine Unterschrift unter den Vertrag gesetzt. Und dann steht er plötzlich ohne die nötigen finanziellen Mittel da.«

»Aber er hätte doch von meinem Vater Hilfe bekommen«, wandte Anne ein.

»Es wäre der bessere Weg gewesen, da haben Sie zweifellos recht, nur ist er vielleicht zu stolz und wollte es allein schaffen. Wenn ich Sie recht verstanden habe, ist seine Frau ziemlich anspruchsvoll. Er wollte sie vermutlich nicht enttäuschen, sondern derjenige sein, der ihre Wünsche erfüllt, meinen Sie nicht? Und womöglich glaubte er, dieses Geschäft auch seriös betreiben zu können. Ihr Bruder ist gewiss kein schlechter Mensch, Anne!«

»Das weiß ich. Aber dumm ist er auch nicht, also muss er gewusst haben, worauf er sich einlässt.«

»Nicht jeder dieser Vermittler ist ein Schurke. Einige von ihnen leisten sehr sinnvolle Dienste, indem sie die Arbeitskräfte beschaffen, die dringend gebraucht werden. Und so mancher Arbeiter hätte aufgrund mangelnder Sprachkenntnisse und Kontakte niemals die Möglichkeit, hier auf der Insel fernab von seiner Heimat eine Anstellung zu finden.«

»Das mag sein. Aber dass dieser Piepkorn Dreck am Stecken hat, riecht ein jeder meilenweit gegen den Wind«, sagte Anne finster.

»Vielleicht hat Ihr Bruder diesen Mann nur benutzen wollen, um sich dieses lukrative Geschäft zu angeln, wenn ich es mal so schlicht ausdrücken darf. Er selbst hat gewiss eine anständige Art gefunden, diese Arbeit zu machen.« Ihm fiel ein weiterer Aspekt ein. »Außerdem war das Ganze für ihn ganz sicher nur vorübergehender Natur. Nächstes Jahr will er sein Hotel eröffnen, dann ist diese Vermittlertätigkeit ohnehin vergessen, denken Sie nicht?«

Sie schüttelte energisch den Kopf. »Und wenn schon, das macht es nicht besser.«

Eine Weile schwiegen sie und hörten dem Knistern der brennenden Scheite zu. Anne hängte einen Kessel mit Wasser über die Flammen und bereitete einen Tee zu.

»Ein wenig kann ich Ihren Bruder verstehen, Fräulein Anne«, sagte Franzen in die Stille und klang ein bisschen traurig. »Diesen Wunsch nach Unabhängigkeit kenne ich nur zu gut.« Sie sah ihn fragend an. »Wie ich Ihnen schon erzählt habe, kam ich nach Rügen, weil ich hoffte, mit einem erfahrenen Arzt zusammenarbeiten zu können. Mit Ihrem Vater. Aber ich träume im Grunde davon, allein meinen Mann zu stehen, wissen Sie? Ich möchte auch unabhängig sein, allein etwas zustande bringen, worauf ich stolz sein kann.«

Anne stellte ihm einen Becher Tee hin. »Aber das tun Sie doch. In der letzten Zeit jedenfalls haben Sie sich sehr gut um die

Patienten gekümmert. Einmal haben Sie sogar einen Fuß behandelt, der wirklich grauenvoll aussah. Wissen Sie noch?«

»Leider!« Er erschauderte bei der Erinnerung.

»Sie haben nicht die Flucht ergriffen, obwohl da sehr viel Blut war.«

»Es hat mich große Überwindung gekostet, das können Sie glauben.«

»Sie haben es geschafft, nur das zählt.« Sie lächelte.

»Ich bin ein erwachsener Mann, Anne, es sollte selbstverständlich sein, das zu schaffen, meinen Sie nicht?« Was sollte sie dazu sagen? »Sehen Sie, Sie können mir nicht widersprechen.« Er lachte traurig. »Von Unabhängigkeit bin ich weit entfernt. Könnte sie mir jemand verkaufen, ich wäre auch bereit, einen hohen Preis dafür zu zahlen.« Wieder schwiegen sie.

»Mein Vater denkt darüber nach, sich zur Ruhe zu setzen«, sagte Anne, um endlich das Thema zu wechseln. »Ich denke, es wird nicht mehr lange dauern, bis er sich ernsthaft nach einem Nachfolger umschaut.«

»Ach wirklich?«

»Ja, leider. Ich kann mir nicht vorstellen, wie es ohne ihn wird.«

»Kein vernünftiger Nachfolger würde auf Sie verzichten«, erklärte Franzen im Brustton tiefster Überzeugung.

»Mag sein, aber das ist nicht das Gleiche.«

Sie saßen noch eine gute Weile beieinander und sprachen über die Fortschritte des Bahnbaus, über verschiedene Krankheitsfälle, die es in den vergangenen Tagen gegeben hatte, und über die Frau von Kapitän Möller, die, nachdem sie endlich über den Berg war, darüber nachdachte, wieder ein Kind zu bekommen, wie man hörte. Als Franzen sich verabschiedete, stellte Anne fest, dass sie weniger bedrückt war. Nicht, dass sie jetzt billigen konnte, was ihr Bruder getan hatte, aber sie hatte einen neuen Blick auf die Sache gewonnen. Vor allem war sie ein wenig abgelenkt gewesen. Was sie aber am meisten schätzte, war der Umstand, dass Franzen die Situation nicht ausgenutzt und erneut versucht hatte, ihr näherzukommen. Er hatte auch nicht nach Wein oder gar Schnaps gerochen. Und plötzlich fiel ihr ein, was Gerd zu ihr gesagt hatte, nachdem sie ihm von ihrer ersten Begegnung mit Franzen erzählt hatte. »Womöglich kannst du ihn am Ende noch gut leiden«, waren seine Worte gewesen. Ja, dachte sie, womöglich konnte sie das wirklich.

6

Am nächsten Morgen stellte sich heraus, dass es Carl kräftig erwischt hatte. Seine Stirn glühte, seine Stimme war nur noch ein Krächzen, und er hatte nicht nur keinen Hunger, sondern nicht einmal Lust auf seine Pfeife. Ein ernstzunehmendes Zeichen.

»Du bleibst schön im Bett, Papa. Doktor Franzen und ich schaffen das schon.«

»Willst du nicht lieber den Vogel fragen? Ich weiß nicht, Mädchen«, brachte Carl keuchend hervor, »ich traue dem Franzen nicht zu, dass er im Notfall schnell und besonnen handelt. Der Vogel kann das.«

»Du unterschätzt Julius.« Anne räusperte sich. »Doktor Franzen. Er wirkt ein wenig unbeholfen, aber er ist gewiss ein guter Mediziner. Er hat sich doch ganz gut gemacht in den letzten Monaten.«

Carl schüttelte ungeduldig den Kopf.

»Ach was, kleine Wehwehchen hat er kuriert, hier ein Pflaster geklebt, da einen Tee verordnet. Das hättest du mindestens ebenso gut hingekriegt, dazu braucht man keinen Arzt.«

»Er hat aber auch den Fuß vom Dietrich behandelt, weißt du noch? Der sah wirklich übel aus, nachdem der Anker draufgefallen war.«

»Dat sah schlimmer aus, als es war. Hat bloß 'n büschen doll geblutet.«
»Das ist eine Untertreibung, Papa, es hat gar nicht mehr aufhören wollen.«
»Und?« Carl war etwas lauter geworden und bekam prompt einen Hustenanfall. »Dat war ja nich grün oder is in 'ner Fontäne rausgeschossen. Dat war einfach nur Blut. Nachdem das abgewaschen war, kam ein sauberer Schnitt zutage, wenn ich nicht irre. Keine große Sache für einen Arzt, denkst du nicht?« Er hatte ja recht. Für jeden anderen wäre eine solche Verletzung nicht der Rede wert gewesen, für Franzen war es eine echte Herausforderung.
»Glücklicherweise kommen große Sachen nicht häufig vor. Und ich bin ja auch noch da und kann ihn unterstützen. Und du wirst erst mal gesund, damit du dich bald wieder selbst um deine Patienten kümmern kannst.« Carl sah Anne ernst an.
»Ist vielleicht eine ganz gute Übung. Wenn ich euch das Ruder bald übergeben will, muss ich euch auch zutrauen, dass ihr das hinkriegt. Sonst hat dein Bruder Hinnerk am Ende noch recht, wenn er immer behauptet, ich traue meinen Kindern nix zu.« Schweißperlen standen ihm auf der Stirn. Anne tauchte ein Tuch in die Schüssel mit kaltem Wasser, die sie an sein Bett gestellt hatte, wrang es aus und betupfte ihm das glühende Gesicht. Er seufzte wohlig.
»Das behauptet Hinnerk ja gar nicht. Er meint, das gilt nur für ihn. Ich denke nicht so und Gerd gewiss auch nicht.« Eine Weile schwiegen sie. Anne wollte schon gehen, um ihm einen Tee zu bereiten.
Da sagte er leise: »Könntest du nicht mal wieder deine Meinung ändern und den Vogel vorziehen?« Anne drehte sich zu ihm um. Carl hatte einen derart flehenden Blick, dass sie schmunzeln musste. »Du mochtest ihn doch ganz gerne leiden.«

»Stimmt, Papa, bis zu dem Moment, als er allen erzählt hat, wie wenig Frauen zur Ärztin oder auch nur zur Helferin taugen.«
»Dat glöv ik nich.«
»So ging es mir auch. Aber dann musste ich der Wahrheit ins Gesicht sehen. Es ist ein falscher Vogel, er singt schön und ist hübsch anzusehen, aber man hält ihn sich lieber vom Leib.«
Carl zog die Augenbrauen hoch, sagte aber nichts mehr.

Anne stürzte sich in die Arbeit. Jeden Tag war sie mit Franzen unterwegs, um nach den Arbeitern zu sehen, die die Gleise verlegten. Wann würden diese Männer endlich Pause machen dürfen, fragte sie sich. Der Winter stand vor der Tür. War es nicht Zeit, die Arbeiten an den neuen Strecken bis zum nächsten Frühjahr ruhen zu lassen?
Wenn sie ihre Runde gemacht hatten, blieben die beiden in dem kleinen Behandlungszimmer der Utpatelschen Kate und warteten, ob jemand kam, der etwas brauchte. Anne sorgte dafür, dass stets genug Tees und Salben, Pflaster und Tinkturen vorrätig waren. Wenn Franzen abends nach Hause ging, nahm sie eines der Bücher zur Hand, die im Regal ihres Vaters standen. Sie lernte wie besessen. Es wäre doch gelacht, dachte sie sich, wenn sie nicht die Nachfolgerin ihres Vaters werden könnte. Immerhin in dem Punkt konnte sie ihren Bruder Hinnerk verstehen: Auch sie wollte unabhängig sein. Zwar würde sie Franzen brauchen, da er ein echter Doktor war, aber das hinderte sie doch nicht daran, sich selbst so viel Wissen anzueignen, dass sie auch ohne ihn zurechtkommen würde. Sie gewöhnte sich an, so rasch wie möglich eine eigene Diagnose zu stellen und dann abzuwarten, zu welchem Schluss Franzen kam. Zögerte er und zeigte Unsicherheit, ließ sie eine Bemerkung fallen, die ihn auf die richtige Spur führte und es so aussehen ließ, als habe er ganz allein die Diagnose gestellt. In gleicher Weise machte sie sich

ihre Gedanken über die beste Behandlung und wartete gespannt auf Franzens Vorschläge. So war es beispielsweise bei der kleinen Stine, einem blonden, zarten Mädchen von sechs Jahren, zu dem sie eines Tages gerufen wurden.

»Kommt denn Dr. Utpatel nicht?«, wollte die Mutter wissen und betrachtete Franzen mit unverhohlener Skepsis.

»Nein, leider. Ihn hat es selbst erwischt«, erklärte Anne.

»Liebe Güte«, rief die Mutter aus und verschränkte die Hände. »Wenn schon der Doktor persönlich nicht verschont bleibt, ist es kein Wunder, dass unsere Kleine auch etwas abbekommen hat, nicht wahr?«

»Bei diesem Wetter trifft es jeden. Aber sorgen Sie sich nicht, gute Frau, wir bringen Ihre Tochter rasch wieder auf die Beine«, erklärte Franzen ein wenig zu fröhlich. Wenn es um Kinder ging, war er besonders unsicher und wollte sich wahrscheinlich selbst Mut machen.

»Dr. Franzen vertritt meinen Vater und hat schon früher mit ihm gearbeitet«, fügte Anne rasch hinzu. Als sie kurz darauf die kleine Patientin zu sehen bekamen, fiel Anne sofort die Rötung des Gesichts auf. Diese war zwar nur schwach ausgeprägt, wies aber eine deutliche Abgrenzung zu dem geradezu weißen Bereich um Mund, Kinn und Nase auf. »Ein typischer Milchbart«, sagte Anne.

»Soso, hat die junge Dame gerade ein Glas Milch bekommen?« Franzen hatte Anne zwar gehört, aber völlig falsch verstanden. Oder wollte er einen Spaß machen, um das Mädchen aufzuheitern?

»Nee, hat sie nich«, sagte die Mutter und blickte verständnislos von einem zum anderen. »Halsschmerzen hat sie. Und ihre Temperatur war erhöht.« Sie strich ihrer Tochter über das Haar, die in ihrem Bettchen, an ein dickes Kissen gelehnt, dasaß und die Besucher mit großen Augen anstarrte.

»Aha, dann ist die Sache klar«, verkündete Julius, ohne allerdings zu verraten, was für ihn so klar war.

»Und Schüttelfrost hatte sie auch«, ergänzte die Mutter, als traue sie einem so schnell gefällten Urteil nicht. Anne nickte.

»Willst du mir mal die Zunge rausstrecken, Stine?« Anne beugte sich zu dem Kind hinab, aber so, dass auch Franzen etwas sehen konnte. Die Kleine zögerte und sah ihre Mutter fragend an.

»Man los, bist doch sonst auch nicht so schüchtern.« Daraufhin streckte sie ihre Zunge heraus, vorsichtig erst, dann ganz weit. Ihre Augen strahlten. Es kam nicht oft vor, dass sie Erwachsenen so kess die Zunge zeigen durfte. Wieder nickte Anne. Der weiße Belag bestätigte ihre Vermutung, dass es sich um Scharlach handelte.

»Da hast du dir aber eine böse Erkältung gefangen«, sagte Franzen und tätschelte ihren Kopf.

»Die Rötung im Gesicht, die belegte Zunge und die anderen Anzeichen … neben einer bösen Erkältung denken Sie gewiss auch an Scharlach, nicht wahr?«

Franzen stutzte. »Einen weißen Belag halte ich nicht unbedingt für klassisch. Sollte nicht eher eine rote Himbeerzunge auf diese Erkrankung hinweisen?« Er schien unsicher zu sein. Die Worte ihres Vaters fielen Anne ein. Womöglich war er doch überfordert damit, sich selbständig um Patienten zu kümmern. Es hatte beinahe den Anschein, als müsse er sich sehr konzentrieren, um sich an das zu erinnern, was er während des Studiums gelernt hatte.

»Ich glaube, das wäre auch so, wenn Stine bereits in einem fortgeschritteneren Stadium wäre. Wann hatte sie Fieber und Schüttelfrost?«, fragte Anne die Mutter.

»Vorgestern ging es abends los.«

Anne zählte die Anzeichen noch einmal auf, die auf Scharlach hindeuteten, und sah Franzen eindringlich an.

»Scharlach«, sagte er. »Kein Zweifel, meine Diagnose steht fest, wenn die junge Dame auch weniger äußerliche Hinweise liefert, als es üblicherweise der Fall ist«, redete er sich heraus. »Eine Applikation von kaltem Wasser scheint mir angezeigt. Würden Sie mir zustimmen, Fräulein Anne?«

»Ein Arzt, der eine Frau um Rat fragt? So was habe ich ja noch nie erlebt«, warf Stines Mutter staunend ein.

»Nein, gute Frau, das erleben Sie auch in diesem Moment nicht«, widersprach Franzen lachend. »Es ist eher so, dass Fräulein Anne äußerst wissbegierig ist und so viel lernen will, wie sie nur kann, ob von ihrem Vater oder von mir. Ist es nicht so?« Er sah Anne freundlich an.

»Das stimmt«, antwortete sie. Sie musste sich damit abfinden, dass er ihre Diagnose als die seine verkaufte. Das war der beste Weg, um mit ihm zusammenarbeiten zu können, trotzdem wurmte es sie ein wenig.

»Eben. Darum habe ich es mir zur Angewohnheit gemacht, sie möglichst oft nach ihrer Einschätzung und ihren Vorschlägen zu fragen. Das übt am besten.«

»Aha.« Die Frau war nicht sonderlich überzeugt oder beeindruckt.

»Haben Sie eine Wanne, in die wir Ihre Tochter setzen können?«

»Ja, eine Wanne könnte zu einem späteren Zeitpunkt angebracht sein«, fuhr Anne dazwischen. »Wenn wir wieder nach Stine sehen, entscheiden wir, ob kalte Güsse über Kopf und Unterleib nötig sind. Vorerst begnügen wir uns mit Waschungen, nicht wahr Herr Dr. Franzen?«

»Gewiss, als erster Schritt bleibt es natürlich bei Abreibungen. Doch sollten Sie sich darauf gefasst machen, in einigen Tagen womöglich eine Wanne zu benötigen.«

»Die ist im Hause«, sagte die Frau. Ihr war anzusehen, dass sie immer skeptischer wurde.

»Bringen Sie uns bitte eine Schüssel mit kaltem Wasser und zwei saubere Tücher«, bat Anne sie. Als Stines Mutter alles brachte, gab Anne einen kräftigen Schuss Essig in das Wasser, während die ihre Tochter entkleidete. »So, junges Fräulein, jetzt werde ich dich mal kräftig abreiben. Sollst mal sehen, dann lässt dich der dumme Scharlach bald in Ruhe.« Sie tauchte das Tuch in das Wasser. »Es wird jetzt ein bisschen kalt«, kündigte sie an. Stine ließ die Prozedur tapfer über sich ergehen. Hinterher wurde sie trockengerieben, wieder angezogen und unter zwei Decken gesteckt. »Das hast du sehr gut gemacht. Und jetzt wird dir auch gleich schön warm. Schlaf ein wenig. Morgen kommen wir wieder und sehen nach dir, ja?« Die Kleine sagte nichts, schaute Anne an, lächelte und nickte. Anne musste an Janusz denken. Wie mochte es ihm gehen?

Anne schlief wenig in diesen Tagen, denn neben den anderen Patienten musste sie sich auch um ihren Vater kümmern, der erschreckend kraftlos geworden war. Dazu kamen die Bücher. Den Haushalt hatte sie für eine Weile vollständig der Zugehfrau überlassen, die sonst nur einmal in der Woche kam. Das war eine Entlastung. Franzen dagegen war eine Belastung. Allabendlich hatte sie Mühe, ihn aus dem Haus zu bekommen. Mal wollte er sie zu sich einladen, wo das Mädchen ihnen etwas kochen konnte, dann gab er vor, mit ihr noch über einen Patienten sprechen zu wollen. Anne musste ihm klarmachen, wie anstrengend die Zeiten für sie waren und dass sie ihre Nachtruhe brauchte.

»Fräulein Anne«, begann Franzen, nachdem sie zum dritten Mal bei Stine gewesen waren und festgestellt hatten, dass die Kleine auf dem Weg der Besserung war. »Sorgen Sie sich nicht, dass ich Sie womöglich erneut zum Essen zu mir einlade. Ich weiß ja, Sie brauchen Ihren Schlaf.«

»So ist es.« Anne nickte.
»Ich glaube, Sie könnten obendrein etwas Abwechslung gebrauchen. Denken Sie sich, ein lieber Freund aus Studientagen hat mir geschrieben. Er wird auf der Durchreise morgen Station in Stralsund machen.«
»Wie schön für Sie. Wie lange ist es her, dass Sie ihn zuletzt gesehen haben?«
»Oje, ich darf gar nicht darüber nachdenken. Dann wird mir nur bewusst, wie alt ich geworden bin.«
»Ich bitte Sie, Julius, Sie sind weiß Gott nicht alt.«
»Alt genug, um verheiratet zu sein und Kinder zu haben.« Er sah sie mit glänzenden Augen an. »Wenn man bedenkt, dass ich noch nicht einmal eine Braut habe, dann wiegt mein Alter doppelt schwer«, meinte er.
Was sollte sie darauf sagen? Sie war froh, dass er sie in letzter Zeit mit seinen Annäherungsversuchen verschont hatte. Sie mochte ihn, ja, aber als Mann interessierte er sie nicht, da biss die Maus keinen Faden ab. Und sie hatte auch wahrlich anderes zu tun, als sich um einen Verehrer zu kümmern.
»Wollen Sie mir wohl erklären, was Ihr Studienfreund mit meiner Abwechslung zu tun hat?«
»Ich bitte Sie, mich zu begleiten. Stralsund nenne ich eine Abwechslung. Nirgends kann man den Bismarckhering besser essen als dort, wie Sie wohl wissen. Auch ist es ein Vergnügen, all die prächtigen Kaufmannshäuser zu bewundern, von dem Rathaus ganz zu schweigen. Haben Sie es je aus der Nähe betrachtet?«
»Nein, das habe ich nicht«, gab Anne zu.
»Dann wird es aber allerhöchste Zeit«, stellte Franzen fest und schob die Unterlippe ein wenig vor, wodurch sein Lächeln ziemlich schief geriet.
»Allerdings ist der Weg nach Stralsund sehr weit. An einem Tag hin- und wieder zurückzureisen, das erscheint mir wenig prak-

tisch. Und ich kann weder Vater noch die Patienten länger alleinlassen.«

»Wenn wir früh aufbrechen, können wir am Abend wieder zurück sein. Bitte, Fräulein Anne, machen Sie mir die Freude!«

»Ich weiß nicht, Sie wollen doch in erster Linie Ihren alten Freund sehen. Da bin ich nur im Weg, wenn Sie sich über Geschichten von früher amüsieren.«

»Keineswegs. Er wird entzückt sein, Sie kennenzulernen. Sie sehen mal etwas anderes als nur Pflaster und Verbände, und ich habe die netteste Begleitung an meiner Seite, die ich mir nur wünschen kann.« Anne zögerte noch immer. »Muss ich mich in den Staub werfen, damit Sie ja sagen?«, fragte Franzen und bedachte sie mit einem Blick, der jedes Herz erweichen musste.

»Unterstehen Sie sich. Außerdem kann von Staub keine Rede sein. Der Regen hat unseren kleinen Garten in einen Sumpf verwandelt, und hier drinnen würden Sie sich auf dem harten Backsteinboden nur Ihre Knie ruinieren. Noch einen Kranken kann ich aber nicht gebrauchen.«

»Dann werden Sie mich also begleiten?«

»Also schön.« Sie seufzte.

»Fein, dann werde ich um acht Uhr zur Stelle sein. Oder ist das zu früh?«

»Nein, das passt ausgezeichnet.« Nachdem er sich verabschiedet hatte, bereute Anne ihre Zusage bereits. Sie würde keine Ruhe haben, weil sie Carl allein zu Hause wusste. Außerdem könnte sie den Tag gewiss besser nützen, um weiter die Bücher ihres Vaters zu studieren. Doch er hatte wohl recht: Ein Tag, an dem sie etwas anderes zu Gesicht bekam, konnte nicht schaden.

Pünktlich am nächsten Morgen fuhr Franzen mit einer schwarzen, äußerst komfortablen Kutsche vor.

»Amüsier dich gut, Mädchen«, sagte Carl krächzend. »Ik warr sowieso blots slopen. Mööd bün ik, ik würd am levsten in Win-

tersloop gohn.« Er sah tatsächlich müde aus, hatte dunkle Schatten unter den sonst so fröhlichen Augen.
»Wenn das man ging«, sagte Anne, »dann könntest du auch die Leute aus der Gegend in den Winterschlaf schicken und hättest deine Ruhe.«
»Und du auch, mein Mädchen.«
»Mir würde schnell langweilig werden«, antwortete sie und lachte. Dann sah sie ihn ernst an. »Kann ich dich wirklich allein-lassen? Kann doch sein, du wachst doch schon vor dem Frühjahr wieder auf und brauchst etwas, und dann bin ich nicht da.«
»Na, bettlägerig bin ich ja noch nich.« Sie drückte ihm einen Kuss auf die Stirn, verließ die Kammer und ging.
Franzen erwartete sie bereits vor dem Wagen. Er nahm ihre Hand, deutete einen Handkuss an und half ihr galant beim Einsteigen. Es würde eine lange Fahrt werden über Kluis, Gingst, Dreschvitz und dann schließlich vorbei an Rambin nach Altefähr, wo sie übersetzen würden. Wenn sie an den Ausflug mit Bernd nach Göhren dachte, wurde ihr angst und bang. Sie hoffte inständig, dass zwischen ihr und Franzen nicht auch so viel Schweigen herrschen würde. Doch schon nach wenigen Minuten stellte sie erfreut fest, dass diese Sorge unberechtigt war. Sie plauderten über die kleine Stine, die sich so gut erholt und ihnen zum Dank ein Männchen aus Kastanien gebastelt hatte. Dann wieder sprachen sie über den Bahnbau, der gut, vielleicht ein wenig zu schnell, voranging. Auch über die stets wachsende Zahl der Feriengäste unterhielten sie sich.
»Haben Sie sich mit Ihrem Bruder inzwischen ausgesprochen?«, wollte Franzen wissen.
»Nein, wir haben uns seit dem Vorfall nicht mehr gesehen.« Er betrachtete sie mitfühlend und gleichzeitig ein wenig vorwurfsvoll. »Das ist nicht ungewöhnlich. Wir sehen uns manches Mal einige Wochen nicht. Jeder hat seine eigenen Dinge zu tun«,

verteidigte Anne sich, strich sich eine Strähne hinter das Ohr und bemerkte selbst, dass dies nur eine Ausrede war. »Er hat mir geschrieben«, gestand sie kleinlaut. Hinnerk hatte ihr wahrhaftig einen Brief geschickt. Das kam sonst höchstens mal zum Geburtstag vor, doch auch dann nur in Ausnahmefällen. Er hatte versucht, ihr zu erklären, warum er sich mit Piepkorn eingelassen und was genau er als Agent bisher getan hatte.

»Und, haben Sie ihm wenigstens eine Antwort geschickt?« Anne schüttelte den Kopf. »Denken Sie nicht, dass er darauf wartet?«, fragte Franzen.

»Gewiss tut er das, aber Sie wissen doch selbst, wie viel zu tun war in den letzten Tagen.« Nach einer Weile fügte sie hinzu: »Ich wollte ja, nur habe ich einfach noch nicht die richtigen Worte gefunden.« Zu ihrem großen Erstaunen und ihrer nicht minder großen Erleichterung wechselte er abrupt das Thema. Er erzählte Anekdoten aus seiner Zeit an der Universität. Sein Freund und er hatten anscheinend zu den besten Studenten gezählt. So direkt sagte er das zwar nicht, sondern er sprach nur davon, wie häufig sie gemeinsam gebüffelt hatten.

»Das hat sich meist auch ausgezahlt«, sagte Franzen bescheiden und lächelte. »Und erfreulicherweise ist genug Zeit für so manchen Schabernack geblieben.« Er beschrieb ihr, wie sie einmal den Unterarm eines Skelettes, das zu Anschauungszwecken in der Hochschule aufgestellt war, abmontiert und dem Freund, sein Name war Hans, in den Ärmel geschoben hatten. »Einer der Professoren hatte furchtbar schlechte Augen, müssen Sie wissen.« Er gluckste albern wie ein kleines Mädchen. »Er sah Hans an, der den falschen Arm auf den Tisch legte, als stütze er sich auf. Da sagt der Professor: Junger Mann, nur vom Studieren allein kann keiner leben. Sie müssen auch mal essen!« Er hatte die Stimme des Lehrers nachgeahmt, der offenbar die

Zähne beim Sprechen nur wenig auseinanderbekommen hatte. Anne musste lachen. Die Fahrt verging so schnell, dass sie staunte, als sie nach draußen sah und die Herbstsonne hoch am Himmel stand. Wenig später hatten sie Altefähr erreicht. Er sprang heraus, eilte um die Kutsche herum und reichte ihr den Arm.

»Was ist da los?«, fragte sie ihn, als sie zum Hafen gingen. Da waren ungewöhnlich viele Menschen. Dann entdeckte sie eine riesige Winde, über die dicke Strahltrosse liefen.

»Ach richtig«, erwiderte er, »ich habe davon gelesen. Vor einigen Tagen ist doch eine Lokomotive ins Wasser gestürzt. Die soll nun endlich geborgen werden.«

»Wie bitte? Wie konnte das passieren?« Anne beschleunigte unwillkürlich ihren Schritt. Und nach wenigen Augenblicken sah sie in der Tat eine schwarze Lokomotive im Hafenbecken liegen. Nein, sie lag nicht, es sah aus, als führe sie zwischen zwei Dampfschiffen im nächsten Moment auf den Kai.

»Im Norden ist eine Lok ausgefallen, mitten im Rübenverkehr, war zu lesen.«

»Ja, der Schwiegervater meines Bruders hat geschimpft wie ein Rohrspatz.«

»Nicht nur er, nehme ich an.« Die Herbststürme und der heftige Regen hatten deutliche Spuren hinterlassen. Die Steine, mit denen das Hafenufer befestigt war, waren nass und gefährlich glatt. Franzen nahm behutsam Annes Arm. »Darf ich?«

»Ja, danke.«

»Jedenfalls sollte Ersatz beschafft werden. Dummerweise liegt dieser Ersatz dort vor Ihnen.« Er zog ein Gesicht, als sei er für den Schaden verantwortlich. »Man hat für die Entladung wohl eine Behelfsbrücke gebaut, mehr eine Rampe. Die war leider nicht stabil genug und hat sich so tief geneigt, dass die Lokomotive ins Hafenbecken gerutscht ist.«

»Du meine Güte!« Anne beobachtete, wie sich die Winsch ganz langsam drehte und die Lok, die an der Schleppleine hing, zentimeterweise aus dem Wasser zog.
»Wie gut, dass wir so früh aufgebrochen sind. Wir kommen gerade recht für ein Schauspiel der besonderen Art, meinen Sie nicht?« Noch immer hielt er ihren Arm. Als er sprach, neigte er sich weit zu ihr herüber, so dass seine Lippen nah an ihrem Ohr waren. Zu nah für ihren Geschmack, denn diese allzu vertrauliche Nähe erschien ihr unpassend. Sie drehte den Kopf ein wenig zur Seite und entdeckte Bernd Vogel nicht weit von ihnen. Der Schreck fuhr ihr durch die Glieder, und sie wandte sich abrupt wieder Franzen zu, so kam es, dass ihre Wange seine Lippen streifte.
»Verzeihung«, murmelten sie gleichzeitig. Um die schreckliche Spannung zu durchbrechen, die mit einem Mal zwischen ihnen stand, lachte Anne auf. Ein wenig zu laut, wie sie beklommen feststellte. Sie wollte nur weg von hier, doch ihr fiel kein guter Grund dafür ein. Ihr blieb nichts anderes übrig, als mit Franzen darauf zu warten, dass die Fähre sie aufs Festland übersetzen würde. Er stimmte in ihr Lachen ein. Auffälliger konnten sie sich wirklich nicht gebärden, dachte Anne. Die Schaulustigen waren aufmerksam und konzentriert, niemand sonst lachte. Obwohl sie meinte, Bernds Blicke zu spüren, tat sie so, als hätte sie ihn nicht gesehen. Sie betete heimlich, er möge sie nicht ansprechen. Franzen führte sie ein Stückchen näher an das Geschehen heran. Dabei legte er ihr den Arm um die Taille. Himmel, das tat er doch sonst nicht! Nein, diese Vertraulichkeit war ihr gar nicht recht. Sie hasste diese Situation, musste sie sich doch eingestehen, dass Bernds Anwesenheit sie noch immer in Aufruhr versetzte. Auch wenn sie sich noch so sehr einzureden versuchte, es geschehe ihm nur recht, Zeuge vermeintlicher Zärtlichkeiten zwischen ihr und Franzen zu werden, die seine Eitelkeit sicher verletzten, hätte sie sich am liebsten auf der Stelle in Luft aufgelöst.

Als sie später beim gemeinsamen Mittagessen mit dem Studienfreund Hans saßen, hatte Anne die unerfreuliche Begegnung längst vergessen. Genau genommen hatte sie sich eingeredet, dass Bernd sie unter Umständen gar nicht gesehen hatte, denn die Bergung der Lokomotive hatte ihn gewiss vollständig in ihren Bann geschlagen. Wenn doch, sollte es ihr herzlich gleichgültig sein. Hans war ein Mann mit ausgesprochen guten Umgangsformen. Er wirkte ein wenig nervös und hatte die Angewohnheit, sich ständig das Ohrläppchen zu reiben. Nur das Rechte, wie Anne auffiel. Nach der Begrüßung, die deutlich nüchterner ausgefallen war, als sie es sich bei Freunden nach vielen Jahren ausgemalt hatte, bedankte Hans sich höflich dafür, dass Franzen sich extra die Mühe gemacht hatte, selbst zu kommen.

»Wie lange haben wir uns nicht gesehen, Hans?«, rief Franzen überschwenglich. »Du glaubst doch nicht wirklich, ich hätte die Gelegenheit ungenutzt verstreichen lassen.«

Anne war irritiert. Sie konnte sich des Eindrucks nicht erwehren, dass dieser Freund über die Verabredung erstaunt war. Aber hatte er selbst sie nicht vorgeschlagen? Es hörte sich so an, als habe er Franzen nur um eine Information gebeten. Hans erkundigte sich danach, ob Franzen als Badearzt tätig war. Auch wollte er wissen, warum er die Stelle als Gräflicher Leibarzt aufgegeben habe.

»Um ganz offen zu sprechen, ich war überrascht, als ich hörte, dass du diese Position bekleidest. Ich will nicht zu tief im Nähkästchen stöbern, aber ich erinnere mich, dass du während des Studiums vor allem manch guten Tropfen studiert hast.« Hans schmunzelte.

»Rein theoretisch, versteht sich«, beeilte Franzen sich zu sagen. »Wo wir gerade bei Erinnerungen sind … Weißt du noch, diese Sache mit dem Skelett?« Er warf Anne einen verschwörerischen

Blick zu, schließlich war sie im Bilde, eine Eingeweihte sozusagen. Franzen lachte fröhlich und griff nach seinem Wein.
»Dass du dich daran erinnerst«, entgegnete Hans irritiert und rieb sich das Ohrläppchen. »Du warst doch gar nicht zugegen.«
»Wie bitte?«, rief Franzen laut. An den Nachbartischen drehte man sich schon nach ihnen um. »Ich soll nicht dabei gewesen sein? Aber natürlich war ich das! In meinem ganzen Leben vergesse ich diesen Anblick nicht. Du mit den Knochen im Ärmel und der Professor, der die Augen zusammenkneift und dich nach eingehender Betrachtung für zu dünn hält.« Er lachte schallend und hob sein Glas. »Darauf trinken wir.«
Anne wurde die Situation immer unangenehmer und auch unheimlicher. Warum meinte Hans, Franzen sei gar nicht dabei gewesen?
»Das war wirklich komisch«, sagte Hans nur und lächelte höflich. Und was sollten diese Andeutungen, Franzen habe schon früher gern getrunken? Hatte er nicht gesagt, er habe vor dem Erlebnis mit dem Jungen keinen Tropfen angerührt? Wahrscheinlich hatte sie ihn falsch verstanden. Es war nicht ungewöhnlich, dass Studenten auch mal ein Gläschen leerten. Bestimmt hatte er gesagt, er habe vorher noch nie zu reinem Alkohol gegriffen, sagte sie sich. Ja, das war eine Erklärung.
»Warum also bist du nicht Gräflicher Leibarzt geblieben?«, nahm Hans den Faden wieder auf.
Franzen senkte kurz den Blick, dann sah er Anne an. »Kannst du dir den Grund nicht denken?« Anne spürte, wie sie errötete. Was sollte das jetzt wieder? Hans musste doch annehmen, sie wären ein Paar, so wie er das gesagt hatte. Und genau so kam es.
»Verstehe. Das ist in der Tat ein guter Grund. Ihr seid verheiratet?«
»Nein«, sagte Anne entschieden.

»Noch nicht«, ergänzte Franzen. »Aber was nicht ist, kann ja noch werden.« Wieder sah er sie verliebt an. Das geschieht mir recht, dachte sie. Wieso hatte sie ihm gesagt, dass sie vorerst noch nicht zu Zärtlichkeiten bereit sei, ihn aber gut leiden könne? Hatte sie etwa geglaubt, er ließe sie danach für immer in Ruhe?

»Bitte entschuldigen Sie, dass ich vorhin so forsch war«, begann Franzen ohne Umschweife, kaum dass sie wieder allein waren und in Richtung der Marienkirche bummelten. »Ich weiß, es steht mir nicht zu, aber es fühlte sich so gut an, Sie an meiner Seite zu haben.« Er senkte beschämt den Blick. »Außerdem war ich zu Studienzeiten nicht gerade das, was man einen Frauenheld nennt. Ich konnte förmlich Hans Verwunderung sehen, dass ich in Begleitung einer so bezaubernden Frau zu unserer Verabredung erscheine. Ich wollte den Schwindel einfach auskosten, verstehen Sie?«

»Danke für die Blumen«, erwiderte Anne. Er war ehrlich, das musste sie ihm lassen. Und das schätzte sie sehr. »Was meinte er eigentlich damit, dass Sie sich nicht die Mühe hätten machen brauchen, selbst zu kommen? Ist das nicht das Wesen einer Verabredung, dass man Zeit miteinander verbringt?«

»Das ist es.« Franzen nickte eifrig. »Wissen Sie, Anne, Hans war schon damals ein … nun, sagen wir einmal, ein komischer Kauz. Ich kann ihn gut leiden, aber eigenartig ist er noch immer, ein wenig kompliziert zumindest. Schreibt mir erst, dass er in Stralsund auf der Durchreise ist und wir uns bei der Gelegenheit treffen könnten, und dann gibt er solche Dinge von sich.« Er schüttelte nachdenklich den Kopf. »Mit der Skelett-Anekdote ist es das Gleiche. Solange wir noch Kontakt zueinander hatten, haben wir immer einen Zweig, ein Lineal, oder was sonst in der Nähe war, in unseren Ärmel gesteckt und so getan, als sei das unsere Hand. Da waren keine Worte nötig, wir haben schon gelacht, wenn einer nur einen dünnen, langen Gegenstand in die Hand nahm. Und jetzt weiß er tatsächlich nicht mehr, dass ich damals dabei war, als er diesen Schabernack getrieben hat.«

Anne dachte, dass dieser Hans wahrscheinlich wirklich nur ein komischer Kerl war. Schon diese Angewohnheit, sich ständig das Ohrläppchen zu reiben, sprach dafür. Dann schob sie alles von sich, was diesen Tag hätte trüben können. Zwar war es kalt, doch die Sonne schien, und es ging nur ein leichter Wind. Sie genoss es, an den Giebelhäusern der Stadt vorbeizuspazieren, die wohlhabende Kaufleute sich hatten bauen lassen. Wenn sie mit ihrem Vater in der Stadt gewesen war, dann hatte er stets etwas zu erledigen gehabt. Zeit für einen Bummel durch die Gassen war nicht geblieben. Oder wahrscheinlich war es eher so, dass er sich diese Zeit nicht genommen hatte, weil er es alles andere als reizvoll fand, länger als nötig von seiner Insel fort zu sein. Sie erreichten den Neuen Markt mit der aus rotem Backstein errichteten Marienkirche.

»Sie ist so groß«, stellte Anne beeindruckt fest. »Sie raubt einem wahrlich den Atem.«

»Ihr Turm war bis vor ungefähr zweihundertfünfzig Jahren noch höher«, erklärte Franzen. »Damals war diese Pfarrkirche das höchste Gebäude der ganzen Welt. Können Sie sich das vorstellen?«

»Ich kann mir nicht vorstellen, dass der Turm einmal noch höher war«, erwiderte Anne verblüfft.

»Oh ja, das war er. Bis ein Blitzschlag ihn erwischt hat.« Er zuckte mit den Schultern.

Von der Kirche weg spazierten sie noch zum Alten Markt, wo das Rathaus und die Nicolai-Kirche standen. Dann wurde es Zeit, sich auf den Heimweg zu machen, also gingen sie zurück zum Hafen. In der Kutsche, die sie in Altefähr hatten stehen lassen, wurde Anne von einer bleiernen Müdigkeit erfasst. Im Gegensatz zu ihrem Vater konnte sie in rumpelnden Wagen eigentlich nicht schlafen, doch an diesem Tag fielen ihr die Augen zu. Als sie wieder erwachte, waren sie bereits zu Hause. Sie bedankte sich bei Franzen für diesen zauberhaften Ausflug, und er küsste sie zart auf die Wange.

»Ich danke Ihnen, dass Sie meine Begleitung waren und meine kleine Flunkerei nicht verraten haben. Es wäre ein Leichtes für Sie gewesen, mich vor Hans bloßzustellen. Danke, dass Sie das nicht getan haben.«

»Keine Ursache.« Anne lächelte. Dann verabschiedete sie sich und trat durch die kleine weiße Pforte.

»Anne?« Sie drehte sich noch einmal zu ihm. »Ich habe das ernst gemeint: Was nicht ist, kann noch werden. Das war nicht geflunkert.« In der Dunkelheit konnte sie kaum sein Gesicht erkennen. Sie sah nur, dass seine Augen glänzten.

»Gute Nacht«, flüsterte sie.

Während der letzten Tage des Oktobers fegten ungewöhnlich heftige Herbststürme über die Insel, entwurzelten Bäume und wirbelten halbe Dächer durch die Luft, als seien diese aus Papier. Carl hatte sich Gott sei Dank von seiner schweren Erkältung erholt. Er wurde an allen Ecken und Enden gebraucht. Hier war einem ein armdicker Ast auf den Kopf gefallen, da war einer mit dem Boot gekentert und nur knapp dem Ertrinken entgangen. Außerdem konnte sich Anne endlich mal wieder die Zeit nehmen, ihren Bruder Gerd zu besuchen. Ullas Mutter fühlte sich schon seit geraumer Zeit nicht wohl, berichtete Gerd. Das tat ihm nicht nur deshalb leid, weil Ulla sich so viele Gedanken machte, sondern weil er ihre Mutter von Herzen mochte. Sie war immer mehr bereit, ihn zu akzeptieren, während Ullas Vater nach wie vor darauf beharrte, einen Schwiegersohn von

Mönchgut zu bekommen oder gar keinen. Auch für Hinnerk hätte Anne sich Zeit nehmen können, doch schob sie einen Besuch immer wieder auf. Schließlich nahm Carl ihr die Entscheidung ab. An einem Sonntag im November verkündete er: »Ich will mit deinem Bruder Hinnerk schnacken. Wir fahren heute rauf nach Altenkirchen.«

Obwohl sie Hinnerks Brief inzwischen beantwortet und ihrem Vater gegenüber auch angedeutet hatte, dass die Stimmung zwischen ihnen derzeit ein wenig gereizt war, ohne zu verraten, worum es ging, war ihr nicht wohl bei dem Gedanken an das Wiedersehen. Noch immer wusste sie nicht, wie sie ihm begegnen sollte. Andererseits war ihr jeder Streit zuwider und sie sehnte sich danach, endlich wieder reinen Tisch zu haben.

»Der Sturm will uns in diesem Jahr aber auch gar nicht in Ruhe lassen«, rief Anne gegen das Brausen an, als sie auf der Wittower Fähre beieinanderstanden. »Wenn das so weitergeht, steht bald in der ganzen Gegend kein Baum mehr an seinem Platz.«

»Ach wat, der Sturm gehört zu Rügen wie der Tabak zur Pfeife.«

Sie nahmen einen Wagen, der sie zum Presenske-Hof fuhr. Manches Mal rissen Böen derart an dem Gefährt, dass man meinen konnte, es würde im nächsten Augenblick von den Rädern gehoben und umgeworfen. Anne war froh, als sie wohlbehalten vor dem Gutshaus eintrafen. Zu ihrer Überraschung war es nicht Stallbursche Sören, der ihnen als Erstes über den Weg lief, sondern Ernst.

»Was machst du denn hier?«, wollte Carl wissen.

»Nach Herrn Utpatel sehen und ihm gute Neuigkeiten bringen.«

»Aha?« Carl sah ihn fragend an, wurde jedoch vertröstet.

»Gehen wir rein«, brüllte Ernst gegen das Rauschen und Tosen. Sie zogen die Schultern hoch. Obwohl Anne sich einen Schal um den Kopf gebunden hatte, waren ihre Haare zerzaust, als sie in der Diele ankamen, und ihre Augen tränten.

Presenske begrüßte sie knapp. Er trug feinen Sonntagszwirn einschließlich Vatermörder und Gehrock, ein höchst seltener und – wie Anne fand – auch seltsamer Anblick.

»Wo geiht?«, erkundigte sich Carl nach Presenskes Befinden.

»Mutt jo.«

»Un sonst?«

»Water steiht bannig hoch!« Er sei am Vortag in Wiek gewesen, wo die letzte Rübenladung abgeholt wurde, berichtete Presenske. Das Wasser sei tüchtig aufs Land geschwappt. Damit hatte er für den Rest des Nachmittags anscheinend genug gesagt, stapfte in den Salon und verzog sich auf der Stelle, nachdem er den Besuch dort abgeliefert hatte. Anne fiel auf, dass man die Orgel hierher hatte bringen lassen. Eine gute Idee, dachte sie. Als sie eintraten, sprang Hulda auf, die am Fenster gesessen hatte.

»So viel Besuch!«, rief sie erfreut aus. »Quel plaisir!« Sie legte einen Stapel kleiner Stofffetzen beiseite. »Ich bin gerade dabei, das Muster für die Vorhänge und für die Bezüge der Stühle auszusuchen. Das ist wirklich nicht einfach. Elegant muss es sein, aber auch nicht zu empfindlich«, erklärte sie. Anne war erstaunt, dass ihre Schwägerin nicht nur auf das Aussehen achtete, sondern anscheinend auch praktische Aspekte nicht außer Acht ließ. »Gehen wir hinüber in das Speisezimmer«, schlug Hulda vor. »Ich lasse das Mädchen heißen Punsch bringen. Vielleicht kehren wir später in den Salon zurück und hören zu, wenn Janusz uns eine Kostprobe gibt. Er wird jeden Tag besser. Fantastique!«

»Ist Hinnerk auch zu Hause?«, wollte Carl wissen. Hulda schlug die Augen nieder.

»Er ist in seinem Arbeitszimmer«, sagte sie leise und schluckte. »Seit diesem schrecklichen Vorfall zieht er sich häufig zurück.« Dann holte sie tief Luft und zeigte wieder ihr hübsches Lächeln. »Es ist gut, dass ihr da seid. Das wird ihn ablenken. Entschuldigt mich, ich sehe mal nach ihm.«

»Dürfte ich vielleicht mal erfahren, was hier los ist?«, forderte Carl ungehalten. »Was denn für ein Vorfall? Anne, du hattest dich mit Hinnerk überworfen. Hat das was damit zu tun?« Anne suchte nach Worten. Noch ehe sie die passenden gefunden hatte, verlor Carl die Geduld. Er zog die Augenbrauen zusammen, so dass die Stirn Falten warf. »Und du, Ernst, kannst du mir mal sagen, wat dat alles soll? Du hast auch so geheimnisvolle Andeutungen gemacht von Neuigkeiten und davon, mal nach meinem Sohn zu sehen.« Schnell berichtete Anne von dem Tag, als Janusz nicht zum Üben erschienen war und Hinnerk und sie ihn hatten holen wollen. »Er wollte eben nicht von deinem Geld abhängig sein und hat mit diesem Agenten gemeinsame Sache gemacht. Also, er hat Arbeiter vermittelt, ganz anständig, nehme ich an.«

»Und das erfahre ich jetzt erst?« Es kam nicht oft vor, dass Carl Utpatel wütend war, doch in diesem Moment war es so weit.

»Ihre Tochter hat recht, Herr Doktor«, schaltete sich Ernst ein. »Ihr Sohn hat sein Bestes versucht, um in diesem Geschäft anständig zu bleiben.« Anne bemerkte erst jetzt, dass sein Bart kräftig gestutzt und auch sein schwarzes Haar gekürzt war. »Um den Vorfall geht es aber gar nicht«, fuhr er fort. »Das war erst der Anfang. Der Herr Utpatel ist ein paar Tage später zu uns in die Kolonne gekommen, um den Janusz zu holen. Er hatte diesen Piepkorn bezahlt, damit der den Kontrakt auflöst. Da hat er von den Arbeitern ordentlich Dresche gekriegt, weil er ja vorher gegen sie und für diesen Piepkorn gekämpft hatte.«

»Nu is min Geduld over toend!«, polterte Carl. »Wann wolltet ihr mir das wohl beipulen, hä?« Er funkelte Anne böse an.

»Davon wusste ich doch selbst nichts«, verteidigte Anne sich erschrocken. In dem Moment ging die Tür auf, und Hulda und Hinnerk traten ein.

»Herzlich willkommen alle miteinander. Schön, euch zu sehen«, begrüßte Hinnerk sie leise. Sein Anblick ging Anne durch und durch. Er humpelte und trug einen Arm in der Schlinge. An der rechten Schläfe zeichnete sich eine große Wundauflage unter dem Verband ab, der schräg um seinen Kopf gewickelt war. Carl stand auf und trat auf ihn zu. Anne meinte schon, er würde seinem Sohn obendrein eine Backpfeife verpassen, so wütend war er.
»Welcher Quacksalber war das denn?«, fragte Carl und betrachtete den Verband aus der Nähe. Er schüttelte den Kopf. »Zu deinem alten Vater kannst wohl nicht kommen, wenn du dir schon den Schädel einschlagen lässt, was? Nee, zu dem kommst du ja auch nicht, wenn's um's Geld geht. Da verschwende ich meinen Sonntag damit, meinen Sohn zu besuchen, um zu hören, wie es mit dem Hauskauf und den Finanzen steht. Pah!« Er schnaubte. »Dabei will der nix von seinem alten Vater wissen und nix haben. Nee, dann schon lieber für so 'n Halunken die Drecksarbeit machen.« Wieder schüttelte er den Kopf. »Mann, Mann, wat heff ik blots falsch mokt mit euch?«
»Gar nix haben Sie falsch gemacht, Herr Doktor. Bestimmt nicht«, ergriff Ernst wieder das Wort. »Sie haben nämlich zwei ganz feine Kinder!«
»Drei!«, brummte Carl. »Um den anderen muss ich mich wohl morgen kümmern, wenn das Wasser steigt. Ohne Hilfe von seinem alten Herrn säuft der mir noch ab in Schaprode. Aber vielleicht will der von mir ja auch nix mehr wissen, sondern lieber allein untergehen.« Wenn der Gedanke an ein schweres Hochwasser auch alles andere als amüsant war, musste Anne doch grinsen. Ihr Vater war einfach unverbesserlich. Und Hinnerk sah in diesem Moment aus, als sei er wieder zwölf Jahre alt. Er wagte nicht, auch nur ein einziges Wort zu sagen.

Das Mädchen kam mit einem Tablett herein, auf dem eine Kanne mit dampfendem Punsch und Becher standen. Gerade im rechten Augenblick.

Während sie den Gästen servierte, fand Hinnerk seine Stimme und sein Selbstbewusstsein wieder: »Vielleicht war es nicht sehr klug, Vater, dass ich Piepkorns Angebot angenommen habe. Aber so schmerzhaft das auch für mich war, so richtig war es doch. Im Nachhinein betrachtet.« Er warf Anne einen Blick zu. »Ich glaube nämlich, dass ich das eine oder andere zum Guten beeinflussen konnte.«

»Wie das?«, wollte Carl wissen.

»Nun, nicht nur die Eisenbahnbaugesellschaft benötigt Arbeitskräfte, sondern auch die Landwirte.« Er hob seinen Becher und nickte in die Runde. »Jedenfalls zur Erntezeit war das noch so. Da waren einige, für die der Gleisbau eine viel zu schwere Arbeit war. Rüben zu laden oder bei der Aussaat zu helfen ging ihnen dagegen gut von der Hand. Ich habe sie also abgeworben, sie durch stärkere Arbeiter ersetzt und an Gutsherrn der Gegend vermittelt.«

»Anders als die anderen Menschenhändler hat er von den Leuten selbst keine Gebühr dafür verlangt«, ergänzte Ernst begeistert. »Nur von den Landwirten hat er kassiert, das weiß ich sicher. So was spricht sich rum.«

»Viel wichtiger ist«, fuhr Hinnerk fort, »dass ich der Landwirtschaftskammer gemeldet habe, wenn einer der anderen Agenten die Löhne der Arbeitgeber einbehalten hat. Das wird gerne gemacht, um eine Waffe gegen Kontraktbruch zu haben. Legal ist es deshalb noch lange nicht.«

Wieder schaltete Ernst sich ein. »Ich weiß von zwei dieser Halsabschneider, die mächtig Ärger gekriegt haben deswegen.« Er strahlte vor unverhohlener Schadenfreude.

»Ich verstehe nicht, warum dich die Arbeiter trotzdem in die Mangel genommen haben, wenn sich angeblich herumgesprochen hat, dass du keiner von den Bösen bist«, warf Anne ein. »Wieso ziehen sie einem eins über, der auf ihrer Seite steht?«

»Weil einige von denen alle über einen Kamm scheren, so wie meine eigene Schwester auch.« Anne senkte beschämt den Blick. Ja, das musste sie sich wohl vorwerfen lassen. »Außerdem spricht es sich schneller herum, wenn einer an der Seite des verhassten Piepkorn steht und sich mit den Männern aus der Kolonne prügelt, als wenn derselbe die Landwirtschaftskammer einschaltet. Das eine kann jeder sehen, das andere muss ihnen erst einer erzählen. Nicht jeder glaubt aber, was er nicht mit eigenen Augen gesehen hat, und nicht jeder spricht so viele Sprachen wie Ernst. Bevor mein Ruf gerettet war, habe ich eins auf die Nase bekommen.« Hinnerk zuckte die Schultern und lächelte. »Pech gehabt.«

»Nicht nur auf die Nase«, stellte Hulda richtig, obwohl das für jeden am Tisch leicht zu erkennen war. »Gott sei es gedankt, dass Ernst des Weges kam und ihn gerettet hat.«

»Na na«, sagte Ernst, lehnte sich zurück und strich sich zufrieden über den Bauch.

»O doch, wenn Sie nicht gewesen wären, Monsieur Ernst, wäre alles noch schlimmer ausgegangen. Wer weiß, vielleicht hätten sie mir meinen Heinrich totgeschlagen.« Die letzten Worte gingen in ein Schluchzen über, und Hulda tupfte sich theatralisch Tränen ab, die gar nicht geflossen waren. Hinnerks Namen wusste sie wohl nicht auf Französisch zu sagen, aber sie weigerte sich strikt, die plattdeutsche und in ihren Augen höchst derbe Variante zu verwenden, die sonst ein jeder benutzte.

»Mein lieber Bruder«, begann Anne zerknirscht, »ich muss mich bei dir entschuldigen. Du bist keiner dieser Wucherer. Ich konnte mir das auch nicht vorstellen, aber ich gebe zu, ich hatte meine Zweifel. Und nun stellt sich heraus, dass du ein Held bist. Kannst du mir verzeihen?«

»Wie könnte ich nicht, Schwesterchen, wenn du mich als Helden bezeichnest?« Er sah sie liebevoll an. »Außerdem muss ich gestehen, dass meine Absichten zunächst wenig heldenhaft waren. Ich wollte Geld verdienen, das war alles. Dafür, dass ich das in einem höchst zwielichtigen Geschäft tun wollte, habe ich meine Strafe bekommen. Und jetzt vergessen wir die Sache.« Er wandte sich seiner Frau zu. »Hulda, meine Liebste, hast du nicht ein neues Pfannkuchenrezept ausprobieren wollen?«

»Nicht Pfannkuchen, mein Herz, echte französische Crêpes will ich machen.«

»Mir auch recht. Denkst du nicht, jetzt wäre dazu eine glänzende Gelegenheit?«

»Mais oui!« Sie klatschte begeistert in die Hände. »Du hast so recht. Mit dem größten plaisir! Wenn ihr mich entschuldigen wollt.«

»Für 'n büschen Süßkram allemal«, verkündete Carl und erntete allgemeine Zustimmung.

Hulda zog sich für eine Weile zurück, in der sie, wie Hinnerk verriet, den Teig eigenhändig anrühren und der Mamsell dann noch einige Zeit beim Backen auf die Finger schauen würde. Immerhin handele es sich um einen speziellen Teig, der ganz dünn gebacken werden musste. Die Mamsell aber sei ja nur dicke norddeutsche Pfannkuchen gewohnt und müsse die hauchdünnen, feinen französischen Brüder erst einmal zubereiten lernen.

Als sie zurückkam, sagte Hulda: »Nur noch ein wenig Geduld, dann dürft ihr meine neue Création kosten. Ich nenne sie quarts de plaisir, wie die echten Crêpiers sagen. Das bedeutet Viertel der Freude.« Sie sah erwartungsvoll in die Runde, erntete aber nur verständnislose Blicke. »Viertel, weil sie zweimal zusammengeklappt werden. Auf ein Viertel ihrer Größe«, belehrte Hulda ihre ahnungslosen Gäste.

Die Tür ging auf, und das Mädchen trat mit einem Tablett ein, auf dem die angekündigte Süßigkeit bereits auf Tellern angerichtet war. Hulda warf einen Blick darauf und nickte zufrieden. Ein süßer Duft erfüllte das Speisezimmer.

»Sie werden nach dem Backen mit Orangenmarmelade bestrichen und nach dem Falten mit Orangenlikör getränkt und für einen kurzen Moment flambiert. Ich bin gespannt, wie sie euch schmecken.« Vor lauter Aufregung glühten ihre Wangen, und sie hatte völlig vergessen, französische Wörter in ihre Rede zu streuen.

Anne konnte gar nicht genug bekommen von diesem Geschmack. Süß war der Crêpe, aber auch ein wenig herb und bitter. Woher bekam Hulda nur Orangenmarmelade? Sie musste ein Vermögen gekostet haben. Gewiss würden die Gäste allerdings auch eine hübsche Summe für diese Crêpes ausgeben, vermutete Anne.

Nach dem Genuss für den Gaumen folgte einer für die Ohren. Sie gingen wieder in den Salon, und Janusz wurde gerufen.

»Wie geht es dir?«, fragte Anne sogleich. Er sah gut aus, nicht mehr gar so dünn wie beim letzten Mal.

»Gut, danke«, antwortete er schüchtern.

»Du sprichst inzwischen unsere Sprache?«

»Er versteht eine Menge. Der Junge ist begabt«, verkündete Ernst. »Mit dem Sprechen hapert es allerdings. Noch. Ich wette, wenn er die erste Saison für Feriengäste gesungen hat, kann er sich mit denen munter unterhalten.«

Janusz zupfte Ernst am Ärmel und sagte dann etwas zu ihm.

»Er möchte Ihnen danken, Anne, dass Sie ihn hierhergebracht haben.« Der Junge sprach weiter, leise, aber mit fester Stimme. Dabei ließ er sie nicht aus den Augen. »Er will sagen, dass er froh ist, in diesem Haus leben zu dürfen, und dass Sie dafür gesorgt haben. Aber er dankt Ihnen auch dafür, dass Sie ihn danach hierhergebracht haben, als Ihr Bruder und Piepkorn sich mit den Arbeitern angelegt hatten.«

»Oder umgekehrt«, warf Hinnerk ein.
»Sie sind sein Engel, das hat er schon bei Ihrer ersten Begegnung gespürt, sagt er.« Ernst hob die Augenbrauen. »Junge, Junge, wenn der mal älter ist, verdreht er den Frauensleuten den Kopf. Darauf wette ich.«
»Du wettest ziemlich viel heute, Ernst«, mischte sich Carl ein.
Endlich setzte Janusz sich an die Orgel und begann zu spielen. Ernst hatte recht, ging es Anne durch den Kopf. Wenn er vor ihr stand, wirkte er noch wie ein Kind. Saß er jedoch an einem Instrument, verwandelte er sich in einen Mann, dem man augenblicklich große Klugheit, wenn nicht gar Weisheit zutraute. Er sah gleichzeitig konzentriert und auch verloren aus. Es stand außer Frage, dass er die Damenwelt begeistern würde. Aber gewiss nicht nur die. Auch die anwesenden Herren lauschten gebannt den Klängen, die in einer Kirche passender gewesen wären. Sie verliehen dem Raum etwas Feierliches. Anne bemerkte, dass sie Tränen in den Augen hatte, so schön war die Musik. Nein, es war nicht die Melodie allein, es war das Zusammenspiel aus den glockenklaren Tönen der Orgel, die den Salon erfüllten, und dem leisen Klirren der Fenster, an denen der Sturm riss. Das Ganze wurde von einem Tosen und Rauschen untermalt, das draußen tobte. Wie gut sie es hatten, in einer warmen Stube zu sitzen, zu essen und zu trinken und diesem Konzert zuhören zu dürfen. Sie warf ihrem Bruder einen Blick zu und seufzte leise und zufrieden. Seit langem hatte sie sich nicht so wohl gefühlt.

Sie waren länger geblieben, als sie es eigentlich vorgehabt hatten. Janusz hatte von seiner Heimat und einer wenig glücklichen Kindheit erzählt. Zwei Geschwister hatte er verloren: seine Schwester, als er gerade fünf, seinen jüngeren Bruder, als er dreizehn Jahre alt gewesen war. Sein Vater war kein schlechter

Mensch gewesen, doch er musste die noch immer zwölfköpfige Familie durchbringen. Also sollte Janusz, als eines der älteren Kinder, schon früh seinen Beitrag zum Unterhalt leisten. Zuerst hatten sie gemeinsam unweit von ihrem Dorf in einem Steinsalzbergwerk gearbeitet, dann hatte sein Vater davon gehört, dass es in Pommern gutes Geld zu verdienen gab. Der Rest war allen bekannt. Anne beobachtete, wie liebevoll Hulda mit ihm umging. Sie war selbst noch so jung, gerade erst einundzwanzig Jahre alt, aber sie umsorgte ihn wie eine Mutter. Irgendwann hatte sich Janusz verabschiedet, doch auch nachdem er fort war, bestimmte er noch eine gute Weile die Unterhaltung. Schließlich hatte Hulda Stoffmuster vorgeführt und Zeichnungen des Architekten präsentiert, der aus dem ehemaligen Fischerhaus in Crampas ein Hotel machen sollte. Und sie hatte es sich nicht nehmen lassen, ihren Gästen ein Abendessen zu servieren.

»Jetzt müssen wir aber los«, verkündete Carl, als es draußen längst dunkel war. »Sollen wir dich mitnehmen, Ernst? Ist zwar nicht weit, aber du kriegst noch einen Ast auf 'n Kopp, wenn du bei dem Wetter durch den Wald stapfst. Wärst nich der Erste, dem das passiert.«

»Ich passe schon auf. Wenn es mich doch erwischt, erfahren Sie bestimmt bald die Neuigkeiten.« Ernst lachte, dann holte er plötzlich deutlich hörbar Luft, als habe er soeben einen kräftigen Schreck bekommen, und schlug sich mit der flachen Hand an die Stirn. Alle starrten ihn an. »Ich bin doch ein dummer Mann!« Er sah so aus, als meinte er es ernst. »Neuigkeiten«, wiederholte er. »Hatte ich nicht welche versprochen?« Das stimmte, fiel Anne jetzt wieder ein. »Da wäre ich beinahe nach Hause marschiert und hätte vor lauter französischen Pfannkuchen und Musik vergessen, das Wichtigste zu erzählen.«

»Na, nu mach es man nich ganz so spannend. Es geht doch wohl nich um eine deiner Geschichten, oder?« Carl hatte seine Pfeife

gerade verstauen wollen und schien nun zu überlegen, ob es dafür noch zu früh war.
»Nein, Herr Doktor, keine Geschichte, sondern die Wahrheit.« Er sah in die Runde. Wenn er auch vorhatte, eine wahre Neuigkeit zu verkünden, ließ er sich den Spaß am Erzählen doch nicht nehmen. »Erinnern Sie sich an das Unglück, bei dem Jerzy, Janusz' Vater, umgekommen ist?«
»Wer sollte sich wohl nicht daran erinnern?« Da konnte Anne ihrem Vater nur beipflichten.
»Es war kein Unglück. Wie ich gesagt habe, stecken diese Menschenhändler dahinter, Piepkorn und seinesgleichen.«
»Das ist eine ungeheuerliche Behauptung, Ernst«, ermahnte Carl ihn.
»Konntest du die Beweise an dich bringen?«, wollte Hinnerk wissen, der mit einem Mal ganz aufgeregt war. Ernst nickte und blickte wieder von einem zum anderen.
»Das konnte ich!«
»Welche Beweise denn?« Hulda war durcheinander. Kein Wunder, Anne ging es nicht besser.
»Ich habe ein Gespräch zwischen Piepkorn und einem deutschen Bahnarbeiter belauscht. Nicht einer von hier, sondern einer vom Festland«, fügte er rasch hinzu. »Jedenfalls hat Piepkorn dem Kerl Geld zugesteckt. Es hätte ruhig ein paar mehr treffen können, aber es war gute Arbeit, hat er gesagt. Da dämmerte es mir.« Anne verschlug es die Sprache. Auch die anderen waren fassungslos. Nur Hulda brachte einen Kommentar heraus.
»So ein Schwein«, rief sie gänzlich unfein.
Nun war Ernst ganz in seinem Element. Er erzählte: »Ein Schwein, ja, noch dazu ein dummes. Verzeihung.« Er räusperte sich. »Es war leicht, sein Vertrauen zu gewinnen. Der Hinnerk hatte mir also berichtet, was ihm zu Ohren gekommen war.

Dass Piepkorn gesagt hatte, es hätte ruhig einige mehr treffen können. Irgendwann, als die Gelegenheit günstig war, da habe ich mir den Kerl vorgenommen. Ganz freundlich habe ich getan und vorgegeben, mit jemandem reden zu müssen. Stell dir vor, Kollege, sag ich zu ihm, mir ist was ganz Eigenartiges geschehen. Du hast bestimmt schon davon gehört, dass ich guten Kontakt zu Dr. Utpatel habe. Hab sogar einige Zeit bei ihm in einer kleinen Kammer gewohnt, als ich's mit dem Blinddarm hatte. Der fragt mich, warum ich ihm das erzähle. Tja, sage ich, weil dem Piepkorn die Tatsache auch bekannt ist. Kennst doch diesen Piepkorn, der schon so manchem eine gute Arbeitsstelle besorgt hat?, frage ich scheinheilig.«
»Hat er es zugegeben?«, wollte Hinnerk wissen.
»Er hätte von ihm gehört, hat er gesagt.« Ernst wartete, bis alle Augen auf ihn gerichtet waren, bevor er weiter berichtete: »Stell dir vor, sag ich zu ihm, der hat mich gefragt, ob ich nicht in der Praxis etwas gesehen hätte, eine Arznei, also eher ein Gift, womit man jemanden zuverlässig um die Ecke bringen könnte, ohne dass es Spuren hinterlässt. Der Kerl guckt mich natürlich mit großen Augen an. Ja, sage ich, so habe ich auch geguckt. Da sagt der Piepkorn zu mir, dass es so etwas doch sicher gebe, und ich solle mal nicht so entsetzt sein, er hätte ja nur gefragt. Er hätte da nämlich ein Problem.« Wieder sah Ernst zufrieden in die Runde. »Dann habe ich dem Kerl aufgetischt, dass der feine Herr Piepkorn mal wieder ein paar Arbeiter ersetzen wollte, damit es etwas zu verdienen gibt. Außerdem würde er gern jemanden loswerden. Er habe mal jemanden um einen kleinen Gefallen gebeten, das hätte etwas damit zu tun gehabt, ein paar Baumstämme anzusägen, und der wolle nun immer wieder Geld für die Gefälligkeit, für die er doch schon längst großzügig belohnt worden sei.« Ernst lachte. »Da hatte ich aber ins Schwarze getroffen. Dem Kerl sind bald die Augen übergegangen. Davon wäre kein Wort wahr, hat er sich er-

eifert. Er hat nie wieder etwas verlangt, nachdem er die Stämme und Äste manipuliert hat.« Mit diesen Worten griff er in die Innentasche seiner Weste, holte ein Schreiben hervor und wedelte damit in der Luft herum. »Der konnte sich gar nicht mehr einkriegen. Konnte einem richtig leidtun, der Arme. Natürlich habe ich ihn beruhigt. Weißt du was, Kollege, habe ich zu ihm gesagt, mir fällt da eine Lösung für uns beide ein. Ich will mir die Finger nämlich nicht schmutzig machen und dem Dr. Utpatel Arzneien klauen, mit denen dann jemand unter die Erde gebracht wird. Wenn du mir schriftlich gibst, dass der Piepkorn dich angeheuert hat, die Erdhütten zum Einsturz zu bringen, dann kann ich ihn mir damit vom Leib halten. Habe ihm noch gesagt, dass er sich ja nicht selbst belasten bräuchte. Er könnte mir ja aufschreiben, wer bei dem hinterhältigen Überfall dabei gewesen ist. Das würde mir schon genügen. Das hat er gemacht, und hier ist der Beweis, den wir brauchen. Der Mann hat mir alles fein aufgeschrieben, wie ich es ihm vorgeschlagen habe.« Seine Augen blitzten, sein Mund zog sich zu einem breiten Grinsen auseinander. »Nur werde ich damit nicht den Piepkorn oder sonst wen unter Druck setzen. Ich gebe Ihnen das, Herr Utpatel, damit Sie damit zur Polizei gehen können.« Feierlich reichte er Hinnerk das Papier.

»Darauf stoßen wir an«, sagte Hinnerk fröhlich und ließ von dem Mädchen Wein bringen. »Auf Sie, Ernst. Sie sind ein Teufelskerl!«

»Wirklich«, pflichtete Anne bei, »wie kaltblütig du das eingefädelt hast.« Sie prosteten einander zu und tranken. »Und auf meine Hulda, die ich heute zum ersten Mal etwas Unanständiges habe sagen hören!« Sie hielt geziert die Hand vor den Mund, kicherte und errötete. Offenkundig hatte sie jedoch ihre Freude an ihrer Entgleisung.

Es war bereits tiefe Nacht, als Carl und Anne endlich in dem Wagen saßen, der sie zur Fähre bringen sollte. Dass die überhaupt noch fuhr, grenzte an ein Wunder, denn selbst hier im Schutze des Boddens und der vorgelagerten Insel Hiddensee klatschten die Wellen so hoch und schlugen so wütend gegen das kleine Schiffchen, dass man es mit der Angst zu tun bekommen konnte.

Am nächsten Morgen machten sich Carl und Anne nach dem Frühstück auf, um nach Gerd zu sehen. Die ganze Nacht hatte der Sturm getobt, ohne an Kraft zu verlieren. Im Gegenteil, es schien, als habe er noch an Geschwindigkeit und Wucht zugenommen. Mit der Spinne waren sie zügig in Schaprode. Schon als sie die Mitte des Dorfes erreichten, schwappte ihnen das Wasser entgegen. Carl hatte sich die Mütze tief ins Gesicht gezogen, Anne hatte die Kapuze ihres Mantels mit einem Schal festgebunden. Trotzdem wehten ihre Haare bald wild im Wind, und einzelne Strähnen klebten an ihren Wangen. Der Regen traf eisig auf die Haut. Es fühlte sich an wie winzige Nadeln, die vom Himmel fielen. Dort, wo die Ostsee sonst sanft dem weißen Sand die Hand reichte, schäumte sie und spuckte Fontänen in die Höhe, wenn es ein Stein wagte, sich ihr in den Weg zu legen. Gerds Hütte stand knöcheltief in den Wellen.
»So eine verdammte Bescherung«, fluchte Carl. »Gerd!«, rief er dann. Das Zischen und Pfeifen, das Rauschen und Knallen des Sturms verschluckten seine kräftige Stimme beinahe.
»Da! Die Salzhütte steht offen.« Sie winkte ihrem Vater, der sie unter seiner dicken Wollmütze unmöglich verstehen konnte, und machte ihm Zeichen. Tatsächlich, Gerd stand im Wasser und versuchte, den Hering zu retten.
»Was macht ihr hier?«, rief Gerd, als er die beiden sah.
»Helfen, Junge, was sonst?« Carl hielt sich nicht lange mit großen Reden auf, sondern begann, den Fisch aus den unteren Regalen nach oben zu stapeln, wie Gerd es auch machte.

»Ich sehe im Haus nach dem Rechten«, brüllte Anne. Zu dritt würden sie sich in der kleinen Hütte nur gegenseitig auf die Füße treten. Sie stemmte sich gegen den Sturm, der ihr, kaum dass sie den Schutz des Salzhäuschens verlassen hatte, mit aller Macht den Weg verstellen wollte. Er nahm ihr den Atem, und es kostete sie alle Kraft, einen Schritt nach dem anderen zu machen. Wenn sie nur auch eine Wathose hätte, wie ihr Vater sie trug. Ihre hohen Stiefel boten zwar einigen Schutz, aber das Wasser lief früher oder später doch hinein. Ihr Mantel hatte zu allem Unglück den Regen aufgesogen und hing schwer auf ihren Schultern. Einmal wäre sie auf dem schlammigen Boden beinahe ausgerutscht, dann schlug ihr Treibholz gegen die Schienbeine, und sie musste achtgeben, nicht darüber zu stolpern. Überhaupt war es alles andere als einfach, sich auf den Beinen zu halten. Zwar watete sie durch flaches Wasser, das war aber so in Bewegung, dass es drohte, sie von den Füßen zu reißen. Sie war sehr erleichtert, als sie das Haus erreichte. Drinnen gebärdete sich die Ostsee deutlich sanfter. Sie hatte zwar Unrat und Algen, Muscheln und kleine Steine mitgebracht, plätscherte jedoch mit erheblich weniger Macht. Gerd hatte die Möbel rechtzeitig auf den Dachboden gebracht, den er sonst nutzte, um dort Salz oder Vorräte zu lagern. Seine Stube war ebenso leer geräumt wie die Schlafkammer. So liefen die Wellen einfach zur Tür und allen Ritzen herein und würden später auf dem gleichen Weg wieder hinausfließen. Gottlob, er würde nicht mit größeren Schäden zu rechnen haben, sondern bloß den Steinboden sauber schrubben müssen. Es hätte ihn schlimmer treffen können. Vielleicht hatte es ihn schlimmer getroffen, fiel ihr ein. Gut möglich, dass ein großer Teil des eingelagerten Herings nicht mehr zu gebrauchen war. Sie überlegte, ob sie noch etwas für ihren Bruder tun konnte, da kamen die Männer zur Tür herein.

»So eine Sauerei«, fluchte Gerd. »Da hat sich die Ostsee doch glatt ihren Fisch zurückgeholt.«

»Kannst du laut sagen«, brüllte Carl zurück. »Kurz nachdem du geboren wurdest, habe ich so was zuletzt erlebt. Na, lass man, den Verlust von dem Hering wirst du wohl verschmerzen, was?«

Gerd nickte und wischte sich mit dem Handrücken das Wasser aus dem Gesicht. »Hier drinnen sieht es ganz ordentlich aus. Hast noch mal Glück gehabt, mien Jung.«

»Das wird nicht jeder von sich behaupten können. Kommt ihr mit? Ich will mal nachschauen, wie es im Dorf aussieht.«

Gemeinsam kämpften sie sich voran. Jetzt hatten sie den Wind im Rücken. Das war aber auch nicht angenehm, denn er wollte sie schneller vorwärtsschieben, als sie laufen konnten. Sie packten bei einem älteren Ehepaar mit an und zogen einen dicken Knüppel aus dem Fenster, der die Scheibe durchschlagen hatte. Carl und Gerd schoben von innen Bretter davor und befestigten sie notdürftig mit ein paar Nägeln, damit die beiden Alten wenigstens vor der Kälte geschützt waren. Anne watete unterdessen weiter und half, ein Boot, das sich losgemacht hatte und angespült worden war, zur Seite zu schieben. Außerdem führte sie ihren Hengst, der die Spinne zog, noch ein gutes Stück weiter vom Ufer fort. Der Orkan und die schweren Regengüsse machten ihm schon genug zu schaffen. Es war nicht nötig, dass er es auch noch mit Treibgut zu tun bekam. Sie hätte nicht sagen können, wie viele Stunden sie Wunden gereinigt und versorgt, Holz und anderes beiseitegeräumt, verängstigte Menschen beruhigt hatten. Erst als Carl meinte, es sei Zeit, nach Hause zu fahren, bemerkte sie, wie hungrig und erschöpft sie war. In ihrem Kopf pochte es, und ihr war kalt. Gerd kam mit ihnen. Wo hätte er sonst schlafen sollen? Sein Bett wieder in die Kammer schleppen konnte er nicht, ehe das Wasser nicht vollständig abgelaufen war und er Ordnung gemacht hatte. Carl entfachte ein Feuer, und Anne bereitete Tee und Gerstensuppe zu, als sie alle wieder trockene Kleider am Leib hatten.

»Und so ein Sturmhochwasser hat es wahrhaftig gegeben, nachdem ich gerade geboren worden war?« Gerd hockte seinem Vater gegenüber. Ausnahmsweise hatte auch er sich eine Pfeife angezündet. Ein Duft von Kräutern und Vanille erfüllte die Wohnküche.

»So ist es, mein Junge.« Carl schmunzelte, seine Wangen leuchteten rot. »Aber ik glöv nich, dass das eine was mit dem anderen zu tun hatte.«

»Nee, bestimmt nicht.« Gerd schüttelte energisch den Kopf. »Ich wundere mich eher, dass ich nicht versucht habe, zurück in Mutters Schoß zu kriechen.« Anne schenkte ihnen Tee ein. Sie lauschten dem Knistern der Feuerstelle und dem Rauschen draußen, das anscheinend gar nicht daran dachte, sich davonzumachen.

»Ist nicht schön, so ein Unwetter«, sinnierte Carl. »Aber es hat auch seine guten Seiten. Ist lange her, dass wir mal wieder 'n büschen Zeit miteinander hatten.«

»Stimmt schon, aber ich mache mir Sorgen um Ulla und ihre Familie. Hoffentlich ist ihnen nichts zugestoßen.«

»Ach was, zerbrich dir man darüber nicht den Kopf. Wenn wir hier im Westen absaufen, dann haben die im Osten nix auszustehen. Kannst mir glauben.« Gerd nickte.

Es wurde bald warm in dem Raum. Auch innerlich wurde Anne wieder wohlig zumute, nachdem sie die Suppe gelöffelt hatte. Carl fragte nach Ulla, ob denn bald mit einer Hochzeit zu rechnen sei. Er hatte recht, es war lange her, dass sie so vertraut beieinandergesessen und geredet hatten. Immer gab es etwas zu tun, stets waren sie in Eile. Entweder Gerd, weil er die Fische ausnehmen oder auf den Markt bringen musste, oder Carl und sie, weil sie zu einer Geburt oder einem Unglück gerufen wurden. An diesem Abend war das anders. Inmitten des Unwetters saßen sie kommod in der Kate beisammen und ließen es sich gutgehen.

Gerd blieb zwei Tage. Er half ihnen, die Patienten zu versorgen, die zahlreich bei ihnen auftauchten. Von Schürf- über Schnittwunden bis hin zu Knochenbrüchen kam alles vor. Wie üblich arbeiteten Carl und Anne Hand in Hand. Gerd besorgte, was zur Neige ging, oder stützte den einen Patienten, während der nächste bereits in den kleinen Behandlungsraum trat. Den Bahndamm bei Wiek hatte es erwischt, erzählten die Leute. Ausgerechnet! Als ob die Männer nicht hart genug dafür schufteten, dass die Strecken Stück um Stück fertig wurden. Nein, immer wieder musste die Natur zerstören, was sie gerade geschaffen hatten. Man konnte beinahe meinen, sie hätte etwas gegen eine Eisenbahn auf Rügen. Mitte der Woche erwachte Anne morgens und fragte sich, was los sei. Dann begriff sie, dass sich der Sturm gelegt hatte. Sie hatte sich in den letzten Tagen so an das ständige Brausen gewöhnt, dass ihr die Ruhe höchst eigenartig vorkam. Die Sonne schien, und es wurde Zeit für Gerd, sich auf den Heimweg zu machen.
»Soll ich dich begleiten? Ich könnte dir beim Putzen helfen«, schlug Anne vor.
»Nein danke, Schwesterchen, das schaffe ich schon allein.« Er küsste sie auf die Wange. Dann hielt er plötzlich inne. »Da wäre aber etwas anderes, worum ich dich bitten würde.«
»Ja?« Sie standen vor der Kate, die Luft war eisig und klar wie teures Glas.
»Wenn ich bei mir klar Schiff gemacht habe, würde ich morgen gern raus nach Mönchgut fahren. Bestimmt hat Vater recht, und dort war es nicht halb so schlimm wie hier. Aber ich möchte sicher sein.«

»Das verstehe ich.«
»Ich hatte dir doch gesagt, dass es Ullas Mutter nicht besonders gutgeht. Könntest du sie dir einmal ansehen?«
»Ich bin kein Arzt. Warum fragst du nicht Vater? Er würde ganz gewiss mit dir kommen.«
»Ich weiß, aber er wird hier gebraucht. Erst war er selbst so lange krank, jetzt das Unwetter. Da hat er alle Hände voll zu tun, das habe ich ja gesehen.«
»Aber ich bin keine Ärztin, Gerd. Ich kann ihr womöglich gar nicht helfen.«
»Und dieser Franzen? Ich wollte ihn sowieso mal kennenlernen. Nachdem du ihn erst so verwünscht hast und jetzt gut mit ihm auskommst, bin ich neugierig geworden.« Anne wollte ihrem Bruder diese Bitte nicht abschlagen. Und warum hätte sie das tun sollen? Franzen mitzunehmen war eine glänzende Idee.
»Also schön, warum nicht? Ich werde ihn fragen, ob es ihm morgen recht ist.«
»Danke, Anne, das ist lieb von dir.« Sie ließ sich noch erklären, was Ullas Mutter fehlte, worüber sie geklagt hatte, dann brach Gerd auf. Anne war es sehr recht. Ihr war es wesentlich lieber, sich um eine Patientin zu kümmern und ihre eigenen Fähigkeiten zu schulen, als das Haus ihres Bruders auf Vordermann zu bringen. Am Nachmittag wollte sie zu Franzen gehen, um ihn zu fragen, doch er kam ihr zuvor.
»Du liebe Zeit, welch ein schreckliches Unwetter«, sagte er. »Ich dachte, jeden Augenblick würde es mir das Dach über meinem Kopf wegreißen. Ist bei Ihnen alles in Ordnung?«
»Ja, mein Bruder Gerd in Schaprode hat nasse Füße bekommen. Er hat zwei Nächte bei uns verbracht und ist heute erst wieder zurückgefahren, aber ansonsten ist alles fein.« Erst jetzt fiel ihr auf, dass er eine Schramme an der Nase hatte. »Und bei Ihnen, Julius? Sie haben etwas abgekriegt, wie mir scheint.«

»Ach das.« Franzen lächelte verlegen. »Das ist nichts weiter. Ich bin nur aus dem Bett gefallen«, gestand er zerknirscht.
»Sie sind was?« Sosehr sie sich auch bemühte, es gelang ihr einfach nicht, sich das Lachen zu verkneifen.
»Ja, lachen Sie nur«, meinte er. Es klang nicht beleidigt. Er schien sich eher über sich selbst zu amüsieren. »Sie können sich nicht vorstellen, was es in der einen Nacht für einen Schlag getan hat. Die alte Kastanie auf dem Grundstück nebenan ist auf das Nachbarhaus gekracht.«
»Ich habe davon gehört. Ein ziemlicher Schaden«, meinte Anne.
»Das kann man wohl sagen. Das Getöse hat mich unsanft geweckt. Ich bin aus dem Schlaf hochgeschreckt, habe wohl das Gleichgewicht verloren und bin – rumms – der Länge nach umgefallen. Gerade so, als wäre ich selbst ein Baum ohne Knie.« Er schielte, um sich das Malheur noch einmal anzusehen. »Mitten auf die Nase«, murmelte er. Jetzt konnte Anne nicht länger an sich halten. Sie lachte, bis ihr die Tränen übers Gesicht liefen.
»Bitte, Julius, entschuldigen Sie, ich lache Sie gewiss nicht aus. Aber die Art, wie Sie Ihr Missgeschick geschildert haben, ist zu komisch.« Sie prustete. In Wirklichkeit musste sie ständig denken, dass er eigentlich eine Platzwunde an der Lippe hätte haben müssen, so wulstig, wie die hervorstand. Um sich wieder zu sammeln, erzählte sie von Gerds Bitte.
»Die Frau klagt über Schmerzen im Bereich des Bauchnabels und über Übelkeit. Außerdem isst sie nicht mehr, oder besser gesagt, man muss sie zwingen, etwas zu sich zu nehmen. Was meinen Sie dazu?«
»Hört sich nach einer Magenerkrankung an. Hat sie womöglich etwas Verdorbenes gegessen?«
»Nein, davon ist mir nichts bekannt.«
»Haben Sie eine Vermutung?« Franzen sah Anne erwartungsvoll an.

»Es könnte der Blinddarm sein«, erwiderte sie.
»Ja, das wäre möglich. Sie haben recht, das ist die wahrscheinlichere Diagnose.«
»Es ist noch nicht lange her, dass wir Ernst behandelt haben, der ja auch ähnliche Beschwerden hatte«, sagte sie schnell. »Darum ist mir dieses Krankheitsbild so vertraut.« Und nach einer kleinen Pause fügte sie hinzu: »Es wäre meinem Bruder eine große Beruhigung, wenn Sie sich Ullas Mutter einmal ansehen könnten. Wäre es Ihnen recht, morgen früh mit mir hinzufahren?«
»Und ob mir das recht wäre, Anne. Wenn ich als Arzt gebraucht werde, gibt es nichts, was mich aufhalten könnte. Und dass mich jede Minute an Ihrer Seite glücklich macht, ist für Sie auch keine Überraschung, nicht wahr? Kurzum, ich wüsste nicht, was ich lieber täte.«

Es war ein ausgesprochen glücklicher Umstand, dachte Anne, als sie die Halbinsel Mönchgut im Südosten Rügens erreicht hatten, dass sie und Franzen sich bereits über die Beschwerden von Ullas Mutter hatten verständigen können, bevor sie die Patientin auch nur zu Gesicht bekommen hatten. So würde es ihr erspart bleiben, ihn vor Ort zu belehren, und er würde den Eindruck erwecken können, treffsicher zu erkennen, was der Kranken fehlte. Über drei Stunden hatte die Fahrt gedauert. Eine lange Zeit, die jedoch rasch vorübergegangen war. Immerhin hatte Anne einiges zu erzählen. Fröhlich berichtete sie, dass der Streit mit ihrem Bruder glücklicherweise beendet sei. Natürlich schwärmte sie auch von Janusz' großem Talent.
»Kein Zweiter versteht es, dieser Orgel derartig schöne Töne zu entlocken. Sie müssen ihn sich einmal anhören, Julius. Der Junge ist ein Wunder«, sagte sie hingerissen.
»Das würde ich gern tun«, entgegnete er. »Es ist gut, dass Sie sich mit Ihrem Bruder ausgesöhnt haben. Es gibt doch nichts

Wichtigeres als die Familie. Wenn Sie nicht ebenso denken würden, wären wir jetzt nicht auf dem Weg zu Gerds Schwiegermutter, richtig?«

»Da stimme ich Ihnen zu. Übrigens ist sie leider nicht seine Schwiegermutter. Ullas Vater kann sich nur einen Schwiegersohn von Mönchgut vorstellen, aber Gerd stammt nun mal von Rügen.«

»Aber auch Mönchgut gehört doch zu Rügen«, wandte er irritiert ein.

»Natürlich tut es das. Doch die Mönchguter sind eben ein besonderer Menschenschlag. Sie haben ihre Landzunge immer als etwas Eigenes gesehen, unabhängig vom Rest der Insel. Früher, vor etwa hundert Jahren oder länger, war es üblich, dass man beim Heiraten unter sich blieb«, erklärte sie ihm. »Sie haben übrigens noch gar nichts von Ihrer Familie erzählt. Haben Sie Geschwister?«

»Leider nicht«, antwortete Franzen. Dann lächelte er Anne an. »Dafür möchte ich einmal eine ganze Kinderschar haben.«

In diesem Moment kamen sie in dem Fischerdorf Groß-Zicker an, und Anne war sehr froh, das Thema beenden zu können. Sie passierten die kleine Backsteinkirche, neben der sich die kahlen Zweige zweier Bäume wie dürre Finger in den Himmel reckten. Einmal abgebogen, und schon hielten sie geradewegs auf das weiße Lehmfachwerkhaus zu, in dem Ulla mit ihren Eltern lebte. Anne steckte den Kopf zum Fenster hinaus und entdeckte sogleich den Wagen ihres Bruders.

»Wir sind da!«

Noch ehe sie die Haustür erreicht hatten, wurde diese geöffnet. Gerd stand im Rahmen.

»Ich habe euren Wagen gesehen. Gut, dass ihr da seid.« Er küsste Anne auf die Wange und streckte Franzen die Hand entgegen. »Vielen Dank, dass Sie gekommen sind. Ich glaube, es wird allerhöchste Zeit«, sagte Gerd ernst. »Sie sieht schlimm aus und hat fürchterliche Schmerzen. Trotzdem will sie nicht aufhören zu schuften.«

»Dr. Julius Franzen«, stellte er sich vor. »Ich bin hocherfreut, Annes Bruder kennenzulernen, von dem sie mir schon so viel erzählt hat. Zu gerne würde ich ein wenig mit Ihnen plaudern, aber erst die Arbeit, dann das Vergnügen, nicht wahr? Dann wollen wir uns den Blinddarm mal ansehen!«

»Sie wissen jetzt schon, dass es der Blinddarm ist?« Gerd standen Verwunderung und Ablehnung ins Gesicht geschrieben.

»Wir unterhielten uns über die Beschwerden, die du mir beschrieben hast, und vermuten, dass es der Blinddarm sein könnte.« Gerd nickte und trat zur Seite, damit die beiden eintreten konnten. Als Anne neben ihm stand, sagte er: »Töns duldet mich nur hier, weil seine Frau und seine Tochter ihm gehörig den Kopf gewaschen und ihm klargemacht haben, dass ich derjenige bin, der einen Arzt ins Haus geholt hat. Sei freundlich zu ihm, sonst schmeißt er uns alle achtkantig hinaus.«

»Hast du je erlebt, dass ich nicht freundlich wäre?«, fragte Anne zuckersüß.

»Aus diesem Grund sage ich das!«

»Na warte«, flüsterte sie, »du kannst was erleben, wenn ich dich das nächste Mal allein erwische.«

Sie folgten ihm in die Döns. Dort war die Familie versammelt und ging ihrer Arbeit nach. Töns Palsow, Ullas Vater, hockte auf der Ofenbank. Er kaute offenbar Tabak, was Anne daran erkannte, dass ihm ein brauner Speicheltropfen aus einem Mundwinkel in den graudurchsetzten Bart tropfte. Vor sich hatte er einen Schwingbock stehen, ein hölzernes Gestell, das Anne an einen Schlitten erinnerte, der – die Kufen voran – aufgerichtet dastand. Darüber lag ein Bündel Flachs. Töns sah kurz auf, als sie eintraten, dann schlug er wieder kräftig mit dem Schwingelbrett auf die getrockneten Stengel ein, die wie der Schweif eines

Pferdes aussahen. Seine Frau Ina saß am Spinnrad und machte aus den feinen Fasern Garn. Sie sah wahrhaftig zum Gotterbarmen aus. Ihre Augen, von dunklen Schatten eingerahmt, glänzten fiebrig, ihre Haut schimmerte gelblich. Die hervortretenden Wangenknochen ließen ahnen, dass sie die Zähne hart aufeinanderbiss, um die Schmerzen ohne Jammern zu ertragen. Unbeirrbar trat ihr Fuß flink das Pedal, damit das Spinnrad sich ebenso emsig drehte. Auch sie schaute kurz auf und murmelte etwas, das wohl eine Begrüßung sein sollte. Sie dachte jedoch nicht daran, sich von ihrem Schemel zu erheben. Oder sie konnte es nicht. Ulla und ihre jüngere Schwester Suse saßen am Tisch und sortierten Flachsfasern nach deren Länge. Suse blickte mit großen Augen scheu die Fremden an. Ulla war die Einzige, die sich erhob, um die Gäste willkommen zu heißen.

»Wie schön, dich wiederzusehen, Anne«, sagte sie und schenkte ihr ein herzliches Lächeln. Sie trug eine schwarze Haube über dem Haar, das die gleiche Farbe hatte wie der Flachs. Dann reichte sie Franzen die Hand. »Und Sie sind also der Herr Doktor. Ich bin so froh, dass Sie gekommen sind. Danke!«

»Danken Sie Anne. Sie ist es, die mich hergebracht hat.« Es war nicht zu übersehen, dass er mit der Situation überfordert war. Die Patientin machte keine Anstalten, sich untersuchen zu lassen, und der Ehemann tat so, als sei niemand da.

»Mutter, du musst dich untersuchen lassen. Komm, ich bringe dich in die Kammer«, sagte Ulla und trat an das Spinnrad.

»Erst muss ich das hier fertig machen«, erwiderte Ina gleichmütig. Ihre Stimme verriet, dass sich sehr zusammenreißen musste.

»Mönchguter Frauen sind zäh. Das müssen sie sein, sonst taugen sie nicht für das Leben hier.« Alle starrten Töns an. Er hatte nicht einmal einen Blick für seine Frau.

»Wenn Ihre Frau eine Blinddarmentzündung hat, taugt sie ganz gewiss bald nicht mehr für das Leben hier«, stieß Anne empört hervor und fing einen warnenden Blick ihres Bruders auf. »Dann taugt sie für gar kein Leben, weil sie nämlich stirbt«, fügte sie unbeirrt hinzu.

»Gleich«, sagte Ina, »ich bin gleich so weit, dann komme ich.« Schweißperlen standen auf ihrer Stirn.

»Mutter, ich bitte dich!« Ulla sah sie verzweifelt an. Sie wusste, dass sie nichts tun konnte, solange ihre Mutter nicht von allein zur Vernunft kam. Eine Weile herrschte Schweigen. Das Spinnrad surrte, das Schwingelbrett krachte auf den hölzernen Schwingbock, Töns kaute schmatzend den Tabak. Gerd und Ulla, Anne und Franzen standen mitten in der Stube wie unerwünschte Eindringlinge, die man mit Missachtung strafte. Es dauerte nicht lange, bis Anne die Geduld verlor.

»Jetzt wird es mir aber zu dumm«, fauchte sie. Alle Augen waren sofort auf sie gerichtet. »Wir machen das jetzt so, liebe Frau Palsow«, fuhr sie in sanfterem Ton fort. »Sie gehen mit uns in eine Kammer, in der der Herr Doktor Sie untersuchen kann. Jetzt gleich. Oder wir setzen uns auf der Stelle in die Kutsche und fahren nach Trent zurück. Über drei Stunden hat die Reise hierher gedauert. Es wäre in höchstem Maße ärgerlich für Dr. Franzen, wenn er unverrichteter Dinge umkehren müsste. Noch ärgerlicher wäre es aber, wenn er hier noch mehr Zeit verschwenden würde.« Sie holte tief Luft. »Ganz sicher gibt es auch auf Mönchgut einen ordentlichen Arzt. Vielleicht ist es Ihnen lieber, von ihm untersucht zu werden.« Ihre Stimme klang jetzt ruhig und freundlich. »Kommen Sie, Julius, wir sind hier nicht erwünscht. Es war ein Irrtum meines Bruders, dass wir hier gebraucht werden.« Ihren Mantel hatte Anne noch gar nicht abgelegt, also machte sie einfach auf dem Absatz kehrt und ging zurück zur Tür, die ohnehin noch offen stand.

»Nein, bleiben Sie hier.« Anne drehte sich um und sah Töns an, der das Schwingelbrett sinken ließ. Der blickte zu seiner Frau.

»Bitte, Ina, lass dich man angucken. Ich weiß, dass du zäh bist und tapfer und auch fleißig. Aber wenn's dir doch nich gutgeht?«
»Wenn Sie wollen, kann das auch erst mal meine Schwester machen«, mischte Gerd sich ein. »Sie ist zwar keine Ärztin …«
»Natürlich nicht«, bemerkte Ina trocken.
»Aber sie hilft meinem Vater, der, wie Sie wissen, Arzt ist. Sie hat eine Menge Erfahrung.«
Ina würdigte ihn keines Blickes. Sie überlegte sich anscheinend, was man ihr vorgetragen hatte, dann hörte ihr Fuß auf, die Wippe zu bedienen.
»Hilf mir hoch«, sagte Ina zu Gerd. Der war sofort zur Stelle und stützte sie. Sie verzog das Gesicht. Die Schmerzen wurden durch die Anspannung des Bauchs schlimmer, dachte Anne.
»Der Arzt soll mitkommen«, ordnete sie an.
»Natürlich«, stammelte Franzen, der ungläubig verfolgte, was soeben geschehen war.
Sie verließen die Döns und stiegen eine ausgetretene Holztreppe hinauf. Es dauerte, weil Ina mühsam eine Stufe nach der anderen nahm. Die Kammer war hübscher, als Anne erwartet hatte. Ein Bett mit geschwungenem Kopfende stand unter einem kleinen Fenster. An der Wand daneben thronte eine Lade auf zwei Querstreben. Es war bereits die zweite Truhe, die ihr auffiel. Auch in der Döns hatte es eine gegeben. Beide waren aufwendig bemalt und mit kostbaren Beschlägen verziert.
»Ich werde dir den Kopf waschen«, zischte Gerd, als Anne ihm die Tür vor der Nase zumachen wollte.
»Warum? Ich habe doch erreicht, was wir beide wollten. Etwa nicht?« Sie grinste und schloss die Tür.
»Dann wollen wir mal, werte Frau Palsow.« Franzen strahlte sie an.

»Werte Frau!« Sie lachte rauh, verzog aber sofort ihr Gesicht, und das Lachen wurde zu einem Stöhnen.
»Sie haben starke Schmerzen, nicht wahr?«, fragte Anne.
»Ja, tut weh.«
»Es wird gleich noch mehr weh tun«, kündigte Franzen an. »Tut mir schrecklich leid, gnädige … aber es geht nicht anders. Wenn Sie bitte Ihr Kleid hochziehen könnten?«
»Wie hoch?«, wollte Ina wissen.
»Am besten, Sie ziehen es aus. Ich helfe Ihnen.« Anne warf ihr einen aufmunternden Blick zu.
»Ganz?« Sie war alles andere als einverstanden.
»Ich denke, das Unterkleid können Sie anbehalten. Nicht wahr, Dr. Franzen?«
»Ja, ja, natürlich, das Unterkleid stört nicht. Auch nicht bei der Temperaturmessung.« Ina zog skeptisch die Augenbrauen hoch. Er tastete etwas unentschlossen ihren Leib ab. Dann drückte er drei Finger seiner rechten Hand tief in ihre linke Seite und ließ abrupt los.
»Düwel noch mal«, schrie sie und bäumte sich auf. Er nickte.
»Sieht ganz nach einer Entzündung des Blinddarms aus, wie wir vermutet hatten. Haben Sie keine Angst, gute Frau, das kommt oft vor. Ständig haben wir damit zu tun«, plauderte Franzen munter drauflos. »Wir behandeln das sozusagen im Schlaf.« Er kicherte albern.
»Wir sollten jetzt ihre Temperatur messen«, ermahnte Anne ihn. Der Glanz in Inas Augen und der Schweiß, der Stirn und Oberlippe bedeckte, machten ihr große Sorgen.
»Ja, natürlich. Wir messen zweimal, zuerst unter der Achsel. Nehmen Sie bitte das Ärmchen hoch, ja?« Sie kniff die Augen zu kleinen Schlitzen zusammen.
»Ärmchen? Doktor, ich bin erwachsen. Sprechen Sie gefälligst auch so mit mir.« Er schnappte nach Luft. »Wo messen Sie danach?«, fragte Ina und keuchte vor Schmerz.

»Nun, äh, im … also die zweite Temperaturmessung muss ich leider … die müssen wir …« Er war hochrot im Gesicht und brachte es einfach nicht über die Lippen. Am liebsten hätte Anne ihn geschüttelt. Bei ihrem Vater hatte sie noch nie erlebt, dass er sich so anstellte.

»Denn macht sie das man lieber«, stieß Ina zwischen zusammengebissenen Zähnen hervor.

»Nein, das kann ich nicht zulassen, schließlich bin ich der Arzt«, sagte Franzen sehr entschlossen.

»Die Deern oder gar nicht.«

»Gehen Sie bitte raus, Dr. Franzen, es dauert ja nicht lange.« Anne schob ihn behutsam zur Tür. Sie hatte vollstes Verständnis für Ina. Wenn sich ein Arzt schon so zierte, wie sollte die Patientin da gelassen bleiben?

»Wieso denn zweimal?«, wollte Ina wissen, als die beiden Frauen allein waren.

»Wenn zwischen den beiden Stellen ein Unterschied von etwa einem Grad ist, spricht das zusätzlich für den Blinddarm.« Sie schob ihr das Thermometer unter den Arm und sah sie prüfend an. »Sagen Sie mir bitte, wie schlimm Ihre Beschwerden wirklich sind.«

»Das hat schon bannig weh getan, aber dann wurde es wieder viel besser. Ich hab beinah nix mehr gemerkt, Deern.«

»Aber danach ging es wieder los, und Sie hatten Schmerzen im gesamten Bauch«, stellte Anne fest.

»Woher wissen Sie das?« Inas gerötete Wangen standen in einem merkwürdigen Kontrast zu der ansonsten gelblichen Haut. Sie hatte kurzes graues Haar, das unter der Haube hervorlugte, die sie noch immer trug.

»Ich habe nur eine Vermutung angestellt«, antwortete Anne. Es war Zeit für die zweite Messung. »Könnten Sie sich bitte auf die Seite drehen? Ich weiß, das wird unangenehm.«

»Macht nix, Deern, eine Mönchguterin ist zäh. Das haben Sie doch gehört.« Anne schob ihr das Thermometer in das Hinterteil. »Kann ich Sie einen Moment allein lassen? Ich würde gern mit dem Doktor sprechen, bevor er wieder hereinkommt.«
»Ham Sie Geheimnisse vor mir?«
»Nein, ganz bestimmt nicht.« Sie lachte, strich Ina über die Schulter und ging hinaus.
»Kann ich wieder reinkommen?«
»Gleich, Julius, ich will erst mit meinem Bruder sprechen.« Sie wollte schon an ihm vorbeieilen, besann sich dann aber. »Ich möchte eine Rettungskutsche kommen lassen, die sie ins Krankenhaus bringt«, setzte sie ihn ins Bild. »Alles deutet auf einen Durchbruch hin. Wenn sie nicht bald operiert wird, überlebt sie das nicht. Stimmen Sie mir zu?« Sie brachte ihn rasch auf den Stand ihres neuen Wissens. »Auf starke Beschwerden folgte eine Zeit, in der sie schmerzfrei war. Anschließend kamen die Beschwerden mit aller Wucht zurück. Ein sicheres Zeichen für einen Durchbruch«, beendete Anne ihren Vortrag.
»Ich weiß nicht, ja, es hört sich in der Tat so an. Gut, dann sollten wir keine Zeit verlieren.«
»Eben. Ich schicke Gerd nach Bergen. Hoffen wir, dass es nicht zu spät ist.« Anne machte Anstalten, die Treppe hinabzulaufen.
»Nein, Anne, wenn Gerd erst nach Bergen reitet und einen Wagen schickt, dann dauert das ganz sicher zu lange. Wir bringen sie mit unserer Kutsche hin.« Sie dachte einen Augenblick nach, dann stimmte sie zu und war im nächsten Moment wieder in Inas Kammer.
»Ins Krankenhaus? Nee, das will ich nich.«
»Aber Sie müssen, Frau Palsow. Sie haben großes Glück, dass Sie sich noch auf Ihren Beinen halten konnten. Aber mit so einem Durchbruch ist nicht zu spaßen. Jeden Moment kann es Ihnen schlechter gehen.«

»Noch schlechter?« Der Gedanke behagte ihr nicht. »Wenn es überhaupt man ein Durchbruch ist«, wandte sie dann ein. »Das können Sie wohl kaum sehen, Deern.«

»Nein, sehen kann ich das nicht. Aber alles spricht dafür, glauben Sie mir.«

»Und ich kann wahrhaftig totgehen, wenn ich Pech hab?«

Sie nickte. »Allerdings, die Wahrscheinlichkeit ist sehr hoch. Möchten Sie, dass Ihnen Dr. Franzen das erklärt?«

»Nee, wozu?«

»Ich dachte nur … jedenfalls weiß ich von meinem Vater, dass eine schwere Blinddarmentzündung schon viele seiner Patienten das Leben gekostet hat. Er betont immer wieder, welch ein Segen die Operation ist.«

»Die werden an mir rumschnippeln?«

»Das lässt sich leider nicht vermeiden. Aber die Aussichten, dass Sie danach bald wieder ganz gesund sind, sind sehr gut.«

»Sicher ist es aber nicht?« Inas Stimme wurde leiser, sie keuchte. Es klopfte an der Tür.

»Ich will ehrlich zu Ihnen sein: Es ist nicht auszuschließen, dass die Entzündung bereits so weit fortgeschritten ist, dass die Operation zu spät kommt. Versprechen kann ich Ihnen nichts, aber ich bin zuversichtlich, und das sollten Sie auch sein«, sagte Anne, so wie sie es von ihrem Vater gelernt hatte. Franzen steckte den Kopf zur Tür herein.

»Der Wagen ist bereit. Ist sie es auch?«

Anne sah Ina fragend an. Sie nickte. Wenig später war sie wieder angekleidet und wurde von Töns die Treppen hinuntergetragen. Auf einer Bank der Kutsche hatte man ein Lager hergerichtet, auf das er sie behutsam legte. So grobschlächtig er bisher gewirkt hatte, so zart bettete er seine Frau jetzt auf die Decken und strich ihr mit dem rauhen Zeigefinger über die Wange und ihre Lippen. Er hatte keinen Tabak mehr im Mund und sah schrecklich verloren aus.

»Kommst zurück, ja?«, fragte er sie immer wieder. Mehr brachte er nicht heraus. Anne und Franzen setzten sich auf die Bank gegenüber. Sie hielten eine Schale bereit, falls Ina erbrechen würde, und ein Tuch, mit dem sie ihr die Stirn tupfen konnten.
»Dann wollen wir mal«, meinte Franzen unbehaglich. Er fürchtete wohl, dass Töns ihn vermöbeln würde, wenn seiner Ina etwas zustieß.
»Kann ich nicht doch mitfahren?«, fragte Ulla mit zitternder Stimme.
»Du siehst doch, es ist kein Platz mehr in der Kutsche.« Gerd legte ihr einen Arm um die Schultern.
»Dann reite ich eben nach Bergen. Ich muss einfach wissen, was mit ihr ist.« Tränen schimmerten in ihren Augen, Suse stand in der Tür und weinte.
»Wir kommen zurück und berichten, sobald sie die Operation hinter sich hat«, versprach Anne. Gerd drückte sie kurz an sich.
»Danke, Schwesterchen, das vergesse ich dir nie.«
Anne kletterte in den Wagen, augenblicklich setzten sich die beiden Pferde in Bewegung. Sie sah zum Fenster hinaus. Wie man sich doch täuschen konnte, ging es ihr durch den Kopf. Bei ihrem Eintreffen hatte sich die Familie aufgeführt, als sei Ina nichts weiter als eine Arbeitskraft, die ihre Aufgaben zu erfüllen hatte. Jetzt standen sie beieinander, hielten sich im Arm und sahen so traurig aus, dass es einem das Herz brechen konnte.

»Was ist, wenn sie es nicht schafft?«, fragte Franzen unvermittelt, nachdem sie bereits eine Weile in einem Flur gesessen und gewartet hatten. »Ich meine, Sie sagten, dieser Töns Palsow will nur einen Schwiegersohn akzeptieren, der von Mönchgut kommt. Wenn nun seine Frau nicht überlebt und Sie es waren, die auf eine Operation gedrängt hat, wird das dann nicht auf Ihren Bruder zurückfallen?«

Wie konnte einer nur so verquere Gedanken haben, fragte Anne sich. Sie murmelte etwas davon, dass das Unsinn sei, konnte aber von nun an an nichts anderes mehr denken. Kapitän Möller fiel ihr ein. Dass er sie so schrecklich beschimpft hatte, lag an seinem unermesslichen Kummer, der ihn in dem Moment überwältigt hatte. Das war ihr längst klargeworden. Er hatte den Verlust des Kindes und gleichzeitig die Angst um sein Eheweib nicht aushalten können, also brauchte er jemanden, auf den er seine Wut richten konnte. Das war Anne gewesen. Womöglich würde es für Töns in der Tat Gerd sein.

»Sie muss es eben schaffen«, stellte Anne fest, nachdem bereits einige Minuten vergangen waren.

»Wie? Ach so, ja, das muss sie.« Franzen knetete seine Finger. »Wollen wir ein wenig spazieren gehen? Das Warten ist mir unerträglich.«

»Aber es regnet.« Sie blickte zu dem hohen, oben abgerundeten Fenster. Nein, es regnete nicht, es hatte zu schneien begonnen. »Jetzt schneit es sogar«, sagte sie und rieb sich die Schläfen. Er hatte recht, es war schwer, nichts tun zu können und nur untätig warten zu müssen.

»Es wird gewiss so seine zwei Stunden brauchen, zurück nach Groß-Zicker zu kommen«, gab er plötzlich zu bedenken. »Bei Schnee womöglich länger. Das macht, wenn wir die Rückfahrt nach Trent dazurechnen, vielleicht sechs Stunden oder mehr.« Er holte eine Taschenuhr hervor. »Gleich vier Uhr. Bald wird es dunkel. Ehe wir zu Hause sind, ist es Nacht.«

Sie überlegte kurz. »Vielleicht sollte ich einen Boten schicken.«

»Ja, das wäre gewiss eine gute Lösung. Ein Bote vom Krankenhaus soll der Familie Bescheid geben. Das erspart uns auch einiges, wenn es hier nicht gut ausgeht.« Franzen lachte kurz auf. Was war er doch für ein furchtbarer Hasenfuß! »Und wir können uns jetzt auf den Heimweg machen. Ein guter Gedanke.«

»So hatte ich das nicht gemeint. Ich dachte eher daran, meinem Vater eine Nachricht zu schicken, damit er sich nicht sorgt. Ganz gleich, wie die Sache für Ina Palsow ausgeht, ich werde diejenige sein, die es der Familie sagt.« Anne seufzte. »Ich will es mir nicht nehmen lassen, ihnen die frohe Kunde zu bringen.« Wieder ein Seufzer, tiefer dieses Mal. »Und wenn es nichts Erfreuliches zu verkünden gibt, dann will ich es erst recht selbst tun. Stellen Sie sich vor, ein vollkommen fremder Mensch überbringt diese schlimme Nachricht, empfiehlt sich nur einen Wimpernschlag später und ist auch schon fort. Sie könnten keine Fragen stellen und wären allein mit ihrem Kummer. Nein, das werde ich nicht zulassen.«

»Natürlich, Sie haben recht«, pflichtete Franzen ihr bei. »Es ist nur … ich weiß noch immer nicht mit dem Leid Angehöriger umzugehen seit dem entsetzlichen Erlebnis damals.« Die Knöchel seiner Finger traten weiß hervor, so stark presste er seine Hände zusammen. »Die Schreie der Eltern, als dieser Junge aufgespießt war.« Er legte sich eine Hand über die Augen.

»Ich verstehe ja, dass Sie die Erinnerungen nicht aus Ihrem Gedächtnis verbannen können«, begann Anne zaghaft. »Jedoch ist es nun einmal ein Teil Ihres Berufes, mit Menschen umzugehen, die gerade großes Leid durchmachen. Wenn Sie mich fragen, zeichnet sich ein guter Arzt zu einem nicht geringen Anteil dadurch aus, dass er in solchen Situationen die richtigen Worte findet und auch Trost spendet. Da kann einer noch so viel studiert haben, noch so exakt das Skalpell führen – wenn ihm das Menschliche fehlt, wird er niemals ein guter Arzt.« Anne hatte ausgesprochen, was ihr in den Sinn gekommen war. Als ihr klarwurde, wie das auf Franzen gewirkt haben mochte, erschrak sie. »Verzeihen Sie, Julius, ich meine damit nicht Sie. Ich habe das eher allgemein sagen wollen.«

»Nein, nein, Sie haben vollkommen recht. Deswegen wird nie ein wirklich guter Arzt aus mir«, murmelte er verzweifelt, die Augen noch immer hinter seiner rechten Hand verborgen. Du meine Güte, reichte es denn nicht, für Patienten da zu sein und deren Familie beistehen zu müssen? Damit nicht genug, hatte Anne auch noch einen erwachsenen Mann neben sich sitzen, der mit sich selbst und seinem Schicksal haderte.
»Hören Sie, Julius, ich glaube, Sie können das lernen, wenn Sie sich nur diesen – zugegeben, nicht ganz leichten – Situationen aussetzen. Und dann werden Sie auch ein guter Arzt. Ich meine, Sie sind es doch schon, irgendwie.« Sie hörte ihn schwer atmen. »Aber wenn Ihnen das heute zu viel ist, dann verstehe ich das. Fahren Sie ruhig nach Hause. Ich lasse mich allein nach Groß-Zicker bringen. Gewiss kann Ulla mir ein Bett richten, und morgen fahre ich dann nach Hause.« Er ließ den Arm sinken und sah sie an. Sie glaubte, Erleichterung in seinen Augen zu erkennen. Dieser Feigling, schoss es ihr durch den Kopf, wird wahrlich niemals ein wirklich guter Doktor werden.
Zu ihrer Verblüffung sagte Franzen: »Sie denken, ich lasse Sie allein mit der schweren Aufgabe? Auf keinen Fall. Ich werde mich ihr stellen und an Ihrer Seite sein.« Er strahlte sie an. Dann fiel ihm etwas ein. »Denken Sie, es wird möglich sein, auch für mich ein Schlaflager zu richten? Wir können uns ja schlecht eines teilen.« Er kicherte nervös.
»Nein, das wäre völlig unmöglich.« Franzen sah sie fragend an.
»Dass wir uns ein Lager teilen, meine ich, das ist unmöglich«, stotterte Anne. »Natürlich bekommen Sie ein eigenes.«
»Schön. Und vielleicht haben wir ohnehin Glück und bringen gute Nachrichten.«

Mehr als sieben Stunden waren seit ihrem Eintreffen in der Chirurgie zu Bergen vergangen. Endlich trat eine Schwester zu ihnen. Sie trug eine weiße Haube und eine weiße Schürze über dem grauen Kleid. Anne meinte, sie schon durch eine offene Tür in einer kleinen Kammer gesehen zu haben, wo sie mit der Medikamentenzubereitung beschäftigt gewesen war.

»Herr Dr. Franzen, Fräulein Utpatel.« Sie nickte ihnen freundlich zu. Die beiden standen auf. »Medizinalrat Schluder lässt ausrichten, dass die Patientin Palsow die Operation überstanden hat. Sie ist soeben aus der Narkose erwacht. Es hat keinerlei Komplikationen gegeben, aber es war Rettung im letzten Augenblick, sagt er.«

»Ich danke Ihnen, das sind herrliche Nachrichten«, jubelte Franzen. Anne fiel ein Stein vom Herzen. Einer Familie in schwerer Stunde beizustehen war etwas, das hin und wieder getan werden musste. Ihr diese erfreuliche Botschaft zu bringen, das war ihr deutlich lieber.

»Zur Feier des Tages lade ich Sie zum Essen ein, was meinen Sie?«, schlug Franzen vor, als die Schwester sie noch rasch mit einigen Einzelheiten vertraut gemacht und sich dann entfernt hatte.

»Ich würde mich eigentlich gern direkt auf den Weg machen. Überlegen Sie nur, wie wunderbar sich diese Erleichterung anfühlt. In Groß-Zicker bangt man noch. Ich würde keinen Bissen herunterbekommen, wenn man dort noch länger auf die freudige Mitteilung warten müsste.«

»Ach was, die sind bestimmt längst alle im Bett und schlafen.« Anne zog eine Augenbraue hoch. »Ein Scherz«, erklärte Franzen und lachte wenig überzeugend. »Es war nur ein Spaß. Sie haben natürlich recht. Schon wieder haben Sie recht, Anne, wie immer, möchte ich sagen. Also, worauf warten wir noch?«

Als sie in dem Fischerdorf eintrafen, war es tiefe Nacht und es hatte zu schneien aufgehört. Zwischendurch hatte Anne der

Magen geknurrt, jetzt war sie über den Hunger hinweg, wollte nur noch glückliche Gesichter sehen und dann ins Bett gehen. Sie hatten beinahe den ganzen Tag nur herumgesessen und gewartet. Nicht gerade harte Arbeit, dennoch fühlte sie sich, seit die Anspannung von ihr abgefallen war, ziemlich erschöpft. Aus den kleinen Fenstern des Lehmbaus fiel ein schwacher anheimelnder Lichtschein in die kalte Nacht.

»Von wegen, die schlafen alle tief! Sie erwarten uns.« Anne klopfte leise an die Tür. Es war Ulla, die öffnete. Gerd stand direkt hinter ihr. Wahrscheinlich hatte er derjenige sein wollen, der zuerst die Miene seiner Schwester zu sehen bekam, aber Ulla war schneller gewesen.

»Sie hat die Operation ohne Komplikationen überstanden.«

»Oh, Gott sei Dank!« Man konnte förmlich hören, wie Ulla ein Stein vom Herzen polterte. Eine Sekunde stand sie vor Anne, dann schloss sie sie in die Arme. Die beiden Frauen waren sich bisher nicht oft begegnet, doch das spielte in diesem Moment keine Rolle.

»Bedeutet das, sie hat es geschafft, oder können wir sie trotzdem noch verlieren?«, flüsterte Gerd Anne ins Ohr, als auch er sie erleichtert umarmte.

»Ich denke, ihr dürft ruhig zuversichtlich sein«, erwiderte sie und streichelte ihm liebevoll über den Rücken.

»Das sind gute Nachrichten.«

Töns trat in die Diele. »Gute Nachrichten?«, fragte er skeptisch. »Wirklich?« Alle nickten eifrig. »Ich habe mir schon das Schlimmste ausgemalt, weil es so lange gedauert hat«, sagte er heiser.

»Der Medizinalrat hat gewartet, bis sie aus der Narkose erwacht ist. Erst danach konnte er sicher sein.« Töns verstand, nickte und schluckte hart. Sprechen konnte er nicht, darum drehte er sich um und ging voraus in die Döns. Dort saß Suse. Die Arme auf den Tisch gelegt, den Kopf darauf gebettet, war sie eingeschlafen. Außer der Leinöllampe, die schon am Tag gebrannt hatte, flackerten jetzt Bienenwachskerzen auf dem Tisch und auf einem Regalbrett neben dem Fenster. Der gekachelte Ofen strahlte eine behagliche Wärme aus. Ulla weckte ihre kleine Schwester und flüsterte ihr zu, dass die Mutter lebte. Dann brachte sie Suse hinauf in ihre Kammer. Unterdessen räumte Töns einen zur Hälfte gefertigten Korb beiseite, von dem die Strohseile an allen Seiten herabhingen.

»Ein Bienenkorb«, erklärte er. »Muss ich morgen fertig machen. Sonst gifft Ärger mit mien Herr.« Er sah Anne an. »Wir können sie doch morgen besuchen?«

»Natürlich, das können Sie.« Sie nannte ihm die Besuchszeiten des Krankensaals, in dem seine Frau liegen würde. Er nickte zufrieden. Ulla kam zurück.

»Sie sind sicher müde. Möchten Sie gleich schlafen gehen, oder haben Sie Hunger?«

»Wo sollen die denn alle schlafen?«, knurrte Töns, der sich offenbar wieder gefasst hatte.

»Ich schlafe bei dir in der Kammer. Mutters Bett ist schließlich frei. Es ist zwar ziemlich eng, aber zwei können in meinem Bett schlafen.«

»Und der?« Töns zeigte auf Gerd.

»Ich dachte, Gerd und Anne teilen sich meine Kammer. Oder wollen Sie lieber …?« Ulla sah verunsichert von Anne zu Franzen. Sie konnte ja nicht wissen, ob die beiden womöglich ein Paar waren. Dass sie nicht verheiratet waren, war ihr dagegen ganz sicher bekannt.

»Nein, das ist schon recht«, antwortete Anne eilig.

»Für Sie richte ich auch noch einen Schlafplatz her, keine Sorge.« Ulla lächelte Franzen freundlich an.

»Vielen Dank, gnädige Frau«, entgegnete er galant. »Machen Sie sich nur meinetwegen keine Umstände. Ich bin nicht verwöhnt.« Anne musste an Hiddensee denken. Hatte er dort nicht nach guten Federbetten verlangt? Aber das war lange her. Seitdem hatte er sich in erstaunlicher Weise verändert, dachte sie.

Essen wollte niemand mehr, es war zu spät geworden.

»Aber einen Honigschnaps, den können Se nich ausschlagen.« Ohne eine Antwort abzuwarten, stand Töns auf und holte eine Flasche, in der eine Flüssigkeit beinahe golden schimmerte, aus dem Schrank. Ulla verteilte unterdessen die Gläser. »Mien Herr sagt, der is gesund. Is Arnika drin«, ließ Töns seine Gäste voller Stolz wissen.

»Na, wenn Ihr Herr das sagt …« Franzens Freude war nicht zu übersehen. »Scheint ein kluger Mann zu sein, dieser Herr. In der Tat ist Arnika oder Arnica montana, wie der Botaniker sagt, eine der wirkungsvollsten Arzneipflanzen, die wir kennen.« Er blickte zufrieden in die Runde. Töns starrte ihn an.

»Wo schnurrig hei schnackt! Von wem sabbelt der?« Einen Atemzug lang herrschte Stille, dann brach Ulla in schallendes Gelächter aus.

»Er denkt, mien Herr ist ein Mann«, stieß sie, nach Luft ringend, hervor.

»Was denn sonst?«, wollte Franzen pikiert wissen.

»Dat is mien Fru«, erwiderte Töns, als sei es vollkommen abwegig, etwas anderes anzunehmen.

»Das sagt man hier so«, ergänzte Ulla und musste schon wieder lachen. »Mein Vater hat in Mutters Familie eingeheiratet. Darum hat sie das Sagen im Haus, das ist so üblich.«

»Tja, auf Mönchgut ist manches anders«, flüsterte Gerd.

»Nu Prost! Gäw de leiw Gott, dat mien Herr nu wedder gesund is.« Er erhob das Glas. Der Schnaps brannte in Annes Kehle. Er war süß und würzig und stark.

Als sie bald darauf in Ullas Bett lag, ihren Bruder dicht neben sich, flüsterte sie ihm zu: »Wenn Ina Palsow im Hause das Sagen hat, dann stehen die Zeichen gut für dich, meinst du nicht?« Ein leises Lachen war die Antwort.

»So einfach ist es auch wieder nicht. Zwar kann sie bestimmen, aber Töns hat auch seine Mittel und Wege. Meinst du, Ulla und ich finden unser Glück, wenn ihr Vater mich wie Luft behandelt? Die Familie ist ständig zusammen. Im Winter weben die Frauen, die Männer spinnen Hanf, um Garn daraus zu machen, der für die Fischerei gebraucht wird. Im Sommer kümmern sie sich um ihre Schafe auf der Dresch. Das hältst du nicht aus, wenn du einen nicht leiden kannst.«

»Das kann ja noch kommen«, murmelte Anne und spürte, wie die Müdigkeit ihr den Geist vernebelte.

»Träum was Schönes, Schwesterchen«, hörte sie Gerd noch sagen, dann war sie auch schon eingeschlafen.

Am nächsten Morgen wurde Anne von klappernden Töpfen und einem gleichmäßigen Klopfen geweckt. Sie hatte das Bett für sich allein, Gerd war bereits auf den Beinen. Sofort fielen ihr die Ereignisse des vorigen Tages wieder ein. Wie froh sie war, dass Ina überlebt hatte. Sie reckte sich wohlig unter der Decke. Es war ein herrliches Gefühl, den Ernst der Lage erkannt und das Richtige getan zu haben. Auf einmal kam ihr der Gedanke, dass sie vielleicht doch nach Leipzig gehen und studieren könnte, wenn ihr Vater sich zur Ruhe setzte. Er brauchte sie dann nicht mehr, und seinem Nachfolger, wer auch immer das sein würde, war sie in keiner Weise verpflichtet. Es war eine aufregende Vorstellung, die sie sich gründlich durch den Kopf gehen lassen wollte, beschloss sie.

In der Döns waren bereits alle versammelt. Suse nahm gerade eine Schale saurer Milch nach der anderen aus dem Melkschapp, einem nach den Seiten und nach vorn nur mit Gitterstäben verschlossenen Schrank, der dadurch bestens belüftet war. Sie schöpfte mit dem Holzlöffel kleine Fettkugeln ab und gab sie in einen irdenen Henkeltopf. Aus einem ähnlichen Gefäß kratzte Ulla fertigen Rahm in ein sich nach oben verjüngendes Butterfass, unter dem etwas Grünes hervorlugte. Vermutlich Dill, dachte Anne, gegen den bösen Blick, der die Butter womöglich verderben konnte. Dieser Aberglaube starb wohl nie aus. Gerd saß in einer Ecke über einen kleinen Schlitten gebeugt, dessen Kufen er mit einem Aalfell stramm festband. So kurz die Nacht, so groß die Angst am Tag zuvor auch gewesen sein mochten, die Arbeit durfte nicht liegenbleiben.

»Guten Morgen, haben Sie sich ausruhen können?«, wollte Ulla wissen, unterbrach für einen Moment ihre Tätigkeit und reichte Anne einen Kanten Brot und ein großes Stück Butter, auf dessen Oberseite ein Anker und ein Kreuz zu erkennen waren, Abdrücke der Butterform.

»Danke! Ja, ich habe sehr gut geschlafen.« Franzen, der bis zu diesem Moment bei Töns gehockt hatte, war offenbar sehr froh, diesen Platz endlich verlassen zu können.

»Guten Morgen, Anne. Gewiss wollen Sie nach dem Frühstück gleich aufbrechen?«

»Nix gibt's«, kam Töns ihr zuvor. »Sie kriegen noch 'n anständiges Mittagessen. Sonst heißt's nachher, die Mönchguter sind geizig.« Schlagartig fiel ihm etwas ein. »Leiwe Tied«, rief er und sprang auf. »Ich muss ja auch noch den Doktor bezahlen.« Er öffnete eine große hölzerne Truhe, in der an der linken Seite ein Holzkästchen zum Vorschein kam. Darunter bewahre er den Spargroschen der Familie auf, verkündete er und machte sich an einer kleinen Schublade zu schaffen.

»Ich bitte Sie, guter Mann«, wandte Franzen ein. »Das war doch Ehrensache, ein Gefallen innerhalb der Familie gewissermaßen.«

»So?« Töns verharrte in der Bewegung. »Na, dann is gut.« Damit klappte er den Deckel der Lade zu und ging zurück an seine Arbeit.

»Sie züchten Bienen?«, wollte Anne wissen.

»Ich mach den besten Honig der ganzen Insel«, stellte Töns richtig. »Und für 'n guten Ertrag ist der hier da.« Er hob einen versteinerten Seeigel in die Höhe.

»Was soll das sein?« Franzen betrachtete das runde Gebilde skeptisch.

»Ein Seeigel«, klärte Anne ihn auf. »Stachelig und giftig.« Sie erinnerte sich, dass Bernd sie bei ihrem Ausflug nach Göhren so bezeichnet hatte. Unfreundlich wie ein Seeigel sei sie bei ihrer ersten Begegnung gewesen.

»Ach was, ein Immenstein ist das«, behauptete Töns. »Der kommt unten rin in den Korb. Sollst man sehen, wie viel Honig mir die Immen machen.« Seine Augen blitzten. Zum ersten Mal stellte Anne an ihm so etwas wie Begeisterung fest. Er erzählte, dass er Mitglied im Mönchguter Bienenzuchtverein sei. »Den besten Honig mach ich«, wiederholte er.

»Ganz ohne Diplom«, ergänzte Ulla, ohne mit dem Stampfen des Rahms aufzuhören. Ihr Ton klang so, als habe sie das bereits Hunderte Male von ihrem Vater gehört.

»Allerdings«, bestätigte der auch sogleich. »So 'n olles Diplom brauch ich nich.«

Ulla erklärte ihnen, dass Töns sich noch immer furchtbar darüber aufregen konnte, dass ein anderer Züchter vom Baltischen Central-Verein für Bienenzucht ein Diplom bekommen hatte. Das war zwar bereits im Sommer geschehen, berichtete sie, trotzdem könne er sich noch heute darüber ereifern, als sei es gerade erst gestern passiert.

»Du musst auch vertellen, wofür er dat Ding gekriegt hat«, sagte Töns. »Ik kann mir das nich mal merken.«

»Es war ein Diplom für die Gesamtausstellung bienenwirtschaftlicher Geräte«, zitierte Ulla den Wortlaut des ominösen Dokumentes.

»Wat dat wohl soll?«, schimpfte er. »Honig machen kann er nicht, aber Geräte ausstellen!«

Plötzlich hörte Anne ein leises Zwitschern. Sie sah sich verwundert um. Im Sommer, wenn alle Fenster offen standen, konnte es schon geschehen, dass sich ein Vogel nach drinnen verirrte, aber im November? Erst jetzt fiel ihr ein Vogelbauer auf, der neben dem Regalbrett hing, auf dem gestern die Kerzen gebrannt hatten. Darin saß doch tatsächlich eine Meise. Anne stand auf, um sich das Tier aus der Nähe anzusehen.

»Das ist unsere Meise.« Es war das erste Mal, dass Suse sie direkt ansprach. »Sie ist lahm. Aber vielleicht können Sie sie gesund machen, wie Sie meine Mutter gesund gemacht haben.«

»Ich war es nicht, die deine Mutter gesund gemacht hat«, stellte Anne richtig.

»Nun stellen Sie Ihre Leistung mal nicht unter den Scheffel«, mischte sich Franzen ein. »Zwar bin ich der Arzt, auf dessen Urteil es ankommt, aber Sie haben immerhin auch einen Durchbruch vermutet.« Er sah sehr zufrieden aus. Glaubte er eigentlich selbst, was er da redete? Sie allein hatte erkannt, wie es um Ina stand. Wenn es nach ihm gegangen wäre, hätte man bei ihr einen verdorbenen Magen behandelt. Anne ärgerte sich.

»Nur ist Frau Palsow nicht von Vermutungen gesund geworden, sondern dank eines geschickt und gekonnt geführten Skalpells.« Sie klang ein wenig spitz, wie sie selbst bemerkte. Rasch wandte sie sich an Suse. »Medizinalrat Schluder hat deine Mutter gesund gemacht.« Sie blickte wieder hinauf zu dem Käfig. »Und dieses Vögelchen kann also nicht laufen? Aber fliegen könnte es doch gewiss.«

»Wenn es nicht eingesperrt wäre …«, warf Gerd ein, ohne von dem Schlitten aufzuschauen, den er soeben auf seine Stabilität prüfte.
»Die bringt Glück«, meinte Töns schlicht. »Die gehört hierher.« Damit warf er Gerd einen Blick zu, der Bände sprach.
»Ein Singvogel sollte in Freiheit sein«, widersprach Franzen.
»Damit die Katze kommt und ihn frisst?«
»Das wäre der Lauf der Natur. Ich weiß, das klingt nicht sehr freundlich, aber so ist es nun einmal. Nicht nur für die Vögel, sondern auch für uns Menschen. Ist die Zeit abgelaufen, können wir das Ende nicht aufhalten.«
»Aber sie hat es doch gut bei uns«, gab Suse zu bedenken. »Wir füttern sie und reden manchmal mit ihr.«
»Ik kiek mol, wie weit die Magd mit dem Essen is.« Töns erhob sich, seinen Bienenkorb unter dem Arm, und verließ die Döns.
»Eine Meise im Käfig, die Glück bringen soll, ein Seeigel, damit es viel Honig gibt …« Anne lächelte nachsichtig. »Und Dill unter dem Butterfass gegen den bösen Blick, habe ich recht?« Ulla nickte.
»Man weiß ja nie«, meinte sie fröhlich. »Glück und eine reiche Ernte können wir gut gebrauchen. Was schaden schon ein paar Vorkehrungen? Und wer sagt, dass sie nicht helfen?« Anne war in einem Haus aufgewachsen, in dem es für Aberglauben keinen Platz gab, doch Ulla hatte wohl recht, schaden konnten die vermeintlichen Glücksbringer und Beschützer nicht. »Wussten Sie, dass der Name unseres Dorfes von dem Wort sikora kommt? Das bedeutet Meise. Deshalb sagt Vater, dass sie hierhergehört.« Anne fragte sich, ob der kleine Vogel schon lahm war, als man ihn gefunden hatte, doch sie hütete sich, diesen bösen Verdacht auszusprechen. Gern hätte sie nun die Heimreise angetreten, aber sie konnte ihrem Bruder zuliebe nicht gehen, bevor man nicht zusammen gegessen hatte. Er hatte ihr einmal erzählt,

dass es an beinahe jedem Tag Buchweizengrütze mit Kohl gab. Nur am Sonntag kamen Pellkartoffeln mit Salzhering oder Salzfleisch auf den Tisch. Welch ein Gegensatz zwischen den anspruchslosen und gewiss auch zu Sparsamkeit gezwungenen Mönchgutern und Hulda, für die Essen nicht einfach nur dazu da war, um satt zu werden. In ihren Augen sollte jede Mahlzeit ein Ereignis und höchster Genuss sein. Jedenfalls für ihre zukünftigen Feriengäste.

Die Magd trug das Essen auf, das für hiesige Verhältnisse ein Festmahl war. In einer großen Schüssel waren Weizenmehlklöße mit Backobst in mehreren Lagen übereinandergestapelt. Das Ganze wurde von einer Tunke aus Pflaumenwasser gekrönt, die mit Zimt und anderen Gewürzen versetzt und mit ausgelassenem Speck verfeinert war. Dazu gab es eingesalzenen und gekochten Aal. Es duftete köstlich. Während des Essens wurde nicht gesprochen. Danach wollte die Familie zu Ina in das Krankenhaus fahren. Die Verabschiedung fiel sehr herzlich aus. Ulla und Suse wollten Anne gar nicht mehr loslassen. Immer wieder dankten sie ihr und nahmen ihr das Versprechen ab, sie bald wieder einmal zu besuchen.

»Das mache ich sehr gern!« Franzen gegenüber waren sie nicht so ungestüm. Sie reichten ihm höflich die Hand und schienen Ehrfurcht vor ihm zu haben. So sah es zumindest für Anne aus, auf die zum Schluss Töns zutrat. Er klopfte ihr auf die Schulter.

»Bist in Ordnung, Deern«, sagte er. Das sollte wohl genügen. Nur hatte er da die Rechnung ohne seine Tochter gemacht.

»Und dabei ist sie gar nicht von Mönchgut, sondern von Rügen«, sagte Ulla spitz.

»Was soll das heißen?«, fragte Töns und sah mit einem Mal aus wie ein kleiner Junge, der beim Toben einen Krug zerschlagen hatte und erwischt worden war.

»Sie ist Gerds Schwester, wie du weißt. Beide stammen nicht von Mönchgut, und doch sind beide in Ordnung. Mehr als das.«

Da war wieder die Ulla, die partout einen Bügelbaum zu Weihnachten haben wollte, dachte Anne und schmunzelte. Wenn sie sich etwas in den Kopf gesetzt hatte, war es schwer, ihr das auszureden. Lange genug hatte sie es mit Geduld versucht und gehofft, ihr Vater würde ein Einsehen haben. Jetzt war der Moment erreicht, ihn zu drängen. Ob er diesem Drängen nachgeben würde?

»Anne hat Mutter das Leben gerettet. Jedenfalls hatte sie ihren Anteil daran. Und Gerd bringt uns schon seit Monaten Fisch, repariert unsere Möbel oder nimmt deinen Honig mit zum Markt. Dafür ist er immer gut genug gewesen, aber heiraten darf er mich nicht?« Sie funkelte Töns voller Wut an. »Bin gespannt, was Mutter dazu sagt, wenn sie wieder zu Hause ist. Kannst sicher sein, Vater, dass ich mit ihr darüber schnacken werde.«

»Will er denn?«

»Was?« Mit der Frage hatte sie nicht gerechnet.

»Na, will er dich überhaupt heiraten?«

»Natürlich will ich, Herr Palsow«, versicherte Gerd eilig. Erst war nur unverständliches Murren die Antwort.

»Na meinetwegen«, sagte Töns dann. »Und jetzt los, oder wollt ihr, dass mien Herr noch länger wartet?« Gerd und Ulla sahen sich fassungslos an. Seine Einwilligung war so rasch und beiläufig und aus heiterem Himmel gekommen, dass es ihnen für einen Moment die Sprache verschlug. Nachdem sie sich von ihrer Überraschung erholt hatten, nahm Gerd Ulla in den Arm, hob sie hoch und wirbelte sie herum. Suse lachte. Auch Anne und Franzen mussten lachen.

»Welch eine glückliche und gänzlich unerwartete Entwicklung«, meinte Anne, als sie in der Kutsche saßen. Ein Lächeln lag auf ihren Lippen.

»Ich freue mich sehr für Ihren Bruder. Ulla scheint eine patente und sehr liebenswürdige junge Dame zu sein.«

»Ja, ich glaube, die beiden passen gut zueinander.« Anne hing ihren Gedanken einen Moment nach. »Ich würde zu gerne ebenfalls ins Krankenhaus fahren und nach Frau Palsow sehen, nur fürchte ich, das wird zu viel für sie. Die Familie, die Neuigkeit von der bevorstehenden Hochzeit … Vielleicht kann ich es morgen einrichten.«

»Andererseits sind wir nun schon einmal in der Nähe. Wir fahren geradewegs durch Bergen hindurch. Es wäre viel praktischer, heute kurz dort anzuhalten, als sich morgen erneut auf den Weg zu machen.« Da hatte Franzen natürlich recht.

»Vielleicht ganz kurz«, stimmte Anne schließlich zu. »Möglich, dass wir den Medizinalrat Schluder oder eine der Schwestern fragen können. Dann brauchen wir die Patientin gar nicht zu behelligen.«

So machten sie es. Sie erklärten, dass sie die Frau am Vortag gebracht hatten, Franzen stellte sich obendrein als ihr Arzt vor, was zwar nicht ganz der Wahrheit entsprach, aber auch nicht vollkommen gelogen war. Es gehe ihr ausgesprochen gut, ließ eine Schwester sie wissen. Man sei sogar erstaunt, wie gut sie sich in nur einer Nacht erholt hatte. Natürlich, die Operation sei eine Belastung für sie gewesen, doch scheine sie ihr nicht besonders viel anzuhaben, beteuerte die Schwester, eine Frau in fortgeschrittenem Alter mit blitzenden Augen und kurzem braunem Haar unter der Haube.

»Die Frauen von Mönchgut sind zäh«, sagten Anne und Franzen wie aus einem Mund, als sie den Flur hinuntergingen. Beide stutzten und fingen dann an zu lachen.

»Psst«, machte eine Schwester, eine andere steckte neugierig den Kopf aus der Tür. Vor dem Krankenhaus auf dem Weg zurück zu ihrem Wagen lachten sie noch immer. Anne fühlte sich befreit und glücklich. Ihr Vater würde Augen machen. Sie wollte schon in das Gefährt steigen, als die Klänge einer Drehorgel an ihr Ohr drangen. Doch woher sollten die kommen? Nein, sie hatte sich gewiss getäuscht. Andererseits …

»Hören Sie das auch?«, wollte Franzen von ihr wissen.

»Allerdings! Dann bilde ich mir das also nicht ein. Das ist doch eine Drehorgel, oder etwa nicht?«

»Das meine ich auch, ja.« Plötzlich erhellte sich seine nachdenkliche Miene. »Natürlich, jetzt weiß ich. In der Zeitung war zu lesen, dass es in Bergen eine Kirmes geben soll.«

»Ein Jahrmarkt mitten im Winter?« Ein absonderlicher Gedanke.

»Ja, ein Jahrmarkt im Winter. Ist das nicht wunderbar? Kommen Sie, Anne, lassen Sie uns hingehen.«

»Ich weiß nicht, Julius, mein Vater wartet sicher schon auf mich.«

»Das glaube ich nicht. Sie haben ihm einen Boten geschickt, also weiß er, wie ernst die Lage war, und wird sich ausmalen, dass Ihr Bruder Sie noch an seiner Seite braucht und nicht so schnell gehen lässt.«

»Er wird sich gewiss Sorgen um Ullas Mutter machen. Auch wenn er die Frau nicht kennt.«

»Umso größer ist die Freude, wenn Sie ihm die frohe Botschaft überbringen. Was sage ich? Sie haben gleich zwei gute Nachrichten im Gepäck. Es wird seine Begeisterung nicht schmälern, wenn er etwas länger darauf wartet. Ich bin sicher, er würde Ihnen zureden, sich ein wenig zu vergnügen. Das haben Sie sich redlich verdient.« Ein Kind konnte nicht herzerweichender betteln, um auf die Kirmes gehen zu dürfen. Und im Grunde hatte er ja recht. Wann hatte sie das letzte Mal Gauklern zugesehen, wann das letzte Mal Zuckerwatte gegessen?

»Meinen Sie, es gibt Zuckerwatte?«

»Sehen wir doch einfach nach!«

Sie brauchten nicht lange zu suchen, sondern nur den Klängen zu folgen, die immer lauter wurden. Schon erreichten sie einen großen Platz, auf dem eine Bude dicht gedrängt neben der anderen stand. Obwohl es sehr kalt war, liefen viele Besucher neugierig zwischen den Attraktionen herum. Sie trugen dicke Mützen, Schals und Handschuhe, so dass die eisige Luft ihnen nichts anhaben konnte.

»Ich habe gelesen, der Rat der Stadt hat den Jahrmarkt im November veranstalten wollen, um den Bürgern eine Freude zu machen.«

»Ach wirklich? Eine hübsche Idee.«

»Das ist es. Und eine kluge.«

»Wie meinen Sie das?«

»Nun ja, seit geraumer Zeit werden Stimmen laut, die behaupten, auf der Insel kümmere man sich bald nur noch um die betuchten Feriengäste vom Festland und speziell um die aus Berlin. Für die Rügener habe man nichts mehr übrig. Dem wollte man wohl etwas entgegensetzen.« Anne nickte. Solche Überlegungen waren leicht nachzuvollziehen. Sie hatte selbst oft das Gefühl, es drehe sich alles nur noch um den Sommer und die Badegäste. Es war gewiss ein guter Einfall, auch mal an die Bewohner der Insel zu denken. Sie jedenfalls freute sich über diesen Markt, der sie so unverhofft zu einem Bummel einlud.

»Sehen Sie doch nur, ein Feuerschlucker«, rief sie aus, nahm Franzen an der Hand und zog ihn hinter sich her. Fasziniert betrachteten sie den Mann, dessen Gesicht über und über tätowiert war. Mit großer Geste führte er eine Fackel zu seinem

Mund. Dann spuckte er eine Flüssigkeit aus, die die Flamme vergrößerte. Er sah wahrhaftig aus wie ein feuerspeiender Drache. »Wenn er sich nur nicht verletzt«, sagte Anne ängstlich.

»Oder einen der Zuschauer. Womöglich müssen wir gleich wieder zur Tat schreiten.« Er sah nicht gerade aus, als stünde ihm der Sinn danach, einen Verletzten zu behandeln. »Kommen Sie, Anne, ich glaube, dort drüben gibt es Ihre geliebte Zuckerwatte«, forderte Franzen sie unvermittelt auf. Sie hatte den Verdacht, dass ihm alles recht war, um nur wegzukommen von diesem riskanten Treiben.

»Wirklich, wo?« Dieses Mal führte er sie. Sie fühlte sich wie ein kleines Mädchen. Da hatte ihre Mutter den Kindern diese klebrige Süßigkeit gekauft. Jetzt war es Franzen, der ihr Zuckerwatte kaufte.

»Danke! Wollen Sie probieren?«

»Lieber nicht.« Er schüttelte sich übertrieben. »Das ist nichts für mich, denke ich.« Sie schlenderten weiter, vorbei an einem Springpferdekarussell. Zwei Zwerge liefen zwischen den Menschen hindurch.

»Kommen Sie heran, meine Herren«, riefen sie und hüpften fröhlich auf der Stelle. »Versuchen Sie Ihr Glück beim Scheibenschießen. Zeigen Sie den Damen, was für ein gefährlicher Kerl Sie sind!« Schon liefen sie weiter, wiederholten ihre Einladung und deuteten auf eine Bude, in der man auf mechanische Scheiben schießen konnte.

»Nun, wollen Sie mir zeigen, wie gefährlich Sie sind?«, neckte Anne Franzen.

»Sie glauben wohl, ich kann das nicht. Aber da täuschen Sie sich, meine Liebe. Soll ich es Ihnen beweisen?«

»Ich bitte darum.«

»Also schön.« Er hakte sie unter und führte sie direkt zu der Bude. »Ich möchte schießen«, verkündete er übermütig.

»Drei Treffer, und sie können sich einen Preis auswählen, mein Herr«, erklärte ein Mann mit schwarzen Augen und schwarzem, gezwirbeltem Bart. Franzen hatte fünf Versuche. Der erste Schuss ging daneben.

»Mit dem Gewehr scheint etwas nicht zu stimmen«, überlegte er laut und betrachtete die Waffe eingehend, als könne er daran etwas erkennen. Dann setzte er erneut an. Er traf die Scheibe am Rand. »Vielleicht sind es auch die kalten Hände.« Nach fünf Schüssen hatte er zweimal getroffen und bekam dafür ein Rollrädchen als Trostpreis. »Welch ein alberner Gewinn. Was soll ich damit anfangen?« Franzen hielt ihr das hölzerne runde Spielzeug vor die Nase.

»Sie sollen Ihren Spaß daran haben«, gab sie leichthin zurück.

»Spaß!« Er schnaubte verächtlich. »Können Sie mir sagen, worin der Spaß bei einem Betrug liegt?«

»Wovon sprechen Sie?« Anne zupfte mit den Zähnen vorsichtig an ihrer Zuckerwatte und sah ihn neugierig an.

»Bei dieser Schießbude ist es ganz sicher nicht mit rechten Dingen zugegangen. Ich kenne mich damit aus. Auf Jahrmärkten sind Betrügereien an der Tagesordnung. Sonst hätte ich fünfmal getroffen, das versichere ich Ihnen.« Er räusperte sich und blickte zur Seite.

»Aha, daher weht der Wind. Warum geben Sie nicht einfach zu, dass Sie kein besonders guter Schütze sind?« Er blickte sie entsetzt an und sah, dass sie amüsiert lächelte.

»Ertappt«, gestand er zerknirscht. »Das Schießen gehört wirklich nicht gerade zu meinen Stärken.« Er seufzte. »Ich hätte Ihnen nicht so viel über mich erzählen sollen. Jetzt lesen Sie in mir wie in einem offenen Buch.«

»Ist das denn so schlimm?«

»Nein, Anne. Wenn ich es recht bedenke, ist es sogar sehr schön.« Sie fürchtete schon, er würde wieder das Thema Heiraten oder Kinder anschneiden, doch das tat er nicht. »Dort ist die Drehorgel. Sehen Sie nur, es gibt sogar einen echten Affen.« So war es. Eine kleine Gestalt betätigte die Kurbel des schlichten Leierkastens, von der Anne nicht hätte sagen können, ob es sich um einen Mann oder eine Frau handelte. Oben auf dem hölzernen Instrument saß ein Äffchen mit hellbraunem, nahezu blondem Fell um das Gesicht und an den Schultern. Der Rest des Fells war schwarz.

»Gehen Sie lieber nicht so dicht heran.«

»Warum nicht? Er sieht so brav aus.«

»Ich habe mal gelesen, dass diese Tiere recht aggressiv werden können«, stammelte Franzen. Es klang, als habe er sich das soeben ausgedacht. Wahrscheinlich hatte er Angst vor dem Tier.

»Haben Sie etwa Angst um mich?«

»Nein, ich möchte nur nicht schon wieder eine Kranke behandeln«, gab er, ohne zu zögern, zurück. Ihr verschlug es die Sprache. Dann sah sie sein Grinsen und musste lachen.

»Sie haben mich auf den Arm genommen!«

»Ich wüsste nicht, was ich lieber täte.«

Wie charmant und unterhaltsam er sein konnte, dachte Anne.

»Sehen Sie nur, wie ernst er schaut. Ich finde, sein Gesicht hat etwas sehr Menschliches.«

»In der Tat, ja. Ich hatte mal einen Patienten, der sah haargenau so aus.« Sie hörten der Drehorgel noch eine Weile zu und beobachteten den Affen, der immer wieder blitzschnell von dem Leierkasten sprang, sich vor einen der Zuhörer setzte und ihm die Pfote entgegenstreckte, die, viel kleiner zwar, einer menschlichen Hand verblüffend ähnlich sah. Bekam er keine Münze, zupfte er mit der anderen Pfote an Beinkleid oder Rock, legte den Kopf schief und sah erwartungsvoll nach oben. Die Umstehenden amüsierten sich prächtig, und niemand hätte gewagt, das Tier leer ausgehen zu lassen. Auch Anne konnte nicht widerstehen.

Sie fischte eine Münze aus ihrer kleinen Handtasche und reichte sie dem Äffchen. Rasch grapschte es danach, sprang davon und war mit einem Satz zurück auf dem Instrument. Sie hätte ihm ewig zusehen können. Doch schon machte wieder jemand lautstark auf die nächste Attraktion aufmerksam, und die beiden folgten den Menschen, die sich auf den Weg zu einem Zelt machten. Es war nicht eben groß, doch sollte man darin etwas zu sehen bekommen, hieß es, was man nie mehr vergessen würde.
»Gehen wir hinein?«, fragte Franzen.
»Wenn wir schon hier sind, sollten wir uns das nicht entgehen lassen.« Er kaufte ihnen Billetts, und sie durften eintreten. In dem Zelt war es kalt. In der Mitte war ein kleines, rundes Podest aufgebaut, um das sich die Zuschauer gruppierten. Als eine ordentliche Menge Schaulustiger beisammen war, begann das Spektakel. Eine Frau, Anne konnte sich nicht erklären, woher sie plötzlich gekommen war, stand mit einem Mal auf dem Podest. Dass es sich tatsächlich um eine Frau handelte, war nicht zu übersehen, obwohl sie in ein unförmiges Raubtierfell gehüllt war. Ihre Arme jedoch konnten einen zweifeln lassen. Selbst ein Mann hatte nur selten so massige Muskeln. Anne stockte der Atem. Die Artistin stemmte zuerst ein paar Gewichte, darunter einen Holzbalken, der Anne an die Schwellen des Eisenbahnbaus erinnerte. Dann trat ein Mann, ebenfalls in ein Fell gekleidet, auf die Bühne. Sie packte ihn, als wiege er nicht mehr als ein Kind, und hob ihn vor den staunenden Zuschauern unter Beifallsrufen in die Luft. Als Höhepunkt wurde eine Zeltwand geöffnet. Die Zuschauer traten auseinander und mussten sich dicht aneinanderdrängen. Sie machten einem Autobus Platz, der hereingefahren wurde. Dieses Fahrzeug war schon an sich ein seltener Anblick auf der Insel. Doch was dann geschah, war wahrlich atemberaubend. Ein dickes Seil wurde vorn an den Bus gebunden. Die Frau stieß einen Schrei aus, ballte die Fäuste

und reckte beide Arme in die Höhe. Sie packte das lose Ende des Seils und blickte die Zuschauer herausfordernd an. Von irgendwoher ertönte ein Trommelwirbel. Als dieser endete, trat eine gespenstische Stille ein. Die Artistin begann zu ziehen. Sie stöhnte und brüllte. Trotz der Kälte traten Schweißperlen auf ihre Stirn. Kaum sichtbar zuerst, doch zunehmend deutlicher machte sie einen Schritt nach dem anderen und zog den mächtigen Autobus vorwärts, bis er direkt vor dem Podest zum Stehen kam. Sie ließ das Seil fallen, wieder ein Trommelwirbel, Stille, dann brandete Beifall auf. Die Zuschauer klatschten und johlten. Die Frau stand auf der runden Bühne und verneigte sich, was in ihrem Kostüm höchst eigenartig aussah. Ihr Brustkorb hob und senkte sich in heftigem Atmen. Nach einiger Zeit verließen die Menschen den Schauplatz des Spektakels. Auch Anne und Franzen traten wieder ins Freie.

»Du meine Güte, welch ein Zauber«, meinte er lachend.

»Wie war das nur möglich? Kein Mensch, den ich kenne, wäre dazu in der Lage. Ich meine, nicht einmal ein Mann!«

»Betrug«, stellte er ungerührt fest. »Ich sagte ja, auf diesem Markt geht es nicht mit rechten Dingen zu.« Sie sahen sich an. »Und dieses Mal stimmt es sogar.«

Den ganzen Weg bis zur Utpatelschen Kate hatten sie sich über ihre Erlebnisse unterhalten. Das Äffchen, die Frau in dem Raubtierfell, aber vor allem natürlich über das gute Ende von Ina Palsows Erkrankung. Und Töns Einwilligung in die Heirat seiner Tochter mit Gerd würden sie niemals vergessen, so viel stand fest.

»Ihr Vater wird überglücklich sein, wenn Sie ihm alles erzählen«, sagte Franzen, als er ihr aus der Kutsche half.

»Wenn wir ihm alles erzählen«, stellte Anne richtig. »Wir haben alles zusammen durchgestanden und uns gemeinsam auf dem

Markt vergnügt. Machen Sie mir die Freude und bleiben Sie noch.« Franzen ließ sich nicht zweimal bitten. Er strahlte überglücklich und folgte ihr in die Kate. Wie erwartet, war Carl ganz aus dem Häuschen, als er die Neuigkeiten hörte.

»Prächtig, Mädchen, prächtig«, wiederholte er mehr als ein Mal. Sie saßen lange in der Wohnküche beieinander. Irgendwann richtete Anne rasch ein Abendessen her.

»Ich hole euch eine Flasche Wein. Ihr habt euch einen guten Tropfen verdient«, meinte Carl nach dem Essen und erhob sich schwerfällig.

»Und was ist mit dir?«

»Nein, für mich heute lieber nicht. Ich bin ein wenig müde. Werde mich lieber gleich hinlegen.« Er stellte ihnen den Wein und zwei Gläser auf den Tisch. Verstohlen griff er sich an die Brust. »Gute Nacht, mein Liebes.« Er küsste sie auf den Scheitel. »Gute Nacht, Julius. Gut gemacht.« Damit verließ er die Küche.

»Es geht ihm nicht gut«, stellte Anne beklommen fest. »Schon wieder diese verdammten Herzprobleme, nehme ich an.«

»War er mal bei einem Arzt?« Franzen lachte unsicher. »Das klingt vielleicht etwas seltsam, weil er ja selbst einer ist.«

»Gar nicht seltsam.« Sie seufzte. »Nein, er wollte nicht.«

»Wissen Sie denn, ob er sich selbst eine Diagnose gestellt hat und längst Arzneien nimmt? Wäre doch möglich.« Franzen griff nach der Flasche und schenkte zwei Gläser ein. Ein interessanter Gedanke, dachte Anne. Darauf war sie bisher noch gar nicht gekommen.

»Nein, ich glaube nicht, dass er etwas nimmt.« Sie dachte noch mal darüber nach und schüttelte den Kopf. »Ich glaube, dass ich das gemerkt hätte. Ich meine, ich glaube, er hätte mir das nicht verschwiegen. Warum sollte er? Trotzdem werde ich ihn darauf ansprechen. Und wenn er sich nicht selbst um seine Beschwerden kümmert, werde ich ihn drängen, einen Kollegen aufzusuchen.«

»Sehr gut! Darauf wollen wir trinken.« Er erhob sein Glas.

»Trinken wir lieber auf Carls Gesundheit«, erwiderte Anne und bemühte sich um ein zuversichtliches Lächeln. Sie wollte sich diesen Tag nicht verderben lassen. Konnte doch auch sein, dass es gar nichts Schlimmes war, was ihn piesackte, eine Verkrampfung der Muskeln vielleicht nur.

»Machen Sie sich nicht zu viele Sorgen. Denken Sie an die zähe Mönchguterin.« Franzen lachte, dann wurde er wieder ernst. »Um sie stand es wahrlich schlecht, und doch ist sie gerettet worden und wird bald wieder das Regiment im Hause übernehmen.«

»Mien Herr!«, sagte Anne. »Wie kann ein Mann nur sein Eheweib so nennen? Ich konnte es gar nicht glauben.«

»Höchst ungewöhnlich«, stimmte er ihr zu. »Was würden Sie davon halten, so genannt zu werden?«

»Unvorstellbar!« Sie riss entsetzt die Augen auf.

»Stimmt, zu Ihnen würde das auch nicht passen. Sie sind so zart und hübsch.« Es klang nicht einschmeichelnd, wie er es sagte, sondern eher sachlich, als spreche er etwas aus, das unbestrittene Tatsache war.

»Danke schön.«

»Nichts zu danken«, sagte Franzen förmlich, dann musste er schon wieder lachen. Das heißt, eigentlich war es mehr ein Kichern. Nicht gerade männlich, aber sie mochte es, wenn er so heiter war. »Passt diese Bezeichnung zu Ina Palsow?«, überlegte er laut. »Ich stelle sie mir gerade in diesem Fellkostüm vor. Ja, wenn sie das trüge, würde ich sie auch auf der Stelle Herr nennen.« Dann unterhielten sie sich wieder über den Jahrmarkt. Sein Glas war im Handumdrehen leer, Anne schenkte ihm nach.

»So ein Äffchen hätte ich gerne zu Hause«, verkündete sie. »Wie klug und geschickt es war. Gewiss könnte es einem die eine oder andere Arbeit abnehmen. Glauben Sie, man könnte ihm beibringen, zum Beispiel Äpfel zu ernten? Oder vielleicht könnte es das Nähzeug ordnen. Was meinen Sie?«
Sie malten sich aus, wozu so ein Tier wohl in der Lage wäre. Dann philosophierten sie über das Leben der Kirmes-Schausteller. Die üblichen gesellschaftlichen Regeln galten für diese Leute nicht, berichtete Franzen. Er habe viel darüber gelesen. Sie lebten sehr ungewöhnlich und ganz nach ihren eigenen Vorstellungen. Gleichzeitig hatten sie kein Zuhause, zogen immer durch die Welt. Dann kamen sie auf die Eisenbahnarbeiter zu sprechen. Ernst oder Janusz, zum Beispiel, verdienten fern der Heimat gutes Geld und wussten immer, wohin sie zurückkommen konnten. Aber diese Jahrmarkt-Menschen zogen stets umher und kamen niemals wirklich irgendwo an. Keine schöne Vorstellung für Anne. Ihr fiel wieder ein, dass sie sich um das Medizinstudium in Leipzig kümmern wollte. Wenigstens wollte sie herausfinden, ob es ihr wirklich offenstehen würde. Dann müsste auch sie ihre geliebte Insel für lange Zeit verlassen. Und doch wäre Rügen immer da. Sie könnte zu Besuch kommen und wüsste, dass sie eines Tages wieder hierher zurückkehren würde.
»Sie sind so still.« Franzen hatte sie wohl schon eine ganze Weile beobachtet.
»Es waren sehr viele Eindrücke. Mir geht einfach einiges durch den Kopf.« Draußen war es längst dunkel, das Feuer im Kamin war bereits heruntergebrannt. Es wäre an der Zeit, sich zu verabschieden und ins Bett zu gehen, doch Anne mochte noch nicht allein sein. Sie stand auf und legte ein Scheit nach. Als sie sich wieder setzen wollte, fiel ihr auf, dass die Flasche bereits leer war. Sie hatte nur das eine Glas getrunken. »Ich weiß gar nicht, ob wir noch Wein haben. Soll ich uns vielleicht einen Tee

machen?« Natürlich gab es noch mehr als eine Flasche im Haus, das wusste sie, aber sie hatte Franzen eingebleut, er müsse die Finger vom Alkohol lassen. War es nicht niederträchtig, ihm dann selbst Wein anzubieten?

»Ich würde den Klaren Ihres Vaters vorziehen. Nur einen Einzigen, als krönenden Abschluss gewissermaßen. Danach werde ich gehen und kann bestimmt bestens schlafen.«

»Also schön.« Ihm war bewusst, dass er im Grunde schon genug hatte. Gut so, denn dann würde er auch nicht über die Stränge schlagen. »Ich hole ihn.«

»Trinken wir darauf, wie wunderbar wir gestern zusammengearbeitet haben!«

»Ja, darauf wollen wir trinken.« Anne schmunzelte. Sofern sie noch mehr lernen würde und sich damit abfinden konnte, dass er bei den Patienten die Hauptperson war, wären sie möglicherweise wirklich ein gutes Gespann. Immerhin war er es gewesen, der vorgeschlagen hatte, die eigene Kutsche zu nehmen, statt eine vom Krankenhaus in Bergen kommen zu lassen. Womöglich hatte das die entscheidenden Minuten gespart.

»Sie sagten, Ihr Vater denke darüber nach, sich zur Ruhe zu setzen.« Anscheinend waren Franzen ähnliche Dinge durch den Kopf gegangen. »Er braucht einen Nachfolger, ist es nicht so?«

»Um ehrlich zu sein, will ich noch nichts davon wissen. Aber … ja, so ist es wohl.«

»Ich kann verstehen, dass Ihnen die Veränderung unbehaglich ist.« Er griff über den Tisch und nahm ihre Hand. »Wenn Sie aber jemanden hätten, mit dem Sie auch weiterhin zusammen für die Menschen hier in der Gegend zur Stelle sein könnten. Jemanden, der die Verantwortung übernehmen kann. Will sagen: einen jungen Arzt, der in die Fußstapfen Ihres Vaters treten könnte. Wäre diese Vorstellung nicht recht angenehm?«

»Das wäre sie.« Franzen goss die Gläser ein zweites Mal voll.

»Darauf wollen wir trinken«, rief er etwas zu laut. Erschrocken blickte er im nächsten Moment auf den Schnaps in seiner Hand. »Oje, das war nicht abgemacht, nicht wahr? Verzeihen Sie bitte, Anne, da ist wohl der Überschwang mit mir durchgegangen.« Er kicherte.

»Schon gut.« Sie stießen mit den Gläsern an, dass es leise klirrte. Anne nippte nur an dem Hochprozentigen.

»Sie haben von den Arbeitern gesprochen, die fern von der Heimat ihr Auskommen suchen«, kam Franzen auf das Thema zurück. Seine Zunge war ihm bereits ein wenig im Weg, dennoch schien er noch klar bei Sinnen zu sein. Er erhob sich und ging in der Wohnküche auf und ab. »Sie sagten, die hätten wenigstens einen Ort, an den sie zurückkehren könnten. Wissen Sie, Anne, ich glaube, so ein Ort ist gar nicht entscheidend.« Er kam um den Tisch herum, zog einen Stuhl neben sie und setzte sich. »Wenn Sie beispielsweise eine Aufgabe haben, die Ihnen Freude bereitet, dann kommt es nicht darauf an, wo Sie der nachgehen.« Sie sah ihn mit großen Augen an. Worauf wollte er hinaus? »Was ich meine, ist, dass es überhaupt etwas geben muss, für das es sich zu leben lohnt. Der eine nennt es Heimat, der Nächste findet es in einer Tätigkeit.« Er machte eine Pause und warf ihr einen tiefen, leicht glasigen Blick zu. »Die meisten aber tun sich mit einem Menschen zusammen, der sie antreibt und zu dem sie immer wieder zurückkehren wollen. Ist es nicht so?«

Anne dachte an ihre Brüder. Hinnerk war für Hulda nach Wittow gegangen und Bauer geworden. Jetzt würde er ein Hotel eröffnen, was nicht wenig Anstrengung und ein gewaltiges Risiko bedeutete. Doch er tat das vor allem für seine Frau. Und Gerd? Gut möglich, dass er seine Hütte in Schaprode verlassen und nach Mönchgut ziehen würde. Kein leichter Schritt. Aber es war ihm gleichgültig, solange er mit Ulla zusammen sein konnte. »Anne?«

»Oh, äh, ja, Sie haben vermutlich recht. Es ist schön, wenn man einen Menschen an seiner Seite hat, zu dem man gehört.«

»Ja, ja«, sagte Franzen schwärmerisch und seufzte. Wie selbstverständlich griff seine Hand zu der Schnapsflasche, doch dann bemerkte er, was er tat, und zog den Arm rasch zurück. »Nun wird also ihr jüngerer Bruder auch heiraten«, sinnierte er. »Nur Sie sind noch nicht unter der Haube.«

»Man kann das eben nicht erzwingen.«

»Nein, das kann man nicht.« Stille trat ein. Dann sagte er: »Andererseits wurden in früherer Zeit nicht wenige Ehen aus Vernunftgründen geschlossen und hatten über viele glückliche Jahre Bestand. Und auch heute kommt das noch oft vor. Wenn nur genügend Gründe dafür sprechen, tut man sich eben zusammen. Es ist so, als würden Sie ein Haus bauen.« Anne zog fragend die Stirn in Falten. »Aber ja, das Fundament muss solide sein, das ist das Wichtigste, dann können Sie ein hübsches Häuschen oder gar eine Villa darauf entstehen lassen. Mit zwei Menschen ist es ähnlich. Gibt es vieles, was für eine Verbindung der beiden spricht, ist das das Fundament. Dann liegt es an den beiden, etwas Gutes daraus zu machen und ihr gemeinsames Leben so zu gestalten, dass es beiden Zufriedenheit schenkt.« Einige Augenblicke sahen sie sich schweigend an. Eine solche tiefgründige Erkenntnis hatte sie ihm nicht zugetraut. Sie war verblüfft und fasziniert.

»Ich denke, darauf sollten wir trinken«, sagte Anne, noch immer beeindruckt, und schenkte ihm ein.

»Meinen Sie wirklich, Anne, dass das eine gute Idee ist? Sie wissen doch, wie es um mich steht.« Das wusste sie durchaus, nur glaubte sie ganz fest daran, dass er mittlerweile mit dem Teufel in der Flasche umgehen konnte. Außerdem war sie von allem, was an dem vergangenen und an diesem Tag geschehen war, aufgewühlt und hatte das Gefühl, sie müsse jetzt die Weichen für ihre Zukunft stellen. Spielte Franzen darin eine Rolle? Das musste sie herausfinden. Dazu war es ihr lieber, wenn er nicht völlig Herr seiner Sinne war. Immerhin war sie nicht geübt im Umgang mit Männern, und auch er war in mancherlei Hinsicht gehemmt. Würde diese Unterhaltung ein wenig peinlich enden, war es günstig, wenn er bei einem Wiedersehen behaupten konnte, er könne sich an gar nichts mehr erinnern, dachte sie. Anne hob ihr Glas.

»Es ist wirklich der Letzte für heute«, versprach sie und lächelte ihn an.

»Wenn Sie meinen … Prost!« Er leerte das Glas in einem Zug. »Dann stimmen Sie mir also zu?« Seine Zunge wurde immer schwerer. Es musste jetzt wirklich genug sein, sonst wäre er bald vollkommen betrunken.

»Ja, ich glaube, es ist viel Wahres an dem, was Sie sagten. Mein Vater hat mir einmal erzählt, dass es bei ihm und meiner Mutter so gewesen ist. Ich meine, zwischen den beiden war es nicht die große Liebe. Sie haben sich zusammengetan, weil es sich so gefügt hat und aus verschiedenen Gründen ratsam zu sein schien, genau wie Sie sagten.« Sie sah in seine Augen. Franzen war kein schlechter Mensch, wie sie anfänglich gedacht hatte. Womöglich konnte er ein guter Ehemann sein, überlegte sie. Er legte seine Hand auf ihre.

»Sie sind sehr nachdenklich heute, Anne. Wenn ich nur in Ihren hübschen Kopf schauen könnte.«

»Ich weiß nicht, ob Ihnen gefallen würde, was Sie dort zu sehen bekämen.« Dass seine Berührung nicht das kleinste Kribbeln in ihr auslöste, auch jetzt nicht, als seine Finger ihren Unterarm streichelten, würde ihn nicht gerade zuversichtlich stimmen. Andere Gedanken, die sie hatte, würden ihm dagegen sehr zusagen. Zum Beispiel dachte sie daran, dass er sich damals in ihrer Kammer zurückgezogen hatte, weil sie für Zärtlichkeiten nicht bereit gewesen war. Er hatte sie weder bedrängt, noch hatte er sie gleich fallenlassen, wie Bernd Vogel es getan hatte. Sie nahm wahr, dass Franzen auf seinem Stuhl näher rückte, so dass sein Bein das ihre berührte. Seine Hand wanderte ihren Arm hinauf und liebkoste ihre Schulter. Die Erinnerung an Bernd schob sie von sich, zumal sie sich fragte, ob es wirklich so war, dass er sie hatte fallenlassen. Auf jeden Fall hatte er sie verletzt, und es war ohnehin müßig, sich darüber noch den Kopf zu zerbrechen. Bernd war Vergangenheit. Sie wollte lieber herausfinden, ob es mit Franzen eine Zukunft geben konnte. Vieles sprach dafür.

»Was in mir vorgeht, dürfen Sie ruhig wissen«, flüsterte er. Es fiel ihm schwer, die Worte deutlich auszusprechen. »Und ich bin sicher, dass es Ihnen gefällt. Welcher Frau gefällt es wohl nicht, wenn ein Mann sie begehrt, wenn er an jedem einzelnen Tag, an dem er sie nicht sehen kann, Sehnsucht nach ihr hat?« Er beugte sich vor, so dass sein Gesicht ihr näher kam. Sie roch den Schnaps und sah seine vollen Lippen feucht glänzen. Wenn sie seine Frau wäre, würde sie ihm die Angeberei, hinter der er sich noch manches Mal versteckte, schon austreiben. Ihr Leben würde sich im Grunde nicht sehr verändern, überlegte sie. Nur wäre es eben nicht ihr Vater, mit dem sie die Patienten besuchte und für den sie das kleine Behandlungszimmer in Schuss hielt, sondern es wäre ihr Mann. Es war doch denkbar, dass sie irgendwann innige Liebe für ihn empfinden könnte, so wie ihre Eltern nach geraumer Zeit füreinander empfunden hatten. Warum nicht?

»O Anne, ich liebe Sie! Das wissen Sie längst«, stieß Franzen keuchend hervor. Seine linke Hand lag plötzlich auf ihrem Bein und begann, den Stoff ihres Kleides nach oben zu schieben. Die andere Hand glitt über ihren Nacken. Sie spürte, wie sie sich versteifte. Großes Unbehagen stieg in ihr auf, denn ihr wurde klar, dass sie dies hier nicht wollte. Hätte sie ihn nur nicht so viel trinken lassen. Er hatte seine Hemmungen abgelegt, wie sie es gehofft hatte, nur hatte sie sich die Auswirkungen anders gewünscht. Nun würde es nicht einfach sein, ihn noch aufzuhalten.

»Ich flehe Sie an, Anne, werden Sie meine Frau«, stieß Franzen plötzlich hervor. Im nächsten Moment zog er sie an sich, so dass sie beinahe vom Stuhl gerutscht wäre, hielt sie und presste seine Lippen auf ihre. Das war eindeutig zu viel. Und auf einen Schlag begriff sie, was den Unterschied ausmachen würde, mit ihrem Vater oder einem Ehemann zusammenzuleben. Ein Mann würde die ehelichen Pflichten von ihr einfordern. Er würde ihren Körper wollen und mit ihr Kinder zeugen. Sie presste ihre Hände auf seine Brust und schob ihn von sich.

»Bitte, Julius, beherrschen Sie sich doch. Mein Vater könnte hereinkommen!« Franzen war nicht zu bremsen. Seine Hände tasteten, tätschelten und kneteten mal an dieser, mal an jener Stelle. Ihren Rock hatte er endlich so weit hinaufgeschoben, dass er ihre Haut berühren konnte. »Julius, ich bitte Sie!«, rief Anne erneut. Es war mehr als unschicklich, dass er ihren nackten Schenkel berührte. »Mein Vater!«

»Der schläft längst«, murmelte er stöhnend. »Ihre Haut ist herrlich, so weich und rein.« Unvermittelt beugte er sich hinab und küsste ihren Schenkel. Sie wollte aufspringen, doch er hielt ihr Bein umklammert.

»Julius, kommen Sie zu sich! Ich bin sicher, Sie werden bereuen, was Sie hier tun.«

»Niemals!« Er hob den Kopf und sah ihr in die Augen. »Ich will dich, Anne. Ich will dich zu meiner Frau nehmen. Und ich weiß, dass du es auch willst. Lass uns hinaufgehen in deine Kammer, dann brauchst du keine Angst mehr zu haben, dass dein Vater uns entdeckt.« Er atmete schwer, sein Arm lag wie ein Schraubstock um ihre Taille.

»Nein, Julius, ich bitte Sie. Ich kann Ihnen nicht geben, was Sie sich wünschen.« Ihr Unbehagen hatte sich in nackte Panik verwandelt. Er würde sie nicht so einfach gehen lassen, dieses Mal nicht. Eine Ehe aus Vernunft mochte vielen Menschen Glück bringen, für sie kam sie jedoch nicht in Betracht. Das war ihr nun klar. Sie wollte die Zärtlichkeiten eines Mannes genießen und nicht ihre Augen schließen und sie über sich ergehen lassen. Sie wollte aus dem gleichen Grund eine Ehe eingehen wie ihre Brüder – aus Liebe und aus keinem anderen Grund. Und sie wollte jemanden, bei dem ihr Herz sich zu Hause fühlte. Sonst bliebe sie lieber allein. Sie spürte seine nassen Lippen an ihrem Hals, seine Hand, die den Stoff über ihren Brüsten streichelte.

»Es tut mir so leid, aber ich liebe dich nicht«, sagte Anne leise. Sie spürte Tränen in sich aufsteigen. Diese Lage, in die sich selbst gebracht hatte, war schrecklich demütigend. Franzen sprang auf. Sie war wie vom Donner gerührt, erwartete, dass er sie beschimpfen oder womöglich zusammenbrechen würde vor Kummer. Doch das geschah nicht. Stattdessen packte er ihre Schultern und zog sie von ihrem Stuhl hoch. Er riss sie in seine Arme und presste seine Lippen erneut auf ihre.

»Das ist mir egal«, flüsterte er. »Das kommt schon noch. Oder eben nicht. Darauf kommt es nicht an.« Wieder küsste er sie. Sie spürte seine Zunge, die sich zwischen ihre Lippen drängte. Anne versuchte, sich aus seinem Griff zu winden. Es war nichts Schönes an seinen Berührungen, sie empfand Ekel. Wie konnte sie das hier nur beenden? »Wir passen einfach blendend zusammen, in jeder Hinsicht«, murmelte er dicht an ihrem Mund. Sie wandte den Kopf zur Seite.

»Nein, das tun wir nicht, Julius. Ich liebe dich nicht, und ich werde dich nicht heiraten. Niemals.« Er küsste voller Verlangen ihren Hals bis hinab zu dem kleinen Kragen ihres Kleides. Seine

Hände tasteten hektisch über ihren Rücken. Er versuchte, die Verschlüsse zu öffnen, um noch viel weitergehen zu können. Dieser Gedanke löste pures Grauen in Anne aus. Was sollte sie nur tun? Sie versetzte ihm einen Stoß und schlug ihm kräftig ins Gesicht. Die Ohrfeige verfehlte ihre Wirkung nicht. Er stand mit hängenden Schultern und traurigen Augen vor ihr, als sei er mir nichts, dir nichts nüchtern geworden.

»Es tut mir wirklich leid«, begann Anne und zwang sich zu einem Lächeln. »Du hast gewiss recht, wir sind uns sehr nahegekommen in den letzten Wochen. Wir waren ein gutes Gespann und können es wieder sein. Nur kann ich dich leider nicht heiraten.« Sie suchte nach den richtigen Worten, während er noch immer bewegungslos dastand, als habe sie gerade einen Eimer mit eiskaltem Wasser über ihm ausgegossen. »Ich habe darüber nachgedacht, wirklich. Aber mir ist klargeworden, dass ich mir mehr von einer Ehe wünsche. Und das würde ich bei dir nicht finden, Julius, sosehr ich das auch bedaure. Weißt du, ich werde vielleicht nach Leipzig gehen und Medizin studieren. Und du wirst gewiss eine reizende Frau finden, die du verdienst«, redete Anne ihm gut zu. »Oder ich bleibe hier. Ich weiß es noch nicht. Ich bin im Moment ein bisschen durcheinander.« Sie wollte ehrlich zu ihm sein. Wie sollten sie sich sonst je wieder in die Augen sehen können? Außerdem war er schon manches Mal ehrlich zu ihr gewesen, auch wenn es ihm sicher nicht leichtgefallen war. »Auf jeden Fall möchte ich, dass wir Freunde bleiben.« Franzen hob ruckartig den Kopf, als habe sie ihn ein zweites Mal geschlagen.

»Ach, Freunde, ja?«, zischte er. In seinen Augen lag plötzlich unverhohlener Hass. Sie erschrak. »Aber mit diesem Vogel hättest du dir durchaus mehr vorstellen können. Habe ich recht?«

»Wie kommst du jetzt auf den?« Die vertrauliche Anrede, zu der sie sich hatte hinreißen lassen, kam ihr nur noch schwer über die Lippen.

»Glaubst du etwa, ich weiß nicht, dass du ein Auge auf ihn geworfen hattest? Ich bin kein Trottel, Anne, ich habe doch gesehen, wie du ihn angeschmachtet hast. Wie all die anderen dummen Gänse in Greifswald.« Er stieß verächtlich die Luft aus. Sie fürchtete schon, er würde vor ihr ausspucken. »Ich dachte, du wärst klüger als die. Da habe ich mich wohl getäuscht. Du lässt dich auch von diesem Promenadenhengst einwickeln.« Anne schnappte nach Luft. Bernd hatte doch nichts damit zu tun, dass sie Franzen nicht lieben konnte. Sie holte Atem, um ihm das zu sagen, doch er sprach schon weiter: »Tja, du hast Glück. Es besteht keine Gefahr mehr, dich vor aller Welt lächerlich zu machen, indem du dich mit ihm einlässt. Zumindest vorerst nicht.«

»Was soll das heißen?«

»Hast du etwa noch nicht gehört, dass er schon wieder einer den Kopf verdreht hat? Du solltest dir gut überlegen, ob du mich abweist. Vielleicht bist du nur eine lohnende Beute für ihn, solange du einen anderen hast.«

»Wie kann man nur so niederträchtig sein?«, sagte Anne leise. Sie war enttäuscht und entsetzt gleichermaßen.

»Ich habe dich vor ihm gewarnt, Anne.« Franzens Blick wurde wieder sanfter. »Er ist eben so, er lässt keinen Rock aus. Das habe ich dir doch gesagt.«

»Ich spreche nicht von ihm, ich meine dich. Du bist niederträchtig«, presste sie hervor. Sie spürte Tränen der Wut aufsteigen.

»So, meinst du?« Er schlenderte betont locker um sie herum, ganz nah, so dass ihre Schultern sich berührten. »Ich hätte dir wirklich mehr Menschenkenntnis zugetraut, weißt du?« Da war er wieder, dieser überhebliche Ton, den sie an ihm nicht ausstehen konnte. »Es ist übrigens eine Dame, die in Leipzig Medizin studiert. Interessant, nicht?«

»Wie bitte? Aber du sagtest doch, er hat etwas gegen Frauen in der Medizin.« Sie starrte ihn an.

»Habe ich das gesagt? Ich erinnere mich nicht mehr. Vielleicht habe ich mich ja geirrt.« Damit ließ er sie stehen und schlug die Tür hinter sich zu.

7

Der Dezember brachte Schnee, viel Schnee. Mehrmals am Tag ging Anne hinaus, um einen kleinen Pfad frei zu schaufeln, damit die Leute, die eine Arznei verordnet haben oder untersucht werden wollten, das Haus überhaupt erreichen konnten. Einige Male protestierte Carl oder nahm selbst die Schippe in die Hand, doch meistens ließ er sie gewähren. Ein Zeichen dafür, dass er sich nicht wohl fühlte. Franzen hatte sich seit dem Vorfall nicht mehr sehen lassen, und Anne war von Herzen froh darüber. Wenn sie nur daran dachte, wurde ihr heiß vor Scham. Ihrem Vater hatte sie nichts gesagt. Natürlich nicht. Einmal hatte er sie direkt angesprochen und gefragt, was denn zwischen ihnen sei.

»Wie kommst du nur darauf, dass überhaupt etwas zwischen Julius und mir ist?«, hatte Anne ihn empört gefragt und bemerkt, dass ihre Wangen glühten.

»Ich meine ja man nur. Seid ihr Frauensleute nicht so? Wenn ihr einen ständig neckt, mögt ihr ihn in Wirklichkeit. Vogel hast du zuerst auch gepiesackt, aber dann bist du so anständig mit ihm umgegangen, dass ich dachte, du hast das Interesse an ihm verloren.«

»Also wirklich, Papa, das klingt alles andere als logisch.«

»Liebes Kind, seit wann handeln Frauen denn logisch?« Carl hatte gelacht und belustigt den Kopf geschüttelt. »Ich war mal mit einer verheiratet. Und eine Tochter hab ich auch. Ich weiß, wovon ich schnacke!« Dann war er ernst geworden und hatte wieder davon angefangen, einen Nachfolger zu suchen. »Ich bin von Kollege Franzen noch immer nicht begeistert«, hatte er ihr unverblümt mitgeteilt. »Nur wenn du ihn doch 'n büschen magst oder auch 'n büschen mehr magst, dann soll es mir recht sein, wenn er es probiert.« Anne hatte ihm erklärt, dass der Mann, an den sie ihr Herz verlieren könnte, erst noch geboren werden müsste. Er solle seine Wahl allein danach treffen, wer ihm als künftiger Landarzt in Trent am meisten zusage. Mit ihr habe das rein gar nichts zu tun, hatte sie erklärt und das Thema damit beendet.

Nicht mehr lange, dann würde der Abschnitt der Eisenbahn von Bergen bis hinauf nach Altenkirchen offiziell in Betrieb genommen, und dann hieß es, auch Abschied von Ernst nehmen, dessen Kontrakt erfüllt sein würde. Ein unerfreulicher Gedanke, denn der ebenso fröhliche wie besonnene Galizier war längst ein guter Freund für Carl und auch für Anne geworden. Doch seine Mutter wartete auf ihn, und Ernst hatte sich in den Kopf gesetzt, Weihnachten wieder bei ihr zu sein. Für diesen Abend hatten sie ihn eingeladen, um noch einmal beieinanderzusitzen und Zeit miteinander zu verbringen. Anne war extra schon am frühen Morgen den ganzen Weg nach Schaprode durch den hohen Schnee gestapft. Einer von Gerds Nachbarn züchtete Karpfen. Von ihm hatte sie einen Fisch für das Abendessen geholt. Es war ein Prachtkerl, an dem sie auf dem Rückweg schwer zu tragen hatte. Für einen ausgiebigen Klönschnack mit ihrem Bruder war kaum Zeit geblieben. Er hatte nur verraten, dass Ulla und er gleich im nächsten Jahr heiraten wollten. »Im Mai, wenn es warm ist«, hatte Gerd gesagt und sehr glücklich ausgesehen. Ina ging es gut. Sie war nicht lange in Bergen im Krankenhaus geblieben, sondern hatte bald wieder zu Hause das Regiment übernommen. Allerdings nahm Töns ihr, zu Gerds ehrlicher Überraschung, jede schwere Arbeit ab und achtete darauf, dass es ihr an nichts fehlte. Diese Rücksichtnahme verflüchtige sich zwar von Tag zu Tag mehr, berichtete Gerd augenzwinkernd, doch habe sie Ina wahrlich gutgetan. Anne freute sich, das zu hören.

»War sie noch einmal in Bergen, damit man sich ihre Narbe ansieht?«, hatte Anne noch gefragt.

»Leider nicht. Und das wird sie auch nicht mehr tun. Vielleicht könnten Franzen und du noch mal …« Anne hatte irgendeine Ausrede gefunden und darauf gedrängt, dass sie Ina noch einmal in das Krankenhaus bringen sollten.

Nun stand sie in der Wohnküche und nahm den Karpfen aus. Die Kohlen in dem gusseisernen Herd glühten bereits, und sie hievte einen großen Topf mit Wasser auf eine der Platten. Es war der größte, den sie hatte, dennoch würde es nicht einfach sein, den Fisch hineinzubekommen. Sie hing ihren Gedanken nach. In den letzten Tagen hatte sie sich viel mit der Geschichte befasst. Zum einen hatte sie sich ablenken wollen, zum anderen konnte sie den Einfall, doch noch Medizin zu studieren, nicht vergessen. Sie las von berühmten weiblichen Gelehrten, die bereits im antiken Griechenland und auch im alten Ägypten bekannt waren. Auch im Mittelalter soll es in Salerno eine Ärztin gegeben haben, die völlig ungehindert ihre Patienten versorgte und heilte. Warum, fragte Anne sich, war es heutzutage, an der Pforte zum zwanzigsten Jahrhundert, nicht selbstverständlich, dass Frauen Universitäten besuchten? Sie war manches Mal ins Schwärmen geraten, wenn sie ihre Lektüre schließlich beiseitelegte. Welch eine Vorstellung, nicht nur Rügen zu verlassen, sondern gar bis nach Italien zu gehen, in ein

Land, das sie sich herrlich ausmalte. Dort wuchsen Zitronen, hörte man, so groß wie die Faust eines Mannes. Als sie den Sud ansetzte, in dem sie den Fisch kochen wollte, war sie völlig in ihren Tagträumen versunken. Sie wünschte sich in andere Länder, wie zum Beispiel in die Schweiz oder nach England, wo man so viel fortschrittlicher war als in Pommern. In einem von Vaters Magazinen hatte sie gelesen, dass sogar in der Türkei Frauen die medizinische Fakultät besuchen durften. Gewiss, auch in Preußen gab es seit vielen Jahren Frauen, die den Doktorgrad erlangt hatten, doch sie hatten diesen meist auf höchst ungewöhnlichem Weg erreicht. Mit großem Interesse hatte Anne sich mit den Bestrebungen des Allgemeinen Deutschen Frauenvereins vertraut gemacht, die darauf gerichtet waren, allen Frauen den Zugang zum Medizinstudium zu ermöglichen. Wie es aussah, hatten die Frauen noch einen weiten Weg vor sich, denn in den Hörsälen waren sie so selten anzutreffen wie ein Bernstein mitten im Wald. Und diese wenigen Frauen hatten sich ihren Platz meist mit Hilfe von Ausnahmeregeln erstritten. Anne hätte nicht gewusst, mit welcher Begründung sie eine solche verlangen könnte. Auch war sie nicht sicher, ob sie die Kraft hatte, gegen die Widerstände von Männern, die es ihr sicher nicht leichtmachen würden, ihr Recht zu erkämpfen. Ihr fiel wieder der hässliche Streit mit Franzen ein. Vor allem seine letzten Worte wollten ihr nicht mehr aus dem Sinn gehen. Was sollte das heißen, er wisse nicht mehr, ob Bernd etwas gegen Frauen an einer Fakultät habe? Falls er sich in diesem Punkt geirrt hatte, was er immerhin als möglich bezeichnet hatte, dann passte die ganze Geschichte nicht zueinander. Warum sollte Bernd dann zu Kapitän Möller und anderen gelaufen sein, um diese gegen sie, Anne, aufzuhetzen? Das ergab keinen Sinn. Nahezu jeden Tag ging ihr diese Frage durch den Kopf. Immer mit dem gleichen Resultat: Es war gut möglich, wenn

nicht gar wahrscheinlich, dass Franzen sich nicht sicher gewesen war, dass Bernd schlecht über sie geredet hatte. In diesem Punkt konnte er sich genauso geirrt haben. Anne hätte Bernd zu gerne danach gefragt und sich mit ihm ausgesprochen. Einmal war sie drauf und dran gewesen, das Pferd aus dem Stall zu holen und nach Binz zu reiten, doch dann war ihr eingefallen, dass er sich anscheinend in eine Frau verliebt hatte, die nicht so dumm war wie sie selbst. Diese Frau hatte alles, was Anne sich wünschte. Sie durfte alles über die Krankheiten und deren Heilung lernen und hatte einen Mann an ihrer Seite, der fröhlich und offen war, der seinen Beruf liebte, ebenso besonnen wie entschlossen handelte und nicht zuletzt umwerfend gut aussah. Anne beneidete die Unbekannte glühend und seufzte tief.
»Hör schon auf mit dieser Schwärmerei«, tadelte sie sich selbst. »Das ist ja lächerlich!«

Sie hörte die Tür schlagen, kurz darauf erschien Carl in der Küche.
»So, genug für heute«, sagte er und schnaufte. Dann hob er die Nase und schnupperte wie ein Hase auf dem Feld. »Hm, wie das duftet!«
»Ich hoffe, der Fisch wird euch auch so gut schmecken. Es ist wahrhaftig ein Prachtstück.«
»Ernst wird mir fehlen«, sagte Carl nicht zum ersten Mal. »Ich habe es genossen, mit ihm zu schnacken. Is 'n feiner Kerl!«
»Ja, das ist er.«
Ernst erschien pünktlich in der Utpatelschen Kate. Er trug einen dunklen Anzug, der an den Ellenbogen schon ein wenig aufgescheuert war. Haare und Bart waren gestutzt. Eiskristalle glitzerten darin.
»Danke für die Einladung, Herr Doktor, Fräulein Anne«, sagte er förmlich. Trotz aller Vertrautheit war er nicht dazu zu über-

reden gewesen, Carl oder Anne anders anzusprechen. Er griff in die Innentasche seiner Anzugjacke und holte zwei kleine Päckchen hervor, die in einfaches Papier gewickelt waren. »Das ist für Sie«, sagte er und reichte Carl eines der Päckchen. »Und das hier ist für Sie.«

»Is doch noch gar nich Weihnachten. Danke, Ernst«, meinte Carl erfreut.

»Du brauchst uns doch nichts mitzubringen.« Sie lächelten ihn an. »Was ist es denn? Dürfen wir es schon auspacken?«

»Klar!« Ernst schüttelte die letzten geschmolzenen Eisstückchen aus dem Bart und setzte sich auf seinen angestammten Platz, den Rücken zur Feuerstelle. Carl wickelte eine Pfeife aus. Die Kammer war in vermutlich stundenlanger Arbeit glatt poliert worden und glänzte dunkelbraun, der Holm war geschwungen und erinnerte an eine Ostseewelle.

»Hast du die gemacht?«, wollte Carl wissen.

Ernst nickte. »Nur das Mundstück habe ich mir besorgen lassen.«

»Donnerwetter! Bist een Künstler, mien Fründ. Danke schön!«

Unter dem Papier, das Annes Päckchen verhüllt hatte, kam eine Brosche aus Bernstein zum Vorschein. Er hatte einen Anker hineingeschnitzt.

»Mir ist keine andere Form eingefallen, die Sie vielleicht mögen«, sagte Ernst beinahe entschuldigend.

»Sie ist wunderschön, Ernst. Ich danke Ihnen. Ich werde sie in Ehren halten.«

»Das würde mich freuen. Und nun ist Schluss mit dem Honig-um-den-Bart-Schmieren und Bedanken. Ich hab großen Hunger«, verkündete Ernst gut gelaunt. Anne füllte die Teller mit Fisch, Kartoffeln und Kohl. Während des Essens sprachen sie nicht viel. Hin und wieder lobte einer den Karpfen oder fragte, ob es gar nicht mehr zu schneien aufhören wolle. Darüber hinaus erfüllte nur leises Schmatzen und das Klappern des Bestecks den Raum. Nach dem Essen zündete Carl die neue Pfeife an. Ernst ließ sich nicht lange bitten und erzählte von seiner Heimat.

»Als mein Ururgroßopa damals die Pfalz verlassen hat, da war er nicht allein«, begann er. »Viele aus den umliegenden Dörfern waren auch dem Ruf nach Galizien gefolgt. Das ist schon drollig«, meinte er nachdenklich. »Auch damals gab es solche Arbeitsvermittler. Die haben teilweise auch das Blaue vom Himmel versprochen, haben Reisegelder und Hilfe beim Bau eigener Häuser in Aussicht gestellt. Meine Familie muss wohl Glück gehabt haben, so wie ich jetzt auch. Aber andere kehrten bald zurück, blamiert und bettelarm. Und einige starben.«

»Tja, alles wiederholt sich irgendwann«, sagte Carl. »Nu kommen Leute aus Galizien und was weiß ich, woher, um hier zu arbeiten. Auch von denen ist es einigen so schlecht ergangen, dass sie bestimmt wieder getürmt wären, wenn sie gekonnt hätten.«

»Auch hier haben einige ihr Fortgehen mit dem Leben bezahlt. Wie Jerzy«, erinnerte Anne.

»Es ist zu schade, dass ich unseren Janusz nicht bei seinem ersten Konzert erleben werde. Ja, das tut mir wirklich leid.«

»Bleibst eben hier. 'ne neue Arbeit wird sich für dich schon finden lassen.«

»Ganz sicher«, stimmte Anne begeistert zu. »Du könntest im Winter Schmuck und Pfeifen machen und im Sommer an die Feriengäste verkaufen«, schlug sie vor.

»Ein bannig guter Einfall«, lobte Carl.

»Nein, da ist nichts zu machen. Sosehr ich Sie beide auch vermissen werde, so sehr freue ich mich doch auf zu Hause. Meine alte Mutter habe ich nun lang nicht mehr gesehen. Es wird höchste Zeit.« Ernst blickte einen Moment vor sich hin, dann fügte er hinzu: »Außerdem gibt es einiges, was ich schon sehr vermisse. Saumagen, zum Beispiel.« Seine Augen leuchteten bei der bloßen Vorstellung. »Nichts gegen Ihren Karpfen, Fräulein Anne. Der war …« Er hob die Hand, legte sämtliche Fingerspitzen aneinander und küsste diese. »Aber so ein Saumagen hat auch seinen Reiz.«

Anne schüttelte sich. »Das hört sich scheußlich an.«

»Dort, wo meine Familie herkommt, war das eine Köstlichkeit, die es nach dem großen Schlachtfest gab. Schweinefleisch, Kartoffeln und Zwiebeln, fein abgeschmeckt mit Thymian, Majoran und Lorbeer«, schwärmte Ernst.

»Und was hat das mit dem Magen einer Sau zu tun?«, fragte Anne neugierig.

»Na, da kommt das Ganze rein, bevor es gekocht wird. Den gefüllten Magen schneiden Sie in Scheiben. Herrlich!«

»Wenn mein Magen gefüllt wird, lasse ich mir das wohl gefallen, aber einen gefüllten Schweinemagen möchte ich nicht auf dem Teller haben«, stellte Carl entschieden fest.

»Sie haben ja keine Ahnung, was wirklich gut ist.« Ernst klang ein wenig beleidigt. Doch schon ließ er seiner Begeisterung wieder freien Lauf. »Meine Mutter hat das Rezept von ihrer Mutter. Ist immer weitervererbt worden. Ich könnte mich suhlen in dem Zeug.«

»Na, wenn das das Einzige is, was du vermisst«, brummelte Carl.

»Nein, ich freue mich außerdem sehr auf das Winterverbrennen am Mittfastensonntag. Das ist immer ein Spaß!« Er rieb sich voller Vorfreude die Hände und grinste über das ganze Gesicht. »Das hat irgendwas mit Fastnacht und Narren zu tun. So genau weiß ich das auch nicht.« Seine Stirn legte sich kurz in Falten, doch sogleich hellte sich seine Miene wieder auf. »Richtig, jetzt erinnere ich mich. Wenn die Fastnachtsnarren am Aschermittwoch wieder in die Gemeinschaft rechtgläubiger Menschen zurückkehren, dann wird das als Rückkehr aus dem Reich der Toten, als Wiederauferstehung, betrachtet. Der Tod ist sozusagen ausgetrieben worden. Und weil im Laufe der Zeit alle vergessen haben, dass es eigentlich darum ging, den Tod auszutreiben und davonzujagen, hat man irgendwann den Winter ausgetrieben.«

»Und der wird verbrannt?« Anne konnte sich nicht vorstellen, wie das vor sich gehen sollte.

»Nicht so direkt natürlich. Es wird eine riesige Puppe aus Stroh gemacht.« Ernst fuchtelte mit den Händen in der Luft, so dass die beiden sich vorstellen konnten, wie groß diese Strohpuppe war. »Als Kind habe ich jedes Jahr mitgeholfen, sie zu binden. Und dann war ich immer furchtbar wütend, wenn sie auf den Marktplatz getragen und dort verbrannt wurde. Meine Mutter musste mich jedes Mal mit einer Hefebrezel trösten.«

Sie tranken heißen Holundersaft, lachten miteinander und redeten, bis ihnen die Lider schwer wurden.

»Wenn ich Sie besuchen komme, werden Sie mir dann endlich einen Bräutigam vorstellen, Fräulein Anne?« Carl stieß einen jammernden Laut aus und machte eine wegwerfende Handbewegung.

»Damit habe ich es nicht eilig«, erklärte Anne. Es war nicht gerade das Thema, über das sie zum Ausklang des Abends reden wollte.

»Ich will Ihnen nicht zu nahetreten, aber mir scheint, Sie haben das passende Alter erreicht.«

»Nur habe ich leider noch nicht den passenden Mann gefunden.« Sie hatte etwas schnippisch klingen wollen, doch es hörte sich traurig an, so, wie sie es sagte.

»Meine Mutter hat mir früher erzählt, dass ein schönes Mädchen, das sich beim Nähen ihres Kleides mit der Nadel in den Finger sticht, in diesem Kleid bald darauf geküsst wird. Vielleicht sollten Sie es einmal damit probieren«, schlug Ernst amüsiert vor.

»Hat deine Mutter noch mehr so gute Ratschläge, Ernst?« Vom Küssen hatte Anne erst einmal genug.

»Allerdings, sie ist eine kluge Frau«, antwortete er stolz. »Zum Beispiel weiß sie, dass diejenige, die sich beim Wäschewaschen die Schürze recht kräftig nass macht, mal einen Säufer zum Mann haben wird.«

Das hat wenig mit einer nassen Schürze zu tun, dachte Anne.

»Außerdem hat sie immer Liebstöckel bei sich gehabt und meinem Vater unbemerkt zugesteckt, als sie sich in ihn verguckt hat. Das hat gewirkt.« So, wie Ernst es sagte, konnte man wahrhaftig nicht daran zweifeln. »Sie sind ein Ehepaar geworden. Also, Anne, wenn Sie ein Auge auf einen Kerl geworfen haben, tragen Sie immer etwas von dem Kraut bei sich. Dann kann bald Hochzeit gefeiert werden.«

»Eine Hochzeit im nächsten Jahr reicht wohl«, erwiderte sie. »Und Liebstöckel gebe ich lieber in die Suppe.«

Es wurde Zeit, zu Bett zu gehen. Anne hatte Ernst sein Lager in der Kammer neben dem Behandlungszimmer gerichtet, wie sie es bei seinen Besuchen meistens getan hatte. Als er sich dorthin zurückzog, war sie froh, dass dies nicht der endgültige Abschied war. Der stand zwar schon sehr bald bevor, doch sie hatten immerhin noch eine kleine Schonfrist und würden ihm gewiss noch das eine oder andere Mal in der Kolonne begegnen.

Die kommenden Tage standen ganz im Zeichen der nächsten Streckeneröffnung. Zwar waren bereits Güterwagen zwischen Wiek und Altenkirchen unterwegs, die Anbindung an den südlichen Streckenteil fehlte allerdings noch. Dort schufteten die Männer, um die Kiesschüttung zu beenden, und auch, um die Stopfarbeiten am Gleis fertigstellen zu können. In der örtlichen

Zeitung war bereits zu lesen gewesen, dass der Abschnitt am ersten Dezember in Betrieb genommen werden würde. Dieser Tag war jedoch verstrichen, ohne dass es tatsächlich so weit war. Sooft es ging, fuhren Carl und Anne dorthin, um nach den Arbeitern zu sehen. Ihr Zelt war längst unter den Schneemassen zusammengebrochen. Carl hatte Franzen gebeten, es über den Rest des Winters an einen Ort zu bringen, wo es trocknen konnte. Ob er das getan hatte, ließ sich nicht sagen, aber eines Tages war das Zelt verschwunden. Auch ob es eine Absprache zwischen ihm und Carl gegeben hatte, dass sie nicht mehr zu dritt unterwegs waren, wusste Anne nicht. Jedenfalls tauchte er nie bei den Arbeitern auf, die gerade jetzt jede Hilfe dringend brauchen konnten. Sie schindeten sich unter den schwierigsten Bedingungen. Allein die Baustelle vom Schnee frei zu halten, war eine Aufgabe, die nie geschafft werden konnte. Trotz der Handschuhe, die man den Arbeitern gegeben hatte, waren ihre Hände stets eisig und nass. So waren Erfrierungen an der Tagesordnung. Noch nie zuvor hatte Anne so viele Männer gesehen, deren Finger und auch Zehen blaurot gefleckt waren, bei denen sich große, glänzende Beulen zeigten. Ihr Vater und sie entfachten bei jedem Besuch ein Feuer, erwärmten Wasser, mit dem sie Tücher tränkten. Diese mussten wieder ein wenig abkühlen, bevor sie um die Gliedmaßen der Betroffenen gelegt werden konnten. Etwas anderes blieb nicht zu tun, als Hände und Füße – hier und da hatte es auch ein Ohr oder eine Nase erwischt – behutsam aufzuwärmen.
»Nicht reiben«, tadelte Anne einmal einen Russen, der besonders schwere Erfrierungen erlitten hatte. Sie hielt seine rechte Hand fest, mit der er kräftig über die Linke scheuerte. Dann schüttelte sie sehr deutlich den Kopf und wedelte zusätzlich mit dem Zeigefinger in der Luft, damit er auch ganz sicher verstand. Von ihrem Vater wusste sie, dass nach anfänglichen

Schmerzen Gefühllosigkeit eintreten konnte. Die Gefahr war groß, dass einer, der seine Finger gewissermaßen aufwecken wollte, so heftig rieb, dass er sich selbst verletzte. Gerade die Kälteblasen waren jedoch sehr empfindlich. Es wäre alles andere als günstig, diese obendrein aufzureißen. Nach dem Aufwärmen der erfrorenen Bereiche ließen die Beschwerden recht schnell nach. Unglücklicherweise konnten die Arbeiter ihre Gliedmaßen dann nicht schonen, sondern mussten sofort wieder an die Arbeit gehen. So kam es nicht selten vor, dass sie einen Mann immer wieder behandeln mussten. Manche bekamen sie erst gar nicht zu Gesicht, weil diese einfach selbst Wasser erwärmten und es dem Doktor und seiner Tochter nachmachten. Anne hoffte von Herzen, die Erfrierungen seien nie so schwer, dass die betroffenen Gliedmaßen nicht mehr geheilt werden konnten. Dann bliebe nichts anderes übrig, als einen Finger oder Zeh oder womöglich mehr abzunehmen. Neben den Erfrierungen machte ihnen die Unterkühlung der Männer zu schaffen. Am sechsten Dezember etwa, als der erste Probezug den ganzen Weg von Bergen bis Altenkirchen rollte, mussten sich die Männer entlang der zuletzt gebauten Abschnitte postieren. Sie sollten begutachten, wo das Stopfmaterial unter dem Gleis möglicherweise nachgab oder wegrutschte, wo noch Lücken zu erkennen waren oder wo der Zug nicht sauber über die Schienen glitt. Wegen eines Schneesturmes gab der Lokomotivführer viel später das Zeichen, abzufahren, als geplant war, und man kam auch nicht halb so schnell voran, wie es eigentlich bei klarem Wetter der Fall gewesen wäre. So standen die Männer Stunde um Stunde herum und warteten. Niemand konnte ihnen sagen, wie lange es noch dauern würde, weshalb sie sich nicht weit von ihrem Posten wegbewegen durften. Aber es wäre gerade Bewegung gewesen, die ihnen die nötige Wärme geschenkt hätte. Ein paar Meter hin und her zu gehen oder auf der Stelle zu hüpfen reichte nicht für den erwünschten Erfolg. So begannen die meisten von ihnen früher oder später schrecklich zu zittern. Mit der Spinne oder einer Kutsche war längst kein Durchkommen mehr. Carl und Anne waren bereits seit Tagen nur noch mit dem Schlitten unterwegs, wie sie es jedes Jahr im Winter machten. Diesen beluden sie mit Decken und einem Metallkorb, in dem sie rasch ein Feuer entfachen konnten. Auch trockenes Holz brachten sie mit, damit es nicht zu lange dauerte, bis die Flammen loderten. Als wahrer Segen entpuppten sich die Dewargefäße, die die Eisenbahnbaugesellschaft auf Carls Rat hin besorgt hatte. Mit deren Hilfe war es möglich, die gesamte Kolonne bei ihrer ersten Tour mit heißem Tee oder Holunderpunsch zu versorgen, den Anne zu Hause zubereiten konnte. Die Temperatur in diesen wunderlichen Metallgefäßen sank deutlich langsamer, als es in einer Porzellankanne der Fall gewesen wäre. Das war zwar eine Hilfe, allerdings nur eine kleine. Und an diesem sechsten Dezember nutzte auch das nichts. Über Nacht war das Quecksilber so weit unter null gefallen, dass man sich sogar um das Pferd im Stall sorgen musste. Anne hatte Angst, dass bald der Brunnen einfrieren könnte. Die Decken reichten für die Arbeiter nicht aus. Sie mussten sie demjenigen wieder wegnehmen, der sich einigermaßen erholt hatte, und sie einem anderen bringen. Rügener, Polen, Russen und Galizier schlotterten Seite an Seite. Es war erbarmungswürdig. Anne und ihr Vater machten gerade zwischen Trent, wo sie die Warmhaltegefäße aufgefüllt hatten, und der Wittower Fähre Station. Die Sonne war nach diesem bitterkalten Tag längst untergegangen, da endlich ertönte der Ruf: »Der Zug kommt!« Und wirklich, kurz darauf war sein Licht zu erkennen, ein schwacher Schein, der kaum näher kam.

»Wart over ok Tied«, stieß ein kleingewachsener Mann zwischen seinen aufeinanderschlagenden Zähnen hervor. Er war von Vitt und hatte früher als Fischer sein Auskommen gehabt, das wusste Anne.

»Der gefällt mir nich«, raunte Carl ihr zu. Augenblicklich war sie höchst wachsam, denn ihr Vater hatte ein gutes Auge für seine Patienten, überhaupt für Menschen. Und wirklich, kaum dass er es ausgesprochen hatte, begann der Mann aus Vitt zu taumeln. Er warf die Decke von sich, schien kurz verwirrt zu sein, hob sie aber nicht wieder auf, sondern lief auf die Gleise zu. Was er stammelte, war nicht zu verstehen. Anne hörte nur die Worte »kieken« und »Zug«. Die Unterkühlung hatte ihm offenbar derartig die Sinne vernebelt, dass er meinte, er müsse ganz nah herangehen an den vorüberfahrenden Zug, um trotz der Dunkelheit noch erkennen zu können, ob sie gut gearbeitet hatten oder ob noch etwas zu stopfen oder aufzuschütten sei. Anne und Carl sprangen in der gleichen Sekunde auf ihn zu und rissen ihn zurück. Die Lok mit ihren Waggons war gottlob so langsam unterwegs, dass niemand ernstlich in Gefahr geriet. Der Schreck saß ihnen jedoch noch lange in den Gliedern.

»Das hätte böse ausgehen können«, wiederholte Carl mehrmals. Anne nickte stumm.

Auch am nächsten Tag plagten sie sich mit klirrender Kälte, erfrorenen Händen und Füßen und der beschwerlichen Fahrt mit dem Schlitten von Trent hinauf zur Fähre und hinab bis nach Bergen. Auf dem Rückweg waren sie gerade auf der Höhe von Thesenvitz, als sie das leise Schnaufen eines Zuges hörten. In der Ferne atmete die Lok grauweißen Qualm in die Luft, der mit den Schneebergen neben den Gleisen zu einer Einheit verschmolz. Schnee oder Rauch, man konnte es kaum unterscheiden. Ein freundliches Tuten ertönte, als wolle die dunkelgrüne Maschine, von der die Eiszapfen herabhingen, dem Wetter trotzen. Sie war schon ganz nahe, da gab es ein hässliches knirschendes Geräusch, dann quietschte es lange und sehr laut. Anne hielt sich die Ohren mit den Händen zu, die in wollenen Handschuhen steckten. Endlich stand der Zug, und es war Ruhe. Zumindest bis der Lokführer fluchend die Tür aufriss, von seiner Lok herabkletterte und sich die Bescherung eingehend ansah. Carl hatte den Schlitten ebenfalls zum Stehen gebracht. Sie gingen zu ihm.

»Was ist denn passiert?«, fragte Carl ihn.

»Mir is 'ne Achse rausgesprungen«, rief der Lokführer zurück. »Is wohl wegen dem verdammten Eis.« Dann kletterte er die Stufen wieder hinauf. Der Kopf des Heizers erschien in dem kleinen Fenster. Der Mann, der sich über seinen warmen Arbeitsplatz in dieser Zeit vermutlich freute wie sonst das ganze Jahr nicht, nickte ihnen freundlich zu. Dann besprach er sich mit seinem Kollegen und stieg ebenfalls aus.

»Eine Achse ist entgleist«, sagte er und zuckte mit der Schulter. »Kann passieren.«

»Kriegen wir das allein hin?«, fragte der Lokführer.

»Denke schon.« Sie standen nebeneinander, die Hände in die Hüften gestemmt, die Stiefel bis zum Rand des Schaftes im Schnee. Ihr Atem hing in der Luft wie der Qualm der Lok. Lange betrachteten sie die Räder, die aus dem Gleis gesprungen waren.

»Können wir helfen? Oder sollen wir Hilfe holen?«, bot Carl an.

»Nee, nee, das wird schon.« Man konnte den Eindruck bekommen, die beiden seien an Ort und Stelle festgefroren. Der Heizer erwachte als Erster aus der Erstarrung und holte aus einer Nische am Führerhaus eine Zahnstangenwinde. Er bückte sich und setzte das Metall an. Dann begannen sie, mit vereinten Kräften die Kurbel in Gang zu bringen. Der Hengst wieherte ungeduldig, Anne und Carl sahen einander fragend an. Wenn sie hier nicht gebraucht wurden, konnten sie sich ebenso gut wieder auf den Weg machen. Carl nickte und stapfte bereits auf den Schlitten zu, als ein Schrei ihn aufhielt.

»Au, verdammt!« Der Heizer hielt sich die linke Hand und krümmte sich. Mit einem Satz waren Anne und Carl bei ihm.

»Zeigen Sie her!«

»Ich bin abgerutscht. Oh, tut das weh.« Er biss die Zähne aufeinander.

»Herzeigen!«, kommandierte Carl. »Kerl, wie haben Sie das geschafft?«

»Die olle Kurbel an dem Ding ist zu klein für zwei Hände. Hättest mich allein machen lassen sollen.«

»Das ist zu schwer für einen!«

»Dumm Tüüch! Wir hätten uns auch abwechseln können. Siehst ja, was du davon hast.«

»So, nu schnack man nich rum, sondern halt still, Kerl. Anne, bring mir bitte den Alkohol.«

»Dat is 'ne gute Idee«, ächzte der Heizer. »Ik kann was brauchen.«

»Nich für 'n Kopp, für die Hand, Mensch.« Anne reichte Carl das kleine Fläschchen und sauberen Verband.

»Au, das brennt wie verrückt!«

»Jo. Aber das reinigt auch«, erwiderte Carl ungerührt. Nachdem er die Wunde sauber gemacht und eingehend begutachtet hatte, meinte er zufrieden: »Ist nur 'n Ratscher. Hast dir die Haut abgepellt, aber sonst is noch alles dran. Haben wir noch von der Salbe mit Ringelblume, Mädchen?«

»Ich gebe sie dir, Papa.«

»Kannst ihm gleich selber draufschmieren.« Die letzten Tage hatten Spuren bei ihm hinterlassen. Er sah müde aus. Anne bedeckte die verletzte Stelle großzügig mit der Salbe, legte Mull darüber und verband dann die gesamte Hand. Unterdessen hatte der Lokführer es tatsächlich geschafft, die Winde so weit zu bewegen, dass die Räder wieder auf das Gleis sprangen.

»Gott sei Dank, dann kann die Fahrt weitergehen«, stellte er fest und keuchte. »Kann er mit der Hand überhaupt noch was machen?«

»Kann er«, erwiderte Carl. »Außerdem hat er ja zwei.«

Am Sonntag zog Carl sich für ein Mittagsschläfchen zurück, das er sich redlich verdient hatte. Anne überlegte, ob sie seinem Vorschlag folgen und sich ebenfalls etwas ausruhen sollte. Andererseits musste im Behandlungsraum dringend klar Schiff gemacht werden. Wenn am nächsten Morgen früh die ersten Patienten an die Tür klopften, musste wieder alles sauber und an seinem Platz sein. Sie steckte sich rasch das Haar fest, damit es sie nicht störte. Dann machte sie sich ans Werk. Wenn sie sich beeilte, bliebe ihr vielleicht auch noch Zeit für ein Nickerchen. Eilig wischte sie die einzelnen Fächer der Arzneiregale aus, füllte Arnika-Tinktur auf, holte Opium und Arsen aus dem Haus und schloss beides in einem eigens für gefährliche oder besonders starke Substanzen eingerichteten Schrank ein. Sie sah, dass Bernds Salbe ebenfalls zur Neige ging. Sie würde ihren Vater fragen, ob sie neue besorgen sollte, dachte sie. Dann könnte sie Bernd wiedersehen und ihn, sollte es gerade passen, auf all die Missverständnisse ansprechen. Es machte ihr zu schaffen, dass sie im Bösen auseinandergegangen waren. Zumindest redete sie sich ein, dass das der Grund war, warum sie eine Aussprache wollte. Darüber hinaus sollte er ihr ruhig gestohlen bleiben. Auf dem Schreibtisch ihres Vaters lagen Notizen herum, Aufzeichnungen darüber, welchem Patienten er was und in welcher Dosis verabreicht hatte. Anne holte das dafür vorgesehene Buch hervor und übertrug die rasch dahingekritzelten Wörter und Zahlen. Als sie es zurück in die Schublade legen wollte, fiel ihr Blick auf ein anderes Buch. Dort hielt ihr Vater besondere Vorkommnisse fest und notierte sich auch, welche Erfahrungen er mit neuen Arzneien gemacht hatte. Sie nahm es zur Hand und schlug es auf. Wäre doch möglich, ging ihr plötzlich durch den Kopf, dass er, wie Franzen gesagt hatte, längst ein Mittel gegen seine Beschwerden nahm und die Wirkung hier ebenfalls eingetragen hatte. Doch sie konnte nichts dergleichen entdecken. Stattdessen fand sie mehr als eine Seite über die Mixtur, die Bernd aus Dünendorn, Arnika und Kreide zubereitet und mit dem Wasser der Ostsee versetzt hatte. Sie erinnerte sich an den Tag, an dem er sie gebracht hatte. Sie hatte Bernd an den Kopf geworfen, dass er Kapitän Möller und andere gegen sie aufgebracht hatte. Bei dem Gedanken daran musste sie schlucken. Er hatte nicht geleugnet, sondern ihr erklärt, warum er Gesche Möller nicht in deren Kammer von einem Landarzt behandelt, sondern in einem Krankenhaus sehen wollte. Wenn sie jetzt darüber nachdachte, konnte sie ihn verstehen. Hatte sie nicht selbst dafür gesorgt, dass Ina Palsow mit ihrem Blinddarmdurchbruch auf der Stelle in eine Klinik gebracht wurde? Das war zwar etwas anderes … nein, es war durchaus vergleichbar, musste sie sich eingestehen. Er hätte ihr bereits reinen Wein einschenken sollen, als sie bei Kaffee und Torte im Hotel Nordpeerd saßen. Durch sein Schweigen musste sie später doch glauben, er habe hinter ihrem Rücken ein böses Spiel getrieben. Fasziniert las Anne, dass nach dem Auftragen der Salbe sogar hartnäckige Wunden schneller heilten. Auch bei Ekzemen und anderen Hauterkrankungen sowie überbeanspruchten Muskeln schien Bernds Mischung erstaunliche Erfolge zu bewirken. Vielleicht konnte sie in einem von Vaters Büchern drüben im Haus etwas über die Inhaltsstoffe der Zutaten finden. Sie fuhr mit dem Staubwedel über den Schreibtisch, die Stuhllehne und über den Bilderrahmen, und damit sollte es genug sein, beschloss sie. So blieb ihr noch genügend Zeit, ein wenig zu lesen, bis ihr Vater wieder aufstehen und mit ihr einen Tee trinken würde. Sie verschloss das Behandlungszimmer und ging zurück ins Haus. Mit einem Lexikon der Heilmittel machte sie es sich gerade in dem alten Sessel bequem, der in der guten Stube am Fenster stand und ein beinahe vergessenes Dasein fristete, da hörte sie ein zaghaftes Klopfen. Es kam vor, dass jemand aus dem Dorf oder aus der Umgebung auch am Sonntag Carls Beistand brauchte. Meistens handelte es sich um ernste Beschwerden und besorgniserregende Zustände. Leider gab es aber auch diejenigen, die mit Lappalien stets bis zum Feiertag oder zumindest bis zum späten Abend warteten. Sie machten sich keine Gedanken darüber, dass auch ein Arzt seine Ruhe brauchte und eine Familie hatte, um die er sich kümmern wollte. Wieder klopfte es.

»Ich bin ja schon da«, rief Anne, die bereits in der Diele war. Ihr Vater schimpfte über diese Leute, die meinten, er müsse Tag und Nacht für ihre Wehwehchen da sein, doch er konnte es ihnen nicht abgewöhnen. Und wenn es klopfte, wusste man nie, ob es einer von denen oder ein Mensch in echter Not war. Sie öffnete. Franzen stand vor ihr.

»Guten Tag, Anne.« Er sah betreten auf seine Schuhspitzen, an denen Schnee klebte.

»Guten Tag, Julius.« Ihr Ton war ebenso kalt wie die Luft, die ins Haus strömte.

»Darf ich hereinkommen?«, fragte er scheu. Sie überlegte. Gerade hatte sie es sich bequem machen und sich mit Dingen beschäftigen wollen, die sie wahrhaft interessierten. Nach einem Gespräch über den höchst peinlichen Vorfall zwischen ihnen beiden stand ihr der Sinn in keiner Weise. Nur war ihr natürlich klar, dass sie irgendwann wieder mit ihm klarkommen musste, schon ihrem Vater zuliebe, der früher oder später gewiss wieder mit ihm zu tun haben würde. »Nun gut«, flüsterte Franzen, »bleibe ich also hier stehen. Es ist mir recht, solange du mir nur die Gelegenheit gibst, mich zu entschuldigen.« Er trat von einem Fuß auf den anderen. Wie lange lebte er nun schon auf Rügen? Und noch immer war er nicht im Besitz von festem, anständigem Schuhwerk, das auch mal ein wenig Wasser vertragen konnte. Schön anzusehen waren seine eleganten Lederschuhe, nur waren sie leider gänzlich unpraktisch. Und kalte Füße hatte er darin mit Sicherheit auch.

»Kommen Sie schon herein!« Es sah so aus, als zucke er leicht zusammen. So leid er einem auch tun konnte, zu mehr Freundlichkeit fühlte sie sich nicht in der Lage. Umständlich klopfte er die Schuhe ab, ehe er endlich die Diele betrat. Mit hochgezogenen Schultern und gesenktem Kopf folgte er ihr in die Wohnküche. Seinen Mantel hatte er nicht abgelegt, wohl um zu zeigen, dass er nicht lange bleiben würde.

»Bitte.« Sie deutete auf einen der Stühle und setzte sich selbst auf die andere Seite des Tisches.

»Danke schön.« Franzen wartete, bis Anne Platz genommen hatte, ehe er sich selbst setzte. Wäre ihre letzte Begegnung nicht so über die Maßen beschämend verlaufen und hätte er sich bei der Verabschiedung nicht so niederträchtig aufgeführt, sie hätte über ihn lachen können. Er war so peinlich darauf bedacht, alles richtig zu machen, dass er hölzern wirkte wie eine Marionette.

»Ich habe dir etwas mitgebracht«, sagte er, als sei es ihm eben erst eingefallen. Dann holte er ein Päckchen aus der Tasche. Es war in schimmerndes Papier gewickelt, auf dem eine rote Seidenschleife thronte. Er legte es auf den Tisch und schob es vorsichtig zu ihr hinüber. Sie rührte es nicht an.

»Ich habe weder Geburtstag, noch ist bereits Weihnachten«, entgegnete Anne kühl.

»Es ist ein Versöhnungsgeschenk. Es soll unterstreichen, wie schrecklich leid mir alles tut.«

»Das ist nicht nötig.«

»Doch, ich denke, das ist es. Es ist nötig, dass ich dir eine Freude mache, nachdem ich dich so verärgert habe. Ich weiß noch immer nicht, wie ich mich so schändlich aufführen konnte.« Franzen starrte auf die Tischplatte.
»Das ist wirklich nicht zu begreifen«, stimmte Anne ihm zu.
Er sah auf, in seinem Blick lag pure Verzweiflung. »Wenn wir ehrlich sind, wissen wir beide, wie das geschehen konnte. Ich hatte zu viel getrunken. Der Teufel des Alkohols ist in mich gefahren, er hat mich geleitet.« Franzen war immer lauter geworden. Die ganze Situation nahm ihn furchtbar mit. Anne spürte, wie sich Mitgefühl in ihr regte, doch sie sagte sich im nächsten Moment, dass es dafür keinen Anlass gab. »Warum hast du auch nicht auf mich aufgepasst?«, fragte er leise. »Du weißt doch, dass ich damit nicht umgehen kann.«
Typisch, er war gut darin, die Schuld anderen zuzuschieben. »Sie sind ein erwachsener Mann. Ich nahm nicht an, dass Sie eine Gouvernante brauchen.«
Er ging nicht auf ihre Spitze ein. »Hatten wir nicht du zueinander gesagt?«, erinnerte er sie stattdessen.
»Das ist wohl nicht mehr angebracht.« Franzen saß Anne gegenüber wie ein geprügelter Hund und blickte von ihr zu dem Päckchen, das noch immer unberührt auf dem Tisch lag.
»Sie haben recht«, stammelte er kleinlaut. Wie hatte sie nur darüber nachdenken können, ob er für sie als Ehemann in Frage kam?, überlegte sie. Im nächsten Moment schämte sie sich, denn ihr war bewusst, dass auch sie Schuld an dem ganzen Schlamassel trug. Sie hatte ihn nicht nur nicht vor dem Alkohol geschützt, sie hatte ihm sogar Schnaps angeboten. Ihr schlechtes Gewissen regte sich. Sie sah ihn an, wie er dasaß, die Hände ineinander verschränkt, die Finger unruhig knetend. Das konnte man wirklich nicht länger mit ansehen. Sie wies auf sein Geschenk.

»Was ist es denn?« Er hob den Kopf, ein Hoffnungsschimmer huschte über seine Miene.

»Pack es aus. Ich meine, packen Sie es aus, Anne!«

»Also schön.« Sie löste die Schleife und faltete das Papier behutsam auseinander. Noch nie zuvor hatte sie so einen kostbaren Bogen in der Hand gehabt. Zum Vorschein kam ein cremefarbenes Spitzentaschentuch, in das er aus dunkelblauem Garn ihre Initialen hatte sticken lassen: A.U.

»Sie müssen es annehmen«, erklärte er hastig. »Ich kenne nämlich sonst niemanden, zu dem diese Anfangsbuchstaben passen.« Ein nervöses Kichern, dann senkte er wieder den Blick.

»Tja, dann bleibt mir wohl wirklich nichts anderes übrig.« Anne konnte nicht anders, sie musste einfach lächeln. »Danke, Julius, es ist sehr hübsch.«

»Es ist alles meine Schuld, ich weiß«, sprudelte er los. »Der Tag mit Ihnen in Mönchgut war so aufregend und endete so erfreulich. Und dann der darauffolgende Tag, unser Besuch auf der Kirmes. Ich war glücklich wie nie zuvor. Nein, wir waren glücklich, nicht wahr?«

»Es war ein vergnüglicher Nachmittag, ja.« Anne wollte freundlich sein und ehrlich, sie wollte ihm aber auf keinen Fall Hoffnungen machen, die wieder nur enttäuscht wurden.

»Für mich war es wie der Blick in ein anderes Leben«, erklärte Franzen. »Ein Leben mit Ihnen, Anne. Ich erinnere mich nicht mehr an jedes Detail, muss ich gestehen, doch ich weiß noch, dass ich Ihnen einen Antrag gemacht habe.« Er sprach so leise, dass sie ihn kaum noch verstehen konnte. »Damit war es mir ernst. Ganz gleich, was der Teufel mit mir angerichtet hat, ich habe es so gemeint, als ich sagte, dass ich Sie gerne zur Frau nehmen würde.« Schnell sprach er weiter: »Ich habe alles ganz deutlich vor mir gesehen, wie wir uns zusammen um die Patienten kümmern, wie wir an Sonntagen Fahrten ins Blaue unternehmen, abends am Feuer beieinandersitzen. Verstehen Sie das? Es erschien mir plötzlich alles so wirklich. Es erschien mir möglich. Und ich hatte tatsächlich das Gefühl, dass auch Sie sich das vorstellen können, dass Sie mich ein kleines bisschen leiden mögen.« Er schwieg.

»Nur haben Sie dann dummerweise eine Flasche Wein nahezu allein geleert und obendrein nach Schnaps verlangt«, stellte Anne fest.

»Ja, leider.« Franzen seufzte tief. Anne fühlte sich unbehaglich. Er hätte ihr Vorwürfe machen können. Den Wein hatte immerhin ihr Vater gebracht, und seinem Wunsch nach einem Klaren hätte sie nicht nachkommen müssen.

»Es war nicht allein Ihre Schuld«, räumte sie ein. »So köstlich ein Gläschen Wein schmecken kann, handelt es sich doch um ein Teufelszeug. Harmlose, anständige Menschen verwandelt es in hemmungslose Gestalten, die nicht mehr wissen, was sie tun.«

»Meinen Sie mich?«

»Wie? Nein, ich meinte das im Allgemeinen.«

»Schade.«

Anne sah Franzen fragend an. »Nun, ich dachte, Sie würden mich im Grunde für einen anständigen Menschen halten. Das wäre sehr schön.«

»Das tue ich ja«, entgegnete sie nach kurzem Zögern. »Sie haben Ihre Fehler, gewiss, nur haben wir die wohl alle.« Ob sie ihn nach den Dingen fragen sollte, die er über Bernd gesagt hatte? Sie brannte darauf, die Wahrheit zu erfahren. Gleichzeitig fürchtete sie sich davor, dass er wieder zynisch oder boshaft werden könnte, wenn sie dieses Thema anschnitt. Außerdem musste er dann annehmen, sie habe noch immer etwas für Bernd übrig. Das wäre nicht gut, dachte sie, zumal sie selbst ja noch nicht einmal wusste, ob das der Fall war.

»Sie haben an dem Abend gesagt, wir sollten Freunde bleiben«, begann Franzen zaghaft. »Es war dumm von mir, Ihren Wunsch derartig abzutun. Freundschaft ist ein hohes Gut, und ich wüsste nicht, was ich mir mehr ersehnen würde zwischen Ihnen und mir. Also, jedenfalls wenn Ihnen eine innigere Verbindung nicht möglich ist«, fügte er rasch hinzu. Wie schwer das alles für ihn sein musste. Dennoch war er gekommen, um reinen Tisch zu machen. »Gilt Ihr Angebot noch?«

»Darauf kann ich nicht antworten«, erwiderte Anne nachdenklich. »Zumindest nicht bedingungslos.« Sie sah ihm in die Augen. »Julius, Sie müssen sich von Alkohol fernhalten. Er macht einen anderen Menschen aus Ihnen, und mit diesem Menschen ist mir keine Freundschaft möglich, fürchte ich.«

»Natürlich, ich verspreche es Ihnen.«

»Geben Sie kein Versprechen, das Sie nicht halten können, Julius.«

»Aber ich meine es ernst, ich werde keinen Tropfen mehr anrühren. Wenn ich Ihnen das verspreche, dann werde ich mich auch daran halten.«

»Mir ist es ebenfalls ernst. Ich habe darüber gelesen, dass es eine Alkoholkrankheit gibt.«

»Natürlich«, stimmte er zu. »Die Sinne sind vernebelt, die Aufmerksamkeit ist gestört. Es können sogar schwerste Vergiftungserscheinungen auftreten. Da kann man wohl von Krankheit sprechen.«

»Das auch, aber viel bedeutender ist das Verlangen nach Hochprozentigem, das nicht mehr kontrolliert werden kann.« Sie war jetzt in ihrem Element und gab wieder, was sie gelesen hatte. »Man spricht von Alcoholismus chronicus.«

»Ach das!« Franzen machte eine wegwerfende Handbewegung. »Ihr Wissen in allen Ehren, Anne. Leider ist das, wovon Sie sprechen, längst überholt. Vor etwa fünfzig Jahren hat ein schwedischer Kollege diese sogenannte Krankheit erfunden.« Da war wieder seine ebenso unpassende wie unangenehme Überheblichkeit. »Doch bald darauf einigten sich die Gelehrten, als Alkoholkrankheit die Zusammenfassung der Beschwerden und Anzeichen zu benennen, die der Konsum des teuflischen Gebräus heraufbeschwört.«

»Mir ist klar, dass sich die Theorie des von Ihnen genannten Schweden nicht gänzlich hat durchsetzen können«, gab Anne ebenso von oben herab zurück. »Doch ich habe auch gelesen, einige sehr kluge Männer hielten durchaus daran fest.«

»Papier ist geduldig. Sagt man das nicht?«

»Wir wollen nicht streiten, Julius. Mir scheint nur, dass Sie es allein womöglich nicht schaffen. Sie brauchen Hilfe, ob Sie jetzt krank sind oder nicht.« Er setzte zum Widerspruch an, doch sie ließ ihn nicht zu Wort kommen. »Wie wollen Sie Ihr Versprechen halten, wenn jemand … wenn ich Ihnen einen Schnaps geradezu aufdränge? Wenn wir in Zukunft beieinander sind, werden Sie mich nicht mehr um Wein oder Klaren bitten, ich werde Ihnen aber im Gegenzug auch keinen anbieten.«

»Das klingt vernünftig.«

»So leid es mir tut, aber ich werde auch meinen Vater ins Vertrauen ziehen müssen, damit auch er Sie nicht der Verlockung aussetzt.«

»Es geht wohl nicht anders, was?«

»Nein, Julius, ich fürchte, es geht nicht anders.« Er nickte und schien über etwas nachzugrübeln.

»Wissen Sie, ich wollte mich trotz allem gern um die Nachfolge Ihres Vaters bewerben. Nur wenn Sie nichts dagegen hätten, natürlich. Ich habe mir vorgenommen, mir alle Mühe zu geben und alles zu tun, was in meiner Macht steht, um ein guter Arzt zu werden. In den letzten Tagen habe ich mir die besten Lehrbücher vorgenommen.«

»Aber Sie haben doch studiert«, stellte Anne verwirrt fest. »Sie müssten diese Bücher längst auswendig kennen.«

»Man vergisst zu vieles wieder, glauben Sie mir. Wie lange hatte ich nichts mehr mit Blasensteinen zu schaffen? Wenn Sie mich fragen, wie diese zu behandeln sind, muss ich nachdenken. Das war noch ganz anders, als ich zur Universität gegangen bin. Da hätten Sie mich nachts aufwecken und mir irgendeine Frage stellen können, und ich hätte, ohne zu zögern, die richtige Antwort gekannt.«

»Das kann ich verstehen. Ja, Sie haben wohl recht, es schadet sicher niemandem, sich das eine oder andere wieder in Erinnerung zu bringen. Mein Vater sagt auch immer, das Lernen höre in diesem Beruf niemals auf.«

»Da stimme ich ihm ohne Einschränkung zu.« Beide hingen einen Moment ihren Gedanken nach. »Was meinen Sie, darf ich darauf hoffen, Nachfolger Ihres Vaters zu werden?«

»Ich weiß es nicht«, antwortete Anne aufrichtig. »Sie haben ihn bisher noch nicht sonderlich mit Ihrem Können beeindruckt. Andererseits ist noch Zeit, hoffe ich. Wenn Sie sich wirklich nach Kräften bemühen und in Zukunft viel an seiner Seite sind, damit er sehen kann, wo Ihre Fähigkeiten und Vorzüge liegen, hätte er bestimmt keine Vorbehalte.«

»Auch nicht, wenn er erfährt, dass ich, nun, sagen wir einmal, unausstehlich bin, wenn ich zu viel getrunken habe? Wenn Sie ihm erzählen, dass ich die Finger von dem Zeug lassen muss, was mir nur leider nicht leichtfällt, wird er mich dann nicht für einen nichtsnutzigen Schwächling halten?«

»Das kann nur er Ihnen sagen, Julius. Und Sie müssen mit seiner Entscheidung leben. Was mich betrifft, kann ich nicht zulassen, dass er sich auf Sie einlässt, ohne Kenntnis von Ihrem Problem zu haben. Wie viel Sie ihm von Ihrer Vergangenheit preisgeben wollen, überlasse ich Ihnen, nur dieses eine Detail kann ich ihm nicht verschweigen. Verstehen Sie das?«

»Natürlich, Anne, ich verstehe Sie vollkommen. Sie tun das Richtige, und ich danke Ihnen dafür. Ich habe es nicht verdient, dass Sie so viel Geduld mit mir haben.« Es war alles gesagt. »Apropos Geduld, dann will ich Ihnen mal nicht länger Ihre Zeit rauben.« Franzen stand auf und reichte Anne etwas linkisch über den Tisch hinweg die Hand. »Ich danke Ihnen. Sie werden sehen, Sie können sich in Zukunft voll auf mich verlassen.« Er nickte ihr kurz zu, ließ ihre Hand los. »Ich finde allein hinaus«, sagte er und verschwand.

Weihnachten rückte näher. Wie es Tradition war, würden Gerd und Hinnerk ins Haus ihres Vaters kommen und dort mit der Familie das Fest begehen. Hulda würde wie schon in den letzten Jahren ebenfalls dabei sein und dieses Mal auch Ulla. Zwar hatte Hulda bereits verlauten lassen, sie würde ein Dessert mitbringen, das alles bisher Gekostete in den Schatten stellen sollte, und auch Ulla hatte ihre Hilfe angeboten, die meiste Arbeit würde aber ohne Frage Anne haben. Ihr war es recht, denn das war der Preis, den sie dafür zahlte, die Menschen um sich zu haben, die ihr am meisten bedeuteten. Besonders viel Freude bereitete ihr das Kochen und Backen, das Putzen und Anbringen weihnachtlicher Dekoration dennoch nicht. Viel lieber hätte sie sich über das kleine Bücherregal hergemacht und ihre Nase zwischen den Seiten vergraben. Doch es nützte nichts, und so war sie an jedem Tag damit beschäftigt, Teig zu kneten, Lebkuchen zu formen, kleine rote Äpfel, die sie eigens für das Fest gelagert hatte, zu polieren und mit einem Faden zu versehen oder auch schon die Schlaflager zu richten. Unterbrochen wurden die Vorbereitungen von einer Einladung der Eisenbahnbaugesellschaft an ihren Vater. Der neue Abschnitt von Bergen über den Bodden bis hinauf nach Altenkirchen solle offiziell in Betrieb genommen werden, hieß es da.

»Kommst mit, Mädchen«, ordnete Carl an.
»Aber ich bin doch gar nicht eingeladen«, protestierte Anne, denn ihr stand der Sinn ebenso wenig nach einer Fahrt in einem vermutlich ziemlich kalten Zug wie nach den Weihnachtsarbeiten. Außerdem befürchtete sie, die ganze Zeremonie würde sich ziemlich in die Länge ziehen, schon die Fahrt selbst war ja nicht eben kurz. Und sie vermutete, dass auch Bernd sich wieder ein Billett gesichert oder eine eigene Einladung bekommen haben könnte.
»Dumm Tüüch«, beschied Carl sie. »Allein gehe ich jedenfalls nich da hin!« Was blieb ihr also übrig? Glücklicherweise ließ er sie wissen, dass am siebzehnten Dezember bereits die polizeiliche Abnahme des Streckenteils von Bergen bis zur Wittower Fähre erfolgte. Am Tag darauf, für den die Einladung galt, würde der zweite Teil, also das Überqueren mit der Fähre und die Weiterfahrt nach Altenkirchen, abgenommen.
»Da findet kein großes Gedöns statt. Wir lassen uns herzlich von den feinen Herren, die von Stralsund oder woher sonst kommen, für unsere Unterstützung und Betreuung der Arbeiter danken. Dann schütteln wir noch 'n paar Hände, fertig. In Altenkirchen machen wir uns ganz schnell aus dem Staub und schauen noch rasch bei deinem Bruder vorbei.« Seine Augen blitzten. »Und dann lassen wir uns auch gleich nach Hause bringen.«
»Kann es sein, Papa, dass du Huldas Süßspeisen im Auge hast? Sagtest du nicht mal, das wäre klebriges Zeug? Mir scheint, du kannst gar nicht mehr genug davon bekommen.«
»Nee, so schlimm is es nu auch wedder nich. Aber fein is das schon, was sie so fabriziert.« Carl spitzte drollig die Lippen und sagte mit hoher Stimme: »Deliziös!«
Am Abend vor dem Ereignis fand Anne endlich die Gelegenheit, mit ihrem Vater über Franzen zu sprechen. Sie verschwieg

ihm die Einzelheiten, bat ihn nur, ihm keinen Alkohol mehr anzubieten, falls er mal wieder zu Besuch kommen sollte.

»Hab mich schon gewundert, dass er sich gar nicht mehr blicken lässt«, stellte Carl fest. »Es ist doch nichts vorgefallen?«

»Was meinst du?« Anne spürte, wie sie errötete.

»Na, der Bengel wird dir doch nich zu nah gekommen sein, oder?«

»Der Bengel ist ein erwachsener Mann, Papa. Aber du kannst beruhigt sein, er hat sich nichts zuschulden kommen lassen.«

»Was nicht heißt, dass er dir nicht zu nahe gekommen ist«, wandte er ein und grinste.

»Papa, wirklich!«

Am nächsten Morgen war also der große Tag. Das heißt, es war der Tag der polizeilichen Abnahme, an der einige wichtige Persönlichkeiten sowie wenige geladene Gäste teilnehmen würden. Das war alles. Carl betonte immer wieder, dass es dieses Mal weder Schmuck noch Eröffnungsfeier geben würde. Kein Wunder, die Bauzeit war viel länger ausgefallen als geplant. Immer wieder hatte es Rückschläge gegeben. Dazu kam, dass in recht schneller Folge auf beinahe der gesamten Insel Teilstrecken in Betrieb genommen worden waren und weitere folgen sollten. Jedes Mal solch ein Gedöns, wie Carl es nannte, zu veranstalten, wäre zu aufwendig und irgendwann wohl auch albern gewesen. Anne sah aus dem Fenster. Die Flocken fielen dicht vom Himmel. Es konnte einem ganz schwindelig werden, wenn man die Nase an die Scheibe presste und hinaussah. »Meinst du, sie fahren trotzdem?« Anne band Carl den Schlips, den er nur sehr selten und höchst ungern trug.

»Müssen sie wohl. Soweit ich weiß, kommt Kreisbaumeister Harder extra aus Stralsund.« Er zwinkerte ihr zu. »Ik glöv, der hat uns die Einladung geschickt. Und der Bauleiter wird wohl auch von der Partie sein und sogar ein Generalbevollmächtigter des Fürsten.« Carl machte große Augen. »Stand jedenfalls auf dem Zettel.«

»Oje, meinst du, das rote Kleid ist dann schön genug? Ich habe es schon bei der Fahrt nach Sellin getragen und denke, dort hat es gepasst.«

»Dann passt's jetzt auch. Außerdem sieht das sowieso keiner, weil du darüber einen Mantel tragen wirst.«

»Hast recht, Papa.« Sie war froh, dass sie einen Mantel mit Pelzbesatz und eine passende Pelzkappe besaß. Damit konnte sie sich unter den feinen Herrschaften gut sehen lassen. »Wir sollten uns auf den Weg machen. Bei diesem Schietwetter brauchen wir sicher eine ganze Weile.«

»Wenn wir man bloß schon bei Hinnerk und Hulda wären«, sagte Carl seufzend, als sie in dem hübsch geschwungenen Schlitten saßen, den man ihnen zur Verfügung gestellt hatte. »Auf 'n Schnack mit einem dieser Grootsnuuts freu ich mich nu nich gerade.«

»Kreisbaumeister Harder konntest du doch immer ganz gut leiden.«

»Den ja! Der is in Ordnung.« Es war lausig kalt trotz des Schaffells, das über ihren Beinen lag. Anne hatte ihre Hände in einem Pelzmuff vergraben, Carl trug gefütterte Lederhandschuhe. Zwar hatten beide ebenfalls gefütterte Stiefel an, doch es dauerte nicht lange, bis die Kälte nach ihren Zehen griff. Zweimal mussten die beiden aussteigen, weil der Schlitten auf der vereisten Allee weggerutscht war und die Pferde ihn kaum aus der Senke neben der Straße ziehen konnten. Vor ihren weichen Nüstern stieg ihr Atem dampfend auf, ihre Hufe suchten nach Halt, glitten aber mehrmals zur Seite, so dass Anne schon fürchtete, eines der Tiere könne stürzen und seinen Artgenossen samt hölzernem Gefährt mit sich reißen. Trotz aller Hindernisse erreichten sie rechtzeitig den Anleger. Kreisbaumeister Harder war ebenfalls bereits zur Stelle. Er trug einen Pelzmantel und sah aus – klein und dick, wie er war – wie ein Biber, der sich auf die Hinterbeine gestellt hatte. Auch sein Gesicht mit den kleinen Knopfaugen, der rundlichen Nase und dem schmalen Mund hätte gut zu einem Nagetier gepasst. Als er sie erblickte, kam er augenblicklich auf sie zu.

»Lieber Herr Dr. Utpatel«, rief Harder schon von weitem und öffnete die Arme, als würde er Carl im nächsten Moment umfassen. »Sehr geehrtes Fräulein, welch eine Freude, Sie beide zu sehen. Wahrlich, es ist ein Lichtblick bei diesem entsetzlichen Wetter!« Die beiden erwiderten seinen Gruß.

»Warum nur ich?«, jammerte er. »Warum muss immer ich nach Rügen kommen, wenn es etwas Unangenehmes zu erledigen gibt?«

»Ist denn eine Eröffnungsfahrt so unangenehm?«, wollte Anne wissen.

»Wenn es nur die Fahrt allein wäre. Aber gleichzeitig erfolgt auch die polizeiliche Abnahme.« Harder drehte sich kurz um, deutete über seine Schulter nach hinten und flüsterte: »Da sehen Sie doch, die Herren Inspekteure warten schon. Sie haben üble Laune, weil es kalt und nass ist und sie lieber bei ihren Familien wären und den ersten Lebkuchen kosten würden. Das wäre mir übrigens auch lieber, wenn ich mir die Bemerkung erlauben darf.«

»Ist doch gut«, warf Carl ein. »Wenn die fix nach Hause wollen, gucken die vielleicht nicht so genau hin, und die Sache ist schnell erledigt.«

»Hier gibt es ja gar keine Brücke!« Wie aus dem Nichts war ein Bürschchen aufgetaucht. Der Knirps hatte blondes Haar, das ihm ungestüm vom Kopf abstand. Weder schien er eine Mütze noch Handschuhe zu besitzen, und auch die Jacke machte nicht den Eindruck, als könne sie ihn bei diesen lausigen Temperaturen wärmen. Harder sah ihn zunächst missmutig an, dann kniff er die Augen zusammen und schien sich an etwas zu erinnern.

»Ich kenne dich«, sagte er langsam. »Ich habe dich schon irgendwo gesehen.«

»Sie haben gesagt, ein Zug kann über den Bodden fahren, wenn man eine Brücke drüber baut. Ich habe die Leute gehört. Sie sagten, heute fährt er das erste Mal drüber. Aber ich kann keine Brücke sehen«, beschwerte der Junge sich. Anne und Carl tauschten erstaunte Blicke.

»Natürlich, jetzt fällt es mir wieder ein, du bist der Sohn von dem Schmied, nicht wahr?« Der Kleine nickte. Anne fiel auf, wie er schlotterte. »Nichts sagen, ich komme drauf, wie du heißt.« Harder wühlte in seinem Gedächtnis wie in einer Truhe. »Paul!«, rief er dann aus. »Du bist Paul, nicht wahr?«

»Ja, mein Herr. Ich bin Paul aus Dreschvitz.«

»Aus Dreschvitz?« Carl riss die Augen auf. »Dat is bannig weit weg!«

»Ja, mein Herr, darum habe ich auch lange gebraucht, um herzukommen.«

»Du kannst doch unmöglich den ganzen Weg zu Fuß gelaufen sein.« Anne blickte unwillkürlich auf seine Füße, die in einfachen Schuhen steckten. Sicher waren Kälte und Wasser längst eingedrungen.

»Nein, meine Dame«, erwiderte er höflich, »ich bin zu den Schienen gelaufen und dann auf einen Zug gesprungen, der vorbeikam.«

»Das ist gefährlich«, schimpfte Anne. »Das darfst du nie wieder tun, hörst du?«

»Der Zug war ja ganz langsam«, verteidigte er sich. »Wie hätte ich es denn sonst schaffen sollen?«

»Du hättest deinen Vater fragen müssen, ob er mit dir hierherkommt«, wies Harder ihn zurecht.

»Das hätte der nie gemacht.«
»Was stelle ich jetzt nur mit dir an?« Harder rieb sich das Kinn. »Warum muss es ewig Probleme mit dieser vermaledeiten Insel geben?« Er schnaufte.
»Ich muss schon sehr bitten«, mahnte Carl belustigt.
»Hör zu, junger Mann, es gibt keine Brücke.«
»Dann fährt die Eisenbahn heute doch nicht über das Wasser?«
»Doch, das tut sie. Sie wird von einem Schiff auf die andere Seite gebracht.« Harder sah sich um. »Bist du ganz allein hergekommen?« Paul nickte. »Und wie kommst du wieder nach Hause?«
»Ich weiß es nicht, mein Herr. Ich dachte, ich fahre wieder mit der Eisenbahn und laufe das letzte Stück.«
»Du meine Güte!« Harder schlug die Hände über dem Kopf zusammen. »Hast du eine Vorstellung, wie lange das dauert, mein Junge? Es ist nicht einmal sicher, dass du es heute überhaupt noch schaffst.« Paul ließ den Kopf hängen. »Du bist also auf den Zug gesprungen, ja?« Paul nickte. »Das soll wohl heißen, du hast dir keine Fahrkarte gekauft.« Die zerknirschte Miene des Dreikäsehochs war Antwort genug. »Und für die Rückfahrt willst du dir natürlich auch kein Billett kaufen, wahrscheinlich kannst du es gar nicht, weil du kein Geld hast«, stellte Harder resigniert fest. »Was stelle ich denn nur mit dir an?«
»Sie haben mir doch erzählt, dass die Eisenbahn auf einer Brücke über das Wasser fährt, mein Herr. Ich dachte, das muss Spaß machen. Und als die Leute sich erzählten, dass es nun so weit ist, wollte ich das auf keinen Fall verpassen.«
»Würde es dir denn auch Spaß machen, auf einem Schiff über den Bodden zu fahren?«
»Das ist doch nichts Besonderes.« Die Enttäuschung war ihm ins Gesicht geschrieben.
»Nun, wenn zuvor eine Lokomotive mit Anhängern auf dasselbe Schiff fährt, dann ist das durchaus ein Erlebnis, will ich

meinen.« Wieder tauschten Anne und Carl verwunderte Blicke. Was führte Kreisbaumeister Harder im Schilde?
»Ich dürfte mit demselben Schiff fahren wie die Lokomotive?«
»Allerdings!« Harder verschränkte die Arme auf dem Rücken und wippte auf die Zehenspitzen.
»Ja, das würde mir großen Spaß machen, mein Herr!«
»Also schön, dann ist das abgemacht.« Harder reichte Paul die Hand, der zögerte, dann schlug er begeistert ein. »Sieh dich ruhig noch ein bisschen um, aber geh nicht zu nah ans Wasser, hörst du? Und behalte mich immer schön im Auge. Wenn es losgeht, kommst du zu mir und weichst mir nicht mehr von der Seite. Hast du das verstanden?«
»Ja, mein Herr.«
»Sie wollen den Jungen mitnehmen?« Anne konnte es nicht glauben.
»Was soll ich denn machen, ihn sich selbst überlassen? Ich nehme ihn unter meine Fittiche und sorge dafür, dass er heil nach Hause kommt. Sein Vater wird ihn ohnehin übers Knie legen. Nicht nötig, dass er zuvor schon vom Abteil herabstürzt, weil ihm die Hände steif gefroren sind. Ein Wunder, dass er es heil bis hierher geschafft hat. Ein erstaunliches Bürschchen.« Durch den unverhofften Besuch des kleinen Paul aus Dreschvitz hatte Harder den Faden verloren. »Wo waren wir stehengeblieben?«
»Bei den Inspekteuren«, erinnerte Carl ihn. »Ich sagte, ich glaube, die werden alles tun, um möglichst schnell mit der Angelegenheit fertig zu werden. Meinen Sie nicht?«
Harder schüttelte energisch den Kopf. »O nein, mein Bester, das glaube ich nie und nimmer. Ganz pingelig werden die sein, damit sie hinterher das Gefühl haben, die Strapazen hatten wenigstens einen Sinn. Und mir ist es natürlich auch ganz recht, wenn die Herren genau schauen. Ich möchte mir nicht ausma-

len, dass etwas übersehen wird und wir zu Weihnachten hier ein Unglück haben oder gleich heute noch.« Er hob beschwörend die Hände. »Nicht auszudenken!« Anne, die Paul noch eine Weile nachgesehen hatte, musste an die Fahrt nach Sellin denken. Bernd hatte ihr damals erzählt, dass die Strecke eigentlich noch gar nicht fertig und nicht anständig unterfüttert sei. Damals hatte sie jedoch bereits in dem Abteil gesessen. Gab es dieses Mal etwa wieder einen Anlass zur Sorge?

»Haben Sie denn Grund, werter Herr Harder, an der Abnahme zu zweifeln? Denken Sie, es könnte Probleme geben?«, fragte Anne unbehaglich.

»Nun, die Herren Fischer mussten ja ihren Willen durchsetzen. Sie erinnern sich gewiss an das Affentheater, verzeihen Sie den Ausdruck, verehrter Dr. Utpatel. Jetzt bringt also ein Trajekt die Bahn auf die andere Seite. Wenn ich mir aber die Strömung im Rassower Strom so anschaue, dann habe ich in der Tat meine Zweifel, dass das immer gutgehen kann. Was ist, wenn das Trajekt zu stark zur Seite gedrückt wird?« Er sah von Anne zu Carl und wieder zu Anne, als erwarte er wahrhaftig eine Antwort. »Nun?« Harder hob Schultern und Augenbrauen. »Eben«, sagte er dann.

»Ist denn schon entschieden, dass es bei der Fährverbindung bleibt?«, hakte Carl nach. »Soweit ich weiß, ist die nur für den Anfang gedacht. Die Fischer haben ihren Willen doch noch gar nicht endgültig durchgesetzt, oder doch?« Carl und Anne sahen Harder gespannt an. Das wäre wirklich eine Neuigkeit, die Gerd sehr interessieren würde.

»Nein, nein, die Brücke ist selbstverständlich noch im Gespräch. Die Kleinbahngesellschaft hält daran fest, nur kostet so ein Bauwerk natürlich ein hübsches Sümmchen. Nach den Verzögerungen, die es bedauerlicherweise gegeben hat, sind die Aktionäre nicht gerade gewillt, erneut einen hohen Betrag aufzubringen«, ließ Harder sie wissen. Er sprach leiser als zuvor und hatte die Augen zu Schlitzen zusammengekniffen. »Schon gar nicht, solange weiter mit dem Widerstand der Vereine der Berufsfischer zu rechnen ist.« Gerade wollte er seine Ausführungen fortsetzen, da entdeckte er jemanden in der Menschenmenge, die sich bereits ein gutes Stück weiter am Wasser gebildet hatte. »Der Generalbevollmächtigte des Fürsten zu Putbus.« Harder rollte mit den Augen. »Am liebsten würde ich dem sagen, er soll mich nie wieder hierherschicken, wenn unerfreuliche Aufgaben zu erfüllen sind, aber das werde ich mir selbstverständlich verkneifen und ihn einfach nur aufs herzlichste begrüßen.« Er zwinkerte ihnen zu. »Wie gut, dass ich mich später um Paul kümmern muss. Das verschafft mir eine großartige Ausrede, mich nicht allzu lange mit ihm aufzuhalten. Sie entschuldigen mich.«

»Armer Kerl. Hast du ihn je fröhlich gesehen?«

»Nee, aber ich hab ihn auch immer nur gesehen, wenn er im Dienst war. Vielleicht ist er zu Hause ein lustiger Bursche.« Carl griff sich an den Hals. »Dieser olle Slips bringt mich noch um!« Er trat von einem Fuß auf den anderen.

»Guten Tag, Herr Dr. Utpatel! Wie schön, Sie zu sehen.« Anne stockte der Atem. Das war Bernds Stimme.

»Ach, der Kollege Vogel. Dat is nett. Und in Begleitung einer so hübschen Dame.« Carl strahlte Bernd und seine Begleiterin an.

»Guten Tag, Anne.« Bernd reichte ihr die Hand. »Darf ich vorstellen? Das ist Sophie Koch. Sie hat vor drei Jahren in Hamburg Vorzügliches geleistet. Sie erinnern sich an die fürchterliche Cholera-Epidemie?«

»Wer könnte die wohl vergessen?«, erwiderte Anne spitz.

»Schlimme Sache, das«, stimmte Carl zu. »Und Sie waren dort?« Er sah die junge Frau überrascht an. »So 'ne junge Deern!«

»Ich habe nur ein wenig geholfen. Herr Dr. Vogel übertreibt grenzenlos«, erwiderte Sophie Koch bescheiden und schenkte

Bernd ein strahlendes Lächeln. Anne konnte sie nicht ausstehen. Sie hatte klare blaue Augen, blondes Haar, das sich kringelte, als sei sie der Weihnachtsengel, der eben von Ullas Bügelbaum gestiegen war, und eine Ausstrahlung, die jeden bezaubern musste.

»Das sind Dr. Utpatel, ein hochgeschätzter Kollege, von dem ich einiges gelernt habe, und seine Tochter Anne.« Mehr sagte Bernd nicht. Was hätte er auch Großartiges über sie sagen können?

»Es freut mich, Sie kennenzulernen. Ich habe schon viel von Ihnen gehört.«

»Nur dass der Kollege Vogel auch in diesem Fall übertreibt. Der hat gar nix von mir gelernt, der kann nämlich schon alles selbst. Ich habe eher was von ihm gelernt.« Bernd zog fragend die Augenbrauen in die Höhe. »Ja doch, Ihre Salbe is 'n feines Zeug. Da würde ich mich gerne mal mit Ihnen in aller Ruhe drüber unterhalten.«

»Haben Sie sie einsetzen können?«

»Aber ja, immerzu. Es ist erstaunlich, was sich damit anstellen und erreichen lässt.«

»Unsere Vorräte gehen übrigens zur Neige«, warf Anne ein. »Vielleicht könnten Sie uns bei Gelegenheit noch etwas davon bringen. Oder ich komme nach Binz und hole die Salbe ab, damit Sie keine Umstände haben«, schlug sie vor.

»Gerne. Denken Sie, das hat Zeit bis nach Weihnachten?«

»Aber sicher! Dat is ja man schon in einer Woche. Danach reicht's auch noch.«

»Also schön, dann besprechen wir das später. Da, sehen Sie, der Zug kommt!« Bernds Begeisterung für die Eisenbahn war ungebrochen. Das war nicht zu übersehen. »Genießen Sie die Fahrt! Und falls wir uns nicht mehr sehen sollten: Gesegnete Weihnachten!« Er sah Anne kurz in die Augen, dann nahm er

Sophies Arm, wie er bei der Fahrt von Binz nach Sellin ihren Arm genommen hatte, und führte sie weg.

»Ein hübsches Paar«, kommentierte Carl und blickte den beiden nach.

»Ja, sehr hübsch«, gab Anne frostig zurück. Sie spürte, dass er sich zu ihr umdrehte, tat aber so, als bemerke sie das nicht. »Gehen wir, sonst bleiben wir am Ende noch hier stehen.«

Auch wenn Blaskapelle und Girlanden fehlten, wurde ihnen doch ein faszinierendes Schauspiel geboten. Die Gleise führten zwischen Holzbrettern, die immer wieder aufs Neue von Schnee und Eis befreit werden mussten, bis an das Wasser heran. Das Trajektschiff war ebenfalls mit Gleisen versehen. Es wurde eine gute Weile in genau der Position gehalten, die erforderlich war, damit die Lokomotive mit ihren Wagen an Bord fahren konnte. Anne vergaß darüber sogar die Kälte ihrer Füße und Hände und das unerfreuliche Gefühl, das die Begegnung mit Bernd und dieser Frau bei ihr hinterlassen hatte. Millimeter für Millimeter rollte die schwere Maschine vorwärts und zog ihre Waggons hinter sich her. Als sie vollständig auf der Fähre stand und gesichert worden war, durften auch die Passagiere an Bord gehen. Pauls blonder Schopf tauchte zwischen ihnen auf. Er wich Harder nicht von der Seite, stellte ihm, so sah es aus, unzählige Fragen und war furchtbar aufgeregt. Die kurze Überfahrt bereits in den warmen Wagen zu verbringen war bedauerlicherweise nicht gestattet.

»Lot mi an Land, wat wackelt dat?« Carl hatte Schwierigkeiten, das Gleichgewicht zu halten. Und auch die anderen Reisenden machten unsichere Schritte, bald nach links, dann nach rechts. Anne erinnerte sich daran, was Harder gesagt hatte. Womöglich war die Strömung tatsächlich zu stark. Wenn man bedachte, wie exakt das Trajekt anlegen musste, damit der Zug beim Verlassen nicht entgleiste, konnte einem angst und bange werden. Zum

Glück klappte das Anlegen am Fährhof gut, und die Lokomotive fuhr ohne den kleinsten Zwischenfall nach Wittow, dem Windland, das seinem Namen an diesem Tag wieder einmal alle Ehre machte. Sie durften einsteigen. In dem Waggon, in dem Anne und Carl Platz nahmen, bollerte ein Eisenofen.

»Gottlob, nich mehr lange, dann wäre ich erfroren.« Carl zog die Handschuhe aus und rieb vorsichtig die steifen Finger aneinander. Anne tat es ihm nach. Auch sie bewegte, rieb und knetete ihre Hände bedächtig, nachdem sie den Muff abgelegt hatte. Ganz weiß waren sie und nahezu unbeweglich. Doch im Vergleich zu den Arbeitern mit ihren blauen Zehen und Fingern mit den dicken Beulen daran ging es ihnen noch gut. Sie fuhren nach Wiek, wo kurz haltgemacht wurde. Carl schimpfte. Er begriff beim besten Willen nicht, was das sollte. Zumal es in Wiek nicht etwa einen Empfang mit Blasmusik und Köstlichkeiten von Fisch und Schwein, sondern nichts als eine offene Wartehalle gab, die mit Schnee zugeweht war. Damit nicht genug, war außerdem der Boden vollständig aufgeweicht, so dass ihre Stiefel in Schneematsch und Morast versanken. Ein Herr in Uniform mit goldenen Knöpfen, der als hochgestellter Mitarbeiter der Kleinbahngesellschaft zu erkennen war, ging herum und verkündete, die kurze Rast sei nötig, damit die Inspekteure ihre Arbeit machen könnten. Es gehe gleich weiter, versprach er und bat um Geduld. Viele Reisende waren es nicht, die er informieren musste. Anne dachte an die Eröffnungsfahrt im Sommer. Die hatte deutlich mehr Neugierige und auch Schaulustige an der Strecke angelockt. Jetzt saß jeder lieber in der warmen Stube und scherte sich nicht darum, ob es wieder einen Abschnitt mehr gab oder nicht. Einmal sah sie zu Bernd und dieser Sophie hinüber. Die beiden waren in ein Gespräch vertieft. Mit ihr wusste er wohl immer, worüber er reden konnte. Natürlich, wenn sie wirklich in Leipzig Vorlesungen besuchte, woran Anne keine Sekunde zweifelte, konnte sie sich mit ihm über Dinge unterhalten, von denen Anne nichts verstand. Ob sich Bernd mit ihr sehr gelangweilt hatte, fragte Anne sich erschrocken. Sie drehte sich um und sah zur anderen Seite. Ein Pfiff ertönte, dann ein Fauchen. Qualm trat zischend über der Lok und auch unten bei den Triebstangen aus.

»Das wurde auch Zeit«, brummte Carl. Von Wiek nach Altenkirchen dauerte es ungefähr noch einmal so lang wie bis hinauf nach Wiek. Carl war zwischendurch eingenickt, und Anne hatte die Ruhe genutzt, um ungestört die Schneelandschaft betrachten zu können. Hier und da war die Sonne durch die Wolken gekommen und hatte die grauen, eintönigen Felder in glitzernde Flächen verwandelt. Fuhren sie durch ein Waldstück, betrachtete sie die weißen Häubchen, die die Kastanien und Buchen bedeckten, als hätten diese sich Mützen aufgesetzt. Dann wieder schweifte ihr Blick in die Ferne und blieb nur an einzelnen Bäumen hängen, die der Wind gebeugt hatte. Wie frostig weiße Finger ragten ihre Zweige in die Luft. Als sie endlich Altenkirchen erreicht hatten, brach die Abenddämmerung herein. Carl und Anne verabschiedeten sich von Kreisbaumeister Harder und von Paul, die sich unverzüglich auf den Weg nach Dreschvitz machen wollten. Und sie verabschiedeten sich von Bernd und seiner Begleiterin.

»Ich fülle Ihnen dann beizeiten Salbe ab«, rief Bernd und war auch schon verschwunden.

Der Weg durch den tiefen Schnee zum Gut von Bauer Presenske war für Carl zu anstrengend gewesen. Das hatte Anne schnell bemerkt, nur abnehmen konnte sie ihm diese Strapaze nicht. Obendrein gab es bei Hinnerk und Hulda nicht etwa nur eine Süßigkeit, sondern Rinderbraten mit Klößen und Kraut. Presenske hatte geschlachtet, und so war der Tisch mehr als reich gedeckt. Schon auf dem Heimweg in der Kutsche, deren Räder man durch Kufen ersetzt hatte, wusste Carl kaum, wie er sitzen sollte. Er japste nach Luft, öffnete die Krawatte und griff sich wieder und wieder an die Brust.

»Sobald wir in Trent sind, hole ich Dr. Franzen«, sagte Anne. »Oder sollen wir uns besser gleich bis nach Bergen bringen lassen?«

»Dumm Tüüch! Ik bün nich krank. Hab man blots to veel eten.« Carl strich sich über den prallen Bauch. Sie wollte ihm zu gerne glauben, machte sich aber schreckliche Sorgen.

»Dann trink wenigstens noch einen Fencheltee, sonst findest du keinen Schlaf«, schlug Anne vor. Wenn sie nur endlich zu Hause wären! Die Zeit zog sich quälend langsam dahin. Immerhin hatte es endlich zu schneien aufgehört, so musste der Kutscher nicht ein einziges Mal anhalten, um den Weg frei zu schaufeln. Anne fiel ein Stein vom Herzen, als sie dessen Rufe hörte, mit denen er die Pferde zum Stehen brachte.

»Bist du sicher, dass ich Julius nicht holen soll?«

»Mal sagst du Julius, dann wieder Dr. Franzen. Wat denn nu? Kannst ihn nu leiden oder nich? Ach, Mädchen, wer kümmert sich denn nu blots um dich, wenn dein alter Vadder nich mehr is?«, fragte Carl unvermittelt und schälte sich schwerfällig aus dem Mantel. »Den Bernd kannst vergessen, der hat 'ne schmucke Deern gefunden.« Tränen schossen Anne in die Augen.

»Papa, nun rede doch nicht so, als stündest du schon mit einem Fuß in deinem Grab.«

»Tue ich das denn etwa nicht?« Er sah sie an und verzog kurz das Gesicht. »Sieht mir aber ganz so aus.« Sie musste hart schlucken. »Ich hole jemanden, der dich untersucht.« Sie wollte zurück in die Diele laufen.

»Nee, nu lass man. Heute sterbe ich wohl noch nich. Mach mir man lieber so 'n Fencheltee. Der räumt hier drinnen auf«, meinte Carl und strich sich über den Bauch. Anne zögerte. Dann dachte sie, dass er immer genau wusste, was für seine Patienten das Beste war. Warum sollte das anders sein, wenn er selbst der Patient war? Nachdem er seinen Tee getrunken hatte, ging es ihm schon viel besser, behauptete er. Er wollte sich schlafen legen und würde am nächsten Morgen wieder ganz in Ordnung sein, beruhigte er sie.

Als Anne erwachte, galt ihr erster Gedanke ihrem Vater. Wie es ihm wohl gehen mochte? Sie betete zu Gott, dass er recht behalten hatte, sich wieder gut fühlte und gleich mit ihr seinen Frühstücksbrei löffeln würde wie an jedem Tag. Gewiss würde es so sein, doch sie hatte ein mulmiges Gefühl, das sie einfach nicht loswerden konnte. Auf dem Weg hinunter in die Küche drückte sie ihr Ohr an seine Tür. Stille. Kein Grund, beunruhigt zu sein, er stand immer erst auf, wenn sie bereits Teewasser aufgesetzt und Brei gekocht hatte. Anne stieg die Stufen hinab, trat in die Küche und blickte aus dem kleinen Fenster in den Garten, der friedlich unter seiner dicken weißen Decke schlief. Die Sonne ging gerade auf und ließ den Schnee funkeln und glitzern, als habe jemand einen ganzen Waggon voller Edelsteine ausgeschüttet, die die Farbe des Feuers zeigten. Ihr wurde warm ums Herz. Noch fünf Tage bis Weihnachten. In fünf Tagen würden ihre Brüder mit ihren Frauen, ihr Vater und sie hier beieinandersitzen. Sie würden essen, trinken, viel lachen, ihre Geschenke auspacken und alle Sorgen und den Alltag vergessen. Sie freute sich schon sehr darauf. Es war ja nicht so, dass viele Sorgen sie plagten. Auch wurde ihr immer wieder vor Augen geführt, dass andere Menschen ein deutlich schwereres Leben erwischt hatten. Sie musste nur an die Arbeiter denken, die zu acht oder zu zehnt in einer einfachen, zugigen Baracke hausten und sich Tag für Tag abrackerten, um ein Auskommen zu haben. Sie dagegen

durfte ihrem Vater helfen, was zwar manches Mal Kraft kostete, ihr aber auch Freude machte. Und um ihr Auskommen sorgte sie sich schon gar nicht.
Sie rührte noch einmal den Brei um und nahm den Topf von der Kochplatte, als sie ein lautes Poltern hörte. Das war aus der Kammer ihres Vaters gekommen! Erschrocken ließ sie den Holzlöffel fallen, rannte in die Diele und stürzte, zwei Stufen gleichzeitig nehmend, die Treppe hinauf. Vor seiner Tür blieb sie stehen, hielt den Atem an und klopfte.
»Papa?« Keine Antwort. Die Angst schnürte ihr die Kehle ab. »Papa?«, rief sie lauter. Dann meinte sie, ein leises Stöhnen zu hören. Sie riss die Tür auf und erstarrte. Carl lag auf dem Boden. Er war nackt. Wahrscheinlich hatte er sich gerade anziehen wollen, als er gestürzt war. Der Anblick versetzte ihr einen Schock, der sie lähmte. Sie hatte bereits einige nackte Männer gesehen, wenn sie mit Carl unterwegs war. Das war nichts Ungewöhnliches. Doch dieser hier war ihr Vater. In Kleidern sah er noch immer recht stattlich aus mit seinem prallen Bauch, den er vor sich herschob, doch nun sah sie, dass die Beine und Arme längst an Substanz verloren hatten. Sie konnte die Knochen erkennen, die bleiche, schlaffe Haut. Was tat sie hier, um Himmels willen? Wie konnte sie einfach herumstehen und ihn anstarren? Es kam ihr vor, als hätte sie eine Ewigkeit untätig im Türrahmen zugebracht.
»Papa, kannst du mich hören?« Anne kniete sich neben ihn. Sie hielt eine Hand vor seinen Mund und stellte fest, dass er atmete, schwach zwar, aber er war am Leben. »Papa, hörst du mich?« Ihre Stimme überschlug sich. Was hatte sie gelernt? Immer Ruhe bewahren. Der Patient soll sich nicht aufregen, er soll das Gefühl haben, dass sein Arzt ruhig ist und weiß, was er tut. Aber sie war eben kein Arzt! »Sag doch etwas!«, flüsterte sie. Eine Träne kullerte ihr über die Nase und tropfte auf seine Wange.

Sie konnte ihn nicht hochheben. Das war allein unmöglich, denn wie es aussah, konnte er kein bisschen mithelfen. Ihr blieb also gar keine andere Wahl, als Hilfe zu holen. Nach den Anzeichen der letzten Wochen musste sie davon ausgehen, dass es das Herz war. Konzentriere dich, redete sie sich ein, du musst dich konzentrieren. Wenn es ein Herzanfall ist, braucht er Sauerstoff. War es nicht so? Warum hatte sie nur plötzlich das Gefühl, keinen klaren Gedanken fassen zu können? Nichts schien ihr mehr sicher, was sie einmal von ihrem Vater gelernt oder was sie gelesen hatte. Doch, natürlich, es war Sauerstoff. Sie schnappte sich das Kissen von seinem Bett und schob es ihm behutsam unter den Kopf.

»Ich hole Dr. Franzen, Papa. Der weiß bestimmt, was zu tun ist«, sagte Anne, während sie die Wolldecke, die er in kalten Nächten gern über das Daunenbett legte, hinter ihm ausbreitete. Sie schob sie so dicht an seinen Körper, wie sie nur konnte. Immer wieder tropften ihre Tränen auf den Boden. Sie wischte sich mit dem Handrücken über Nase und Wange. »Gleich wird es besser«, murmelte sie. Mit dem Patienten reden, ihm Mut zusprechen und ihn in Kenntnis über das setzen, was man tat, war wichtig. Vorsichtig rollte sie ihn auf den Rücken, so dass er auf der Wolldecke lag. »So, jetzt hast du es bequemer.« Sie schluchzte auf, dann lachte sie unsicher. »Du meine Güte, was ist nur mit mir los?«, sagte sie und versuchte, heiter zu klingen. Rasch warf sie das Daunenbett über ihn, ließ jedoch den Brustkorb zur Hälfte frei, damit er kein Gefühl von Enge bekam. Sie legte zwei Finger an die Schlagader am Hals, spürte aber nichts. Dann ergriff sie sein Handgelenk. Ja, da war ein Pochen, schwach zwar und unregelmäßig, aber es war da. Ihr fiel ein, dass ihr Vater in einem solchen Fall Alkohol zu geben pflegte. Der senke den gefährlich erhöhten Blutdruck, hatte er ihr erklärt. Oder war es gerade andersherum? Was, wenn sie sich irrte, wenn der

Blutdruck ohnehin schon niedrig war? Aus heiterem Himmel fiel ihr Hinnerk ein. Er hatte vor vielen Jahren eine falsche Diagnose gestellt, als ihre Mutter schwerkrank gewesen war. Annes Gedanken rasten. Was war mit ihr? Könnte sie es jemals verwinden, jetzt und hier eine falsche Entscheidung zu treffen? Immerhin ging es um ihren Vater!

»Ich muss dich allein lassen, Papa. Ich muss. Dr. Franzen kann dir helfen, er ist Arzt, ich weiß einfach zu wenig«, entschuldigte sie sich verzweifelt. Sie strich ihm über die kühle Stirn. Er atmete, noch war es nicht zu spät. Anne sprang auf, hastete die Treppen hinunter, warf die Pantoffeln bereits im Laufen von den Füßen und schlüpfte in die Stiefel. Schon war sie zur Tür hinaus. Einen Mantel hatte sie nicht mitgenommen, es war ja nicht weit, und sie wollte keine einzige Sekunde verlieren. Wie töricht das gewesen war, wurde ihr schon nach wenigen Metern klar. Es war eiskalt, doch das durfte sie jetzt nicht kümmern. Sie eilte die Straße entlang und erreichte das prachtvolle weiße Haus, das erst vor zwei Jahren gebaut worden war. Dort lebte Franzen. Hoffentlich war er nicht ausgegangen. Sie pochte an die Tür und trat ein, ohne eine Antwort abzuwarten.

»Julius!«, rief sie. »Julius, sind Sie da?« Anne atmete schwer und musste immer wieder husten. Eine Tür ging auf. Franzen erschien mit einem seidenen Hausmantel über der Hose. Die Überraschung war ihm ins Gesicht geschrieben.

»Anne, wie schön, dass Sie mich einmal besuchen kommen.« Dann runzelte er die Stirn. »Sie sehen aus, als sei der Leibhaftige hinter Ihnen her.«

»Ziehen Sie sich an und kommen Sie! Sofort! Mein Vater …« Ihre Stimme versagte Anne den Dienst, sie schluckte. Jetzt nur nicht in Tränen ausbrechen. Wenn Franzen seine Sache gut machen sollte, und davon hing das Leben ihres Vaters ab, musste sie Ruhe ausstrahlen und ihm zur Seite stehen.

»Was ist mit ihm?«, wollte er wissen, während er bereits den Hausmantel abstreifte, die Weste überzog und dann nach seinem Wollmantel griff.
»Es ist das Herz, denke ich. Ich habe Ihnen doch gesagt, dass er in letzter Zeit oft schwach war und Schmerzen hatte. Immer wieder hat er sich an die Brust gegriffen.« Atemlos berichtete sie vom Vortag und davon, wie sie ihn kurz zuvor vorgefunden hatte. Keine drei Minuten waren vergangen, da liefen die beiden bereits durch die kleine Pforte, eilten durch den Vorgarten und erreichten die Kate. Anne betete zu Gott, dass ihr Vater noch leben möge. Wenn sie ihn am heutigen Tage verlieren würde, dann war das ohnehin ein unfassbar schlimmer Schlag. Wenn er auch noch allein hatte sterben müssen, ohne ihren Beistand, würde sie sich das niemals verzeihen können. Sie riss zum zweiten Mal an diesem Tag voller Angst die Tür zu seiner Kammer auf. Er lag auf dem Boden, wie sie ihn zurückgelassen hatte. Aber er hatte die Augen geöffnet und sah sie an.
»Papa! Geht's dir besser?« Carl keuchte und versuchte, etwas zu sagen, doch seine Augäpfel rollten zur Seite und er drohte, wieder das Bewusstsein zu verlieren. »Du brauchst nicht zu sprechen, Papa. Sieh nur, Julius ist da. Er wird sich um dich kümmern.« Anne tastete nach Carls Puls. Er war unverändert schwach. Franzen stand noch immer im Türrahmen. Sie sah zu ihm auf.
»Bitte, Julius, Sie müssen ihm helfen!«
»Natürlich, lassen Sie mal sehen.« Franzen kniete sich zu ihr und tastete ebenfalls nach Carls Puls. »Verzeihung, Anne, haben Sie wohl ein Stethoskop für mich? Ich habe meine Utensilien nicht mitgebracht. Hier ist ja alles vorhanden, nicht wahr?« Er lachte leise. Sie starrte ihn an. Wusste er denn nicht, dass es auf jeden Augenblick ankam? Niemals würde aus diesem furchtsamen und gedankenlosen Kerl ein guter Arzt werden! Die Erkenntnis, dass das Schicksal ihres Vaters in seinen Händen lag, traf sie wie ein

Schlag, als sie erneut die Treppe hinabrannte, um Carls Tasche aus dem Behandlungszimmer zu holen. Gleich darauf ließ sie sich damit neben Franzen und ihrem Vater auf die Knie fallen.

»Ich flehe Sie an«, stieß Anne schwer atmend hervor, »reißen Sie sich einmal in Ihrem Leben zusammen und zeigen Sie jetzt, was Sie in der Universität gelernt haben. Sie können ihm helfen, Julius, ich glaube an Sie!« Zwar entsprach das nicht der Wahrheit, doch Anne glaubte, es gäbe keine bessere Methode, ihn anzustacheln. Er setzte das Hörrohr an und murmelte schon nach einem kurzen Moment: »Wie ich es mir dachte …« Dann ließ er das Instrument sinken und schüttelte den Kopf.

»Tut mir leid, Anne, wir können nichts mehr für ihn tun.«

»Was? Aber …« Tränen schossen ihr in die Augen. Gleichzeitig fiel ihr ein, dass er dieselben Worte bei dem Weichensteller Henke benutzt hatte, ohne ihn sich auch nur angesehen zu haben. Er würde wieder versagen, begriff sie. Wenn sie nichts tat, war ihr Vater verloren. »Was ist mit Alkohol?«, stammelte Anne.

»In diesem Moment?« In seinem Blick lag eine Mischung aus Vorwurf und Unsicherheit.

»Ich meine, Vater hätte Patienten mit einem Herzanfall mal welchen gegeben«, entgegnete sie, ohne auf ihn einzugehen. »Er senkt den Blutdruck, der in einer solchen Situation zu hoch ist, meine ich. Ist es nicht so?« Sie sah ihm verzweifelt in die Augen. Er musste nachdenken. Ihr zuliebe musste er seine Sinne zusammenhalten.

»Auf keinen Fall, Anne. Wir wissen beide, dass Alkohol ein Teufelszeug ist. Wollen Sie ihm noch mehr schaden?«

»Ich will überhaupt etwas tun«, schrie sie. »Du hast ihn doch nicht einmal gründlich untersucht.« Sie weinte. Tränen liefen über ihre Wangen, und ihr Körper wurde von heftigem Schluchzen geschüttelt. »Du bist wieder zu feige.« Sie schlug die Hände vor ihr Gesicht und krümmte sich zusammen.

»Nein, Anne, so ist es nicht«, widersprach Franzen sanft. »Dein Vater ist ein alter Mann. Wenn Gott will, wird er das hier noch einmal überstehen. Aber ich denke nicht, dass das der Fall sein wird. Das Käuzchen hat gerufen, seine Zeit ist eben gekommen«, stellte er ruhig fest. »Jetzt sind wir an der Reihe, die Praxis zu übernehmen.«

Sie richtete sich auf und starrte ihn an.

»Was sagst du da? Ist es das Einzige, was du an der Universität gelernt hast, dass wir alle irgendwann einmal sterben müssen? Denkst du, es ist die Aufgabe eines Arztes, einfach nur untätig dabeizusitzen und zu warten, bis Gott eine Entscheidung getroffen hat?«

»Ich kann dich verstehen, du bist sehr traurig. Es ist für dich gewiss nicht leicht, ihn gehen zu lassen. Aber glaubst du nicht, es wäre besser für ihn, wenn du dich beherrschen könntest, ihm die Stirn abtupfst, ihn warm zudeckst und einfach bei ihm bist?«

Anne fühlte sich wie in einem dieser Träume, in denen Dinge geschahen, die keinerlei Sinn ergaben. In solchen Träumen sagten Menschen Sachen, die sie im wirklichen Leben niemals sagen würden. Aber das alles hier war real. Sie spürte den harten Dielenboden unter ihren Knien, sie sah ihren Vater, der sich nicht rührte, der aber noch lebte. Es musste doch etwas geben, das sie tun konnte! Sie fuhr zu Franzen herum und schüttelte ihn.

»Ich flehe dich an, Julius, hilf ihm! Ich würde alles tun, was du verlangst. Meinetwegen heirate ich dich auch, und wir übernehmen Vaters Praxis. Aber nur, wenn er lebt!« Dieses Mal schien ihr eindringliches Betteln Wirkung zu haben. Franzen holte tief Luft, seine Fassade stürzte in sich zusammen, und er wurde sichtlich nervös.

»Anne, es ist ja nicht so, dass ich nicht helfen will«, stammelte er. Dann räusperte er sich und legte die Finger an die Schläfen, als könne er dadurch besser denken. »Ja, Alkohol ist ein guter Gedanke«, sagte er endlich. »Du hast recht, die Sache mit dem Blutdruck habe ich auch schon gehört.«

»Bist du sicher?« Sie sah ihn skeptisch an, doch er nickte eifrig, und viele Möglichkeiten gab es wohl nicht. Also rannte sie hinab in den Keller, der unter einer Hälfte des Hauses war. Man konnte nicht aufrecht stehen, aber es war ein guter Ort, um dort Wein und andere Dinge aufzubewahren. Hoffentlich tat sie das Richtige, hämmerte es in ihrem Schädel. Schnaps wäre womöglich zu stark. Oder nicht? War der Wein vielleicht zu schwach? Nein, sie war sich ganz sicher, dass Vater ebenfalls zu Wein gegriffen oder anderen Alkohol verdünnt hatte.

»Hier!« Sie reichte Franzen Glas und Flasche, kniete sich hinter Carl und bettete seinen Kopf auf ihren Schoß. Leise redete sie auf ihn ein. »Papa, du musst trinken, hörst du? Kannst du das? Kannst du schlucken, ja?«

Franzen versuchte, ihm den Rotwein einzuflößen, was aber nicht einfach war. Er wurde immer nervöser.

»Meinst du, er behält überhaupt etwas bei sich?« Franzens Augen glänzten und bewegten sich rasch hin und her. Er war in Panik. »Es tut mir leid, Anne, aber ich kann jetzt nicht anders.« Damit setzte er die Flasche an und trank hastig.

»Es reicht, Julius«, herrschte sie ihn an. »Schon möglich, dass dir ein Schluck hilft, meinetwegen, aber das ist genug.«

»Ja, natürlich.« Sie probierten es weiter. Carl kam kurz zu sich und nahm ein paar Schlucke.

»Es geht schon«, hörte Anne ihn flüstern. Dann schloss er erneut die Augen. War er vor Erschöpfung eingeschlafen, oder hatte er bereits wieder das Bewusstsein verloren?

»Wir müssen seine Füße hochlegen.« Franzen rührte sich nicht, also bettete Anne Carls Kopf auf das Kissen zurück, sprang auf und schob ihm zwei dicke Bücher, die er in der Kammer liegen hatte, unter seine Füße. Franzen hatte wieder zum Wein gegriffen und trank, so viel er bekommen konnte. Anne verlor die Fassung. Wütend schlug sie ihm die Flasche aus der Hand. Sie fiel mit einem dumpfen Geräusch zu Boden, und rote Flüssigkeit lief über die Dielen und war auf die Daunendecke gespritzt.

»Das hättest du nicht tun sollen!« Franzen funkelte Anne böse an. Sein Blick war wieder glasig, und seine Sprache verriet, dass die Wirkung des Alkohols einsetzte.

»Verdammt noch mal, Julius, mein Vater ist noch nicht tot. Es ist genau wie damals bei dem Jungen«, versuchte sie, ihn an seinem wunden Punkt zu erwischen. Entweder er würde vollkommen in Rage geraten oder sich an das Versprechen erinnern, das er ihr gegeben hatte. »Er ist nicht tot. Noch kannst du etwas für ihn tun, noch kannst du etwas richtig machen.«

»Von welchem Jungen sprichst du?« Anne verstand nicht. Wie konnte er das nicht mehr wissen? Sie wollte ihm erklären, was sie meinte, doch dann sah sie sein teuflisches Grinsen. Das war nicht der Alkohol, das war ein Teufel, der immer in ihm wohnte. Mit einem Schlag dämmerte ihr die ganze grausame Wahrheit.

»Es hat diesen Unfall gar nicht gegeben?«

Er hob kurz die Augenbrauen und schob die Unterlippe vor. »Ich wusste, diese Geschichte würde dir gefallen«, erwiderte Franzen gelassen. »Ich habe gehofft, sie verschafft mir dein Mitgefühl, aus dem sich allmählich deine Liebe entwickelt. Hat nicht funktioniert.« Er war betrunken, das konnte sie deutlich hören. Wahrscheinlich hatte er an diesem Tag noch nicht viel gegessen. Kein Wunder, dass seine Zunge schwer war und seine Bewegungen unsicher wurden. Doch er sagte die Wahrheit, dessen war sie sicher.

»Raus!«, sagte sie tonlos. Dann schrie sie ihn an: »Verschwinde auf der Stelle!« Er hatte Mühe, auf die Beine zu kommen.

»Hat nicht funktioniert«, wiederholte er. »Wie alles in meinem Leben. Das mit den Vorlesungen hat auch nicht funktioniert. Nur zum Bader hat es gereicht, und auch darin war ich nicht sonderlich gut.« Er kicherte, taumelte. »Aber eines kann ich wirklich: so tun, als ob!« Er hielt ihr den gestreckten Zeigefinger vor die Nase. »Ich brauchte nie viel zu sagen, trotzdem haben mir alle geglaubt und mir so einiges zugetraut.«

»Raus hier!«, rief Anne noch einmal. Sie musste auf der Stelle jemanden holen, der jetzt noch helfen konnte. Sie hatte keinen Zweifel, wer das war. Doch zuerst musste sie Franzen aus dem Haus schaffen. Man konnte nicht wissen, was er anrichtete, wenn er hier zurückblieb.

»Nein, ich konnte noch mehr«, erzählte er weiter, während er ungeschickt die Treppen hinabstolperte. »Der Starstich war meine Spezialität. Weißt du, was das ist?« Er wartete keine Antwort ab, und sie sagte auch nichts, sondern schob ihn nur vor sich her. »Man sticht ins Auge, um die getrübte Linse nach unten zu drücken. Das kann ich wirklich gut!«

»Papa, ich hole Bernd!«, rief Anne, als sie in ihren Mantel schlüpfte. Ihn nach Bergen zu bringen erschien ihr zu gefährlich, und ein anderer, der in der Nähe wohnte und über ebenso viele Kenntnisse verfügte wie Bernd Vogel, fiel ihr nicht ein.

»Wusste ich's doch, dass du hinter dem her bist«, lallte Franzen. Anne hatte ihn rücksichtslos durch die Tür hinausgestoßen und schloss diese jetzt ab. Gottlob war es ein sonniger Tag ohne Schneefall. Sie würde gut vorankommen. »Du wusstest ganz genau, dass er da ist«, faselte er. »Als wir in Altefähr waren, wo die Lok im Wasser lag.« Wieder kicherte er. Der Mann war ja von Sinnen. »Du wolltest ihn eifersüchtig machen.« Er spuckte die Worte geradezu aus. »Ich habe das Spiel mitgemacht, aber glaube nur nicht, dass es mir leichtgefallen ist.« Anne stieß ihn beiseite und eilte an ihm vorbei hinter das Haus zum Stall. »Nur dir zuliebe hab ich mitgemacht. Und was ist der Dank?«, hörte sie Franzen brüllen. Ihr Herz klopfte wie wild, sie legte das Zaumzeug an, sattelte das Pferd und war mit einem Satz oben. Bis Binz war es weit. Sie würde Stunden brauchen, ehe sie zurück war. Wenn es das Unglück so wollte, war Bernd nicht einmal zu Hause. Doch sie hatte das Gefühl, das Richtige zu tun. Und wenigstens damit hatte Franzen recht, schoss es ihr durch den Kopf, nur wenn Gott wollte, würde ihr Vater das Ganze überstehen. Auf ihn musste sie vertrauen und gleichzeitig das Ihre tun. Immer heftiger trieb sie den Hengst an, der immer schneller vorwärtsjagte. Sie duckte sich unter den herabhängenden Zweigen, bekam mehr als einmal eine kräftige Handvoll Schnee ab, der von den Ästen fiel. Sie beugte sich vor, lag beinahe auf dem Hals des Tieres. Die kalte Luft trieb ihr die Tränen in die Augen und brannte auf ihren Wangen. Ihre Nase fühlte sich an, als sei sie zu Eis erstarrt, und die Kälte nahm ihr den Atem. Das Tier keuchte und wieherte, doch es setzte all seine Kraft ein, als wüsste es, was davon abhing. Bruchstücke dessen, was Franzen gesagt hatte, tauchten immer wieder in einer Ecke von Annes Bewusstsein auf, doch sie schob sie beiseite. Irgendetwas war da, was sie nicht verstand, was nicht stimmte, nur bekam sie nicht zu fassen, was das war. Und es war in diesem Moment auch ohne Bedeutung. Sie erreichte Binz in nicht einmal anderthalb Stunden. Die Leute auf der Straße sprangen zur Seite, schimpften hinter ihr her und waren empört, dass sie ihr Pferd in diesem halsbrecherischen Tempo durch den Ort trieb. Es kümmerte sie nicht. Sie ritt vorbei am Kurhaus und hielt auf die Strandpromenade zu. Als sie das ehemalige Fischerhaus sah, dessen Strohdach unter einer schweren Schneeschicht lag, zog sie an den Zügeln.

»Ho, halt an, wir haben es geschafft.« Sie schwang das Bein über den Pferderücken und ließ sich zu Boden gleiten. Immer wieder musste sie die Zweifel ersticken, die in ihr hochkamen. Sie wollte, dass Bernd half, aber sie wollte keinesfalls so weit weg von ihrem Vater sein. Der Pfad zum Haus war frei geschaufelt und ordentlich gefegt worden. Sie hastete ihn entlang und schlug mit der Faust an die Tür.

»Bernd, sind Sie da?« Einen Atemzug lang wartete sie, dann hob sie erneut die Faust, legte die andere Hand aber bereits auf die Klinke. Da öffnete er.

»Um Himmels willen, Anne, was ist denn los?«

»Mein Vater!« Mehr brauchte sie nicht zu sagen. Schon griff er nach seinem Mantel und seiner Tasche.

»Wo ist er?«

»Zu Hause in seiner Kammer.«

»Ihr Vater braucht Hilfe, und Sie kommen den weiten Weg nach Binz?« Unverständnis und auch ein Vorwurf lagen in seiner Stimme.

»Ich wusste nicht, wer ihm sonst helfen könnte.« Schon wieder hätte sie weinen mögen, doch sie bemühte sich, stark zu bleiben. Er sah den Hengst an, der dampfte und keuchend atmete.

»Wir nehmen mein Pferd. Ihres bricht unter uns zusammen, wenn wir es ein zweites Mal so antreiben müssen, wie Sie es offenkundig getan haben.« Sein Blick wurde sanfter. »Komm, Anne, wir wollen uns beeilen.« Er griff ihre Hand und zog sie hinter sich her. Als sie wenige Augenblicke später hinter ihm saß, seine Tasche vor sich geklemmt und an seinen Rücken gepresst, spürte sie eine unerklärliche Erleichterung. Gewiss, ihr Verstand sagte ihr, dass es längst nicht überstanden war, doch ihr Herz konnte sich endlich von dem Druck befreien. Es tat so gut, nicht mehr diejenige zu sein, die entscheiden musste. Während sie Trent entgegenjagten, erzählte sie im, was sich abgespielt hatte, freilich ohne die unschönen Einzelheiten zu erwähnen, die mit Franzen zu tun hatten. Sie musste schreien, damit er sie verstehen konnte, doch sie wusste, dass es wichtig war, ihn, so gut es ging, ins Bild zu setzen. Obwohl auch Bernd sein Pferd, wie sie zuvor, nicht geschont hatte, kam es ihr wie eine Ewigkeit vor, bis sie endlich die runde Turmhaube von St. Katharinen erblickte.

»Versprich mir, dass du ihn gesund machst«, bat Anne leise.

»Das kann ich nicht, Anne. Ich bin nur ein Mensch.«

»Du bist Arzt!«, widersprach sie unglücklich. Sie hatte Angst vor dem, was sie womöglich erwartete.

»Ja, aber auch Ärzte sind Menschen. Sie können keine Wunder vollbringen.« Bernd sah sie kurz an, dann fügte er hinzu: »Aber ich werde tun, was ich kann. Das verspreche ich dir.«

Carl lag mit geschlossenen Augen unter der Decke. Er sah friedlich aus, als ob er schliefe und einen schönen Traum hätte.

»Herr Dr. Utpatel, können Sie mich hören?« Bernd kniete neben ihm nieder.

»Papa, kannst du uns hören? Bernd ist da!« Es war nur ein Flüstern.

»Bin ja nich auf die Ohren gefallen«, sagte Carl leise. Dann öffnete er die Augen.

»Papa!« Anne lachte, Tränen liefen über ihre Wangen, Tränen der Erleichterung. Seine Haut hatte wieder ein wenig Farbe bekommen, wenn sie nicht irrte. Und er hatte endlich zusammenhängende Worte gesprochen. Bernd untersuchte ihn gründlich und sprach dabei die ganze Zeit leise und ruhig mit ihm.

»Sie haben Ihrer Tochter einen ziemlichen Schreck eingejagt, lieber Herr Kollege«, tadelte er. »Das ist kein feiner Zug von Ihnen so kurz vor Weihnachten.« Bernd wandte sich an Anne. »Das haben Sie sehr gut gemacht, dass Sie ihm Alkohol gegeben haben.«

»Wirklich?«

»Allerdings.« Schon konzentrierte er sich wieder auf den Patienten. »Das war anscheinend genau im richtigen Moment, was, Dr. Utpatel? Sie haben noch mal Glück gehabt, trotzdem wäre es mir lieber, Sie würden für einige Zeit ins Krankenhaus gehen, damit man Sie dort beobachten kann.«

»So aufregend bün ik nich. Es geht ja schon wieder.«

»Bernd hat recht, Papa. Du darfst das nicht länger auf die leichte Schulter nehmen.«

»Weiß ich ja, Mädchen.«

Sie halfen ihm dabei, sich langsam aufzurichten und auf die Beine zu kommen. Er war noch geschwächt, doch es gelang ihm, seinen Schlafanzug anzuziehen und sich dann in sein Bett zu legen.

»Soll ich dir einen Tee machen, oder möchtest du vielleicht deinen Brei löffeln?«

»Nee, mein Mädchen, ich würde am liebsten noch 'n büschen schlafen. Meine Pfeife erlaubst du mir ja ohnehin nicht.«

»Da kannst du sicher sein«, sagte Anne empört. Sie sah sein spitzbübisches Lächeln und war unendlich froh.

»Ruhen Sie sich noch aus, das ist das Beste«, stimmte Bernd zu. »Ich bin in der Nähe. Falls Ihnen wieder schlecht wird, rufen Sie, bitte!«

»Das war die schwere Mahlzeit gestern. Und heute früh bün ik wohl zu schnell aus 'm Bett hoch.«

»Der Anfall ist erst einmal überstanden. Wir unterhalten uns später darüber, wie wir Ihre Herzschwäche auf Dauer behandeln wollen.«

»Is doch keine Herzschwäche«, widersprach Carl mit wenig Überzeugung.

»Von mir aus auch Brustenge. Nennen Sie es, wie Sie wollen, lieber Kollege«, erklärte Bernd ungerührt. »Wir wissen beide, was sich dahinter verbirgt.« Daraufhin brummte Carl etwas davon, dass er ja recht habe und man später darüber schnacken könne, und nun wolle er aber schlafen.

»Ich kann es noch immer nicht fassen.« Anne hatte Tee gemacht. Der Brei stand noch auf dem Herd, war aber inzwischen kalt geworden. Im Kamin brannte ein Feuer. »Es hat so ernst ausgesehen, so bedrohlich. Er hat mir nicht geantwortet. Ich dachte wahrhaftig, er stirbt.« Noch immer zitterte ihre Stimme, wenn sie es aussprach.

»Das hätte auch geschehen können. Er ist ohnmächtig geworden, weil sein Herz nicht ausreichend mit Blut versorgt wurde«, erklärte Bernd ihr. »Solche Anfälle dauern für gewöhnlich nur Sekunden oder manchmal auch Minuten. Wie Sie es beschreiben, hatte er zwei Anfälle kurz hintereinander. Das kommt nicht gerade häufig vor und ist gefährlich.«

»Ich hatte solche Angst«, flüsterte Anne und legte gedankenverloren ihre Hände um den warmen Becher.

»Es war genau richtig, ihm etwas Alkohol einzuflößen und dafür zu sorgen, dass er frei atmen kann. Wahrscheinlich hat er sich dadurch ein bisschen erholen können, während du Hilfe geholt hast.« Sie nickte und atmete tief durch. »Trotzdem war es gelinde gesagt töricht, einen so weiten Weg zurückzulegen. Was hast du dir nur dabei gedacht?« Sie blickte von ihrem dampfenden Tee auf und direkt in seine Augen. Ihre Lippen begannen zu beben, sie musste sich beherrschen, bevor sie antworten konnte.

»Du bist neben meinem Vater der beste Arzt, den ich kenne.« Bevor Bernd etwas einwenden konnte, fuhr sie fort: »Ich weiß, ich habe mich benommen wie ein Seeigel, giftig und stachelig. Am Anfang dachte ich wahrhaftig, du wärst einer dieser Kurpfuscher vom Festland, die nur klug daherschnacken, aber nichts anderes können, als wohlhabenden Badegästen ein Pflaster zu kleben.« Anne sah Bernds amüsiertes Lächeln. »Aber dann habe ich dich bei dem Unglück in Sellin erlebt. Du hast dein Leben aufs Spiel gesetzt, um den Weichensteller Henke zu retten.«

»Jetzt übertreibst du. Aber mach gern weiter, es ist viel angenehmer, als wenn du dein Gift verspritzt.«

»Der Boden hätte nachgeben und die Lokomotive hätte dich unter sich begraben können«, bekräftigte sie. »Ich übertreibe also keinesfalls. Die Salbe, die du machst, deine Einschätzung im Fall von Gesche Möller, die ihr Kind wahrlich besser in einem Krankenhaus auf die Welt gebracht hätte, das alles spricht doch wohl für dich.«

»Wäre das Kleine von Gesche in einem Krankenhaus entbunden worden, wäre es dennoch gestorben. Es freut mich aber, dass du es so siehst«, sagte Bernd ernst.

»Natürlich wollte ich keine Zeit verlieren, darum hatte ich zuerst auch Dr. Franzen gerufen.« Anne lachte bitter. »Ich kann es noch immer nicht glauben. Er hat nichts unternommen. Stattdessen hat er etwas davon gefaselt, dass mein Vater eben ein alter Mann sei und das Käuzchen gerufen habe.« Bernd zog missbilligend die Augenbrauen hoch, sagte jedoch nichts. »Er hätte ihn einfach sterben lassen, genau wie den Jungen damals.« Sie stockte. »Ach nein, den hat es ja nicht einmal gegeben.«

»Ich verstehe nicht ganz.«

»Nein, Bernd, ich auch nicht. Ich verstehe nicht, dass ein Mensch so sein kann.« Anne seufzte tief und begann, ihm die ganze Geschichte zu erzählen. Von Franzens Erklärung, wie es dazu gekommen war, dass er zur Flasche griff, bis zu seiner vermeintlichen Angst und Unsicherheit und seinem Willen, sich zu ändern und ein guter Arzt zu werden. Sie ließ auch nicht aus, dass er Anne heiraten und Carls Nachfolger werden wollte.

»Im Grunde würde alles zusammenpassen. Aber du sagst, dass es diesen Unfall mit dem Jungen gar nicht gegeben hat?« Bernd runzelte irritiert die Stirn.

»So ist es. Ich war wie vor den Kopf geschlagen, denn mir ging es genauso wie dir.« Ein warmes Gefühl durchströmte sie.

Irgendwann waren sie einfach zu der vertraulichen Anrede übergegangen, was in ihr das Gefühl bekräftigte, einander nah zu sein. »Auch für mich hat diese ganze ungeheuerliche Geschichte einen Sinn ergeben. Ein solches Erlebnis kann einem Menschen durchaus einen Schock versetzen, denke ich, dass er immer wieder die Schreie der Eltern hört, sich mit Alkohol betäuben will und schließlich nicht mehr davon loskommt. Auch seine ständigen Versagensängste ließen sich so erklären.«

»Bist du denn sicher, dass in der Geschichte kein Körnchen Wahrheit steckt?«

Anne zuckte hilflos die Schultern. »Ich weiß es wirklich nicht. Er hat behauptet, er habe sich alles ausgedacht, um damit mein Mitgefühl zu erlangen, aus dem, wie er hoffte, später Liebe werden sollte.« Ihre Wangen brannten. Sie durfte gar nicht daran denken, dass sie in Erwägung gezogen hatte, ihn zu heiraten. »Wer weiß, vielleicht hat er das auch nur so dahingesagt, aber warum sollte er das tun?«

»Das darfst du mich nicht fragen. Ich verstehe diesen Burschen ohnehin nicht.«

»Ich erinnere mich an einen Abend, an dem Ernst und Julius … Franzen bei uns zu Gast waren. Ich hatte Grünkohl gekocht, es gab Schnaps, und die Männer unterhielten sich darüber, welche Sprichwörter es gibt, die sich mit Alkohol beschäftigen. Das heißt, Ernst wusste, dass das Wort Alkohol im Arabischen so etwas bedeute wie das Wesen einer Sache, wenn ich mich recht entsinne. Daraufhin fiel einem jeden ein Sprichwort ein, das besagte, im Wein liege die Wahrheit. Oder dass auf Wein die wahre Rede folge, sagte einer.«

»Da ist wohl etwas dran.«

»Das würde dafür sprechen, dass die Geschichte mit dem aufgespießten Jungen erdacht ist, denn Franzen hatte nichts getrunken, als er sie mir aufgetischt hat. Heute jedoch hatte er getrunken, viel zu viel in einem Zug. Gut möglich, dass er dann die Wahrheit gesprochen hat.« Sie erinnerte sich daran, wie er torkelnd auf die Beine gekommen und beinahe die Treppe hinuntergefallen wäre, so stark war die Wirkung des Alkohols gewesen. Plötzlich fiel ihr etwas ein, das sie schon während des Ritts nach Binz beschäftigt hatte, und sie traf beinahe der Schlag. »Weißt du, was er noch gesagt hat? Als er vorhin hier war und den Wein bereits intus hatte, meine ich.« Bernd sah Anne erwartungsvoll an. »Er sagte, in seinem Leben würde nichts funktionieren. Und das träfe auch auf die Vorlesungen zu. Deswegen habe es bei ihm nur zum Bader gereicht.«

»Was sagst du da?«

»Das waren seine Worte, ich bin ganz sicher.« Allmählich dämmerte es ihr. »Natürlich, das passt mindestens ebenso gut zusammen wie seine erfundene Geschichte. Als wir uns damals in Altefähr begegnet sind, als die Lokomotive ins Wasser gestürzt war und geborgen wurde …«

»Du hast mich also gesehen?«, unterbrach Bernd sie. »Hab ich's mir doch gedacht.«

»Ja, ganz kurz. Da waren so viele Leute«, stotterte Anne und schämte sich schrecklich. »Jedenfalls waren wir auf dem Weg nach Stralsund, wo wir einen Freund von ihm aus Studienzeiten treffen wollten. Franzen hatte mir zuvor erzählt, dass er mit ihm die tollsten Geschichten erlebt, aber auch stets fleißig gelernt habe. Nur konnte der sich kaum daran erinnern. Er hat angedeutet, Franzen habe schon damals eher den Wein studiert als die Arzneien.« Sie schüttelte langsam den Kopf. Mit einem Mal stand ihr alles deutlich vor Augen. Wie hatte sie das die ganze Zeit übersehen können? »Dieser Freund aus alten Tagen war außerdem recht verwundert, dass Franzen es zum Gräflichen Leibarzt gebracht hat.«

»Das ist allerdings unverständlich. Ich meine, wann immer ich eine Kostprobe seines Könnens bekam, habe ich mir diese Frage ohnehin gestellt«, sagte Bernd ironisch. »Sollte es so sein, dass er die Vorlesungen gar nicht bis zum Abschluss besucht hat, dass er am Ende nur Bader geworden ist, erstaunt mich sein Aufstieg umso mehr.«

»Er sagte, er habe zumindest das eine Talent, anderen Menschen etwas vormachen zu können. Wenn ich ihn richtig verstanden habe, hat er sich einfach als Arzt ausgegeben, und niemand hat weiter nachgefragt.«

»Ich kann mir kaum vorstellen, dass man kein Zeugnis von ihm verlangt hat, bevor man ihm das Wohl einer gräflichen Familie anvertraute. Andererseits wurde diese gutdotierte Position früher nicht selten vererbt, wenn bekannt war, dass der Sohn alles vom Vater gelernt hatte, wie es bei dir der Fall ist. Mag sein, dass dieser Franzen einen Vater hatte, der sein Handwerk verstand. Oder er hat sich wahrhaftig so gut darstellen können, dass man ihn wollte, ohne weitere Bedingung.« Einen Augenblick hingen sie beide ihren Gedanken nach. Dann meinte Bernd: »Nun, das lässt sich herausfinden. Auch, ob er als Bader eine Ausbildung gemacht hat, lässt sich wohl feststellen, wenn man sich ein wenig umhört. Sagtest du nicht, er habe eine Zeitlang in Greifswald gearbeitet?«

»Das jedenfalls hat er mir erzählt. Allerdings ließ er mich im gleichen Atemzug wissen, du seist dort jedem Rock hinterhergestiegen. Er hat sich große Mühe gegeben, dich in einem schlechten Licht erscheinen zu lassen. Schwer zu sagen, was davon die Wahrheit ist.« Sie überlegte.

»Na, besten Dank!«

»Wie? Was meinst du?«

»Du weißt also noch immer nicht, welche üblen Dinge, die er über mich verbreitet hat, wahr sind?«

Anne begriff, was sie da gesagt hatte. »So meinte ich es nicht. Ich meinte doch, dass man nicht einmal wissen kann, ob er je in Greifswald tätig war oder nur wusste, dass du eine Weile dort warst, und dieses Wissen ebenso geschickt wie bösartig benutzt hat.« Sie stand auf, schenkte Tee nach, ging dann zur Tür und horchte, ob oben alles ruhig war oder ob ihr Vater vielleicht etwas brauchte oder wieder stöhnte.

»Er schläft gewiss noch«, beruhigte Bernd sie. »Ich gehe aber gleich mal hinauf und sehe nach ihm.«

»Ja, danke, das ist gut.« Sie setzte sich wieder. »Er hat mir erzählt, dass du es warst, der schlecht über mich geredet und die Leute vor mir gewarnt hat«, nahm Anne den Faden wieder auf.

»Aber ich habe es dir doch erklärt. Es ging nur um diesen einen Fall der Kapitänsfrau Möller. Der Rat, den ich ihr und ihrem Mann gegeben habe, hatte nichts mit dir zu tun.«

»Das weiß ich doch. Nur hättest du mir das schon früher erzählen sollen. Als ich dir damals von dieser höchst eigenartigen und für mich unerträglichen Reaktion von Möller berichtet habe, da hast du geschwiegen. Darum hatte Franzen leichtes Spiel, als er behauptete, du seist gegen Frauen in dem Beruf und würdest alle Welt vor mir warnen.«

»Tja, vielleicht hätte ich dir in Göhren tatsächlich erzählen sollen, dass ich mit Kapitän Möller und seiner Frau gesprochen hatte, auch wenn es gar nichts mit dir zu tun hatte.« Bernd lächelte. »Man tut oder unterlässt so viele Dinge, weil man nichts falsch machen möchte. Und am Ende ist genau das der Fehler. Du sagtest, Möller habe dich vor die Tür gesetzt, da fühlte ich mich in gewisser Weise schuldig und mochte von dieser Schuld nicht sprechen. Es war immerhin unser erstes Rendezvous.« Nach einer ganzen Weile fragte er in die Stille hinein: »Anne, ich möchte etwas wissen. War am Ende gar nichts zwischen dir und diesem Kerl?«

»Nein! Wo denkst du denn hin?«

»Nun ja, du hast erst über ihn geschimpft wie ein Rohrspatz, und plötzlich war er es, der mit deinem Vater und dir zu den Arbeitern unterwegs war, um sich um sie zu kümmern. Sein Wort schien dir mit einem Mal so viel zu bedeuten.«

Annes Blick bohrte sich in die Tischplatte, sie wagte nicht, ihn anzusehen, als sie gestand: »Als du damals zu mir sagtest, es müsse wohl etwas zwischen ihm und mir vorgefallen sein, dass ich meine Meinung über ihn so gründlich geändert habe, da war mir das unerträglich.«

»Warum bist du nicht zu mir gekommen und hast die Sache aufgeklärt? Du hast mich in dem Glauben gelassen, dass du ihn magst, dass du dich vielleicht sogar ein bisschen in ihn verliebt hast. Es hat mir nicht gefallen, aber ich habe mich natürlich zurückgezogen.«

»Es hat dir nicht gefallen?«

»Ganz und gar nicht.« Bernd seufzte und fuhr sich durch die blonden Haare. Sie musste schlucken. Das bedeutete, dass er sie gemocht, dass er sich für sie interessiert hatte. Wie es sich anhörte, wäre er liebend gern an Franzens Stelle mit Carl und ihr unterwegs gewesen. Sie blinzelte, um die Tränen zu unterdrücken. Wie schön hätte alles sein können, wie schief war alles gelaufen! »Anne, ist alles in Ordnung?«

»Ja, alles bestens«, sagte sie leise. Dann entschied sie sich, ihm die Wahrheit zu sagen. »Nein, es ist nicht bestens. Es ist so traurig. Es wäre mir nämlich viel lieber gewesen wäre, wenn du Vater und mich begleitet und unterstützt hättest. Ihm übrigens auch. Und ich bedaure es sehr, wie es gekommen ist. Hätte ich dir nur gesagt, dass Franzen mir nie etwas bedeutet hat.« Ihr fiel etwas ein. »Als du sagtest, es müsse etwas zwischen uns vorgefallen sein, da wollte ich das auf der Stelle ins rechte Licht rücken. Aber ich wurde aufgehalten und war auch zu stolz, dir nachzulaufen«, gestand sie. »Nach Jerzys Beerdigung habe ich es dann endlich versucht. Aber ich habe es nicht geschickt angestellt und alles nur noch schlimmer gemacht. Außerdem dachte ich doch, dass du ein Frauenheld bist, der es nicht ernst meint. Also habe ich es schließlich auf sich beruhen lassen.« Leise fügte sie hinzu: »Aber das ist alles vorbei und spielt jetzt keine Rolle mehr.«

»So?«

Anne sah auf. »Natürlich. Er hat mir gesagt, du wärst jetzt mit einer anderen Frau zusammen.« Ihr wurde klar, dass es schon wieder um eine Behauptung von Julius Franzen ging. »Ich bin nicht einmal auf den Gedanken gekommen, dass das schon wieder gelogen sein könnte.« Beklommen fügte sie hinzu: »Und das war es dieses Mal ja auch nicht. Diese Sophie Koch ist eine wunderschöne Frau, und sie studiert in Leipzig Medizin.« Anne lächelte traurig.

»Ach ja? Das hat sie mir gar nicht erzählt.«

»Was? Aber … Franzen sagte es mir.«

»Vielleicht solltest du ein für alle Mal aufhören, für bare Münze zu nehmen, was er dir einflüstert.«

»Das sollte ich wohl. Trotzdem, du sagtest selbst, sie sei in Hamburg im Einsatz gewesen, um die Cholera einzudämmen.«

»Ich sagte, dass sie dort war und geholfen hat. Ihr habt einiges gemeinsam, weißt du? Auch ihr Vater ist Arzt und lässt sie bei sich lernen. Deshalb war sie dort. Ich bewundere sie sehr, denn sie verfügt über eine grenzenlose Kraft, großen Mut und eine nicht unerhebliche Begabung im Umgang mit den Patienten.«

»Das ist schön.«

»Stimmt. Wir könnten mehr solcher Frauen gebrauchen. Und du hast auch recht damit, dass sie eine schöne Frau ist. Das sieht ihr Mann übrigens genauso.« Anne blickte auf, direkt in seine fröhlich funkelnden Augen. »Sie ist die Frau meines Bruders. Die beiden haben mich für ein paar Tage besucht und wollen vielleicht sogar über Weihnachten bleiben.« Ihr fiel ein Stein vom Herzen. Bernd legte ihr kurz eine Hand auf ihre, dann stand er auf. »Ich sehe mal nach deinem Vater. Eine Hühnerbrühe würde ihm guttun. Mir auch, wenn ich es recht überlege. Kannst du uns eine machen?«

Am Nachmittag hatte sich Carl so weit erholt, dass er mit ihnen in der Küche sitzen konnte. Er wehrte sich gegen jegliches Gedöns, wie er es nannte, und wollte nicht wie ein kranker Mann behandelt werden.

»Leider sind Sie aber auch nicht gerade gesund. Ich würde Ihnen gerne Trinitrin verordnen«, schlug Bernd vor.

»Wozu denn? Der Wein hat doch vortrefflich funktioniert.« Carl griff nach seiner Pfeife, fing von beiden Seiten tadelnde Blicke auf und legte sie murrend zurück.

»Trinitrin enthält …«

»Ich weiß, was da drin is«, unterbrach er Bernd.

»Natürlich, entschuldigen Sie, Dr. Utpatel.«

»Is ja gut. Sie brauchen sich nicht zu entschuldigen. Das Zeug ist vielleicht wirklich nich übel. Kann es ja mal ausprobieren.«

»Das wäre für mich eine große Beruhigung, Papa.«

»Na denn … vor allem sollte ich wohl kürzertreten. Da schnacke ich schon die ganze Zeit von.«

»Dann tun Sie das. Sie haben es sich gewiss verdient. Und Ihrem Wohlergehen wäre das meiner Ansicht nach auch zuträglich.«

»Bloß geht das nich so mir nix dir nix. Ich könnte einen guten Nachfolger gebrauchen.« Carl sah Bernd direkt an. »Einen, der mit den Leuten hier umgehen kann, was von unserem Handwerk versteht und obendrein mit meiner Tochter auskommt. Wenn ich so jemanden hätte, könnte ich wohl ans Aufhören denken.«

»Haben Sie schon jemanden im Auge?«, fragte Bernd grinsend.

»Jo!«, entgegnete Carl.

8

Das Weihnachtsfest war das schönste, das sie seit Jahren verbracht hatten. Gerd war sehr glücklich, seine Verlobte Ulla mitbringen zu dürfen, die natürlich einen Bügelbaum in der guten Stube aufstellte.

»Damit hat doch alles angefangen«, stellte Ulla zufrieden fest und begann mit dem Schmücken. Sie war noch nicht ganz fertig, als Bernd eintraf. Carl hatte es sich nicht nehmen lassen, ihn einzuladen.

»Sie wollen doch wohl nich allein in Ihrem Haus hocken, mien Jung«, hatte er verständnislos gesagt, nachdem Bernd erzählt hatte, dass sein Bruder und Sophie bereits wieder fort waren und er auch nicht daran dachte, zu seinen Eltern zu reisen, die viel zu weit entfernt wohnten.

»Noch viel weniger will ich mich aufdrängen. Weihnachten ist doch ein Fest der Familie, nicht wahr?«

»Dann müssen Sie sich eben 'n büschen anstrengen, bald zur Familie zu gehören! Einfach is dat nich, ik weet. Anne is wankelmütig, mal kann sie einen leiden, dann wieder nich. Blots ik heff nur die eine Tochter. Damit müssen Sie klarkommen oder das lassen.«

»Also wirklich, Papa!« Seine Aufrichtigkeit und Geradlinigkeit in allen Ehren, aber das war wirklich schrecklich peinlich. Umso glücklicher war sie, dass Bernd sich augenscheinlich entschieden hatte, mit ihr klarzukommen. Nun war er also da. Er hatte Thorner Lebkuchen aus dem Hotel Nordpeerd mitgebracht, eine Sorte gefüllt, die andere mit weißer Zuckerglasur. Anne nahm ihm in der Diele den großen Pappkarton ab, dann gingen sie in die Küche. Dort machte sie Bernd mit Gerd bekannt.

»Sie sind also der Vogel«, begrüßte Gerd ihn fröhlich.

»Ja, leider!«

»Entschuldigung, nein, so war das nicht gemeint. Schön, Sie endlich kennenzulernen!«

»Die Freude ist auf meiner Seite.« Bernd sah umwerfend aus, fand sie. Über dem weißen Smokinghemd trug er eine braune Weste und Krawatte und ein braunes Jackett. Die Farbe passte hervorragend zu seinen Haaren. Dass er den Rest der Familie nicht kannte, schien ihn keineswegs zu stören. Wenn Anne daran dachte, wie er bei ihrer ersten Begegnung ihrem Vater immer alles nachgesprochen hatte. Was war damals nur mit ihm los gewesen?

»Sie sind der Fischer, der in Schaprode lebt?«, fragte Bernd gerade.

»So ist es.«

»Dann verdanken wir Ihnen den prächtigen Karpfen?« Er hatte den Deckel eines Topfes angehoben, der auf dem Herd stand, und einen raschen Blick riskiert.

»Wo gibt's denn so was?«, schimpfte Anne. Sie hatte sich für diesen Abend ein rosa Kleid mit violetter Schärpe ausgesucht. Am Hals, über der Brust und an den Ärmeln war es mit weißer Spitze abgesetzt. Obwohl sie nicht gerade perfekt dazu passte, hatte sie sich die Brosche von Ernst angesteckt. »Es fehlt noch, dass du etwas aus dem Topf stibitzt.« Anne drohte ihm scherzhaft mit dem Finger. Gerd hatte aufgehorcht, als sie Bernd mit du angesprochen hatte, er sagte aber nichts dazu, sondern lächelte nur.

»Den Karpfen verdanken wir einem Nachbarn, der einen Teich hat und diese Burschen züchtet. Ich bin mehr auf Heringe, Meerforelle oder Dorsch aus.« Die beiden Männer unterhielten sich, als würden sie sich bereits lange kennen. Welch ein Glück, dachte Anne.

Als Letztes trafen auch Hulda und Hinnerk ein.

»Jemand zu Hause?«, rief Hinnerk bereits von der Tür aus.

»Wir sind alle in der Küche!«, riefen Gerd und Anne wie aus einem Mund zurück. Man hörte die beiden kurz in der Diele hantieren, dann trat Hinnerk ein.

»Frohe Weihnachten«, sagte er und sah ausgesprochen glücklich aus. Lange hatte Anne ihren Bruder nicht mehr so strahlen sehen. Er kam auf sie zu, packte sie und hob sie in die Luft. »Es tut gut, dich zu sehen, Schwesterchen. Danke, dass du auf Vater aufgepasst hast. Ein Weihnachten ohne ihn wäre undenkbar«, flüsterte Hinnerk ihr ins Ohr.

»Das wäre es!« Auch sie war überglücklich, dass ihr Vater unter ihnen war, als sei nichts geschehen. Nach seinem Herzanfall hatte sie ihren Brüdern eine Nachricht geschickt. Es sei noch nicht sicher, ob sie wie verabredet gemeinsam in Trent feiern könnten, hatte sie geschrieben und geschildert, was sich zugetragen hatte. Drei Tage später hatte sie ihnen erneut eine Botschaft geschickt und sie eingeladen, zu kommen. Zwar müssten sie alle ein Auge auf ihn haben, damit er nicht zu viel essen oder womöglich Schnee schaufeln würde, es spreche aber nichts gegen ein gemeinsames Fest. Sie machte Bernd mit Hinnerk bekannt.

»Der Arzt, der zur rechten Zeit zur Stelle war«, begrüßte Hinnerk Bernd. »Wie können wir Ihnen nur danken?«

»Das ist gar nicht nötig. Ihr Vater hätte dasselbe für mich und für jeden anderen Menschen getan. Das ist nun einmal unser Beruf.«

»Ein schöner Beruf«, entgegnete Hinnerk.
»Ich könnte mir keinen anderen vorstellen. Und Sie wollen im nächsten Jahr ein Hotel eröffnen?«
»Das haben meine Frau und ich vor, ja.«
»Wo ist sie überhaupt?« Anne bemerkte erst jetzt, dass Hulda offenbar noch in der Diele geblieben war.
»Sie ist draußen. Mit einer Überraschung. Wir sind nämlich nicht allein gekommen.«
»Ihr habt einen Gast mitgebracht?« Gerd sah ein wenig skeptisch aus. Anne dagegen ahnte, um wen es sich handelte.
»Ist es ein Gast, der seit geraumer Zeit bei euch im Hause wohnt?« Hinnerk lächelte. »Oh, wie schön! Es ist Janusz«, erklärte Anne Bernd. »Ich hatte dir von ihm erzählt, der polnische Junge mit der wundervollen Stimme.« Gerd und Hinnerk tauschten vielsagende Blicke, als sie den Umgang ihrer Schwester mit Bernd erlebten. »Kommt doch rein«, rief Anne und ging zur Tür.
»Das ist 'ne hübsche Überraschung«, kommentierte Carl, der als Einziger am Tisch saß.
»Fröhliche Weihnachten!« Hulda hatte den Arm um Janusz' Schulter gelegt und führte ihn herein. Auch sie wirkte gelöst und sehr zufrieden. Anne war überrascht, dass sie nicht auf Französisch ein frohes Fest gewünscht hatte, wie man es von ihr kannte. Auch trug sie ein auffallend schlichtes Kleid im Vergleich zu den Roben, mit denen sie sonst Weihnachten erschienen war.
»Ein frohes Fest«, sagte Janusz leise.
»Frohes Fest, Janusz. Es ist schön, dich zu sehen.« Anne reichte ihm die Hand und lächelte ihn glücklich an. Sie war sicher, dass er sie verstand. »Wie wäre es mit einem Punsch zum Aufwärmen?«, fragte sie in die Runde.
»Eine feine Idee!« »Da sage ich nicht nein.« Alle redeten durcheinander.

»Für mich nur 'n lütten«, meinte Carl. »Wollt ihr eigentlich auch im Stehen essen? Na also … setzt euch!« Schon begann ein Schieben und Stühlerücken.

»Ulla, komm zu uns«, rief Gerd.

»Was macht sie denn?«, wollte Hulda wissen.

»Sie schmückt den Bügelbaum.«

»Wieso sie das in der Stube macht, kapier ich nich.« Carl rieb sich das Kinn. »Wir sitzen doch sowieso immer hier.«

»Das kann sie doch nicht wissen. Die meisten Leute gehen nach dem Essen in die gute Stube«, sagte Gerd.

»Aber wir doch nicht, oder müssen wir nu?«

Ulla kam herein. »Schon fertig«, verkündete sie. Anne reichte ihr einen Becher Punsch. Nicht lange, dann erfüllten die Unterhaltungen und das Lachen den Raum. Carl fühlte sich sichtlich wohl im Kreise seiner Lieben. Er hörte mal hier hin, spitzte dort die Ohren, doch meist beobachtete er nur und freute sich. Auch Janusz war so zurückhaltend, wie Anne es von ihm kannte. Und das, obwohl er inzwischen gut Deutsch gelernt hatte, wie Hulda betonte. Es hatte in der Tat den Anschein, als verstünde er einiges, doch auch er zog es vor, die Rolle des stillen Beobachters einzunehmen. Anne erhob sich immer wieder, um nach dem Essen zu sehen, das auf dem Herd bereits verlockend duftete. Einmal trat Bernd zu ihr.

»Kann ich dir helfen?«

»Ein Mann in der Küche?« Sie bekam große Augen. »Das ist ja mal etwas ganz Neues. Gib es zu, du willst doch nur an die Töpfe heran.«

»Natürlich, was sonst?« Leiser sagte er: »Und in deiner Nähe sein will ich auch.« Sie drehte sich rasch nach den anderen um und entdeckte, dass Hulda sie nicht aus den Augen ließ. Eilig drehte sich Anne wieder weg, sah aber noch, wie Hulda Hinnerk am Ärmel zupfte.

»Alle auf die Plätze!«, rief sie, obwohl außer Bernd bereits alle saßen. »Das Essen ist fertig.« Sie brachte die große Platte mit dem Fisch, zwei Schüsseln mit Kartoffeln und dazu gestampfte Rüben und Pilze, die sie im Herbst gesammelt und getrocknet hatte. Dann legte sie die Schürze ab, die sie sicherheitshalber getragen hatte, und setzte sich neben Bernd.

»Hm, das sieht gut aus.«

»Da läuft einem ja das Wasser im Munde zusammen.«

Carl faltete die Hände. »Komm, Herr Jesus, sei unser Gast und segne, was du uns bescheret hast«, sagte er mit gesenktem Kopf. Anne schossen Tränen in die Augen, und sie sah, dass auch Gerd und Hinnerk sehr berührt waren. Ihre Mutter hatte vor jeder Mahlzeit auf diese Weise Gott für die Speisen gedankt. Als sie tot war, hatte Carl die Worte nie über die Lippen gebracht. Irgendwann hatte er kurzerhand erklärt, der liebe Gott wisse auch so, dass er ihm für alles dankbar sei. Das brauche man nicht jedes Mal zu erwähnen. Sie sah zu ihrem Vater hinüber und entdeckte eine Träne, die ihm über die Nase kullerte.

»Gesegnete Weihnachten«, sagte Carl heiser. »Es ist schön, dass wir alle zusammen sind.«

»Gesegnete Weihnachten«, ertönte es von allen Seiten leise.

»Und nu haut ordentlich rein!« Das ließ sich keiner zweimal sagen. Schon bald reichte man einander erneut die Schüsseln, damit ein jeder sich Nachschlag auf den Teller laden konnte. Carl hielt sich zurück. Niemand musste ihn daran erinnern, sich zu mäßigen, er wusste noch gut genug, wie schlecht es ihm nach dem Essen bei Bauer Presenske ergangen war. Auch von Huldas Dessert, einem Grießpudding mit heißer Fruchtsoße, kostete er nur einen kleinen Löffel.

»So, nu is wohl Zeit für die Bescherung«, kündigte Carl an, als das Geschirr beiseitegeräumt war, wie er es jedes Jahr machte. Dabei spielten Geschenke bei ihnen keine große Rolle.

Jeder dachte sich für den anderen nur eine Kleinigkeit aus, etwas, das ihm Freude machen sollte, jedoch nichts von großem Wert.
»Wollen wir nicht in die Stube gehen? Ich habe extra einen Bügelbaum mitgebracht und geputzt.« Ulla sah in zerknirschte Gesichter.
»Wie wäre es, wenn wir ihn einfach hierherstellen?«, schlug Gerd vor. »Hier brennt das Feuer im Kamin, und Vater sitzt nun mal am liebsten in seiner guten alten Wohnküche.«
Ulla überlegte nicht lange. »Warum hast du das nicht gleich gesagt? Holen wir ihn her!«
»Mein Geschenk für meine wunderbare Frau Hulda fällt in diesem Jahr ein wenig größer aus als sonst«, begann Hinnerk, als alle wieder ihre Plätze eingenommen hatten. Es war Tradition, dass alle erfuhren, wer was an wen verschenkte. »Nein, eigentlich ist es nicht groß, sondern ganz besonders klein«, korrigierte er sich und zog eine Schachtel hervor, um die eine rote Seidenschleife gebunden war. »Aber es ist etwas Besonderes, weil es ein so besonderes Jahr für uns ist.«
»Ihr eröffnet doch erst im nächsten Jahr euer Hotel. Oder habe ich etwas verpasst?« Gerd sah in die Runde.
»Nein, nein!« Hulda sah Hinnerk mit leuchtenden Augen an. »Darf ich es ihnen verraten?« Hinnerk nickte. »Wir bekommen ein Kind.«
»Nee, so 'n lütten Schietbüdel? Das is schön!« Ein größeres Geschenk hätte man Carl nicht machen können. Sein erstes Enkelkind!
»Seit wann wisst ihr es?«, wollte Gerd wissen.
»Schon eine ganze Weile«, gab Hulda zu. »Wir wollten warten, bis es auch sicher ist, dass ich es nicht verliere, also jedenfalls ziemlich sicher. Man weiß ja nie.«
»Aber man sieht noch gar nichts«, stellte Anne fest.

»In diesem Kleid nicht.« Hulda lachte. Anne hielt es nicht mehr auf dem Stuhl. Sie sprang auf, lief um den Tisch herum und umarmte erst ihre Schwägerin und dann ihren Bruder.

»Ich gratuliere. Das ist wirklich mal eine Weihnachtsbotschaft.«

»Wir hatten schon Angst, dass Carl sein Enkelkind nicht mehr zu sehen kriegt, als wir deine erste Nachricht bekommen haben«, wisperte Hulda.

»Da hätt ich mich vielleicht geärgert«, sagte Carl im Brustton der Überzeugung. Auch die anderen umarmten die beiden und gratulierten. Dann sahen alle gespannt zu, wie Hulda das Päckchen öffnete. Zum Vorschein kam ein Kettenanhänger, ein in Gold gefasster Rubin.

»Zur Geburt des ersten Kindes darf es für die zukünftige Mutter etwas Kostbares sein, finde ich.« Deshalb also sah Hinnerk heute so besonders glücklich aus.

»Vielen Dank, lieber Bruder!« Gerd zog eine gespielt verzweifelte Miene und sorgte damit für ziemliche Heiterkeit. »Ich dachte, ich könnte mit meinem Geschenk für meine Verlobte alles in den Schatten stellen, aber da habe ich mich ja wohl fein geschnitten.« Auch er holte eine kleine Schachtel hervor. »Einen besonders feierlichen Antrag habe ich dir ja nicht machen können«, begann Gerd, das Lachen verebbte, es wurde still. Im Kamin knisterten die Holzscheite. »Anne weiß, was ich meine.« Er sah sie an und wirkte plötzlich wie ein kleiner Schuljunge. »Jedenfalls brauchst du schließlich einen Verlobungsring, und ich wollte dich noch einmal fragen, ob du meine Frau werden willst.« Ulla öffnete die Schachtel und betrachtete den kleinen, schlichten Ring.

»Du hast mich das noch gar nicht gefragt«, neckte sie ihn. »Wenn man es genau nimmt, hat mein Vater dich gefragt.«

»Das ist wahr«, stimmte Anne zu und ahmte mit tiefer Stimme Töns Palsow nach: »Will er denn? Will er dich überhaupt heira-

ten?« Wieder mussten alle lachen. Janusz lachte nicht, er blickte nur vergnügt von einem zum anderen.
»Willst du denn?« Gerd nutzte die Unruhe, um der allgemeinen Aufmerksamkeit ein wenig zu entgehen.
»Natürlich will ich! Im Mai soll Hochzeit sein, wie wir es besprochen haben.«
»Ihr müsst in unserem Hotel feiern«, schlug Hulda sogleich vor. »Das wäre doch sehr praktisch. Wir haben einen großen Saal, können euch ein Festmahl servieren lassen, und genug Zimmer gibt es auch, so dass alle Gäste einen Schlafplatz hätten.«
»Und Janusz könnte für euch singen«, stimmte Hinnerk zu.
»Nur glaube ich kaum, dass Töns Palsow zulässt, dass die Hochzeit seiner Tochter irgendwo anders stattfindet als auf Mönchgut. Schlimm genug, dass sie einen von Rügen heiratet.« Gerd zuckte mit den Schultern.
»Es ist außerdem sehr schön, auf Mönchgut zu heiraten. Ich bin da aufgewachsen und liebe die Bräuche von dort. Es wäre mir wirklich lieber, zu Hause Hochzeit zu feiern.«
Wieder entwickelten sich hier und da Gespräche. Ulla wollte wissen, wie Hulda es schaffen wollte, ihr erstes Kind zu bekommen und gleichzeitig ein Hotel zu eröffnen. Hinnerk besprach leise irgendetwas mit Janusz, und Carl fragte Gerd, ob der denn nach Mönchgut ziehen werde. Die Übergabe der anderen Geschenke geriet darüber in Vergessenheit. Nicht ganz. Bernd griff nämlich in die Innentasche seines Jacketts und holte ein Päckchen hervor, das er Anne auf den Schoß legte.
»Fröhliche Weihnachten, Anne«, sagte er. Sie sah, dass sowohl Carl als auch Hulda und Gerd etwas gemerkt hatten. Alle unterhielten sich jedoch weiter, als sei nichts gewesen. Sie wusste, dass sie vor Neugier platzen würden, darum packte Anne es für alle sichtbar auf dem Tisch aus.

»Ich hatte doch ausdrücklich gesagt, dass du uns keine Geschenke machen sollst«, sagte sie. »Und du hast schon den Lebkuchen extra aus Göhren geholt.«
»Es ist auch kein richtiges Geschenk, zumindest ist es nicht annähernd so romantisch wie die deiner Brüder. Womöglich freust du dich nicht einmal.« Zum Vorschein kam ein Buch mit dem Titel *Lebensregeln der naturgemäßen Heilkunde*.
»Und ob ich mich freue! Das ist mein erstes eigenes Buch. Also, mein erstes eigenes Medizinbuch«, verbesserte Anne sich hastig. »Danke, Bernd.«
»Es ist von einem ganz erstaunlichen Mann«, berichtete Bernd. Dabei funkelten seine Augen wieder wie so oft, wenn ihn die Begeisterung packte. »Er hatte in Köthen eine bedeutende Klinik. Das ist unweit von Magdeburg. Dort hat er seine Patienten mit Bädern, fleischloser Kost und den verschiedensten Methoden geheilt. Mit bemerkenswerten Erfolgen. Leider lebt er schon lange nicht mehr.«
»Vielleicht lag's an der fleischlosen Kost«, vermutete Carl schmunzelnd.
Als Anne später am Herd stand und noch etwas Punsch aufwärmte, trat Janusz zu ihr. Schüchtern reichte er ihr ein Stück Holz, das die Umrisse eines Engels erkennen ließ.
»Hab ich leider kein Papier gehabt«, entschuldigte er sich. »Deshalb du musst einfach umdrehen.« Das tat Anne. Da sah sie, dass auf die andere Seite ein Engel gemalt war. Ihr blieb die Luft weg. Das Antlitz war so fein gearbeitet, dass man glauben konnte, man sehe in echte Augen, die den Blick erwiderten. Auch das lange hellblaue Gewand war exakt getroffen, jede Falte, jeder Schatten sahen aus, als wären sie Wirklichkeit.
»Ein Engel für meinen Engel«, sagte Janusz, wobei er jedes Mal das g besonders betonte.
»Janusz, er ist wunderschön! Woher hast du ihn nur?«

»Hat mir Hinnerk Holz und Messer und Farben gegeben.«
»Du hast ihn selbst bemalt?« Sie konnte es nicht glauben, doch er nickte, und sie wusste, dass er sie niemals belügen würde. »Du bist ein Künstler, Janusz, das bist du wirklich. Ich habe noch nie einen Menschen getroffen, der so begabt ist wie du! Ich danke dir.« Er errötete und sah zu Boden. »Hätte ich nur gewusst, dass du mit uns feierst, dann hätte ich auch etwas besorgen können. Jetzt habe ich gar kein Geschenk für dich.«
»Haben Sie mirr schon schönstes Geschenk gemacht. Darf ich singen immerrzu und … wie sagt man? Orgel spielen.«
»Würdest du für uns singen, Janusz? Bitte!«
»Sehr gern. Für freundliche Familie, um danke zu sagen. Bin ich glucklich, fürr Sie zu singen.« Als er *Stille Nacht* anstimmte, wurden die Menschen in der schlichten Wohnküche von einer feierlichen Stimmung ergriffen, wie man sie nur selten erlebte. Der Geist der Weihnacht war in diesem Augenblick für alle zum Greifen nah.

Seit Beginn des neuen Jahres bewohnte Bernd die winzige Kammer neben dem Behandlungsraum. Zwar hatte Carl ihm mehrfach angeboten, ins Haus zu ziehen, wo wahrlich genug Platz war, doch er hatte das abgelehnt. Meist blieb er zwei oder drei Tage und fuhr dann für einen Tag zurück nach Binz, um sich dort auf einen baldigen Umzug vorzubereiten. War er wieder in Trent, arbeitete er Seite an Seite mit Carl und Anne und sah sich zwischendurch nach einer Behausung um, in der er sich niederlassen wollte. Auch nach Jasmund wolle er bald wieder fahren, kündigte er an, denn noch immer war er nicht vollständig mit der Reinigung der Kreide, die er für Heilzwecke benötigte, zufrieden. An diesem Sonntag waren Anne und er jedoch mit dem Schlitten auf dem Weg nach Mönchgut. Sie hatten Ulla, als sie sich Weihnachten voneinander verabschiedet hatten, versprochen, nach ihrer Mutter zu sehen. Im Großen und Ganzen ging es Ina zwar gut, hatte Ulla erzählt, aber sie hatte es nicht für nötig befunden, noch einmal nach Bergen zu fahren, damit die Operationsnarbe betrachtet werden konnte. Zwar hatte man ihr das ausdrücklich vorgeschrieben, nur meinte Ina, wenn sie sich eine Bernsteinkette um den Leib band, wäre das der sicherste Weg für eine schnelle Heilung. Darüber hinaus erschien ihr ein Gang zum Arzt oder gar in das Krankenhaus nicht nötig. Anne hatte ein schlechtes Gewissen, denn Gerd hatte sie bereits einmal darum gebeten, also hatte sie Bernd gebeten, sie zu begleiten, und der hatte gerne zugestimmt.

Der Schnee lag noch dick auf den Chausseen und kleinen Pfaden, obwohl seit Tagen keine Flocke mehr vom Himmel gefallen war. Sie saßen dicht nebeneinander, dicke Decken um die Beine und Schals bis über das Kinn gewickelt. Anne war von einer tiefen Zufriedenheit erfüllt. Obgleich es zwischen ihnen bisher keinerlei Zärtlichkeiten gegeben hatte, wenn man einmal von einer raschen, beinahe zufälligen Berührung absah, war es ihr recht, wie es war. Bernd hatte erklärt, er halte es für besser, wenn sie sich Zeit ließen. Immerhin hatte sie ihn für einen Frauenhelden gehalten, der es nicht ernst meinte. Darum sei es ihm wichtig, ihr in aller Ruhe ein anderes Bild von sich zu vermitteln. Natürlich hatte sie ihm gesagt, dass sie längst überzeugt davon sei, sich in ihm geirrt zu haben, aber er war diesbezüglich standhaft geblieben. Weil die Vorkommnisse mit Franzen und auch mit Bernd sie in den zurückliegenden Wochen und Monaten ohnehin gründlich durcheinandergebracht hatten, empfand sie es als wohltuend, zunächst einmal wieder zu sich selbst zu finden und ihrem Gefühlsleben eine kleine Pause zu gönnen. Die große Nähe zwischen ihnen und der vertrauensvolle Umgang waren ihr vorerst genug. Beides genoss sie aus ganzem Herzen.

»Ich habe in den letzten Tagen viel nachgedacht«, begann Anne, als sie nun durch die weiße Landschaft glitten. Bergen hatten sie bereits hinter sich gelassen und würden bald die Halbinsel erreichen. »Noch im letzten Jahr habe ich in Erwägung gezogen, ein Medizinstudium in Leipzig aufzunehmen. Mit meinen Vorkenntnissen wäre es mir vielleicht möglich.« Bernd sah sie kurz an und wandte seinen Blick dann wieder nach vorn auf die Allee. »Jetzt weiß ich aber, dass das nicht der richtige Weg für mich ist. Als ich meinen Vater auf dem Boden liegend gefunden habe, da lastete auf mir die ganze Verantwortung. Ich musste handeln, musste allein entscheiden, was zu tun sei. Für dich ist das alle Tage so, für mich ist diese Last zu groß. Das habe ich ganz deutlich erkannt.« Die Erinnerung war nicht mehr so bedrückend wie noch vor einiger Zeit. »Auf der anderen Seite habe ich ebenso sicher gespürt, dass ich nichts anderes in meinem Leben tun möchte, als mich um Menschen zu kümmern und dabei zu helfen, ihre Leiden zu lindern.«

»Das ist schön. Ich denke, das passt auch sehr gut zu dir. Du bist einfühlsam, jedenfalls kannst du es sein, wenn du willst.« Anne sah ihn grinsen. »Was bedeutet das?«, wollte Bernd einen Moment später wissen. »Heißt das, du bleibst deinem Vater und auch mir erhalten und gehst nicht nach Leipzig?«

»An die Universität gehe ich auf keinen Fall.« Es war nicht leicht, ihm ihren Entschluss mitzuteilen. Bisher hatte sie das vermieden und auch ihrem Vater noch keinen reinen Wein eingeschenkt. Doch sie konnte den Moment der Wahrheit wohl nicht länger hinauszögern. »Ich glaube aber, es wäre gut für mich, nicht nur von meinem Vater zu lernen. Vielleicht ist es von Vorteil, Rügen für eine Zeit zu verlassen, wenn mir der Gedanke auch nicht sonderlich behagt. Aber ich dachte, die Hebammenlehranstalt in Stettin ist möglicherweise etwas für mich.«

»Oder vielleicht doch das Mädchenrettungshaus für die gründliche Erziehung?«, neckte Bernd sie.

»Dafür ist es zu spät, meinst du nicht?«

»Ja, das steht zu befürchten.« Bernd wurde ernst. »Wie ich damals sagte, ist diese Lehranstalt mit Sicherheit ein Ort, an dem du dein Wissen hervorragend ergänzen könntest. Im Grunde halte ich es auch für richtig, wenn eine Frau eine Ausbildung genießt und einen Beruf erlernt. Und natürlich bin ich unbedingt dafür, dass du deine eigenen Entscheidungen triffst und daran festhältst. Nur …« Das Rauschen des Windes und der Kufen auf dem Schnee war ihr ständiger Begleiter. Die kalte Luft brannte noch im Hals, doch es war bereits zu spüren, dass sie milder wurde. Nicht mehr lange, dann würde es zu tauen beginnen.

»Nur?« Sie sah ihn an.

»Weißt du, Anne, seit ich dir von dieser Einrichtung erzählt habe, ist einiges geschehen. Ich hatte dich ausgeführt, weil ich hoffte, dich näher kennenlernen zu dürfen, dann hast du mich zum Teufel geschickt und jetzt endlich erkannt, dass ich in Wirklichkeit ein ziemlich toller Kerl bin.« Sie lachte auf. »Etwa nicht?«

»Doch, doch, natürlich.«

»Kaum hast du aber diese Erkenntnis gewonnen, willst du dich schon wieder davonmachen. Stettin ist weit. Du könntest mich nicht innerhalb von einer Stunde erreichen, wenn du mich brauchst. Selbst mit dem schnellsten Pferd, das du noch so sehr antreibst, gelingt dir das nicht. Das solltest du bedenken.«

»Ein guter Einwand«, gab Anne zu. »Es ist ja nicht so, dass mir der nicht bereits von allein in den Sinn gekommen wäre. Auch meinen Vater hätte ich nicht mehr um mich, was mir sehr zu schaffen machen würde. Aber ich möchte mehr lernen, als es mir möglich ist, wenn ich Vater begleite. Außerdem hat Ernst davon gesprochen, wie gut es ist, in die Ferne zu ziehen und etwas anderes kennenzulernen. Meinst du nicht, damit hat er recht? Du bist auch nicht zu Hause geblieben, sondern nach Stettin gegangen, nach Greifswald und zuletzt nach Binz.«

»Das hat sich so ergeben.« Bernd dachte gründlich nach, ehe er antwortete. »Ich bin unweit von Stralsund aufgewachsen. Meine Eltern sind mit meinem Bruder und mir nach Süden gezogen, als wir noch Kinder waren. Ich habe das Meer und die Menschen hier im Norden, die so ganz anders sind, vom ersten Tag an vermisst. Es stand für mich immer fest, dass ich zurückkehren würde. Dass es einiger Umwege bedurfte, bis ich mich für diese Insel hier entscheiden konnte, lag nicht in meiner Hand. Wie ich schon sagte, es hat sich ergeben.«

»Geschadet hat es dir jedenfalls nicht, denke ich.«

»Nein, wohl kaum. Nur könnte ich auch nicht sagen, dass es mir genutzt hat. Wichtiger als die Entfernung zur Heimat waren, glaube ich, die guten Lehrer, die ich hatte.« Sie fuhren an Baabe vorbei, ihrem Ziel entgegen.

»Mir ist da gerade eine grandiose Lösung eingefallen«, teilte Anne ihm mit. »Du gründest einfach auf Rügen eine Hebammenlehranstalt oder eine ähnliche Einrichtung. Dann habe ich den besten Lehrer, den ich mir wünschen kann, und muss meine Insel nicht verlassen.«

»Natürlich«, rief Bernd. »Ein blendender Vorschlag. Warum ist mir das nur nicht selbst eingefallen?«

»Nicht wahr? Und ich hätte gleichzeitig die Möglichkeit, dir und Vater weiter zu assistieren und das anzuwenden, was ich gelernt habe.« Wieder schwieg sie kurz. Dann sagte sie: »Für den gänzlich unwahrscheinlichen Fall, dass du diese Lehranstalt doch nicht gründen solltest, müsstet ihr beiden eben ein paar Jahre auf mich verzichten. Aber auch für mich würde feststehen, dass ich zurückkehre. Wenn du mich dann noch willst«, ergänzte Anne zaghaft.

Bei der Familie Palsow herrschte wie immer rege Betriebsamkeit. Gerd besserte eine Ecke des Hauses aus, die ein umgestürzter Baum beschädigt hatte. Er war nun noch öfter hier als zuvor. Offenbar hatte Töns beschlossen, dass der Bräutigam sich ruhig erkenntlich zeigen könne, wenn er schon seine Tochter heiraten durfte.

»Ich muss noch eben den Putz auftragen, dann komme ich ins Haus«, sagte Gerd. »Sie sind alle in der Döns. Geht nur hinein!«

Der weiße Dielenboden war frisch geschrubbt, in einem Winkel stand eine Wiege, ein Geschenk, das Gerd Hulda und Hinnerk machen wollte. Der hölzerne Körper war bereits gut zu erkennen, die Beine und die geschwungenen Kufen, auf denen das Bettchen einmal sanft schaukeln sollte, fehlten noch. Töns saß am Webstuhl.

»Moin«, sagte er und blickte nur kurz von seiner Arbeit auf. Suse und Ina hatten jeweils ein Spinnrad vor sich. Auch sie grüßten nur kurz, immerhin lächelten sie. Mehr konnte man wohl nicht erwarten. Ulla war nicht zu sehen. Sie fanden sie in der Küche, wo sie über dem Feuer in einem großen Kessel rührte.

»Hochzeitsvorbereitungen!«, verkündete Ulla, nachdem sie die beiden zur Begrüßung in den Arm genommen hatte. »Ich will Garn für mein Hochzeitskleid bleichen.«

»Womit machst du das?« Bernd lugte neugierig in das Kupfergefäß. »Seifenlauge mit Buchenholzasche. Das Ganze muss zusammen aufkochen, später gehe ich runter zum Strand und spüle es gründlich aus. Und dann wollen wir beten, dass in den nächsten Wochen die Sonne scheint.«

»Ich kann dich begleiten und dir helfen, während Bernd sich deine Mutter ansieht«, schlug Anne vor.

»Gerne.« Ulla hielt in der Bewegung inne und ließ ihren langen Holzlöffel ruhen. »Aber vielleicht wäre es doch besser, wenn du

bei ihm bleibst. Du kennst Mutter. Sie hält es ohnehin für unnötig, sich untersuchen zu lassen. Dich kennt sie wenigstens. Wenn du mit ihr sprichst und bei ihr bleibst, hat sie gewiss ein Einsehen. Das hoffe ich wenigstens.«
Ina hatte ein Einsehen und ergab sich ohne großes Zetern in ihr Schicksal, zeigte den beiden die Narbe, die sie von ihrer Operation zurückbehalten hatte, und saß wenig später bereits wieder an ihrem Spinnrad. Glücklicherweise gab es keinen Anlass zur Sorge, was auch nicht zu erwarten gewesen sei, wie sie ungerührt erklärte, denn sie habe stets eine Bernsteinkette in dem Verband um den Leib getragen. Etwas Besseres gebe es nicht, um die Heilung zu beschleunigen. Anne war fasziniert, wie Bernd, dem Ina zunächst abweisend begegnet war – immerhin war er der zweite Doktor innerhalb kurzer Zeit, mit dem Anne auftauchte –, mit ihr umzugehen verstand. Er bestätigte, dass auch er nur beste Erfahrungen mit Bernstein gemacht habe, wenn auch eher bei der inneren Anwendung und in Form von Salbe. Über die Art, wie Ina den Bernstein benutzte, machte er sich nicht lustig, sondern unterstrich, dass die Wärme des Verbandes seine Heilkraft gefördert haben könne. Da war keine Spur von Überheblichkeit von seiner Seite, die beiden unterhielten sich schon bald miteinander, als könnten sie voneinander lernen. So bekam Anne doch noch die Gelegenheit, Ulla an den Strand zu begleiten. Die hatte das aufgekochte Garn in einen Holzbottich gefüllt, mit dem sie sich auf den Weg machten.
»Er ist ein netter Mann«, sagte Ulla, kaum dass sie das Lehmfachwerkhaus hinter sich gelassen hatten.
»Wer?« Anne fing einen Blick von Ulla auf, der zu sagen schien: Halte mich nur nicht zum Narren! Darum sagte sie rasch: »Bernd? Ja, das ist er.«
»Und er sieht gut aus«, fuhr Ulla ungeniert fort.
Anne lachte. »Ja, auch das ist wahr, sehr gut sogar.«

»Und? Wann wird bei euch Hochzeit gefeiert?«
»Davon ist keine Rede, Ulla.«
»Aber warum denn nicht?« Sie hatten das Ufer erreicht. Ulla watete mit ihren hohen Stiefeln ins Wasser, nachdem sie ihren Rock gerafft und mit einem Knoten befestigt hatte, damit er nicht nass wurde. Sie ließ den Bottich in das eisige Wasser und spülte das Garn aus. »Er kann dich gut leiden, das sieht man sofort«, plauderte sie fröhlich weiter. »Und du magst ihn auch.«
»Ja, schon …«, erwiderte Anne zögerlich.
»Ich verstehe euch nicht. Sogar sein Beruf passt ausgezeichnet in eure Familie. Mir fällt kein Grund ein, warum ihr nicht heiraten solltet. Hat er dich denn nicht gefragt?«
»Nein.«
»Das wird er gewiss bald tun«, meinte Ulla und war sich ihrer Sache sehr sicher.
Später auf dem Heimweg erzählte Bernd, dass Gerd ihm die gleiche Frage gestellt habe. Auch er hatte wissen wollen, ob auch in Trent bald eine Hochzeit zu feiern sei. Wie es schien, hatte er beinahe die gleichen Worte benutzt wie Ulla. Die beiden amüsierten sich königlich darüber und schoben dieses Thema sodann beiseite.
Die nächsten Tage war Bernd viel unterwegs, so dass Anne allein bei Carl blieb, um ihn zu unterstützen. Sie hatten einen verdorbenen Magen und einen Fall von Ziegenpeter, sonst war es ruhig. Am Abend kam Bernd zurück. Er steckte den Kopf zur Tür des kleinen Behandlungszimmers herein.
»Guten Abend! Ich würde gerne mit Ihnen sprechen, wenn Sie hier fertig sind. Passt Ihnen das?«
»'türlich, mien Jung!« Als die Tür wieder ins Schloss fiel, meinte Carl: »Der sah aber bannig ernst aus. Meinst, der wird mich nu wahrhaftig um deine Hand bitten?«

»Ach, Papa, bitte! Habt ihr denn alle nichts anderes im Sinn?« Carl sah Anne mit großen Augen an.

»Nee, du etwa?« Was sollte sie dazu sagen?

Keine halbe Stunde später kamen sie in der Küche zusammen.

»Ich habe mich ein wenig umgehört, was diesen angeblichen Doktor Franzen angeht.«

»Er ist also gar kein Arzt?« Anne war augenblicklich aufmerksam.

»Moment, was soll das heißen?« Carl zündete sich die Pfeife an, die Ernst ihm geschnitzt hatte. Er zog einige Male, bis der Tabak leise knisterte.

»Das heißt, das Julius Franzen zwar ein Medizinstudium begonnen, es aber nie abgeschlossen hat.«

»Aber er hat sich doch Doktor genannt!« Carl war wie vor den Kopf geschlagen.

»Tja, Papa, da hat er uns schön an der Nase herumgeführt.«

»Und du hast das gewusst? Wie lange schon?«

»So genau habe ich das gar nicht gewusst. Nur geahnt habe ich etwas, seit dem Tag, an dem du den schweren Herzanfall hattest.«

»Brustenge«, korrigierte Carl. »Nu aber mal Butter bei die Fische! Nu will ich alles wissen.«

»Dafür sind wir hier«, stimmte Bernd zu. »Ich habe mit jemandem sprechen können, der sich an Franzens Studienzeit erinnert hat. Der sagte mir, dass sehr schnell klar war, wie wenig ihn das Ganze interessierte und wie wenig er im Kopf behielt. Er galt als Schönredner, der nur leider nicht sehr helle war. Was ihm an klugem Geist gefehlt hat, das machte er leider auch nicht durch Fleiß wett. Zwei Jahre hat das Spielchen gedauert, dann hat man ihm nahegelegt, sich nach einem anderen Beruf umzusehen, was er auch von heute auf morgen getan hat. An der Universität habe er sich jedenfalls nicht mehr blicken lassen.«

»Dat is 'n starkes Stück!«
»Der gute Mann konnte mir berichten, man habe damals gemunkelt, er sei zu einem Barbier und Bader in die Lehre gegangen. Er konnte sich sogar noch an den Namen erinnern …« Die beiden sahen ihn ungeduldig an.
»Und?«, fragten sie wie aus einem Mund.
»Ich konnte diesen Barbier ausfindig machen. Er ist heute ein alter Mann, aber an Franzen hat er sich erinnert.«
»In der Lehre hat er auch nix getaugt, da könnt ich wetten!«
»Vorsicht, Herr Dr. Utpatel, die Wette verlieren Sie. Franzen hat sich nicht übel angestellt. Am geschicktesten war er darin, die Leute einzuseifen. Vornehmlich Männer, die er danach rasiert hat.«
»So ein Quacksalber«, schimpfte Anne.
»Um ihm am Ende nicht unrecht zu tun, muss ich erwähnen, dass er auch ein glückliches Händchen hatte, wenn es darum ging, eine Augenerkrankung zu kurieren.«
»Richtig, er hat damals etwas davon gefaselt, dass der Starstich seine Spezialität sei. Davon hatte ich noch nie gehört.«
»Ein einfacher Eingriff, der in einigen Fällen helfen kann, wenn jemand sein Augenlicht zu verlieren droht«, erklärte Bernd. »Er hat ihn mehrfach erfolgreich durchgeführt und war dann der Meinung, er müsse für seine Kunst besser bezahlt werden. Das konnte der Barbier aber nicht. Also hat sich Franzen auf eigene Füße gestellt und ist einige Zeit als Okulist von einem Jahrmarkt zum anderen gezogen. Auch um verrenkte Knochen hat er sich gekümmert.« Die beiden hingen an Bernds Lippen.
»Daher hat er damals auf Hiddensee so schlau dahergeschnackt, als es um Kapitän Heinrichs Schulter ging«, entsann Carl sich.
»Wie Sie natürlich wissen, war der Bader in früheren Jahren zwar ein durchaus anerkannter Beruf, der den des Arztes in mancherlei Hinsicht ergänzt hat, doch die Bestimmungen ha-

ben sich verändert«, fuhr Bernd fort. »Heute verlangt man eine nachweisbare Ausbildung, seine Befugnisse dagegen wurden stark beschnitten. In unserer aufgeklärten Zeit grenzt sich der Arzt unmissverständlich vom ihm ab. Das gilt auch für den Ruf, den beide Professionen genießen.«

»Das dürfte ihm nicht gefallen, wenn er unbedingt als Doktor gelten wollte«, wandte Anne ein.

»Auch vielen einfachen Menschen, selbst solchen von Stand, hat das nicht gefallen. Nicht wenige sind auch heute noch der Meinung, ein guter Wundarzt oder Schrepfer, der ein Klistier verabreichen kann oder der zu schröpfen verstehe, tauge nicht weniger als ein studierter Arzt.«

»Die sind doch wohl im Mittelalter steckengeblieben«, schimpfte Carl.

»Sie wissen doch, wie lange es dauert, bis sich die Leute an Neues gewöhnen«, meinte Bernd nachsichtig.

»Das heißt, er hat als Okulist auf Jahrmärkten die Augen derjenigen behandelt, die dafür bezahlt haben, und sich nicht darum geschert, was er durfte und was nicht?« Anne versuchte, sich ein vollständiges Bild zu machen.

»Schlaues Bürschchen«, warf Carl ein. »Wenn du auf dem Markt arbeitest, siehst du deine Patienten nicht wieder. Da kann dir auch keiner was, wenn du einen Fehler gemacht hast.«

»Die Sache hatte noch einen Vorteil«, gab Bernd zu bedenken. »Viele seines Standes gab es nicht mehr, zumindest nicht viele, die ihn noch auf althergebrachte Weise ausübten. Es sprach sich herum, dass es noch einen gibt, der von Stadt zu Stadt, von Ort zu Ort zieht. Das hörte irgendwann auch ein Graf, dessen Sohn am grauen Star erkrankt war. Ich habe nicht herausfinden können, welche Geschichte Franzen ihm aufgetischt hat. Sie muss auf jeden Fall sehr überzeugend gewesen sein, denn der Graf hat sich verpflichtet, ihn zum Leibarzt seiner Familie zu machen, wenn er den Jungen heilen kann, was er getan hat.«

»Ik hab von Anfang an nix von dem gehalten«, ereiferte sich Carl. »So 'n Grootsnuut!«

»Reg dich bitte nicht auf, Papa!«

»Da kann man sich wohl aufregen. Der soll sich hier nich mehr blicken lassen. Sonst kann er was erleben.«

Der Frühling zog über die Insel. Bernd hatte ein hübsches kleines Haus unweit von Trent in Granskevitz gefunden, in dem er sich einrichtete. Vom Fenster seines Arbeitszimmers aus konnte er auf das prachtvolle Gutshaus sehen, das Herzstück des Dorfes. Anne half ihm dabei, sein Hab und Gut von Binz zu holen und unterzubringen. Sie staunte, wie viele Bücher er besaß. An Carls Seite lernte Bernd allmählich die Bewohner der Umgebung kennen und erfuhr, wer es am Rücken hatte, wen die Hämorrhoiden plagten, und er lernte Opa Jacobsen kennen, der sich beim Schnitzen ein Messer in die Hand gebohrt hatte.

»Dem kannst nich helfen«, kommentierte Carl. »Der kann das Schnitzen einfach nich lassen, solange er noch einen Finger hat, der nich im Verband steckt.«

Gemeinsam mit Anne fuhr Bernd regelmäßig hinauf nach Altenkirchen, um nach Hulda zu sehen, die längst einen Bauch bekommen hatte, der in keinem ihrer Kleider mehr zu übersehen war. Anne bewunderte sie, wie sie es schaffte, die zukünftigen Mitarbeiter des Hotels zu instruieren und zu kontrollieren, obwohl ihre erste Niederkunft näher und näher rückte. Obendrein beaufsichtigte sie noch, wie all ihre Kleider, ihr gutes Geschirr und ihre Möbel in Kisten verpackt und auf Wagen verstaut wurden, die schon bald nach Crampas rumpelten. Wenn die ersten Gäste erst da wären, bliebe dafür keine Zeit mehr. Es war natürlich undenkbar, dass Hinnerk und sie auf Wittow wohnten, während ihr Hotel auf Jasmund stand. Zwei Wochen vor der Eröffnung erreichte ein Bote Trent. Man habe die Hebamme gerufen, aber Hulda habe darum gebeten, dass auch Bernd bei der Geburt in der Nähe sei.

»Es geht los«, sagte Bernd und griff nach seiner Tasche. »Dein erster Neffe oder deine erste Nichte, Anne! Begleitest du mich?«

»Und wat is mit mir? Soll ik etwa zu Hause hocken, während mein erstes Enkelkind ankommt?« Auch Carl machte sich bereit. »Nee, nee, kommt nich in Frage. Du büst der Arzt, aber der Opa bün ik!«

Damit war es beschlossene Sache. Bernd ritt voraus, Anne und Carl folgten mit der Spinne. Als die beiden eintrafen, hatte Bernd schon einen Blick auf die werdende Mutter geworfen.

»Das dauert noch. Die Hebamme bleibt bei ihr.« Es dauerte tatsächlich. Jede Stunde kam Bernd mit der gleichen Neuigkeit zu ihnen und Hinnerk zurück, nämlich, dass es nichts Neues gebe. Dann endlich kamen die Wehen in immer kürzeren Abständen, so dass Bernd und Anne an Huldas Seite blieben. Nach weiteren drei Stunden ertönte der kräftige Schrei eines Neugeborenen durch das Haus.

»Das ist ein Junge«, hörte Anne ihren Bruder vor der Tür rufen.

»Nee, dat is 'ne Deern. Dat kann ik hören!«

Anne öffnete die Tür der Kammer. »Papa hat recht«, sagte sie und lachte. »Herzlichen Glückwunsch, Hinnerk, du hast eine Tochter.«

Die Männer traten ein und bewunderten den schrumpeligen, verschmierten Winzling.

»Ich kann ja wohl gehen. Ein Arzt und zwei Schwestern waren von vornherein zu viel«, meinte die Hebamme pikiert und verabschiedete sich.

»Is die niedlich!« Carl konnte sich kaum beruhigen. »Genau wie du damals.« Er strahlte Anne an. Sie hatten Mühe, ihn davon zu überzeugen, dass auch der Vater die Kleine halten wollte.

Zwei Wochen nach diesem glücklichen Ereignis waren sie wieder zu dritt in Crampas. Auch Ulla und Gerd waren dieses Mal gekommen. Die Eröffnung des Maison Hulda wurde feierlich begangen. Nur stahl Marie, wie die Neugeborene heißen sollte, den feinen Teppichen und Vorhängen, den funkelnden Lüstern und brennenden Kerzen zunächst die Schau. Erst als Hulda, die den Dienstmädchen ebenso Beine machte wie dem bedauernswerten Koch und seinen Helfern, die Kleine von der Amme ins Bettchen bringen ließ, rückte der eigentliche Anlass des Tages in den Mittelpunkt. Ehrengäste waren geladen worden, sowohl solche, die auf Rügen zu Hause waren, als auch einige aus den besten Kreisen Berlins. Kreisbaumeister Harder war geladen und weitere Persönlichkeiten aus Stralsund, die für einen Hoteldirektor vielleicht einmal von Bedeutung sein konnten. Auf den Tischen glänzte feinstes Porzellan, daneben lag das blank polierte Tafelsilber, große Türen, die vom Saal in den Garten führten, waren weit geöffnet, so dass die Salzluft der Ostsee den Gästen eine angenehme Kühlung verschaffte. Alles war perfekt. Es gab Fleisch und Fisch und natürlich eine Dessert-Kreation, die sich aus dem Besten zusammensetzte, was Hulda bisher ausprobiert hatte. Als die ersten Feriengäste spät am Abend nach und nach ihre Zimmer bezogen, war von dem herrlichen Festschmaus und der eleganten Ausstattung dennoch kaum die Rede. Jeder schwärmte nur von dem singenden Engel. Eine ältere, rundliche Dame, die sich wohl etwas zu fest in ihr Korsett hatte schnüren lassen, hatte während seiner Darbietung nach Luft geschnappt und wäre beinahe in Ohnmacht gefallen. Bernd sorgte dafür, dass jemand ihr half, sich aus ihrem Gefängnis zu befreien.

»Wenn sie ihre Stola über dem Rücken trägt, sieht kein Mensch ein paar offene Haken und Ösen an ihrem Kleid«, erklärte er augenzwinkernd. »Schon möglich, dass die Figur etwas leidet, ihr Wohlbefinden aber wird gewinnen.« Glücklicherweise war das der einzige Einsatz, zu dem Bernd an dem Abend gerufen wurde.

Die Zeitungen waren, ganz wie Hulda und Hinnerk es erhofft hatten, voll von Berichten über den Engel des Maison Hulda. Zwar war auch von den Hausdienern am Hafen und am Bahnhof die Rede, die die illustren Gäste in Empfang genommen und in das neue feine Haus gebracht hätten. Doch in erster Linie drehte es sich in allen Berichten um Janusz.

»Er hat die Menschen verzaubert und diesen Abend zu einem Kunstgenuss erster Güte gemacht«, las Carl vor. »Rügen ist um eine Sensation reicher. Schon jetzt sei die Zahl der Anfragen und Reservierungen groß, wie Direktor Hinnerk Utpatel berichtet.« Carl ließ die Zeitung sinken. »Direktor Hinnerk Utpatel. Klingt irgendwie gediegen.« Dann las er weiter: »Ein jeder wolle die köstlichen Speisen, besonders sind die französischen Dessert-Spezialitäten zu erwähnen, genießen und dabei der glockenklaren Stimme des jungen Mannes lauschen, die einen in höhere Sphären zu entführen imstande ist.« Er sah Bernd und Anne an, die beide ebenfalls in eine Lektüre vertieft gewesen waren. »Herrje, dass der Schreiber sich bei diesen Konstruktionen man nich die Finger bricht.«

»Der hat sich wohl eher den Kopf zerbrochen«, pflichtete Bernd bei.

»Aber recht hat er irgendwie«, wandte Anne ein. »In Janusz' Stimme liegt wahrhaftig ein geheimnisvoller Zauber, der nicht zu erklären ist.«

»Soll man ja auch nicht. Soll man bloß genießen.«

»Stimmt, Papa.« Anne dachte an den Abend zurück. »Bemerkenswert ist er dennoch, dieser Junge. Ich hatte gedacht, er wäre schrecklich nervös vor seinem großen Auftritt und bräuchte ein wenig Beistand. Aber das war nicht der Fall. Er hat eine tiefe Ruhe ausgestrahlt, die mich beinahe mehr beeindruckt hat als sein Gesang.«

»Er war eben am richtigen Platz und durfte das tun, was ihm alles bedeutet«, bemerkte Bernd und sah ihr in die Augen.

»Ja, er war vollkommen glücklich.«

Nur weitere zwei Wochen später wurde in Groß-Zicker Hochzeit gefeiert. Ulla hatte sie sich so gewünscht, wie es seit Jahrzehnten Tradition auf Mönchgut war. Die Brautleute sollten Trachten tragen, hatte sie Gerd gebeten, der ihr diesen Wunsch nicht abgeschlagen hatte. Also war sie zur Brautputzerin gegangen, um sich die Bänder für den Haarschmuck zu leihen. Einzig Blumen aus Stoff wollte sie nicht tragen, sondern echte, was höchst ungewöhnlich war. Da standen die beiden nun, Ulla in der Abendmahlstracht ihrer Großmutter, die Ina ihr zurechtgemacht hatte. Statt der Haube, die eigentlich zur Tracht gehörte, trug sie einen hohen Kranz aus echten rosaroten Stockrosen. Mehrere rote, mit weißer Spitze eingefasste Bänder hingen ihr bis auf den Rücken hinab. Gerd hatte man einen alten Abendmahlsrock besorgt, in bestem Zustand natürlich, der ihm ausgezeichnet zu Gesicht stand. Um den Hals trug er das Bräutigamstuch, ein rotes, langes Seidentuch, das mit einem schwarzen Band zusammengebunden wurde.

»Ulla hat mir erzählt, das Bräutigamstuch darf nur derjenige tragen, der keine unehelichen Kinder in die Welt gesetzt hat«, flüsterte Anne Bernd zu, als sie die fröhliche Gesellschaft am späteren Nachmittag verließen und einen Spaziergang zum Strand machten. »Da hat mein Bruder noch einmal Glück gehabt.«

»Oder er weiß gut zu verbergen, was er auf dem Kerbholz hat.«

»Ich muss doch sehr bitten«, ereiferte Anne sich. »Wir sind eine höchst anständige Familie.«

»Soso. Was ist übrigens mit der Braut?«
»Was meinst du?« Sie stutzte. »Wenn sie bereits ein Kind hätte, ließe sich das wohl schwerlich verbergen, oder?«
»Was aber, wenn sie sich etwas anderes zuschulden hat kommen lassen?«
»Dann dürfte sie den Brautkranz nicht tragen.«
»Gut, dann ist es gerecht«, stellte Bernd zufrieden fest. Sie durften nicht zu nah an das Ufer gehen, denn die Schuhe, die sie zur festlichen Kleidung trugen, sollten ja keinen Schaden nehmen. Dennoch war es herrlich, dem Trubel ein wenig zu entfliehen, die würzige Luft zu atmen und den Seevögeln zuzuhören, die sich kreischend um ihre Beute kabbelten.
Unvermittelt blieb Bernd stehen und griff nach Annes Hand. »Anne, es gibt etwas, worüber ich mit dir reden möchte.« Sie sah ihn ängstlich an. Das klang sehr ernst. »Ich fürchte, du wirst sehr enttäuscht von mir sein«, begann Bernd und sorgte damit nicht gerade dafür, dass sie sich besser fühlte. »Nun, damit muss ich wohl leben.« Er sah ihr direkt in die Augen. »Anne, ich werde keine Hebammenlehranstalt auf Rügen eröffnen.« Sie starrte ihn an. War das alles? Wollte er sie auf den Arm nehmen? »Ich wusste, dass du es nicht fassen würdest.« Bernd ließ in gespielter Verzweiflung den Kopf hängen. Jetzt war sie sicher, er trieb nur seinen Schabernack mit ihr.
»Allerdings«, rief sie. »Wie kannst du mir eine solch kleine Bitte abschlagen?«
»Es tut mir so leid.« Sie knuffte ihn gegen den Arm. »Aua!«
»Du hättest noch viel Schlimmeres verdient. Mich so zu erschrecken. Ich habe für einen Moment wirklich geglaubt, du hättest mir etwas sehr Ernstes zu sagen.«
»Das habe ich auch. Und ich weiß tatsächlich nicht, ob es dir gefällt.«
»Treib es nicht zu doll mit mir«, mahnte Anne unsicher.

»Nein, es ist mir ernst, Anne. Ich habe mich sehr ausführlich mit Medizinalrat Schluder besprochen.« Sie war überrascht. Damit hatte sie nicht gerechnet. »Ich habe ihm von deinen Vorkenntnissen und deinen Erfahrungen berichtet. Er hat sich gut an dich erinnert. Ich sagte ihm, dass du nach Stettin gehen und dort lernen willst, mir das aber nicht recht sei.«

»Ach, mit einem Mal ist es dir doch nicht recht?«

»Nein, denn Stettin ist weit weg, wie ich dir schon einmal sagte.« Er ließ sich nicht beirren. »Wenn ich dich recht verstanden habe, möchtest du von jemandem lernen, der nicht dein Vater ist. Und wenn ich weiter nicht irre, dann wäre es dir am liebsten, hier auf deiner Insel bleiben zu können.«

»Ja, das wäre schön, nur gibt es hier keine Möglichkeit.«

»Doch, die gibt es.« Bernd verriet ihr, dass Medizinalrat Schluder vorgeschlagen habe, sie unter seine Fittiche zu nehmen. »Du kannst alles bei ihm lernen, von der Medikamentenzubereitung bis zur Anatomie und den inneren Erkrankungen.«

»Ist das wahr?« Sie konnte kaum glauben, was sie hörte. Das war es, was Anne sich immer gewünscht hatte.

Bernd nickte. »Und am Ende kannst du sogar eine Dissertation schreiben und vor der Fakultät von Leipzig deine Promotionsprüfung ablegen.«

»Ich könnte wahrhaftig Ärztin werden?« Das alles war ein bisschen viel für sie. Natürlich freute sie sich, aber sogleich kehrte die Angst vor der Verantwortung zurück, davor, allein entscheiden und handeln zu müssen.

»Du könntest, musst aber nicht. Mir wäre es lieber, ich bliebe der Arzt und du meine Krankenschwester, sonst muss ich am Ende noch jede Diagnose mit dir disputieren.« Bernd rollte mit den Augen.

»Du hast recht«, stimmte Anne sofort zu. »Das wäre mir auch lieber.«

»So folgsam kenne ich dich ja gar nicht. Kein Widerspruch? Kein stacheliger, giftiger Seeigel?«

Sie lachte. Ihr fielen Ulla und Gerd ein. Hatte er sie nicht für eine aufgeblasene Gans gehalten? Und jetzt waren die beiden verheiratet.

»Du konntest mich bei unserer ersten Begegnung nicht leiden, stimmt's?«, fragte Anne.

»Es war wohl eher das Gegenteil, du konntest mich nicht ausstehen. Ich habe mich sofort in dich verliebt.«

»Ach, du warst in mich verliebt?«

»Nun tu nur nicht so, als ob du das nicht gemerkt hättest! Als du in die Küche kamst, den Fisch unter dem Arm, ja, da flog dir mein Herz nur so zu. Ich glaube, ich habe alles nachgeplappert, was dein Vater gesagt hat.«

Sie musste lachen. »Stimmt, das hast du tatsächlich! Ich bin allerdings nicht darauf gekommen, dass das ein Zeichen für Verliebtheit war.«

»Es hat auch nicht lange angehalten«, ließ er sie beiläufig wissen. »Dann habe ich dich nämlich besser kennengelernt ...«

»Verstehe. Schade. Beinahe hätte aus uns etwas werden können, habe ich recht?«

»Ja, um ein Haar.« Bernd zog sie an sich. Anne spürte seine Wärme und seine starken Arme. Es fühlte sich richtig und sehr gut an. »Wenn ich dich jetzt küssen würde, was würdest du tun?«

»Du fragst vorher?« Sie zog spöttisch die Augenbrauen hoch.

»Ja, weißt du, dein Vater hat schon recht, du bist wankelmütig. Womöglich läufst du im nächsten Augenblick fort und wirfst dich einem anderen an den Hals.«

»Das Risiko wirst du eingehen müssen.«

»Ungern«, antwortete er, küsste sie aber dennoch sanft auf die Lippen. Da war das Kribbeln, das Wohlbehagen, das sich in ihr ausbreitete. Genau das hatte sie sich erträumt. »Das Dumme ist nämlich, dass wir deinem Vater keine weiteren Aufregungen zumuten sollten. Wenn wir ihm erklären müssen, dass du es dir doch wieder anders überlegt hast, nachdem er sich mittlerweile an mich gewöhnt hat, dann wäre das seiner Gesundheit äußerst abträglich.« Er küsste sie wieder. Zuerst auf die Lippen, dann küsste er auch ihre Wangen und ihr Ohr.

»Das leuchtet mir ein«, hauchte Anne.

»Sehr gut.« Bernds Lippen und seine Zungenspitze erkundeten ihren Hals, er drückte sie immer fester an sich. Sie drängte sich an ihn, wollte mehr davon, wollte ihn ganz nah bei sich spüren. Doch er schob sie ein Stückchen von sich. Sie verstand nicht.

»Ich bin kein Frauenheld, das war ich nie.« Sie wollte etwas sagen, aber er legte ihr den Finger auf ihre Lippen und brachte sie zum Schweigen. »Ich habe nie Spielchen mit dir getrieben, Anne Utpatel.« Ein belustigtes Funkeln trat in seine Augen. »Anne Vogel klingt übrigens auch nicht viel schöner.« Dann wurde er wieder ernst. »Willst du trotzdem meine Frau werden?«

Franzen tauchte nur noch ein einziges Mal in der Utpatelschen Kate auf und fragte nach Anne. Sie war gerade in der Küche beschäftigt und konnte ihn hören.

»Guten Tag, werter Kollege. Ich möchte zu Anne, wenn's recht ist.«

»Anne?«, fragte Carl wütend. Sie wollte schon in die Diele stürzen, damit ihr Vater sich nicht zu sehr aufregte und es zum Äußersten käme. »Anne Snuut gifft wat!«, hörte Anne Carl sagen und die Tür knallen. Damit war für ihn und für die ganze Familie der Fall Julius Franzen endgültig erledigt.

Anmerkungen zur historischen Richtigkeit

Wie immer habe ich mich bemüht, meinen Roman vor einem möglichst realen Hintergrund spielen zu lassen. Das heißt, ich habe mich gründlich mit der Zeit beschäftigt, in der auf Rügen die Schmalspurbahn, die heute als *Rasender Roland* bekannt und beliebt ist, gebaut wurde. Die handelnden Personen und ihre Schicksale sind frei erfunden. Was es gegeben hat, waren Bauern, die ihr Land nicht für den Eisenbahnbau abgeben wollten. Auch die Geschichte mit den Fischern stimmt, die verhindert haben, dass eine Brücke über den Breetzer Bodden gebaut wird. Noch heute überquert man ihn nur per Fähre. Eine Eisenbahnstrecke gibt es dort inzwischen nicht mehr. Wahr ist, dass es beim Umsetzen der Lokomotive nach der Eröffnungsfahrt von Binz nach Sellin Ost einen Unfall gegeben hat. Der Haltepunkt war tatsächlich noch nicht ganz fertig. Der Weichensteller hatte in Wirklichkeit einen anderen Namen. Ob er eine Verletzung erlitten hat, und wenn ja, welche, ist mir nicht bekannt. Aber es hat ihn gegeben, und er musste einige Stunden unter der Maschine ausharren.

Die Auswanderungswelle von Deutschland, vornehmlich aus der Pfalz, nach Galizien, von der in dieser Geschichte kurz die

Rede ist, hat stattgefunden. Auch waren tatsächlich galizische Arbeiter am Eisenbahnbau auf Rügen beteiligt. Und auch die Arbeitsvermittler sind keine Erfindung. Ob sie auf Rügen ihre Finger im Spiel hatten, weiß ich nicht. In Pommern waren sie auf jeden Fall im Einsatz. Viele von ihnen haben sicher gute Arbeit geleistet und waren rechtschaffene Männer. Trotzdem geriet der gesamte Stand bald in Verruf, weil einige Arbeiter unter falschen Voraussetzungen aus der Heimat gelockt und später tatsächlich zum Vertragsbruch überredet wurden. Auch dass diese Vermittler von Arbeitgebern und Arbeitern kassiert haben, hat viele empört.

Wahr ist ferner, dass eine Lokomotive beim Verladen in Altefähr von der Rampe gerutscht ist und erst Tage später mit Hilfe zweier Schiffe geborgen werden konnte.

Und auch der Orkan und das dazugehörige Hochwasser sind keine Gebilde meiner Fantasie. Sie haben tatsächlich am neunten November den soeben erst fertiggestellten Bahndamm bei Wiek zu großen Teilen zerstört. Allerdings stimmen die Quellen nicht überein, was die genaue Jahreszahl betrifft. Manche Geschehnisse wurden ohnehin ein wenig gestrafft bzw. zeitlich näher zueinandergebracht, um den Rahmen des Romans nicht zu sprengen.

Glossar

Aalfell Abgezogene, in lange Streifen geschnittene und getrocknete Haut des Aals, die man vorwiegend auf Mönchgut als Bindematerial verwendet hat.

Auspuken auspulen der Fische aus einem Netz

Avergläövsch abergläubisch

Beipulen jemandem etwas beibringen

Bregenklöderig verrückt

Bügelbaum Ersatz-Weihnachtsbaum, der vor allem auf Hiddensee, aber auch auf Rügen bis in die erste Hälfte des 20. Jahrhunderts bekannt war. Eiserne Fassreifen oder Weidenruten wurden so an einer Stange befestigt, dass gleichmäßige Bögen entstanden. Alles wurde mit Buchsbaum- oder Lorbeerzweigen oder auch mit Seidenpapier umwickelt und dann geschmückt. Die einfachere Variante war der Weihnachtsbügel.

Dewargefäß Vorläufer der Isolierkanne; nach dem schottischen Physiker James Dewar benannt

Döns beheizbare Stube, in der gearbeitet, gewohnt und manchmal auch geschlafen wurde

Dresch ruhendes Ackerland, das als Weide benutzt wird

Dünendorn andere Bezeichnung für Sanddorn

Düwel Teufel

Emmer alte Weizenart

Galizien Zur damaligen Zeit Kronland von Österreich-Ungarn, in dem verschiedenste ethnische Gruppen, darunter Polen und Ruthenen (Ukrainer), zusammenlebten. Das Gebiet liegt heute im Süden Polens und im Westen der Ukraine.

Lorgnon Lesehilfe, die an einem Stock vor die Augen gehalten wird; Vorgänger der Brille

Lot mi an Land Lass mich an Land. Umgangssprachlich für: »Lass mich bloß in Ruhe damit.«

Melkschapp Milchschrank

Okulist jemand, der auf Augenerkrankungen spezialisiert ist; von lat. Oculus = das Auge

Rammdösig begriffsstutzig

Rode Grütt Rote Grütze

Rollrädchen ehemalige, in Deutschland übliche Bezeichnung für ein Jo-Jo

Schaluppe kleines Segelschiff, das einem Kutter ähnelt; häufig als Beiboot in Gebrauch

Schifferkrause Vollbart ohne Schnauzer. Berühmter Träger der Schifferkrause war Abraham Lincoln.

Schnasseln einen trinken

Snötersnack Gequatsche, Gerede

Spöök Spuk

Trinitrin Ende des 19. Jahrhunderts gebräuchliches Medikament mit dem Wirkstoff Nitroglycerin. Es sorgte dafür, dass sich die Herzmuskulatur entspannen und die Gefäße erweitern konnten, so dass das Herz wieder besser durchblutet wurde. Auch heute wird Nitroglycerin als Wirkstoff noch bei Angina Pectoris eingesetzt.

Tüften Kartoffeln

Tüüch Zeug

Vatermörder steifer hoher Kragen, der dem Mann helfen sollte, den Kopf aufrecht und den Hals gerade zu halten

Winsch in der Schifffahrt gebräuchliche Seilwinde

Wo schnurrig hei schnackt! Wie komisch er redet!

Danksagung

Mein ganz herzlicher Dank geht an Gert-E. Thalau, Eisenbahner aus Passion, der mir wichtige Kontakte vermittelt hat. Zum Beispiel den zu Jochen Warsow, der lange Jahre bei der Bahn auf Rügen tätig war und sich jetzt dem Erhalt der Kleinbahn verschrieben hat. Er hat mir in einigen Stunden viele Details verraten, die in diese Geschichte geflossen sind. Auch ihm gilt daher mein Dank für den ebenso interessanten wie gemütlichen Nachmittag.

Treue Leser kennen es schon: Ich danke meinem Lebensgefährten Hans-Jörg für seine Geduld und sein Verständnis. Dieses Mal danke ich ihm ganz besonders, weil er mich – mal wieder – zu Recherchen begleitet, an wichtigen Stellen die richtigen Fragen gestellt und mir mit seinen Kenntnissen und seinem technischen Verständnis mehr als einmal auf die Gleis-Sprünge geholfen hat. Er hat außerdem das Manuskript in Windeseile gelesen und mich darauf aufmerksam gemacht, wenn etwas nicht plausibel oder glaubwürdig war. Diese Arbeit ist nicht hoch genug einzuschätzen, denn kein Schriftsteller kann sie selbst erledigen. Danke schön!

LENA JOHANNSON

Das Marzipanmädchen

ROMAN

Lübeck im Jahre 1870. Marie Kröger, 16 Jahre alt, hat nur einen Traum: Sie will einmal Tänzerin werden. Doch als ihr älterer Bruder ums Leben kommt, soll sie die väterliche Konditorei übernehmen. Schweren Herzens fügt sich Marie dem Willen des schwerkranken Vaters und muss sich nun nicht nur den Respekt der Angestellten erkämpfen, sondern auch das Vertrauen der Kunden gewinnen – zu denen auch der russische Zar gehört. Hilfe erhofft sie sich von einem geheimnisvollen Marzipanrezept, das sich seit Generationen im Besitz ihrer Familie befindet. Nur Marie weiß, wo ihr verstorbener Bruder es aufbewahrte. Kann dieses Rezept Marie und die Konditorei vor dem Ruin retten?

»Auf alle Fälle sind unterhaltsame und interessante Lesestunden bei diesem historischen Roman garantiert.«

Mindener Tagblatt

KNAUR

LENA JOHANNSON

Die Bernstein-sammlerin

ROMAN

Lübeck 1806: Die Thuraus sind eine Familie, die durch den Handel mit Wein reich und mächtig geworden ist. Ihre Tochter Femke aber, deren meeresgrüne Augen schon so manchen fasziniert haben, zaubert aus dem Bernstein, den sie am Ostseestrand sammelt, wahre Meisterwerke, denen man sogar magische Fähigkeiten nachsagt. Als die Familie aufgrund der Bedrohung durch Napoleons Truppen in wirtschaftliche Bedrängnis gerät, ist es Femkes Talent, das den Thuraus das Überleben sichert. Femke ahnt nicht, dass sie ein Findelkind ist und dass ein dunkles Geheimnis in ihrer Herkunft sie mit dem Stein verbindet, der ihr Schicksal ist …

»Zauberhafter Roman aus dem alten Lübeck.«

Bergedorfer Zeitung

KNAUR

LENA JOHANNSON

Die Bernstein-heilerin

ROMAN

Lübeck zu Beginn des 19. Jahrhunderts. Die kleine Johanna wächst wohlbehütet bei ihren Großeltern auf. Von ihren Eltern weiß sie nur, dass die Mutter wenige Tage nach Johannas Geburt gestorben ist. Als Johanna erwachsen wird, soll sie eine Ausbildung als Bernsteinschnitzerin machen – und versteht absolut nicht, warum sie als Mädchen in eine handwerkliche Lehre gehen muss. Sollte ihr Schicksal wirklich an den geheimnisvollen Bernsteinanhänger gebunden sein, den ihre Mutter ihr hinterlassen hat?

Ein wunderbarer Roman über den Zauber des Bernsteins und eine Frau, die mutig ihren Weg geht!

KNAUR

JUDITH
KERN

Das Leuchten des Sanddorns

ROMAN

Das Rauschen der Ostsee, die Blumenpracht, die Faszination der weißen Kreidefelsen – nach Rügen und besonders in das Seebad Binz zieht es Anfang des 20. Jahrhunderts zahlreiche Gäste. Hier lebt die schöne junge Marie, die glaubt, mit ihrem Mann, einem ehemaligen Kapitän, glücklich zu sein. Bis sie Sophie von Blankenburg kennenlernt, die für die Rechte der Frauen kämpft – eine Begegnung, die nicht nur Maries Ehe gefährdet, sondern auch das Schicksal ihrer Töchter und Enkelinnen dramatisch beeinflussen wird …

KNAUR

JUDITH
KERN

Der Tanz der Kraniche

ROMAN

Stralsund Ende des 19. Jahrhunderts: Wenn es nach dem Willen ihrer Eltern ginge, würde die junge Ida sich einen Mann suchen, dem sie eine brave Ehefrau ist. Doch Ida hat ganz andere Träume: Sie will Künstlerin werden. Ida setzt ihren Kopf durch und erkämpft sich Zeichenstunden bei einem anerkannten Lehrer. Dies führt sie auf die kleine Insel Hiddensee, die auf dem besten Weg ist, zur Künstlerkolonie zu werden. Auch Ida kann sich dem Zauber der wild-romantischen Landschaft nicht entziehen – ebenso wenig wie der Anziehungskraft des berühmten Malers Klausen. Doch der ist verheiratet …

KNAUR